KB174204

「숙향전」의 이본과 작품 세계

「숙향전」의 이본과 작품 세계

이상구 지음

국학자료원

| 서문 |

필자가 「숙향전」에 관심을 갖게 된 것은 1980년대 중반쯤으로 생각된다. 당시 북한에서 출간된 『조선전사』, 『조선문학사』 등이 우리에게도 소개되기 시작했는데, 북한의 연구 동향을 알고 싶어 관련 서적들을 일별하던 중 「숙향전」과 관련한 해설을 접하고 깜짝 놀랐다. 우리 쪽에서는 「숙향전」을 '비현실적이며 환상적인 성격이 가장 농후한 고소설'로 치부하고 있는데, 북한에서는 '조선 후기의 사회적 현실과 세태를 사실적으로 반영하고 있는 작품'으로 평가하고 있었던 것이다. 처음에는 사실주의를 중시하는 북한의 연구 경향에 따라 아전인수식으로 평가한 것이라고 생각하였다.

그러던 중 「배비장전」과 「춘향전」에 들어 있는 「숙향전」 관련 대목을 접하게 되었다. 「배비장전」에는 '숙향이 전란으로 인해 부모와 이별하는 대목'이, 「춘향전」에는 '숙향이 낙양 옥에 갇혀 탄식하는 대목'이 삽입되어 있었다. 이들 대목은 숙향의 불쌍한 처지 및 고난과 관련되어 있는바, 「배비장전」과 「춘향전」의 향유층은 「숙향전」을 환상적 서사보다는 숙향의 현실적 처지와 고난의 이야기로 수용했다는 것을 시사한다. 여기에 자극을 받아 새로운 시각으로 「숙향전」을 거듭거듭 읽어본 결과, 숙향의 고난의 여정이 숙향의 현실적 처지와 긴밀하게 연계되어 있을 뿐만 아니라 조선 후기의 사회적 현실과 세태를 비교적 사실적으로 반영하고 있다는 사실을 간취할 수 있었다.

1991년 필자는 「숙향전」에 대한 생각을 정리하여 한국고전문학회 학술대회에서 '「숙향전」의 현실적 성격'이라 제목으로 발표하였는데, 대체로 긍정적인 평가를 받았다. 이에 고무되어 「숙향전」의 이본을 수집 · 정리하고 구성적인 특징과 작가의 세계관 등을 고찰 · 분석하였으며, 1994년 8월에 '「숙향전」의 문헌적 계보와 현실적 성격'이란 제목으로 박사학위를 받게 되었다. 필자가 현재 이 자리에서 고소설을 공부하고 가르칠 수 있게 된 것은 「숙향전」 덕분이었다고 해도 과언이 아닐 것이다.

필자는 「숙향전」 덕분에 프랑스 파리와 독일 프랑크푸르트를 여행하기도 하였다. 문학동네에서 '한국고전문학전집'을 기획 출판할 때 필자는 「숙향전」과 「숙영낭자전」의 현대어역과 주석 작업을 맡았다. 2010년에 『원본 숙향전 · 숙영낭자전』과 현대어역한 『숙향전 · 숙영낭자전』을 출간하였는데, 『숙향전 · 숙영낭자전』의 경우 2021년에 7쇄까지 간행될 정도로 적지 않은 성과를 거두었다. 게다가 이 책이 프랑

스어, 몽골어, 베트남어, 이탈리아어로 번역 · 출간되었으며, 일본과 스페인 등에서도 번역 중이라고 한다. 또한 「숙향전」 덕분에 독일 프랑크푸르트 대학에서 초청특강을 하고 파리를 구경하는 행운을 누리기까지 하였으니, 필자에게 「숙향전」은 네 잎 클로버와 같은 작품이었다고 하겠다.

이 책을 구상한 것은 박사학위를 받은 직후였다. 당시에는 학위논문을 책으로 출간하는 경향이 있었으며, 필자도 그런 생각을 했었다. 그러나 '「숙향전」의 환상성'과 관련한 문제 등 학위논문에서 미처 다루지 못한 몇몇 문제를 보완한 후에 출판하고 싶었는데, 보완 작업이 늦어지면서 책으로 내겠다는 생각마저 사라져버렸다. 물론 그간 「숙향전」 관련 글을 3편 더 쓰기는 했지만, 너무 늦었다는 생각에 아예 포기하고 말았다. 그러다가 근래 한가한 틈을 타서 학위논문을 대충 읽어보았는데, 문장이 거칠고 적절하지 않은 표현과 용어가 즐비했다. 혹 누가 볼까 두렵기까지 했다. 그래서 다시 책으로 내겠다는 생각으로 문장도 다듬고 표현과 용어 등도 수정 · 보완하였다.

이 책은 수정 · 보완한 학위논문을 근간으로 삼고, 그간 필자가 썼던 「숙향전」과 관련한 3편의 글을 부록으로 첨부하였다. 학위논문을 수정 · 보완했다고는 하지만 여전히 두렵고 부끄럽다. 그러나 「숙향전」은 「구운몽」, 「사씨남정기」, 「창선감의록」과 함께 17세기 후반에 산출되었을 뿐만 아니라 이들 작품 못지않게 우리 고소설사에서 중요한 의의와 가치를 지닌 작품이다. 필자는 이런 사실을 다양한 근거와 논리를 통해 말하고 싶었다. 『「숙향전」의 이본과 작품 세계』는 이런 필자의 생각과 마음의 산물이다.

근래 세계 곳곳에서 우리 문화와 역사에 대한 관심이 크게 확산되고 있다. 「숙향전」이 여러 나라의 언어로 번역되고 있는 것도 같은 차원에서 이루어진 것이리라. 세계 여러 나라 사람들이 우리 고소설에 관심을 갖는다는 것이 자랑스러운 반면, 막상 우리는 그 가치와 소중함을 잘 모른다는 것이 안타깝고 아쉽다. 이 책이 「숙향전」을 포함하여 우리 고소설의 의의와 가치를 알리는 데 조금이나마 기여하기를 바라는 마음에 감히 부끄러움을 무릅쓴다.

인터넷 등 온라인이 발달하면서 출판사들이 어려움을 겪고 있는 것으로 알고 있다. 특히 국학자료원처럼 학술서적을 전문적으로 출간하는 출판사들은 더욱 어려우리라 생각한다. 학술서적은 출판하면 할수록 손해를 본다는 말이 들리기도 한다. 그런데도 기꺼이 이 책을 출판해주신 국학자료원의 정찬용 원장님과 정구형 대표님, 거친 원고를 꼼꼼하게 읽고 교정해주신 김보선 대리님 등 국학자료원 가족들께 깊이 감사드린다.

| 목차 |

부록

I. 서론

「숙향전(淑香傳)」은 고소설 가운데서 가장 널리 애독되었던 작품 가운데 하나이다. 이는 현존하는 많은 이본을 통해서도 알 수 있지만[1], 여러 문헌의 기록을 통해서도 대강 짐작할 수 있다. 조수삼(趙秀三, 1762~1849)은 전기수(傳奇叟)가 낭독했던 작품 중에 「숙향전」을 가장 먼저 언급하고 있으며[2], 「춘향전」, 「심청전」, 「홍부전」, 「배비장전」, 「봉산탈춤」 등에도 「숙향전」과 관련한 내용이 삽입되어 있다. 특히 「배비장전」에는 '배비장이 「삼국지」, 「수호지」, 「구운몽」, 「서유기」 등을 제치고 「숙향전」을 골라 읽는다'[3]는 내용이 나오는데, 이러한 사실들은 조선 후기의 독자들에게 「숙향전」이 얼마나 애독되었던가를 방증하기에 부족함이 없다.

「숙향전」이 조선 후기 독자들에게 인기가 있었다는 것은 곧 「숙향

---

1) 현재까지 알려진 「숙향전」 이본은 137종(조희웅, 『한국 고전소설사 큰 사전』 28, 지식을 만드는 지식, 2017, 76~100쪽)이다.

2) 조수삼, 『추재집』 권7, 「傳奇搜」. 搜居東門外 口誦諺課稗說 如淑香蘇大成沈淸薛仁貴等 傳奇也.

3) 「배비장전」, 세창서관, 37~38쪽.

전」에 그만큼 공감을 불러일으킬 만한 요인이 있었다는 것을 의미한다. 그러나 「숙향전」에 대한 오늘날의 관심과 연구는 매우 미흡한 편이다. 특히 고소설사의 전개와 관련하여 17세기가 새롭게 주목받고 있는 현시점에서도 「숙향전」에 대한 연구자들의 관심은 유사한 시기에 창작된 「구운몽」, 「사씨남정기」, 「창선감의록」 등에 비해 한결 뒤지고 있다. 이러한 결과가 작품의 질적 수준과 관계된 것이라면 문제 삼을 것이 없다. 그러나 「숙향전」이 조선 후기에 가장 널리 애독되었던 작품 가운데 하나였다는 점에서도 짐작할 수 있듯이, 이 작품은 고소설사에서 위의 작품들 못지않게 중요한 의의와 가치를 지니고 있다.

문제는, 「숙향전」에 대해 처음으로 의견을 개진한 김태준이 「숙향전」은 몽환적, 비현실적 부분을 제외한다면 아무것도 나머지가 없을 것'[4]이라고 언급하고, 이러한 김태준의 견해가 현재까지 거의 그대로 수용된 데에 있다. 다시 말해, 「숙향전」에 대한 김태준의 소박한 견해가 하나의 편견으로 작용하여 오늘날 연구자들 대부분이 「숙향전」에 무관심하게 되었다는 것이 필자의 판단이다.

사실 「숙향전」은 천상의 신령들이 직접 지상계에 내려와 위기에 처한 숙향을 구원하고 선계(仙界)와 신선들의 생활을 구체적으로 형상화하는 등 고소설 가운데 환상적 성격이 가장 농후한 작품이라고 할 수 있다. 그러나 김태준의 지적처럼 「숙향전」은 비현실적인 부분을 제외하면 볼 것이 없는 작품은 아니다. 「숙향전」은 비현실적 측면 못지않게 전쟁고아가 겪는 고난의 실상을 비롯하여 봉건적 신분관계에 따른 애정갈등의 문제 등 현실적 계기들을 사건 전개의 중요한 축으로 삼고 있다. 이는 「배비장전」에 언급된 「숙향전」과 관련한 내용을 통해서도 어

4) 김태준, 『조선소설사』, 학예사, 1939, 217~218쪽.

렵지 않게 확인할 수 있다.

> ᄇᆡ비쟝 한 권씩 썝아 들고 옛날 츈향의 랑군 리도령이 츈향 ᄉᆡᆼ각ᄒᆞ며 글 읽듯 ᄒᆞ 것다. 삼국지 수호지 구운몽 셔유긔 ᄎᆡᆨ 제목만 잠간식 보고, 슉향전 반즁 둥싹 져치고, '슉향아, 불상ᄒᆞ다.' 그 모친이 리별ᄒᆞᆯ ᄶᅴ, '아가, 아가. 잘잇거라. ᄇᆡ 곱흔ᄃᆡ 이 밥 먹고 목 마른ᄃᆡ 이 물 먹고.' 슈포동 록림간에 목욕ᄒᆞ든 그 녀ᄌᆞ 가는 허리 얼셔 안고 마음ᄃᆡ로 노라볼가.5)

「배비장전」에 나타난 「숙향전」의 내용은 '숙향이 다섯 살 때 전란으로 인해 부모와 생이별하는 장면'이다. 배비장은 「삼국지」, 「수호지」, 「구운몽」, 「서유기」는 책 제목만 잠깐 보고 「숙향전」을 중간쯤 펼쳐 보았더니, 위 대목이 나왔다고 한다. 그러나 우리는 실제 배비장이 우연히 펼친 곳이 바로 위의 대목이었다고 생각해서는 안 된다. 「배비장전」은 허구적으로 꾸며낸 소설이며, 배비장은 그 소설 속에 등장하는 허구적 존재이기 때문이다. 다시 말해, 배비장이 '「숙향전」을 반쯤 뚝딱 펼쳤다'는 것은 순전히 작가의 머릿속에서만 이루어진 상상적 행위라고 할 수 있다. 따라서 위에서 언급된 대목은 「배비장전」의 작가가 「숙향전」하면 가장 먼저 또는 자연스럽게 떠올렸던 내용이나 장면이라고 할 수 있다. 그런데 그 부분이 「숙향전」의 환상성 관련된 내용이 아니라, 바로 숙향의 현실적 고난과 관련되어 있다. 이러한 사실은 「배비장전」의 작가를 비롯하여 독자들이 「숙향전」을 숙향의 불쌍한 처지나 현실적 고난과 관련지어 이해하였다는 것을 분명하게 보여준다.

이는 「춘향전(고대본)」에 삽입되어 있는 「숙향전」과 관련된 내용에

---

5) 「배비장전」, 세창서관, 37~38쪽.

서도 확인된다.

> ᄋᆡ미하신 슉낭ᄌᆞ도 남양옥의 갓쳐ᄃᆞ가 청됴ᄉᆡ게 편지ᄒᆞ야 그 낭군 이션 만나 쥭을 목숨 사라신이 청됴ᄉᆡ는 읍시나마 홍안 ᄒᆞᆫ 쌍 빌여씨면 안톡의 글을 다려 임 계신듸 젼하고ᄌᆞ. ᄋᆡ고ᄋᆡ고 슬운지고.6)

위의 인용문은 춘향이 변사또의 수청을 거절한 이후 남원 옥중에 갇혀 있을 때 홀로 탄식하는 대목이다. 「숙향전」에서 숙향은 남자 주인공 이선과의 결혼 문제 때문에 낙양(洛陽) 옥에 갇히게 되는데, 이때 청조(靑鳥)가 나타나 숙향이 홀로 탄식하면서 쓴 글을 물어다가 서울에서 과거 공부를 하고 있던 이선에게 전달해준다. 그런데 춘향은 자신의 처지를 숙향과 비교하면서 탄식한다. 숙향에게는 청조라도 있어서 자신의 처지를 낭군에게 전할 수 있었지만, 춘향은 홍안(鴻雁)마저 없어 자신의 처지를 낭군에게 전할 수 없다는 것이다.

얼핏 보기에 춘향은 「숙향전」과 관련하여 '청조에 의한 소식 전달'이라는 비현실적 측면에 주목한 것처럼 보인다. 그러나 우리가 여기서 더욱 주목해야 할 것은 춘향이 자신의 곤란한 처지를 숙향과 동일시하고 있다는 점이다. 실제로 「숙향전」에서 가장 핵심적인 내용은 '창녀'로 인식되었던 숙향이 이상서의 아들인 이선과 이상서 몰래 결혼했다는 것이다. 숙향이 낙양 옥에 갇히게 된 것도 바로 이 때문이다. 이것은 기생인 춘향이 이도령과의 사랑 때문에 남원 옥에 갇히게 된 상황과 매우 닮아있다. 특히 숙향과 춘향은 똑같이 낭군과 헤어진 채 감옥에 갇혀 처형되기를 기다리는 처지였다. 「춘향전」의 향유층도 바로 이 점을 인

---

6) 구자균 교주, 『춘향전』, 교문사, 1984, 392쪽.

식하고 '낙양 옥에 갇힌 숙향의 이야기'를 작품 속에 끌어들인 것이다. 우리는 여기에서 「춘향전」의 향유층 역시 「숙향전」을 '숙향과 이선의 사랑 및 이로 인한 숙향의 고난'이라는 현실적인 문제에 주목했다는 것을 알 수 있다.

물론 「배비장전」과 「춘향전」의 향유층이 「숙향전」의 작품적 성격을 정확하게 이해했다고 말할 수는 없다. 그러나 「숙향전」은 당시 독자들에게 '환상적 이야기'보다는 '숙향의 현실적 고난에 대한 이야기'로 인식되었다는 것은 분명하다고 하겠다. 이런 점을 고려할 때, 「숙향전」에 대한 관심과 논의가 '비현실적이거나 환상적인 측면'에만 한정되어서는 곤란하다고 하겠다.

「숙향전」은 숙향이 겪은 현실적 고난을 도선적 요소와 결합하여 환상적으로 형상화한 작품이다. 때문에 외형적으로는 환상성이 강해 보인다. 그러나 사건을 이끌어 가는 중심축은 숙향의 현실적 고난이다. 그런데도 우리가 「숙향전」을 환상적이며 비현실적인 작품으로 간주해 연구를 소홀히 한다면, 이것은 큰 잘못이 아닐 수 없다. 더구나 「숙향전」은 조선 후기에 인기가 매우 높았을 뿐만 아니라, 후대의 소설에도 영향을 많이 끼친 작품이다. 따라서 우리는 「숙향전」의 성격과 문학사적 의의 등을 종합적으로 고찰할 필요가 있다. 설혹 '환상성'이 「숙향전」 인기의 주요인이었다고 할지라도 환상성을 표피적으로 검출하는 데 머물러서는 안 되며, 「숙향전」의 환상성이 조선 후기의 역사적 조건 및 독자층의 의식과 어떻게 맞물려 있는가에 대한 논의가 깊이 있게 이루어져야 할 것이다.

이 글은 이와 같은 문제의식을 기반으로 크게 이본 연구와 작품 세계로 나누어 「숙향전」에 대한 제반 사항을 구체적으로 연구 · 검토하고자 한다. 특히 지금까지 환상적이며 비현실적인 작품으로만 이해되었던 「숙향전」에 대한 편견을 시정하고, 나아가 「숙향전」의 이본과 작품의 성격 및 소설사적 의의 등을 종합적으로 논의하고자 한다. 따라서 이 책은 지금까지 단편적이거나 막연하게 거론되었던 「숙향전」 이본의 현황과 계통, 창작 시기와 작품 유형에 대한 문제를 종합적으로 검토·해명하고, 그 결과를 토대로 사회·역사적 조건과의 관련 속에서 「숙향전」의 작품구조와 작가 의식 등을 분석하게 될 것이다. 아울러 연구사는 이 책의 편재에 따라 이본 연구와 작품론으로 나누어 검토함을 밝힌다.

「숙향전」 이본을 처음 고찰한 연구자는 김응환이다. 김응환은 「숙향전」 이본을 크게 한문판본, 한문필사본, 국문본의 세 계열로 나누고, 도교적인 요소의 많고 적음을 기준으로 삼아 '한문판본 → 한문필사본 → 국문본'으로 발전했다는 의견을 제시하였다.[7] 그러나 아무런 근거 없이 후대로 올수록 도교적인 면이 첨가되었으리라고 단정하고, 또 이를 준거로 삼아 이본의 발전경로를 추정한 것은 문제가 있다. 실제로 김응환이 가장 선본(先本)으로 추정한 한문판본[8]은 국문본을 저본(底本)으로 삼되 비현실적인 요소를 대폭 제거한 필사본이기 때문이다.

구충회는 13종의 이본을 대상으로 각 이본의 내용 및 음운의 변화 양상을 구체적으로 비교·검토하여 만송본이 경판본 계열이며, 이대본이 심씨본 계열임을 분명하게 밝혔다.[9] 이 연구는 13종의 이본만을 대상으

---

7) 김응환, 「「숙향전」의 도교사상적 고찰」, 한양대 석사학위논문, 1983.

8) 본 이본은 한국중앙연구원에서 간행한 『한국고소설목록』(1983)에 목판본으로 기재(46쪽)된 이후 줄곧 목판본으로 간주되었다. 그러나 몇몇 전문가들에게 문의해 본 결과 목판본이 아니라 필사본이라고 하였다. 이 책에서는 본 이본을 나손B본으로 지칭한다.

로 하였으며, 한문본과 국문본의 관계에 대한 논의의 미비 등 다소의 문제점과 과제를 남겨두고 있다. 그러나 「숙향전」 이본의 계통 및 전파과정을 본격적으로 다루었을 뿐만 아니라, 한정된 이본 내에서나마 그들의 관계를 분명하게 제시했다는 점에서 그 의의가 적지 않다고 하겠다.

나도창은 경판본, 만송본, 심씨본, 이대본, 연구원본[10]을 대상으로 각 이본의 음운현상을 비교하는 방법을 통해, 연구원본이 경판이나 심씨본보다는 후대본이나 만송본과 이대본보다는 선본(先本)이며, 이대본과 같이 심씨본계열이라고 추정하였다.[11] 이 연구는 중요한 이본의 하나로 생각되는 한중연A본을 찾아 연구 대상으로 삼은 것은 성과로 인정할 만하다. 그러나 본격적인 이본 연구라고 보기 어렵고, 또 구충회와 더불어 이본의 선후관계를 추정할 때 음운의 차이만을 고려한 문제점이 있다.

실제 필사 연기가 분명하지 않은 고소설의 선후관계를 밝힐 때 음운현상에 주목하는 것은 부득이한 일이다. 그러나 음운의 차이만 가지고 이본의 선후관계를 확정하는 데는 여러 가지 무리가 따른다.[12] 오늘날처럼 국가적인 차원에서 표준어법을 제정, 널리 보급하여 어휘 사용의 통일을 기할 수 없었던 조선 후기에는 개인 및 지역에 따라 어휘 표기의 편차가 심하다. 또한 필사할 때 저본의 표기법을 그대로 따르는 경우가 적지 않다. 예컨대, 나손본(국문)은 한중연A본보다 늦게 필사되었

9) 구충회, 「「숙향전」 이본고」, 고려대 교육대학원 석사학위논문, 1983.

10) 이 책에서는 앞으로 해당 이본을 한중연A본이라 지칭한다.

11) 나도창, 「「숙향전」 연구」, 숭전대 석사학위논문, 1984.

12) 조희웅은 '어휘의 사용은 개인에 따라 기호가 다르고, 또 각자의 의도적인 사용일 수도 있으며, 더구나 철자는 개인에 따른 보수성이 존재할 수도 있는 것이어서 어휘나 표기법의 신·구가 선후행본의 절대적인 근거일 수는 없다'(「국문본 고전소설 형성연대 고구」, 『국민대논문집』, 1978, 25쪽)고 지적한 바 있다.

으나 한중연A본에는 '죄'로, 나손본에는 '되'로 표기되어 있다. 따라서 시기적으로 현격한 차이가 나지 않는 한 음운 및 표기법의 선후관계만으로 이본의 선후를 판정해서는 안 될 것이다.

「숙향전」의 작품론과 관련하여 처음 의견을 개진한 연구자는 김태준이다.

> 이는 조선사람의 道佛混用한 精神生活을 거의 全部를 들어내고 있는 것이며 主人公 李仙이가 回回國 · 好蜜國 · 琉球國 · 交趾國 등을 지나 蓬萊山下에 가서 藥을 가저온 說話는 西遊記에 唐三藏이 獅子國 · 奎龍國 · 女人國을 지나 西天에 가서 佛經을 가저온 이야기와 걸리버物語에 大人國 · 小人國을 旅行하는 說話와도 같으니 대저 淑香傳에서 이와 같은 夢幻的 非現實的 部分을 除外한다면 아무것도 남어지가 없을 것이며 夢幻 그것이 반드시 나뿐 것은 아니나 情艶類에는 그다지 반갑지 아니하다.[13]

김태준은 「숙향전」을 「춘향전」과 같은 애정소설로 분류한 이후, 「숙향전」의 환상적이며 비현실적인 요소가 애정소설에는 바람직하지 않다는 견해를 피력하였다. 이러한 견해는 나름 타당한 측면이 있다. 「숙향전」은 「춘향전」과 마찬가지로 신분에 따른 애정 갈등을 다루고 있으면서도 환상적인 요소로 인해 갈등의 심각성이 상당히 희석되어 있기 때문이다. 그러나 「숙향전」에서 '몽환적 · 비현실적 부분을 제외한다면 아무것도 남는 것이 없을 것'이라는 그의 평가는 「숙향전」이 봉건적 신분관계의 질곡과 그로 인한 갈등을 심각하게 문제 삼고 있다는 점을 간과한 것이라고 할 수 있다. 다시 말해서, 김태준은 환상적 요소가 농후

13) 김태준, 앞의 책, 217~218쪽.

하다는 사실에 주목한 나머지 「숙향전」의 주요 갈등 요소 및 구조에 대해서는 전혀 고려하지 않았던 것이다.[14)]

김태준에 이어 장홍재는 「숙향전」에 나타난 거북의 보은설화를 중심으로 「숙향전」의 형성과정을 논의하였다.[15)] 즉 『모보전(毛寶傳)』에서 『태평광기(太平廣記)』와 『지봉유설(芝峯類說)』로 이어지는 보은설화가 우리나라에 널리 퍼져 토속신앙이 되고, 다시 소설로 정착하게 되었다는 것이다. 이 연구는 「숙향전」에 나타난 보은설화의 근원을 추적했다는 의의가 없지 않다. 그러나 「숙향전」은 봉건적 신분관계가 동요를 일으키던 조선 후기의 사회적 현실과 세태를 사실적으로 반영하고 있다. 반면에 거북의 보은설화는 「숙향전」 서두에 나타난 하나의 삽화에 불과하다. 따라서 거북의 보은설화에 대한 근원 탐색만으로 「숙향전」의 형성과정을 규명한다는 것은 거의 불가능한 일이라고 하겠다.

김응환은 「숙향전」에 나타난 도교사상을 중심으로 작품을 분석한 결과, 「숙향전」은 도교적인 환원구조를 이용하여 공간을 설정하고 인간 생활 가운데 가장 중요한 애정 문제를 소재로 하여 이상적인 삶인 입신양명한 후에 신선이 되어 장생불사하는 심경을 그린 작품이라고 하였다.[16)] 김응환이 애정행각 일체를 죄의식화하는 모순을 도교적 환

---

14) 김태준은 '春香傳보담 優越한 情艶類라든지 或은 春香傳과 比肩할 만한 것이라든지 全혀 보기가 드물다. 强仍하야 求한다면 淑香傳 · 淑英娘子傳 · 白鶴扇傳 · 梁山伯傳 等이 있을 뿐이다(앞의 책, 214쪽)라고 언급한 이후 「숙향전」에 대한 의견을 개진하고 있다. 이로 미루어 보건데, 김태준은 「숙향전」을 「춘향전」과 대비하는 관점에서 이해했으며, 「숙향전」에 대한 그의 혹평은 이러한 대비적 관점에 따른 것이라고 할 수 있다.

15) 장홍재, 「「숙향전」에 나타난 거북의 보은사상」, 『국어국문학』 55~57합집, 국어국문학회, 1972.

16) 김응환, 앞의 논문.

원구조의 공간을 이용해 묘사했다고 지적한 것은 어느 정도 타당성이 있다. 그러나 그의 연구는 도교사상이 「숙향전」에 어떻게 나타나 있는가를 표피적으로 고찰하는 수준에서 벗어나지 못하고 있다.[17]

이런 점에 있어서는 나도창의 연구 역시 크게 다르지 않다. 그는 작품분석을 통해 염정소설에서의 「숙향전」의 위치와 문학성 등을 고찰한다고 전제하고 있으나, 실제로는 소재적 차원에서 「숙향전」의 내용을 나열한 정도에 불과하다.[18] 또한 그는 '「숙향전」은 남녀 주인공이 출중한 인물이며, 사건에는 전기성을 많이 내포하고 있어 영웅소설이라 할 만큼 훌륭한 작품'[19]이라는 견해를 제시했는데, 등장인물과 제재의 특성만으로 작품의 수준을 평가한 것은 문제가 있다.

정종대는 「숙향전」을 도선사상과 관련지어 이해하려는 기존연구의 한계를 지적하고, 「숙향전」의 갈등구조를 중심으로 논의를 전개하여 주목된다.[20] 그는 「숙향전」의 기본 골격을 남녀간의 애정과 유교적 윤리의 갈등, 하층민과 상층민의 결합에서 생기는 신분적 갈등, 초현실적 세계의 질서와 현실적 논리의 갈등 등 세 가지의 갈등구조로 파악하고, 「숙향전」은 이러한 갈등을 통하여 유교적 윤리와 신분적 제약 등 남녀의 자유로운 애정을 억압하는 현실적 논리를 초현실적 질서를 내세워 부정한 작품이라고 결론지었다. 이 연구는 「숙향전」의 작품구조를 지나치게 도식화시켜 논의를 전개한 측면이 없지 않다. 그러나 신성소설

17) 예컨대, '「숙향전」은 도교적 우주관을 중심으로 신선사상, 은일사상, 취락사상 등이 주류를 이룬다'거나, '「숙향전」의 주요 인물은 대부분이 천상계에서 적강한 인물이다'(앞 논문, 85쪽)라는 지적들은 「숙향전」의 표피적 특성을 거론한 것에 불과하다고 하겠다.

18) 나도창, 앞 논문.

19) 나도창, 앞 논문, 85쪽.

20) 정종대, 「숙향전고」, 『국어교육』 59 · 60합병호, 한국국어교육연구회, 1987.

의 전형으로 이해되기도 했던[21] 「숙향전」의 갈등구조를 찾아 그 의미를 고찰한 성과는 자못 크다고 하겠다. 특히 「숙향전」에서 신분적 제약을 갈등의 한 요소라고 지적한 것은 도선적 소설로 간주되었던 「숙향전」의 성격을 새롭게 조명한 의의가 있다.

임갑랑은 조선 후기 애정소설을 고찰하면서 「숙향전」을 「숙영낭자전」, 「백학선전」, 「권익중전」, 「양산백전」 등과 함께 적강연인형(謫降戀人型) 애정소설로 분류하고, 이들 작품에 공통적으로 나타나는 친자갈등을 애정혼을 이루려는 자식과 문벌혼을 이루려는 부모의 갈등으로 이해하였다.[22] 이 연구가 17세기 이후 가문의 벌열화라는 역사적 추세와 관련지어 논의를 전개한 것은 주목할 만하다. 그러나 「숙향전」은 봉건적 신분관계에 따른 애정갈등을 비교적 사실적으로 서사하고 있다는 점에서 다른 애정소설과 구별되는데, 이 연구는 이 점을 간과한 문제점이 있다.

이외에 「숙향전」만을 대상으로 삼아 논의를 전개한 것으로는 「숙향전」에 나타난 서사기법으로서의 시간문제를 다룬 양혜란[23], 「숙향전」의 구조를 일종의 탐색담으로 보고 남녀 주인공의 궁극적인 탐색대상을 천상에서 그들이 가졌던 신성자아의식과 무의식의세계로 이해한 조용호[24], 그리고 「숙향전」을 무속적 세계관과 관련시켜 논의를 전개한 신재홍[25] 등의 연구가 있다.

---

21) 이상택, 「고전소설의 사회와 인간」, 『한국고전소설 연구논문선(1)』, 계명대학출판부, 1974, 308쪽.
22) 임갑낭, 「조선후기 애정소설 연구」, 계명대 박사학위논문, 1992.
23) 양혜란, 「「숙향전」에 나타난 서사기법으로서의 시간문제」, 『우리어문연구』 3, 한국외국어대학교, 1991.
24) 조용호, 「「숙향전」의 구조와 의미」, 『고전문학연구』 7, 한국고전문학연구회, 1992.
25) 신재홍, 「「숙향전」의 미적 특질」, 한국고전문학연구회 월례발표 요지, 1993. 10.

이상에서 대략 살펴보았듯이, 「숙향전」에 대한 연구는 전반적으로 아직 초보적인 단계에서 크게 벗어나지 못하고 있다. 이본 연구의 경우 본격적인 연구라고 할 수 있는 것은 구충회의 논문 정도이며, 작품론의 경우 한두 논문을 제외하고는 대부분이 작품 해설적 차원에서 논의를 전개하거나 「숙향전」의 표면적 특성인 환상적이고 비현실적인 측면에 주목하고 있는 정도이다. 따라서 이 책은 기존의 연구성과를 일정하게 수용하되 체계적인 작품분석을 통해 「숙향전」이 담지하고 있는 현실적인 측면을 밝히고, 이를 토대로 「숙향전」의 문제의식과 아울러 그것의 사회적 의미를 고찰함으로써 「숙향전」에 대한 총체적 이해의 기틀을 마련하고자 한다.

이 책은 크게 이본 연구와 작품 세계로 나누어 서술된다. 이본 연구에서는 국문본과 한문본으로 나누어 각각 그 특징과 위상을 고찰한 이후, 이를 토대로 「숙향전」 이본의 계보를 설정하고, 나아가 원작의 추정 및 표기문자의 문제를 검토하게 될 것이다. 작품 세계에서는 먼저 분석을 위한 예비적 고찰로서 창작 시기와 작품 유형의 문제를 검토한 이후, 작품의 현실적 성격과 애정갈등, 낭만적 구성의 의의와 한계, 작가의 세계관과 그 지향, 소설사적 의의 등을 논의한다. 이상의 논의를 통해 환상적이며 비현실적인 작품으로만 이해되었던 「숙향전」을 새롭게 인식하고, 나아가 「숙향전」에 대한 총체적 이해의 기틀을 마련할 수 있을 것으로 기대한다.

II. 이본 연구

1. 국문본의 특징과 위상

1) 서지적 개관

(1) 임란유민심씨가세전본(壬亂遺民沈氏家世傳本)

이위응이 1964년 일본 구주(九州) 묘대천(苗代川)에 있는 심씨가(沈氏家)에서 발견하여 사진 86장에 담아온 것으로[1], 『고전소설선』(형설출판사, 1972)에 영인되어 있다. 제목은 한문으로 '淑香傳'이라 표기되어 있으며, 매면 18행, 매행 19~22자, 총 43면으로 된 국한문 혼용의 필사본이다. 꼼꼼하게 정자(正字)로 씌어 있으며, 내용은 처음부터 숙향이 마고할미를 만나 이화정에서 생활을 시작하는 대목까지만 수록되어 있다. 이 이본은 '심씨본(沈氏本)'으로 약칭한다.

---

1) 이위응, 「「숙향전」 연구－그 필사 및 창작연대 추정을 위한 음운학적 분석을 주로－」, 『부산대 개교20주년 기념논문집』, 1996. 이위응에 의하면, 심씨본은 종이 빛깔의 변색도가 심하지 않고 지모가 과히 일지 않은 한지에다가 묵흔이 꽤 선명하고, 사륙배판(四六倍版)보다 약간 작은 크기로 새로 개정된, 총 50장의 필사 한장본(漢裝本)이었다고 한다.

(2) 경판본(京板本)[2]

김동욱이 편찬한 『고소설판각본전집』 4책에 139(상권), 140(중권), 141(하권)번으로 영인되어 있으며, 상권 40면, 중권 41면, 하권 45면의 완결본이다. 제목은 각각 '슉향젼 권지상', '슉향젼 권지즁', '슉향젼 권지하'라고 표기되어 있으며, 매면 14행, 매행은 19자에서부터 28자까지 편차가 심하다. 가로 20cm, 세로 27.6cm이며, 판심(版心)은 상이엽화문어미(上二葉花紋魚尾), 판심제(版心題)는 각각 '슉상', '슉二', '슉하'이다. 상권 40면의 끝 2행, 중권 1면의 처음 4행(제목 포함)과 41면의 끝 2행, 그리고 하권 1면과 2면이 모두 완판체(完板體)로 보각(補刻)되어 있으나 문맥에는 전혀 이상이 없다. 하권 맨 끝에 '임오시월야동신판(戊午十月冶洞新板)'이라는 간기(刊記)가 있다.

(3) 이화여자대학 소장본

상, 하 2권으로 된 국문 필사본이며, 이화여자대학교 한국문화원편 『한국고대소설총서』 제1권(단기 4291년)에 영인되어 있다. 제목은 각각 '슉향젼 상'과 '슉향젼 하'로 되어 있으며, 매면 11행, 매행 24자 내외, 총 227면의 완결본이다. 자체는 처음부터 끝까지 일정하며, 약간의 흘림체로 판독의 어려움은 없다. 이 이본은 '이대본(梨大本)'으로 약칭한다.

---

2) 경판본은 국립도서관소장본(중 · 하 2권), 파리동양어학교소장본(상 · 중 · 하 3권), 김동욱소장본(상 · 하 2권 중 하권)이 있으며, 이들은 모두 같은 목판으로 인쇄된 것이다. 이 책에서는 완결본인 파리동양어학교소장본을 텍스트로 삼는다.

(4) 한국중앙연구원 소장본A

한국중앙연구원에 소장(정리번호 596, R16N－001146－11)되어 있으며, 국문 필사본이다. 가로 17.7cm, 세로 27.5cm이며, 표지에는 '슉향전 권지단'과 '淑香傳'이라는 제목이 병기(倂記)되어 있고, 이면(裏面)에는 '슉향전 권지단'이라 표기되어 있다. 매면 12행, 매행 29자 내외, 총 107면의 완결본이다. 자체는 처음부터 끝까지 동일인의 필체이며, 약간 서툰 글씨로 꼼꼼하게 필사되어 있어 판독의 어려움은 없다. 그러나 후반부에는 간간이 흘림체로 씌어 있기도 하다. 이 이본은 '한중연A본'으로 약칭한다.

(5) 한국중앙연구원 소장본B

한국중앙연구원에 소장(정리번호 600, R16N－001146－10)되어 있으며, 국문 필사본이다. 가로 35cm, 세로 21.2cm이며, 제목은 '슉향전'이라 되어 있고, 이면에 '김소제 슉향전 권지下'라는 표기가 있다. 매면 18행, 매행 22자 내외, 총 59면의 낙질본(落帙本)이다. 심하게 흘려 써 판독이 쉽지 않으며, 내용은 숙향이 낙양 옥에 갇혀 하소연하는 대목에서부터 이선이 용자(龍子)와 함께 선약(仙藥)을 구하러 가는 대목까지이다. 이 이본은 '한중연B본'이라 약칭한다.

(6) 한국중앙연구원 소장본C

한국중앙연구원에 소장(정리번호 598, R16N－001136－21)되어 있으며, 국문 필사본이다. 가로 19.4cm, 세로 29.2cm이며, 제목은 '슉향전 즁'이라 표기되어 있다. 매면 24행, 매행 32자 내외, 총 62면의 낙질본이다. 달필은 아니지만 꼼꼼하게 표기되어 있어 판독의 어려움은 없다. 내용은 이선이 이화정의 마고할미를 찾아가 숙향의 소재를 탐문하는 대목에서부터 이선이 과거에 급제하여 한림학사에 제수되는 대목까지이며, 끝에 '니션이와 슉낭ᄌ 만나 동낙ᄒ며 유ᄌ싱여ᄒ여 부귀 쌍젼ᄒ여쓰니 하권을 ᄎᄌ볼지여라'는 언급이 첨가되어 있다. 이 이본은 '한중연C본)'이라 약칭한다.

(7) 만송A본(晩松A本)

고려대학교 도서관에 소장(만송C14－A60)되어 있으며, 국문 필사본이다. 크기는 가로 21cm, 세로 32.4cm이며, 제목은 표면과 이면에 동일하게 '숙향전 권지단'이라 표기되어 있다. 매면 22행, 매행 29자 내외, 총 61면의 완결본이다. 약간 흘림체이나 판독의 어려움은 없다. 끝에 '을ᄉ 경월 일등서'라는 필사 연기가 있다. 내용은 경판과 거의 동일한바, 경판본을 저본으로 삼아 필사한 것으로 보인다.

(8) 만송B본(晩松B本)

고려대학교 도서관에 소장(만송C14－A60B)되어 있으며, 국문 필사본이다. 겉표지가 소실되어 제목은 확인할 수 없으며, 매면 24행, 매행 17자 내외의 낙질본이다. 궁체에 가까운 달필로 판독의 어려움은 없으나 종이가 많이 훼손되어 있으며, 내용은 숙향이 마고할미를 만나는 대목에서부터 마고할미가 이선에게 숙향을 찾아보겠다고 언약한 대목까지이다.

(9) 국립도서관 소장본

국립중앙도서관에 소장(의산古3636－54)되어 있으며, 국문 필사본이다. 가로 19cm, 세로 29cm이며, 제목은 이면에 '슉향젼권지 ᄒᆞᆫ'라고 표기되어 있다. 매면 24행, 매행 32자 내외, 총 35면의 낙질본이다. 흘림체이나 판독의 어려움은 없다. 내용은 이선의 고모 여부인이 상경하여 이상서를 질책하는 대목에서부터 양왕의 딸인 매향이 이선과의 혼인을 고집하는 대목까지다. 'ᄆᆡ향이 피셕 ᄃᆡ왈 부모의 후ᄉᆞ를 맛기고ᄌᆞ ᄒᆞᆫ량이면'으로 끝을 맺고, 바로 다음 행에 '긔ᄒᆡ이월염ᄉᆞ일셕우졍ᄉᆞ라'는 필사 연기와 필사자의 이름을 명기하고 있다. 이 이본은 '국도본(國圖本)'이라 약칭한다.

(10) 나손본(羅孫本)

김동욱 소장본으로 『나손본 필사본고소설자료총서(羅孫本 筆寫本古小說資料叢書)』 27권(보경문화사, 1991)에 영인되어 있으며, 국문 필사본이다. 제목은 이면에 '슉향젼'이라 표기되어 있으며, 행 사이에 줄이 그어져 있다. 매면 20행, 매행 23자 내외, 총 69면으로 되어 있다. 궁체에 가까운 달필로 판독의 어려움은 없다. 내용은 이대본의 상권과 동일하게 처음부터 여부인이 이상서를 질책하기 위해 상경하는 대목까지다. 마지막 면에 '신희정월 쵸육일 효곡'이라는 필사 연기와 필사자의 호가 기록되어 있다.

(11) 박순호 소장본A[3)]

국문 필사본으로 『한글필사본고소설자료총서』 71권(오성사, 1986)에 영인되어 있다. 제목은 '슉향젼 권지쵸'라고 표기되어 있으며, 제목 다음 행에 '슉향젼이라 초'라는 부기(附記)가 있다. 매면 12행, 매행 16자 내외, 총 120면이다. 달필은 아니지만 꼼꼼하게 정자로 쓰여 있어 판독이 쉽다. 수록된 내용은 처음부터 숙향이 이선과 혼인하는 대목까지며, 마지막 행에 '하권을 자서이 보소서'라는 부언(附言)이 있다. 전반적인 내용은 다른 국문본과 유사하나 김전이 거북을 구하는 대목이 없는 등 계열을 달리하고 있다. 이 이본은 '박순호A본'으로 약칭한다.

(12) 박순호 소장본B

국문 필사본으로 『한글필사본고소설자료총서』 27권에 영인되어 있다. 제목은 '슉향젼이라 쵸'라 표기되어 있다. 매면 11행, 매행 25자 내외, 총 128면이다. 달필은 아니지만 약간의 흘림체로 판독의 어려움은 없다. 그러나 동일인의 필체임에도 불구하고 처음 3면은 매우 서툰 흘림체로 되어 있으며, 내용은 한두 글자의 출입을 제외하고는 박순호A본과 완전히 동일하다. 이 이본은 '박순호B본'으로 약칭한다.

---

3) 『한글필사본고소설자료총서』 71권에는 5번(슉향젼이라), 6번(슉향젼 권지쵸), 7번(슉향초젼)에 박순호 소장본 3종이 영인되어 있다. 그러나 5번의 경우 제목은 '슉향젼이라'(445쪽)고 표기되어 있지만 수록된 내용은 「숙향전」이 아니라 「숙영낭자전」이다. 이는 필사자가 「숙향전」과 「숙영낭자전」의 제목을 혼동한 데서 비롯된 것으로 보인다.

(13) 박순호 소장본C

국문 필사본으로 『한글필사본고소설자료총서』 71권에 영인되어 있다. 제목은 '숙향초전' 이라 표기되어 있다. 매면 10행, 매행은 30자 내외이나 출입이 심하며, 총 173면이다. 궁체에 가까운 흘림체로 판독의 어려움은 없으며, 부분적으로 졸필에 가까운 필체가 삽입되어 있다. 수록된 내용은 황제가 양왕의 딸 매향과 이선의 혼인을 주선하기 위해 이선을 부르나 이선이 칭병하고 조정에 나가지 않는 대목에서부터 이선이 봉래산 선약을 구하려 가는 도중 고래를 탄 선관을 만나 곤욕을 치르는 대목까지다. 그러나 중간에 「숙향전」의 상권에 해당하는 내용인 이선과 숙향의 만남 대목이 첨가되어 있는 등 순서가 뒤죽박죽이다. 이는 제목을 '숙향초전'이라 한데서 알 수 있듯이, 「숙향전」의 이야기를 여기저기에서 단편적으로 모아 필사한 때문으로 판단된다. 맨 끝에 내용을 끝맺지도 않은 채 '무오년 二月 七일'이라는 필사 연기를 기록하고 있다. 이 이본은 '박순호C본'이라 약칭한다.

(14) 박순호 소장본D

국문 필사본으로 『한글필사본고소설자료총서』 70권에 영인되어 있다. 제목은 '숙향전 권지단'으로 표기되어 있으며, 매면 8행(처음부터 21면까지는 매면 10행), 매행 15자 내외, 총 154면의 미완본(未完本)이다. 다소 서툰 필체이나 판독의 어려움은 없다. 수록된 내용은 처음부터 숙향이 이상서의 관대에 수를 놓는 장면까지다. 이 이본은 '박순호D본'으로 약칭한다.

(15) 박순호 소장본E

국문 필사본으로 『한글필사본고소설자료총서』 70권에 영인되어 있다. 제목은 '숙향전'으로 되어 있으며, 매면 8행, 매행 15자 내외, 총 126면의 낙질본이다. 다소 서툰 필체이나 판독의 어려움은 없다. 수록된 내용은 숙향이 이상서의 흉배에 수를 놓는 장면에서부터 마지막 대목까지로, 박순호D본의 후반부에 해당한다.[4] 이 이본은 '박순호E본'으로 약칭한다.

(16) 성균관대학교 소장본A

성균관대학교 도서관에 소장(D7B−23a, V1)되어 있으며, 2책(상중, 하)으로 된 국문 필사본이다. 제목은 '淑香傳'으로 되어 있으며, 가로 18.2, 세로 25.2, 매면 10행, 매행 22자 내외, 총 180면(상중: 122면, 하: 58면)의 완결본이다. 경판본의 글자와 유사한 달필이며, 수록된 내용 역시 경판본과 동일하다. '丙午十二月十八日書于住春軒'(1책 첫 면)와 '병오십이월십팔일셔우셕호경'(1冊 끝 면), 그리고 '무신ᄉ월日일쥬츈헌신서'(2책 끝 면) 등의 필사연기가 있다. 또 2책 마지막 장에는 '셰층숙향젼의 구람이라 ᄒ기의 어투가 ᄆ우 신통흔 줄 아랏더니 이 칙을 ᄌ셔히 본 즉 착실헌 허언이로다'라는 필사자의 견해가 삽입되어 있다. 이 이본은 '성대A본'이라 약칭한다.

---

4) 박순호D본은 『한글필사본고소설자료총서』 70권 259쪽에서 412쪽까지 영인되어 있고, 박순호E본은 132쪽에서 258쪽까지 영인되어 있다. 두 이본은 모두 경판본을 저본으로 삼아 필사한 이본이며, 글자체는 약간 다르나 동일한 이본의 전반부와 후반부로 판단된다.

(17) 성균관대학교 소장본B

성균관대학교 도서관에 소장(D7B－23)되어 있는 국문 필사본이다. 제목은 "淑香傳"으로 되어 있으며, 가로 22.8, 세로 34.1, 매면 12행, 매행 23자 내외, 총 174면의 완결본이다. 그러나 첫 면과 끝 면 등 부분적으로 종이가 훼손되어 있어 내용 파악이 다소 어렵다. 자체는 약간 서툰 궁체로 판독의 어려움은 없다. 이 이본은 '성대B본'으로 약칭한다.

(18) 연세대학교 소장본A

연세대학교 도서관에 소장되어 있는 국문 필사본이다. 제목은 '슉향전이라'로 되어 있으며, 가로 21, 세로 33, 매면 22행, 매행 30자 내외, 총 101면의 완결본이나 마지막 장은 훼손되어 내용을 확인할 수 없다. 다소 서툰 글씨나 꼼꼼하게 필사되어 판독의 어려움은 없으며, 종이가 많이 부식되어 있다. 이 이본은 '연대A본'이라 약칭한다.

(19) 연세대학교 소장본B

연세대학교 도서관에 소장되어 있는 국문 필사본이다. 제목은 '슉향전이라'로 되어 있으며, 가로 19.5, 세로 24.5, 매면 20~33행, 매행 20자 내외, 총 21면의 미완본이다. 수록된 내용은 처음부터 숙향이 사슴을 타고 장승상댁에 도착하는 장면까지며, 자체는 조잡하나 판독의 어려움은 없다. 이 이본은 '연대B본'으로 약칭한다.

(20) 구활자본(舊活字本)[5]

1책 2권(상 · 하)으로 되어 있으며, 제목은 '고대소설 숙향전'이라는 한글과 '古代小說 淑香傳 上下卷'이라는 한자가 함께 표기되어 있다. 매면 11행, 매행 35자, 총 80면의 완결본이다.

이상 저자가 확인한 「숙향전」 국문본은 필사본 18종, 경판본 3종, 구활자본 1종 등 모두 22종이다. 그러나 완결본은 경판본 1종, 이대본, 한중연A본, 만송A본, 성대A본과 B본, 연대A본, 구활자본 등 8종에 불과하다. 이에 저자는 이들 완결본 가운데 비교적 선본(善本)으로 판단되는 경판본, 한중연A본, 이대본을 중심으로 상호 비교 · 고찰함으로써 국문본 「숙향전」의 계보와 전파과정을 추정하고자 한다.[6]

---

5) 순 국문 구활자본 「숙향전」은 덕흥서림(1914), 대창서원(1920), 보급서관(1920), 영창서관(1925), 한흥서관(1925), 삼광서림(1925), 신구서림(1926), 세창서관(1951) 등에서 간행된 것으로 알려져 있으나(우쾌제, 「구활자본 고소설의 출판 및 연구 현황 검토」, 『고전소설연구의 방향』, 새문사, 1985 참조), 필자는 세창서관본만을 구할 수 있었다. 따라서 본고에서 구활자본이라고 하는 것은 바로 세창서관본임을 밝힌다. 김웅환은 "국문활자본 7종은 내용이나 분량에 있어서 동일하며, 페이지 수와 표기법에 있어서 약간씩 다를 뿐이다."(앞 논문, 12쪽)라고 지적하였는바, 구활자본은 세창서관본을 대상으로 삼아 논의를 전개하여도 문제가 없을 것으로 생각한다.

6) 성대A본과 만송A본은 경판본을 저본으로 삼아 필사한 것이고, 구활자본은 후대에 간행된 이본이 분명하기 때문에 일단 주요 이본으로 삼지 않았다. 한편, 성대A본과 B본, 그리고 연대A본은 완결본임에도 불구하고 이들 이본이 있음을 최근에 알았으며, 도서관의 규정으로 인해 극히 일부분만 복사가 가능하여 본고에서는 서지적 개관만 기술하고 추후에 상세하게 검토할 기회를 갖고자 한다. 다만, 성대A본은 경판본을 저본으로 삼아 1906년 12월에 시작하여 1908년 4월에 필사를 마친 이본으로 판단되며, 21장본인 연대B본은 이본으로서의 가치가 희박하다는 사실만 밝힌다.

2) 주요 이본의 특징과 위상

(1) 경판본(京板本)

경판본은 '戊午十月冶洞新板'이라는 간기가 있으며, 김동욱은 이 '무오년'을 1858년으로 추정하였다.[7] 그러나 이 '무오년'은 김동욱의 추정보다 60년 앞선 1798년일 가능성도 없지 않다. 홍희복(洪羲福, 1794~1859)의 다음과 같은 기록은 방각본 「숙향전」이 1858년 이전에 분명하게 존재했음을 보여주고 있기 때문이다.

> 심지어 슉향전 풍운젼의 뉘 가항의 쳔ᄒᆞᆫ 말과 하류의 ᄂᆞ즌 글시로 판본에 ᄀᆡ각ᄒᆞ야 시상에 ᄆᆡᄆᆡᄒᆞ니 이로 긔록지 못ᄒᆞ거니와…….[8]

위의 인용문은 홍희복의 『제일기언(第一奇諺)』 서문에 실려 있는 내용이다. 『제일기언』은 중국 청대(淸代)에 창작된 이여진(李汝珍)의 소설 『경화연(鏡花緣)』을 번역한 것인데, 번역은 1838년에 시작하여 1848년에 종결되었다고 한다.[9] 따라서 위의 서문은 늦어도 1848년 이전에 쓴 것이라고 할 수 있다.[10] 그런데 홍희복은 「숙향전」과 「풍운전」

---

7) 김동욱, 「판본고－한글소설 방각본의 성립에 대하여」, 『증보 춘향전연구』, 연세대학교 출판부, 1976, 385쪽.

8) 홍희복, 『졔일긔언』 권지일, 5쪽.

9) 정규복, 「제일기언에 대하여」, 『중국학논총』 1, 고려대 중국학연구회, 1984. 정규복은 위 논문에서 『제일기언』의 서지적 사항과 홍희복의 생평(生平), 그리고 번역 동기 및 방법 등을 상세하게 논술하고 있다.

10) '졔일긔언 권지일'이라는 제목 다음 행에서부터 곧바로 시작되는 서문은 11면 6행까지며, 11면 7행부터는 『제일기언』의 본 내용이 시작된다. 따라서 홍희복이 서문을 쓴 것은 제1권을 번역했던 1838년으로 보아야 할 것이다.

등이 '판본으로 개각(改刻)되어 세상에 매매되었다.'고 기록하고 있다. 즉 홍희복은 1858년 이전에 방각본 「숙향전」을 분명하게 보았던 것이다. 물론 현존하는 경판본 「숙향전」이 홍희복이 보았던 방각본 「숙향전」과 같은 판본이라는 증거는 없다. 그러나 현존하는 방각본 「숙향전」은 오로지 경판본만 3종이 있는데, 이 3종은 모두 동궤(同軌)로 확인되고 있다.[11] 따라서 홍희복이 보았던 방각본은 현존하는 경판본이며, 이 경판본의 간기인 '무오년(戊午年)'은 1858년보다 60년이 소급된 1798년일 가능성도 배제할 수는 없다.[12]

경판본 「숙향전」은 음운의 표기나 사용된 어휘 등으로 보아 현존하는 이본 가운데 가장 선본(先本)인 것으로 판단되며, 모음표기 · 존재사 · 연결어미 등에 있어서도 필사본인 한중연A본이나 이대본보다 앞선 표기형태를 취하고 있다. 그러나 경판본 「숙향전」은 한중연A본이나 이대본에 비해 내용이 적지 않게 축약되어 있는바, 경판본은 그 이전에 존재했던 국문 필사본을 저본(底本)으로 삼아 축약 및 윤색을 가한 것이 분명하다. 따라서 「숙향전」 이본 내에서 경판본의 위상이 분명하게 확인된다면, 「숙향전」 국문본의 계통을 어느 정도 추정할 수 있을 것이다. 이에 필자는 먼저 생략 및 축약으로 인해 문맥이 통하지 않거나 오문(誤文)이 된 부분을 살피고, 나아가 개작 방법 및 방향을 고찰함으로

---

11) 김동욱의 앞 논문을 참고하기 바람.

12) 유탁일은 방각본을 비교적 많이 출간한 판원(版元)들이 주로 활동했던 연대가 1840년대에서 1860년대까지 약 2, 30년 동안(『한국문헌학연구』, 아세아문화사, 1989, 170쪽)이었다고 주장하고 있다. 그러나 위에서 인용한 홍희복의 '『제일기언』 서(序)'가 1838년에 쓴 것이 분명하다면, 유탁일의 주장은 재고할 필요가 있다. 홍희복의 서문은 1838년 당시에도 방각본이 비교적 활발하게 출간되었다는 것을 보여주고 있기 때문이다. 홍희복이 「숙향전」과 함께 거론하고 있는 방각본 『장풍운전』(경판본) 역시 '戊午紅樹洞新刊'(김동욱 편, 『고소설판각본전집』 2, 544면)이라 하여, 그 간기가 '무오년(戊午年)'으로 되어 있다.

써 경판본이 축약본임을 밝히고자 한다. 그리고 이를 토대로 경판본이 어떤 계열의 필사본을 저본으로 삼아 축약과 개작을 단행한 것인지 추적함으로써 「숙향전」 국문본의 계통을 설정하고자 한다.

① 생략 및 축약으로 인한 문맥의 불통과 오문

경판본에서 생략된 것이 분명한 첫 번째 것은 관상쟁이 왕균의 점괘 대목이다. 「숙향전」에서 관상쟁이 왕균의 등장은 구성상 중요한 위치를 점하고 있는데, 한중연A본의 대목 중 일부를 인용하면 다음과 같다.

> 슉향니 점점 쟈라 샴세되니 긔골이 일월갓고 쟈ᄉᆡᆨ니 황홀ᄒᆞ여 샤람니 바로보지 못ᄒᆞ고 음셩니 옥져쇼ᄅᆡ 갓트며 ᄒᆞ는 일니 아희갓지 안니ᄒᆞ여 혹 단명ᄒᆞᆯ가 의심ᄒᆞ여 왕균이란 샤람를 불너 샹를 뵈니 왕균왈 이 아기는 인간 샤람 안니라 월궁항아 귀향왓시니 전ᄉᆡᆼ 죄를 이ᄉᆡᆼ의 와 다 갑흔 후에야 죠흔 시절를 볼거시니 션분은 지극히 험ᄒᆞ고 후분은 가쟝 길ᄒᆞ다 ᄒᆞ거늘…….(한중연A본, 4쪽)

김전은 뒤늦게 숙향을 낳은 이후 숙향이 단명할까 염려하여 상자(相者)인 왕균을 불러 숙향의 관상을 보인다. 관상을 본 왕균은 숙향이 천상에서 적강한 존재이며, 천상에서 범한 죄의 대가로 향후 다섯 번의 죽을 액을 겪게 될 것이라고 예고한다. 이후에 숙향은 왕균이 예언한 대로 다섯 번의 죽을 액을 겪게 되는바, 「숙향전」에서 왕균의 점괘 대목은 없어서는 곤란하다. 특히 전반적으로 도선적 요소와 결부되어 있는 「숙향전」의 구성적 특징으로 보아 이 대목은 필수적인 요소로 보아야 한다.[13] 그런데 「숙향전」의 이본 가운데 유독 경판본과 이 경판본을 저본으로 삼아 필사한 것으로 판단되는 만송A본에만 이 대목이 전혀 나타나지 않는다. 따라서 경판본은 판각하는 과정에서 왕균의 점괘 대목을 삭제한 것이 분명하다고 하겠다. 이는 다음과 같은 경판본의 대목을 통해서도 확인된다.

> 싱이 위로 왈 숙향이 만일 죽엇시면 시신이 이슬거시로ᄃᆡ 죵적이 묘연ᄒᆞ니 아모나 ᄃᆞ려갈시 분명ᄒᆞᆫ지라. 젼일 왕균의 말을 싱각ᄒᆞ여 셔롬을 억제ᄒᆞ라(경판본, 461쪽).[14]

왕균의 점괘대로 숙향이 다섯 살 때 전란이 일어나며, 김전은 가솔을 데리고 강릉으로 피난을 간다. 피난 도중에 김전 부부는 적병이 뒤좇아 오자 부득이 숙향을 반야산 바위틈에 숨겨 놓고 산속으로 달아난다. 적병이 다 물러간 이후에 김전은 숙향을 찾기 위해 반야산으로 올라가지만 숙향의 자취를 발견하지 못하고 되돌아온다. 위에서 인용한 부분은 숙향을 찾지 못한 김전이 부인 장씨를 위로하는 대목이다. 그런데 앞부분에 왕균의 점괘 대목이 없음에도 불구하고 김전은 "젼일 왕균의 말을 싱각ᄒᆞ여 셔롬을 억제ᄒᆞ라."며 부인을 위로하고 있다. 즉 경판본은 앞부분에서 숙향의 사주(四柱)에 대한 왕균의 점괘 대목을 생략했음에도 불구하고 뒤에 가서는 다른 이본과 마찬가지로 왕균의 점괘를 거론하는 오류를 범한 것이다.

이뿐만이 아니다. 경판본은 왕균의 점괘 대목을 아예 빼어버림으로써 발생한 문제점을 해소하기 위해서 뒤에 다시 왕균의 점괘를 거론한다.

---

13) 「숙향전」은 숙향이 천상에서 지은 죄의 대가로 지상에서 다섯 번의 죽을 액을 겪어야만 하는 것으로 되어 있으며, 이 다섯 번의 죽을 액을 중심축으로 사건이 전개된다.

14) 경판본 텍스트는 김동욱이 편한 『영인고소설판각본전집』 4권에 영인되어 있는 파리동양어학교본을 활용하며, 쪽수 역시 전집의 전체 페이지로 기록한다.

원ᄂᆡ 김젼이 왕균의게 ᄉᆞ쥬를 물은 즉 부모를 일흐리라 ᄒᆞᄆᆡ 후 일을 념녀ᄒᆞ여 긔록ᄒᆞ여 금낭의 너허 ᄎᆡ오미러라(경판본, 478쪽).

숙향을 처음 대면한 이선의 부모인 이상서 부부는 숙향의 생월생시 등을 묻고 숙향이 자신의 생월생시를 말하자, 상서 부인이 숙향에게 '어렸을 때 부모와 헤어졌는데 어떻게 자신의 생월생시를 아느냐?'고 되묻는다. 이에 숙향은 부모가 이별할 때 옷에 채워준 금낭(錦囊)에 적혀 있어서 알게 되었다고 대답하는데, 위 인용문은 서술자가 숙향이 금낭을 차게 된 연유를 서술한 부분이다. 그런데 서술자는 숙향이 금낭을 차고 다니게 된 연유를 왕균의 점괘와 관련지어 설명하고 있다.

위와 같은 서술자의 언급은 이대본은 물론 현존 국문본 중 가장 풍부한 내용을 갖추고 있는 한중연A본에도 나타나지 않는다. 다른 이본의 경우 이미 왕균의 점괘를 듣고 김전 부부가 숙향에게 금낭을 채워주는 내용을 서술했기 때문에[15] 새삼스럽게 숙향에게 채워진 금낭의 연유를 밝힐 필요가 없었던 것이다. 그런데 경판본은 왕균의 점괘대목을 생략하면서 숙향이 금낭을 차게 된 연유마저 생략했던 것이며, 뒤늦게 숙향이 차고 있는 금낭이 문제가 되자 그 연유를 밝히기 위해 새로이 위 대목을 첨가한 것이다. 이러한 사실로 비추어 볼 때, 왕균의 점괘 대목은 경판본 이후에 새롭게 첨가된 것이 아니라 경판본에서 생략된 것임이 분명하다고 하겠다.[16]

---

15) 이에 해당하는 내용을 한중연A본에서 인용하면 다음과 같다. "김젼이 어려서 부모를 일흐면 비록 샤라난들 부모를 엇지 알며 우린들 져를 엇지 알이오 ᄒᆞ고 가는 깁ᄉᆞᆺ헤 일홈과 쟈와 년월일시를 쓰고 그 모친 옥지환 ᄒᆞᆫ 짝를 버셔 ᄒᆞᆫᄃᆡ 너허 옷고롬의 ᄎᆡ와 두니라(4쪽)."

16) 대부분의 한문본에도 '왕균의 점괘 대목'은 고스란히 삽입되어 있다.

다음은 축약으로 인해 문맥이 어그러진 부분이다.

그 즘ᄉᆡᆼ이 보고 왈 이거시 동ᄒᆡ 농왕의 계안쥐니 네 어듸가 도적ᄒᆞ엿ᄂᆞᆫ다 ᄒᆞ고 ᄇᆡ를 ᄊᆞ을고 가더니 ᄒᆞᆫ곳의 ᄃᆞᄃᆞ라 그 즘ᄉᆡᆼ이 ᄇᆡ를 머무르고 왈 농왕씌 엿ᄌᆞ와 네 죄를 물은 후의 노흐리라 ᄒᆞ고 드러 가더니 이윽고 홍포션관이 나와 문왈 네 안ᄒᆡ 뉘 ᄯᆞᆯ이뇨 공이 왈 ᄂᆡ 부인은 김젼의 ᄯᆞᆯ 슉향이니이다. 그 션관이 드러 가더니 농왕이 나오신다 ᄒᆞ여……(경판본, 487쪽).

그거시 보고 ᄃᆡ로 왈 니거시 셔ᄒᆡ 용왕의 계안쥐니 네 어듸가 도적ᄒᆞ여는다 ᄒᆞ고 ᄇᆡ를 ᄊᆞ을고 달으니 샹셔와 모든 션즁 샤ᄅᆞᆷ드리 망극ᄒᆞ야 아무리 ᄒᆞᆯ쥴 몰나 ᄒᆞ더니 ᄒᆞᆫ 궁젼의 다다로ᄆᆡ 그거시 ᄇᆡ를 ᄆᆡ고 션즁 샤ᄅᆞᆷ를 다 잡아가지고 드러가 잇오되 셔ᄒᆡ 용궁 계안쥬 도적ᄒᆞ여 가든 놈을 잡아 왓너이다 ᄒᆞ고 그 옥지환를 드려 보ᄂᆡ더니 이윽ᄒᆞ야 한 관원니 나와 문왈 네 엇쩐 샤ᄅᆞᆷ이완ᄃᆡ 용궁 보ᄇᆡ를 도적ᄒᆞ야 가지고 어듸로 가는다 샹셰 답왈 나는 즁국 병부샹셔 니션이옵써니 황졔 명를 밧ᄌᆞ와 봉ᄂᆡ산의 션약 어드러 가옵는 길니옵고 옥지환은 ᄂᆡ 부인니 날를 니별ᄒᆞᆯ 졔 본드시 가져가라 ᄒᆞ거ᄂᆞᆯ 가져 왓ᄉᆞᆸ써니 져거시 셰ᄂᆡ라 ᄒᆞ고 죠롱ᄒᆞ거ᄂᆞᆯ 쥴거시 업셔 옥지환를 쥬엇노라 ᄒᆞ고 잇은ᄃᆡ 관원니 안흐로 드러가더니 이윽ᄒᆞ야 ᄯᅩ 나와 문왈 네 부인의 옥지환니라 ᄒᆞ이 네 부인니 뉘 ᄯᆞᆯ이며 일홈은 무어시라 ᄒᆞ는뇨 생셰 답왈 ᄂᆡ 부인은 낙양ᄯᅡ 김젼의 ᄯᆞᆯ 슉향이라 ᄒᆞ너이다 그 관원니 드러가더니 이윽ᄒᆞ야 왕니 나오신ᄃᆞ ᄒᆞ거ᄂᆞᆯ……(한중연A본, 88쪽).

위 인용문은 병부상서가 된 이선이 황태후의 병을 고치기 위해 황제의 명으로 선약(仙藥)을 구하러 가는 도중에 바다 괴물에게 붙잡혀 곤욕을 치르는 대목이다. 일단 분량 면에서 경판본이 한중연A본에 비해 많이 축약되어 있음을 볼 수 있다. 그러나 경판본은 단순히 축약된 정도가 아니라 한중연A본의 밑줄 친 부분을 아예 생략함으로써 문맥상 오류가 발생하고 말았다. 이선이 배를 타고 가다가 괴물을 만나 용궁으로 끌려가는데, 문제가 된 것은 이선이 떠나올 때 숙향에게 받은 옥지환이다. 이 옥지환은 본래 숙향의 부친인 김전이 반하수에서 구해준 거북에게 보답으로 받은 구술로 만든 것이다. 그런데 그 구술이 본래 용궁 보배인 계안주(啓眼珠)라는 것이며, 바다의 괴물은 이 옥지환을 이선이 훔친 것이라 생각하여 용궁으로 끌고 간 것이다. 한중연A본에는 용궁의 관원이 이선에게 옥지환을 소지하게 된 연유를 물음으로써 자연스럽게 부인 숙향에 대한 이야기가 나오고, 마침내는 이선이 옥지환을 훔친 것이 아니라는 사실이 밝혀진다. 그런데 경판본의 경우 용궁의 관리가 나오자마자 이선이 옥지환을 소지하게 된 연유를 묻지도 않은 채 갑자기 "네 안히 뉘 뚤이뇨?"라고 묻는 것으로 서술되어 있어 문맥이 전혀 통하지 않는다. 이는 경판본이 다소 무리하게 축약하는 과정에서 발생한 오류라고 할 수 있다.

이 외에도 경판본에는 축약으로 인해 문맥이 불통하거나 오문이 된 경우를 더러 찾아볼 수 있는데, 한 가지 사례만 더 제시하면 다음과 같다.

유뫼 왈 낭ᄌᆞ의 말솜이 올흐시니 도라가 부인ᄭᅴ 고ᄒᆞ여 회보ᄒᆞ리이다 ᄒᆞ고 가니라 이ᄯᅴ 삽ᄉᆞᆯ이 머리를 들어 샹셔 집을 향ᄒᆞ며 구덩이 팔 의ᄉᆡ 업ᄂᆞᆫ지라 낭ᄌᆡ 울며 ᄀᆞᆯ오ᄃᆡ ᄂᆡ 이제 잇ᄂᆞᆫ 쥴을 샹셰 알면 필경 쥭이려 ᄒᆞᆯ 거시니 ᄂᆡ ᄎᆞ라리 몬져 스ᄉᆞ로 쥭으리라(경판본, 477쪽).

유뷔 복지 왈 말솜이 올샤오니 도라가 부인게 알외여 회보ᄒᆞ오리니다 ᄒᆞ고 다름쳐 가더라 이젹의 그 개 보흘 낭ᄌᆞ의 압헤 노코 입과져 ᄒᆞ거ᄂᆞᆯ 낭ᄌᆡ 울며 왈 네 니 오슬 입으라 ᄒᆞ니 일졍 ᄂᆡ 죽을 쥴노 아는 거시ᄆᆡ 나 무칠 고들 파쥬면 ᄂᆡ 드러 쥭을 거시니 너는 흙으로 덥흐라 ᄒᆞ되 그 개 ᄀᆞᆺ 팔 형상니 업써라(한중연A본, 114~115쪽).

이화정 할미가 죽어 이상서댁 서쪽 동산에 묻히며, 도적이 겁탈하러 올 것이라는 사실을 탐지한 숙향은 삽살개를 따라 할미의 무덤에 가서 통곡한다. 이때 숙향의 통곡 소리를 들은 이상서 부부가 유부(乳父)를 보내 그 소리의 연유를 알아 오라고 하는데, 위 인용문은 그 이후의 대목이다. 경판본의 경우, 밑줄 친 부분에서 '삽살개가 구덩이 팔 의사가 없었다'는 내용이 왜 서술된 것인지 문맥상 전혀 이해가 되지 않는다. 그런데 한중연A본을 보면, 이러한 개의 행위가 숙향이 개에게 '내가 묻힐 곳을 파주면 그 구덩이에 들어가 죽을 것이니, 네가 흙으로 덮어라'고 부탁한 것에 대해 개가 보인 반응임을 알 수 있다. 즉 경판본의 경우 개가 숙향에게 옷을 갈아입으라고 한 내용과 숙향이 개에게 구덩이를 파 달라고 부탁한 내용이 축약됨으로써 문맥상 오류가 발생한 것이다.

다음은 굳이 축약에서 비롯된 것이라고는 할 수 없을지라도 오문(誤文)의 예를 한 가지 제시한다.

김ᄉᆡᆼ부체 완월누의 올나 구경ᄒᆞ더니 홀연 하ᄂᆞᆯ노셔 흰ᄭᅩᆺ ᄒᆞᆫ가지 써러져 당시 압희 나려지거ᄂᆞᆯ ᄌᆞ세 본 즉 힝화도 아니오 ᄆᆡ화도 아니오 ᄆᆞᆰ은 향취 옹비ᄒᆞᄂᆞᆫ지라 당시 부뷔 이상이 넉이더니 문득 광풍이 ᄃᆡ작ᄒᆞ여 그 ᄭᅩᆺ치 흣터지거ᄂᆞᆯ 당시 ᄎᆞ탄ᄒᆞ고 드러와 자더니 그 밤 ᄭᅮᆷ의 ᄃᆞᆯ이 써지며 금두겁이 당시 품의 들거ᄂᆞᆯ 놀나 ᄭᆡᄃᆞ라 ᄭᅮᆷ말을 ᄉᆡᆼᄃᆞ려 이르니 ᄉᆡᆼ왈 나의 ᄭᅮᆷ의도 계화ㅣ 그ᄃᆡ 압희 써러지고 금두겁이 품의 드러 뵈니 일졍 ᄌᆡᄌᆞ를 나흐리로다(경판본, 460쪽).

위 인용문은 숙향을 낳기 전에 모친 장씨가 꾼 태몽과 관련된 부분이다. 한중연A본과 이대본 등 다른 이본에는 장씨 혼자만 태몽을 꾼 것으로 되어 있다. 그런데 경판본은 김전 역시 장씨와 똑같은 꿈을 꾼 것으로 처리함으로써 오류가 발생했다. 김전 부부는 함께 완월루에 올라가 달구경을 하던 중 하늘에서 흰 꽃이 떨어지는 것을 목격하고, 그날 밤에 부인 장씨가 태몽을 꾼다.[17] 그런데 경판본은 이 일을 꿈으로 처리하지도 않은 채 곧바로 장씨가 꾼 꿈으로 이해하고, 김전도 똑같은 꿈을 꾸었다고 서술한 것이다. 이러한 오류는 이야기의 전개에 무리가 없는 한 비현실적인 요소를 꿈으로 처리하는 등 윤색하는 과정에서 빚어진 것으로 판단된다.[18]

이상에서 살펴보았듯이 경판본에는 오문이나 문맥이 어그러진 부분이 비교적 많이 나타나며, 이는 대체로 축약이나 생략으로 인한 것임을 알 수 있다. 물론 이대본도 한중연A본에 비해 축약되어 있기는 하다. 그러나 그것은 경판본의 축약에 비하면 매우 미미하며, 축약으로 인한 오류도 많지 않은 편이다. 그런데 경판본 『숙향전』은 다른 소설의 경판본처럼 줄거리 중심으로 압축되어 있는 부분이 많은 것이다. 따라서 경판본은 어떤 선본(先本)을 대상으로 삼아 판각하는 과정에 축약한 것임이 틀림없다고 하겠다.

② 축약 및 개작의 방향

경판본에는 축약 및 생략으로 인해 문맥이 어그러지거나 잘못된 경

17) 이대본이나 한중연A본 역시 김전 부부가 완월루에서 경험한 것은 현실세계에서 벌어진 일로 처리되어 있다.

18) 뒤에 다시 거론하겠지만 경판본은 축약본임이 분명하다. 그러나 단순히 내용만을 축약한 것이 아니라 일정한 기준에 따라 축약과 윤색을 겸하고 있다.

우가 비교적 많다. 물론 다른 이본의 경우에도 간혹 문맥상 오류가 나타나는 것은 사실이다. 그러나 그것은 대부분 필사자의 실수로 일부 구절이나 내용이 누락된 경우이다. 그런데 경판본은 다음과 같은 몇 가지 기준과 원칙에 따라 내용을 축약하고 있다.

첫째, 사건의 전개나 정황을 개괄적으로 서술하는 차원에서 축약을 단행하고 있다. 이는 앞에서 인용한 몇 대목을 통해서도 대략 엿볼 수 있다. 그러나 보다 구체적으로 살펴보기 위해 한 대목만 더 제시하면 다음과 같다.

> 승샹은 남군ᄯᆞ 사ᄅᆞᆷ이니 소년등과ᄒᆞ여 삼십 젼의 정승을 ᄒᆞ여 명망이 일셰의 덥혓더니 신죵조의 니르러 간신의 참소ᄅᆞᆯ 만나 파직ᄒᆞ고 고향의 도라와 한거ᄒᆞ나 다만 일ᄀᆡ 혈육이 업셔 슬허ᄒᆞ더니……(경판본, 462쪽).

> 이젹의 남군ᄯᆞ ᄌᆞᆼ승ᄉᆞᆼ은 옛 ᄒᆞᆫ나라 장ᄌᆞ방의 후예라 일홈은 ᄉᆞᆼ이니 소연등과ᄒᆞ여 명망이 극ᄒᆞ여 아니 ᄒᆞᆫ 벼ᄉᆞᆯ이 업고 ᄉᆞᆷ십 젼의 승ᄉᆞᆼ이 되여 ᄉᆞᆷ죠를 셤기니 부귀 쳔ᄒᆞ의 웃듬이요 죠정이 훈국ᄃᆡ신니라 칭ᄒᆞ더니 신종죠 시절의 이르러 논의 ᄃᆡ단ᄒᆞᄆᆡ 벼ᄉᆞᆯ을 ᄉᆞ양ᄒᆞ고 나지 아니 ᄒᆞ더니 잇ᄯᆡ 외방 도적이 만니 이러날 ᄉᆡ 승ᄉᆞᆼ도 그즁의 간셥ᄒᆞᆫ단 말이 밋쳐 죠정이 황제게 쥬달ᄒᆞ여 쳔리 밧게 귀양보ᄂᆡᆺ더니 오ᄅᆡ지 아니 ᄒᆞ여 쳔힝으로 몽방ᄒᆞ여 고향의 도라와 가업을 다ᄉᆞ리니 노비젼답과 금은보ᄑᆡ 일국의 웃듬이로되 다만 남녀간 ᄌᆞ식이 업시ᄆᆡ 극히 셜워ᄒᆞ더니……(이대본, 21~22쪽).[19]

---

19) 이대본의 자료는 이화여자대학교 한국문화원에서 편한 『한국고대소설총서』에 영인되어 있는 것을 사용하며, 쪽수 역시 이 책을 기준으로 한다.

위의 인용문은 숙향이 10년 동안 의탁했던 장승상의 내력을 서술한 대목이다. 이대본에는 장승상의 내력을 출신에서부터 벼슬 생활, 유배를 당하게 된 경위, 가산(家産) 등에 이르기까지 장황하면서도 상세하게 서술되어 있다. 이 대목의 경우 한중연A본 역시 이대본과 차이가 없다. 그런데 경판본의 경우 전반적인 내용은 이대본과 흡사하면서도 장승상의 내력을 개략적으로 압축하여 서술하고 있다. 즉 경판본은 사건이나 정황을 개괄적으로 서술하는 차원에서 의도적으로 축약을 꾀했던 것이다.

둘째, 이야기의 전개에 특별히 무리가 발생하지 않는 한 비현실적인 부분이나 요소들을 축약하거나 생략하였다. 예컨대, 경판본에는 다음과 같은 대목이 생략되어 있다.

> 슉향이란 아ᄒᆡ 늘근 할미 집의 잇다 ᄒᆞ니 응당 긔구 업실지라 납치를 만니 보ᄂᆡ고 긔구 업셔 보ᄂᆡᆫ ᄒᆞ인을 초솔이 ᄃᆡ졉ᄒᆞᆯ가 염여ᄒᆞ더니 갓던 ᄒᆞ인이 도라왓거늘 부인니 문왈 그 집이 ᄉᆞᆼ인의 집이라 ᄒᆞ더니 엇더ᄒᆞ던다 ᄒᆞ인니 고왈 비록 ᄉᆞᆼ인의 집이라 ᄒᆞ여도 그 집 긔구난 쳐음 보왓나이다 부인니 일변 고힛 네긔고 일변 짓거ᄒᆞ더라 (이대본, 105~106쪽).

위 인용문은 이선의 고모인 여부인이 숙향과 이선의 결합을 주선하고, 숙향이 거처하는 이화정의 살림살이를 알아본 대목이다. 여부인은 이화정이 상인(常人)의 집이기 때문에 그곳의 살림살이가 변변치 않을 것이라고 생각했는데, 이화정을 다녀온 하인들이 '그 집 기구는 처음 본 것들'이라는 말을 듣고 이상하게 여긴다. 곧 이 대목은 이화정 할미와 숙향이 평범한 인물이 아님을 암시하고 있는 것으로, 이대본은 물론 한중연A본과 나손본 등 대부분의 국문본에 삽입되어 있다. 그런데 경판본에는 여부인이 숙향과 이선의 결혼을 주선한다는 내용은 있지만, 위와 관련된 서술은 전혀 나타나지 않는다. 그렇다고 이야기의 전개에 무리가 발생하거나 문맥이 어그러져 있는 것은 아니다. 즉 경판본은 이야기의 전개에 무리가 없는 차원에서 비현실적인 것으로 간주되는 부분을 일정하게 생략한 것이다. 경판본이 왕균의 관상대목을 생략한 것도 이러한 기준에 따른 것인데, 완균의 관상대목은 소설의 구성과 긴밀하게 연결된 것이었기에 문제가 발생한 것이라고 하겠다.

다음의 경우도 위와 유사한 예라고 할 수 있다.

> ᄎᆞ시 낙양ᄐᆡ슈 김젼이 위공의 말을 듯고 즉시 관ᄎᆡ를 노하 슉향을 잡아오니 슉향이 ᄋᆞ모란쥴 모로고 잡히여 관젼의 이르ᄆᆡ……(경판본, 474쪽).

> 이젹 낭군 오기를 지다리더니 문득 ᄎᆞᆼ밧게 간치 고이히 울거날 낭ᄌᆡ 혜오되 젼의 ᄌᆞᆼ승상ᄃᆡᆨ 영츈당의셔 잔ᄎᆡ할 ᄊᆡ 져 간치 와 우더니 불칙ᄒᆞᆫ 환을 보고 ᄌᆞ심ᄒᆞᆫ 고ᄉᆞᆼ을 젹거더니 ᄯᅩ 오날 진역의 슈ᄉᆞᆼ이 와 우니 무삼 변니 잇실가 의심ᄒᆞ여 잠ᄌᆞ지 아니ᄒᆞ고 안ᄌᆞᆺ더니 그날 밤즁은 ᄒᆞ여 관ᄎᆞ 나와 슉향을 엄히 ᄌᆞᆸ아가니……(이대본, 108쪽).

이대본에는 숙향이 낙양태수에게 붙잡혀 가기 직전에 까치가 우는 소리를 듣고 불길한 일을 있을까 염려하여 잠을 이루지 못한다는 내용이 서술되어 있다. 한중연A본에도 몇몇 글자만 다를 뿐 위의 내용이 고스란히 삽입되어 있다. 그런데 경판본에는 까치와 관련된 내용이 전혀 나타나지 않는다. 여기서 까치가 울고 갔다는 것은 숙향의 고난을 예고

한 것으로, 이화정의 기이한 기구처럼 비현실적인 것으로 간주할 만한 내용이다. 즉 경판본은 이 대목 역시 비현실적인 내용이라고 생각해서 축약했던 것이다. 물론 경판본에도 숙향이 위기에 처할 때마다 천상 신령들이 나타나 구원하는 등 비현실적인 요소가 다분하다. 경판본도 서사의 기본적인 구도에 해당하는 것은 생략할 수 없었기 때문이다. 그러나 위에서 볼 수 있는 것처럼 경판본은 이야기의 전개에 무리가 없는 한도 내에서 가능한 비현실적인 대목이나 내용을 생략하거나 축약하였다.

셋째, 현실에 대한 민중의 비판적 시각이 내포되어 있는 대목을 삭제하거나 윤색하였다.

> 이날밤 ᄭᅮᆷ의 ᄒᆞᆫ 부체 와 니로ᄃᆡ 샹셰 젼ᄉᆡᆼ의 무죄ᄒᆞᆫ 사ᄅᆞᆷ을 만히 쥭엿시므로 무ᄌᆞᄒᆞ게 졈지ᄒᆞ엿더니 그ᄃᆡ 졍셩이 지극ᄒᆞᄆᆡ 귀ᄌᆞ를 졈지ᄒᆞ노라(경판본, 468~469쪽).

> 그날밤 ᄭᅮᆷ의 한 즁니 와 일오되 샹셔 젼ᄉᆡᆼ 죄 안니라 형벌을 죠히 넉여 무죄ᄒᆞᆫ ᄇᆡᆨ셩를 만히 쥭기ᄆᆡ 글노 쟈식를 못보게 ᄒᆞ여써니 그ᄃᆡ 졍셩니 지극ᄒᆞᄆᆡ 귀ᄌᆞ를 쥬너니……(한중연A본, 30쪽).

> 그날밤 ᄭᅮᆷ의 ᄒᆞᆫ 부체 와 이르되 ᄉᆞᆼ셔 형벌이 엄ᄒᆞ여 무죄ᄒᆞᆫ ᄇᆡᆨ셩을 만니 쥭여시ᄆᆡ 무ᄌᆞ식ᄒᆞ게 ᄒᆞ여더니 부인의 졍셩이 지극ᄒᆞᄆᆡ 귀ᄌᆞ를 졈지ᄒᆞ니 ᄌᆞᆯ 지루라(이대본, 68쪽).

위 인용문은 이선을 낳기 전에 왕씨 부인이 꾼 태몽 대목이다. 한중연A본과 이대본에는 이상서가 '이승'에서 무죄한 백성을 많이 죽였기 때문에 늦도록 자식을 못 낳게 했다고 서술되어 있다. 그런데 경판본에는 '이승'이 '전생'으로 바뀌어 있다. 익히 알고 있듯이, 조선시대에는 부부가 아이를 낳지 못한 경우 그 잘못은 전적으로 아내에게 있는 것으로 간주되었으며, 자식을 못 낳는 여성은 시집에서 쫓겨나기도 했다. 또한 가부장적 권위가 위세를 부렸기 때문에 아기를 못 낳는 원인을 남성의 탓으로 돌리기도 어려웠다. 그런데 위의 대목은 가부장, 그것도 고관대작인 이상서가 '죄 없는 백성을 많이 죽인 탓'이라고 서술하고 있다. 여기에는 분명 가부장적 질서와 관념에 대한 여성들의 불만과 함께 벼슬아치들에 대한 민중들의 저항 의식이 투영되어 있다. 경판본은 이 문제를 다소 희석하기 위해 이상서의 잘못을 '전생에서 행한 일'로 윤색했던 것이다.

대부분의 고소설에서 현재의 고난이나 궁곤함은 전생의 업보로 형상화되는 경향이 있다. 때문에 경판본처럼 이상서의 죄를 전생의 일로 처리하는 것이 특별히 이상할 것은 없다. 그러나 이 대목은 그렇게 단순하게만 생각해서는 안 된다. 후에 이상서는 실제로 무죄한 숙향을 죽이려고 하며, 이러한 이상서의 행위를 여부인이 비난하고 있기 때문이다. 다시 말해, 위 대목은 지배계층에 대한 민중들의 비판적 시각과 함께 죄 없는 숙향을 죽이려 한 이상서의 횡포를 암시하는 복선에 해당하기 때문에 이상서의 죄를 '전생'으로 처리하면 곤란하다.[20] 그런데도 경판본은 약간의 윤색을 가해 이상서의 죄를 희석시키려 했던 것이다.

경판본에서 민중의 비판적 시각이 반영된 대목을 삭제하거나 윤색

20) 한문본(국립도서관 소장본, 한48－188, 13쪽)의 경우는 "부군이 정벌할 때 무고한 사람을 많이 죽인 까닭에 후사를 없게 하였다(夫君征伐 多殺無辜 是以乏嗣矣)."고 하여, 이대본이나 한중연A본처럼 이상서가 현실세계에서 일어난 일로 서술되어 있다. 그러나 한문본도 이상서가 무고한 사람을 많이 죽인 것을 '형벌을 좋아해서'가 아니라, '정벌할 때'라고 서술함으로써 이상서에 대한 비판적 시각을 희석하였다.

을 가한 부분을 찾는 것은 어려운 일이 아니다. 다음의 사례도 이러한 경우에 해당한다.

각셜 형쵸ᄯᅡ히 슈년 한ᄌᆡ로 흉황ᄒᆞᄆᆡ 도젹이 ᄃᆡ치ᄒᆞ여 작난이 심ᄒᆞ거늘 샹이 근심ᄒᆞ실ᄉᆡ 일인이 츌반 쥬왈 신이 비록 년소ᄌᆡ 핍승ᄒᆞ나 형쵸ᄯᅡ 민심을 진정ᄒᆞ오리니 됴명을 청ᄒᆞᄂᆞ이다 샹이 보신ᄃᆡ 니션이라 샹이 ᄃᆡ열ᄒᆞ샤 즉시 형초ᄌᆞᄉᆞ 겸 안찰ᄉᆞ를 졔슈ᄒᆞ시고 졀월과 샹방검을 쥬시니 ᄌᆞ식 슉샤퇴죠 ᄒᆞ거늘 …… ᄌᆞ식 왈 소ᄌᆡ 또ᄒᆞᆫ 슬하를 ᄯᅥ날 ᄯᅳᆺ이 업ᄉᆞ오나 국ᄉᆞ를 피치 못ᄒᆞ오ᄆᆡ 부득이 ᄒᆞ여 가오니 라려치 말으소셔(경판본, 479~480쪽).

이젹의 형쵸싸히 흉년니 쟈로 들ᄆᆡ 도젹니 만히 이러나니 샹이 가쟝 근심ᄒᆞ시거ᄂᆞᆯ 니션이 탑젼의 쥬왈 <u>천지 변화ᄒᆞ기는 인심으로 죠챠 변화ᄒᆞ오ᄆᆡ 형쵸의 모든 관원니 어지지 못ᄒᆞ와 ᄇᆡᆨ셩를 무휼치 안니 ᄒᆞ오ᄆᆡ 쳔변이 쟈로 이러나옵고 긔한를 이긔지 못ᄒᆞ야 도젹니 일어ᄂᆞ 난를 지오니</u> 쇼신니 비록 ᄌᆡ죄 업샤오나 형쵸의 ᄒᆞᆫ 원니 되여 ᄇᆡᆨ셩를 무휼ᄒᆞ옵고 도젹를 평졍ᄒᆞ오리이다 …… 쟈식 엿쟈오되 니변 길흔 (우로ᄂᆞᆫ) 나라흘 위ᄒᆞ야 ᄇᆡᆨ셩를 안보ᄒᆞ고 <u>아ᄅᆡ로 양왕의 혼샤를 거졀코져 ᄒᆞ오니</u> 근심말으쇼셔(한중연A본, 68쪽).

위 인용문은 이선이 형주자사를 자임(自任)하는 대목이다. 경판본에는 한중연A본 중 밑줄 친 부분이 생략되어 있다. 한중연A본의 밑줄 친 부분은 '천지의 변화는 인심에 따른다'거나 '관원이 백성을 무휼하지 않으면 천변이 자주 일어난다'는 등의 내용이다. 이것은 유가(儒家)의 정통적인 애민사상과 인정(仁政)을 역설한 것으로 볼 수도 있다. 그러나 '기한을 이기지 못한 백성이 곧 도적이 된다'는 인식은 유가의 관념적 사고보다는 민중의 현실주의적 사고에 더 가깝다고 할 수 있다. 설사

이러한 인식이 유가의 애민사상과 관련이 있다고 할지라도 조선시대의 유자들 가운데 김시습이나 허균과 같은 비판적 지식인들에게서나 엿볼 수 있으며, 여기에는 분명 당대 정치현실에 대한 민중의 비판적 시각이 투영되어 있다.[21] 그런데 경판본에는 이와 관련된 내용이 완전히 삭제되어 있는바, 이는 경판본이 사회현실에 대한 비판적 시각을 희석시키는 차원에서 축약했음을 보여준다.

또한 한중연A본에서 볼 수 있듯이, 이선이 형주자사를 자청했던 이유는 백성을 안보하기 위한 것만이 아니라 양왕의 구혼을 거절할 목적도 있었다. 이선은 이미 숙향과 혼인한 상태였기 때문에 양왕의 구혼을 거절한다는 것은 숙향에 대한 애정을 의미한다. 숙향과 이선의 사랑은 「숙향전」의 전체 구성 및 주제와도 긴밀하게 연관되어 있다. 그런데 경판본은 이 부분 역시 윤색을 가해 숙향과 이선의 애정보다는 이선의 충절을 부각하고 있는 것이다.[22]

이렇듯 경판본에서 지배계층에 대한 민중의 비판적 시각이 담겨 있

---

21) 한문본(국립도서관 소장본, 한48－193, 28쪽) 역시 한중연A본과 유사한 내용으로 서술되어 있는 바, 해당 부분을 제시하면 다음과 같다. "마침 형초에 기근이 발생하고 도적들이 많이 일어나 수습하기 어려울 지경에 이르렀다. 천자께서 잠을 이루지 못하고 근심하시니, 간의가 아뢰기를, '천도가 변천하는 것은 인심에 달려 있습니다. 형초의 관리들이 어질지 못하여 그곳 백성들을 구휼하지 않고, 한재와 황충의 재난이 연이어 일어남에 백성들이 살기를 도모하고자 모여서 도적이 되었습니다. 신이 비록 재주는 없으나, 나라의 한 고을을 맡겨주신다면 곤경에 처한 백성들을 평정하겠나이다.' 하였다. 천자께서 즉시 이선을 형주자사에 제수하시었다(會荊楚饑饉 盜賊群起 將成不戢之禍 天子方切宵肝之憂 諫議奏(曰) 天道變遷 人心向背 荊楚守臣不賢 不恤其民 乘氣致災旱蝗相仍 民不聊生 相聚爲盜 臣雖不才 願借朝家一郡潢池赤子 不足平也 天子卽拜李仙爲荊州刺史)."

22) 「숙향전」에서 갈등의 핵심은 숙향과 이선의 사랑과 결혼으로 빚어진 이상서와의 대립이며, 이것은 신분갈등을 본질로 하고 있다. 그런데 경판본은 전반적으로 숙향과 이선의 애정보다는 숙향의 정절과 이선의 충절을 부각시키는 방향에서 축약 및 윤색을 가하고 있다.

는 부분들을 삭제하거나 윤색을 가한 이유를 현 단계에서 분명하게 밝히기는 어렵다. 다만 경판본이 서울에서 간행된 것이기에 서울지역 독자들의 기호에 맞추어 개작되었을 것이라는 주장이 현재 제기되고 있을 따름이다.[23] 이 주장은 나름대로 설득력이 있는 것은 사실이다. 그러나 개작의 방향을 독자의 기호만으로 설명하기에는 다소 부족한 감이 있다. 이에 필자는 방각본의 출간에 어느 정도 지식을 갖춘 인물들이 전문적으로 참여했을 가능성을 제기하고자 한다. 비록 방각본이 오늘날처럼 전문성을 갖춘 인쇄물은 아닐지라도, 그것을 출간하기 위해서는 상당한 전문성이 요구된다. 자료를 수집하고 검토하는 작업은 필수적이기 때문에 이러한 일을 전담할 인물들이 있었고, 그들은 어느 정도의 지식을 갖춘 보수적 성향의 인물일 가능성이 높다. 이는 경판본이 비록 축약하는 과정에서 몇몇 오류를 범하기도 했지만, 축약과 윤색이 일정한 기준에 따라 밀도 있게 이루어졌다는 사실에서도 엿볼 수 있다. 경판본 「숙영낭자전」의 경우에도 선군과 숙영낭자의 결합을 방해했던 백공 부부의 행위가 지탄의 대상이 되지 않고 있으며, 초경험적 질서에 대한 관심이 필사본(유탁일 소장본)의 경우보다 현저히 희박한 것[24]도 이러한 사정과 무관하지 않으리라 생각한다.

이상에서 살펴보았듯이 경판본은 대체로 세 가지 기준에 의거하여 축약 및 윤색을 단행하고 있다. 비록 이러한 기준이 작품 전체에 걸쳐

23) 유탁일은 "경판본이나 안성판본은 언어조사가 비교적 품이 높고 짜임새도 보다 정리되어 합리성을 띠고 있는데 비해 완판본은 구어적이며 열거와 반복이 많고 짜임새가 어성겨서 내용이 가다듬어져 있지 않는 것이 보통이며, 이런 결과는 경기지방의 독자층의 지적 수준이 완주(完州) 독자층보다는 높았다는 데 그 리유를 찾을 수 있을 것이다."(『한국문헌학연구』, 아세아문화사, 1989, 127~128쪽)라고 추정하였다.

24) 김일렬, 『조선조소설의 구조와 의미』, 형설출판사, 1984, 208쪽.

치밀하게 적용된 것은 아닐지라도 상당히 계획적으로 진행되었던 것은 분명하다고 하겠다. 이러한 사실은 경판본이 축약본임을 입증하기에 부족함이 없으리라 생각된다.

(2) 이대본(梨大本)

① 심씨본(沈氏本)과의 관계

이대본의 필사연대는 알 수 없다. 그러나 대체적인 표기 형태로 보아 1858년에 판각된 것으로 추정되는 경판본보다 앞서지는 않을 것으로 판단된다. 이는 다음의 몇몇 어휘 사용의 예를 통해서도 짐작할 수 있다.

- ㅇ 넷 송나라 시절의 남양 ᄯᆞ의 ᄒᆞᆫ 명ᄉᆞ 잇시되 셩명은 김젼니라(이대본, 1쪽).
- ㅇ 화셜 송시절의 남양 ᄯᆞ희 일위 현ᄉᆡᆨ 이시니 셩은 김젼이오(경판본, 459쪽).

- ㅇ 호련 광풍이 이러나 그 ᄭᅩᆺ치 산산니 흣터지난지라(이대본, 5쪽).
- ㅇ 신종죠 시절의 이르러 논의 ᄃᆡ단ᄒᆞᄆᆡ……(이대본, 22쪽).
- ㅇ 슉향이 오세의 니르러 병난이 니러나 형쥬를 침노ᄒᆞ니……(경판본, 461쪽).

- ㅇ 천승 왈 옥석 분간할 일 업다 ᄒᆞ나……(이대본, 48쪽).
- ㅇ 텬승 왈 승샹이 슉향의 일을 알으시ᄂᆞ니잇가(경판본, 466쪽).

경판본의 경우 구개음화와 두음법칙 등의 현상이 보이지 않으나 이대본에는 분명하게 나타나 있다. 존재사도 '이시'(경판)와 '잇시'(이대본)처럼 경판본이 이대본보다 앞선 표기 형태를 보여주고 있다. 이상의 몇몇 표기 형태로 보아 이대본이 경판본보다 후대에 필사된 것이라는 점은 부인하기 어려울 것 같다. 그러나 이대본은 현존하는 국문본 가운데 몇 안 되는 완결본(完結本)이며, 「숙향전」 이본 중에서 고본(古本)으로 추정되고 있는 심씨본(沈氏本)과 매우 유사하다는 점에서 주목할 필요가 있다.

심씨본은 국문으로 된 이본 중 표기 형태가 상당히 앞서고 있으며, 일본 구주(九州) 묘대천(苗代川)에 거주하고 있는 임란유민 심씨가(沈氏家)에 대대로 전해오던 이본이라는 점에서 학계의 주목을 받아왔다. 심씨본을 직접 발굴한 이위응은 심씨본의 표기 형태가 대략 17세기에 해당하나, 필사자가 구개음화와 경음화 등의 음운변천이 중부방언보다 선행(先行)하는 남부방언권에 속하기 때문에 심씨본의 필사연대는 16세기까지 거슬러 올라갈 수 있다[25]고 주장하였다. 이에 대해 조희웅은 이위응이 시도한 음운분석을 통한 추정의 방법적 오류를 지적하고, 심씨본이 원본에 가까운 형태임은 인정하나 18세기 이후의 문헌이라고 주장하였다.[26] 실제로 심씨본의 필사연대에 대한 이위응의 추정은 심씨본이 임진왜란 당시 일본으로 유입된 이본이라는 것을 입증하기 위해 음운현상을 무리하게 적용한 측면이 있다. 예컨대, 심씨본이 'ㆍ(아래 아)'를 거의 그대로 유지하고 있기 때문에 고본이라고 한 것은 'ㆍ'가 구활자본에도 많이 나타나고 있기 때문에 설득력이 없다. 또 이위응은 심씨본이 미완본인 것은 필사자가 임진왜란 때 강제 피납되면서 필사를 중단할 수밖에 없었으며, 마지막 구절의 '깃거'를 '것거'로 오기한 것 역시 피납의 와중에 경황이 없어 그랬던 것이라고 추정하였다. 그러

---

25) 이위응, 앞 논문.
26) 조희웅, 앞 논문, 31쪽.

나 이것 역시 전혀 설득력이 없다. 심씨본 외에도 필사본 중에는 미완본이 다수를 차지하고 있으며, 심씨본에는 '집안'을 '집인'으로, '비록'을 '빅록'으로 표기하는 등 더러 오기가 보이기 때문이다.

그러나 심씨본은 현존하는 국문 필사본 중 음운의 표기 형태가 비교적 선행된 것인바, 「숙향전」의 이본 연구에서 중요한 위치를 점하고 있다는 것은 부정할 수가 없다. 다만 심씨본이 미완본이라 연구 대상으로 삼기 어렵다는 문제가 있는데, 이대본은 심씨본을 저본(底本)으로 삼아 필사한 것으로 생각될 정도로 심씨본과 흡사하다. 따라서 심씨본과 이대본의 관계 양상을 면밀하게 고찰하는 것은 「숙향전」 이본의 계통을 밝히는 데 중요한 관건이 되리라 생각된다.

심씨본은 국한문 혼용 필사본이고, 이대본은 순전히 국문으로만 쓰인 필사본이다. 그러나 내용상의 차이는 거의 없다. 일례로 다음 대목을 들 수 있다.

> 이적의 南郡ᄯᅡ 張承相이란 사ᄅᆞᆷ은 네 漢적 張子房의 後裔라. 일홈은 嵩이니 早年及第ᄒᆞ여 名望이 極ᄒᆞ니 朝廷의 아니 ᄒᆞᆫ 벼ᄉᆞᆯ이 업고 三十前의 承相이 되여 三朝를 셤기니 富貴 天下의 웃ᄯᅳᆷ이오 朝廷이 勳國大臣이라 稱ᄒᆞᄃᆞ니 神宗朝의 니ᄅᆞ러 論議 大端ᄒᆞ매 벼ᄉᆞᆯ을 辭讓ᄒᆞ고 나지 아니 ᄒᆞ더니……(심씨본, 155~156쪽).

> 이적의 남군ᄯᅡ ᄌᆞᆼ승ᄉᆞᆼ은 옛 ᄒᆞᆫ나라 쟝ᄌᆞ방의 후예라. 일홈은 ᄉᆞᆼ이니 소연등과ᄒᆞ여 명망이 극ᄒᆞ여 아니 ᄒᆞᆫ 벼ᄉᆞᆯ이 업고 ᄉᆞᆷ십젼의 승ᄉᆞᆼ이 되여 ᄉᆞᆷ죠를 셤긔니 부귀 쳔ᄒᆞ의 웃듬이요 죠졍이 훈국ᄃᆡ신니라 칭ᄒᆞ더니 신종죠 시졀의 이르러 논의 ᄃᆡ단ᄒᆞᄆᆡ 벼ᄉᆞᆯ을 ᄉᆞ양ᄒᆞ고 나지 아니 ᄒᆞ더니……(이대본, 21~22쪽).

심씨본은 몇몇 글자를 한자로 표기한 것 외에 내용상 이대본과 다름이 없다. 심씨본과 이대본의 밀접한 관계는 한중연A본과의 비교를 통해서도 확인할 수 있다.

> 남군ᄶᅡ 쟝승상은 한나라 시절의 쟝ᄌᆞ방의 후예라. 이십 젼의 급제ᄒᆞ야 일ᄶᆡᆨ예 명망이 즁ᄒᆞᆫ 고로 죠정의 안니 ᄒᆞᆫ 벼슬 업시 다 ᄒᆞ고 샤십 젼의 ᄃᆡ국정승이 되야 샴죤를 셤기니 부귀 쳔하의 웃씀이라 훈국ᄃᆡ신으로 일컷ᄶᅥ라. 신죵죠의 날리가 일어나 샤방이 어즈럽거늘 벼슬을 샤양ᄒᆞ고 나지 안이 ᄒᆞ니…….(한중연A본, 10쪽)

한중연A본도 심씨본 계열로 추정된 바 있다.[27] 실제로 한중연A본 역시 심씨본과 매우 흡사하다. 그러나 그것은 이대본과 심씨본의 혹사함에 비할 수는 없다. 심씨본과 이대본은 몇몇 조사의 차이 외에는 어구의 배열, 단어의 선택 등이 거의 완전하게 일치하고 있다. 심씨본과 이대본의 이러한 혹사함은 다음과 같은 서두의 첫 대목을 제외하고는 전편에서 거의 동일하게 나타난다.

> 녜 宋時節의 南陽ᄶᅡ의셔 사ᄂᆞᆫ 金典이란 사ᄅᆞᆷ이 이시되 二八의 文章의 글을 일으니 일홈난 션ᄇᆡ들이 ᄃᆞᆺ돗와 못ᄃᆞᆺ더라. 그 父親은 雲水先生이라 才德이 兼全ᄒᆞ니 皇帝 諫議太父와 吏部尙書를 ᄒᆞ이시되 終時 辭讓ᄒᆞ고 밧지 아니 ᄒᆞ고 山中의셔 죽으니 집이 凄涼ᄒᆞ더라 (심씨본, 1쪽).

> 녯 송나라 시절의 남양ᄯᅡ의 ᄒᆞᆫ 명ᄉᆞ 잇시되 셩명은 김젼니라. 총명쥰아ᄒᆞ여 니팔의 문장을 쳔망ᄒᆞ니 ᄉᆞ방 어진 션ᄇᆡ 구름못덧 ᄒᆞ

---

27) 나도창, 앞 논문, 1984, 38~39쪽.

더라. 그 부친은 운슈선ᄉᆡᆼ이니 도덕이 놉고 ᄌᆡ죠 겸젼하ᄆᆡ 황제 특명을 나리와 ᄐᆡ부와 니부ᄉᆞᆼ셔를 제슈ᄒᆞ시고 안거ᄉᆞ마로 여러번 부르시되 맛츰ᄂᆡ ᄉᆞ양ᄒᆞ고 나지 아니 ᄒᆞ니 그 어진 덕을 칭찬ᄒᆞ더라(이대본, 1쪽).

위 대목은 작품 전반에 걸쳐 심씨본과 이대본의 차이가 가장 많이 나타나는 부분이다. 그런데도 내용상의 차이는 거의 없으며, 단어의 선택 및 어구의 배열도 거의 일치하고 있다. 다만 심씨본은 '운수선생의 죽음으로 인해 김전의 집안이 처량하게 된 것'에 초점을 맞추었다면, 이대본은 '운수선생의 어진 덕을 칭송'하는 데 초점을 맞추었다는 것만이 다르다. 운수선생의 죽음을 김전의 처량한 신세와 관련지어 서술한 내용은 경판본과 한중연A본 등 대부분의 국문본에 나타난다. 따라서 위 대목의 경우, 이대본의 필사자가 약간의 윤색을 가한 것으로 추정된다.[28]

위에서 인용한 대목 외에도 이대본에는 몇몇 대목에서 어순을 바꾸는 등 개작의 흔적이 엿보인다. 그러나 심씨본과 이대본은 전반적으로 거의 혹사하며, 그 혹사함은 다른 이본과 비교할 바가 아니다. 이러한 혹사함은 두 이본이 단순히 같은 계열의 이본이라는 차원을 넘어 서로 밀접하게 관련되어 있음을 시사한다. 특히 다음 구절은 유일하게 심씨본과 이대본에만 있는 대목인바, 두 이본의 직접적인 관련성을 입증하기에 부족함이 없으리라 생각한다.

果然 그 ᄃᆞᆯ부터 胎氣 이시되 典이 크게 깃거 아ᄃᆞᆯ 나기ᄅᆞᆯ 祝手ᄒᆞ

28) 김전의 부친인 운수선생에 대한 서술은 한문본의 경우 10여종 가운데 나손B본과 이것을 저본으로 삼은 한문현토본(구활자본), 그리고 나손B본의 영향을 받은 것으로 판단되는 국립도서관소장본(한48－188)에만 나타난다.

> 더라. <u>十朔만의 張氏 病이 重ᄒᆞ여 飮食을 먹지 못ᄒᆞ니 金典이 憫忙ᄒᆞ여 醫藥을 親히 ᄒᆞ더니</u> 기축 사월 초팔일의 괴이ᄒᆞᆫ 오색 구름이……(심씨본, 150쪽).
>
> 과연 그 달부터 틔긔 잇스니 김젼니 크게 깃거 아달 낫키를 축슈ᄒᆞ더라. <u>십삭만의 장시 병이 듕ᄒᆞ여 음식을 먹지 못ᄒᆞ니 김젼니 민망ᄒᆞ여 의약을 친니 권ᄒᆞ더니</u> 기축 ᄉᆞ월 초팔일의 긔이ᄒᆞᆫ 향ᄂᆡ 진동ᄒᆞ며 오색 구름이……(이대본, 6쪽).

위의 인용문은 숙향의 모친 장씨가 숙향을 낳기 직전의 상황을 서술한 대목이다. 밑줄 친 부분은 장씨가 병이 들어 눕자 김전이 직접 장씨를 돌본다는 내용으로, 심씨본과 이대본에만 나타난다. 다른 이본들에는 김전이 아들 낳기를 축원하고, 태기가 있은 지 십 삭만에 오색구름과 향내 등 숙향의 탄생을 예고하는 신이한 현상이 발생한 것으로 서술되어 있다. 게다가 위의 내용은 다소 어색한 측면도 있다. 장씨의 고통은 질병이 아니라 출산의 징후인 산통이다. 김전이 이를 병으로 알고 직접 의약을 권했다고 하는데, 이는 상황 맥락과 어울리지 않는 서술이라고 하겠다. 따라서 이 구절은 필사 과정에서 새롭게 첨가된 것이라고 할 수 있다. 이러한 사실은 심씨본과 이대본이 매우 밀접하게 관련되어 있음을 분명하게 보여주는바, 심씨본과 이대본의 관계는 다음 세 경우로 한정할 수 있다.

첫째, 이대본이 심씨본을 저본으로 삼아 필사했을 경우
둘째, 심씨본이 이대본을 저본으로 삼아 필사했을 경우
셋째, 심씨본이나 이대본이 모두 동일한 이본을 저본으로 삼아 각각 필사했을 경우 이미 몇몇 연구자들이 표기 형태상 심씨본이 이대본보다 앞선다고 주장한 바 있으며, 필자 역시 이 주장이 타당하다고 생각한다. 심씨본은 표기 형태가 전반적으로 이대본보다 앞설 뿐만 아니라, 이대본보다 고어(古語)를 사용하고 있기도 하다. 예컨대, ‘남긔’(심씨본, 17쪽)와 ‘ᄇᆡ바당’(심씨본 148쪽)을 들 수 있다. 이것은 ‘나무’와 ‘발바닥’의 고어인데, 이대본에는 해당 용어를 ‘나무’(23쪽)와 ‘발’(1쪽)로 표기하고 있는 것이다. 이러한 점에 비추어볼 때, 일단 심씨본이 이대본을 저본으로 삼아 필사했을 가능성은 없다고 하겠다. 그러나 또 이대본이 심씨본을 저본으로 삼아 필사했을 가능성도 상정하기 어렵다. 심씨본은 일본에서 발견된 이본으로, 이위응이 1964년에 처음 우리나라에 소개한 이본이기 때문이다. 따라서 이대본이 직접 심씨본을 저본으로 삼아 필사했을 가능성 역시 거의 없다. 이는 다음 구절의 비교를 통해서도 확인할 수 있다.

> 淑香이 다시 니러 謝禮ᄒᆞ여 왈 다 보왓ᄉᆞ오며 夫人의 하ᄂᆞᆯ ᄀᆞᆺᄌᆞ온 恩德을 萬分之一이나 갑ᄉᆞ올가 ᄇᆞ라ᄂᆞ이다(심씨본, 154쪽).

> 숙향이 다시 이러나 ᄉᆞ례 왈 다 보와ᄉᆞ오나 부인의 ᄒᆞ날갓탄 은혜를 <u>갑ᄉᆞ올 길이 업ᄉᆞ오니 부인의 안전의 시비나 되여</u> 만분지일이나 갑ᄉᆞ올가 바ᄅᆡ나이다(이대본, 17쪽).

이 구절은 숙향이 명사계의 후토부인(后土夫人)과 대화를 나누는 장면이다. 숙향은 부모를 잃고 유리걸식할 때 잔나비와 청조(青鳥) 등의 도움을 받는데, 후토부인이 잔나비와 청조 등을 보았느냐고 묻는다. 이에 숙향이 다 보았다고 대답한 후 그 은혜를 갚겠다고 말한다. 그런데 심씨본에는 이대본의 밑줄 친 부분이 누락되어 있어 문맥이 어색하다. 숙향이 '후토부인의 시비가 되어 은혜를 갚겠다'는 구절은 거의 모든 국문본에 나타난다.[29] 따라서 심씨본에 이 구절이 없는 것은 필사 과정에서 누락된 것이라고 할 수 있다. 또한 이것은 이대본이 직접 심씨본을 저본으로 삼아 필사한 것이 아니라는 증거이기도 하다. 이대본이 심씨본을 저본으로 삼아 필사하면서 다른 이본을 참조해 이 대목을 첨가했다고 볼 수는 없기 때문이다. 요컨대, 심씨본과 이대본은 매우 혹사하지만 서로 직접 관련을 맺었다고 볼 수는 없다고 하겠다.

이제 남은 것은 심씨본이나 이대본이 모두 동일한 이본을 저본으로 삼아 각각 필사했을 경우이다. 두 이본의 내용이 혹사한 것은 이 경우를 고려하지 않고는 달리 해명할 방법이 없다. 즉 심씨본과 이대본의 혹사함은 두 필사자가 각각 동일한 이본을 저본으로 삼아 필사했으며, 저본을 거의 그대로 전사(轉寫)한 결과였다[30]고 하겠다. 또한 이러한 사실은 심씨본과 이대본의 저본이 된 선본(先本)이 존재했었다는 것을 시사하고 있다는 점에서 주목할 필요가 있다.

② 문맥상의 오류와 그 특징

이대본은 전체적인 구성이나 서술 내용에 있어서 국문 필사본인 한중연A본과 거의 차이가 없다. 그러나 일부 대목의 경우 이대본의 서술 내용이 한중연A본에 비해 압축되어 있으며, 문장 또한 대체로 한중연A본보다 매끄러운 편이다. 예컨대, 다음과 같은 대목을 들 수 있다.

29) 한문본의 경우는 12종 모두 이와 관련한 대목이 전혀 나타나지 않는다.
30) 이위응 역시 현존 심씨본이 전사본이라고 언급하였다(앞 논문, 21쪽).

잇씌 낭ᄌᆞ 혼ᄌᆞ 안ᄌᆞ 우더니 ᄒᆞᆫ 할미 와 절ᄒᆞ고 왈 소녀난 니랑의 유모옵더니 져졈게 듯ᄉᆞ오니 낭군니 ᄇᆡ필을 정ᄒᆞ시다 ᄒᆞ오되 녀복야ᄃᆡᆨ의셔 정혼ᄒᆞᄆᆡ 아지 못ᄒᆞ여습더니 앗가 할미 지ᄋᆡ비 말ᄉᆞᆷ 듯ᄉᆞ오니 이곳 게시다 ᄒᆞ오ᄆᆡ 낭군을 뵈온듯 반갑ᄉᆞ 와왓나이다. 낭ᄌᆞ 왈 낭군 유모라 ᄒᆞ니 낭군을 본덧 ᄒᆞ도다. 이젼 일을 말ᄒᆞ며 안ᄌᆞ더니 이윽ᄒᆞ여 유부 교ᄌᆞ를 가지고 노부을 거나려와 부인의 말ᄉᆞᆷ을 젼ᄒᆞ거날 낭ᄌᆞ ᄉᆞ양치 못ᄒᆞ여 교ᄌᆞ를 타니 좌우 등촉이 낫갓고 위의 엄슉ᄒᆞ더라(이대본, 137쪽).

이젹의 낭ᄌᆡ 혼ᄌᆞ 우더니 한 할미 와셔 절ᄒᆞ고 왈 쇼인은 낭군의 유뫼올넌니 앗가 할아비 말샴를 듯ᄉᆞ오니 낭ᄌᆡ 예 와 계시더라 ᄒᆞ고 급히 가셔 뫼시라 ᄒᆞ옵기로 쌜니 오노라 ᄒᆞ와도 늣샤의다. 져즘게 낭군니 ᄇᆡ필를 어드시다 ᄒᆞ오나 여부인 쥬혼ᄒᆞ시ᄆᆡ 뵈옵지 못ᄒᆞ고 기후의 낙양옥즁의 가 굿기신다 ᄒᆞ옵썬니 노히시다 ᄒᆞ오되 아모ᄃᆡ 계신 쥴 모로와 할아비와 챠탄 샌이올넌이니다. 낭ᄌᆡ 울며 왈 낭군의 유뫼라 ᄒᆞ니 낭군를 본듯 ᄒᆞ여라 ᄒᆞ고 니젼 고힝ᄒᆞ든 말을 ᄃᆡ강ᄒᆞ니 유뫼 통곡ᄒᆞ더라. 이윽고 유뷔 교ᄌᆞ를 ᄃᆡ령ᄒᆞ고 부인 말ᄉᆞᆷ으로 청ᄒᆞ거늘 낭ᄌᆡ 가장 샤양 왈 샹셔 비록 쥭이실지라도 부인니 부르시는 ᄃᆡ 안니 가면 쥭기를 두려 싀부모의 명영를 어긔는 쟈시라 가련니와 쳔ᄒᆞᆫ 몸의 교자타기는 더옥 불감ᄒᆞ니 거러 가리라 ᄒᆞᆫᄃᆡ 부인의 명니 잇ᄉᆞ오니 거러 가시면 쇼인 등이 죄를 면치 못ᄒᆞᆯ 거시니 어셔 교ᄌᆞ를 타쇼셔. 낭ᄌᆡ 샤향치 못ᄒᆞ야셔 교ᄌᆞ의 올르니 좌우의 향ᄂᆡ와 등촉니 휘황ᄒᆞ더라(한중연A본, 59쪽).

숙향은 이상서댁 서쪽 동산에 있는 이화정 할미의 무덤에 찾아가 통곡하는데, 이 소리를 들은 이상서 부부가 유모에게 소리의 연유를 알아오라고 한다. 이 대목은 숙향과 유모가 대화를 나누는 장면이다. 이대본과 한중연A본은 전체적인 내용의 흐름이나 사용된 자구(字句) 등으로 보아 동일한 계열임을 알 수 있다. 그러나 이대본에는 한중연A본의 밑줄 친 부분이 없다. 그럼에도 불구하고 문맥이 자연스럽게 연결되어 있다. 구체적인 서술과 표현에 있어서 이대본은 한중연A본에 비해 압축적일 뿐만 아니라 문맥 또한 매끄러운 편이다.

이 외에도 한중연A본에는 종종 이대본에 없는 내용이나 구절이 삽입되어 있다. 그러나 대부분의 경우 한중연A본이나 이대본에 문맥상 오류가 나타나지 않기 때문에 어느 것이 본래적 형태인지 판단하기가 어렵다. 다시 말해서 위에서 인용한 대목의 경우 이대본이 축약된 형태인지, 아니면 한중연A본이 부연된 형태인지를 이 대목 자체만 가지고는 확인할 길이 없다는 것이다.

그런데 이대본에는 작품 전반에 걸쳐 총 여섯 군데 정도에서 문맥상 오류가 발견되는데, 이들 오류가 모두 축약에서 비롯되고 있다. 물론 한중연A본에도 문맥상 오류가 없는 것은 아니다. 그러나 이대본처럼 축약으로 인한 오류는 발견할 수가 없다. 이러한 사실은 이대본이 일정하게 축약된 형태임을 반증하는 것이라고 할 수 있다. 이에 여기에서는 이대본에 나타나는 몇몇 문맥상의 오류를 한중연A본과의 대비를 통해 고찰함으로써 「숙향전」 이본들 중에서 이대본이 차지하고 있는 위상을 가름하고자 한다.

ㄱ. 무자(無子)로 인한 이상서 부부의 갈등 대목

위공이 부인다려 왈 우리 부귀 죠정의 웃듬이요 ᄯᅩᄒᆞᆫ 부인의 인물과 ᄌᆡ죠 쳔ᄒᆞ의 ᄉᆞᆼ이 업시되 다만 무ᄌᆞ식ᄒᆞ오니 후ᄉᆞ를 젼할 곳지 업ᄉᆞᆸ고 우리 ᄯᅩᄒᆞᆫ 의탁할 곳지 업ᄉᆞ오니 ᄉᆡᆼ각건ᄃᆡ ᄂᆡ 벼슬이 두 부인을 ᄯᅮᆯ만 ᄒᆞᆫ지라. 부인의 ᄉᆡᆼ각이 엇더ᄒᆞ신잇가. <u>왕시 ᄒᆞᆫ슘짓고 왈</u>

<u>ᄉᆞᆼ셔 위염이 두 부인분 아니라 열 부인니라도 엇지 못ᄒᆞ오릿가. ᄉᆞᆼ셔 우어 왈 우리 비록 무ᄌᆞ식ᄒᆞ나 혈마 엇지ᄒᆞ오릿가</u>(이대본, 67쪽).

남자 주인공인 이선을 낳기 전에 이상서가 부인 왕씨에게 자식을 낳기 위해 새 부인을 얻겠다고 한다. 이에 왕씨는 한숨을 짓고 "ᄉᆞᆼ셔 위염이 두 부인분 아니라 열 부인니라도 엇지 못ᄒᆞ오릿가"라고 대답하며, 이상서는 다시 "우리 비록 무ᄌᆞ식ᄒᆞ나 혈마 엇지ᄒᆞ릿가"라고 말한다. 왕씨의 대답은 새 부인을 얻겠다는 이상서의 뜻을 탐탁하지 않게 여기면서도 어찌할 수 없어 마음대로 하라는 의미로 이해된다. 그런데 이러한 왕씨의 대답에 이어 나오는 이상서의 말은 그 의미가 모호하다. 자식이 없어도 좋으니 새 부인을 얻지 않겠다는 것인지, 아니면 자식이 없어도 괜찮다는 것인지 알 수가 없다. 그러나 한중연A본을 보면 이상서가 한 이 말의 의미가 분명하게 드러난다.

위공니 부인다려 왈 우리 부귀ᄒᆞ미 죠정의 읏뜸니오 부인의 인믈과 ᄌᆡ죄 쳔하의 짝니 업스되 다만 ᄌᆞ식니 업스니 후세에 션령향화를 뉘게 젼ᄒᆞ리오. ᄂᆡ 벼슬이 두 부인를 어더도 죡ᄒᆞ리니 부인은 원치 말으쇼셔. 아모나 ᄌᆞ식 나흘 부인를 엇고ᄌᆞ ᄒᆞ니이다. 왕씨 슬허 왈 상셔의 위염이야 두 부인 안니라 열 부인인들 못엇ᄉᆞ오리잇가만은 <u>쳡니 무ᄌᆞᄒᆞ미 안니오라 샹셔 무ᄌᆞᄒᆞ시면 엇지 ᄒᆞ시리오.</u> 샹셔 쇼왈 부인를 또 어더 무ᄌᆞᄒᆞ면 현마 엇지ᄒᆞ리오(한중연A본, 29~30쪽).

이 대목의 경우 한중연A본은 대화의 흐름과 사용된 자구 등 표면적으로는 이대본과 거의 같다. 다만 한중연A본에는 이대본에 비해 왕씨의 언급 중 밑줄 친 구절이 더 삽입되어 있을 뿐이다. 즉 이대본에는 자식을 낳기 위해 새 부인을 얻겠다는 이상서의 언급에 대해 부인 왕씨가 단지 "ᄉᆞᆼ셔 위염이 두 부인분 아니라 열 부인니라도 엇지 못ᄒᆞ오릿가" 라고 대답한 것으로만 되어 있는데, 한중연A본에는 여기에다 "쳡니 무ᄌᆞᄒᆞ미 안니오라 샹셔 무ᄌᆞᄒᆞ시면 엇지 ᄒᆞ시리오"라는 반문이 덧붙어 있는 것이다. 따라서 일견 두 이본은 왕씨의 반문이 있고 없는 것 외에는 내용상으로도 별다른 차이가 없는 것처럼 보인다. 그러나 이 구절의 유무로 인해 이대본과 한중연A본은 내용상 큰 차이가 날 뿐만 아니라 사건 자체가 완전히 다른 양상을 보인다. 이대본의 경우 이상서와 왕씨의 갈등이 분명하게 표출되어 있지 않음에 반해, 한중연A본에는 왕씨의 반문으로 인해 무자식으로 인한 부부의 갈등이 분명하게 드러나 있는 것이다.

그러나 중요한 것은 단순히 무자식으로 인한 이상서 부부의 대립이 표출되어 있느냐 없느냐 하는 것은 아니다. 문제는 한중연A본에는 이상서의 마지막 말이 왕씨의 반발에 따른 부득이한 변명임이 분명하게 드러나 있는데, 이대본의 경우는 바로 이 왕씨의 반문을 생략함으로써 뒤이어 나오는 이상서의 말이 어떤 맥락에서 나온 것인지 이해하기 어렵게 되고 말았다는 데 있다. 한중연A본을 보면, 이상서가 "쳡니 무ᄌᆞᄒᆞ미 안니오라 샹셔 무ᄌᆞᄒᆞ시면 엇지 ᄒᆞ리오"라는 왕씨의 반문에 대해 이상서가 "부인를 ᄯᅩ 어더 무ᄌᆞᄒᆞ면 현마 엇지ᄒᆞ리오"라고 대답한다. 이상서의 이 대답은 자식을 낳지 못한 것을 오로지 왕씨의 탓으로 돌리려 했다가 왕씨가 강력하게 반발하자 문제의 핵심에서 비켜나려는 일종의 변명이었던 것이다.

그런데 이대본에는 왕씨의 반문이 빠져 있을 뿐만 아니라, 이상서의 언급 중 "부인를 ᄯᅩ 어더 무ᄌᆞᄒᆞ면"이라는 구절이 "우리 비록 무ᄌᆞᄒᆞ나"로 바뀌어 있다. 이로 인해 결국 이대본에는 자식을 낳기 위해 새 부인을 얻겠다고 문제를 제기했던 이상서가 도리어 자식이 없어도 개의치 않겠다고 말한 꼴이 되고 말았다. 즉 이대본은 무자식으로 인한 이상서 부부의 갈등을 희석하기 위해 의도적으로 왕씨의 반문을 빼고, 또 이상서의 대답 중 일부를 변개했던 것이다. 그러나 내용 자체를 완전히 새롭게 개작하지 않고, 일부 구절만 축약 · 변개한 결과 문맥이 어그러지는 오류를 범했던 것이다. 요컨대, 이 대목은 이대본이 무자식으로 인한 이상서 부부의 갈등을 희석하기 위해 의도적으로 축약 · 변개한 것이라고 하겠다.

기실 이대본에 생략되어 있는 왕씨의 반문은 사회적으로 자못 심각한 문제를 야기할 만한 내용이다. 자식을 낳기 위해 새 부인을 얻겠다는 이상서의 언급에 대해 왕씨가 "쳡니 무즈ᄒᆞ미 안니오라 샹셔 무즈ᄒᆞ시면 엇지 ᄒᆞ리오"라고 반문한 것은, 자식을 낳지 못한 것이 여자인 자기 때문이 아니라 남자인 이상서에게 그 책임이 있을 수도 있다는 것이다. 조선시대는 유교적 이데올로기를 바탕으로 봉건적 가부장제가 철저하게 관철되었던 시기였다. 특히 17세기 후반인 숙종 때부터 가장(家長)의 의무 · 책임에 관한 대명률(大明律)의 규정을 강화하기 위해서 가족 대표자로서의 가장의 책임을 규정하는 단행법령이 나오기 시작하여 『속대전(續大典)』에 규정되는 등 유교적 가부장제가 점차 강화되었다고 한다.[31] 이러한 사회적 상황과 여건 속에서 옳건 그르건 자식을 낳지 못하는 책임이 전적으로 여자에게 전가되었으며, 이를 부정하는 왕씨의 반문은 사회적으로 커다란 파장을 불러일으킬 수 있는 일종의 저항적 선언(宣言)이라고 할 수 있다.[32] 요컨대 이 대목의 경우, 이대본

---

31) 박병호, 「한국 가부장권법제의 사적 고찰」, 『한국여성연구』 1, 청하, 1988, 160쪽.
32) "쳡니 무즈ᄒᆞ미 안니오라 샹셔 무즈ᄒᆞ시면 엇지 ᄒᆞ리오"라는 왕씨의 반문이 문제

은 왕씨의 발언이 내포하고 있는 문제적 성격과 아울러 무자식으로 인한 이상서 부부의 갈등을 희석하는 차원에서 축약 · 변개한 것이라고 하겠다.

이 대목에 이어 부인 왕씨는 화가 나서 친정집에 갔다가 대성사 부처가 영험하다는 말을 듣고 대성사 부처에게 기자(祈子)하고 돌아와 이상서와 희롱하는 장면이 있다. 그런데 이 대목 역시 이대본은 축약 등으로 이상서 부부의 갈등을 희석하였다.

> 부인니 숢을 ᄭᆡ여 ᄒᆞᆫ날임게 ᄇᆡᆨᄇᆡ 츅슈ᄒᆞ고 ᄉᆞᆼ셔게 젼후ᄉᆞ를 져져 셜화ᄒᆞ니 ᄉᆞᆼ셔 드르시고 ᄃᆡ경ᄃᆡ히 ᄒᆞ여 ᄒᆞᆫ가지 츅슈ᄒᆞ고……(이대본, 68~69쪽).

> (부인이) 숢를 ᄭᆡ여 ᄒᆞᄂᆞᆯ게 츅슈ᄒᆞ고 부모게 ᄒᆞ직ᄒᆞᆫ 후 집니 도라오니 샹셔 왈 부인은 무슨 년고로 그리 여러 날만의 오신잇고. 부인니 쇼왈 샹셔 날을 무ᄌᆞ식ᄒᆞᆫ다 ᄒᆞ시고 경히 넉니시ᄆᆡ ᄋᆡ달ᄉᆞ와 천상의 귀ᄌᆞ를 빌나 갓ᄉᆞᆸ써니이다. 샹셔 쇼왈 천샹의거지 가셔 쟈

적인 내용이었다는 것은 경판본을 통해서도 일정하게 확인할 수 있다. 경판본에는 왕씨의 발언이 내포하고 있는 문제성을 의식하여 무자식으로 인한 이상서 부부의 갈등 대목 자체를 "다만 슬하의 일점 혈육이 업ᄉᆞᆷ을 슬허ᄒᆞ더니 부인이 친가의 갓다가 ᄃᆡ셩ᄉᆞ 부쳐 영험ᄒᆞ단 말을 듯고"(468쪽)라는 정도로 축약 · 변개했던 것이다. 무자식으로 인한 부부의 갈등을 표출하고 있는 이 대목은 내용 자체가 함축하고 있는 문제적 성격과 아울러 여러 면에서 상당히 주목된다. 가부장적 권위가 절대적이었던 조선 후기에 자식이 없는 것을 부인의 탓으로 돌렸던 것은 일반적이었으며, 여자들 역시 사실이건 아니건 수긍할 수밖에 없었을 것으로 생각된다. 그런데 「숙향전」의 경우 남편의 일방적인 매도에 대해 부인이 강력히 저항하고 있음을 보여주고 있다. 더욱 흥미로운 것은 한문본 역시 한중연A본과 마찬가지로 이상서 부부의 갈등이 분명하게 표출되어 있음에 반해, 가장 후대본이라고 할 수 있는 구활자본에는 "내 박복하야 무자하니 여러 부인이 드러온들 엇지하리잇가"(23쪽)라 하여 왕씨 부인이 완전히 무자식한 것을 자신의 탓이라 수긍하는 것으로 개작되어 있다는 사실이다.

식를 비러 나흘진ᄃᆡ 쳔하의 뉘 무ᄌᆞ식 ᄒᆞ오리오. 부인왈 계집니 무ᄌᆞ식ᄒᆞ면 ᄂᆡ칠진ᄃᆡ 셰샹의 무ᄌᆞ식ᄒᆞᆫ 계집니 지아비 다리고 샬니 몇치나 되리오 ᄒᆞ며 셔로 희롱ᄒᆞ더니……(한중연A본, 30쪽).

이 대목의 경우, 이대본은 한중연A본에 비해 한결 축약되어 있다. 비록 서로 웃으면서 희롱한 것으로 서술되어 있지만, 한중연A본에는 밑줄 친 부분처럼 무자식으로 인한 이상서 부부의 갈등이 분명하게 표출되어 있다. 이상서가 '천상에 빌어 자식을 낳을 수 있다면 누가 무자식하리오'라고 말하자, 왕씨는 '무자식한 아내를 모두 내친다면 지아비를 데리고 살 무자식한 아내가 몇이나 되겠느냐'며 반발한 것이다. 그런데 이대본에는 이 대목을 이상서 부부의 갈등이 전혀 나타나지 않도록 축약해버렸다.

이 대목이 한중연A본에서 부연한 것이 아니라 이대본에서 축약·변개했다는 것은 한문본을 통해서도 확인할 수 있다. 한문본에도 한중연A본과 동일하게 무자식으로 인한 이상서 부부의 갈등이 분명하게 표출되어 있기 때문이다. 그러나 우리는 굳이 한문본을 빌지 않고도 이대본의 내용이 축약·변개된 것임을 쉽게 확인할 수 있다. 한중연A본과 이대본을 비교해 보면, 한중연A본의 밑줄 친 구절 대신에 이대본에는 "ᄉᆞᆼ셔게 젼후ᄉᆞ를 져져 셜화ᄒᆞ니 ᄉᆞᆼ셔 드르시고 ᄃᆡ경ᄃᆡ히 ᄒᆞ여 ᄒᆞᆫ가지 축슈ᄒᆞ고"라는 구절이 삽입되어 있다. 여기서 "젼후ᄉᆞ를 져져 셜화ᄒᆞ니"라는 구절은 고소설에서 구체적인 내용을 축약하거나 압축할 때 사용하는 상투적인 표현이다. 즉 이대본은 무자식으로 인한 이상서 부부의 갈등을 희석하기 위해 한중연A본의 밑줄 친 내용을 "ᄉᆞᆼ셔게 젼후ᄉᆞ를 져져 셜화ᄒᆞ니"라는 말로 축약하고, 여기에 "ᄉᆞᆼ셔 드르시고 ᄃᆡ경ᄃᆡ히 ᄒᆞ여 ᄒᆞᆫ가지 축슈ᄒᆞ고"라는 구절을 삽입한 것이다. 이는 무자식로 인한 이상서 부부의 갈등이 명확하게 나타난 한중연A본이 본래적인 형태이며, 이대본은 부부의 갈등을 희석하기 위해 의도적으로 축약·변개한 것임을 분명하게 보여준다. 결국 앞에서 "우리 비록 무ᄌᆞ식ᄒᆞ나 혈마 엇지 ᄒᆞ오릿가"라는 이상서의 발언이 문맥상 의미가 통하지 않게 되었던 것도 바로 이러한 축약과 변개 과정에서 비롯된 것이라고 하겠다.

ㄴ. 마고할미의 유언 대목

> 할미 왈 나도 낭ᄌᆞ 낭군으로 더부러 편니 ᄉᆞ난 양을 보고 가고져 ᄒᆞ되 쳔명을 어긔지 못ᄒᆞ여 가오니 이 압픈 영화로 지ᄂᆡᆯ 거시오니 다시 염려 ᄆᆞ옵소셔. <u>젼의 낙양영 왓던 김젼은 낭ᄌᆞ의 부모러니다.</u> 낭ᄌᆞ ᄃᆡ경왈 그리ᄒᆞ오면 긋ᄯᆡ 엇지 이르지 아니 ᄒᆞ신잇가. 할미 왈 셔로 볼 ᄯᆡ 아니ᄆᆡ 쳔명을 거역지 못ᄒᆞ여 이르지 못ᄒᆞ나……(이대본, 125~126쪽).

위의 대목은 마고할미가 죽기 직전에 숙향과 주고받은 대화의 일부분이다. 여기에서 문제가 되는 것은 밑줄 친 구절이다. 마고할미가 숙향에게 어려서 헤어진 부모의 직책과 성명을 알려주는데, 문맥의 흐름과 어울리지 않게 갑자기 튀어나온 것처럼 서술되어 있다. "젼의 낙양영 왓던 김젼은 낭ᄌᆞ의 부모러니다."라는 마고할미의 말은 질문에 대한 답변의 형태임에도 불구하고 이에 상응하는 숙향의 질문이 없는 것이다. 이러한 문맥상의 오류가 축약에서 비롯되었다는 것은 한중연A본을 보면 곧바로 드러난다.

할미 위로 왈 인연니 진ᄒᆞ문 하눌리 정ᄒᆞ신 쉬오니 한치 말으쇼셔. 낭ᄌᆡ 낭군를 뫼시고 ᄉᆞ난 양를 보리라 ᄒᆞ야써니 하눌명를 어긔지 못ᄒᆞ여 가오니 이 압헤는 낭군를 만나 영화를 보실 날리 머지 아니코 부모 만나실 ᄢᅵ도 머지 안니 ᄒᆞ오리니 념녀 마르쇼셔. 낭ᄌᆞ 왈 어려서 부모를 일어시니 얼골과 셩명를 긔록지 못ᄒᆞ와ᄉᆞ오ᄆᆡ 부모를 만나온들 엇지 알리잇가. 할미 왈 져즘긔 낙양영으로 낭ᄌᆞ를 죽이려 ᄒᆞ든 김젼니 낭ᄌᆞ의 부뫼런이니다. 낭ᄌᆡ ᄃᆡ경 왈 그러ᄒᆞ면 엇지 진시 일르지 안니 ᄒᆞ왓는인가. 할미 왈 셔로 만나보실 ᄢᅵ 아니오ᄆᆡ 하늘명를 범치 못ᄒᆞ야 일르지 못ᄒᆞ엿더니다(한중연A본, 53쪽).

한중연A본에는 마고할미가 '숙향이 앞으로 이선과 만나 영화를 보고 부모도 만나게 될 것'이라고 예언하자, 숙향은 '부모의 얼굴과 성명도 모르는데 만난들 어떻게 부모인 줄 알 수 있겠느냐'고 묻는다. 이에 마고할미는 '전에 숙향을 문초했던 낙양영 김전이 부모'라고 알려 준다. '낙양영 김전이 낭자의 부모입니다.'라는 마고할미의 말은, '부모의 얼굴과 성명을 모르니 만난들 어떻게 알 수 있겠느냐?'는 숙향의 질문에 대한 답변이었던 것이다. 그런데 이대본은 바로 이 밑줄 친 부분을 생략함으로써 마고할미와 숙향의 대화가 자연스럽게 연결되지 못했던 것인바, 이 대목 역시 이대본의 오류는 축약에서 비롯된 것이라고 하겠다.

ㄷ. 숙향이 개의 인도를 받아 마고할미의 무덤을 찾아가는 대목

낭ᄌᆞ 그 말을 듯고 망극ᄒᆞ더니 날이 져물ᄆᆡ ᄀᆡ다려 정세 왈 오날 밤의 도적이 온다 ᄒᆞ니 그 욕을 보고 죽난니 할미 겻ᄐᆡ 가 죽고져 ᄒᆞ니 네 할미 분묘를 가라치라. 그 ᄀᆡ 응답ᄒᆞ거날 **낭ᄌᆞ 죽을 ᄢᅵ 입으려 ᄒᆞ던 죠혼 옷 슈숩 가지를 ᄊᆞᄆᆡ고 나셔니** 그 ᄀᆡ 눕고 이지 아

니 ᄒᆞ거날 낭ᄌᆞ 민망ᄒᆞ여 ᄒᆞ더니 이윽ᄒᆞ여 이러나거날 ᄯᆞ라가니 ᄒᆞᆫ 무듬이라. ……. 유부 간 후의 그 ᄀᆡ 졌던 보를 낭ᄌᆞ 압ᄒᆡ 놋코 입으라 ᄒᆞᆫ난 모양 갓거날 낭ᄌᆞ 헤오되 일정 ᄂᆡ 죽기를 아난도다. ᄀᆡ다려 왈 ᄂᆡ죽거든 흘크로 신체를 감쵸왓다가 낭군니 오시거든 가라치라 ᄒᆞ고 옷실 입으니……(이대본, 133~135쪽).

이 대목은 숙향이 개의 안내를 받아 마고할미의 무덤을 찾아가는 장면이다. 여기에서 문제가 되는 것은 밑줄 친 부분이다. 짙은 글자 부분을 보면, 숙향이 집을 나서면서 죽을 때 입으려고 옷 몇 가지를 보자기에 싸서 들고 나선다. 그런데 밑줄 친 부분에서 볼 수 있듯이, 막상 할미의 무덤에 이르러서는 '개가 등에 졌던 옷 보자기를 낭자 앞에 놓고 옷을 갈아입으라는 모양을 했다'고 서술하고 있다. 즉 앞에 '개가 옷 보자기를 등에 메었다'는 내용이 없는데도 불구하고 뒤에서는 '집을 나설 때부터 숙향의 옷 보자기를 개가 자기 등에 메고 온 것'처럼 서술되어 있는 것이다. 이러한 이대본의 오류가 어디에서 비롯된 것인지는 역시 한중연A본을 보면 곧 드러난다.

낭ᄌᆡ 그 말을 듯고 황겁ᄒᆞ야 아무란 쥴 몰나 망극ᄒᆞ더니 날리 졈졈 어두오ᄆᆡ 낭ᄌᆡ 더옥 챵황급급ᄒᆞ야 개달여 경계 왈 오늘밤의 도젹니 와 슈탐ᄒᆞ련다 ᄒᆞ니 욕보고 쥭너니 챨아리 할뮈 무덤 겻틔 가셔 쥭ᄌᆞ ᄒᆞ고 울며 왈 너는 할미분묘를 가르치라. 그 개 머리 죠아 응답ᄒᆞ거놀 **낭ᄌᆡ 쥬글졔 입으러 ᄒᆞ고 옷 두어 가지를 보에 ᄊᆞ메고 나온ᄃᆡ 그 개 눕고 이지 안니터이 날리 황혼의 그 개 일어나 낭ᄌᆞ의 멘 보를 무러 당긔거놀 낭ᄌᆡ 왈 바리고 가쟈 ᄒᆞ는야 ᄒᆞ고 글너 노흐니 믈어다가 졔 둥의 엇거놀 낭ᄌᆡ 긔특이 너겨 노흐로 ᄆᆡ고 막ᄃᆡ 집고 개를 ᄯᆞ라 가더니** 한 뫼 밋틔 다달아 안거놀 보니 한 무덤이 있는지라……. 이젹의 그 개 보흘 낭ᄌᆞ 압헤 노코 입과져 ᄒᆞ거놀 낭지 울며 왈 네 니 오슬 입으라 ᄒᆞ니 일정 ᄂᆡ 죽을 쥴노 아는 거시 미 나 무칠 고들 파 쥬면 ᄂᆡ 드러 쥭을 거시니 너는 흙으로 덥흐라 ᄒᆞ되 그 개 굿팔 형상니 업ᄯᅥ라(한중연A본, 57~58쪽).

밑줄 친 부분을 보면, 한중연A본 역시 이대본처럼 '개가 옷 보자기를 낭자 앞에 내려놓고 숙향에게 옷을 갈아입으라고 한 것'으로 서술되어 있다. 그러나 한중연A본에서는 이러한 개의 행위가 전혀 이상할 것이 없다. 짙은 글자 부분에서 볼 수 있듯이, 숙향이 집을 나서기 전에 '개가 숙향의 옷 보자기를 물어다가 자기 등에 얹었다'는 내용이 서술되어 있기 때문이다. 그런데 이대본은 바로 이 부분을 축약해버렸다. 즉 이대본은 앞에서는 개가 숙향의 옷 보자기를 등에 메는 내용을 생략했음에도 불구하고 뒤에 가서는 개가 등에서 옷 보자기를 내려놓는다는 구절을 그대로 필사함으로써 오류가 발생했던 것이다.

ㄹ. 영춘당 감회시(感懷詩) 대목

좌ᄉᆞ부인 온단 말을 듯고 승숭 양위 영츈당의 비단 ᄌᆞ리를 보진 ᄒᆞ고 그리로 모시더니 **승숭부인니 시녀로 ᄒᆞ여곰 젼어ᄒᆞ되 존귀ᄒᆞ온 힝ᄎᆞ 누지의 임ᄒᆞ시니 쥬인의 집이 광치 츤란ᄒᆞ오며 직시 나아가 뵈올 터이오나 맛츰 오날 제고 잇습기로 ᄂᆡ일 뵈옵고 셜화ᄒᆞ오리다 ᄒᆞ거날** 경열부인 답왈 지ᄂᆡ가옵는 길의 귀ᄒᆞᆫ 뎩의 와 죠흔 경기를 귀경ᄒᆞ오니 다힝ᄒᆞ옵던 ᄎᆞ의 ᄯᅩ 몬져 무르시니 지극 감격ᄒᆞ여이다. 피ᄎᆞ 녀ᄌᆞ라 허물 업ᄉᆞ오니 ᄂᆡ일 뵈옵고 담화ᄒᆞ오리다 ᄒᆞ고 ᄒᆞᆫ 글을 지어 시녀로 ᄒᆞ여곰 읍거날 부인이 드르니 ᄒᆞ여시되 지ᄂᆡ간 ᄒᆡ 영츈당의 봄을 만나니 게화ᄭᅩᆺ치 나를 보고 반기더니 금연의 져 ᄭᅩᆺ틀 ᄯᅩ 보니 반갑고 실푸도다. 영츈당 ᄭᅩᆺ튼 반가온 ᄆᆞ음을 익이지 못ᄒᆞ나 나난 왕ᄉᆞ를 ᄉᆡᆼ각ᄒᆞ니 ᄆᆞ음이 ᄌᆞ연 비감ᄒᆞ도다 ᄒᆞ더라. 부인니 그 글을 승ᄉᆞᆼ게 외온ᄃᆡ 승ᄉᆞᆼ 왈 고이ᄒᆞ다. 그 ᄃᆡᆨ이 쳐음으로 와 예보던 글을 지어스니 심히 고히ᄒᆞ다 ᄒᆞ더라(이대본, 157~158쪽).

이 대목은 숙향이 정렬부인에 봉해진 이후 남군 장승상댁을 방문한 장면이다. 여기서 문제가 되는 것은 위의 밑줄 친 구절이다. 숙향은 승상부인이 없는 자리에서 영춘당 감회시를 지어 자신이 대동한 시녀에게 읊게 한다. 이대본에는 이 감회시를 승상부인이 직접 들은 것으로 서술되어 있는데, 이것은 잘못된 것이다. 짙은 글자 부분에서 볼 수 있듯이, 승상부인은 자사부인(숙향)이 내방한다는 소식을 듣고 영춘당에 자리를 마련케 하나, "맛츰 오날 제고 잇삽기로 ᄂᆡ일 뵈옵고 셜화ᄒᆞ오리다"라며 직접 상면하지 못하는 사정을 시녀에게 전달하게 한 터였다. 즉 자사부인의 시녀가 영춘당 감회시를 읊을 때 승상부인은 그 자리에 없었던 것이다. 따라서 밑줄 친 내용처럼 승상부인이 영춘당 감회시를 직접 들은 것으로 서술한 것은 오류라고 하겠다. 이러한 오류 역시 축약에서 비롯되었다는 것은 한중연A본과의 비교를 통해 확인할 수 있다.

니젹의 승샹부인니 시녀 츈향를 불너 말삼를 부리시되 누츄ᄒᆞ온ᄃᆡ 귀ᄒᆞ신 힝챠 오시니 쥬인의게 광치 찰난ᄒᆞ오나 즉시 나와 뵈옵고쟈 ᄒᆞ오되 마츰 졔샤 지ᄂᆡ는 일니 잇샤오ᄆᆡ ᄂᆡ일노 나가 뵈오믈 청ᄒᆞ너이다 ᄒᆞ고 젼갈ᄒᆞ시니 졍렬부인니 답왈 지나가다가 귀ᄒᆞ온 ᄯᅡ헤 죠흔 경ᄀᆡ 보옵기도 과망ᄒᆞ옵거든 먼져 믈르시니 너무 황숑ᄒᆞ여이다. 갓튼 부인니 허믈이 업샤오리니 ᄂᆡ일 가올 졔 뵈올이니다 ᄒᆞ고 답언를 젼ᄒᆞ니 승샹부인니 듯고 츈향다려 왈 그 부인니 얼굴이나 ᄀᆡ쟈ᄒᆞ시더냐. 츈향이 엿ᄌᆞ오되 시녜 여러히 시위ᄒᆞ여시니 말샴를 젼ᄎᆞ로 젼ᄒᆞ오ᄆᆡ 그 부인은 보지 못ᄒᆞ오니 용모는 엇써ᄒᆞ신지 모로오나 다만 듯ᄌᆞ오니 그 부인니 영츈당의 드르시며 풍월을 지여 계시다 ᄒᆞ고 모든 시네 외오거늘 듯ᄌᆞ오니 그를 잘ᄒᆞ든가 시버이다. 부인 왈 네 그 글을 외올손야. 츈향니 즉시 외오니 그 글 쓰즌 쟉년의 영츈ᄭᅡ 봄를 만나니 져 옥계의 ᄭᅩᆺ치 더듸 취ᄒᆞ믈 웃써니……(한중연A본, 69~70쪽).

밑줄 친 부분은 '승상부인이 자기 시녀 춘향에게 정렬부인(숙향)의 용모에 대해 묻자, 춘향이 정렬부인의 용모를 보지는 못하고 그녀가 지은 감회시를 그녀의 시녀들이 외는 것을 들었다며 그 시를 외어 승상부인에게 들려준다'는 내용이다. 이러한 내용은 승상부인과 숙향의 만남을 지연시키고 또 승상부인에게 정열부인이 한때 자기가 수양딸로 키웠던 숙향이란 정보를 암시적으로 제시함으로써 극적 긴장감을 고조시키고 있는바, 서사적 맥락에서 볼 때 매우 자연스러우면서도 긴요한 것이라고 할 수 있다. 그런데 이대본에는 이와 관련된 내용이 완전히 빠져 있으며, 또 그로 인해 문맥이 어그러지는 오류가 발생하게 된 것이다. 따라서 이 대목의 경우도 이대본은 축약된 것임이 분명하다고 하겠다.

ㅁ. 설중매가 이선과의 혼인을 고집하는 대목

낭ᄌᆞ 이 일을 알고 부모게 엿ᄌᆞ오되 츙불ᄉᆞ니군니요 열불경니부라 ᄒᆞ오니 부모 당쵸의 니션으게 허혼ᄒᆞ시고 ᄯᅩ 다른 ᄃᆡ 구혼ᄒᆞ시미 불가ᄒᆞ오니 소녀난 죽어도 다른ᄃᆡ 가지 아니 ᄒᆞ리니다. 양왕 왈 니션니 불민ᄒᆞ여 제 부모 허혼ᄒᆞᆫ 거실 바리고 다른 ᄃᆡ 취쳐ᄒᆞ여시니 이난 고집할 ᄇᆡ 아니라. 어ᄃᆡ 니션만ᄒᆞᆫ ᄉᆞ람이 업시리요. 낭ᄌᆞ

> 두번 절ᄒᆞ고 왈 부모님이 후ᄉᆞ를 젼ᄒᆞ고져 ᄒᆞ실진ᄃᆡ 여러 족하 잇ᄉᆞ오니 그 즁의 맛당ᄒᆞᆫ 니를 갈히여 양ᄌᆞ를 정ᄒᆞ시고 소녀난 업난 것갓치 바려 두오면 종신토록 부모를 모시려니와 그러치 아니 ᄒᆞ오면 ᄉᆞᄉᆡᆼ을 정치 못ᄒᆞ오리다(이대본, 185쪽).

이상서는 이선이 숙향과 혼인하기 이전에 양왕의 딸 설중매와 정혼한다. 그런데 이선이 이상서 몰래 숙향과 혼례를 올렸다는 소식을 들은 양왕은 딸 설중매를 다른 가문에 시집을 보내려 한다. 위의 인용문은 양왕의 설득에도 불구하고 설중매가 한사코 거부하는 대목 중 일부이다. 여기서 문제가 되는 것은 밑줄 친 부분이다. 양왕이 "어ᄃᆡ 니션만 ᄒᆞᆫ ᄉᆞ람이 업시리요"라며 설중매를 설득하자, 설중매는 "부모님이 후ᄉᆞ를 젼ᄒᆞ고져 ᄒᆞ실진ᄃᆡ 여러 족하 잇ᄉᆞ오니 그 즁의 맛당ᄒᆞᆫ 니를 갈히여 양ᄌᆞ를 정ᄒᆞ시고"라며 갑자기 양왕의 후사(後嗣)와 관련된 문제를 거론한다. 양왕은 후사 문제에 대해 전혀 언급하지 않았는데 설중매는 조카들 중에 한 명을 골라 양자를 삼으라고 말한 것이다. 이러한 두 사람의 대화는 다소 어색하기는 하지만, 굳이 오류라고 할 수는 없다. 그러나 한중연A본을 보면, 이 부분 역시 축약으로 인해 어색하게 되었다는 것을 확인할 수 있다.

> 양왕이 ᄃᆡ로ᄒᆞ야 다른 ᄃᆡ 구혼ᄒᆞᆫ니 ᄆᆡ향니 울며 왈 쇼녀는 듯ᄉᆞ오니 어진 신하는 두 임군를 안니 셤기고 정렬잇는 녀ᄌᆞ는 두 지아비를 안니 셤긴다 ᄒᆞ오니 만일 다른 ᄃᆡ 구혼ᄒᆞ시면 쇼녀는 죽기는 쉽ᄉᆞ와도 챠마 다른 가문의는 가지 못ᄒᆞ리로쇼이다. 왕 왈 위왕니 니션를 ᄂᆡ게 먼져 허ᄒᆞ야 정혼ᄒᆞ야써니 션이 샤오나와 졔 아비 모로게 취쳐ᄒᆞ엿싸 ᄒᆞ니 너는 고집ᄒᆞ니 션를 바라고 늙으려 ᄒᆞ는다. ᄂᆡ 아들리 업고 다만 너 ᄲᆞᆫ인니 샤회나 어진 거슬 (이하 판독 불가).

ᄆᆡ향 왈 부모임니 후샤를 맛기고쟈 ᄒᆞ시면 죡하 여러이 잇사온니 맛짱ᄒᆞᆫ 샤람를 양ᄌᆞᄒᆞ시고 쇼녀갓튼 자식은 업슨 양으로 ᄒᆞ오면 할니라도 부모를 뫼시련니와 구ᄐᆡ여 쇼녀의 쓰들 어긔여 다른 ᄃᆡ 보ᄂᆡ랴 ᄒᆞ시면 인간의 잇지 안니 ᄒᆞ리이다(한중연A본, 83쪽).

밑줄 친 부분에서 볼 수 있듯이, 한중연A본에는 이대본과는 달리 양왕이 설중매를 설득하면서 "ᄂᆡ 아들리 업고 다만 너 ᄲᅮᆫ인니"라며 설중매의 혼사를 자신의 후사와 연계시키고 있다. 즉 설중매가 이선이 아니면 죽어도 다른 가문으로는 시집을 갈 수 없다고 하자, 양왕은 아들이 없기 때문에 사위라도 얻어 후사를 이어야 한다고 말했던 것이다. 곧 설중매가 '조카 중에 한 사람을 골라 양자를 삼으라고 한 것'은 양왕에게 후사 문제에 대한 대안을 제시함으로써 이선이 아니면 시집을 가지 않겠다는 뜻을 관철하고자 했던 것이다. 그런데 이대본은 설중매의 혼사를 후사 문제와 연계시킨 양왕의 언술을 축약했다. 그 결과 '조카 중에 한 사람을 골라 양자를 삼으라'는 설중매의 말이 갑작스럽게 나온 것처럼 어색하게 되었던 것이다.

이대본은 이어지는 다음 대목에서도 문맥상 오류를 범하고 있다.

양왕 부부 할슈업서 그 정절을 황제게 엿ᄌᆞ온ᄃᆡ 황제 가라ᄉᆞᄃᆡ 왕의 ᄯᆞᆯ노셔 니션의 둘ᄌᆡ 부인니 되면 남의 치쇼를 엇지 면ᄒᆞ리요. 낭ᄌᆞ 겻ᄐᆡ 안ᄌᆞᆺ다가 엿ᄌᆞ오되 어론의 말ᄉᆞᆷᄀᆞᆺᄐᆡ 말ᄉᆞᆷᄒᆞ옵기 불가ᄒᆞ오나 부모임젼니ᄆᆡ 아뢰옵거니와 니션의 둘ᄌᆡ 부인은 커니와 그 집 고공이 되여도 그난 붓그럽지 아니 ᄒᆞ오되 다른 가문의 가오문 녀ᄌᆞ의 절힝이 아니오니 션의 둘ᄌᆡ 부인 되기를 원ᄒᆞ나이다. 왕 왈 네 쓰지 그러ᄒᆞ니 혈마 엇지ᄒᆞ리요. 이튼날 죠회의 왕이 위왕을 보고 왈 왕이 젼일의 혼인을 허ᄒᆞ시고 엇지 실신ᄒᆞ난잇가. 위왕이 츰

괴 ᄃᆡ왈……. 이 말숨을 황제 드르시고 가라ᄉᆞᄃᆡ 니션과 슉향은 쳔정이라. 임으로 못ᄒᆞ리니 다른 곳ᄃᆡ 어진 ᄉᆞ회를 정ᄒᆞ라 ᄒᆞ시니……(이대본, 185～187쪽).

양왕 부부가 설중매의 정절을 황제에게 고하자, 황제는 갑자기 "왕의 ᄯᆞᆯ노서 니션의 둘ᄌᆡ 부인니 되면 남의 치쇼를 엇지 면ᄒᆞ리요"라고 말한다. 황제의 이 말이 '갑작스럽다'고 한 것은 앞의 내용 중에 이와 관련한 언술이 전혀 나타나지 않기 때문이다. 앞서 인용한 대목에서 볼 수 있듯이, 설중매는 이선의 둘째 부인이 되겠다고 말한 것이 아니라, "소녀난 업난 것갓치 바려 두오면 종신토록 부모를 모시려니와 그러치 아니 ᄒᆞ오면 ᄉᆞᄉᆡᆼ을 정치 못ᄒᆞ오리다."라고 말했던 것이다. 따라서 이 대목에서 황제는 '이선 아니면 절대 시집을 가지 않겠다'는 설중매의 의지나 정절과 관련된 말을 했어야만 한다.

그러나 이 대목의 오류는 황제의 언술이 '갑작스러운 것'이라는 정도에 그치지 않는다. 황제의 말에 이어 설중매는 "부모임젼니ᄆᆡ 아뢰옵거니와"라고 전제한 이후 자신의 생각을 피력하고 있는데, 이것 또한 문제가 있다. 내용상으로 보면 양왕 부부와 황제가 대화를 나누고 있는 자리인데 설중매가 '부모님전'이라는 말을 사용하고 있기 때문이다. 이것은 축약하는 과정에서 상황을 양왕 부부와 설중매, 그리고 황제가 함께 대화를 나누고 있다고 설정한 데서 발생한 오류이다. 이는 한중연A본을 보면 확인된다.

양왕니 잔잉ᄒᆞ야 념녀 무궁ᄒᆞ더니 일일은 왕비 갈오되 졔 마음니 발셔 쳘셕갓치ᄆᆡ 쳐ᄉᆞ읍고 다시는 부뫼라도 고칠셰 업ᄉᆞ오니 이졔 니션이 쵸공이 되여시니 족킈 두 부인를 둘거시오ᄆᆡ 왕은 위왕를

청ᄒᆞ야 혼샤를 고쳐 정ᄒᆞ오미 맛ᄯᅡᆼᄒᆞᆯ가 ᄒᆞ너이다. 왕왈 왕의 ᄯᅡᆯ니 샹셔의 둘ᄌᆡ 부인 되기는 남이 붓그러오니 엇지 ᄒᆞ리오. ᄆᆡ향니 갈오되 니션의 쳡도 되지 말고 그 집 죵니 되여도 붓그럽지 안니 ᄒᆞ련니와 다른 가문의 가면 남의 게만 붓그럽지 안야 쇼녀의 ᄆᆞ음니 붓그러올 거시니 엇지 남의 ᄌᆡ쳐되믈 한탄ᄒᆞ리잇가. 왕왈 네 ᄯᅳ지 그러ᄒᆞ면 ᄂᆡᆫ들 엇지 ᄒᆞ리요. 아무려나 위왕과 ᄯᅩ 청혼ᄒᆞ쟈 ᄒᆞ고 잇튼날 죠회에 드러가 황제 압헤셔 양왕니 위왕씌 샬오되 젼의 니션를 ᄂᆡ게 허ᄒᆞ고 엇지 다른 ᄃᆡ 혼인를 ᄒᆞ신뇨. 위왕니 답왈 ……. 황제 드르시고 갈오샤되 니션이 정렬부인 어드문 임의로 못ᄒᆞ야 천정이니 셔로 닷토지 말나. 이졔 어진 샤람를 갈희지 못ᄒᆞ라(한중연A본, 83~84쪽).

한중연A본에는 양왕이 왕비 · 설중매와 함께 설중매의 혼사 문제로 이야기를 나누고, 다음 날 조회 때 황제 앞에서 위왕(이선의 부친)에게 혼사를 어긴 까닭을 묻는 것으로 되어 있다. 즉 한중연A본에는 양왕의 가족 모임과 조회가 구분되어 있는 것이다. 또한 '왕의 딸이 상서의 둘째 부인이 되는 것은 남 부끄러운 일'이라고 말한 것도 가족 모임에서 왕비가 '설중매를 이선의 둘째 부인이 되게 하는 것이 마땅하다'고 말한 것에 대한 양왕의 반론으로 설정되어 있다. 설중매가 '부모님전'이라고 했던 것도 가족 모임에서 한 말이기에 자연스럽다. 그런데 이대본은 축약하는 과정에서 가족 모임과 조회를 하나의 모임으로 합쳐버렸다. 그 결과 대화의 맥락이 어그러지게 된 것이다.

이상에서 살펴 보았듯이, 이대본은 한중연A본에 비해 다소 축약되어 있으며, 이대본에 나타난 문맥상의 오류는 한결같이 축약에서 비롯되고 있다.[33] 그러나 이대본의 축약은 경판본처럼 일정한 기준에 따라 체계적으로 이루어진 것은 아니며, 축약의 정도 또한 경판본에 비해서는 미미한 편이다. 물론 이대본에도 무자식으로 인한 이상서 부부의 갈등 대목처럼 사회적으로 예민한 반응을 불러일으킬 수 있는 내용을 희석하기 위해 의도적으로 축약·변개한 경우가 없지 않다. 그러나 이대본의 축약은 대체로 장황한 서술이나 묘사를 약간 축약하면서 문맥을 매끄럽게 하는 정도였다고 하겠다.

(3) 한중연A본

한중연A본의 내용은 전반적으로 심씨본이나 이대본과 매우 유사하기 때문에 국문본의 계열을 세분하지 않을 경우 세 이본을 같은 계열로 묶을 수도 있다. 그러나 「숙향전」 이본의 전파 과정과 계통을 면밀하게 추적하기 위해서는 국문본의 계열을 세분할 필요가 있다. 심씨본과 이대본은 혹사한 반면에, 한중연A본은 이들 이본과는 다소 차이가 있고, 국문본 중 가장 선본(先本)으로 추정되는 경판본이 축약본이기 때문이다. 경판본은 국문 필사본을 저본으로 삼아 판각한 축약본이 분명하다. 따라서 경판본이 이대본과 한중연A본 중 어느 계열을 저본으로 삼아 판각한 것인가를 규명한다면 국문본의 전파과정과 계통을 어느 정도 추적할 수 있을 것이다. 이를 위해 여기에서는 주로 이대본과 차이가 나는 구절이나 대목을 중심으로 한중연A본의 특징과 위상을 살펴보고자 한다.

---

33) 이대본과 거의 혹사한 심씨본의 경우 미완본으로 앞서 살펴본 오류 대목들이 아예 없다. 이로 인해 이대본의 축약이 이대본에서 이루어진 것인지 아니면 그 전 단계에서 이루어진 것인지 확인할 수는 없다. 그러나 심씨본과 이대본의 혹사함에 비추어 볼 때, 축약은 이대본의 필사자에 의해서가 아니라 이미 그 전 단계에서 이루어진 것으로 추정된다.

① 원본적 내용 및 요소 온존

이대본에는 축약으로 인해 문맥이 통하지 않거나 어그러진 대목이 한중연A본에는 온전하게 그 내용을 갖추고 있다. 이러한 사실은 한중연A본이 이대본보다는 선본(善本)일 가능성을 엿보게 한다. 물론 한중연A본 역시 이대본과 마찬가지로 전사본이며, 문맥상 오류가 없는 것도 아니다.[34] 또한 이대본의 축약된 부분이 한중연A본에는 온전하게 서술되어 있다는 것이 곧바로 한중연A본이 이대본보다 필사연대가 앞선 이본이라는 증거가 되는 것도 아니다. 그러나 한중연A본이 이대본보다는 「숙향전」 본래의 내용을 온전하게 간직하고 있다는 것만은 분명하다.

한중연A본이 이대본에 비해 원본적 형태를 온전하게 간직하고 있다는 것은 다른 이본을 통해서도 확인할 수 있다. 이대본에는 축약으로 인해 문제가 된 부분이 경판본이나 정사본계 한문본에도 한중연A본과 동일하거나 흡사한 형태로 나타나 있기 때문이다. 이러한 정황을 구체적으로 확인하기 위해 몇 대목만을 제시하면 다음과 같다.

먼저 '무자식으로 인한 이상서 부부의 갈등 대목'이다. 이 대목의 경우 한중연A본과 이대본은 앞서 이대본의 오류를 고찰하면서 인용한 것이기 때문에 번거로움을 피하기 위해 한문본만 제시한다.

> (魏公)曰 老生之富貴如此 賢卿之才貌如彼 而春秋窈窕之事 付托何人 可不悲哉 苟行子牙之計 可免伯道之歎 行一不義 卿意如何 夫人答曰 以尚書之威福 雖得十夫人 何難之有 然且無子非獨妾之咎也 其人

34) 한중연A본에서도 몇몇 문맥상의 오류가 발견된다. 그러나 그것은 대체로 전사하는 과정에서 필사자가 실수한 것으로, 이대본의 오류와는 성격을 달리하고 있다.

又無子奈何 曰天乎已矣. ……. 夫人曰 以公之薄妾 慨然升天祈 得一子而來也. 尙書大笑曰 祈禱得子 則天下豈有無子之人乎. 夫人亦笑曰 無子而出妻 則天下豈有夫婦偕老者乎(丁巳本, 14쪽).

여기서 고찰할 내용은 밑줄 친 부분이다. 부인 왕씨가 '공이 첩을 박대한 것이 원통해서 하늘에 올라가 기도해 아들을 하나 얻어 왔다'고 말하자, 상서가 웃으면서 '기도해서 아들을 얻을 수 있다면 천하에 무자식한 사람이 어디 있겠느냐?'고 반격한다. 이에 부인 역시 웃으면서 '자식이 없다고 해서 아내를 쫓아낸다면 천하에 해로하는 부부가 어디 있겠느냐?'며 되받아친다. 앞서 살펴보았듯이 이대본은 이 부분을 축약·변개하는 과정에서 문맥상 오류가 발생하였는데, 한중연A본에는 위의 내용이 거의 그대로 삽입되어 있다. 다만, 여기에는 '부인이 하늘에 올라가 기도했다'고 되어 있는데, 한중연A본에는 '부인이 대성사 부처에게 기도했다'는 것만이 다르다. 이는 국문을 한문으로 번역한 사람이 불교를 부정하거나 불신하여 '부처'를 '하늘'로 바꾼 것으로 생각된다. 이러한 사실로 미루어 보건대, 무자식으로 인한 이상서 부부의 갈등 대목은 한중연A본이 원본의 내용을 고스란히 간직하고 있다고 보아야 할 것이다.

다음은 '숙향과 부모의 상봉 잔치 대목'이다.

숨일연할식 음식과 보진 셩비ᄒᆞ미 극히 화려ᄒᆞ더라. 이적의 천ᄌᆞ 이 말을 드르시고 ᄒᆞ교 왈 니션니 좌ᄉᆞ간 후의 치정을 즐ᄒᆞ여……(이대본, 182쪽).

낙봉년를 비셜ᄒᆞ야 닷싀를 즐기니 원근의 듯는 샤람이 다 칭찬 안니리 업써라. 잇ᄯᆡ에 양능ᄯᅡ헤 샤는 양회라 ᄒᆞ는 샤름니 간의ᄐᆡ우로셔 말뮈ᄒᆞ고 집니 왓써니 이 귀별를 듯고 긔특이 넉여 경셩 드러가 황제게 엿쟈온ᄃᆡ 황졔 위공를 불너 무르시니 위공니 젼후슈말를 쟈셔히 쥬ᄒᆞ온ᄃᆡ 황졔 가쟝 칭찬ᄒᆞ시고 왈 니션이 형쥬쟈샤되ᄆᆡ 도적니 화ᄒᆞ야 양민니 되엿시니……(한중연A본, 82쪽).

위의 인용문은 숙향이 정렬부인에 봉해진 다음 전란으로 헤어졌던 부모를 15년 만에 다시 만나 인근 사람들을 모아 놓고 축하연을 베푼 직후의 대목이다. 한중연A본에는 간의태우인 양회가 휴가차 고향에 내려왔다가 숙향이 15년 만에 부모를 만난 사실을 알고, 이를 기이하게 여겨 황제에게 보고한 것으로 서술되어 있다. 그런데 이대본의 경우 내용이 한중연A본에 비해 간략할 뿐만 아니라 양회와 관련한 내용이 전혀 나타나지 않는다. 이대본에는 단순히 "이적의 쳔ᄌᆞ 이 말을 드르시고"로만 되어 있는 것이다. 물론 양회와 관련한 이야기가 없다고 해서 이대본에 문맥상 오류나 하자가 있는 것은 아니다. 때문에 이대본과 한중연A본만 두고 보면 양회와 관련한 언술이 이대본에서 생략된 것인지, 아니면 한중연A본에서 새롭게 첨가된 것인지를 알 수 없다. 그러나 양회와 관련한 내용이 한중연A본에서 새롭게 첨가된 것이 아니라는 것은 경판본과 정사본계 한문본을 통해 알 수 있다.

근읍 수령들을 청ᄒᆞ고 ᄃᆡ연을 ᄇᆡ셜ᄒᆞ여 삼일을 즐기니 이 소식이 원근의 진동ᄒᆞᆫ지라. 이ᄯᆡ 간의ᄃᆡ부 양회 쥬유ᄒᆞ고 고향의 왓다가 이 긔별을 듯고 긔이히 넉여 경셩의 올나가 황제ᄭᅴ 쥬달ᄒᆞ니 황제 드르시고 위공을 불너 젼후ᄉᆞ연을 므르시고 좌우를 도라보샤 왈 니션이 ᄌᆞᄉᆞ된 후로 도적이 감화ᄒᆞ고……(경판본, 485쪽).

大宴十日 此時江陵長淮 以諫議大夫 休告還鄕 聞此事 奏于天子 以李仙爲禮部尙書……(정사본, 32쪽).

경판본과 정사본계 한문본에도 한중연A본처럼 간의대부 양회[35]가 숙향이 부모를 만나게 된 사실을 황제에게 보고한 것으로 되어 있다. 따라서 이 대목 역시 한중연A본에서 새롭게 첨가된 것이라기보다는 이대본의 내용이 축약된 것으로 보는 것이 타당할 것이다.

마지막으로 '설중매의 태몽 대목'이다.

니낭ᄌᆞ 잉틱할 제 부인 ᄭᅮᆷ의 ᄒᆞᆫ 노인니 이르되 봉ᄂᆡ산 셜즁ᄆᆡ ᄯᅥ러져시니 어엽비 싱각ᄒᆞ라. 과연 그달붓터 틱긔 잇셔……(이대본, 184쪽).

이 아기 슈틱ᄒᆞᆯ 졔 양왕의 ᄭᅮᆷ의 일위 노인니 일으되 봉ᄂᆡ샨 셜즁ᄆᆡ 그ᄃᆡ 집이 ᄯᅥ러지니 외얏남게 졉ᄒᆞ면 가지 번셩ᄒᆞ리라 ᄒᆞ더니 과년 그달부터 틱긔 잇셔……(한중연A본, 84쪽).

이대본에는 설중매를 잉태할 때 양왕의 부인이 태몽을 꾼 것으로 되어 있으며, 한중연A본에는 양왕이 직접 태몽을 꾼 것으로 되어 있다. 이 차이는 이본마다 다르기 때문에 특별히 주목할 필요는 없을 듯하다.[36] 그러나 한중연A본의 밑줄 친 부분이 있고 없는 것은 주목할 필요

---

35) 한문본에는 '양회'를 '장회(長淮)'라고 했는데, 이는 한문 번역자가 '양'을 '장'으로 잘못 판독한 결과로 생각한다. 실제로 필사본의 경우 '양'과 '장'은 구분하기 어려운 경우가 많다.

36) 이대본과 한문본에는 태몽을 왕후가 꾼 것으로 되어 있다. 그러나 한중연A본과 경판본, 경판본을 저본으로 삼아 필사한 만송A본, 그리고 구활자본에는 양왕이 직접 태몽을 꾼 것으로 되어 있다.

가 있다. "외얏남게 졉ᄒᆞ면 가지 번셩ᄒᆞ리라"는 것은 설중매가 이선과 전생에서부터 인연이 있다는 것을 시사하기 때문이다. 그런데 이대본에는 이와 관련한 내용이 전혀 없다. 이 구절이 한중연A본에서 새롭게 첨가된 것이 아니라는 것은 역시 경판본이나 한문본을 보면 알 수 있다.

> 뎐시의 소져를 잉ᄐᆡᄒᆞᆯ ᄊᆡ의 양왕이 일몽을 엇으니 ᄒᆞᆫ 노인이 니로되 봉ᄂᆡ산 셜즁ᄆᆡ 그ᄃᆡ 집의 써러지니 외얏남긔 졉ᄒᆞ여야 가지 무셩ᄒᆞ리라 ᄒᆞ더니 과연 그ᄃᆞᆯ부터 ᄐᆡ긔 잇셔……(경판본, 486쪽).

> 王后夢 老人曰 蓬萊山雪中梅 飄落於君家 當接于李樹 而枝葉繁盛云 故求李生爲胥(정사본, 32쪽).

경판본이나 한문본에도 설중매와 이선의 인연을 암시하는 구절이 한중연A본과 동일하게 나타나 있다. 따라서 이 구절 역시 한중연A본에서 새롭게 첨가된 것이 아니라 이대본의 내용이 축약된 것으로 보아야 할 것이다.

설중매와 이선의 인연을 암시하는 구절이 「숙향전」 원작에 본래부터 있었다는 것은 이후의 사건 전개에서도 확인할 수 있다. 이선과 숙향이 결혼한 이후에 이상서는 이선에게 숙향을 첩으로 삼고 설중매를 부인으로 맞이하라고 강요한다. 그러나 이선은 황제가 설중매와의 혼사를 주선하기 위해 입궁하라는 어명을 내리지만 병을 핑계 삼아 입궐하지 않는 등 한사코 거절한다. 그런데 이선이 봉래산으로 선약을 구하러 갔다가 한 선관에게 설중매와 자신이 전생에 부부였다는 이야기를 듣고, 봉래산에서 돌아온 이후 마침내 설중매와 혼례를 치른다. 설중매 탄생 태몽에서 '외얏남게 졉ᄒᆞ면 가지 번셩ᄒᆞ리라'고 한 것은 바로 이선과 설중매의 결연이 천정에 의한 것임을 시사하는 복선이었던 것이다. 따라서 이 구절 역시 「숙향전」 원작에 본래 들어 있었던 것으로 보아야 할 것이다.

이상에서 살펴보았듯이, 이대본에는 나타나지 않는 내용이나 구절이 한중연A본처럼 경판본이나 정사본계 한문본에도 나타난다.[37] 이러한 사실은 한중연A본이 이대본보다 「숙향전」 본래의 내용과 요소를 온전하게 간직하고 있는 선본(善本)이며, 이대본은 다소 축약된 이본이라는 것을 분명하게 보여준다. 물론 여기에는 여전히 한중연A본과 경판본 및 정사본계 한문본과의 선후관계 문제가 남아 있다. 앞에서 살펴본 내용이나 구절들이 한중연A본에서 새롭게 첨가 또는 부연되었고, 경판본이나 정사본계 한문본이 한중연A본을 저본으로 삼아 판각하거나 한역했을 가능성을 완전히 배제할 수는 없기 때문이다. 실제로 경판이나 정사본계 한문본은 한중연A본계 국문본을 저본으로 삼아 판각하거나 한역한 것으로 판단된다.[38] 그러나 경판본이나 정사본계 한문본의 저본이 현존하는 한중연A본이었을 가능성은 매우 희박하다. 경판본은 글자나 음운의 표기 형태 등이 한중연A본다 선행된 것일 뿐만 아니라, 현존 한중연A본은 비교적 후대에 필사된 전사본이 분명하기 때문이다.

---

37) 위에서 거론한 대목 외에도 이대본에는 없고 한중연A본에는 있는 구절이 경판본이나 정사본계 한문본에 한중연A본과 유사한 형태로 삽입되어 있는 것을 더러 찾아볼 수 있다.

38) 논의의 편의상 미리 한문본에 대한 필자의 검토 결과를 대략 피력하면 다음과 같다. 정사본계 한문본은 한중연A본계 선본(추정)을 저본으로 삼아 한역하면서 이야기의 골격을 중심으로 축약한 것이며, 나손B본계 역시 국문본을 토대로 내용 자체를 새롭게 개작한 이본으로 판단된다. 또 나손A본계 한문본은 정사본계 한문본을 확대 · 부연한 것이며, 국도A본은 정사본계 한문본을 저본으로 하되 나손B본계를 참조하여 부연한 것이다.

② 오문 및 후대적 성격

한중연A본은 현존하는 국문본 중에 내용이 가장 풍부하면서도 온전한 형태를 간직하고 있다. 그러나 이 이본은 전사본임이 분명하며, 간혹 부연된 대목들도 발견된다. 한중연A본의 문맥상 오류는 같은 어휘나 구절을 반복해서 필사한 경우와 오문, 그리고 일부 구절의 누락으로 인해 문맥이 어색하게 된 것 등이다. 여기에서는 한중연A본에 나타난 문맥상 오류와 부연된 대목들을 통해 한중연A본이 비교적 후대에 필사된 전사본임을 밝히고자 한다.

먼저 같은 어휘나 구절이 불필요하게 되풀이 필사된 대목이다.

> 승샹니 ᄃᆡ경 노왈 그러ᄒᆞ면 일정 그러ᄒᆞ면 밧게 샤람으로 샤통ᄒᆞ는 일니 잇시니 집안의 두면 불측ᄒᆞᆫ 변를 볼 거시니 쌜니 ᄂᆡ여 보ᄂᆡ쇼셔(한중연A본, 12쪽).

> 샤향니 등를 미러 ᄃᆡ문 밧게 ᄂᆡ쳐 왈 승샹니 가쟝 노ᄒᆞ여 계시니 근쳐의 잇지 말고 멀리 가라. 만일 갓가니 이싼 말삼 말삼를 드르시면 잡아다가 쥭일 거시니 멀니 가라(한중연A본, 16쪽).

> ᄀᆡ축년 샤월 쵸팔일의 다다라 샹셔는 황셩에 가고 부인이 혼쟈 잇써니 그날부터 오ᄉᆡᆨ 구름니 집안를 둘너ᄊᆞ고 ᄀᆡ이ᄒᆞᆫ 향ᄂᆡ 진동ᄒᆞ거ᄂᆞᆯ 부인니 가쟝 슈샹히 너겨 시녀를 명ᄒᆞ야 시녀를 명ᄒᆞ야 집안를 정쇄히 ᄒᆞ여써니……(한중연A본, 31쪽).

밑줄 친 부분에서 볼 수 있듯이, 12쪽과 16쪽에는 '그러ᄒᆞ면'과 '말샴'이, 31쪽에는 '시녀를 명ᄒᆞ야'가 되풀이 필사되어 있다. 흔히 내용을 강조하기 위해 같은 어휘나 구절을 반복하여 사용하는 경우가 있다. 그러나 위에서 되풀이 사용된 어휘나 구절은 강조와는 전혀 무관하며, 필사자의 실수에서 비롯된 것이고 할 수 있다. 이런 오류는 대부분의 전사본에서 종종 나타나는 현상인바, 한중연A본은 전사본이라고 보아야 한다.

다음은 오문의 경우이다.

> 부인니 과년 의심ᄒᆞ여 슉향를 불러 문왈 일흔 거시 힝혀 네 방의 왓는야. 슉향니 묵묵ᄒᆞ다가 엿ᄌᆞ오되 쇼네 아니 가져 왓시면 뉘 가져 갓실이잇가 ᄒᆞ고 셰간를 다 ᄂᆡ혀 부인 압헤 노코 ᄎᆞ례로 뵈이더니 과년 두 가지 보ᄇᆡ 드러거늘 부인니 ᄃᆡ로 왈 네 안니 가져왓시면 엇지 네 방의 드러왓느냐.(한중연A본, 12면.)

위의 인용문은 사향이 장승상 부인에게 숙향을 무고하자, 부인이 사향의 말을 믿고 숙향이 거처하는 방에 들어가 잃어버린 장도와 봉차를 찾는 대목이다. 위에서 문제가 되는 구절은 밑줄 친 부분이다. 숙향의 방에서 나온 장도와 봉차는 숙향을 모함하기 위해 사향이 몰래 숙향의 방에 갖다 놓은 것이며, 숙향은 이 사실을 전혀 모른다. 따라서 "일흔 거시 힝혀 네 방의 왓는야"는 승상 부인의 물음에 대해, 숙향은 이대본처럼 "ᄂᆡ 아니 가져 왓ᄉᆞᆸ거든 엇지 ᄂᆡ 방의 잇ᄉᆞ오릿가"(27쪽)라고 대답했어야 옳다. 그런데 한중연A본에는 부인의 물음에 대해 숙향이 "쇼네 아니 가져 왓시면 뉘 가져 갓실이잇가"라고 반문한 것으로 서술되어 있다. 즉 숙향은 자신이 훔치지도 않은 장도와 봉차를 훔쳤다고 대답한 것처럼 서술되어 있는 것이다. 이러한 오류 역시 필사자가 전사 과정에서 실수로 범한 것이라고 하겠다.

다음은 한중연A본에서 유일하게 일부 구절의 누락으로 인해 문맥이 어색하게 된 경우이다.

부인니 경ᄋᆡᆨ를 쟈로 권ᄒᆞ니 슉향니 정신니 점졈 ᄉᆡ로와 인간샤는 망년ᄒᆞ고 쳔샹일만 긔록ᄒᆞᆯ네라. 슉향니 문왈 그러ᄒᆞ면 시왕젼니 어ᄃᆡ 잇넌잇가. 부인 왈 예셔 머지 안니 ᄒᆞ이니다(한중연A본, 9쪽).

위의 대목은 숙향이 전란으로 부모와 헤어진 이후 명사계에 이르러 후토부인을 만난 장면의 일부이다. 밑줄 친 부분에서 볼 수 있듯이, 숙향은 헤어진 부모의 생사여부를 알기 위해 후토부인에게 죽은 사람들이 간다는 시왕전의 위치를 묻는다. 그런데 앞부분에 숙향의 질문과 관련된 이야기가 없이 '그러ᄒᆞ면'이라는 지시어를 쓰고 있다. 그 결과 숙향의 질문이 뜬금없이 돌출한 것처럼 보이는데, 이것이 일부 구절의 누락 때문이라는 것은 이대본을 보면 곧 드러난다.

부인니 경ᄋᆡᆨ을 ᄌᆞ로 권ᄒᆞ니 슉향의 정신니 졈졈 ᄉᆡ로와 인간일은 잇쳐지고 쳔ᄉᆞᆼ일만 ᄉᆡᆼ각ᄒᆞ더라. 부인게 문왈 쳡이 젼일 듯ᄉᆞ오니 명ᄉᆞ게난 십왕이 게신 ᄃᆡ라 ᄒᆞ더니 그러ᄒᆞ온잇가. 부인 왈 그러ᄒᆞ여이다. 슉향 왈 그러ᄒᆞ오면 십왕젼니 어ᄃᆡ잇가. 부인 왈 머지 아니 ᄒᆞ니다(이대본, 17~18쪽).

밑줄 친 부분에서 볼 수 있듯이, 이대본에는 숙향이 시왕전의 위치를 묻기 전에 먼저 후토부인에게 '명사계에 시왕전이 있는가'를 묻는다. 후토부인이 '있다'고 대답하자, 숙향이 "그러ᄒᆞ오면 십왕젼니 어ᄃᆡ잇가"라고 묻는 것으로 되어 있다. 그런데 한중연A본은 이대본의 밑줄 친 부분을 누락함으로써 문맥이 어색하게 되었던 것이다. 이러한 누락 역시 필사자의 실수에서 비롯된 것이라고 하겠다.

이렇듯 한중연A본의 문맥상 오류는 같은 어휘나 구절을 불필요하게 되풀이 필사한 경우와 오문, 그리고 일부 구절의 누락으로 인해 문맥이 어색하게 된 것이 전부다. 이러한 한중연A본의 오류는 경판본이나 이대본의 오류와는 그 성격이 다르다. 경판본과 이대본의 경우 문맥상 오류는 대체로 내용을 축약·변개하는 과정에서 비롯되었는데, 한중연A본의 오류는 모두 전사 도중 필사자의 실수에서 나왔던 것이다. 이러한 사실은 한중연A본이 이대본에 비해 온전한 내용을 갖추고 있음에도 불구하고 이대본과 마찬가지로 전사본임을 분명하게 보여준다.

이제 남은 문제는 한중연A본이 필사된 시기이다. 나도창은 어휘와 표기법의 형태를 들어 한중연A본이 경판본보다는 후대본이나 이대본보다는 선본(先本)일 것이라고 추정한바 있다. 나도창의 추정대로 현존하는 한중연A본이 경판본보다 선본이라고 하기는 어려울 것같다. 이것은 어휘나 표기 형태를 통해서도 어느 정도 드러나지만,[39] 한중연A본에서 확대·부연된 것으로 판단되는 대목을 통해서도 확인할 수 있다.

한중연A본에서 새롭게 부연된 것으로 판단되는 대목은 서두를 비롯하여 숙향과 부모의 이별 장면, 이선이 과거에 응시하는 장면 등이 있다. 이 가운데서도 특히 전란으로 인해 숙향이 부모와 이별하게 되는 장면은 주목을 요한다. 숙향과 부모의 이별 대목은 「배비장전」에 '슉향아, 불상ᄒᆞ다. 그 모친 리별ᄒᆞᆯ 젹 아가 아가 잘잇거라. ᄇᆡ곱흔 ᄃᆡ 이 밥 먹고 목마른 ᄃᆡ 이 물 먹고'라는 구절이 인용되어 있을 정도로 조선 후기 사람들의 주목을 끌었던 장면이다. 그런데 한중연A본의 경우 이 대목은 매우 특이한 형태를 띠고 있다.[40]

---

39) 나도창, 앞의 논문, 33~39쪽.

40) 숙향과 부모의 이별 대목은 한중연A본 필사자의 성향과 아울러 이본의 관계를 파악할 수 있는 중요한 근거가 될 것으로 판단되어 상세하게 인용한다.

김젼도 가속를 다리고 강능으로 향ᄒᆞ여 가더니 즁노의셔 야적를 만나 노복과 ᄌᆡ믈을 다 일코 쳐쟈만 다리고 죽기를 가을샴아 다라나더니 도적니 급히 싸로거늘 김젼부쳐 힘니 진ᄒᆞ야 가지 못ᄒᆞ니 엇지 ᄒᆞ리요. 인ᄒᆞ야 ᄃᆡ셩통곡ᄒᆞ며 슉향아 ᄂᆡ 목를 솩 안아라 ᄒᆞ고 등에 언져 업고 닷써니 심이 진ᄒᆞ고 긔운를 거두지 못ᄒᆞ야 구으러 닷다가 업허도 지며 쟛바도 지며 슘를 두루지 못ᄒᆞ야 슉향를 안고 가며 일오되 도적니 급ᄒᆞ오니 울리 다 죽을지라. 너는 져 바회밋틔 잇거라. ᄂᆡ일 와 다려가마 ᄒᆞ고 족박의 밥를 담아쥬며 김젼부쳐 ᄃᆡ셩통곡 왈 슉향아 ᄇᆡ곱흐거든 니 밥 먹고 목마르거든 니 박으로 져 믈를 써먹어라 ᄒᆞ고 ᄎᆞ마 바리고 가지 못ᄒᆞ나 도적니 좃ᄎᆞ와 샤람를 썩은 풀버히듯 ᄒᆞ거늘 헐일 업셔 슉향를 도적 즁의 발리고 다라나려 ᄒᆞ니……(한중연A본, 4~5쪽).

김젼도 가속을 거나려 강능으로 가더니 즁노의 적병을 만나 힝ᄌᆞᆼ과 노복을 다 일코 다만 ᄌᆞᆼ시와 슉향을 업고 죽을 힘을 ᄂᆡ여 다라나더니 도적이 점점 갓가이 오고 김젼니 ᄯᅩᄒᆞᆫ 진력ᄒᆞ여 닷지 못ᄒᆞ니 정히 망극ᄒᆞ여 ᄌᆞᆼ시다려 왈 도적이 급히 ᄡᆞ로고 ᄂᆡ 힘이 진ᄒᆞ니 우리 두리 다 ᄉᆞ라나면 슉향갓튼 ᄌᆞ식을 다시 보려니와 우리 다 죽으면 신체를 뉘 거두며 부모의 제ᄉᆞ를 뉘 밧드리요. 아모리 인정의 망극ᄒᆞ고 제 정ᄉᆞᆼ이 잔잉ᄒᆞ나 슉향을 니곳ᄃᆡ ᄯᅮ고 잠간 피ᄒᆞ엿다가 적병이 지ᄂᆡ간 후 다시 와 다려가ᄉᆞ이다. ᄌᆞᆼ시 실픠 울며 왈 나난 슉향과 ᄒᆞᆫᄐᆡ 잇다가 죽을 거시니 우리를 ᄉᆡᆼ각지 말고 먼져 난을 피ᄒᆞ였다가 후일 도라와 우리 모녀의 ᄒᆡ골을 갈무ᄒᆞ쇼셔. 김젼니 ᄃᆡ셩통곡 왈 ᄎᆞᆷ아 그ᄃᆡ를 바리고 ᄂᆡ 혼ᄌᆞ 살기를 도모ᄒᆞ리요. ᄎᆞ라로 ᄒᆞᆫ곳ᄃᆡ 죽어 혼ᄇᆡᆨ이 셔로 써나지 아니 ᄒᆞ리라 ᄒᆞ고 안고 이러나지 아니 ᄒᆞ거날 ᄌᆞᆼ시 울며 왈 그ᄃᆡ 말이 그르도라. 남ᄌᆞ되어 엇지 우리갓ᄒᆞᆫ 쳐ᄌᆞ를 어ᄃᆡ가 엇지 못ᄒᆞ리요. 천금갓탄 몸을 엇지 조고만은 안녀ᄌᆞ으게 걸니커여 죽으릿가. 쌜니 피ᄒᆞ쇼셔. 김젼니 울며 머리를 홋트러 ᄒᆞᆫᄐᆡ셔 죽으려 ᄒᆞ거날 ᄌᆞᆼ시 울며 왈 낭군이 이럿텃 고집ᄒᆞ시니 숙향을 아직 니곳ᄃᆡ ᄯᅮ고 우리만 가ᄉᆞ이다(이대본, 9~10쪽).

위의 인용문은 숙향이 부모와 이별하기 직전의 대목이다. 전란이 일어나 김전이 가속을 데리고 강능으로 피난을 가다가 도중에 도적을 만나 노복들과 재물을 다 잃고 숙향과 부인 장씨만을 데리고 달아나는 부분까지는 한중연A본과 이대본 사이에 거의 차이가 없다. 그런데 그 이후의 부분은 두 이본 간의 차이가 매우 심하다. 이대본에는 숙향을 버리고 가는 문제로 김전과 부인 장씨의 의견 대립이 장황하게 전개된다. 김전은 숙향과 같은 자식은 또 낳을 수 있으니 숙향을 버리고 둘만 달아나자고 주장한 반면에, 장씨는 숙향을 버리고 갈 수 없어 자신도 숙향과 함께 죽을 터이니 혼자 달아나 귀중한 몸을 보존하라고 주장한다. 결국 부부의 의견 대립은 김전의 주장에 따라 숙향을 버리는 것으로 귀결되지만, 숙향을 버리는 것에 대한 김전 부부의 갈등과 슬픔이 구체적이면서도 핍진하게 그려져 있다. 그러나 한중연A본에는 김전과 장씨의 의견 대립이나 갈등이 전혀 나타나 있지 않다. 대신에 김전이 숙향을 등에 업고 가다가 힘이 다하여 넘어지고 뒹구는 등 숙향을 함께 데리고 가기 어려운 상황이 곡진하게 서술되어 있다.

일단 이 대목까지는 이대본이 한중연A본보다 많은 분량을 차지하고 있다. 이로 인해 얼핏 한중연A본이 이대본에 비해 축약되어 있는 것처럼 보인다. 그러나 이 대목에 이어 숙향이 부모와 떨어지지 않으려고 발버둥치는 장면은 이대본에 비해 한중연A본이 한결 장황하게 부연되어 있으며, 그 참혹한 형상이 더욱 곡진하고 처절하게 그려져 있다.

슉향니 져희 모틴 치마를 붓잡고 통곡 왈 어마야 나도 한가지로 가사이다 아뱌야 나도 한ᄃᆡ 가셔이다 하고 한숀을오는 어뮈 쵸마를 붓잡고 한숀으로는 아뷔 헐이ᄶᅴ를 더위잡고 ᄒᆡ음업시 울고 늣기며 함게만 가쟈고 ᄋᆡ결ᄒᆞ며 보ᄎᆡ는 거슬 김젼부쳐 챰아 ᄯᅥ나지 못ᄒᆞᆯ 터니로되 도젹니 거의 당젼ᄒᆞᆫ지라 황겁ᄒᆞ야 억지로 슉향의 숀목를 버리집어 안아다가 바회틈의 안치고 ᄶᅡ라 나오지 못ᄒᆞ게 큰 돌노 그 압흘 막고 얼골만 ᄂᆡ미러 뵈게 ᄒᆞᆫ 후의 죡박의 밥담은 것슬 억지로 숀의 쥐고 ᄀᆡ유ᄒᆞ야 달ᄂᆡ며 왈 ᄂᆡ ᄯᆞᆯ 슉향아 여긔셔 놀고 잇시면 져근드시 어뮈ᄒᆞ고 집니 가셔 과실 갓ᄯᅡ 쥬마 ᄒᆞ고 일은 후는 돌쳐셔며 부인 쟝씨를 호통ᄒᆞ여 가기를 ᄌᆡ쵹ᄒᆞ니 쟝씨도 헐일업셔 ᄃᆡ셩통곡ᄒᆞ며 김젼의게 잇ᄭᅳᆯ이여 가며 다시곰 도라보니 슉향니 바회틈으로 얼골만 드러ᄂᆡ고 ᄒᆞᆫ숀에는 어뮈 쥬든 밥다문 박아지를 들고 한숀으로 눈믈를 씨스며 ᄃᆡ셩통곡ᄒᆞ야 우다가 나죵의는 어미만 부르며 목니 머혀 우는 쇼ᄅᆡ ᄎᆞᄎᆞ 머러져 가거늘 부인 쟝씨 챰아 가지 못ᄒᆞ고 슉향 잇는 곳만 도라보며 울기만 ᄒᆞ니 쟝씨예 챰혹ᄒᆞᆫ 경샹과 슉향의 잔잉ᄒᆞ고 불샹ᄒᆞᆫ 형용니야 엇지 일필노 다 ᄀᆡ록ᄒᆞ리요. 이러틋 졈졈 더듸니 김젼니 년ᄒᆞ야 부인를 ᄌᆡ쵹ᄒᆞ며 졈졈 멀리 가며 슉향 잇는 곳만 바라보니 우름쇼ᄅᆡ 아죠 업셔지거늘 김젼부쳐 간장이 바아지고 일신이 녹늣듯 ᄒᆞ여 우지도 못ᄒᆞᆯ네라(한중연A본, 5쪽).

슉향을 바회틈의 안치고 옥지환 ᄒᆞᆫ 쟉을 옷고롬의 ᄎᆡ우고 먹을 음식을 그럭의 만니 담아 쥬어 왈 너난 즘간 니곳ᄃᆡ 잇셔 ᄇᆡ곱푸거든 이 밥을 먹고 목마르거든 져 물을 ᄯᅥ 먹고 잇시면 우리 ᄂᆡ일 와 다려가마 ᄒᆞ고 낫틀 ᄒᆞᆫᄃᆡ 다이고 실피 울며 ᄎᆞᆷ아 ᄯᅥ나지 못ᄒᆞ니 슉향이 제 모친 치ᄆᆡ를 ᄌᆞᆸ고 실피 울며 왈 어만임은 날 바리고 혼ᄌᆞ 어ᄃᆡ로 가시러 ᄒᆞ난잇가 나도 함ᄭᅴ 가ᄉᆞ이다 ᄒᆞ며 ᄯᆞ라 ᄂᆡᆺ듸니 그 ᄎᆞᆷ혹ᄒᆞᆫ 형ᄉᆞᆼ은 귀신도 감동할 덧ᄒᆞ며 일광이 무ᄉᆡᆨᄒᆞ더라. 김젼부쳐 망극ᄒᆞ여 울며 이라되 ᄂᆡ ᄯᆞᆯ아 우지말고 가만니 안ᄌᆞᄉᆡ라 소ᄅᆡ

나면 도적이 알고 왓셔 쥭이나니라 ᄒᆞ고 도라보니 도적이 발셔 갓가이 오난지라. 김젼니 망극ᄒᆞ여 ᄌᆞᆼ시 손을 잇글고 산즁으로 다라나니 슉향이 소ᄅᆡ를 크게 ᄒᆞ여 왈 어만임은 엇지 나를 바리고 가시난이가 부ᄃᆡ ᄂᆡ일 와 다려가소서 ᄒᆞ며 실피 우니 슈운니 담담ᄒᆞ고 일ᄉᆡᆨ 츰츰 ᄒᆞ더라(이대본, 11쪽).

숙향과 부모가 이별하는 대목은 그 분량이 이대본에 비해 한중연A본이 1/3 정도 많다. 일견 이대본은 축약본이기 때문에 이 대목 역시 이대본에서 축약된 것으로 생각하기 쉽다. 그러나 한중연A본에서 밑줄 친 부분은 다른 이본에는 전혀 나타나지 않는 내용인데, 어린 자식을 바위틈에 가두고 달아날 수밖에 없는 부모의 절박한 처지와 바위틈에 갇힌 숙향의 처참한 모습이 매우 구체적으로 형상화되어 있다. 따라서 이 대목은 한중연A본의 필사자가 부모와 자식의 이별 상황을 절절하면서도 처절하게 그리려는 차원에서 확대 · 부연했을 가능성이 높다.

김전이 숙향을 찾으러 산에서 내려와 숙향을 찾는 장면도 한중연A본은 타본과는 다르게 서술되어 있다. 대부분의 이본에는 김전이 숙향을 찾으러 한 번 왔다가 찾지 못하고 돌아가는 것으로 그려져 있는데, 유독 한중연A본에만 김전이 두 차례나 산에서 내려와 숙향을 찾아 헤매다가 끝내 찾지 못하고 돌아가는 것으로 확대 · 부연되어 있다. 게다가 한중연A본에는 타본에서는 전혀 찾아볼 수 없는 '장씨의 꿈 대목'까지 삽입되어 하다.

(쟝씨) 죠으니 ᄭᅮᆷ에 슉향니 드러와 어미를 부르며 무릅 우희 안ᄌᆞ 낫츨 한ᄃᆡ 다히고 울며 늣기거늘 안고 어로 만지며 통곡 왈 어ᄃᆡ 갓싼요 너는 날을 ᄎᆞᄌᆞ왓는야 ᄒᆞ고 쟈다가 인ᄒᆞ야 ᄉᆡ다르이 남가일

몽이라(한중연A본, 6~7쪽).

> 챠셜이라. 김전니 안히를 다려다가 샨즁의 감쵸고 가마니 날려와 다시 슉향를 ᄎᆞ즈되 죵젹니 업거늘 일졍 쥭도다 ᄒᆞ고 도라와 부인 다려 일르니 쟝씨 ᄯᅩ 긔졀ᄒᆞ거늘……(한중연A본, 7쪽).

위의 인용문은 김전이 숙향을 찾지 못하고 돌아와 장씨에게 그 사실을 알린 이후에 장씨가 칠성(七星)에게 숙향을 다시 보게 해달라고 발원하다가 꾼 꿈이며, 아래 인용문은 김전이 다시 숙향을 찾기 위해 산에서 내려갔다가 찾지 못하고 돌아와 장씨에게 말하는 대목이다. 이 두 대목은 모두 자식을 잃어버린 부모의 처참한 심정과 그 자식을 찾으려는 부모의 간절한 마음을 서술하고 있는데, 여기에는 숙향을 바위틈에 가두고 달아났던 김전 부부의 처지를 합리화하려는 의도가 내포되어 있다. 요컨대, 이 두 대목은 김전 부부가 숙향을 바위틈에 가두고 달아났던 것이 자기들만이 살려고 했던 행위가 아니라, 불가피한 선택이었음을 부각시키는 차원에서 부연된 것이라고 하겠다.

이렇듯 한중연A본은 숙향과 부모가 이별하는 대목이 이대본에 비해 가족이 이산하게 된 절박한 상황과 이별의 참혹한 형상을 부각하는 차원에서 한결 확대·부연되어 있다. 그러나 필자가 주목하고자 하는 것은 한중연A본이 이대본에 비해 부연되어 있다는 점만은 아니다. 중요한 것은 한중연A본에 서술되어 있는 숙향과 부모의 이별 대목이 다른 이본들과 현격한 차이를 보이고 있다는 사실이다. 현존하는 국문본에는 이대본과 동일하거나 또는 그와 유사한 내용으로 김전과 장씨의 의견 대립 및 갈등이 표출되어 있다. 뒤에 상술하겠지만, 전반적으로 이대본보다는 한중연A본에 근접하는 경판본마저도 이대본처럼 김전과 장씨의 의견 대립이 구체적으로 서술되어 있다.[41] 한문본의 경우에도 대부분 이대본과 유사한 내용으로 서술되어 있다.[42] 한문본 중 정사본계의 경우에는 '生度不能免禍 棄兒於盤若山石巖之間'(정사본, 3쪽)이라 하여, 김전이 부득이 숙향을 버리고 달아났다는 정도로 간략하게 서술되어 있다. 이러한 사실로 미루어 보아 한중연A본은 숙향과 부모의 이별 대목을 이별의 슬픔과 참혹한 형상을 부각하는 차원에서 윤색을 가해 새롭게 개작한 것으로 판단된다.

3) 기타 이본의 특징과 위상[43]

「숙향전」 국문 완결본 가운데 남은 이본은 만송A본과 구활자본이다. 이 중 만송A본은 이미 경판본을 저본으로 삼아 필사한 것임이 밝혀져 있다.[44] 만송A본이 경판본계열이라는 것은 분명한 사실이다. 만송A본은 몇몇 자구(字句)의 출입 외에는 경판본과 전혀 차이가 없으며, 경판본처럼 왕균의 점괘 대목이 생략되어 있다. 만송A본이 경판본계

---

41) 경판본에서 김전과 장씨가 대립하는 대목만을 제시하면 다음과 같다. "ᄉᆡᆼ이 능히 닷지 못ᄒᆞ고 당시ᄃᆞ려 니로되 ᄉᆞ셰 위급ᄒᆞ니 슉향을 ᄇᆡ회틈의 감쵸고 갓다가 도적이 간 후의 ᄃᆞ려가미 엇더ᄒᆞ뇨. 당시 울어 왈 쳡은 슉향과 ᄒᆞᆫ가지로 쥭을 거시니 낭군은 몸을 피ᄒᆞ쇼셔. ᄉᆡᆼ 왈 엇지 그ᄃᆡᄅᆞᆯ ᄇᆞ리고 홀노 가리오. ᄎᆞ라리 셔히 ᄒᆞᆷ씌 쥭으리라. 당시 왈 쟝뷔 엇지 아녀ᄌᆞᄅᆞᆯ 위ᄒᆞ여 쥭기ᄅᆞᆯ 취ᄒᆞ리오. 섈니 ᄒᆡᆼᄒᆞ쇼셔"(461쪽).

42) 나손B본의 내용을 제시하면 다음과 같다. "鈿泣謂其妻曰 今賊兵將近 大禍不遠 可以急急逃避 幸而得生 則皇天愛憐 後當有子 吾夫婦幷死賊刃之後 白骨難收 祖先香火從此永絶矣 勢將自棄阿兒耳. 其妻急遽失措 罔知所爲 回顧視之 賊兵四塞而下 無如之何 揮泣而言曰 妾當與淑香 同死於此 願郎君急速跳出 善保軀命 求埋妾屍與淑香之骨 泉壤之下 庶免暴露之寃"(3~4쪽).

43) 한중연B본과 C본, 만송B본, 박순호C본 등은 서지적 개관에서 밝혔듯이 내용의 일부만 수록되어 있는 미완본이거나 낙질본이기 때문에 여기서는 다루지 않는다.

44) 구충회, 앞의 논문.

열이라는 것은 숙향의 이름을 짓는 대목에서도 알 수 있다. 대부분의 이본에는 숙향을 낳을 때 기이한 향기가 집안에 가득하여 이름을 '숙향'이라 지었다고 서술되어 있다. 그런데 유독 경판본계열과 만송A본만이 출산을 돕기 위해 내려온 선녀가 김전에게 아이의 이름을 '숙향'이라 짓도록 지시한 것으로 서술되어 있다. 이런 점들을 고려할 때 만송A본이 경판본을 저본으로 삼아 필사한 것은 분명하다고 하겠다.[45] 따라서 경판본의 판각 연기인 무오년을 1858년으로 볼 경우 만송A본의 필사 연기인 을사년은 1905년이 되는 셈이다.

구활자본은 전반적으로 한중연A본과 흡사하다. 서두가 한중연A본처럼 부연되어 있는가 하면 설중매의 태몽을 양왕이 꾸는 것으로 서술되어 있기 때문이다. 그러나 문제가 되는 것은 '숙향과 부모의 이별 대목'이다. 한중연A본에는 김전 부부의 의견 대립과 갈등이 나타나지 않는데, 구활자본에는 이대본처럼 이들의 의견 대립이 분명하게 나타나 있다. 미완본인 국도본과 나손본에도 김전 부부의 의견 대립이 서술되어 있다. 따라서 구활자본이나 국도본, 나손본 등은 이대본과 한중연A본의 영향을 동시에 받거나, 아니면 한중연A본의 선본에 해당하는 이본에서 직접 파생된 것으로 보아야 할 것이다.

미완본인 박순호A본과 박순호B본의 내용은 거의 차이가 없다. 두 이본은 음운의 표기 형태 또한 거의 같아서 선후관계를 파악하기가 어렵

---

45) 경판본과 만송A본의 선후관계 역시 구충회와 나도창에 의해 이미 밝혀진 바 있다. 비록 이들은 주로 음운 비교만으로 선후관계를 판별했지만 경판본이 만송A본에 선행했던 이본이라는 것은 분명하다. 이는 「숙향전」 뿐만 아니라 대부분의 방각본이 상업성을 고려하여 축약을 단행하고 있다는 사실에서도 알 수 있다. 앞서 살펴보았듯이, 경판본은 일정한 기준에 따라 축약과 윤색이 비교적 체계적으로 이루어져 있는데, 이러한 체계적인 축약과 윤색은 개인의 취향보다는 방각본 출간의 상업성이나 전문성에서 비롯되었다고 보아야 한다.

다. 다만 박순호A본은 남주인공의 이름을 '니션'으로 표기한 데 반해, 박순호B본은 '이션'으로 표기한 정도의 차이만 엿보인다.

> 니션이 고왈 이화정 할미 쇼ᄌᆞ을 긔롱ᄒᆞ여 지극ᄒᆞᆫ 뜻셜 보여ᄒᆞ고 쇽인 말ᄉᆞᆷ이라. 낭ᄌᆞ을 보시고져 ᄒᆞ시거든 쪽자 가온ᄃᆡ 반도 쥬ᄂᆞᆫ 션여을 보옵소셔. 모양도 갓ᄉᆞᆸ고 ᄐᆡ도도 갓ᄉᆞ와 호발도 달음니 업ᄉᆞ이다(박순호A본, 650쪽).

> 이션이 고왈 이화정할미 소ᄌᆞ을 긔롱ᄒᆞ여 지극ᄒᆞᆫ 뜻 보니야고 속인 말ᄉᆞᆷ니라. 낭ᄌᆞ을 보시고져 ᄒᆞ시거든 족자 가온ᄃᆡ 반도 쥬ᄂᆞᆫ 션여을 보소셔. 모양도 갓ᄉᆞᆸ고 ᄐᆡ도 갓ᄉᆞ와 호발도 다음니 업ᄉᆞ이다(박순호B본, 666쪽).

인용문은 두 이본의 마지막 부분에 해당하는데, 서술된 내용이 완전히 같다고 해도 과언이 아니다. 이 대목만이 아니라 전체 내용도 두 이본은 거의 일치하다. 따라서 두 이본은 직접적인 관계를 맺고 있다고 보아야 한다. 다만 박순호A본에는 '니션'·'쇼ᄌᆞ' '쪽자'로 표기되어 있는데, 박순호B본에는 '이션' '소자' '족자'로 표기되어 있는 것으로 보아 박순호A본이 앞선 이본인 것으로 판단된다.

박순호A본은 서두에서 다른 이본들과 현격한 차이를 보인다.

> ᄃᆡ명 가정연간의 남양씩의 ᄒᆞᆫ ᄉᆞ람니 잇씨되 셩은 김이요 명은 젼이라. 쎠ᄃᆡ로 공후장녹니 써나지 안니 ᄒᆞ던니 김젼의 ᄃᆡ예 이르어 베ᄉᆞᆯ니 넉넉지 못ᄒᆞ나 위인니 강즉ᄒᆞ와 죠정의 뜻시 업셔 고향의로 ᄂᆞᆯ여와 쵸야의 뭇쳐 농업을 일ᄉᆞᆷ던니 가산은 풍요ᄒᆞ나 연장ᄉᆞ십의 실ᄒᆞ의 일졈혈육이 업셔………(박순호A본, 531쪽).

먼저 대부분의 이본은 시대적 배경이 '송나라'로 되어 있는데, 박순호A본은 '명나라 가정 연간'으로 설정되어 있다. 그러나 이런 차이는 사소한 것에 불과하다. 대부분의 이본은 김전의 성명과 인품과 문장을 서술한 다음 김전의 부친인 운수선생에 관한 이야기, 김전이 거북을 구하는 대목, 거북이 김전에게 은혜를 갚은 대목, 김전이 장회의 딸과 결혼한 대목 등의 순으로 서술되어 있다. 특히 이들 대목 가운데 김전이 거북을 구한다는 화소는 이후의 사건 전개와 긴밀하게 관련되어 있기 때문에 생략해서는 곤란하다. 그런데 박순호A본은 위의 대목들이 전혀 나타나지 않은 채 곧바로 김전이 늦도록 자식이 없어 슬퍼하는 대목부터 시작된다.

그러나 이러한 차이에도 불구하고 박순호A본은 나손B본처럼 완전히 새롭게 개작한 이본이라고 할 수는 없다. 구체적인 서술 내용은 다른 이본들과 비교적 많은 차이를 보이고 있지만, 사건의 구성과 전개 과정은 별 차이가 없기 때문이다. 예컨대, 다음과 같은 대목을 들 수 있다.

> 일일은 왕승니라 ᄒᆞ난 ᄉᆞ람은 본ᄃᆡ 관ᄉᆞᆼ 잘ᄒᆞ난 ᄉᆞ람니라. 마즘 지ᄂᆡ다ᄀᆞ 숙향을 보고 크게 놀ᄂᆡ여 가로ᄃᆡ 이 아흐을 보니 월궁션ᄐᆡ의 일품니요 인간숙ᄐᆡ의난 벼셔낫신니 장ᄂᆡ 귀히 도연이와 상의로 으논할진ᄃᆡ 이 아희 천상션여로 상제계 득죄ᄒᆞ고 인간의 위양왓신나 여어 히 진진 고상ᄒᆞᆫ 후의 죠흔 시절을 만날니다 ᄒᆞ며 쵸분은 험ᄒᆞ고 후분은 가장 극ᄒᆞ여 복녹니 영영할니라 ᄒᆞ거날 김젼니 ᄃᆡ경ᄒᆞ여 왈 후분 ᄂᆡ 뒤ᄉᆞ라. 아즉 ᄀᆡ필할 슈 업건니와 쵸분은 당장ᄉᆞ라. ᄂᆡ 집니 쵸요ᄒᆞᆫ니 무삼 곤ᄋᆡᆨ니 잇실으로 한ᄃᆡ 왕승니 ᄃᆡ 왈 ᄉᆞ람니 세상으 나ᄆᆡ 팔ᄌᆞ을 소ᄀᆡ지 못할지라. 이 아희 ᄉᆞ쥬을 본니 오세여 당ᄒᆞ면 이웃 나문입 갓ᄐᆡ여 부모을 이별ᄒᆞ고 발암의 부치여 동셔 ᄀᆡ결ᄒᆞ다가 십오세으 당ᄒᆞ면 ᄋᆡᆨ운을 면ᄒᆞ고 부귀 극진ᄒᆞ며

부모을 다시 만나 영낙으로 세월을 보ᄂᆡᆯ 터이요 칩십으 당ᄒᆞ여ᄂᆞᆫ 인간ᄌᆈ을 다 ᄉᆈ멸ᄒᆞ고 ᄇᆡᆨ운을 타고 도로 쳔상의로 가이라 ᄒᆞ거날 김젼 ᄉᆡᆼ각ᄒᆞ니 허망ᄒᆞᆫ 말니라. 외면의ᄂᆞᆫ 관승을 잘ᄒᆞᆫ다 칭ᄎᆞᆫᄒᆞ고 안마음은 허망니 역여 밋지 안니 ᄒᆞ고 왕승을 약간 ᄃᆡ접ᄒᆞ여 보ᄂᆡᆫ니라(박순호A본, 535~536쪽).

위 인용문은 관상쟁이가 숙향의 관상을 보고 예언하는 대목인데, 경판본과 경판본을 저본으로 삼아 필사한 것으로 추정되는 만송A본에는 이 대목이 없다. 그런데 박순호A본에는 이대본이나 한중연A본처럼 이 대목이 삽입되어 있다. 이대본이나 한중연A본과 차이는 관상쟁이의 이름과 밑줄 친 부분 정도이다. 다른 이본에는 관상쟁이의 이름이 '왕승'이 아니라 '왕균'으로 되어 있으며, '관상쟁이가 지나가다가 우연히 숙향의 관상을 보게 된 것'이 아니라 '숙향이 단명할까 걱정되어 김전이 관상을 잘 보기로 이름난 왕균을 청한 것'으로 되어 있다. 또한 다른 이본에는 '김전이 관상쟁이의 말을 듣고 생월생시와 이름을 적어 넣은 금낭을 숙향에게 채워주었다'고 서술되어 있는데, 박순호A본에는 관련 내용이 없다.

박순호A본은 서두를 제외하면 대체로 위와 같은 정도의 차이만 보인다. 따라서 박순호A본은 한중연A본계 필사본을 토대로 개작을 시도했던 이본으로 추정되는데, 근거는 다음과 같다.

첫째, 박순호A본은 서두에서는 김전이 거북을 구한 사건을 생략했음에도 뒤에는 다른 이본들과 마찬가지로 이 사건을 거론하고 있다는 점이다.

슉향니 비록 슈문슈답ᄒᆞ엿씨되 아모란 죠을 몰나 션여을 ᄃᆡᄒᆞ여

문활 이제 가난이 엇더훈 亽람니관듸 만경층파의 평지갓치 단니난 잇가. 션여 듸왈 동히용왕의 부인니라. 전의 부인의 부친계옵셔 살여 쥬신 은덕을 잇지 못ᄒᆞ여 부인을 구완ᄒᆞ고 가ᄂᆞᆫ 이다(박순호A본, 570~571쪽).

이 대목의 경우 박순호A본은 용녀의 신분이 한중연A본과 약간 다르게 되어 있지만, 전반적인 내용은 동일하다.[46] 문제는 박순호A본의 경우 서두에 숙향의 부친인 김전이 거북을 구한 대목이 없다는 점이다. 따라서 박순호A본만 본다면 '숙향의 부친이 용녀(거북)를 구했다'는 언급은 그 근거가 없는 셈이다. 이런 상황은 박순호A본의 필사자가 개작을 시도하는 과정에서 비롯된 것으로 보인다. 요컨대, 서두에서는 '김전이 거북을 구하는 대목'을 의도적으로 삭제했는데, 이 대목에 이르러서는 저본을 그대로 필사했다고 하겠다.

둘째, 박순호A본은 필사 시기가 19세기 후반 이후일 가능성이 크다는 점이다.

잇ᄯᅢᄂᆞᆫ 츈삼월 망간니라. ᄇᆡᆨ화ᄂᆞᆫ 만발ᄒᆞ고 봉졉은 날어들며 양유ᄂᆞᆫ 가지가지 풀여잇고 두건졉동은 쌍거쌍ᄂᆡ 츈식을 흐롱훈니 호탕ᄒᆞ온 마음 절노 난다. 가동을 달이고 정쳐을 좃ᄎᆞ 귀경ᄒᆞ다ᄀᆞ 듸셩ᄉᆞ의 당도훈니 쳔봉만학은 유으ᄒᆞ여 봉봉이 슈례ᄒᆞ계ᄒᆞ고 긔화요쵸ᄂᆞᆫ 날을 보고 반긔ᄂᆞᆫ (듯) 우청송쥭은 군ᄌᆞ의 절기을 ᄯᅳ여 잇고 당의 학두음니난 ᄉᆞ람을 놀ᄂᆡ난지라(박순호A본, 610~611면.)

---

46) 참고로 위에 해당하는 대목을 한중연A본에서 인용하면 다음과 같다. "잇ᄯᅥ 슉향은 아모란 쥴 몰나 그 아희다려 문왈 져 쳐녀는 엇썬 샤람이완듸 믈를 평지갓치 단이는고. 옥네 답왈 그는 동히용왕의 셰지 ᄯᆞᆯ이오 포진용왕의 부인이니 부인의 부친 은덕를 입어 샤아 낫기로 이제와 부인를 구ᄒᆞ고 가너이다"(18쪽).

션니 과거도 보라가지 못ᄒᆞ고 심심ᄒᆞ야 근쳐의 죠흔 산슈풍경를 일삼아 완경ᄒᆞ더니 삼월 망일의 ᄃᆡ셩사의 올나가니 몸니 곤ᄒᆞ여 죠을니여 난간를 의지ᄒᆞ야 잠간 잠를 드러써니……(한중연A본, 32쪽).

이 대목은 이선이 대성사에서 요지연 꿈을 꾸기 직전의 장면인데, 박순호A본은 다른 이본에 비해 한결 부연되어 있다. 그런데 그 내용이 잡가인 「유산가(遊山歌)」와 흡사하다. 따라서 이 대목은 19세기 후반에 성행했던 잡가의 영향을 받아 부연한 것으로 추정된다.[47]

셋째, 한중연A본에는 있고 이대본에는 없는 구절이 박순호A본에 나타난다는 점이다.

이 아희 ᄉᆞ쥬을 본니 오세여 당ᄒᆞ면 이웃 나문입 갓ᄐᆡ여 부모을 이별ᄒᆞ고 발암의 부치여 동셔 ᄀᆡ걸ᄒᆞ다가 십오세으 당ᄒᆞ면…… (박순호A본, 536쪽).

니 아기 사쥬를 보오니 반드시 다삿살이면 니웃 나무입히 바람의 부칠젹의 부모를 일코 정쳐업시 단이다가 (한중연A본, 4쪽).

ᄋᆡ긔 ᄉᆞ쥬와 ᄉᆼ을 보오니 오세예 부모를 이별ᄒᆞ고 정쳐업시 단니다가 (이대본, 8쪽).

위 인용문은 관상쟁이가 숙향의 관상을 보고 예언한 대목이다. 밑줄

47) 박순호A본은 숙향이 사슴을 타고 장승상댁에 가는 장면에서도 "슉향니 그졔야 비로소 탄니 손은 쳡쳡 쳔봉이요 물은 칭칭니 벽계라. ᄉᆞ심은 가되 슉향은 가난 쥴을 몰을너라"(549쪽)처럼 잡가(雜歌) 투의 문체를 보인다. 이 대목의 경우 다른 이본은 "슉향니 하직ᄒᆞ고 그 사슴를 타니 구름를 혯치고 나는드시 달르ᄆᆡ 아모란 쥴 몰나 이윽히 가다가 한 고ᄃᆡ 가 셔거늘……"(한중연A본, 10쪽) 정도로 서술되어 있다.

친 부분에서 볼 수 있듯이, 박순호A본과 한중연A본에는 정처 없이 떠돌 숙향의 운명을 '바람에 휘날리는 이웃 나뭇잎'에 비유하고 있다. 그런데 이대본에는 이런 비유적인 표현이 없다. 따라서 박순호A본은 이대본보다는 한중연A본계를 저본으로 삼은 이본이라고 하겠다.48)

박순호D본과 E본은 모두 경판본에서 파생된 이본이며, 이들은 각각 한 이본의 상권과 하권에 해당한다. 즉 상 · 중 · 하권으로 이루어진 박순호D본은 경판본 상권(上卷)에서부터 중권(中卷)의 전반부까지, 박순호E본은 경판본 중권 후반부에서부터 하권(下卷) 끝까지의 내용에 해당한다는 것이다.

박순호D본은 몇몇 자구의 출입 외에는 경판본과 전혀 차이가 없다. 경판본의 특징 가운데 하나는 '왕균의 예언 대목'이 없다는 것인데, 박순호D본에도 이 대목은 나타나지 않는다. 이로 보아 박순호D본이 경판본계라는 것은 분명하다고 하겠다. 이는 다음 대목에서도 확인된다.

> 그날밤의 오ᄉᆡᆨ이 구룸이 집을 두루고 상취 진동ᄒᆞ머 션여 ᄒᆞᆫ쌍이 촉을 들고 나려와 김젼더 닐르되 소ᄋᆡ 오시난이다 ᄒᆞ고 부인방으로 드러가더니 이윽고 셔기 반공ᄒᆞᄆᆡ 상니 신기이 여겨 ᄂᆡ당의 드러가 본ᄃᆡ 임무 순산한대 선여 유리병의 향슈을 지우러 ᄋᆡ긔을 ᄉᆡᆨ겨 누이고 일로되 이난 월궁소ᄋᆡ라. 샹제게 득죄ᄒᆞᆫ 태을션군과 인간의 칙지ᄒᆞ야스니 귀이 질너 천정이연을 어기지 마라소셔. 이 아ᄒᆡ ᄇᆡ필은 남향ᄯᅡ의 이샹셔집 아달인이 이ᄂᆞᆫ ᄐᆡᆨ을이라. 이제 그곳으로 가나이다. 이 아ᄒᆡ 일홈은 숙향니라 짓고 자난 소ᄋᆡ라 ᄒᆞ소셔(박순호D본, 267~268쪽).

48) 한중연A본계 필사본을 저본으로 삼아 한역한 것으로 추정되는 정사본계 한문본에도 "觀其四柱 則年至五歲 如枯葉飄風 落花辭條 離絶父母 流落他鄕 焉乞行路"(丁巳本, 2쪽)라 하여, 숙향의 운명을 바람에 나붓기는 낙엽에 비유하고 있다.

이날밤의 오ᄉᆡᆨ 구름이 집을 두루고 향ᄂᆡ 진동ᄒᆞ며 션녀 ᄒᆞᆫ쌍이 촉을 들고 드러와 김ᄉᆡᆼᄃᆞ려 니로되 이졔 부인이 오신다 ᄒᆞ고 부인의 방으로 드러가더니 이윽고 셔긔 만당ᄒᆞ니 ᄉᆡᆼ이 긔이허어셔 ᄂᆡ당의 드러가 보니 이믜 슌산ᄒᆞ고 션녜 뉴리병의 향슈ᄅᆞᆯ 기우러 아희ᄅᆞᆯ 씻겨 누이고 니로되 이 아희ᄂᆞᆫ 월궁소애라. 샹졔씌 득죄ᄒᆞ고 ᄐᆡ을션군과 인간의 젹강ᄒᆞ엿시니 귀히 길너 텬졍을 어긔지 말으소셔. 아 아희 ᄇᆡ필은 낙양 니샹셔집 아ᄌᆡ니 이ᄂᆞᆫ ᄐᆡ을이라. ᄂᆡ 이졔 그리로 가ᄂᆞ니 이 아희 일홈은 슉향이라 ᄒᆞ고 ᄌᆞᄂᆞᆫ 소ᄋᆡ라 ᄒᆞ소셔(경판본, 460~461쪽).

이날밤에 오ᄉᆡᆨ 구름이 집을 두루고 향ᄂᆡ 진동ᄒᆞ며 션여 ᄒᆞᆫ승이 촉을 들고 드러와 김ᄉᆡᆼᄃᆞ려 일르되 이제 부인이 오신ᄃᆞ ᄒᆞ고 부인에 방에 드러ᄀᆞ더니 이윽고 향긔 만당ᄒᆞ니 김ᄉᆡᆼ이 긔히 역겨 ᄂᆡ당에 드러ᄀᆞ 보니 임에 슌ᄉᆞᆫᄒᆞ고 션예 유리병에 향슈을 기우려 아희을 씩겨 누이고 이로ᄃᆡ ᄋᆞ기ᄂᆞᆫ 월궁소ᄋᆡ라. ᄉᆞᆼ제게 득죄ᄒᆞ고 ᄐᆡ을 션군과 인간에 젹강ᄒᆞ엿스니 귀히 길너 쳔졍을 어긔지 마옵소셔. 이 ᄋᆞ희 ᄇᆡ필은 낙양 이ᄉᆞᆼ셔에 ᄋᆞᄌᆡ니 이ᄂᆞᆫ ᄐᆡ을 이라. ᄂᆡ 이제 그리로 가ᄂᆞᆫ이ᄃᆞ. 이 ᄋᆞ희 일홈은 슉향이라 ᄒᆞ고 ᄌᆞ는 소ᄋᆡ라 ᄒᆞ소셔(만송A본, 4~5쪽).

이 대목은 숙향이 탄생하는 장면이다. 박순호D본은 몇몇 자구의 출입을 제외하고 경판본과 완전하게 일치하고 있다. 더구나 밑줄 친 구절은 경판본 및 경판본을 저본으로 삼아 필사한 것이 분명한 만송A본과 성대A본을 제외하고는 어느 이본에서도 찾아볼 수 없다.[49] 그런데 박

49) 이 대목의 경우 대부분의 국문본은 "가즁의 향ᄂᆡ 샴삭가지 그치지 안니 ᄒᆞ기로 일홈를 슉향니라 ᄒᆞ고 쟈는 월궁션니라 ᄒᆞ다"(한중연A본, 4쪽)로, 한문본은 거의 "産過三月香氣不散 因名曰淑香 字曰月宮仙"(국립도서관 소장본;한48~20, 2면쪽)이라는 정도로 서술되어 있다.

순호D본에도 경판본과 동일하게 삽입되어 있는 것이다. 따라서 박순호D본이 경판본계열이라는 것은 분명하다고 하겠다.

이들 이본 중에는 박순호D본이 후대본인 것으로 추정된다. 일단 위에서 인용한 대목의 표기를 보면, 경판본에는 '구롬' '션녀' '니로되' '뉴리병' '텬졍' 등으로 표기되어 있는데, 박순호D본에는 이보다 후행 표기인 '구룸' '션여' '닐르되' '유리병' '천정' 등으로 표기되어 있다. 또한 경판본에는 이상이 없으나 박순호D본에는 누락으로 인한 오류가 간혹 발견되는데, 이 가운데 한 대목만 살펴보면 다음과 같다.

> ᄐᆡ슈 ᄃᆡ로ᄒᆞ여 다른 ᄉᆞ령을 가 치라 ᄒᆞᆫ 즉 쏫ᄒᆞᆫ ᄆᆡ쯧치 쌍이 붓고 쎠러지지 안니 ᄒᆞᆫ이 ᄐᆡ슈 괴 왈 필식 ᄋᆡᄆᆡᄒᆞᆫ 사람이라. 상셔의 기별이 잇시라 ᄒᆞ고 동여 무리으 너흐려 ᄒᆞ던니……(박순호D본, 378~379쪽).

> ᄐᆡ싊 ᄃᆡ로ᄒᆞ여 ᄃᆞ른 ᄉᆞ령을 가라 치려ᄒᆞ되 ᄯᅩᄒᆞᆫ ᄆᆡ슷치 ᄯᆞ히 붓고 쎠러지지 아니 ᄒᆞ니 ᄐᆡ싊 고이히 넉여 왈 필시 ᄋᆡᄆᆡᄒᆞᆫ 사ᄅᆞᆷ이나 샹셔의 긔별이ᄆᆡ 마지 못홈이라 ᄒᆞ고 동혀 물의 너흐려 ᄒᆞ더니……(경판본, 474쪽).

이 대목은 낙양태수 김전이 숙향을 문초하는 장면이다. 이 대목 역시 박순호D본은 경판본과 동일한 내용으로 이루어져 있다. 그런데 박순호D본에는 경판본과 달리 종종 오자가 나타날 뿐만 아니라, 밑줄 친 부분의 경우 문맥이 통하지 않는다. 따라서 박순호D본은 경판본에서 직접 파생된 이본임이 틀림없다고 하겠다.[50]

---

50) 박순호D본이 만송A본을 거치지 않고 경판본에서 직접 파생되었다는 것은 앞서 인

박순호E본은 박순호D본의 후반부에 해당한다. 이는 박순호D본의 마지막 단락과 박순호E본의 첫 단락을 보면 곧바로 확인된다.

> 부인이 그 ᄌᆡ조을 시염코져 ᄒᆞ여 비다을 ᄂᆡ여 쥬워 이로ᄃᆡ ᄉᆞᆼ공의 관ᄃᆡ을 투ᄉᆡᆨᄒᆞ여슨니 져 관ᄃᆡ을 보와 그ᄃᆡ로 지으라 ᄒᆞ거날 낭ᄌᆞ 바다가지고 침소로 도라와 본 즉 좃치 못ᄒᆞ거날 헤오ᄃᆡ ᄂᆡ ᄌᆡ조을 시험ᄒᆞ미라 ᄒᆞ고 예 잣썬 비단을 ᄂᆡ여 밧고와 지여ᄂᆡ이(박순호D본, 412쪽).

> ᄉᆞᆼ비잇고. 낭ᄌᆞ 왈 첩이 수녹키을 아옵던이 노와 보리라 ᄒᆞ고 물너가 종야토록 슈을 노와 멍조의 부인게 드린이 샹셔와 부인이 보시고 ᄃᆡ경 왈 천신의 ᄌᆡ조 안이면 엇지 이렷텃 신긔ᄒᆞ리요 허시고 ᄋᆡ즁허시미 날노 더허더라(박순호E본, 132쪽).

두 대목은 모두 숙향이 이상서의 관대(冠帶)를 짓는 부분인데, 박순호D본은 문장을 완결하지 않은 상태로 끝을 맺었고, 박순호E본의 첫 구절은 주어와 목적어 등이 없이 '승배인가?'라는 서술어만으로 시작된다. 따라서 두 이본은 별종의 개별적인 이본이 아니라 한 이본의 상, 하권에 해당한다고 할 수 있다. 다만, 박순호D본의 끝부분과 E본의 첫부분이 자연스럽게 연결되지 않는 문제가 있는데, 이 문제는 경판본을 보면 그 사정을 이해할 수 있다.

용한 숙향의 탄생 대목 중 경판본과 박순호D본에는 각각 '셔긔'와 '셔기'로 되어 있는데, 만송A본에는 '향긔'로 되어 있는 데서도 알 수 있다. 또 거북이 김전을 구하는 대목도 경판본과 박순호D본에는 각각 "그거시 변ᄒᆞ여 ᄉᆞ리를 치고 네발을 허위여 물가흘 님ᄒᆞ니"(460쪽)와 "그거시 변ᄒᆞ야 ᄉᆞ리치며 네발을 터우며 물가의 압흔니"(262쪽)로 되어 있는데, 만송A본에는 "그거시 변ᄒᆞ여 ᄉᆞ리을 헤우며 물ᄀᆞ에 임ᄒᆞ니"(2쪽)라고 되어 있다. 즉 만송A본에는 "네발을 허위여"라는 구절이 축약되어 있는 것이다.

부인이 그 ᄌᆡ조ᄅᆞᆯ 시험코져 ᄒᆞ여 비단을 ᄂᆡ여 쥬며 니니로되 샹공의 관ᄃᆡ 무ᄉᆡᆨᄒᆞ엿시니 져 관ᄃᆡ를 보아 그ᄃᆡ로 지어보라 ᄒᆞ거ᄂᆞᆯ 낭ᄌᆡ 밧아가지고 침소로 도라와 비단을 보지 조치 못ᄒᆞ거ᄂᆞᆯ 헤오되 ᄂᆡ ᄌᆡ조를 시험ᄒᆞ리라 ᄒᆞ고 ᄌᆞ가의 쓰든 비단을 ᄂᆡ여 밧고와 지어 ᄂᆡ니……<중략>…… 샹세 응명ᄒᆞ여 명일 발힝ᄒᆞ려 홀ᄉᆡᆨ 흉ᄇᆡ 무ᄉᆡᆨᄒᆞ니 조흔 흉ᄇᆡᄅᆞᆯ ᄉᆞ오라 ᄒᆞ거ᄂᆞᆯ 낭ᄌᆡ 시립ᄒᆞ엿다가 문왈 샹공직ᄒᆞᆷ이 무ᄉᆞᆫ 흉ᄇᆡ니잇가. 부인 왈 장학이라 ᄒᆞ니 낭ᄌᆡ 왈 쳡이 슈노키를 아옵더니 아모커나 고하 보리이다 ᄒᆞ고 물너가 종야토록 슈ᄅᆞᆯ 노하 명조의 부인씌 드리니 샹셔와 부인이 보고 ᄃᆡ경 왈 텬신의 ᄌᆡ죄 아니면 엇지 이러틋 신긔ᄒᆞ리오 ᄒᆞ고 ᄋᆡ즁ᄒᆞᆷ이 날노 더ᄒᆞ더라(경판본, 478쪽).

인용문 중에서 <중략> 앞에 밑줄 친 부분은 박순호D본과 일치하며, <중략> 이후에 밑줄 친 부분은 박순호E본과 일치한다.[51] 문제가 되는 것은 밑줄 치지 않은 부분이 박순호D본과 E본 사이에 없는 것인데, 경판본의 경우 이에 해당하는 글자 수가 총 238자이다. 그런데 박순호D본이나 E본 모두 1면이 8행이고, 1행이 15자 내외로 되어 있는바, 1면이 120자 정도 되는 셈이다. 따라서 박순호D본과 E본 사이에는 2면 240자에 해당하는 1장이 소실되었다고 보아야 한다.[52] 요컨대, 박순호

51) 박순호E본은 경판본의 "부인 왈 장학이라 ᄒᆞ니"라는 구절이 누락되어 있어 문맥이 불통하는 오류를 범하고 있다. 그러나 박순호E본 역시 경판본과 완전히 일치하고 있다는 것은 다른 이본과 대비해 보면 곧 드러난다. 참고로 이대본에서 위에 해당하는 대목을 제시하면 다음과 같다. "낭즈 겻틔 잇다가 엿ᄌᆞ오되 ᄉᆞᆼ셔난 엇던 흉ᄇᆡ를 붓치난잇가. 부인 왈 ᄉᆞᆼ셔난 벼ᄉᆞᆯ이 일품이요 가ᄌᆞ ᄯᅩᄒᆞᆫ 일품이ᄆᆡ ᄇᆡᆨ학 흉ᄇᆡ를 붓치나니라. 낭ᄌᆞ 왈 쳡이 일직 슈놋키를 아오니 ᄒᆞᆫ번 노와 보리니다. 부인 왈 슈난 져마다 못노코 ᄯᅩ 가실 날이 급ᄒᆞ니 네 ᄌᆡ조 아모리 승ᄒᆞᆫ들 밋쳐 못ᄒᆞ리라. 낭ᄌᆞ 방의 도라와 밤이 ᄉᆡ도록 슈노와 잇튼날 진역의 부인게 드리니 ᄉᆞᆼ셔와 부인니 보시고 ᄃᆡ경 왈 낭ᄌᆞ난 진실노 신인니라 ᄒᆞ더라 (이대본, 143~144쪽).

52) 이는 원본을 보면 곧 드러날 것으로 생각한다. 그러나 영인본만 보면 D본 마지막

D본과 E본은 각각 별개의 이본이 아니라 동일한 이본의 상, 하권에 해당하며, 두 이본은 모두 경판본에서 파생된 이본이라고 하겠다.

4) 주요 이본의 관계

지금까지 비교적 상세하게 국문 이본 가운데 선본(善本)이라고 할 수 있는 경판본과 이대본, 그리고 한중연A본의 내용적 특징과 그 위상을 살펴보았다. 이제 남은 문제는 이를 토대로 국문본의 계통을 추정하는 작업이다. 이 작업은 세 이본의 관계를 파악함으로써 어느 정도 그 실마리가 풀릴 것으로 생각된다.

이대본과 한중연A본은 몇몇 지명이나 인명이 다른 것 외에는 대동소이한 내용으로 이루어져 있으며, 경판본과는 일정하게 구분된다. 그렇다고 해서 또 경판본이 한중연A본이나 이대본과 완전히 다른 계열이라고 할 수도 없다. 「숙향전」 이본의 경우 나손B본계열과 박순호A본계열을 제외하고는 거의 모든 이본이 대동소이한 내용으로 이루어져 있으며, 이본 간의 차이는 대체로 구체적인 삽화에서만 나타나기 때문이다. 따라서 이들 이본의 전파과정과 계통을 추적하기 위해서는 계열을 세분할 필요가 있다. 계열을 세분화해서 한중연A본과 이대본(심씨본)계열로 나누었을 때 경판본이 한중연A본계열과 이대본계열 중 어떤 것을 저본으로 삼아 축약 · 윤색했는지가 파악된다면 이들의 계통

장과 E본 첫 장 중 어느 것이 소실되었는지 확인하기가 어렵다. 일반적으로는 D본의 마지막 장이 소실되었을 가능성이 크다. 그러나 E본의 첫 장이 소실되었을 가능성도 배제할 수 없다. E본 첫 장에는 '숙향전'이라는 제목이 부기되어 있다. 그런데 이는 본문의 '슉향'이라는 표기와 다르고, 다른 장은 모두 1면 8행으로 되어 있으나 이 첫 장은 제목을 포함하여 1면 9행으로 되어 있다. 이로 보아 E본 첫 장은 다른 사람에 의해 삽입된 것으로 추정된다.

에 대한 추적이 가능할 것이다. 이는 경판본이 한중연A본이나 이대본보다 선본(先本)이면서도 이들 이본계열을 토대로 축약한 이본이 확실하기 때문이다.

결론부터 말한다면 경판본은 한중연A본계열을 저본으로 삼아 축약 및 윤색을 가했다는 것이 필자의 판단이다. 그 근거로는 다음과 같은 대목을 들 수 있다.

첫째, 양왕의 딸인 '매향의 태몽 대목'이다. 앞서 살펴본 바 있듯이, 이 대목의 경우 한문본은 물론 대부분의 국문본에는 이대본처럼 매향의 태몽을 왕후가 꾼 것으로 서술되어 있다. 그런데 오로지 한중연A본과 경판본, 그리고 구활자본에만 양왕이 직접 태몽을 꾼 것으로 서술되어 있는 것이다.

둘째, 요지연 꿈 중에서 옥황상제가 '숙향의 수명과 복록을 점지하는 대목'이다.

ᄉᆞᆼ데 즉시 북두칠셩을 명ᄒᆞ여 슈ᄒᆞᆫ 칠십을 졍ᄒᆞ고 두 아달과 ᄒᆞᆫ ᄯᆞᆯ이며 복녹을 갓초 졈지ᄒᆞ시되 두아달은 졍승이 되게 ᄒᆞ고 ᄯᆞᆯ은 황후 되게 ᄒᆞᆫ 후의……(이대본, 63쪽).

샹제 허ᄒᆞᄉᆞ 여ᄅᆡ를 명ᄒᆞ야 슈ᄒᆞᆫ를 졍ᄒᆞ라 ᄒᆞ시니 여ᄅᆡ 엿ᄌᆞ오되 칠십를 졍ᄒᆞ너니다. ᄯᅩ 북두칠셩를 명ᄒᆞ야 쟈숀를 졍ᄒᆞ라 ᄒᆞ시니 칠셩니 엿ᄌᆞ오되 아들 형졔에 ᄯᅡᆯ ᄒᆞ나를 졍ᄒᆞ너니다. ᄯᅩ 남두칠셩를 명ᄒᆞ야 복녹를 졍ᄒᆞ라 ᄒᆞ시니 남두셩니 엿ᄌᆞ오되 두 아들은 졍승니 되고 ᄒᆞᆫ ᄯᅡᆯ은 황휘 되게 졍ᄒᆞ너니다(한중연A본, 28쪽).

샹졔 여ᄅᆡ를 명ᄒᆞ샤 슈한을 졍ᄒᆞ라 ᄒᆞ시니 여ᄅᆡ 왈 슈한은 칠십으로 졈지ᄒᆞᄂᆞ니다. ᄯᅩ 칠셩을 명ᄒᆞ여 ᄌᆞ손을 졈지ᄒᆞ라 ᄒᆞ시니 칠셩 왈 이남일녀를 명ᄒᆞᄂᆞ이다. 또 남두셩을 명ᄒᆞ샤 복녹을 졈지ᄒᆞ라 ᄒᆞ시니 남두셩 왈 아ᄃᆞᆯ은 졍승이 ᄃᆡ고 ᄯᆞᆯ은 황후 되게 ᄒᆞᄂᆞ이다(경판본, 468쪽).

이대본에는 북두칠성 혼자서 숙향의 수명 · 자손 · 복록을 다 정한 것으로 되어 있다. 그런데 한중연A본과 경판본에는 여래와 북두칠성과 남두성이 각각 수명, 자손, 복록을 정하는 것으로 서술되어 있다.

셋째, '이선과 용자가 규성에게 곤욕을 당하는 대목'이다. 한중연A본에는 이선이 용자와 함께 봉래산 선약을 구하러 가다가 규성에게 구리성에 갇혀 곤욕을 당하는 내용이 장황하게 서술되어 있다. 그런데 이대본에는 이 대목이 아예 생략되어 있으며, 경판본에는 비록 축약된 형태이긴 하지만 한중연A본과 같은 내용으로 삽입되어 있다.[53]

이상의 결과에 비추어 볼 때, 굳이 더 이상의 사례를 검토하지 않더라도 경판본이 이대본보다는 한중연A본에 가까우며, 한중연A본계열을 저본으로 삼아 축약과 윤색을 가한 것임을 알 수 있다. 그러나 문제는 경판본이 현존하는 한중연A본을 저본으로 삼은 것이 아니라는 사실이다. 이는 현존 한중연A본의 어휘와 표기법 등이 경판본보다 후대의 것이라는 사실에서도 드러나지만, 한중연A본은 부연된 대목 등에서 후대적인 면모를 뚜렷이 보여주고 있기 때문이다. 특이 한중연A본에서 숙향과 부모의 이별 대목은 매우 독특하게 형상화되어 있는바, 이 대목은 경판본이 현존 한중연A본을 저본으로 삼아 축약한 것이 아님을 분명하게 보여주고 있다. 따라서 경판본은 현존 한중연A본의 선본(先本)을 저본으로 삼아 축약과 윤색을 가했으며, 이 선본(先本)은 현존

53) 한중연A본의 92쪽과 경판본의 488쪽을 참조하기 바람.

한중연A본을 두고 볼 때 심씨본이나 이대본에 비해 원본적 요소를 온전히 간직하고 있는 것으로 추정된다.

다음은 이대본과 한중연A본과의 관계이다. 나도창은 이대본과 한중연A본은 모두 심씨본 계열이며, 한중연A본이 이대본보다 선행한 이본이라고 주장하고, '심씨본→한중연A본→이대본'이라는 발전 경로를 제시하였다. 이본의 계열을 세분하지 않는다면 한중연A본을 심씨본계열에 포함시킬 수는 있다. 그러나 나도창이 제시한 발전 경로는 문제가 있다. 일단 미세한 표기법의 차이로 선후관계를 판단할 수 없을 뿐만 아니라, 심씨본과 이대본은 서로 흡사하여 그 사이에는 한중연A본이 개입할 여지가 없기 때문이다. 또한 심씨본과 이대본의 비교를 통해 이 두 이본에 직접적으로 선행하는 이본이 있었다는 것을 추정할 수 있다. 따라서 「숙향전」 국문본의 계통을 추적하기 위해서는 계열을 세분화하여 심씨본계열과 한중연A본계열로 나눌 필요가 있다. 이럴 경우 심씨본과 이대본의 저본이 되었을 이대본계 선본(先本)은 경판본과 마찬가지로 한중연A본계 선본에서 파생된 것으로 보아야 할 것이다. 이는 앞서 살펴보았듯이 한중연A본이 이대본에 비해 원형적 형태를 온전하게 간직하고 있다는 사실을 통해서도 확인된다.

2. 한문본의 특징과 그 위상

1) 서지적 개관

(1) 국립도서관 소장본(약칭; 丁巳本)[54]

한문 필사본으로 국립도서관에 소장(한48－20)되어 있다. 세로 25.1cm, 가로 24.5cm이며, 매면 24행, 매행 24자 내외, 총 39면의 완결본이다. 제목은 표지에는 '梨花亭記'로, 이면(裏面)에는 '少娥記'라 되어 있다. 평범한 해서(楷書)로 쓰여 있으나 중간(6면~18면까지)에 약간 다른 필체가 끼어 있다. 표지에는 '丁巳春' , 그 다음 장에는 '丁巳正月 日'이라는 필사 연기가 기록되어 있다.

(2) 국립도서관 소장본(약칭; 壬申本)[55]

한문 필사본으로 국립도서관에 소장(한48－182)되어 있다. 세로 17.9cm, 가로 19.3cm, 매면 24행, 매행 25자 내외, 총 38면의 완결본이다. 표지에는 '梨花亭 梨花亭記'로, 이면에는 '梨花亭奇遇記'라 되어 있다. 다소 졸필에 가까운 해서체이며, 표지에 '壬申年八月日書'라는 필사 연기와 '癸酉年正月上衣'라는 기록이 있으며, 맨끝에 '莊洞精舍書'라는 필사 장소가 적혀 있다.

---

54) 「숙향전」 한문본은 제목이 '梨花亭記', '梨花亭奇跡', '梨花亭奇遇記', '再世奇遇記', '李太乙傳', '淑香傳' 등으로 되어 있는바, 편의상 혼선을 피하는 범위에서 약칭을 사용한다.

55) 韓國精神文化硏究院에서 1983년에 간행한 韓國古小說目錄 (73면)에는 해본을 국문 필사본이라고 했으나 이것은 착오가 있었던 것으로 생각된다.

(3) 국립도서관 소장본(약칭; 국도A본)

한문 필사본으로 국립도서관에 소장(한48－188)되어 있다. 세로 31.6cm, 가로 20.1cm, 매면 20행, 매행 28자 내외, 총 49면의 완결본이다. 제목은 표지에는 '淑香傳單'으로, 이면에는 '再世奇遇記'라 되어 있다. 달필인 해서로 쓰여 있으며, 필사 연기는 없다. 내용은 총 19개의 장회(章回)로 나뉘어 있는데, 첫 장회의 제목은 '南陽金鈿徵夢爲婉後論相王均 盤若逢賊棄兒逃命班胡濟活'이다.

(4) 국립도서관 소장본(약칭; 국도B본)

한문 필사본으로 국립도서관에 소장(한48－193)되어 있다. 세로 24.9cm, 가로 21.1cm, 매면 24행, 매행 22자 내외, 총 45면의 완결본이다. 제목은 표지에는 '淑香傳', 이면에는 '이화정긔적; 슉향젼권지단니라'와 함께 '淑香傳 或曰梨花亭記'가, 그리고 소설이 시작되는 지면의 첫 머리에는 '梨花亭奇跡'이라 되어 있다. 자체는 해서로 보통 글씨이며, 필사 연기는 없다.

(5) 만송본(晩松本)

한문 필사본으로 고려대학교 도서관에 소장(만송C14－A60A)되어 있다. 세로 23cm, 가로 22cm, 매면 20행, 매행 18자 내외, 총 53면의 낙질본이다. 제목은 '再世奇遇記'로 되어 있으며, 자체는 평범한 해서체이다. 내용은 처음부터 이선이 선약을 구하기 위해 봉래산에 갔다가 마고선녀를 만나는 대목까지이다.

(6) 이태을전(李太乙傳)

한문 필사본으로 김동욱 소장본이다. 제목은 '李太乙傳'으로 되어 있으며, 매면 24행, 매행 22자 내외, 총 37면의 완결본이다. 자체는 행서(行書)로 달필에 속한다. 「숙향전」의 내용이 끝나는 지면에 바로 동일인 필체의 국문소설 '오호대장기'가 연철(連綴)되어 있으며, 필사 연기는 없다.

(7) 고려대학교 소장본(약칭; 고대본)

한문 필사본으로 고려대학교 도서관에 소장(D2－A433)되어 있다. 세로 29cm, 가로 18.5cm, 매면 18행, 매행 30~42자 내외, 총 36면으로 된 완결본이다. 이 책은 『고문선(古文選)』이라는 책의 이면지를 사용하여 필사한 것으로, 자체는 꼼꼼한 해서체라 읽기에 어려움은 없다. 그러나 표면지(表面紙)의 글자가 이면에 비쳐 전반적으로 난삽한 느낌을 준다. 「숙향전」의 내용이 끝난 다음에는 역시 이면지에 「九雲夢下」가 필사되어 있다.

(8) 김동욱 소장본(약칭; 나손A본)

한문 필사본으로 『나손본필사본고소설자료총서』 27권(보경문화사, 1991)에 영인되어 있다. 매면 9행, 매행 22자 내외, 총 173면의 낙질본이다. 자체는 해서로 보통의 글씨다. 제목은 '淑香傳'이라 되어 있으며, 내용은 숙향이 명사계에서 후토부인을 만나는 대목부터 이선이 선약을 구해 장안으로 되돌아온 대목까지이다.

(9) 한국중앙연구원 소장본(약칭; 한중연본)

한문 필사본으로 한국정신문화연구원에 소장(정리번호; 604, R16N－001146－12)되어 있다. 세로 33.7cm, 가로 22.5cm, 매면 18행, 매행 20자에서 30자로 편차가 심하며, 총 80면의 완결본이다. 제목은 '淑香傳'이라 되어 있으며, 자체는 해서이나 여러 사람의 필체가 섞여 있다. 표지에는 '乙巳蜡月日改衣'라는 기록이, 맨 끝면에는 '忠淸南道保寧邑上里居册主安(手決)'이라는 장서기(藏書記)가 있다.

(10) 김동욱 소장본(약칭; 나손B본)

한문 필사본으로 정신문화연구원에 필름(정리번호 607, R35N－000015－5)이 있다. 제목은 '淑香傳上下'로 되어 있으며, 매면 20행, 매행 24자, 총 56면의 완결본이다. 자체는 해서로 처음부터 끝까지 일정하며, 필사 연기는 없다. 내용은 비현실적인 부분이 대폭 삭제되어 있는, 「숙향전」 가운데 가장 특이한 이본이라고 할 수 있다. 목판본처럼 세로줄이 그어져 있고, 판심제는 없으나 판심에 '上單葉花紋魚尾'가 새겨 있어 목판본으로 간주되어 왔다. 그러나 이는 목판의 문형으로 뜬 백지를 이용한 필사본이다.

(11) 한문현토본

1916년 회동서관(匯東書館)에서 간행한 것으로 동국대학교한국학연구소에서 편한 『활자본고소설전집』 4권(아세아문화사, 1976)에 영인되어 있다. 매면 13행, 매행 35자, 총 80면의 완결본이다. 제목은 '漢文顯吐淑香傳'이라 되어 있으며, 제목 하단에 '紹雲 著'라는 기록이 있다.

내용은 나손B본과 동일한바, 나손B본을 저본으로 삼아 간행한 것으로 추정된다.

(12) 일역본(日譯本)

고려대학교도서관에 소장되어 있는 『선만총서(鮮滿叢書)』 8권에 수록되어 있으며, 표지에 '淑香傳 全'이라는 제목과 더불어 '紹雲李圭容原著; 淸水鍵吉抄譯'이라는 기록이 있다. 간행연대는 대정 20년(大正十二年; 서기 1923년)이며, 한문현토본을 저본으로 삼아 일역한 것이다.

이상 12편의 이본은 크게 정사본계와 국도A본계, 나손A본계와 나손B본계로 분류된다. 이들 이본을 계열별로 나열하면 다음과 같다.

- ○ 정사본계: 정사본, 임신본, 국도B본, 만송본, 이태을전, 고대본.
- ○ 나손A본계: 나손A본, 한중연본.
- ○ 나손B본계: 나손B본, 한문현토본, 일역본.
- ○ 국도A본계: 국도A본.

이들 네 계열은 서로 영향 관계가 엿보인다. 따라서 12편의 이본을 계열별로 나누어 각 계열의 특징과 위상을 밝히고, 이를 토대로 한문본 「숙향전」의 전파과정과 계통을 추적하고자 한다.

2) 계열별 특징과 위상

(1) 정사본(丁巳本) 계열

① 선후관계 문제

정사본계는 현존 한문본 중 가장 많은 이본을 포함하고 있으며, 이본 사이에는 필사 도중 일부가 누락되거나 몇몇 자구의 출입 외에는 거의 차이가 없다. 그러나 이들의 선후관계를 파악하기는 어렵다. 정사본에 누락된 구절이 국도B본에는 있는가 하면, 또 국도B본에 누락된 구절이 정사본에는 온전하게 삽입되어 있기 때문이다. 이러한 현상은 정사본 계열에 속하는 모든 이본 사이에서 나타난다. 이를 구체적으로 고찰하기 위해 몇 대목을 제시하면 다음과 같다.

먼저 정사본과 임신본과 국도B본에는 있으나 나머지 이본에는 누락되어 있는 대목이다.

> 遂爲之指環一雙 一則壽字 一則福字也 以給其女 其後張嵩夫妻俱歿 以禮葬之 因享其家計而無子 生多施好事 而廣禱山川 未得感應 吁嗟 度日七月之望 與妻張氏登樓望月(정사본, 1쪽).[56]

> 乃作脂環 飾以二珠而送女 其後金生夫婦 登樓翫月(만송본, 1쪽).
> 乃作指環 飾二珠而送女矣 其後金生夫婦 登樓翫月(이태을전, 1쪽).

---

56) 참고로 임신본과 국도B본의 동일 대목을 제시하면 다음과 같다. "爲遂指環一雙 給其女 其後張氏夫妻俱歿 以禮葬之 久而無子 生多施好事 遍禱名山 未得感應 是所悶然 生於七月之望 與妻張氏登樓翫月"(임신본, 1쪽); "遂爲指環一雙 給其女 其後張氏夫妻俱歿 以禮葬之 久而無子 多施好事 遍禱名山 未得感應 是所悶焉 生於七月之望 與妻張氏登樓翫月"(국도B본, 1쪽).

위 인용문은 김전이 장씨와 결혼한 직후의 대목인데, 만송본과 「이태을전」에는 정사본의 밑줄 친 부분에 해당하는 내용이 없다. 즉 만송본과 「이태을전」에는 '장씨 부부의 죽음과 김전이 늦도록 자식이 없어 산천을 두루 돌아다니며 기도했다'는 내용이 없는 것이다. 물론 만송본이나 「이태을전」에 이와 관련된 내용이 없다고 해서 이야기의 전개 과정에 문제가 발생했다고 보기는 어렵다. 이로 인해 관련 내용이 만송본이나 「이태을전」에서 누락된 것이 아니라 정사본 등에서 새롭게 첨가된 것으로 볼 수도 있다. 그러나 고소설에서 '기자성신(祈子星辰)'은 기본적인 화소라고 할 수 있을 뿐만 아니라, 「숙향전」의 경우는 작품 전체가 도선적인 요소와 결부되어 있기 때문에 이 화소는 필수적인 요소라고 할 수 있다. 따라서 밑줄 친 내용은 정사본에서 새롭게 첨가된 것이 아니라 만송본과 「이태을전」에서 누락된 것으로 보아야 할 것이다.[57]

다음은 나머지 이본에는 모두 있는데 국도B본에만 누락되어 있는 구절이다.

此去南郡一千三百里 <u>騎此白鹿則不勞而可至也 又贈一果曰 食此足</u>

---

57) 「이태을전」은 다음 두 가지 점에 비추어 볼 때 정사본계 중에서는 비교적 후대본으로 추정된다. 첫째, 제목의 특이성이다. '이태을'은 남주인공인 이선의 자(字)이다. 「숙향전」은 「춘향전」처럼 여주인공인 숙향의 고난을 중심으로 서사가 전개된다. 따라서 「숙향전」을 '이태을전'이라 한 것은 「춘향전」을 '이도령전'이라고 하는 것만큼 어색하다. 이는 수십 종의 「숙향전」 이본 중에서 '이태을전'이라는 제목을 붙인 것이 한 편밖에 없다는 사실에서도 알 수 있다. 「이태을전」은 남성중심적 사고를 가진 필사자가 전사 제목을 새롭게 붙인 것으로 추정된다. 둘째, 「이태을전」이 국문소설인 「오호대장기」와 연철되어 있다는 점이다. 「이태을전」의 마지막 면과 같은 면에 「오호대장기」가 시작되며, 두 작품의 필체 역시 동일하다. 이러한 사실들로 미루어 보아 「이태을전」은 정사본계 이본 중에서는 비교적 후대에 필사된 것으로 추정된다.

止路渴 言訖而相別 騎鹿而行至于一處 卽園林幽隱之中(정사본, 3쪽).[58]

此去南郡一千三百里 不可以徒步 騎鹿而行至一處 園林繚繞花木掩暎(국도B본, 3쪽).

위의 대목은 숙향이 명사계의 후토부인과 이별하는 장면이다. 후토부인은 이별하면서 숙향에게 백록과 과일을 주는데, 이들은 신이한 힘과 효력을 갖고 있다. 백록은 순식간에 일천삼백 리를 갈 수 있으며, 과일은 후토부인을 통해 알게 된 전생(前生)은 물론 후토부인과의 만남 자체를 잊게 하는 효력을 지닌 것이다. 결국 숙향은 이 백록을 타고 일천삼백 리나 되는 장승상댁까지 순식간에 도달하며, 과일을 먹고는 후토부인을 만나기 이전의 상태, 곧 부모를 잃고 울부짖는 다섯 살의 어린아이로 되돌아간다. 그런데 국도B본의 경우 이와 관련된 구절이 누락되어 문맥이 통하지 않는다. 국도B본에는 후토부인이 숙향에게 백록을 주는 구절이 없는 데도 숙향이 백록을 타고 장승상댁 동산에 이른 것으로 서술되어 있는 것이다. 이러한 오류는 국도B본의 필사자가 필사 도중 실수로 정사본의 밑줄 친 부분을 누락한 데서 비롯된 것이라고 하겠다.

그러나 정사본 역시 온전한 것은 아니다. 정사본계에 속하는 다른 이본에는 모두 온전하게 나타난 대목이 정사본에는 아예 누락된 경우도 있기 때문이다. 특히 정사본의 경우 숙향이 포진강에 투신한 이후 자신을 구해준 선녀와 나누는 대화 중 일부 구절이 누락되어 문맥이 통하지 않는다.

58) 정사본계의 나머지 이본인 임신본이나 만송본 등에는 모두 몇몇 자구의 출입은 있지만 기본적으로 정사본과 동일하기 때문에 구체적인 인용은 생략한다.

二女曰 彼亦數也 奸婢四香已蒙天戮 張氏夫妻方在痛悔之中 足以雪寃何復恨也 娘子曰 果知妾之無罪 喜於再見庶不我拒 今復歸依비免苦厄如何 曰 其家緣分已盡 不可再也 且與仙郎相距三千里 非但相見爲難 夫人父母役(不)可得見也(국도B본, 7쪽).

仙女答曰 天定勝人其來久矣 其家緣分已盡 不可再也 而且與太乙相距三千里 不無相見之緣 若非太乙則以夫人之誠力 父母相見亦不易也(정사본, 7쪽).

숙향이 선녀에게 사향의 모함으로 장승상댁에서 쫓겨난 사실과 함께 그 억울함을 말하자, 선녀는 사향이 이미 천벌을 받았으며 장승상 부부도 숙향의 무고함을 알고 원통해 하고 있다고 알려준다. 이에 숙향은 장승상 부부가 자신의 무죄를 알게 되었다면 다시 돌아가 앞으로 다가올 고난을 면했으면 좋겠다고 말하자, 선녀는 그 집과의 인연이 이미 다 끝나 다시 갈 수 없다고 말한다. 그런데 정사본에는 국도B본의 밑줄 친 부분, 즉 '사향의 천벌, 장승상 부부가 숙향의 무죄를 알고 원통하게 여기고 있다는 것, 숙향이 다시 장승상댁으로 돌아가겠다는 의사 표시'와 관련한 내용이 빠져 있는 것이다. 이로 인해 정사본의 경우 '其家緣分已盡 不可再也'라는 구절이 어떤 맥락에서 나온 것인지 이해할 수 없게 되었다.

이렇듯 일부 구절이 누락되어 문맥이 불통하게 된 것은 임신본에도 나타난다. 대부분의 이본에는 '숙향이 반야산에서 늙은 도적의 도움으로 살아난 이후 유리걸식하는' 등 숙향의 고행이 장황하게 서사되어 있는데, 임신본에는 이와 관련된 내용이 아예 삭제되어 있는 것이다.[59]

59) 이와 관련해서는 임신본의 2쪽과 3쪽을 참조하기 바람.

그러나 문제는 정사본계의 모든 이본이 일부 구절이나 내용의 누락으로 인해 문맥이 어그러진 부분이 있다는 사실만이 아니다. 정사본에 누락된 구절이 임신본에는 온전하게 삽입되어 있는가 하면, 반대로 임신본에 누락된 구절이 정사본에는 온전하게 삽입되어 있는 것이다. 이러한 현상은 단순히 정사본과 임신본 사이에서만 발견되는 것이 아니다. 정사본과 만송본, 만송본과 임신본 등 각각의 이본 사이에서도 발견된다.

현존하는 정사본계 6종 사이에서 발견되는 이러한 현상을 이해하는 것은 어렵지 않다. 일단 정사본에 있는 구절이 만송본에 누락되어 있으면서 동시에 그 반대의 경우도 있다는 것은 정사본과 만송본 사이에는 적어도 1종 이상의 중간단계 이본이 존재했었다는 것을 의미한다. 나아가 정사본과 임신본, 정사본과 국도B본, 임신본과 만송본 등 각각의 이본 사이에도 중간단계의 이본이 존재했다고 보아야 할 것이다.

물론 어떤 선본(先本)이 현존하는 여러 이본의 저본이 되었을 경우도 상정해 볼 수 있다. 만송본과 「이태을전」의 경우 동일한 구절이 누락되어 있는 것으로 보아 이 두 이본에 직접적으로 선행하는 이본이 있었을 것으로 판단되기도 한다. 그러나 현존하는 정사본계 6종이 모두 하나의 선본(先本)에서 파생되었을 가능성은 매우 희박하다. 현존 6종의 내용은 대동소이할지라도 몇몇 자구의 출입을 비롯하여 표현상의 차이 등이 다소 엿보이기 때문이다. 따라서 현존하는 정사본계 6종은 현존하지 않는 어떤 선본(先本)을 저본으로 삼아 각각 필사되었으며, 그 과정에서 각각 약간의 내용 변개와 몇몇 구절의 누락이 발생했다고 보아야 할 것이다.

아울러 이러한 사실은 현존하는 정사본계 6종이 실재했던 이본들의 극히 일부분에 불과하다는 것을 시사하는바, 현존하는 6종만을 가지고 이들의 선후관계를 파악하는 것은 현실적으로 거의 불가능하다고 하겠다. 이에 필자는 정사본계의 기본 텍스트를 정사본으로 선정해 정사본계와 국문본의 차이를 고찰하고, 나아가 정사본계와 나손A본계의 선후관계 등을 규명함으로써 「숙향전」 이본의 계통과 전파과정을 추정하고자 한다.

② 국문본과의 관계

현존하는 한문본의 몇몇 계열 중에서 국문본과 가장 흡사한 면모를 보이는 것이 정사본계열이다.[60] 정사본계 한문본은 전체적인 구성은 물론 구체적인 화소와 서술된 내용도 국문본과 거의 일치하고 있다. 다만 차이가 있다면, 다음 두 가지이다. 하나는 구체적인 서술과 묘사에 있어서 국문본이 부분적으로 한문본보다 다소 확장되어 있다는 점이며, 다른 하나는 한문본에는 없는 대목이나 구절이 간혹 국문본에 나타난다는 정도이다. 따라서 정사본계 한문본과 국문본은 서로 밀접한 관계를 맺고 있다고 보아야 한다. 다시 말해서 정사본계 한문본이 국문본을 번역하면서 축약을 했거나, 아니면 국문본이 정사본계 한문본을 토대로 부연했다는 것이다. 결론부터 말한다면, 정사본계 한문본은 국문본을 한역하면서 일정하게 축약을 단행했다는 것이 필자의 판단이다.

그러나 정사본계 한문본과 국문본의 선후관계를 규명한다는 것은 쉽지 않다. 이는 현존하는 정사본계 한문본이나 국문본이 모두 전사본

---

60) 뒤에 구체적으로 거론하겠지만, 나손B본은 국문본을 토대로 개작한 것이 분명하다. 그러나 나손B본은 국문본을 토대로 했으면서도 그 개작의 정도가 매우 심하며, 전체적인 구성 등에서 국문본은 물론 여타 한문본과도 현격한 차이를 보인다.

이라는 사실에도 원인이 있지만, 무엇보다도 정사본계 한문본은 물론 국문본 역시 부분부분 오류가 발견되기 때문이다. 이에 필자는 먼저 정사본계 한문본과 국문본의 관련 양상을 구체적으로 제시하고, 나아가 정사본계 한문본의 오류와 문제점을 중심으로 정사본계 한문본이 국문본을 번역하면서 축약과 생략을 단행한 것임을 논증하고자 한다. 비교 대상은 한문본의 경우 정사본을, 국문본의 경우 한중연A본을 기본 텍스트로 삼는다. 그러나 정사본에 누락된 구절이나 오류가 있는 부분은 같은 정사본계열인 국도B본이나 만송본을 참조하며, 한중연A본에서 특별히 부연·윤색된 것으로 판단되는 대목과 구절은 이대본을 참조한다.

정사본계 한문본이 국문본과 내용상 유사하다는 것은 구충회가 거론한 바 있다. 그러나 구충회는 정사본계 한문본과 국문본을 개괄적으로 대비하면서 두 계열의 내용이 유사하다는 것만을 고찰했을 뿐, 정사본계 한문본과 국문본과의 관련 양상에 대해서는 주목하지 않았다.[61] 이에 필자는 몇몇 대목을 인용하여 이들의 관련 양상을 구체적으로 제시하고자 한다. 먼저 이상서와 왕씨의 내력 및 무자식으로 인한 이들의 갈등 대목이다. 논의의 편의상 이 대목을 세분하여 순차적으로 제시하면 다음과 같다.

---

61) 구충회는 여러 이본을 대비한 이후 다음과 같이 언급하고 있다. "漢文本A와 漢文懸吐本을 比較해 보면 內容이나 構成面으로 보아 전혀 다른 異本이며, 이들을 國文本系의 異本과 비교해 보면 그 先後關係는 알 수 없으나 내용상으로는 漢文本A가 國文本系의 京板本에 많이 近接되고 있음을 알 수 있다(앞 논문, 82쪽). 여기서 구충회가 '漢文本A'라고 한 것은 정사본계인 '국도B본' 두고 말한 것이며, 이를 京板本과 비교했던 것은 당시 한중연A본을 찾지 못했기 때문으로 생각된다. 그런데 앞서 필자가 밝혔듯이, 경판본은 한중연A본계의 선본을 저본으로 삼아 축약과 개작을 단행한 이본이다.

先是生之父尙書李靖 以文武全才 累建大功 天子嘉之封魏公 累章辭歸 而愛其忠直 遙帶其職 大小事機都在其門 金帛如土 而只欠無子(정사본, 12쪽).[62]

각셜이라. 잇ᄯᅢ 낙양북촌의셔 샤는 니졍이란 샤람니 졀머셔부터 문무지ᄌᆡ 잇셔 일즉 급졔ᄒᆞ야 병부샹셔로 여러번 나라의 큰 공를 일우더니 샹니 아롬다니 넉니ᄉᆞ 위공를 봉ᄒᆞ시고 졍ᄉᆞ을 다 맛기려 ᄒᆞ시니 위공니 후셰예 시비 잇실가 두려워 칭병ᄒᆞ고 고향의 도라와 샤더니 샹니 위공의 츙셩과 직죠를 앗기ᄉᆞ 벼슬를 ᄀᆞᆯ지 안니 ᄒᆞ시니 쳔하에 병권를 잡아시ᄆᆡ 위업니 ᄉᆞᄒᆡ에 진동ᄒᆞ고 금은보ᄑᆡ는 쳔ᄌᆞ나 다르미 업스되 다만 슬하의 ᄌᆞ식 업스믈 한탄ᄒᆞ더니…… (한중연A본, 29쪽).

위의 대목은 주로 이상서의 내력을 서술한 부분이다. 한문본과 국문본은 내용과 서술의 전개 순서가 완전히 일치한다. 다만 표현상 약간의 차이와 함께 "위공니 후셰예 시비 잇실가 두려워 칭병ᄒᆞ고"와 같은 국문본의 구절이 한문본에는 없다는 것만이 다르다. 그러나 이러한 차이 역시 특별히 문제 삼을 것은 못 된다. 표현상 차이는 한역 과정에서 자연스럽게 발생하거나 부득이한 경우도 없지 않기 때문이다. 예컨대, '금은보ᄑᆡ는 쳔ᄌᆞ나 다르미 업스되'와 '金帛如土'와 같은 표현상의 차이는 부득이한 경우로 볼 수 있다. 국문소설을 향유하는 계층에게는 '신하의 부귀를 천자와 대등하다'는 표현이 문제가 될 수 있다고 생각하지 않겠지만, 한문을 사용할 수 있는 지식인 계층에게는 이러한 표현

62) 인용문의 마지막 구절인 '只欠無子'에서 '欠'은 '歎'이나 '恨'의 오기로 판단된다. 정사본계 한문본 중 만송본에는 아예 이 구절이 생략되어 있으며, 국도B본은 정사본과 동일하게 되어 있다. 그러나 정사본계 한문본을 저본으로 삼되 일정하게 나손B본을 수용한 국도A본에는 '只恨無子'(15쪽)로 되어 있다.

이 부적절하다고 생각할 수도 있다. 때문에 한문본은 의미는 같되 표현만 약간 달리한 것으로 판단된다.

위의 대목에 바로 이어서 나오는 이상서와 부인 왕씨의 갈등 역시 한문본과 국문본은 내용상 차이가 거의 없다.

> 七月望日 與夫人登樓翫月曰 老生之富貴如此 賢卿之才貌如彼 而春秋窈窕之事 付托何人 可不悲哉 苟行子牙之計 可免伯道之歎 行一不義 卿意如何 夫人答曰 以尙書之威福 雖得十夫人 何難之有 然且無子 非獨妾之咎也 其人又無子奈何 曰天乎已矣(정사본, 12쪽).

> 무ᄌᆞ년 칠월 망간의 부인 왕씨로 더부러 완월누의 올나 명월을 완경ᄒᆞ더니 위공니 부인다려 왈 우리 부귀ᄒᆞ미 죠정의 읏뜸니오 부인의 인믈과 ᄌᆡ죄 쳔하의 ᄶᅡᆨ니 업스되 다만 ᄌᆞ식니 업스니 후셰예 션령향화를 뉘게 젼ᄒᆞ리오. ᄂᆡ 벼슬이 두 부인를 어더도 죡ᄒᆞ리니 부인은 원치 말으쇼셔. 아모나 ᄌᆞ식 나흘 부인를 엇고ᄌᆞ ᄒᆞ니이다. 왕씨 슬허 왈 상셔의 위염이야 두 부인 안니라 열 부인인들 못엇ᄉᆞ오리잇가 만은 쳡니 무ᄌᆞᄒᆞ미 안니오라 샹셔 무ᄌᆞᄒᆞ시면 엇지ᄒᆞ시리오. 샹셔 쇼왈 부인를 ᄯᅩ 어더 무ᄌᆞᄒᆞ면 현마 엇지ᄒᆞ리오(한중연A본, 29~30쪽).[63]

이 대목은 늦도록 자식을 두지 못한 이상서가 부인 왕씨에게 새 부인을 얻어 자식을 낳겠다고 하자, 왕씨가 반발하는 부분이다. 앞서 인용한 대목에서는 한문본이 국문본에 비해 약간 축약되어 있었다. 그런데 이 대목의 경우 표현상 약간의 차이 외에는 두 이본의 내용이 거의 같

---

63) 이대본의 경우 이 대목은 이상서와 왕씨의 갈등을 희석시키기 위해 약간의 윤색을 가했다는 것은 앞에서 밝혔다.

다. 특히 '자식을 못 낳는 것이 자기의 잘못만은 아닌데, 새 부인을 얻어 또 자식을 낳지 못하면 어떻게 하겠느냐?'라는 왕씨의 반발은 한문본과 국문본이 완전히 일치한다. 표현상의 차이도 국문본에는 'ᄂᆡ 벼슬이 두 부인를 어더도 족ᄒᆞ리니 부인은 원치 말으쇼셔'라며 새 부인을 얻겠다는 이상서의 언급이 직설적으로 표현되었는데, 한문본에는 '苟行子牙之計 可免伯道之歎 行一不義 卿意如何'처럼 고사성어 등을 사용하여 비유적으로 표현한 정도에 불과하다.

夫人卽承相王播之女也. 慍而歸 父責之曰 有夫而歸父者 出於三從之外 無子逐妻者 在乎七去之中 誰怨誰咎. 母曰 聞大成寺佛像 多有靈應云 以誠禱之 庶有望可矣. 夫人齋沐盡誠祈禱之 夜夢佛曰 **夫君征伐多殺無辜 是以乏嗣** 今感爾誠之至 天與貴子矣. 夫人喜得夢兆之吉 卽就夫家. 尙書曰 久而不還何也. 夫人曰 以公之薄妾 慨然升天祈 得一子而來也. 尙書大笑曰 祈禱得子 則天下豈有無子之人乎. 夫人亦笑曰 無子而出妻 則天下豈有夫婦偕老者乎(정사본, 12쪽).

부인은 우승상 왕ᄑᆡ의 ᄯᆞᆯ니라. 샹셔 두 부인 어드믈 애달나 밤의 ᄌᆞᆷ를 쟈지 안니코 잇튼날 친정의 가 샬오되 샹셔 날을 무ᄌᆞ식ᄒᆞ다 ᄒᆞ고 다른 부인를 어드려 ᄒᆞ오니 엇지 ᄒᆞ올잇가. 그 부친왈 불효삼쳔의 무ᄌᆞ식ᄒᆞᆫ 죄 크다 ᄒᆞ니 네 박복ᄒᆞ야 쟈식 업스니 현마 엇지 ᄒᆞ리오. 그 쟈친 왈 드르니 ᄃᆡ셩ᄉᆞ 부쳐 가쟝 명감ᄒᆞ야 무ᄌᆞ식ᄒᆞᆫ 샤람니 지셩으로 빌면 혹 쟈식를 낫는다 ᄒᆞ니 너도 게가 지셩으로 비러 보아라. 왕씨 즉씨 목욕ᄌᆡ계ᄒᆞ고 ᄃᆡ셩ᄉᆞ의게 극진히 빌고 도라 왓써니 그날밤 ᄭᅮᆷ의 한 즁니 와 일오되 **샹셔 젼ᄉᆡᆼ 죄 안니라 형벌을 죠히 녁여 무죄ᄒᆞᆫ ᄇᆡᆨ셩를 만히 쥭기ᄆᆡ 글노 쟈식를 못보게 ᄒᆞ여써니** 그ᄃᆡ 정셩니 지극ᄒᆞᄆᆡ 귀ᄌᆞ를 쥬너니 여긔 잇지 말고 샹셔 집으로 슈히 도라가라 ᄒᆞ거늘 ᄭᅮᆷ를 ᄭᆡ여 ᄒᆞᄂᆞᆯ게 츅슈ᄒᆞ고 부모게

> ᄒᆞ직ᄒᆞᆫ 후 집니 도라오니 샹셔왈 부인은 무슨 년고로 그리 오래날만의 오신잇고. 부인이 쇼왈 샹셔 날을 무ᄌᆞ식ᄒᆞᆫ다 ᄒᆞ시고 경히 녁니시ᄆᆡ ᄋᆡ달ᄉᆞ와 천샹의 귀ᄌᆞ를 빌나 갓습써니이다. 샹셔 쇼왈 천샹의거지 가셔 쟈식를 비러 나흘진ᄃᆡ 쳔하의 뉘 무ᄌᆞ식 ᄒᆞ오리오. 부인왈 계집니 무ᄌᆞ식ᄒᆞ면 ᄂᆡ칠진ᄃᆡ 셰샹의 무ᄌᆞ식ᄒᆞᆫ 계집니 지아비 다리고 샬니 몇치나 되리오(한중연A본, 30쪽).

이 대목은 새 부인을 얻겠다는 이상서의 언행에 화가 난 왕씨가 친정에 갔다가 대성사 부처에게 기자(祈子)한 후 태몽을 얻고 돌아온 장면이다. 이 대목 역시 한문본에는 왕씨의 반응이 ‘慍而歸’로 간단하게 서술되어 있음에 반해, 국문본에는 ‘샹셔 두 부인 어드믈 애달나 밤의 쟘를 쟈지 안니코 잇튼날 친경의 가’처럼 구체적으로 서술된 것 외에는 두 이본의 차이가 거의 없다. 특히 위의 밑줄 친 부분은 두 이본이 서로 완전히 일치하고 있다.

다만, 굵은 글자로 된 부분은 내용상 약간의 차이를 보인다. 이상서 부부가 자식이 없는 것이 한문본에는 ‘이상서가 정벌할 때 무고한 사람을 많이 죽였기 때문’인 것으로 서술되어 있으나, 국문본에는 ‘이상서가 형벌을 좋아하여 죄 없는 백성을 많이 죽였기 때문’인 것으로 서술되어 있는 것이다. 이는 고위 관료에 대한 국문 독자와 한문 독자의 의식의 차이에서 비롯된 것이라고 할 수 있다. 그러나 이 구절만 가지고는 한문본과 국문본 중 어느 이본이 내용을 변개한 것인지 알 수는 없다. 다만 경판본이 국문 필사본을 저본으로 삼아 판각하면서 이상서의 허물을 ‘전생의 죄’로 변개하였듯이, 한문본 역시 국문본을 저본으로 삼아 번역하는 과정에서 이 구절을 변개했을 가능성이 높다고 하겠다.

이상에서 살펴보았듯이, 이상서의 내력과 무자식으로 인한 이상서 부부의 갈등 대목은 정사본계 한문본이 국문본과 밀접하게 관련되어 있다. 그러나 이 대목은 정사본계 한문본과 국문본의 차이가 미세한 부분이다. 이로 인해 이 대목만의 비교로는 정사본계 한문본과 국문본의 관련 양상을 오해할 소지가 있다. 작품 전체를 두고 볼 때, 정사본계 한문본과 국문본이 이 대목처럼 혹사한 것은 아니기 때문이다. 정사본계 한문본과 국문본의 실상 및 관련 양상을 정확하게 이해하기 위해서는 다른 대목을 하나 더 살펴볼 필요가 있다. 특히 두 이본의 차이가 가장 두드러진 대목을 비교한다면 두 이본의 관련 양상과 실상을 좀 더 정확하게 파악할 수 있으리라 생각한다.

정사본계 한문본과 국문본의 차이가 가장 두드러진 대목 가운데 하나가 '이선이 모친에게 숙향을 부탁하는 대목'이다.[64]

> 又使人促召生上京 生入辭其母 而愁色滿顔淚痕盈眶 母曰 **以汝脫俗之表出群之才 高門美色何求不得** 而惑於挾邪之物 不樂赴親之召非也. 生於是備陳始末奇遇之事曰 雖蒙不殺之恩 而有遠逐之命 小子上京之後 歸期未定 獨女窮村保身無望 **其人若亡則子亦繼死** 伏乞慈顔俯憐無告之情 願施一視之仁 豈非父母之愛 終全子婦之孝也. 母曰 爾修學業 早建功名 相逢有日 無以爲慮(정사본, 22쪽).

> 샹셔 혜오되 션니 그곳의 잇시면 낭ᄌᆞ를 다려올ᄭᅡ 념여ᄒᆞ여 샤람를 부려 경셩으로 다려오려 ᄒᆞ니 니션니 낭ᄌᆞ를 다시 못보고 가게 되ᄆᆡ 슬푼 마음을 정치 못ᄒᆞ야 ᄃᆡ부인게 하직ᄒᆞ며 눈믈을 흘니

64) 두 이본 가운데 어느 한쪽의 누락이나 축약이 분명하여 서로 대비하기가 곤란한 대목은 일단 제외한다. 물론 뒤이어 이런 대목 역시 살펴볼 것이다. 특히 이런 대목은 주로 정사본계 한문본과 국문본의 선후관계를 파악할 수 있는 단서가 되는바, 정사본계 한문본과 국문본의 선후관계를 논증하는 과정에서 구체적으로 고찰할 예정이다.

> 거ᄂᆞᆯ 부인 왈 네 마음으로 부모 모로게 미쳔ᄒᆞᆫ 샤람를 어더 두고 부친니 부르시는ᄃᆡ 가지 안이 ᄒᆞ는다. ᄉᆡᆼ니 그져야 슉향 어든 샤년를 다 왈외여 왈 김낭ᄌᆡ 비록 쥭기를 면ᄒᆞ여시나 쇼ᄌᆞ 곳 업ᄉᆞ오면 의탁ᄒᆞᆯ 고지 업ᄉᆞ올 거시오니 모친은 쟈식의 정를 ᄉᆡᆼ각ᄒᆞ옵셔 어엿비 너기쇼셔. **부인니 눈믈 흘녀 왈 진실노 네 말갓트면 하ᄂᆞᆯ리 정ᄒᆞ신 ᄇᆡᆨ필인니 임으로 못ᄒᆞ련니와 네 부친 뜻들 모로니** 념녀말고 쟐갓싸가 급제를 슈히 ᄒᆞ여 벼슬ᄒᆞ면 네 마음ᄃᆡ로 ᄒᆞ고 부모도 금치 못ᄒᆞ리라(한중연A본, 51쪽).

앞서 언급했듯이 이 대목은 정사본계 한문본과 국문본의 차이가 가장 두드러진 부분 가운데 하나이다. 그러나 이 대목 역시 전체적인 내용이나 서술순서 등은 거의 일치한다. 특히 밑줄 친 부분은 표현상 약간의 차이와 몇몇 자구의 출입 외에는 내용상 완전히 같다고 할 수 있다. 다만, 굵은 글자로 표기된 부분이 각각 상대방 이본에 나타나지 않는다는 것만이 다르다. 즉 한문본에서 모친이 '이선의 탁월한 면모와 뛰어난 재주를 들어 고문미색(高門美色)을 얻기가 어렵지 않다'고 말한 구절이 국문본에는 없으며, 국문본에서 모친이 '이선의 말대로라면 천정배필이나 부친의 뜻을 모르겠다'고 언급한 구절이 한문본에는 없는 것이다. 그러나 이러한 차이로는 정사본계 한문본과 국문본의 관련성을 부정하기는 어렵다. 더구나 이 대목은 정사본계 한문본과 국문본 사이에서 차이가 가장 두드러진 부분이라는 점도 고려할 필요가 있다. 정사본계 한문본과 국문본의 전반적인 실상과 그 유사함은 앞서 살펴본 '이상서 부부의 갈등 대목'과 지금 살펴본 '이선이 모친에게 숙향을 부탁하는 대목'의 평균치쯤 된다고 할 수 있다. 이러한 사실은 정사본계 한문본과 국문본이 각각 다른 경로를 통해 필사된 것이 아니라, 어느 하나가 다른 하나를 번역했다는 것을 입증하기에 부족함이 없다고 생각한다.

문제는 어떤 것이 저본이 되었느냐이다. 이 문제를 해결하기 위해서는 두 이본의 오류와 문제점을 고찰할 필요가 있다. 만약 번역이나 축약 또는 부연 과정에서 오류가 발생한 것이 있다면, 그 이본이 번역본이라고 할 수 있기 때문이다. 그런데 한문본에는 이런 유의 오류가 종종 발견된다. 그런 예로 먼저 서두 부분을 들 수 있다.

> 有宋南陽金瑑 貧而賢 嘗餞友於盤河 見漁者獲龜 悶其死 以衣易之 放于水(정사본, 1쪽).[65]

> 넷 송나라 시졀의 남양ᄯᆞ의 ᄒᆞᆫ 명ᄉᆞ 잇시되 셩명은 김젼니라. 총명쥰아ᄒᆞ여 니팔의 문장을 쳔망ᄒᆞ니 ᄉᆞ방 어진 션ᄇᆡ 구름못덧 ᄒᆞ더라. 그 부친은 운슈션ᄉᆡᆼ이니 도덕이 놉고 ᄌᆡ죠 겸젼하ᄆᆡ 황졔 특명을 나리와 ᄐᆡ부와 ᄂᆡ부ᄉᆞᆼ셔를 졔슈ᄒᆞ시고 안거ᄉᆞ마로 여러번 부르시되 맛ᄎᆞᆷᄂᆡ ᄉᆞ양ᄒᆞ고 나지 아니 ᄒᆞ니 그 어진 덕을 칭찬ᄒᆞ더라. 김젼니 일일은 …… 반ᄒᆞ슈 압풀 지ᄂᆡ더니 어부 ᄉᆞᆷᄉᆞ인니 큰 거복을 잡아 ᄉᆞᆷ어 먹으러 ᄒᆞ거날 김젼니 말여 왈 그 거복을 보니 이마우의 ᄒᆞ날 쳔ᄶᆞ 잇고 발의 임금·왕ᄶᆞ 분명ᄒᆞ니 쥭이지 말나. 어부 ᄃᆡ왈 이 짐ᄉᆡᆼ이 비록 비ᄉᆞᆼᄒᆞ오나 우리 등이 져무도록 그물질ᄒᆞ다가 괴긔 ᄒᆞᆫ낫도 잡지 못ᄒᆞ고 이것만 어더ᄉᆞ오니 말니지 마르소셔. 김젼니 거복을 보니 눈물을 흘니며 쥭기를 셜어ᄒᆞ난 형ᄉᆞᆼ을 뵈거날 김젼니 가져갓던 쥬과를 쥬고 밧고와 물의 노흐니 그 거복 날호여

65) 작품 전반에 걸쳐 정사본계 한문본은 서로 거의 차이가 없으며, 서두 역시 마찬가지다. 다만 만송본과 「이태을전」은 정사본과 약간 차이가 난다. 참고로 만송본에서 인용하면 다음과 같다. “宋元豊間南陽士人金전 家道貧寒 學行高明 嘗餞友於盤河 見漁者獲龜 悶其死 脫衫易之 放諸水中(1쪽).

드러가며 김젼을 ᄌᆞ로 도라보고 가더라(이대본, 1쪽).[66]

서두 부분의 경우 정사본계 한문본과 국문본의 내용은 유사하지만 양적인 면에서 큰 차이를 보인다. 한문본에는 김전의 인물됨과 김전이 반하수에서 거북을 구한 일이 압축적으로 서술되어 있는데, 국문본에는 관련 내용이 구체적이면서도 생생하게 형상화되어 있는 것이다. 김전과 관련된 내용만 보면 어느 것이 저본이 되었는지 판별할 수가 없다. 한문본이 국문본을 토대로 축약한 것일 수도 있고, 반대로 국문본이 한문본을 토대로 부연한 것일 수도 있기 때문이다.

그런데 국문본의 밑줄 친 부분을 주목할 필요가 있다. 한문본에는 김전의 부친인 운수선생과 관련한 내용이 전혀 없으나, 국문본에는 '운수선생의 도덕과 재주, 벼슬을 사양한 일' 등과 관련한 내용이 비교적 상세하게 서술되어 있다.[67] 물론 한문본의 서두에 운수선생과 관련한 내용이 나타나지 않았다고 해서 문맥상 오류가 발생했다고 볼 수는 없다. 그러나 작품의 후반부에 이르면 한문본에도 운수선생이 거론된다.

娘子曰 頃者洛陽令金瑑 是我父母云 而未可必也. 尙書曰 其人乃雲水先生之子 果如其言 則家門可知也(정사본, 25쪽).

낭ᄌᆡ 왈 쟈란 후의 젼ᄎᆞ로 듯ᄌᆞ오니 져즘게 낙양영 왓쓴 김젼니 ᄂᆡ 부뫼라 ᄒᆞ던이다 만은 엇지 자세히 알이닛가. 샹서 왈 만일 그러

---

66) 한중연A본은 서두 부분이 다른 국문본보다 많이 확대 · 부연되어 있기 때문에 여기에서는 이대본의 서두를 인용한다.

67) 운수선생과 관련한 내용은 모든 국문본의 서두에 나타난다. 그러나 한문본에는 나손B본계열과 국도A본에만 삽입되어 있어, 국문본과 나손B본의 관계 및 나손B본과 국도A본의 관계 등을 밝힐 수 있는 하나의 단서가 된다.

ᄒᆞ면 (오)쟉ᄒᆞ랴. 부인 왈 그 샤람은 엇쎠ᄒᆞ이닛가. 샹세 왈 김젼은 니부샹셔 운슈션ᄉᆡᆼ의 자졔라. 가문니 쟉히 거록ᄒᆞ리오(한중연A본, 61쪽).

이 대목은 숙향이 이상서 부부를 처음 대면하면서 주고받은 대화의 일부분인데, 내용상 국문본과 한문본은 차이가 거의 없다. 두 이본 모두 숙향이 '부친 성명은 모르지만 낙양령이었던 김전이 부모라는 이야기를 들었다'고 말하자, 이상서는 '김전이 운수선생의 아들이라면 그 가문은 훌륭하다'고 언급하고 있는 것이다. 국문본의 경우는 서두에서 김전의 부친인 '운수선생'과 관련한 내용이 서술되어 있기 때문에 이상서의 언급이 서두와 자연스럽게 연결된다. 그런데 한문본의 경우는 바로 이 대목에 이르러서 처음 '운수선생'을 거론하고 있기 때문에 위와 같은 이상서의 말이 어떤 맥락을 지닌 것인지 알 수가 없다. 이러한 결과는 정사본계 한문본이 국문본을 저본으로 삼아 번역하면서 서두 부분을 대폭 축약했기 때문에 나타난 현상이라고 할 수 있다.

다음은 '이선의 고모인 여부인과 황후와의 관계'를 서술한 대목이다.

夫人大怒曰……身自上京 卽白之皇后 轉奏于上 以正得失也. 皇后卽夫人之小姑. 卽日治行向長安(정사본, 20쪽).

부인니 듯고 ᄃᆡ경ᄃᆡ로 왈 ᄂᆡ 친히 경셩의 올나가 샹셔긔 일너 듯지 안니커든 ᄂᆡ 궁즁의 드러가 황후긔 샤년를 쟈셔히 쥬ᄒᆞ야 황졔게 젼보ᄒᆞ리라 ᄒᆞ고 니날 힝쟝를 챨려 가며 왈 아모려나 죠토록 ᄒᆞᆯ 거시니 너는 하 용녀 말나 ᄒᆞ고 써나시니……(한중연A본, 49쪽).

이선이 숙향과 혼인한 사실을 뒤늦게 알게 된 이상서가 낙양령을 시켜 숙향을 죽이려 하는데, 이 대목은 이 사실을 알게 된 여부인이 상경하여 이상서에게 따지겠다고 언급한 부분이다. 여기서 주목할 것은 여부인이 '이상서가 무고한 숙향을 죽이려 한다는 것을 황후를 통해 황제에게 알리겠다'고 말한 부분이다. 한문본에는 여부인의 말에 이어 곧바로 '皇后卽夫人之小姑'라 하여 여부인과 황후의 관계를 밝히고 있는데, 국문본에는 여부인과 황후의 관계를 서술한 구절이 없다. 그러나 국문본에도 이어지는 대목에 여부인과 황후의 관계가 서술되어 있기 때문에 한문본과 다르다고 볼 수 없다. 문제가 되는 것은 국문본과 한문본 모두 이 대목에 이르러 갑자기 황후가 등장하고 있는데, 여기에는 나름대로 이유가 있다는 것이다. 그 이유를 국문본을 보면 알 수 있다.

> 샹셔는 본ᄃᆡ 츙효의 샤람니라. 안마음의 크게 미안ᄒᆞ니 맛동ᄉᆡᆼ의 말리ᄆᆡ 감히 거스지 못ᄒᆞ여 그리 ᄒᆞ오리다 ᄒᆞ시고 ᄉᆡ로 보ᄂᆡ랴 ᄒᆞ든 낙양영를 보와 왈 그 녀ᄌᆞ를 부ᄃᆡ 쥭이려 ᄒᆞ여써니 우리 져져하 말리시니 쥭이지 말고 노흐되 그 근쳐의 잇게 말라 ᄒᆞ니라. <u>녀황후는 녀부인과 ᄉᆡᄆᆡ라. 부인니 왓단 말를 드르시고 즉 청ᄒᆞ야 보시고 반겨 달포 머물너 보ᄂᆡ지 안니 ᄒᆞ시이 도라오지 못ᄒᆞ고 니션의게 낭ᄌᆞ 노힐 긔별만 ᄒᆞ시니 션니 듯고 크게 깃거 ᄒᆞ더라</u>(한중연A본, 51쪽).

황성으로 올라간 여부인은 이상서를 만나 숙향을 죽이려는 이상서의 행위를 질책한다. 이에 이상서는 부득이 낙양령에게 숙향을 풀어주되 여부인 모르게 멀리 추방하라는 지시를 내린다. 여부인이 이상서와 만난 이후 곧바로 내려왔다면 숙향을 추방한 이상서의 조처는 또다시 여부인에 의해 저지될 것이다. 그런데 밑줄 친 부분에서 볼 수 있듯이,

시누이인 황후가 여부인이 상경했다는 소식을 듣고 황성에 머물게 함으로써 여부인은 낙양으로 내려가지 못하며, 그 사이 숙향은 낙양에서 추방되고 만다. 즉 앞서 황후가 갑자기 등장했던 것은 소설의 전개상 여부인이 낙양에 내려가지 못했던 필연적인 이유를 설정하기 위한 복선(伏線)이었던 것이다. 그런데 한문본은 앞에서는 국문본과 동일하게 황후와 여부인의 관계를 설정해 놓고도 뒤에 와서는 국문본의 밑줄 친 부분을 아예 생략해 버렸다.[68] 이로 인해 한문본의 경우 '황후의 등장 및 황후와 여부인의 관계'에 대한 서술이 사건의 전개와 무관한 것이 되고 말았던 것이다. 따라서 국문본의 밑줄 친 부분은 국문본에서 새롭게 부연된 것이 아니라 한문본에서 축약된 것이라고 하겠다. 다시 말해, '황후의 등장'과 관련한 대목은 정사본계 한문본이 국문본을 저본으로 삼아 번역하면서 축약했다는 것이 필자의 판단이다.

다음은 '마고할미의 무덤'과 관련된 대목이다.

嫗曰 只在今日 然卽來在邇 珍重自愛 遂脫其汗衫而贈之曰 以此爲斂葬於 洛陽北村李魏公之山林西邊小原. 言訖因忽不見. 呼天罔極 如喪考비哀毁 如禮감葬於所示之處(정사본, 23쪽).

한미 기리 탄식 왈 닉 낭즈를 다려갈세면 엇지 츳마 발리고 가오며 닉 마음에는 낭군 오실 날리 머지 안니 ᄒ여ᄉ오니 머물너 보고

68) 해당 부분을 제시하면 다음과 같다. "尙書本是忠孝之人 重違妹言 恐傷友愛 卽令新令 放送遠出境外 而又使人促召生上京. 生入辭其母……"(정사본, 22쪽). '여부인이 황후의 부름으로 낙양에 내려가지 못했다'는 내용은 정사본계 한문본은 물론 나손A본계나 나손B본계에도 나타나지 않는다. 뒤에 구체적으로 살펴보겠지만, 나손A본계는 정사본계를 토대로 부연한 것이기 때문에 나타나지 않은 것으로 보이며, 나손B본계는 국문본을 토대로 새롭게 개작한 것이기 때문에 이선의 고모인 여부인이 아예 등장하지 않는다.

가련만은 ᄊᆡ 느져 가오니 밧비 가거니와 ᄂᆡ 옷 ᄒᆞ나흘 두고 가오니 빙염ᄒᆞ고 관곽 갓쵸와 져 ᄀᆡ를 ᄯᅡ라가 제 부리로 허위는 ᄃᆡ 뭇고 힝여 얼여온 일니 잇거든 ᄂᆡ 분묘로 오쇼셔. 영혼이라도 돌보리이다 ᄒᆞ고 입쎤 젹ᄉᆞᆷ를 버셔 쥬교 두어 거름의 문득 간고지 업써라. …

… 낭ᄌᆡ 친히 가보려 ᄒᆞ니 그 ᄀᆡ 낭ᄌᆞ의 치마를 무려 당긔여 안치거ᄂᆞᆯ 낭ᄌᆡ 영쟝ᄒᆞ라 가는 샤람다려 쳥ᄒᆞ여 왈 할미 쥭을 제 유언ᄒᆞ되 져 개 부리로 허위는 ᄃᆡ 무드라 ᄒᆞ여시니 부ᄃᆡ 그리 ᄒᆞ여 달나 (한중연A본, 54쪽).

숙향이 낙양옥에서 풀려난 이후 곧이어 마고할미가 죽는데, 이 대목은 마고할미가 죽으면서 한 유언의 일부분이다. 그런데 이 부분은 정사본계 한문본과 국문본 사이에 다소 차이가 있다. 한문본에는 마고할미가 숙향에게 옷을 벗어 주면서 그것을 '洛陽北村李魏公之山林西邊小原'에 묻어 달라고 유언하고, 숙향은 그 유언에 따라 본인이 직접 지정한 장소에 가서 안장한 것으로 처리되어 있다.[69] 따라서 한문본의 경우 숙향이 직접 안장했기에 무덤의 위치를 정확히 알고 있는 것으로 보아야 한다. 그러나 국문본에는 마고할미가 옷을 벗어 주면서 개가 지시하는 곳에 묻으라고 유언하고, 숙향은 개가 만류한 탓에 장지에 가지 못한다. 그래서 숙향은 다른 사람들을 시켜 할미의 유언에 따라 개가 지시하는 곳에 묻어 달라고 부탁한다. 물론 국문본의 경우도 개를 따라가 안장하고 돌아온 사람들이 숙향에게 '낙향북촌 니샹셔ᄃᆡᆨ 동샨 셔편 언덕'(한중연A본, 54쪽)에 안장했다고 알려주긴 한다. 그러나 국문본의 경우 숙향은 직접 가보지 못했기 때문에 마고할미 무덤의 정확한 위치를 모른다.

69) 이러한 처리 역시 정사본계 한문본에 속하는 모든 이본은 정사본과 동일하다.

이러한 차이는 정사본계 한문본이나 국문본 중 어느 한쪽이 번역하는 과정에서 비롯된 것이 분명하다. 문제는 어느 쪽이 번역을 했느냐이다. 그러나 이 대목만 가지고는 문제를 해결할 수가 없으며, 문제를 해결하기 위해서는 다음 대목을 보아야 한다.

> (娘子)語狗曰 今夜賊來云 見辱苟生不若順死 寧就嫗 墓而死 爲我前導 卽以如干衣服包負而出 隨狗而行止於一林麓中 有孤墳卽老嫗之墓也 撫墳而哭……(정사본, 24쪽).

> 낭ᄌᆡ 더옥 챵황 급급ᄒᆞ야 개달여 경계 왈 오늘밤의 도젹니 와 슈탐ᄒᆞ련다 ᄒᆞ니 욕보고 쟉너니 찰아리 할뮈 무덤겻ᄐᆡ 가셔 죽ᄌᆞ ᄒᆞ고 울며 왈 너는 할미분묘를 가르치라. 그 개 머리 죠아 응답ᄒᆞ거ᄂᆞᆯ 낭ᄌᆡ 쥬글졔 입으려 ᄒᆞ고 옷 두어 가지를 보에 ᄊᆞ메고 나온ᄃᆡ 그 개 눕고 이지 안니터이 날리 황혼의 그 개 일어나 낭ᄌᆞ의 멘 보를 무러 당긔거ᄂᆞᆯ 낭ᄌᆡ 왈 바리고 가쟈 ᄒᆞ는야 ᄒᆞ고 글너 노흐니 믈어다가 졔 등의 엇거ᄂᆞᆯ 낭ᄌᆡ 긔특이 너겨 노흐로 ᄆᆡ고 막ᄃᆡ 집고 개를 싸라 가더니 한 뫼밋ᄐᆡ 다달아 안거ᄂᆞᆯ 보니 한 무덤이 있는지라. 일정 할미분묘로다 ᄒᆞ고 분묘를 두달이며 애훼통곡ᄒᆞ니……(한중연A본, 57쪽).

이 부분은 숙향이 할미가 죽은 이후에 도적이 집에 든다는 이야기를 듣고 할미 무덤에 찾아가 죽으려 하는 대목이다. 이 대목의 경우도 한문본과 국문본은 전반적인 내용이나 사건의 전개 과정 등이 거의 일치한다. 특히 두 이본 모두 '숙향이 개의 안내를 받으며 할미의 무덤을 찾아가는 것'으로 서술된 것도 같다. 그런데 한문본에는 국문본의 밑줄 친 부분이 없다.

앞서 살펴본 대목의 경우, 한문본에는 개와 관련한 내용이 전혀 나타나지 않는다. 마고할미의 옷도 숙향이 직접 이상서댁 서쪽 동산에 가서 안장한 것으로 서술되어 있다. 반면에 국문본에는 숙향이 할미 무덤의 위치를 말로는 들었으나 개가 저지한 탓에 직접 가지 못해 무덤의 위치를 모르는 것으로 서술되어 있다. 따라서 국문본의 경우는 '숙향이 개의 안내를 받아서 마고할미의 무덤을 찾아가는 것'이 서사의 맥락과 딱 맞아떨어진다. 반면 한문본의 경우는 숙향이 직접 이상서댁 서쪽 동산에 가서 마고할미의 옷을 안장한 것으로 서술되어 있기 때문에 숙향이 다시 그 무덤을 찾아갈 때 굳이 개의 안내를 받을 필요가 없다. 그런데도 한문본은 이 대목에 이르러서는 국문본과 동일하게 숙향이 개의 안내를 받아 무덤을 찾아가는 것으로 서술되어 있는 것이다.

한문본의 이런 오류는 축약에서 비롯된 것인데, 이는 국문본의 밑줄 친 부분을 보면 알 수 있다. 밑줄 친 부분의 내용은 '개의 신이성'을 표출하기 위해 설정된 것이다. 그런데 한문본에는 개와 관련된 내용이 없다. 국문본에는 마고할미가 'ᄂᆡ 옷 ᄒᆞ나흘 두고 가오니 빙염ᄒᆞ고 관곽 갓쵸와 져 ᄀᆡ를 ᄯᅡ라가 졔 부리로 허위는 ᄃᆡ 뭇으라'라고 되어 있으나, 한문본은 이 부분을 축약한 것이다. 즉 정사본계 한문본이 '개의 신이한 행적'을 중심으로 축약을 단행했으며, 앞서의 오류는 바로 이러한 축약에서 비롯된 것이다.[70] 요컨대, 정사본계 한문본은 마고할미의 유언 대목에서는 '개의 신이성'을 배제하는 차원에서 축약했다가 숙향이

70) 「숙향전」에 등장하는 개는 마고할미와 함께 이화정에서 생활하던 '청삽사리'로 마고할미처럼 신격(神格)이다. 이 개는 숙향을 마고할미의 무덤으로 인도한 것 외에도 숙향과 이선의 편지 전달, 이화정에 숨겨둔 기물을 찾아오는 일, 숙향의 자결을 막는 등 여러 가지 기이한 일을 행한다. 이 가운데 정사본계 한문본에는 편지를 전달하는 것과 기물을 찾아오는 대목만 삽입되어 있다.

마고할미의 무덤을 찾아가는 대목에서는 국문본을 그대로 한역한 결과 앞뒤의 내용이 어그러지게 되었다고 하겠다.

이상에서 살펴보았듯이, 정사본계 한문본은 국문본을 저본으로 삼아 한역(漢譯)하면서 약간의 축약을 단행한 이본이다. 이 외에도 정사본계 한문본이 국문본을 저본으로 삼아 한역하면서 축약을 단행했다는 증거는 '숙향과 이선 유모와의 만남 대목'[71] 등 더러 찾아볼 수 있다. 그러나 이상에서 거론한 증거만으로도 정사본계 한문본이 국문본을 저본으로 삼아 한역한 것임이 분명하게 드러났다고 생각된다.

(2) 나손A본 계열

① 계열 내의 선후관계

한문본 가운데 나손A본 계열에 속하는 이본은 나손A본과 한중연본 2종이다. 두 이본은 몇몇 자구의 출입 외에는 완전히 일치한다고 해도 과언이 아닐 정도이다. 그러나 나손A본은 처음의 일부(한중연본의 5쪽에 해당)와 마지막의 일부(한중연본의 쪽면에 해당)가 훼손되어 그 내용을 확인할 길이 없다. 반면에 한중연본은 훼손된 부분 없이 온전한

---

71) 「숙향전」에는 숙향이 마고할미의 무덤에서 통곡하는 소리를 듣고 찾아온 이선의 유부와 만나 대화를 나누는 대목이 있다. 이 유부는 숙향이 이선과 결혼한 낭자임을 알고 동산에서 내려와 유모에게 '숙향을 보호하라'고 지시한 뒤 이상서 부부에게 알리려 간다. 그 사이에 국문본에는 유모가 산에 올라가 숙향과 대화하는 대목이 장황하게 서술된다(한중연A본, 59쪽). 그러나 정사본계 한문본인 국도B본(정사본에는 아예 유모가 등장하지 않는다)에는 유부가 유모에게 가서 숙향을 보호하라는 대목까지는 있으나, 숙향과 유모가 대화를 나누는 대목은 물론 그 이후에도 유모가 아예 등장하지 않는다(국도B본, 26쪽). 그렇다고 해서 문맥상 오류가 발생한 것은 아니나 내용의 전개상 '이선의 유모와 관련된 대목은 정사본계 한문본에서 축약된 것이 분명하다.

내용을 갖추고 있다. 그러나 두 이본 가운데 선본(先本)은 나손A본이다. 나손A본에는 문제가 없으나 한중연본에는 전사 과정에서 필사자의 오류로 인해 문맥이 통하지 않는 부분이 더러 있기 때문이다. 몇몇 자구의 출입 등 두 이본의 차이가 엿보이는 부분의 경우 대체로 한중연본이 오류를 범하고 있는 것이다.[72)]

한중연본의 오류는 대체로 필사자의 실수에서 비롯되고 있다. 이러한 오류 중의 한 유형은 필사자가 전사 과정에서 한두 구절을 다른 문맥 속에 삽입하여 문맥상 의미가 통하지 않게 된 경우이다. 예컨대, 다음과 같은 대목을 들 수 있다.

> 罪將陷於不測 幸賴奎宿之力救 薄罰降也 而奎宿亦坐此 謫降爲南郡承相張崇之妻 其恩不可不報 故十年奉養後 方入坦道 盤若之遇賊太乙及父母 從此可見矣. 然罪戾甚重 五經大厄然後 冥司之入來已過二過厄. 又有方來之三丈大厄會 愼之愼之(한중연본, 6쪽).

> 罪將陷於不測 幸賴奎宿之力救 薄罰降也 而奎宿亦坐此 謫降爲南郡承相張崇之妻 其恩不可不報 故十年奉養後 太乙及父母 從此可見矣. 然罪戾甚重 五經大厄然後 方入坦道. 冥司之入來盤若之遇賊已過二已. 又有方來之三丈大厄會 愼之愼之(나손A본, 1~2쪽).[73)]

---

72) 기실 한중연본은 비록 완결본이긴 하나 다른 사람의 필체가 드문드문 섞여 있으며, 대부분 해서(楷書)로 쓰여 있는 가운데 부분적으로 초서(草書)가 삽입되어 있는 등 선본(善本)으로 보기 어려운 점이 있다.

73) 『나손본필사본고소설자료총서』 27권(보경문화사, 1991)에 영인되어 있는 나손A본은 편집과정에서 원본이 훼손되어 내용을 파악할 수 없는 일부 구절을 아예 삭제해 버렸다. 이로 인해 영인 나손A본만 보면 일부 구절이 본래부터 누락되어 있어 문맥이 불통하는 것처럼 보이나 사실은 그렇지 않다. 원본에는 비록 글자가 바래 잘 보이지는 않지만 그 흔적이 분명히 남아 있기 때문이다. 현재 필자가 확인한 바로는 위의 책 562쪽 3행과 4행 사이, 그리고 564쪽 마지막 행과 565똑 첫 행 사이

숙향은 반야산에서 늙은 도적의 도움으로 죽을 위기를 면한 뒤 명사계에 이르러 후토부인을 만나는데, 위 인용문은 후토부인이 숙향에게 '천상에서 지은 죄와 앞으로 겪게 될 고난'에 대해서 알려주는 대목의 일부이다. 나손A본과 한중연본은 자구 하나 다르지 않을 정도로 서로 일치하고 있다. 그런데 한중연본의 경우 밑줄 친 구절이 잘못 삽입되어 내용이 통하지 않는다. 즉 한중연본에서 '方入坦道 盤若之遇賊'이라는 구절은 나손A본의 밑줄 친 부분에 각각 삽입되어야만 하는 것이다. 이러한 한중연본의 오류는 필사자가 전사하는 과정에서 발생한 것이 분명하다.

한중연본은 숙향이 이선의 부모를 처음 만나 대화하는 대목에서도 위와 같은 오류를 범하고 있다.

> 遂問其生則 曰四月初八日亥時也. 尙書曰 不知家則 曰不知. 問其名則 曰淑香. 問其年則 曰十六. 問其生則 其父母鄕貫之人 何以記年月日時之若是其詳盡乎(한중연본, 53쪽).

> 遂問其家生 則曰不知. 問其父母則 亦曰不知. 問其名則 曰淑香. 問其年則曰 十六. 問其生則 曰四月初八日亥時也. 尙書曰 不知其父母鄕貫之人 何以記年月日時之若是其詳盡乎(나손A본, 40~41쪽).

숙향을 처음 대면한 이상서는 숙향의 가문 · 부모 · 이름 · 나이 등을 묻는데, 한중연본의 경우 사용된 자구는 나손A본과 거의 같지만 그 배

다. 원본에는 몇몇 글자 외에는 보이지 않지만 각각의 행 사이에 1행 정도의 내용이 삽입되어 있다. 그러나 영인 나손A본은 아예 이 흔적을 없애고 편집하여 원본에 본래부터 문제가 있는 것처럼 보인다.

열 상태가 엉망이다. 이로 인해 문맥이 전혀 통하지 않는다. 이것 역시 필사자가 전사 과정에서 범한 오류라고 하겠다. 한중연본에는 이런 유형의 오류가 3군데 정도 더 있다.[74]

다음으로 들 수 있는 한중연본의 오류는 같은 구절이 거듭 필사되어 문제가 된 경우이다. 이런 유형의 오류는 2군데 정도 발견되는데[75], 이 가운데 하나만 제시하면 다음과 같다.

> 遂呼天而痛哭曰 哀哀吾生 有何罪戾 早失怙恃 飄落東西 三旬九食 備嘗翳桑之飢渴 十顚九仆 飽經潼關之兵戈 一身孑孑獨行踽踽 偶蒙張門十顚九仆 飽經潼關之兵戈 一身孑孑獨行踽踽 偶蒙張門十年年恩愛 遞被四香一朝謀陷(한중연본, 15쪽).

이 대목은 숙향이 사향의 모함으로 장승상댁에서 쫓겨 난 이후 포진강에 이르러 통곡하는 부분이다. 그런데 한중연본에는 '顚九仆 飽經潼關之兵戈 一身孑孑獨行踽踽 偶蒙張門十年'라는 구절이 중복으로 필사되어 있기 때문에 밑줄 친 부분이 빠져야만 한다. 물론 나손A본은 이 대목 역시 제대로 되어 있다.

이 외에도 한중연본에는 불필요한 글자를 삽입하거나 한자(漢字)를 오기하여 문맥이 통하지 않는 부분이 더러 있는데, 이 가운데 한 구절만 살펴보면 다음과 같다.

> 老人皺眉曰 我與汝曾無半面之分 何有罔像之言 生長蘆田 已過百年 淑香之名 今始初聞 何處若苦客課入蘆林 攪我甘睡(한중연본, 38쪽).

---

74) 한중연본 46쪽 2~4행과 17~18행, 59쪽 10행을 참조하기 바람.

75) 여기서 인용하지 않은 구절은 한중연본 62쪽 11~13행을 참고하기 바람.

老人皺眉曰 我與汝曾無半面之分 何有罔像之言 生長蘆田 已過百年 淑香之名 今始初聞 何處苦客深入蘆林 攪我甘睡(나손A본, 26쪽).

위 인용문은 이선이 화덕진군에게 찾아가 숙향의 거처를 알려달라고 조르자, 화덕진군이 모른다며 이선을 면박하는 대목이다. 다른 부분과 마찬가지로 한중연본과 나손A본은 거의 완벽할 정도로 일치하고 있다. 그러나 위의 밑줄 친 부분의 경우 한중연본에는 '若' 자가 불필요하게 삽입되어 있으며, '課'는 '深'을 오기한 것이 분명하다.

이렇듯 한중연본은 나손A본과 비교해볼 때 필사 과정에서 야기된 것으로 판단되는 오류가 비교적 많이 엿보인다. 이러한 사실로 미루어 보아 현존 한중연본은 나손A본을 저본으로 삼아 전사한 이본임에 틀림이 없다. 특히 앞서 인용된 구절 등에서도 엿볼 수 있듯이 나손A본과 한중연본은 한중연본에 나타난 오류 부분을 제외하고는 자구 하나도 차이가 없을 정도로 혹사한바, 두 이본이 직접적으로 연결되어 있다고 보아야 한다.

② 정사본계와의 관계

나손A본계는 정사본계에 비해 내용이 비교적 많이 부연 · 확장되어 있다. 서두 부분을 보면 나손A본계가 정사본계보다 얼마나 부연.확장되어 있는가를 확인할 수 있다.

有宋南陽金瑑 貧而賢 嘗餞友於盤河 見漁者獲龜 閔其死 以衣易之 放于水(정사본, 1쪽).

大宋淳熙年間 南陽有一人 姓金名銓 世世清寒 地無立錐 家徒四壁

> 爲人慈詳汎愛 有以舍施濟物爲事. 一日餞友於 盤河之濱 歌驪駒之章 膾鱨魦之魚 適有一漁父粥大鯉魚 長六尺 張기低頭 有若乞憐之狀. 生悶其喁喁 而將就死地 則解衣易之 放于水中 始則搖尾焉潑潑 似有舍感之狀 小焉悠然而逝矣(한중연본, 1쪽).[76]

이 서두는 나손A본계와 정사본계의 관계 및 그 양상을 단적으로 보여주고 있다. 일단 양적인 면에서 나손A본계가 정사본계보다 많이 부연되어 있다. 정사본계에는 김전의 인품과 거북을 구한 일이 간단하게 서술되어 있음에 반해, 나손A본계에는 김전의 처지와 인품이 비교적 상세하게 서술되어 있다. 또한 친구를 전송하면서 했던 놀이까지 구체적으로 묘사되어 있다. 특히 김전의 구원으로 살아난 잉어에 대한 생생한 묘사는 나손A본계의 뛰어난 형상화를 엿볼 수 있게 한다. 비록 작품 전반에 걸쳐 나손A본계가 서두처럼 정사본계보다 부연·확장되어 있는 것은 아니지만, 나손A본계와 정사본계는 대체로 서두에 나타난 정도의 차이를 보인다.

또한 나손A본계의 서두는 다소 독특한 점이 있다. 일단 국문본의 서두와 비교해 보면, 양적인 면에서는 서로 비슷하다. 그러나 국문본 서두의 특징이라고 할 수 있는 '운수선생에 대한 서술'과 '어부들이 자신들의 어려운 처지를 하소연 하는 내용'이 나손A본계에는 전혀 나타나지 않는다. 나손A본계의 서두는 한문본인 정사본계와 일정한 차이를 보인다. 정사본계는 '金전'으로 표기되어 있는데 나손A본계는 '金銓'으로, 시대배경이 정사본계에는 단순히 '宋'으로 되어 있는데 나손A본계

76) 나손A본은 앞뒤로 각각 서너 장 정도가 훼손되어 그 내용을 확인할 길이 없어 이 대목의 경우 부득이 한중연본에서 인용한다. 그러나 앞서 살펴보았듯이 한중연본과 나손A본은 한중연본의 오류 부분을 제외하고 나면 전혀 차이가 없다.

에는 '大宋淳熙年間'으로, 정사본계는 김전이 구한 것이 '거북'으로 되어 있는데 나손A본계는 '잉어'로 되어 있는 것이다.[77] 그러나 이러한 차이에도 불구하고 나손A본계가 정사본계와 관련이 있다는 것은 위의 밑줄 친 구절에서 알 수 있다. 즉 밑줄 친 부분은 나손A본계가 정사본계와 매우 혹사한 것이다.

나손A본계 한문본이 정사본계 한문본과 연계되어 있다는 것은 작품 전반에 걸쳐 분명하게 드러난다. 서두 부분의 경우 관련 양상이 미세하지만, 전체 구성과 사건의 전개는 물론 구체적인 표현도 대체로 일치하고 있기 때문이다. 예컨대, 다음과 같은 대목을 들 수 있다.

> 正値<u>四月</u>薰天　南風襲衣　<u>綠陰纈眼</u>　淑香方綴繡於機上　望見白衣少年<u>之仙風道骨</u>　恰似<u>夢中</u>拾珠之人　不覺喜訝　<u>乍開紗窓　隱身窺看</u>　**所謂去人滋久 思人滋甚者也**(나손A본, 21쪽).

> 正値薰天　娘子於樓上綴繡　遠見白衣少年　恰似拾珠之人　不覺喜訝　**所謂去人滋久 思人滋甚者也**(정사본, 14쪽).

위 인용문은 숙향이 이화정 누각에서 수를 놓다가 멀리 이선이 오는 것을 보고 느낀 것을 서술한 부분이다. 두 이본을 비교해 보면, 나손A본과 정사본은 나손A본에 밑줄 친 부분이 더 첨가되어 있을 뿐 차이가 거의 없다. 특히 굵은 글자로 표기한 부분은 두 이본이 완전히 일치하는데, 국문본에는 이와 관련된 구절이 전혀 나타나지 않는다.[78] 이로

---

77) 나손A본계 역시 뒤에는 '鯉魚' 대신 '龜'로 바꾸어 표기하고 있다(한중연본, 2쪽 참조 바람).

78) 이 대목의 경우 국문본인 한중연A본에는, "각셜이라 이적의 슉향 소져 누상의셔 슈노터니 푸른 식 셕뉴쏫츨 물고 낭즈의 압헤 한즈짜가 북녁흐로 날아 가거늘 낭

본아 나손A본계와 정사본계가 서로 관련되어 있다는 것은 분명하다고 하겠다.

이제 남은 과제는 어느 것이 선본(先本) 계열이냐를 추적하는 문제이다. 나손A본계가 정사본계를 저본으로 삼아 확대·부연한 것인지, 아니면 정사본계가 나손A본계를 축약한 것인지를 밝혀야 한다. 결론부터 말한다면, 나손A본계는 정사본계를 저본으로 삼아 확대·부연한 이본이라는 것이 필자의 판단이다. 이에 대한 증거로는 다음의 세 가지를 들 수 있다.

첫째, 국문본과 비교해 볼 때 정사본계에 오류가 있는 대목은 나손A본계에도 역시 정사본계와 동일하게 잘못되어 있다는 점이다. 일례로 앞서 정사본계와 국문본을 비교한 대목 중에서 마고할미의 유언과 관련된 대목을 들 수 있다.

> 遂脫其汗衫而贈之曰 以此爲殮葬於洛陽北村李魏公之園林西邊. 言訖因忽不見. 娘子呼天痛哭 如喪考비擗踊 如禮哀毁愈制 遂依其言 殮葬於所指之處(나손A본, 38쪽).

> 遂脫其汗衫而贈之曰 以此爲감葬於洛陽北村李魏公之山林西邊小原. 言訖因忽不見. 呼天罔極 如喪考비哀毁 如禮감葬於所示之處(정사본, 23쪽).

앞서 살펴보았듯이, 이 부분은 정사본계 한문본의 경우 마고할미가

직 고이히 넉여 식 가는 듸를 보려 ᄒᆞ고 북녁 쥬렴를 잠간 들고 발아보니 ᄒᆞᆫ 쇼년니 머리에 쇼요관를 쓰고 몸의 청나삼를 입고 ᄇᆡᆨ노ᄉᆡ를 타고 할미집를 향ᄒᆞ여 오거늘 낭직 샬펴보니 요지에 반도밧쩐 션관갓거늘 마음의 반갑고 놀나와 쥬렴를 노코 안잣써니……"(34쪽)라고 서술되어 있다.

무덤의 위치와 장소를 구체적으로 명시하고 숙향이 직접 마고할미의 옷을 안장한 것으로 서술되어 있다. 그런데 나손A본은 몇몇 글자의 출입 외에는 정사본계와 완전히 일치하고 있다. 즉 나손A본계 한문본 역시 숙향이 마고할미의 옷을 직접 안장한 것으로 서술된 것이다.

나손A본계 한문본은 정사본계 한문본의 오류가 구체적으로 드러나는 대목, 즉 숙향이 개의 인도를 받아 마고할미의 무덤을 찾아가는 대목 역시 정사본계와 동일하게 처리되어 있다.

> (娘子)泣謂狗曰 與其見辱於夜盜而苟生 寧欲往就媼墓而徒死 汝其爲我前導 狗如有所知低首听罷 以口挐娘衣而出門 遂隨狗而行 止於一處 茫茫鬱林之中 有一荒凉孤墳 卽老媼塚也 娘撫墳哭……(나손A본, 39~40쪽).

> (娘子)語狗曰 今夜賊來云 見辱苟生不若順死 寧就媼墓而死 爲我前導 卽以如干衣服包負而出 隨狗而行止於一林麓中 有孤墳卽老媼之墓也 撫墳而哭……(정사본, 24쪽).

앞 장에서 이미 살펴보듯이, 정사본계 한문본은 국문본을 한역하는 과정에서 '개의 신이성'을 생략하는 차원에서 축약을 단행했으나, 이 부분은 국문본을 그대로 한역함으로써 앞뒤 내용이 어그러지는 잘못을 범하고 있다. 그런데 나손A본계 한문본도 정사본계 한문본과 같은 오류를 범하고 있다. 즉 나손A본계 한문본에도 숙향이 직접 마고할미의 옷을 안장했음에도 불구하고 뒤에는 그곳을 몰라 개의 안내를 받는 것으로 서술되어 있는 것이다. 이러한 사실은 나손A본계 한문본이 정사본계 한문본을 저본으로 삼아 부연·확대한 계열임을 단적으로 보여준다.

둘째, 정사본계에는 전혀 문제가 없으나 나손A본계에는 잘못 처리된 대목이 있다는 점이다. 정사본계와 비교해 볼 때 나손A본의 오류가 분명한 대목이 몇 군데 있는데, 여기서는 '용녀가 숙향을 구원한 대목'과 '숙향이 이화정에서 병신인 체하는 대목'만 살펴보기로 한다.

> 有一雙丫鬟 氣織之玉棹 飄飄之蓮舟 忙艤於前曰 敢請龍女與夫人上舟. 浮楂變爲美女而出. 二丫鬟拜于淑香曰 夫人不顧千金之軀 輕投萬頃之波 故謹奉姮娥命教 促舟而來 適於玉河洲上 遇值呂洞賓先生 索酒란路 屢時遲滯來 不及時 若非龍女之保護 殆不免鯨吻之呑서矣. **淑香起拜於龍女問其來由.** 答曰 妾則東海龍王之第三女也(나손A본, 8~9쪽).

> 有一雙丫鬟 乘蓮葉舟 疾棹而進曰 請龍女與夫人上舟焉. 其浮楂乃變爲美娃矣. 二丫鬟謝于娃曰 夫人不顧千金之軀 輕投萬頃之波 故奉姮娥命 促舟而來 玉河洲上適値呂洞賓先生 索酒란路 來不及時 若非神佑 不可救也. **敢問何由而來.** 娃答曰 向者 四海龍王水晶宮宴會時(정사본, 6쪽).

숙향은 사향의 모함으로 포진강에 투신할 때 용녀가 나타나 숙향을 구해 준다. 이 대목은 항아의 명을 받고 숙향을 구하러 왔던 두 선녀가 뒤늦게 도착하여 용녀에게 감사를 드리면서 늦은 사유를 말하는 장면이다. 이 대목 역시 정사본과 나손A본은 거의 혹사하다. 그러나 나손A본에는 결정적인 오류가 있다.

먼저 밑줄 친 부분이다. 나손A본에는 '두 선녀가 숙향에게 절한 것'으로 되어 있는데 반해, 정사본에는 '두 선녀가 미인으로 변한 용녀에게 감사한 것'으로 되어 있다. 그런데도 다음에 이어지는 선녀의 말은 두 이본이 거의 같다. 이 대목 자체만을 두고 볼 때 나손A본의 문맥이 어그러지거나 오문이 있는 것은 아니다. 그러나 이 대목은 초월적 존재인 선녀가 역시 초월적 존재인 용녀에게 감사의 말을 하는 국면이며, 현실적 존재인 숙향은 이들의 대화를 듣지 못하는 것으로 설정되어 있다. 숙향은 선녀가 준 경단 같은 것을 먹은 후에야 자신이 처한 상황은 물론 선녀들도 인식하게 되는데, 지금의 상황은 숙향이 현실적 존재 그 자체로 남아 있는 상태인 것이다. 따라서 '二丫鬟拜于淑香'이라 하여 두 선녀가 숙향에게 절한 것으로 서술된 나손A본은 잘못된 것이며, 이 구절은 정사본처럼 '淑香' 대신 용녀를 지칭하는 '娃'로 표기해야 한다.

다음 굵은 글자로 표기된 부분이다. 나손A본에는 숙향이 용녀에게 사례하고 물에 빠진 자신을 구하게 된 사유를 질문한 것으로 되어 있는데, 정사본에는 이것을 숙향이 아니라 선녀들이 질문한 것으로 되어 있다. 이에 용녀는 '자신이 숙향의 부친인 김전의 도움으로 살아났으며, 그 은혜를 갚고자 숙향을 구한 것'이라며 그간의 사연을 장황하게 말한다. 이것 역시 숙향은 현실적 존재로서 상황을 전혀 인식하지 못하는 상태였기 때문에 '숙향이 질문한 것'으로 처리한 것은 잘못이다. 이는 용녀가 숙향을 구하게 된 사연을 다 말하고 사라진 이후 곧바로 이어지는 다음과 같은 숙향의 질문에서 분명하게 드러난다.

> 淑香以塵世眼目不卞仙凡 怪問曰 彼何人 斯踏水如地(나손A본, 9쪽).

> 此時淑香以肉眼不辨仙凡 而問曰 彼何人 斯踏水如地乎(정사본, 6쪽).

숙향은 용녀가 물 위를 땅처럼 걸어가는 것을 보고 '塵世眼目'으로 두 선녀에게 '저 사람이 어떤 사람이냐?'고 묻는다. 나손A본에 따른다면 숙향은 직접 용녀에게 자신을 구하게 된 사연을 물었고, 용녀는 숙향의 물음에 대해 자신의 신분과 숙향을 구하러 오게 된 사연을 장황하게 대답한 것이 된다. 그런데도 숙향이 뒤늦게 물 위를 걸어가는 용녀의 모습을 신기하게 여겨 선녀들에게 '彼何人 斯踏水如地'라고 물을 것은 문제가 있다. 더구나 '以塵世眼目不卞仙凡'이라는 구절에서 볼 수 있듯이, 숙향은 여전히 현실적 존재로서 초월적 존재인 선녀와 용녀가 주고받는 대화를 인식하지 못하는 것으로 설정되어 있다. 따라서 나손A본에서 '淑香起拜於龍女 問其來由'라 하여 '숙향이 용녀에게 오게 된 연유를 물은 것'으로 서술된 것은 오류임이 분명하다.

다음은 숙향이 이화정에 처음 도착하여 병신인 체하는 대목이다.

> 淑香於心怪之曰 無乃老嫗慈仁 物亦似之耶 不然無知之物 何如是見新人而慇懃也. 久之老嫗曰 娘子入吾門 旬已挾矣 月已經矣 未嘗睹理綠髮而梳洗 長作抱身 未嘗見其啓縫唇而笑語 恒若隱憂之在心 無乃詐疾佯狂晦光韜采 恐被强暴者之覬覦而然耶(나손A본, 15쪽).

> 淑香於心怪之曰 老子慈仁 物亦似之. 淑香陽若抱病之人. 嫗曰 娘子入門已至 浹旬 而尙爲抱痾 且廢梳洗 無乃詐疾陽狂 恐有覬覦者乎. 韜光晦采貴 無名聞者乎(정사본, 10쪽).

노전에서 화덕진군의 구원으로 살아난 숙향은 갈 곳이 없어 길거리를 방황한다. 그러다가 우연히 만난 할미(마고선녀)의 제안에 따라 할미의 거처로 가는데, 숙향은 할미의 거처인 이화정이 술집인 것을 알고 병신 행세를 한다. 위의 인용문은 숙향이 이화정에 온 지 오래되었음에도 계속 병신 행세를 하자, 마고할미가 숙향에게 병신 행세를 그만두라고 권유하는 대목이다. 그런데 나손A본에는 정사본의 밑줄 친 부분, 즉 '숙향이 겉으로 병이 든 사람처럼 한다'는 구절이 없다. 그럼에도 나손A본은 정사본과 마찬가지로 마고할미가 '숙향의 병신 행세'를 탓하고 있는바, 이는 나손A본이 정사본계를 저본으로 삼아 확대 · 부연하는 과정에서 누락된 것이라고 하겠다.

셋째, 나손A본의 경우 일부 윤색을 가한 것이 역력히 드러나는 대목들이 있다는 점이다. 일례로 '조장이 이선과 대화하는 대목'을 들 수 있다.

> 生曰 如此寶物 非宜棄置於篰屋塵笥之間 正合掛玩於朱門瓊壁之上 於君不關 於我甚緊 請以五倍之價易之也. 章曰 物各有主 苟非其主而與之非也 苟爲其主而不與亦非也. 曾余東販西賈 待價久矣. 無一人見而知者 無一人知而買之. 今君一見而知其爲寶 必欲誠心買取 不惟誠心買取 又不惜其價 而必欲易之以半千 是知郎君眞寶物之主也 旣遇其主 雖非本價 猶可奉獻 而矧有倍蓰之利乎. 遂受五百金而去(나손A본, 21쪽).

> 生曰 此乃科場可用 於君不緊 以重價相易如何. 章曰 我本牟利之輩 願安承教. 卽以五百金買之(정사본, 14쪽)

숙향이 놓은 요지연 수를 마고할미에게 산 조장은 이선이 글씨와 문장에 뛰어나다는 소문을 듣고 수제(繡題)를 얻기 위해 이선을 찾아간다. 그런데 이선은 그 수의 그림이 전날 꿈에서 보았던 요지연의 광경임을 알고 조장에게 수를 팔라고 한다. 여기까지는 나손A본과 정사본은 약간의 표현상의 차이를 제외하고는 거의 같다. 그러나 그 이후부터는 두 이본이 많은 차이를 보인다. 위의 밑줄 친 부분에서 볼 수 있듯이, 나손A본에는 조장의 언급이 정사본에 비해 한결 부연되어 있는 것이다.

그런데 바로 그 부연된 부분에 윤색의 흔적이 분명하게 엿보인다. 정사본에는 수를 팔라는 이선의 제의에 대해 조장이 '我本牟利之輩 願安承教'라며 이익만 남는다면 언제든지 팔겠다고 말한다. 결국 조장은 자신이 산 가격의 다섯 배를 받고 이선에게 수를 판다. 그런데 나손A본에는 이선의 제의에 대해 조장은 '이 수의 진정한 주인은 그것이 보물인 것을 알아본 이선이기 때문에 어떻게 몇 배의 이익을 남기겠느냐?'고 대답한 것으로 서술되어 있다. 그럼에도 나손A본 역시 정사본과 동일하게 조장이 다섯 배의 이익을 남기고 이선에게 수를 판 것으로 되어 있다. 즉 정사본에는 조장의 말과 행위가 일치하고 있음에 반해, 나손A본에는 조장의 말과 행위가 어그러져 있는 것이다. 이러한 나손A본의 오류는 필사자가 조장의 장황한 언설을 통해 숙향이 놓은 요지연 수와 이선의 인연을 부각하려는 데서 비롯된 것으로 판단된다.

그러나 이 대목과 관련한 나손A본계 한문본의 문제는 단순히 조장의 말과 행동의 불일치에 한정되지 않는다. 나손A본은 조장의 인물 형상에 변형을 가하는 오류를 범하기도 하였다. 이를 확인하기 위해 국문본에서 해당 대목을 제시하면 다음과 같다.

> 션왈 이난 션ᄇᆡ의 당ᄒᆞᆫ 물견니요 그ᄃᆡ으게 부당ᄒᆞ니 ᄂᆡ게 죠흔 족ᄌᆞ 잇스니 밧고와 가미 엇더ᄒᆞᆫ요. 됴ᄌᆞᆼ왈 나는 본ᄃᆡ ᄌᆞᆼᄉᆞ라 니를 취ᄒᆞ미니 본ᄃᆡ ᄇᆡᆨ금을 쥬고 ᄊᆞᆺᄉᆞ오니 갑실 더 쥬오면 팔고 가리니다. 션니 즉시 니ᄇᆡᆨ금을 쥬고 ᄊᆞᆺ셔 놋코(이대본, 77쪽).[79]

79) 이 대목의 경우 한중연A본은 몇몇 글자가 잘 안 보여 부득이 이대본을 인용한다. 그러나 한중연A본 역시 전반적으로 이대본과 같은 내용으로 이루어져 있다. 한중연A본의 33~34쪽을 참조 바람.

국문본에는 정사본계 한문본처럼 조장의 성격이 '이익을 추구하는 장사꾼'으로 형상화되어 있는데, 고소설에서 이런 인물형은 매우 드물다. 그러나 이러한 조장의 형상은 조선 후기 상업의 발달로 새롭게 성장한 상인을 전형적으로 반영했다고 할 수 있다. 다시 말해, 「숙향전」에서 조장의 인물 형상은 조선 후기에 봉건적 명분에 얽매이지 않고 실리를 추구했던 상인 계층을 사실적으로 반영하고 있다는 것이다.[80] 국문본을 저본으로 삼아 한역하면서 약간의 축약을 단행한 정사본계 한문본은 이러한 조장의 형상을 그대로 수용하였다. 그런데 나손A본계 한문본은 정사본계 한문본을 저본으로 삼아 확대 · 부연하면서 조장의 형상에서 전형적인 상인의 면모를 제거해버렸다. 결국 나손A본에서 조장의 언행이 불일치하게 된 것도 바로 여기에서 비롯된 것이라고 하겠다.

이상에서 살펴보았듯이, 나손A본계 한문본은 정사본계 한문본을 저본으로 삼아 확대 · 부연한 계열임이 분명하다. 나손A본계 한문본은 정사본계 한문본의 오류를 그대로 답습하고 있을 뿐만 아니라 정사본계에는 문제가 없는 대목에서도 오류를 범하고 있는 것이다. 따라서 나손A본계 한문본은 정사본계 한문본을 저본으로 삼은 후대본이라고 하겠다.

(3) 나손B본 계열

① 계열 내 선후관계

현존하는 이본 중에서 나손B본 계열에 속하는 이본으로는 나손B본

80) 「숙향전」은 전반적으로 도선적 요소와 결부되어 있음에도 불구하고 개별적인 사건 자체는 매우 사실적이다. 관련 내용은 필자의 「「숙향전」의 현실적 성격」(『고전문학연구』 6, 한국고전문학연구회, 1991)을 참고하기 바람.

과 한문현토본, 그리고 일역본이 있다. 이중 한문현토본과 일역본은 간행연대와 저자 및 번역자가 밝혀져 있어 그 선후관계를 분명하게 알 수 있다. 즉 한문현토본은 구활자본으로 1916년 회동서관에서 간행한 것이며, 일역본은 大正 十二年(서기 1923년)에 청수건길(淸水鍵吉)이 회동서관본을 저본으로 삼아 일역한 것이다. 이는 나손B본의 경우 저자명이 없으나 한문현토본과 일역본에는 1면에 각각 '紹雲 著'와 '紹雲 李圭瑢 著, 淸水鍵吉 譯'이라는 기록이 있다는 사실에서 알 수 있다.[81]

그러나 나손B본의 경우 저자명은 물론 간기마저 없어 필사연대를 확인할 길이 없다. 다만 한문현토본에 간혹 오자가 눈에 띄는데, 이들 오자를 통해 나손B본과 한문현토본의 선후관계를 파악할 수 있다.

> 鈿一日載酒送客 至泮河水 見漁夫數人 共得一金龜 將欲燒而食之(나손B본, 1쪽).

> 鈿이 一日에 載酒客客ᄒᆞᆯᄉᆡ 至泮河水ᄒᆞ니 見漁夫數人이 共得一金龜ᄒᆞ야 將欲燒而食之어늘(한문현토본, 1쪽).

이 대목은 김전이 손님을 전송하기 위해 반하수에 갔다가 금거북이를 잡아 구워먹으려는 어부들을 만난 장면이다. 두 이본은 거의 일치하고 있는데, 한문현토본의 경우 밑줄 친 부분에 오자가 있다. '送客'이 '客客'으로 되어 있는 것이다. 이러한 한문현토본의 오류는 '送' 자와 '客' 자

---

81) 소운(紹雲) 이규용(李圭瑢)이 어떤 사람인지 확인하기 어렵다. 생각컨대, 1910년대 구활자본 간행에 참여하여 나손B본에 현토를 달아 현토본을 간행한 후 자신이 저자라고 밝힌 것이 아닌가 한다. 또 한문현토본에는 '紹雲'이라는 호만 명기되어 있는데, 일역본에는 '紹雲'이라는 호와 함께 '李圭瑢'이라는 이름까지 명기된 것으로 보아 청수건길은 이규용을 알고 있었을 것으로 추정된다.

가 모양이 비슷하여 활자화하는 과정에서 발생한 것으로 추정된다.

> 鈞對曰 此兒 誠非塵世凡庸之比 乃是月宮素娥之靈 得罪上帝 暫謫下界 累經困厄 備嘗險苦 以贖前生之罪然後 始得今世之樂矣(나손B본, 3쪽).

> 鈞이 對曰 此兒는 誠非塵世凡庸之比오 乃是月宮素娥之靈으로 得罪上帝ᄒᆞ고 暫謫下界ᄒᆞ야 累經困厄ᄒᆞ며 備嘗險苦ᄒᆞ야 以贖前主之罪然後에야 始得今世之樂矣러니(한문현토본, 2쪽).

이 대목은 관상쟁이 황균이 숙향의 사주를 보고 운명을 예언하는 장면이다. 이 대목 역시 한문현토본의 밑줄 친 부분에 오자가 있는 것을 제외하고는 두 이본의 차이가 전혀 없다. 한문현토본은 '前生之罪'로 해야할 것을 '前主之罪'로 잘못 표기한 것이다. 이러한 잘못도 '生' 자와 '主' 자의 형태가 비슷하여 활자화하는 과정에서 발생한 것으로 보인다.

이렇듯 몇몇 오자가 있는 것으로 보아 한문현토본은 나손B본을 저본으로 삼아 현토(懸吐)를 붙인 것임이 틀림없다고 하겠다. 물론 나손B본이 현토본의 오자를 정정했을 경우도 생각해 볼 수는 있다. 그러나 한문현토본의 오자가 글자 모양의 유사성으로 인한 실수에서 비롯된 것이 분명한바, 한문현토본이 나손B본보다 후대본이라는 사실을 부정하기는 어려울 것으로 생각한다.

② 나손B본의 특징 및 국문본과의 관계

나손B본계는 전반적인 구성이나 내용이 다른 계열과는 아주 다르다. 다른 계열들은 개별적인 화소들을 축약하거나 부연 · 확대하는 등 구체적인 서술에서 약간의 차이를 보이는 정도다. 그런데 나손B본계는 후토부인이나 화덕진군 등 초월적 존재와 관련된 대목들이 없을 뿐만 아니라, 비현실적인 요소와 결부된 사건들이 현실적인 사건으로 서술되어 있다. 이러한 나손B본 계열의 특징은 숙향이 낙양령에게 문초를 당하는 대목에서 그 일단을 엿볼 수 있다.

知縣亦不忍哀怜 擧扇障面 强怒大聲曰 須速嚴鞫 執杖下人 含淚不忍 相讓久之 知縣更促之 不得已强杖焉. 淑香不勝刑杖 垂頭閉目 聲在喉中而語曰 父兮焉往 母兮安在 而不顧垂死之命耶 微命如縷 猶不能急絶 敲복若割 痛不忍支堪 氣絶천奄 幾至死境(나손B본, 30쪽).

이상서는 아들 이선이 자기 몰래 숙향과 혼인한 것을 뒤늦게 알고 낙양령을 시켜 숙향을 죽이려 하는데, 이 대목은 낙양령이 숙향을 붙잡아와 곤장을 치는 장면이다. 숙향은 곤장을 맞고 기절하는 등 거의 죽을 지경에 이른다. 그런데 국문본이나 다른 한문본의 경우 전반적인 상황은 유사하나 서술된 내용은 판이하다.

부ᄉᆡ 왈 네 죄 안인 쥴은 알건니와 샹셔의 긔별이라. ᄂᆡ들 엇지 ᄒᆞ리요. 슈히 치라 ᄒᆞ시니 집쟝샤령니 ᄆᆡ를 들여 ᄒᆞ니 ᄑᆞᆯ리 알푸고 ᄆᆡ 무거워 감히 드지 못ᄒᆞ거ᄂᆞᆯ 다른 샤령다여 스슬가라 치라 ᄒᆞ되 ᄒᆞᆫ갈갓거ᄂᆞᆯ 부ᄉᆡ 왈 무죄ᄒᆞᆫ ᄉᆞ람를 쥭기려 ᄒᆞᆫ이 그러ᄒᆞ건만은 샹셔의 말 뉘 감히 거슬이오 아니 듯지 못ᄒᆞ리니 동혀셔 깁흔 물의 너흐리라 ᄒᆞ더라(한중연A본, 47쪽).

국문본의 경우도 나손B본처럼 낙양령이 사령들에게 숙향을 곤장으로 치라고 명령한다. 그러나 국문본에서는 나손B본과는 달리 숙향이 곤장을 맞지는 않는다. 사령들이 곤장을 치려 했으나 '풀리 알푸고 믜무거워' 곤장을 들지 못했던 것이다. 그리고 이것은 마고할미가 신통력을 발휘했기 때문이다. 이는 다른 한문본의 경우에도 동일하다. 즉 나손B본계를 제외한 모든 이본은 '숙향의 낙양옥중 사건'이 마고할미의 신통력 등 도선적 요소와 결부되어 있는 것이다.

이 대목 뿐만이 아니다. 나손B본의 경우는 대부분의 사건이 매우 현실적인 것으로 서사되어 있다. 숙향과 이선이 탄생하는 대목에서도 다른 이본에는 두 명의 선녀가 하늘에서 내려와 출산을 돕는 것으로 되어 있으나, 나손B본에는 탄생한 사실만 간단하게 서술되어 있다. 또 다른 이본에는 숙향과 후토부인의 만남, 화덕진군의 구원, 선약(仙藥)을 구하기 위한 이선의 선계(仙界) 여행 등 도선적 요소와 결부된 사건들이 서사되어 있는데, 나손B본계에는 이들 사건이 아예 나타나지 않는다. 즉 나손B본은 도선적 요소와 결부된 사건들이 매우 현실적인 사건으로 서사되거나 아예 없는 것이다.

김응환은 이러한 사실에 근거하여 나손B본이 「숙향전」의 원본일 것이라고 주장하였다. 도선적 요소가 가장 적은 나손B본이 한문필사본을 거쳐 번안 · 개작되면서 도교적인 면이 첨가되어 국문본으로 발전했다는 것이다. 그러나 이러한 주장은 타당성이 전혀 없다. 나손B본은 국문본을 토대으로 가능한 한 비현실적인 요소를 배제하는 차원에서 새롭게 개작한 이본이 분명하기 때문이다. 이는 나손B본의 서두에서도 확인할 수 있다. 앞서 인용한 바 있지만 나손B본과 국문본의 관련 양상을 면밀하게 고찰하기 위해 국문본인 이대본의 서두도 함께 제시한다.

紹興中 有南陽金鈿者 雲水先生行簡之子也. 雲水先生 道德文章爲

世所宗 帝累徵爲吏部尙書諫議大夫 皆不受 終於山. 鈿世襲清德 家事淡泊. 鈿一日載酒送客 至泮河水 見漁夫數人共得一金龜 將欲燒而食之. 鈿急止之曰 龜者頭戴天字 腹抱王字 四靈之中一物 而帝王之祥瑞不可食也 宜速放之. 漁夫曰 吾等終日提網 未得纖介之鱗 而所獲者 惟此一龜而已 身勞腹虛 將以療飢耳 願勿止之. 鈿無由可 回顧見 其龜仰視金鈿 凝淚滿眶 鈿不忍惻隱之心 解其所佩酒 換其龜而投之河. 龜遂得生浮水 中流回顧金鈿 若爲致謝者三矣(나손B본, 1쪽).

녯 송나라 시절의 남양ᄯᆞ의 ᄒᆞᆫ 명ᄉᆞ 잇시되 셩명은 김젼니라. 총명쥰아ᄒᆞ여 니팔의 문장을 쳔망ᄒᆞ니 ᄉᆞ방 어진 션ᄇᆡ 구름못덧 ᄒᆞ더라. 그 부친은 운슈션ᄉᆡᆼ이니 도덕이 놉고 ᄌᆡ죠 겸젼하ᄆᆡ 황제 특명을 나리와 ᄐᆡ부와 니부ᄉᆞᆼ셔를 제슈ᄒᆞ시고 안거ᄉᆞ마로 여러번 부르시되 맛ᄎᆞᆷᄂᆡ ᄉᆞ양ᄒᆞ고 나지 아니 ᄒᆞ니 그 어진 덕을 칭찬ᄒᆞ더라. 김젼니 일일은 쥬과를 셩비ᄒᆞ여 친구를 다리고 명산ᄃᆡ쳔을 귀경할ᄉᆡ 반ᄒᆞ슈 압풀 지ᄂᆡ더니 어부 ᄉᆞᆷᄉᆞ인니 큰 거복을 잡아 ᄉᆞ어 먹으러 ᄒᆞ거날 김젼니 말여 왈 그 거복을 보니 이마우의 ᄒᆞ날 쳔ᄍᆞ 잇고 발의 임금 왕ᄍᆞ 분명ᄒᆞ니 죽이지 말나. 어부 ᄃᆡ왈 이 짐ᄉᆡᆼ이 비록 비ᄉᆞᆼᄒᆞ오나 우리 등이 져무도록 그물질ᄒᆞ다가 괴긔 ᄒᆞᆫ낫도 잡지 못ᄒᆞ고 이것만 어더ᄉᆞ오니 말니지 마르소셔. 김젼니 거복을 보니 눈물을 흘니며 죽기를 셜어ᄒᆞ난 형ᄉᆞᆼ을 뵈거날 김젼니 가져갓던 쥬과를 쥬고 밧고와 물의 노흐니 그 거복 날호여 드러가며 김젼을 ᄌᆞ로 도라보고 가더라(이대본, 1쪽).

첫 구절이 나손B본은 '紹興'[82]으로 되어 있는데 반해 국문본은 '옛 송나라 시절' 로 되어 있는 등 두 이본은 약간의 차이를 엿보인다. 그러나 전반적인 내용은 두 이본이 거의 같다. 특히 밑줄 친 부분은 두 이본의

82) '紹興'은 중국 절강성에 있는 성시(城市)이다.

관련성을 분명하게 보여준다. 두 이본 모두 '김전의 부친인 운수선생에 대한 이야기'와 '거북을 놓아주라는 김전의 요청에 대한 어부들의 답변'이 서술되어 있는 것이다.

앞서 살펴보았듯이, 정사본계 한문본의 경우 서두에는 운수선생과 관련한 이야기가 없으나 중간에 갑자기 '김전의 부친이 운수선생'이라는 언술이 나타난다. 이로 인해 운수선생이 어떤 사람인지 알 수가 없다. 이러한 양상은 정사본계 한문본을 저본으로 삼아 확대·부연한 나손A본계 한문본에도 동일하게 나타난다. 그런데 같은 한문본이면서도 나손B본계와 국도A본에는 서두에 운수선생에 대한 이야기가 국문본과 동일하게 서술되어 있는 것이다.[83] 반면에 국문본의 경우는 박순호 A본과 B본을 제외한 모든 이본의 서두에 운수선생에 대한 이야기가 나온다. 이러한 사정은 '어부들의 답변' 역시 마찬가지이다. 다만 차이가 있다면, 이 구절은 국도A본에도 나타나지 않는다는 점이다. 다시 말해, 한문본 중에서는 유일하게 나손B본 계열만이 '거북을 놓아 주라는 김전의 요청에 대한 어부들의 답변'이 서술되어 있는 것이다. 따라서 나손B본은 국문본과 밀접하게 관련되어 있다고 보아야 한다.[84]

---

83) 뒤에 다시 거론하겠지만 국도A본은 정사본계 한문본을 저본으로 하되 일정하게 나손B본을 참조하여 부연한 이본이다. 여타 한문본과 달리 국도A본의 서두에 운수선생에 대한 이야기가 서술되어 있는 것도 바로 나손B본을 참조한 결과인 것으로 판단된다.

84) '어부들의 답변 대목'은 없다고 해서 문제가 되는 것은 아니다. 이 구절은 없어도 문맥에 이상이 없을 뿐만 아니라, 도리어 서사의 긴밀한 전개를 저해하는 요소로 이해할 수도 있다. 나손B본계를 제외한 다른 한문본에서 이 구절을 빼어버린 것도 이러한 사정과 무관하지 않을 것으로 생각된다. 그러나 '자신들이 잡은 거북이 비상한 것을 알면서도 굶주림을 면하기 위해 놓아줄 수 없다'는 어부들의 답변에는 구체적이며 일상적인 삶에 대한 민중적 인식이 반영되어 있다는 점에서 무시할 수만은 없다. 이 구절은 「숙향전」의 작자가 김전이 거북을 구한 것 못지않게 어부들의 일상적인 삶에도 주목했다는 것을 보여주기 때문이다. 반면에 대부분의 한문본은

나손B본이 국문본과 밀접하게 연계되어 있다는 것은 '숙향과 부모의 이별 장면'에서 보다 구체적으로 확인할 수 있다.

鈿泣謂其妻曰 今賊兵將近 大禍不遠 可以急急逃避 幸而得生 則皇天愛憐 後當有子 吾夫婦幷死賊刃之後 白骨難收 祖先香火從此永絶矣 勢將自棄阿兒耳. 其妻急遽失措 罔知所爲 回顧視之 賊兵四塞而下無如之何. 揮泣而言曰 妾當與淑香 同死於此 願郎君急速跳出 善保軀命 求埋妾屍與淑香之骨 泉壤之下 庶免暴露之寃. 鈿握手痛哭曰 吾何忍見阿娘與淑香之死 而獨生乎. 寧不如接手同歸也. 其妻尤用憂悶 乃以左手抱淑香 右手推金鈿曰 何憐兒女子之情 而不愛千金之軀 未有謀生之心 而敢出共死之心. 妾當與淑香 誓同玉碎 郎君丈夫 而如妾之陋質淑香之美貌 何求不得 而自棄若是耶. 惟願郎君速去無停. 鈿掉頭揮手 終莫能去 其妻度不能兩全 哀痛悶泣而謂鈿曰 然則可以棄淑香而去矣(나손B본, 3~4쪽).

김젼도 가속을 거나려 강능으로 가더니 즁노의 적병을 만나 힝ᄌᆞᆼ과 노복을 다 일코 다만 ᄌᆞᆼ시와 슉향을 업고 죽을 힘을 ᄂᆡ여 다라나더니 도적이 졈졈 갓가이 오고 김젼니 ᄯᅩᄒᆞᆫ 진력ᄒᆞ여 닷지 못ᄒᆞ니 졍히 망극ᄒᆞ여 ᄌᆞᆼ시다려 왈 도적이 급히 ᄯᆞ로고 ᄂᆡ 힘이 진ᄒᆞ니 우리 두리 다 ᄉᆞ라나면 슉향갓튼 ᄌᆞ식을 다시 보려니와 우리 다 죽으면 신체를 뉘 거두며 부모의 제ᄉᆞ를 뉘 밧드리요. 아모리 인졍의 망극ᄒᆞ고 제 졍ᄉᆞᆼ이 잔잉ᄒᆞ나 슉향을 니곳ᄃᆡ ᄯᅮ고 잠간 피ᄒᆞ엿다가 젹병이 지ᄂᆡ간 후 다시 와 다려가ᄉᆞ이다. ᄌᆞᆼ시 실피 울며 왈 나난 슉향과 ᄒᆞᆫᄐᆡ 잇다가 죽을 거시니 우리를 ᄉᆡᆼ각지 말고 먼져 난을

이 구절을 삭제해버렸다. 따라서 이 구절은 「숙향전」이 한문을 사용할 수 있는 지식인보다는 국문을 주로 사용했던 민중적 작가에 의해 창작되었다는 근거가 될 수 있다. 요컨대, '거북을 놓아주라는 김전의 요청에 대해 어부들이 자신들의 고단한 삶을 들어 불가하다'고 대답한 구절은 본래부터 한문본인 나손B본보다는 국문본에 들어 있었던 것일 가능성이 크다고 하겠다.

피ᄒᆞ였다가 후일 도라와 우리 모녀의 히골을 갈무ᄒᆞ쇼셔. 김젼니 ᄃᆡ셩통곡 왈 츔아 그ᄃᆡ를 바리고 ᄂᆡ 혼ᄌᆞ 살기를 도모ᄒᆞ리요. ᄎᆞ라로 ᄒᆞᆫ곳ᄃᆡ 쥭어 혼ᄇᆡᆨ이 셔로 ᄯᅥ나지 아니 ᄒᆞ리라 ᄒᆞ고 안고 이러나지 아니 ᄒᆞ거날 ᄌᆞᆼ시 울며 왈 그ᄃᆡ 말이 그르도다. 남ᄌᆞ되어 엇지 우리갓ᄒᆞᆫ 쳐ᄌᆞ를 어ᄃᆡ가 엇지 못ᄒᆞ리요. 쳔금갓탄 몸을 엇지 조고만은 안녀ᄌᆞ으게 걸니켜여 쥭으릿가 ᄲᆞᆯ니 피ᄒᆞ쇼셔. 김젼니 울며 머리를 홋트러 ᄒᆞᆫ틔셔 쥭으려 ᄒᆞ거날 ᄌᆞᆼ시 울며 왈 낭군이 이럿텃 고집ᄒᆞ시니 슉향을 아직 니곳ᄃᆡ ᄯᅮ고 우리만 가ᄉᆞ이다(이대본, 9~10쪽).

나손B본은 '전란으로 인한 숙향과 부모의 이별 장면'도 국문본과 거의 같은 내용으로 서술되어 있다. 특히 숙향을 버리고 가는 문제로 김전과 부인 장씨가 벌이는 대화 장면은 완전히 같다고 해도 과언이 아니다. 두 이본 모두 '김전은 숙향과 같은 자식은 또 낳을 수 있으나 본인들이 죽으면 조상의 제사를 받들 수 없으니 숙향을 버리고 가자'고 주장하고, '부인 장씨는 자신도 숙향과 함께 죽을 터이니 혼자 달아나 귀중한 몸을 보존하라'고 주장하고 있는 것이다.

앞서 필자는 이대본과 한중연A본을 대비하는 자리에서 이 대목을 근거로 한중연A본이 비교적 후대본임을 밝힌 바 있다. 즉 국문본 가운데 유일하게 한중연A본만 '숙향을 버리고 가는 문제로 김전 부부가 갈등하는 상황'을 '김전 부부가 숙향을 버리고 갈 수밖에 없는 사정과 그 처절함을 부각하는 방향'으로 윤색·부연했던 것이다. 그런데 한문본의 경우는 나손B본계와 나손B본을 일정하게 참조한 국도A본에만 '숙향을 버리고 가는 문제로 인한 김전 부부의 갈등'이 구체적으로 서술되어 있다.

生亦避亂江陵 路遇賊兵 盡失家屬 身負淑香艱難前進 而賊兵追急 生度不能免禍 棄兒於盤若山石巖之間 母亦脫其指環一隻及年名所記之錦囊結于衣(정사본, 2쪽).

生亦避亂江陵 路遇賊兵 盡失其車馬器服 身負淑香徒步躍程 艱辛前進 遙見一枝兵馬躡淩趕來 生度不得兩全 捨却所負女兒 置于盤若山石間 而相離之際 母脫其指環一隻及年名所記之錦囊結于衣內(한중연본, 4쪽)[85]

정사본과 나손A본계인 한중연본의 경우, 김전 부부는 서로 아무런 갈등 없이 숙향을 데리고 가기 어렵다고 판단하고 곧바로 반야산 바위 틈에 두고 간다는 것만 간략하게 서술하고 있다.[86] 그런데 나손B본은 국문본처럼 '숙향을 버리고 가는 문제로 인한 김전 부부의 갈등'이 장황하게 서술되어 있는 것이다. 이러한 사실은 나손B본이 국문본과 직접적으로 관련되어 있다는 근거라고 할 수 있다.

이제 남은 문제는 이러한 나손B본이 국문본을 토대로 가능한 한 비현실적인 요소를 배제하면서 새롭게 개작한 계열이라는 것을 구체적으로 입증하는 일이다. 「숙향전」은 대부분의 사건이 도선적 요소와 긴밀하게 결부되어 환상적으로 형상화된 작품이다. 이로 인해 도선적 요소와 결부된 사건들을 현실적인 사건으로 재구성하는 작업은 매우 어

85) 이 대목의 경우 나손A본은 소실되고 없어 부득이 같은 나손A본계열인 한중연본에서 인용한다.

86) 나손A본계는 정사본계 한문본을 저본으로 삼아 확대 · 부연한 계열이기에 국문본과의 관련성을 거론하기 어렵다. 그런데 정사본계 한문본은 국문본을 저본으로 삼아 한역한 것인바, 국문본과의 차이를 따져볼 필요가 있다. 즉 이 대목의 경우 정사본계 한문본에서 '숙향을 버리고 가는 것으로 인한 김전 부부의 갈등'을 대폭 축약하고 '부자간의 이별'만 간단하게 서술한 것은, 한역자가 국문 작자와는 달리 전란으로 인한 부자의 이별이라는 참혹한 상황에 주목하기보다는 이선과 숙향의 기이한 만남에 주목한 결과라고 할 수 있다.

렵다. 그럼에도 나손B본은 이 작업을 훌륭하게 수행했다고 할 수 있는 바, 「숙향전」 원본의 문제를 떠나서 연구할 가치가 충분한 이본이라고 할 수 있다. 그러나 본래 환상성이 강한 작품을 현실성이 강한 작품으로 새롭게 개작하는 작업이 어려운 만큼, 나손B본에 문제가 없을 수는 없다. 즉 나손B본은 「숙향전」의 사건들을 현실적인 것으로 재구하는 과정에서 다소의 오류를 범하고 있는 것이다.

「숙향전」에 등장하는 초월적인 존재는 명사계의 후토부인, 월궁선녀와 용녀(거북), 화덕진군, 마고할미와 청삽살이 등이다. 이들은 주로 죽을 위기에 처해 있는 숙향을 구원하는 역할을 한다. 후토부인은 부모를 잃고 추위와 굶주림에 시달리는 숙향을 구하며, 월궁선녀와 용녀는 포진강에 투신한 숙향을 구하고, 화덕진군은 갈대밭에서 화재를 만나 불타 죽을 위기에 처한 숙향을 구한다. 초월적 존재 가운데 가장 많은 역할을 담당한 마고할미는 낙양옥에서 죽게 된 숙향을 구하고, 천정연분인 숙향과 이선의 결합을 매개한다. 이렇듯 「숙향전」에 등장하는 초월적 존재들은 숙향이 천상에서 범한 죄의 대가로 지상에서 겪게 될 다섯 가지 죽을 액에서 벗어날 수 있도록 천상에서 파견된 신령들이다.[87)]

나손B본에는 이들 초월적 존재 가운데 용녀와 마고할미, 그리고 청삽살이만 등장한다. 명사계 후토부인이나 화덕진군 등과 관련한 대목들을 아예 삭제한 것이다. 용녀의 구원과 관련한 내용은 숙향의 부친인 김전이 거북을 구한 것과 연계되어 있기 때문에 삭제하지 못한 것이며,

---

87) 숙향이 천상에서 범한 죄의 대가로 지상에서 겪게 될 다섯 가지 죽을 액은 상자 왕균의 입을 빌어 명시된다. 반야산 도적에게 죽을 액, 명사계에서 죽을 액, 포진강에 빠져 죽을 액, 갈대밭에서 불타 죽을 액, 낙양옥에서 죽을 액이 그것이다. 이 가운데 반야산에서 죽을 액은 늙은 도적의 도움으로 살아나지만, 나머지는 모두 초월적인 존재에 의해 구원된다.

마고할미와 관련된 내용들은 마고할미가 「숙향전」의 핵심적 내용이라고 할 수 있는 숙향과 이선의 만남을 매개하는 역할을 담당하고 있기 때문에 삭제하지 못한 것으로 판단된다. 그러나 이들 대목 또한 현실성을 강화하는 방향으로 윤색과 개작이 이루어졌는데, 이 과정에서 나손B본은 오류를 범하고 말았다. 특히 마고할미의 형상과 관련한 나손B본의 오류는 결정적이라고 할 수 있다.

국문본의 경우 마고할미는 처음 등장하는 장면에서부터 비상한 존재임이 분명하게 드러나 있다. 숙향은 마고할미를 만나기 이전에 네 번의 죽을 액을 겪는데, 마고할미는 이 사실을 모두 알고 있었던 것이다. 또 이선이 숙향을 찾기 위해 처음 이화정에 방문했을 때, 마고할미는 인간세계에서는 볼 수 없는 진기한 음식들을 내어놓고 그것들이 요지와 봉래산 등 선경에서 얻어 온 것이라고 말한다.[88] 그런데 나손B본에는 이러한 대목들이 없을 뿐만 아니라, 마고할미 자체가 평범한 현실적 존재로 형상화되어 있다.

> 淑香在老嫗之家 日已久矣 恐有人辱 小不理粧 老嫗謂淑香曰 娘子之貌非不美矣 久蒙不潔 人皆掩鼻 願娘子小理粧梳 以顯美貌. 淑香姑探嫗意 竟不治理 <u>老嫗之意 以爲淑香 身有重病 心無盛容 不有久留之計</u>(나손B본, 14쪽).

장승상댁에서 사향의 모함으로 쫓겨난 숙향은 갈 곳이 없어 방황하다가 길가에서 우연히 만난 할미의 제안에 따라 할미의 거처인 이화정에서 함께 살기로 한다. 위의 대목은 숙향이 이화정에 도착한 이후 그

88) 나손B본계를 제외한 모든 이본에 마고할미는 처음부터 초월적인 존재임이 분명하게 드러나 있다.

곳이 술집이며 그 할미가 술집의 주모인 것을 알고는 자신을 술집 기녀로 삼을까 염려하여 세수도 하지 않는 등 더러운 모습을 하고 있는 장면이다. 밑줄 친 부분에서 볼 수 있듯이, 이화정 할미는 숙향이 이화정에 머문 지 꽤 오래되었음에도 계속 더러운 모습을 하고 있는 것에 대해, '몸에 중병이 있어 오래 머물 계획이 없는 것'으로 판단한다. 즉 나손B본에는 이화정 할미가 '숙향이 병신 행세를 하면서 계속 더러운 모습을 한 까닭'을 전혀 파악하지 못하는, 지극히 평범하고 현실적인 존재로 형상화되어 있는 것이다.[89] 이후에도 이화정 할미는 계속 평범한 주모로 형상화된다.

> 自是厥後 情好日密 而淑香日事刺繡 以資生計 老嫗持淑香錦繡 出於市而賣之 有一商見而歎曰 吾平生販繪爲業 齊紈蜀帛見之多矣 無如此錦 厚價買之 老嫗意以爲怪 是故 由淑香而致家業 自此 愛之益甚 而淑香不出門庭 隣人亦罕見之(나손B본, 15쪽).

이 대목은 숙향이 이화정 할미에게 자신이 일부러 더러운 모습을 취했던 까닭을 사실대로 고백한 이후 자수를 놓아 생활하게 된 경위를 서술한 부분이다. 숙향은 자수를 놓고, 이화정 할미는 숙향이 놓은 자수를 시장에 내다 팔아 생활을 영위한다는 것이다. 이 대목의 경우 국문본에는 "낭ᄌᆡ 춍명ᄒᆞ야 인간만ᄉᆞ의 모를 거시 업고 ᄌᆡ죄 놉하 쟈연 슈흘 노하 갑슬 만히 바드니 할미집니 졈졈 요부ᄒᆞ더라."(한중연본,

89) 참고로 위에 해당하는 국문본의 대목을 제시하면 다음과 같다. "슉향니 그 집니 온지 반월이 되야도 그져 병인인 체ᄒᆞ고 있써니 ᄒᆞᄅᆞᄂᆞᆫ 홀미 일르되 그ᄃᆡ 얼골를 보니 가을달리 거문 구름의 싸힌듯 ᄒᆞ고 병체를 보니 실병니 안인가 시부니 날을난그이지 말게 ᄒᆞ라. 슉향니 웃고 답지 안니 ᄒᆞᆫᄃᆡ ᄂᆡ 집니 슐집니라. 마을 샬암니 ᄌᆞ로 단인니 보면 더러이 역일 거시니 셰슈나 ᄒᆞ고 잇거라"(한중연A본, 26쪽).

26~27쪽)라는 정도로 간단하게 서술되어 있다. '숙향이 수를 놓아 생활을 도왔다'는 내용은 같지만, 나손B본이 국문본에 비해 약간 부연되어 있는 것이다. 특히 밑줄 친 부분은 유일하게 나손B본계에만 나오는 내용으로, 이화정 할미의 성격을 규정하고 있어 주목된다. 즉 숙향이 놓은 수를 어떤 상인이 비싸게 사는데, '할미가 이것을 이상하게 생각했다는 것(老嫗意以爲怪)'이다. 다른 이본에는 이화정 할미가 초월적 존재로 설정되어 있기 때문에 이런 표현이 나올 수가 없다. 그런데 나손B본은 이화정 할미의 초월성을 배제하고 현실성을 부여하기 위해 위와 같이 표현한 것이다.

이화정 할미에 대한 나손B본의 형상은 숙향이 '요지연 꿈'에서 깨어난 직후의 대화에서 더욱 분명하게 드러난다.

> 老嫗急呼淑香曰 娘子何晝寢支離耶. 淑香驚起罷夢 瑤池之景在眼瑤池之音聽耳 所着玉指環眞珠 視之無有. 淑香極其驚異 對老嫗吐說夢入瑤池之事 且道瑤池之景及眞珠墮落之意. 老嫗歎曰 吾聞瑤池 乃西王母所居之地 而娘子夢有至此 豈非宿緣耶. 如此美景 娘子獨玩 人不及知 正可惜也. 願娘子刺繡其景 幷記失珠之狀 以視人間焉(나손B본, 17~18쪽).

> 할미 드러와 낭ᄌᆞ를 ᄭᆡ와 왈 봄날이 곤ᄒᆞ건이와 무슨 낫잠를 그다지 오ᄅᆡ 쟈는뇨 ᄒᆞ며 ᄭᆡ오거ᄂᆞᆯ 쇼져 그 쇼ᄅᆡ예 놀나 ᄭᆡ여 일어안즈니 요지경니 눈에 명명ᄒᆞ고 천상풍뉴쇼ᄅᆡ 귀예 ᄌᆡᆼᄌᆡᆼᄒᆞ더라. 할미 왈 천상를 보오니 인간과 엇써ᄒᆞ던고. 낭ᄌᆡ 놀나 왈 ᄂᆡ 꿈에 천샹 본 일를 엇지 알르시는잇고. 할미 쇼왈 낭ᄌᆡ 청죠를 ᄯᅡ라가 계시던가 청죄 날다려 일으거든 알아너이다. 낭ᄌᆡ 크게 놀나고 그이히 녁여 꿈말을 일으니 할미 왈 그런 귀ᄒᆞᆫ 경를 보고 그져 바리리오. 낭ᄌᆞ는 그 경를 슈노하 후셰예 젼ᄒᆞ쇼셔(한중연A본, 28쪽).

국문본에는 숙향이 꿈 이야기를 하지 않았는데도 이화정 할미가 숙향이 꾼 꿈의 내용을 모두 알고 있는 것으로 서술되어 있다. 그런데 나손B본에는 숙향이 꿈 이야기를 하자, 이화정 할미가 '숙연(宿緣)'이라며 놀라는 것으로 서술되어 있다. 즉 국문본에는 이화정 할미가 초월적 존재라는 것이 분명하게 드러나 있으나, 나손B본에는 이화정 할미가 숙향의 꿈 이야기를 듣고 도리어 탄식할 정도로 지극히 현실적인 존재로 형상화되어 있는 것이다.

이렇듯 나손B본에는 이화정 할미가 처음 등장한 이후 줄곧 천상 신령이 아니라 현실적 존재로 형상화되어 있다. 만약 나손B본이 시종일관 이화정 할미를 현실적 존재로만 형상화했더라면, 적어도 이화정 할미의 형상과 관련하여 나손B본의 문제점을 제기하기는 어려울 것이다. 그런데 나손B본은 이화정 할미가 죽기 직전에 숙향에게 유언하는 대목에 이르러서는 국문본과 동일하게 처리하는 오류를 범하고 말았다.

復呼淑香言曰 老身非塵世之人 實天台痲姑之仙 承上帝命 來保娘子 今已緣盡 自當奉辭 而留與黃犬 以備使令. 淑香警曰 淑香陪尊嫗五歲 爲其所包容久矣 不識老嫗之爲仙列矣 今聞此言 令人悚警. 老嫗曰 向日 娘子夢遊瑤池之時 引導青鳥者 卽是我也 係獄受刑 入死出生者 亦是我也(나손B본, 35쪽).

한미 왈 나는 과년 쳔틱샨 마구션녜로 월궁항아의 명를 바다 낭ᄌᆞ를 구ᄒᆞ려 인간의 나려 왓솝써니 져젹의 낭직 요지연의 갓실 제도 닉 청죄되여 인도ᄒᆞ야 다려 가고 낭군 오실 졔도 닉 삼신샨 션관를 모도 청ᄒᆞ야 위유ᄒᆞ고 낙양옥즁의 갓쳐 실졔도 닉 청죄되여 낭ᄌᆞ의 셔찰를 니랑게 젼ᄒᆞ고 낭ᄌᆞ의 온갓 일을 돌보더니 이졔는 낭ᄌᆞ의 고익니 다 진ᄒᆞ고 낭ᄌᆞ와 동쥬ᄒᆞᆯ 인년니 다 진ᄒᆞ여시니 슬허

ᄒᆞ너니다. 낭ᄌᆡ ᄎᆞ언를 듯고 황망니 당의 날려 ᄌᆡᄇᆡ 왈 인간 무지ᄒᆞ온 눈니 엇지 할미 선녜신 쥴 아올잇가.———「중략」———. 그ᄯᅢ예 낭ᄌᆞ를 믈의 너흐라 ᄒᆞᆯ 졔도 ᄂᆡ 낭ᄌᆞ의 혼ᄇᆡᆨ를 인도ᄒᆞ여 그ᄃᆡ 모친임 ᄭᅮᆷ의 비러 구ᄒᆞ고 낭ᄌᆞ를 치려ᄒᆞᆯ 졔도 ᄂᆡ 샤령의 팔의 올나 안ᄌᆞ오니 ᄆᆡ질 못ᄒᆞ 엿너니다.(한중연A본, 52~53쪽).

이 대목의 경우, 나손B본은 국문본에 비해 비교적 많이 축약되어 있다. 그러나 전반적인 내용은 거의 같다. 즉 두 이본 모두 '이화정 할미가 자신은 상제나 월궁항아의 명을 받아 숙향을 보호하기 위해 천상에서 내려온 신령인 천태산 마고선녀이며, 그동안 자신이 초월적인 능력으로 숙향을 보호했던 일들을 토로'하고 있는 것이다. 국문본의 경우는 앞에서도 이화정 할미가 초월적 존재라는 것을 분명하게 표출했기 때문에 이 대목이 문제가 되지 않을 뿐만 아니라, 앞의 내용들과 자연스럽게 연결된다. 그런데 나손B본의 경우 이 대목은 분명히 문제가 있다. 위의 대목 가운데 '係獄受刑 入死出生者 亦是我也'라는 말이 모호한 것도 문제지만[90], '노신은 속세 사람이 아니라 실로 천태산 마고선녀입니다(老身非塵世之人 實天台麻姑之仙)'라는 이화정 할미의 언급은 앞서 지극히 현실적 존재로 그려진 이화정 할미의 형상과 어그러지기 때문이다.

---

90) '係獄受刑 入死出生者 亦是我也'는 '옥사에 연루되어 형을 받고 죽게 된 것을 구한 것 역시 나였다'로 풀이될 터인데, 나손B본에는 이와 관련한 내용이 전혀 나타나지 않는다. 국문본의 경우 마고할미가 숙향으로 변신하여 낙양령의 부인인 장씨(숙향의 모친)의 꿈에 나타나 구원을 호소하는 대목과 낙양령이 곤장을 칠 때 마고할미가 사령들의 팔을 무겁게 하여 치지 못하게 하는 등 위기에 처한 숙향을 구원하는 대목이 있다. 그러나 나손B본에는 숙향이 낙양옥중에 갇혔을 때 나타난 기이한 일로는 청조가 나타나 숙향의 편지를 이선에게 전한다는 것이 유일한데, 이것은 옥에 갇힌 숙향을 구원하는 것과는 전혀 무관하다. 따라서 나손B본의 '係獄受刑 入死出生者 亦是我也'라는 구절은 그 의미 맥락이 모호하다고 하겠다.

앞서 살펴보았듯이 분명 이화정 할미는 숙향이 병신이 아니라는 사실은 물론, 숙향이 계속 더러운 모습을 하고 있었던 것에 대해서도 전혀 감을 잡지 못했던, 지극히 평범하고 현실적인 존재에 불과했다. 즉 이화정 할미는 숙향이 세수도 하지 않는 등 계속 더러운 행색을 하고 있는 것을 보고, '중병이 들어 이화정에 오래 머물 계획이 없는 것'으로 생각했던 것이다. 더구나 이화정 할미는 이선이 숙향과 결연을 맺기 위해 준 돈을 받고는 근심에 쌓여 어찌할 줄 모르기도 한다.

> 翌日又送銀子百金於嫗家 嫗欲辭之 而再三有辭 恐慮逢彼之怒 又欲受之 而一有所受 難處日後之事 百爾思之 不得已受焉 自是厥後 老嫗心甚不樂 每有優色(나손B본, 25쪽).

이화정 할미는 몇 번 거절했음에도 이선이 계속 돈을 보내오자 난처해한다. 거절하자니 이선의 분노를 살까 두렵고, 받자니 숙향을 만나게 해달라는 이선의 부탁을 들어주지 않은 수 없어 고민했던 것이다. 이러한 고민으로 '百爾思之'하던 할미는 부득이 이선이 보내온 돈을 받은 후 '마음이 매우 불안하여 항상 근심에 쌓여 있었다(心甚不樂 每有優色)'고 한다. 상제의 명을 받아 숙향을 보호하기 위해 천상에서 내려온 신령이 '정조를 지키기 위해 일부러 더러운 행색을 한 숙향의 행위'를 잘못 판단한다거나, '이선의 분노를 살까 두려워한다'는 것은 있을 수 없는 일이며, 이것은 나손B본의 오류임이 틀림없다.

이러한 나손B본의 오류는 숙향이 이화정 할미가 초월적 존재인 것을 알고 있었느냐 몰랐느냐의 문제와는 별개의 것이다. 「숙향전」은 숙향이 위기에 처할 때마다 여러 초월적 존재들이 구원하지만, 막상 숙향은 이들이 초월적 존재인지 모른다는 것으로 설정되어 있기 때문이다. 나손B본에서 문제가 된 것은 이화정 할미의 형상이 앞뒤가 서로 모순되고 있다는 점이다. 앞에서는 이화정 할미를 철저하게 현실적인 존재로 형상화해 놓고, 뒤에 갑자기 이화정 할미가 '천태산 마고선녀'였다고 언명함으로써 동일한 인물에 대한 형상이 상호 모순을 일으키고 있다는 것이다.

이러한 사실은 나손B본이 국문본을 토대로 하되 가능한 한 비현실적인 사건들을 삭제하고, 삭제를 할 수 없는 경우에는 현실적인 사건으로 윤색·개작한 이본임을 분명하게 보여준다. 나손B본에서 이화정 할미의 형상이 앞뒤가 서로 어그러지게 나타난 것은 바로 이러한 개작 과정에서 야기된 것이다. 즉 앞에서는 도선적 요소들과 긴밀하게 결부되어 있는 「숙향전」의 사건들을 현실적인 사건으로 재구하는 차원에서 이화정 할미 역시 철저하게 현실적인 존재로 형상화했으나, 이화정 할미가 죽는 대목에 이르러서는 윤색을 가하지 못하고 국문본의 내용을 축약하는 정도에 그침으로써 상호 모순되는 결과를 초래했던 것이다.

나손B본이 국문본을 토대로 새롭게 개작한 이본이라는 것은 '숙향이 이상서를 만나게 되는 대목'에서도 확인할 수 있다. 국문본의 경우, 숙향은 초월적 존재인 마고할미와 청삽살이의 인도로 이상서를 만나게 된다. 마고할미는 죽으면서 자신의 옷을 청삽살이가 가서 헤비는 곳에 묻으라 하고, 청삽살이는 마을 사람들에게 지시하여 마고할미의 옷을 이상서댁 동산에 묻게 한다.[91] 이때 도적들이 숙향을 겁탈할 것이라는 소문을 접하고 숙향은 차라리 할미의 무덤에 가서 자결하리라며 개의

91) 이 대목의 경우 국문본과 정사본계 한문본(나손A본계 포함)이 약간 다르다는 것은 앞서 지적한 대로다. 즉 국문본에는 숙향이 개를 따라 장지에 함께 가려했으나 개가 만류는 바람에 따라가지 못한 것으로 서술되어 있음에 반해, 정사본계 한문본에는 숙향이 직접 장지에 가서 안장한 것으로 되어 있는 것이다.

안내를 받아 할미 무덤을 찾아가 통곡한다. 때마침 부인과 함께 완월루에 올라 달구경을 하고 있던 이상서는 숙향의 통곡 소리를 듣고 유부를 보내는데, 통곡한 사람이 바로 아들 이선과 정혼한 숙향인 것을 알고 불러와 만나게 되었던 것이다.

이렇듯 국문본에는 숙향과 이상서가 만나는 과정이 매우 정치하게 짜여 있다. 그 계기 또한, 비록 초월적 존재의 인도라는 비현실적 요소와 결부되어 있으나, 지극히 합리적으로 설정되어 있다. 다시 말해, 숙향이 이상서댁 동산에 있는 마고할미의 무덤에 찾아가 통곡하게 된 사건이 나름대로 필연성을 확보하고 있다고 하겠다. 그런데 나손B본에는 숙향과 이상서가 만나게 되는 과정이 모호하게 서술되어 있다.

> 淑香無人頹屋 與狗相伴 或飢或食 顧影相悲 一夕月色如練 雁聲流哀 淑香感物懷人 向月痛哭. 是夜 魏公適與夫人 同上翫月樓 共看明月色 魏公謂夫人曰 何處何人緣何事 哭何痛耶 來聞風便 不勝感悵. 夫人亦思戀其子 常爲于懷者也. 乃泫然流涕曰 可憐何人 如此月夜 呼哭之聲極甚悽惋 若非思親戀子 想必思人怨女 可使尋問 卽送人訪之 還報曰 梨花亭酒媪子淑香 獨坐而哭之痛矣(나손B본, 38~39쪽).

숙향은 이선이 이상서의 명에 따라 경성으로 올라가고 이화정 할미마저 죽자, 할미가 남기고 간 개와 함께 고단하게 살다가 슬픔에 겨워 '向月痛哭'한다. 때마침 부인과 함께 완월루에 올라 달구경을 하던 위공(魏公; 이상서)은 숙향의 통곡 소리를 듣고 하인에게 알아보게 한다. 하인에게 통곡한 사람이 숙향이라는 말을 들은 이상서는 숙향을 불러와 만난다.

여기서 문제가 되는 것은 이상서가 숙향의 통곡 소리를 들었다는 구절이다. 국문본의 경우 숙향이 통곡한 장소가 바로 할미의 무덤이 있는 이상서댁 동산이기 때문에 이상서가 달구경을 하다가 숙향의 통곡 소리를 들었다는 것은 전혀 이상할 것이 없다. 그런데 나손B본의 경우는 숙향이 통곡한 장소가 자신의 처소가 분명한바, 아무런 매개고리 없이 곧바로 이상서가 숙향의 통곡 소리를 들었다고 서술한 것은 잘못이다. 이상서는 분명 숙향을 낙양옥에서 방면하면서 이선과 만나지 못하도록 멀리 추방했기 때문이다.[92] 이러한 나손B본의 오류가 비현실적인 것으로 이해되는 마고할미의 무덤 및 개의 기이한 행적 등을 삭제한 데서 비롯된 것임은 자명하다. 요컨대, 나손B본은 국문본을 토대로 하되 비현실적인 요소를 일부 삭제하거나, 또는 도선적 요소와 결부된 사건들을 현실적인 사건으로 윤색 · 개작한 이본이라고 하겠다.

(4) 국도A본

국도A본은 한문본의 계통 설정과 관련하여 매우 중요한 이본이다. 특히 국도A본은 정사본계 한문본과 나손B본의 위치를 일정하게 가늠할 수 있는 단서를 제공하고 있다는 점에서 주목할 필요가 있다. 현존하는 국도A본은 그 지질이나 글자의 탈색된 상태로 보아 비교적 오래된 이본일 것으로 추정되며, 전반적인 내용과 사용된 자구 등은 정사본

---

92) 국문본의 경우, 이선의 고모인 여부인이 상경하여 숙향을 죽이려는 이상서를 질책하면서 풀어주라고 하자, 이상서가 마지 못하여 낙양령에게 방면은 하되 멀리 추방하라고 지시한다. 이에 옥에서 풀려난 숙향은 이화정 할미와 함께 거처를 옮긴다. 그런데 나손B본의 경우, 여부인이 등장하지 않음은 물론 이상서가 직접 낙양에 내려와 숙향을 추방한 것으로 서술되어 있다. 즉 낙양령인 김전이 죄가 없는 사람을 죽일 수 없다는 편지를 이상서에게 올리자 화가난 이상서가 직접 숙향을 처벌하기 위해 낙양에 내려 오는데, 막상 숙향을 대하고는 불쌍히 여겨 방면하면서 근처에 머물러 있지 말라고 지시했던 것이다.

계 한문본과 거의 일치하고 있다. 그럼에도 국도A본을 정사본계에 포함할 수 없었던 것은 일부 대목이 정사본계보다 부연되어 있기 때문이다. 이러한 국도A본의 특징은 서두에서 단적으로 드러난다.

> 有宋南陽郡 有金生者 名瑑字子光 其先人卽雲水先生也 世守淸白而生亦賢寠安而樂道者也. 嘗餞友於盤河 見於者之獲龜 憫然其死 以衣易之 放于深水焉(국도A본, 1쪽).

> 有宋南陽金瑑貧而賢 嘗餞友於盤河 見於者獲龜 憫然其死 以衣易之 放于水(정사본, 1쪽).

국도A본은 밑줄 친 구절이 더 첨가되어 있는 것을 제외하고는 사용된 글자나 어구가 정사본계 한문본과 똑같다. 서두뿐만 아니라 작품 전편에 걸쳐 국도A본은 정사본계 한문본과 거의 동일한 자구와 내용으로 이루어져 있기 때문에, 국도A본이 정사본계 한문본과 밀접하게 연계되어 있다는 것은 분명하다.

그러나 문제는 국도A본의 밑줄 친 부분이다. 이 부분의 내용은 김전의 부친인 '운수선생에 대한 이야기'로, 한문본 가운데 국도A본과 나손B본계에만 나타난다. 이러한 사실은 국도A본이 나손B본과 연계되었을 가능성을 엿보게 한다. 물론 운수선생에 대한 이야기는 박순호본계를 제외한 모든 국문본에도 나타난다. 때문에 운수선생에 대한 이야기만 가지고는 국도A본이 나손B본과 국문본 중 어떤 것과 연계된 것인지 분명하게 알 수는 없다. 더구나 운수선생에 대한 내용은 나손B본의 그것과 약간 차이가 나는 것 또한 사실이다.[93] 그러나 다음의 대목을 보면

93) 나손B본에서 운수선생에 대한 내용은 "雲水先生 道德文章爲世所宗 帝累徵爲吏部

국도A본이 나손B본과 직접적으로 연계되었다는 것이 바로 드러난다.

此時生在於太學 念娘日倍 食飮罕進 疾病將成 娘子往往森森於目 掩卷自歎 形若失狂 莫知所爲 學中怪之. 一日獨臥空齊 轉輾反側 忽犬吠之聲 堆戶視之 庭畔梧桐落月微隱 門前楊柳晨鵲飛噪 生整衣而坐 獨語於心曰 有何喜報 而晨鵲呈祥 言訖 悠悠而望 忽有靑尨來搖尾 生於心怪訝曰 無乃孑家之狗耶. **口吐一物 乃是娘子之手蹟也**(국도A본, 28쪽)

이 대목은 개가 자발적으로 숙향의 편지를 태학에서 공부하고 있는 이선에게 전달하는 장면이다. 위의 대목 중 굵은 글자로 표기한 부분은 정사본계 한문본에 거의 그대로 나타난다.[94] 그러나 밑줄 친 부분은 정사본계 한문본에서는 전혀 찾아볼 수 없는 내용이다. 그런데 바로 이것과 혹사한 내용이 나손B본에도 삽입되어 있다.

是時 李仙一別淑香之後 常篤思戀之情 獨臥旅邸 轉輾反側 忽聞窓外犬吠 有異退衾穿衣 堆戶視之 庭耕梧桐落月半明 門前楊柳晨鵲飛噪 悄然疚懷 獨語曰 有何喜報 而晨鵲呈祥 言訖回顧 有狗在前 霜落滿身 見仙跳躍 仙歎曰 可怜黃犬 無乃淑香狗歟 淑香之家 有如此犬 吁嗟 此犬一何相類 遂躡蹀向仙搖頭 仙俯而視之 項有所係 急起出門 解而析見 乃淑香書也(나손B본, 36쪽).

나손B본의 밑줄 친 부분은 국도A본의 밑줄 친 부분과 내용은 물론

尙書諫議大夫 皆不受 終於山"(1쪽)으로 서술되어 있다.

94) 정사본에는 다음과 같이 서술되어 있다. "此時生在太學 念娘不已 食飮罕進 病將成矣 娘子往往見於目 掩卷恖恖 形若失狂 學中怪之. 一日獨立門前 如有所望 有犬奔走 乃孑家之狗也. 口吐一物 乃是娘子之手跡也(정사본, 23쪽).

사용된 자구가 거의 일치한다. 이 두 구절 사이에는 몇몇 글자의 출입이 없는 것은 아니나, 위와 같은 혹사함은 두 이본이 직접적으로 관련을 맺지 않고는 불가능하다고 보아야 한다. 더구나 위의 밑줄 친 부분과 같은 내용은 국도A본과 나손B본계를 제외하고는 어떤 이본에서도 찾아볼 수 없다. 국도A본에는 나손B본과 동일하거나 혹사한 구절이 여러 곳에 나타나는데, 필자가 굳이 이 대목을 인용한 것도 바로 이 때문이다. 즉 개가 숙향의 편지를 이선에게 전하는 대목은 모든 이본에 나타남에도 불구하고 위의 밑줄 친 구절, 특히 '庭耕梧桐落月半明 門前楊柳晨鵲飛噪 悄然疚懷 獨語曰 有何喜報 而晨鵲呈祥'와 같은 내용은 다른 이본에서는 전혀 찾아볼 수 없는 것이다.[95] 따라서 국도A본이 나손B본과 직접적으로 연계되어 있다는 것을 분명하다고 하겠다.

그러나 더욱 중요한 것은 국도A본이 정사본계 한문본을 저본으로 하되 나손B본도 어느 정도 참고하여 필사한 이본이라는 사실이다. 이것이 분명하게 입증된다면 적어도 정사본계 한문본과 나손B본이 국도A본보다 먼저 산출된 이본이라는 것이 저절로 밝혀질 것이기 때문이다.

국도A본이 정사본을 저본으로 하되 나손B본도 어느 정도 참고했다는 것은 국도A본의 확장된 대목들을 통해 알 수 있다. 국도A본은 간혹

95) 참고로 국문본인 한중연A본의 내용을 제시하면 다음과 같다. "각셜이라 니젹의 니랑이 ᄐᆡᆨ학의 간후로 낭쟈의 쇠식를 일졍 몰나 쥬야 념녀 무궁ᄒᆞ더니 ᄒᆞᄅᆞᆫ 낭ᄌᆡ 옥면의 쇄는듯 ᄒᆞ거ᄂᆞᆯ 슬푼 ᄆᆞ음를 이긔 못ᄒᆞ야 ᄎᆡᆨ를 덥고 뜰의 날여 ᄇᆡ회ᄒᆞ더니 먼리 ᄇᆞ라본 즉 청ᄉᆞ직갓튼 거시 ᄉᆡᆼ를 바라보고 울며 오거ᄂᆞᆯ ᄉᆡᆼ니 혼ᄌᆞ 일오되 고이ᄒᆞ다 낭ᄌᆡ의 집 청ᄉᆞᆸ샤리갓짜만은 졔 엇지 슈쳔리 밧게 ᄒᆞ믈며 황셩 억만 가구즁의 나 잇는 곳를 졔 엇지 ᄎᆞᄌᆞ 올이오 ᄒᆞ더니 졈졈 갓차니 오ᄆᆡ 쏠리를 치며 반겨 ᄒᆞ거ᄂᆞᆯ 샬펴보니 과연 낭쟈의 집 ᄀᆡ여늘 하 반가와 얼오 만지며 왈 너는 즘ᄉᆡᆼ이라도 날를 와서 보는ᄃᆡ 나는 샤람이라도 낭ᄌᆡ를 못가보니 너만 못ᄒᆞ다 ᄒᆞ고 무슈 탄식ᄒᆞ더니 그 ᄀᆡ 입으로셔 글쓴 거슬 토ᄒᆞ거ᄂᆞᆯ 놀나 즉시 바다보니 낭ᄌᆞ의 필젹니 분명ᄒᆞ거ᄂᆞᆯ 반겨 즉시 ᄯᅧ혀 보니……(55쪽).

정사본계 한문본보다 부연된 대목들이 있는데, 이 대목들 가운데 대부분이 나손B본에 거의 그대로 나타나 있는 것이다. 우리는 이러한 사실을 바탕으로 다음 두 가지 가능성을 생각해 볼 수 있다. 하나는 위에서 지적한 대로 국도A본이 정사본계 한문본을 필사하면서 나손B본을 참고하여 부연했을 가능성이며, 다른 하나는 국도A본에서 각각 정사본계 한문본과 나손B본이 파생되어 나왔을 가능성이다. 그러나 현실적으로 후자의 가능성은 거의 없다. 국도A본에서 이들 두 이본이 파생되었다면 정사본계 한문본과 나손B본 전반에 걸쳐 상당 부분 동일한 대목이나 구절이 나타나야만 한다. 그런데 정사본계 한문본과 나손B본 사이에 동일한 대목이나 구절이 전혀 없다고 해도 과언이 아닐 정도다. 이러한 사실만으로도 우리는 국도A본이 정사본계 한문본을 저본으로 하되 나손B본을 참고하여 부연한 이본이라는 것을 알 수가 있다.

그러나 위의 추론은 비록 합리적이라고 해도 추상적 논리에 불과하다는 혐의를 벗어날 수는 없다. 따라서 국도A본이 정사본계 한문본이나 나손B본보다 후대본이라는 것을 분명하게 밝히기 위해서는 구체적인 증거를 제시할 필요가 있다. 우리는 그 구체적인 증거를 '숙향과 부모의 이별 대목'에서 찾아볼 수 있다. 전란으로 인한 숙향과 부모의 이별 대목은 국도A본과 정사본계 한문본과의 관계 및 국도A본과 나손B본의 관계를 여실히 보여주는바, 해당 대목 전체를 인용한다.

果至五歲 北兵深入荊楚 百姓皆迸山野 生亦避亂江陵 路遇賊兵 盡失家屬 身負淑香 艱難前進 賊兵追急 度不能免 無如之何 張氏渾涕而言曰 妾當與淑香 同死於此 願郞君卽此跳出 善保軀命 求得妾之屍及淑香之骨 而埋泉壤之下 庶免暴露之寃. 生握其手而謂之曰 吾何忍見君與淑香之死 而苟苟獨生乎. 寧與握手同歸也. 其妻尤庸憂憫曰 何憐

兒女子之情 而不愛千金之軀 未有謀生之計 敢出共死之心歟. 妾與淑香 誓同玉碎 郎君丈夫 如妾之陋質淑香之美貌 何求不得 而自棄若是也. 郎君急急遠避. 生掉頭揮手 莫能舍去. 張氏默思良久 勢不兩全 泣而謂生曰 然則可以棄兒而去矣. 何愛一女而害及郎君乎. 郎君不聽 唯吾三人寧有俱沒之理哉. **於是卽下淑香坐於盤若山石巖之間 而脫其指環一隻 及年名所記錦囊 結于衣內. 母女付시相哭之形 慘不忍見 蒼天爲之哀 山鬼爲之泣**(국도A본, 2쪽).

至于五歲 果北兵深入於荊楚 百姓皆迸山野 生亦避亂江陵 路遇賊兵 盡失家屬 身負淑香 艱難前進 而賊兵追急 生度不能免禍 棄兒於盤若山石巖之間 母亦脫其指環一隻 及年名所記錦囊 結于衣. 母女相哭 慘不忍見 天地爲之哀 鬼神爲之泣(정사본, 2쪽).

時北兵大擧南侵 連陷晳西諸郡 乘勝長驅 人皆逃竄. 鈿亦挈其家屬 將入江陵 以避兵火 道遇賊 掠盡行粮與奴輩 獨與蔣氏 遞負而去 不能達江陵 徑入山谷間 隱伏於巖穴中. 一夜 賊兵大掠山中 奪取財貨 殺戮人物 號哭之聲흔動天地 橫라鋒鏑者不可勝計 或父子相失 夫妻相離 各自圖生 奔走逃散 而及於鈿之所居 鈿泣謂其妻曰 今賊兵將近 大禍不遠 可以急急逃避 幸而得生 則皇天愛憐 後當有子 吾夫婦幷死賊刃之後 白骨難收 祖先香火從此永絶矣 勢將自棄阿兒耳. 其妻急遽失措 罔知所爲 回顧視之 賊兵四塞而下 無如之何 揮泣而言曰 妾當與淑香同死於此 願郎君急速跳出 善保軀命 求埋妾屍與淑香之骨 泉壤之下 庶免暴露之寃. 鈿握手痛哭曰 吾何忍見阿娘與淑香之死 而獨生乎. 寧不如接手同歸也. 其妻尤用憂悶 乃以左手抱淑香 右手推金鈿曰 何憐兒女子之情 而不愛千金之軀 未有謀生之心 而敢出共死之心. 妾當與淑香 誓同玉碎 郎君丈夫 而如妾之陋質淑香之美貌 何求不得 而自棄若是耶. 惟願郎君速去無停. 鈿掉頭揮手 終莫能去 其妻度不能兩全 哀痛悶泣而謂鈿曰 然則可以棄淑香而去矣. 郎君不聽吾言 禍至斯急 何愛一女 害及郎君乎. 遂抛淑香 坐於巖間 解其所佩玉指環壽字一隻 及

小瓢子一半 着於淑香之衣帶 又以一封食 置於袖中 附耳低語曰 饑食此食 渴飮此瓢 且不離此 早日吾返率汝矣(나손B본, 3~4쪽).

국도A본 중 굵은 글자로 표기한 부분은 정사본과 같으며, 밑줄 친 부분은 나손B본의 밑줄 친 부분과 같다. 물론 이들 사이에는 각각 몇몇 글자의 출입이 엿보인다. 그러나 사용된 자구와 내용이 같은 것으로 보아 국도A본이 정사본계 한문본 및 나손B본과 밀접하게 연계되어 있다는 것은 분명하다. 반면에 정사본과 나손B본은 일치된 구절이 전혀 없다.

또한 여기서 주목해야 할 부분은 국도A본의 밑줄 친 부분이다. 국도A본만을 보면 이 부분은 별다른 문제가 없는 것처럼 보인다. 그러나 실제 국도A본의 밑줄 친 부분은 간과할 수 없는 문제가 개재되어 있다. 먼저 나손B본을 보면, '妾當與淑香 同死於此 願郎君急速跳出 善保軀命 求埋妾屍與淑香之骨 泉壤之下 庶免暴露之寃'이라는 부인 장씨의 말은, '今賊兵將近 大禍不遠 可以急急逃避 幸而得生 則皇天愛憐 後當有子 吾夫婦幷死賊刃之後 白骨難收 祖先香火 從此永絶矣 勢將自棄阿兒耳'라는 김전의 제안에 대한 답변이다. 즉 김전이 숙향을 버리고 둘만 달아나자고 제안하자, 부인 장씨는 '急遽失措 罔知所爲 回顧視之 賊兵四塞而下 無如之何'하니 '자기도 숙향과 함께 죽을 터이니 낭군만 달아나 몸을 보전하라'고 대답한 것이다. 그런데 국도A본에는 '生亦避亂江陵 路遇賊兵 盡失家屬 身負淑香 艱難前進 賊兵追急 度不能免 無如之何'라는 구절에 이어서 곧바로 '妾當與淑香 同死於此 願郎君卽此跳出 善保軀命 求得妾之屍及淑香之骨 而埋泉壤之下 庶免暴露之寃'이라는 장씨의 말이 서술되어 있다. 즉 국도A본에는 김전이 '숙향을 버리고 둘만 달아나자'고 제안하지도 않았는데, 부인 장씨가 '낭군만 달아나 몸을 보존하라'고 대답한 것으로 서술되어 있는 것이다.

우리는 여기에서 국도A본이 나손B본 중 '숙향을 버리고 둘만 달아나자'는 김전의 말을 듣고 부인 장씨가 형세를 판단하는, '急遽失措 罔知所爲 回顧視之 賊兵四塞而下 無如之何'라는 구절의 일부인 '無如之何'에서부터 필사한 것임을 알 수 있다.[96] 이러한 사실은 국도A본이 정사본계 한문본을 저본으로 하되 나손B본을 참고하여 부연한 이본임을 분명하게 보여준다. 요컨대, 국도A본은 정사본계 한문본이나 나손B본보다는 후대본이라고 하겠다.

3. 이본의 계보와 원작의 표기 문자

1) 이본의 계보

지금까지 「숙향전」 이본을 크게 국문본과 한문본으로 나누어 살펴보았다. 국문본은 총 22종 중 완결본이면서 선본으로 판단되는 경판본, 이대본, 한중연A본을 중심으로 그 특징과 위상을 고찰하였으며, 한문본은 총 14종의 이본을 4개의 계열로 분류하고 각 계열의 특징과 위상을 고찰하였다. 그 결과 「숙향전」 이본의 전파과정 및 계보에 대한 윤곽이 어느 정도 드러났다고 생각한다. 여기에서는 각 이본의 계열적 특성을 중심으로 각 이본의 계보를 작성하고, 아울러 「숙향전」 원작의 표

---

96) 국도A본에서 '숙향을 버리고 둘만 달아나자'는 김전의 제안이 누락된 것은 필사자의 의도한 것인지 아닌지는 알 수 없다. 그러나 적어도 국도A본의 밑줄 친 부분이 나손B본을 참고했다는 것은 분명하다. 앞서 필자는 나손B본의 이 대목이 국문본을 충실히 한역한 것이며, 또 이 대목 경우 '숙향을 버리고 가자'는 김전과 '그럴 수 없다'는 장씨의 갈등이 곡진하게 형상화된 장면임을 밝힌 바 있다.

기가 한글이었는지 아니면 한문이었는지를 추정코자 한다.

「숙향전」 국문본의 경우 예외적인 이본인 박순호A본과 B본을 제외하고는 거의 모든 이본이 대동소이한 내용으로 이루어져 있으며, 이본 간의 차이는 세부적인 삽화에서만 나타난다. 그리고 이러한 차이는 대체로 부연·축약·윤색·누락 등 전사 과정에서 비롯되고 있다. 이는 국문본 가운데 선본(善本)이라고 할 수 있는 경판본, 이대본, 한중연A본 역시 마찬가지이다.

경판본 「숙향전」은 미완본인 심씨본과 더불어 현존하는 이본 가운데 음운의 표기 형태가 가장 선행하는 이본이다. 그러나 경판본은 다른 방각본 소설과 마찬가지로 필사본인 이대본이나 한중연A본에 비해 축약과 윤색의 정도가 심한 편이다. 그 결과 경판본은 이대본이나 한중연A본과는 다소 차이를 보인다. 그러나 이대본이나 한중연A본을 놓고 볼 때, 경판본은 이대본보다는 한중연A본에 가깝다. 따라서 경판본은 국문본의 계열을 세분할 경우 이대본 계열보다는 한중연A본 계열의 필사본을 저본으로 삼아 판각한 이본이라고 하겠다.

그러나 경판본이 저본으로 삼은 것이 현존하는 한중연A본일 가능성은 거의 없다. 이는 경판본이 음운의 표기가 한중연A본보다 앞설 뿐 아니라, 현존하는 한중연A본은 필사 연대가 비교적 후대이기 때문이다. 따라서 경판본은 한중연A본 계열의 선본(先本)으로 추정되는 이본을 저본으로 삼아 판각하면서 축약과 윤색을 가한 이본이라고 하겠다.

이대본은 심씨본과 혹사하며, 두 이본의 혹사함은 같은 계열에 속하는 한중연A본과는 비교가 되지 않을 정도이다. 심씨본이 국한문혼용의 필사본이며, 이대본이 순 국문으로 된 필사본이라는 사실 외에 두 이본은 어휘는 물론 개별적인 문장의 어순마저도 거의 일치하고 있다.

이러한 사실은 이대본이 심씨본과 밀접하게 연계되어 있음을 보여준다. 그러나 이대본과 심씨본이 직접적인 관계를 맺었다고 보기는 어렵다. 이는 심씨본이 비교적 이른 시기에 일본으로 유출된 이본이기 때문이다. 따라서 이대본과 심씨본의 혹사함은 두 이본이 각각 같은 이본을 저본으로 삼아 그대로 전사한 결과라고 할 수 있다. 이러한 사실을 통해 우리는 현존하지는 않지만 심씨본과 이대본의 저본이 되었던 선본(先本)이 존재했었다는 것을 추정할 수 있다.

이대본은 한중연A본에 비해 내용이 다소 압축되어 있으며, 문장 또한 대체로 매끄러운 편이다. 그러나 이대본 계열이 원본에 가깝다고 보기는 어렵다. 이대본은 내용을 압축하고 문장을 매끄럽게 하는 과정에서 몇몇 오류를 범하고 있기 때문이다. 즉 이대본은 한중연A본에 비해 다소 축약되어 있으며, 이대본에 나타난 문맥상의 오류는 대체로 축약에서 비롯되었다고 하겠다.

이에 반해 한중연A본은 문장이 다소 거칠기는 하지만 전반적으로 가장 온전한 내용을 구비하고 있다. 물론 한중연A본의 경우에도 문맥상 오류가 없는 것은 아니다. 그러나 그것은 대체로 전사 과정에서 필사자의 실수와 관련된 것들이며, 축약으로 인한 문맥상의 오류는 발견하기 어렵다. 따라서 한중연A본이 이대본보다 원본적 요소를 온전히 간직한 이본이라고 하겠다. 이는 이대본에는 나타나지 않는 내용이 한중연A본에는 나타나며, 또 그러한 내용이 경판본이나 한문본 가운데 가장 선본계열인 정사본계에도 나타난다는 사실을 통해 확인할 수 있다.

한중연A본은 국문본 가운데 가장 원본적 요소를 온전하게 간직하고 있으면서도 일정하게 부연한 대목들이 있다. 이 가운데 주목되는 것이 숙향이 전란으로 부모와 이별하는 대목이다. 대부분의 이본에는 숙향을 버리고 가는 문제 때문에 김전과 부인 장씨 사이에 갈등이 발생한다. 그런데 한중연A본에는 이 갈등을 희석한 대신 자식을 버릴 수밖에 없는 상황과 부모의 처절한 심정을 장황하게 서사하고 있다. 즉 숙향이 부모와 이별하는 대목은 현존하는 이본 가운데 어느 것도 한중연A본과 다른바, 한중연A본은 비교적 후대에 필사된 이본이라고 하겠다. 따라서 「숙향전」의 원작은 한중연A본 계열의 선본(先本)일 것으로 추정된다.

위에서 거론하지 않은 국문본 가운데 완결본은 만송A본과 구활자본이 있다. 만송A본은 경판본을 저본으로 삼아 필사한 것이며, 구활자본은 다소 윤색을 가한 흔적이 있지만 전반적으로 한중연A본과 흡사하다. 다만, 숙향이 부모와 이별하는 대목은 이대본처럼 김전 부부의 갈등이 표출되어 있다. 따라서 구활자본은 이대본과 한중연A본의 영향을 동시에 받거나 아니면 한중연A본계의 선본(先本)에서 파생된 것으로 추정된다. 낙질본인 국도본(기해; 1899년)이나 나손본(신해; 1911년)의 경우에도 구활자본과 유사한 내용으로 이루어져 있다.

미완본인 박순호A본과 B본은 서로 같은 내용으로 이루어져 있는데, B본은 A본을 저본으로 삼아 그대로 전사한 이본으로 추정된다. 박순호A본은 서두가 '김전이 늦도록 자식이 없어 슬퍼하는 대목'으로 시작될 뿐만 아니라 구체적인 서술 내용도 다른 이본들과 많은 차이를 보인다. 따라서 박순호A본은 국문본 중에서는 가장 특이한 이본이라고 할 수 있다. 그러나 박순호A본 역시 전반적으로는 한중연A본이나 이대본 등 국문 필사본과 같은 화소와 사건들로 구성되어 있는바, 궁극적으로는 국문본 중 가장 선본(先本)으로 추정되는 한중연A본계열의 선본에서 파생된 것으로 보아야 할 것이다.

박순호D본과 E본은 모두 경판본에서 파생된 이본이다. 박순호D본은 상, 중, 하권으로 나뉘어 있는 경판본의 상권과 중권의 전반부에, E본은 중권 후반부에서부터 하권에 해당하는 내용으로 이루어져 있다. 요컨대, 박순호D본과 E본은 별개의 이본이 아니라 한 이본의 상권과 하권이라고 하겠다.

「숙향전」 한문본은 총 12편이며, 이들은 정사본계, 나손A본계, 나손B본계, 국도A본계 등으로 확연하게 구분된다. 그리고 같은 계열에 속하는 이본끼리는 몇몇 자구의 출입 외에는 거의 차이가 없다고 해도 과언이 아니다.

정사본계 한문본은 정사본을 비롯하여 임신본, 국도B본, 만송본, 이태을전, 고대본이 있다. 이들 6종을 상호 비교해 보면, 정사본에 누락된 구절이 임신본에는 나타나는가 하면, 또 임신본에 누락된 구절이 정사본에 나타나기도 한다. 이러한 양상은 정사본과 임신본 사이에서 뿐만 아니라 6종 모두에서 발견되는바, 이는 현존하는 정사본계 이본 6종이 모두 서로 직접적으로 영향 관계를 맺고 있기보다는 각각 여러 경로의 전사 과정을 거쳐 생성되었기 때문으로 추정된다. 또한 이러한 사실은 현존하지는 않지만 정사본계 한문본이 꽤 많이 존재했다는 것을 시사한다. 따라서 현존하는 6종의 이본만을 가지고 정사본계 내의 선후관계를 파악한다는 것은 현실적으로 어렵다고 하겠다.

정사본계 한문본은 한문본 가운데 국문 필사본과 가장 흡사한 면모를 지닌 계열이다. 전체적인 구성은 물론 대부분의 사건과 화소도 국문 필사본과 거의 일치한다. 다만, 국문본에 비해 줄거리 중심으로 압축되어 있다는 점만이 다르다. 따라서 정사본계 한문본은 국문 필사본을 저본으로 삼아 한역하면서 서사의 골격을 중심으로 축약한 이본이라고 하겠다. 그리고 이것의 저본이 된 국문본은 이대본 계열이 아니라 한중연A본 계열임이 분명하다. 이는 무자로 인한 이상서 부부의 갈등 대목을 보면 알 수 있다. 이대본에는 이상서 부부의 갈등이 희석되어 있는데, 정사본계 한문본에는 한중연A본처럼 그 갈등이 분명하게 표출되어 있는 것이다. 또한 이대본에는 없고 한중연A본에는 있는 몇몇 내용이 정사본계 한문본에도 거의 그대로 삽입되어 있다. 따라서 정사본계 한문본 역시 한중연A본의 선본(先本)에서 파생되었다고 하겠다.

나손A본계 한문본은 나손A본과 한중연본이 있는데, 이 가운데 선본(先本)은 나손A본이다. 나손A본은 정사본계 한문본에 비해 비교적 많이 부연되어 있으나, 정사본계 한문본이 국문본을 저본으로 삼아 축약하는 과정에 저지른 오류를 그대로 답습하고 있다. 또한 정사본계 한문본에는 온전한 대목이 나손A본에는 부연과 확장으로 인해 오류가 발생하고 있는 바, 나손A본은 정사본계 한문본에서 파생된 이본임이 틀림없다.

나손B본 계열로는 나손B본과 구활자본인 한문현토본과 일역본이 있는데, 한문현토본은 1916년 회동서관에서 나손B본을 저본으로 삼아 활자화한 것이며, 일역본은 1923년 한문현토본을 저본으로 삼아 일역한 것이다.

나손B본은 구성과 내용이 다른 계열과는 아주 다르다. 도선적 요소와 결부되어 있는 비현실적인 사건들을 아예 삭제하거나 윤색을 가해 현실적인 사건으로 변개해 놓은 것이다. 그러나 나손B본 역시 국문 필사본을 토대로 이루어진 이본임에는 틀림이 없다. 국문본에만 나타나고 한문본에서는 전혀 찾아볼 수 없는 화소가 나손B본에도 나타나기 때문이다. 특히 '운수선생의 내력'은 나손B본에도 국문본과 거의 동일한 형태로 서술되어 있다. 따라서 나손B본 역시 궁극적으로는 한중연A본의 선본(先本)에서 파생된 것으로 볼 수 있다.

마지막으로, 한문본인 국도A본은 전반적인 내용과 자구 등은 정사본계 한문본과 일치하고 있다. 그러나 이 국도A본 정사본계 한문본에 비해 다소 부연되어 있으며, 부연된 내용이 나손B본에 그대로 나타난다. 따라서 국도A본은 정사본계 한문본을 저본으로 삼되 나손B본을 참고하여 부연한 이본이라고 하겠다.

이상의 고찰 결과를 토대로 「숙향전」 이본의 계보를 작성하면 다음과 같다.

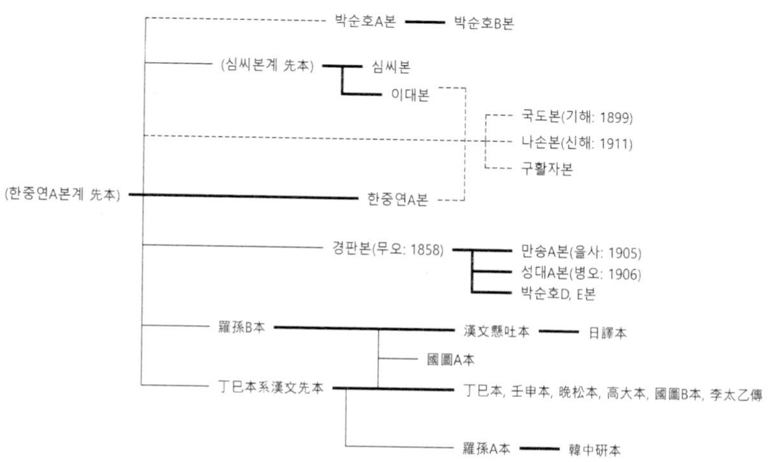

* 위의 그림에서 굵은 실선(━)은 확실하게 전파관계가 인정되는 것을, 가는 실선(─)은 비교적 직접적인 영향관계가 인정되는 것을, 접선(····)은 간접적이거나 또는 그 영향관계가 다소 불투명한 것을 지시한 것임.

** (　) 안에 들어가 있는 이본은 현존하지는 않으나 현존 이본을 토대로 추정된 이본임.

2) 원작의 표기 문자

이제 남은 과제는 「숙향전」 원작의 표기 문자가 한글과 한문 중 어떤 것인가를 고증하는 문제이다. 지금까지 「숙향전」 원작의 표기 문자에 대해 고찰한 성과는 없었다. 다만, 김응환이 '「숙향전」의 내용은 도교적인 면이 주류를 이루니 한문 판본(板本)이 한문 필사본을 거처 번안되면서 국문본으로 바뀌었을 것'[97]라고 추정하였다. 그러나 그가 한문 판본이라고 생각한 나손B본은 판본이 아니라 필사본이다. 또한 나손B본은 국문 필사본을 저본으로 삼되 비현실적인 사건들을 아예 삭제하거나 가능한 한 현실적인 사건으로 개작한 이본이다. 따라서 나손B본을 근거로 「숙향전」 원작이 한문이었다고 추정한 것은 잘못되었다고 하겠다.

현존하는 한문본 가운데 가장 이른 시기에 필사된 이본은 정사본계이다. 그런데 정사본계 한문본 역시 국문 필사본을 저본으로 삼아 한역하면서 축약한 이본이다. 즉 현존하는 한문본은 모두 국문본을 저본으로 삼아 한역한 이본인 것이다. 이러한 사실로 미루어볼 때, 「숙향전」의 원작은 국문본이었을 것으로 추정된다.

「숙향전」 원작의 표기 문자가 국문이었을 가능성은 「숙향전」과 관련된 기록을 통해서도 어느 정도 엿볼 수 있다. 1794년 산전사운(山田士雲)이 편찬한 『상서기문(象胥記聞)』에는 '「숙향전」이 언문(諺文)이었다'고 밝히고 있다.[98] 이옥(李鈺, 1760~1815)의 『이언(俚諺)』에도 '爲郎縫衲衣 花氣惱儂倦 回針挿襟前 坐讀淑香傳'[99]라 하여, 시적 자아로 설정된 여성이 「숙향전」을 읽는다고 표현하고 있다. 비록 시적 표현이지만 이 여성이 읽었다는 「숙향전」 역시 국문본으로 보아야 할 것이다. 그러나 이들보다 더 중요한 자료는 권섭(權燮, 1671~1759)의 기록이다.

---

97) 김응환, 앞 논문, 41쪽.

98) 김동욱, 『증보 춘향전연구』, 연세대학교 출판부, 1976, 382쪽에서 재인용.

99) 이옥, 『이언』, 「아조기구(雅調其九)」.

問卜代官送一倭 恩要入其室 室中淨潔 架上有古文眞寶諺書淑香傳 余問淑香傳何用 曰欲習知本國方言而置之矣.[100]

위의 글은 권섭이 1731년에 쓴 것이다. 권섭은 1731년에 동래 왜관을 방문하는데, 그곳에서 직접 『고문진보(古文眞寶)』와 「언서숙향전(諺書淑香傳)」을 보았다고 한다. 필자는 「숙향전」이 17세기 말에 창작되었다고 추정[101]하고 있는데, 권섭이 국문으로 된 「숙향전」을 보았다는 1731년과는 30, 40년 정도밖에 차이가 나지 않는다. 이러한 기록들로 미루어 볼 때, 「숙향전」의 원작은 한글이었으며, 그것은 한중연A본 계의 선본(先本)이었을 것으로 추정된다.

100) 권섭, 『남행일록(南行日錄), 「유행록3(遊行錄三)」, 34쪽.
101) 「숙향전」의 창작시기에 대해서는 다음 장에서 상세하게 고찰할 예정이다.

III. 작품 세계

1. 창작 시기와 작품의 유형

1) 창작 시기

「숙향전」의 작자와 창작시기는 미상이다. 현단계에서는 작자가 누구인지 알 수가 없기 때문에 창작 시기도 가늠하기가 어렵다. 이로 인해 그간 「숙향전」의 창작 시기는 임진왜란 직전인 16세기에서부터 영정시대인 19세기에 이르기까지 폭넓게 거론되었다. 이에 필자는 「숙향전」의 창작 시기에 대한 기존의 논의를 간략히 살펴본 이후, 기존에 거론되지 않았던 작품 내외적 증거들을 보강해 「숙향전」의 창작 및 형성 시기를 보다 구체적으로 한정하고자 한다.

「숙향전」의 창작 시기를 처음 개진한 연구자는 김태준이다.

> 日本 象胥記聞及拾遺에 依하면(嘉永三年 傳寫本에 依함) 조선의 通俗物語條下에 崔忠傳 · 林慶業傳 · 伯龍傳 · 其他宋代物語 · 玉轎梨傳 · 淑香傳 · 李白慶傳 · 三國誌等 通俗物多라고 하였으니 그 象胥

紀聞이 純祖時代의 作이라고 假定할지라도 淑香傳의 著作은 英正時代에 遡及한다. 象胥記聞은 朝鮮에서 渡日한 使臣의 筆談을 記述한 것이니 小說을 無視하는 漢學者인 使臣들의 腦髓에까지 깊은 記憶을 쥬라면 그 小說이 여간만 普遍化한 것이 아니면 안될 것이며 또 近世作이라고 보는 裵裨將傳에도 三國 · 水滸 · 九雲夢 · 西遊記 · 春香傳 · 淑香傳 等을 列擧한 것을 보나니 그가 相當히 人氣를 끄을고 있든 것을 알 수 있다.[1)]

김태준은 조선 사신들의 필담을 기술한 『상서기문』에 「숙향전」이라는 작품명이 보이는데, 『상서기문』이 순조(純祖) 때의 작이라고 가정할 경우 「숙향전」의 저작 시기는 영정(英正) 때까지 소급될 수 있을 것이라고 추정하였다. 이러한 김태준의 추정은, 이후 『상서기문』이 정조 18년(1794)에 산전사운(山田士雲)이 지은 것이 밝혀짐으로써[2)], 일단 그 타당성을 확보하게 되었다. 또 김동욱에 의해 '二仙瑤池淑香是'라는 시구가 들어 있는 유진한(柳振漢)의 「만화본 춘향가(晩華本 春香歌)」가 영조 30년(1754)에 지어진 것으로 밝혀짐으로써,[3)] 「숙향전」의 창작 시기는 늦어도 18세기 중엽까지 소급되기에 이르렀다.

김태준에 이어 「숙향전」의 창작 시기를 밝히는 데 심혈을 기울였던 연구자는 이위응이다. 그는 일본 구주(九州) 묘대천(苗代川)에 거주하고 있는 임란유민(壬亂遺民) 심씨가(沈氏家)에서 「숙향전」 이본(심씨본) 하나를 발견하였는데, 이 이본을 근거로 「숙향전」이 임진왜란 이전

1) 김태준, 『증보조선소설사』, 216쪽.

2) 김동욱은 『상서기문』이 정조 18에 지어졌다(『증보 춘향전연구』, 382쪽)고 하였으며, 대곡삼번(大谷森繁) 역시 『상서기문』은 관정(寬政) 6년(1794)에 대마도의 역관 소전기오랑(小田幾五郎)이 조선의 사신으로부터 전해 들은 이야기를 기록한 것(「조선조의 소설독자 연구」, 고려대 박사학위논문, 1984, 83~84쪽)이라고 주장하였다.

3) 김동욱, 『증보 춘향전연구』, 165쪽.

인 16세기 말에 창작되었을 것이라고 주장하였다. 즉 심씨의 조상이 임진왜란 때 일본에 끌려가면서 심씨본을 가져갔다는 것이다.[4] 이위응은 이를 입증하기 위해 어휘의 변화에 초점을 맞춰 심씨본의 어휘 형태를 일일이 비교 · 고찰하는 심혈을 기울인 결과,[5] 심씨본의 필사연대가 대략 17세기일 것이라고 추정하였다. 또한 심씨본의 필사자가 구개음화나 경음화 등의 음운현상이 중부방언보다 선행하는 남부방언권에 속하는 인사(人士)라는 점을 들어 「숙향전」의 창작연대는 임란 전(16세기)까지 소급될 수 있다고 주장하였다.

이위응이 「숙향전」의 창작 시기를 추정할 근거를 발견할 수 없었던 시점에서 음운의 변천양상을 중심으로 심씨본의 필사연대를 17세기로 추정한 것은 어느 정도 성과가 있었다고 생각한다. 뒤에 다시 거론하겠지만, 심씨본의 모본(母本)으로 판단되는 「숙향전」이 1730년경 동래(東萊) 왜관(倭館)에서 임란유민의 후손인 일본 관리의 방에 있었다는 기록이 있는데, 이 시기는 그가 음운현상을 통해 심씨본의 필사연대를 추정했던 17세기와 멀지 않기 때문이다. 그러나 이위응이 「숙향전」의 창작연대를 임란 전인 16세기까지 소급한 것은 분명 잘못이다. 그는 임란 때 심씨의 조상이 일본으로 끌려가면서 「숙향전」을 소지하고 갔을 것이라고 추정하였는데, 그 근거가 심씨본이 임란유민인 심씨가의 세전본(世傳本)이라는 것밖에 없다. 그런데도 이위응이 이런 주장을 하게 된 것은 「숙향전」이 최초의 한글소설로 알려진 「홍길동전」보다 선행하는 작품일 수도 있다는 생각 때문이었다고 할 수 있다.[6]

---

4) 이위응, 앞 논문.

5) 이위응은 작고 촘촘한 글자로 도표 11개(8절지 11면에 해당)를 작성하여 심씨본의 음운적 사실을 일반문헌의 그것과 비교하고, 또 이들 음운현상에 대한 통계수치를 내어서 심씨본의 필사연대를 추정하였다.

이위응에 이어 「숙향전」의 창작 및 형성 시기를 고찰한 연구자는 조희웅이다. 그는 「숙향전」이 임란 이전의 작품이라는 이위응의 주장에 대해 구전의 신빙성 여부, 어휘의 고태로 작품의 연대를 추정하는 것의 위험성, 이용한 자료의 제한성, 통계 처리의 오용과 남용이라는 방법적 오류 등의 문제점을 제시한 이후, 『추재집(秋齋集)』, 『상서기문』, 「만화본 춘향가」의 기록을 근거로 「숙향전」의 형성연대를 17세기 말이나 18세기 초일 것이라고 추정하였다.[7] 이러한 추정은 문헌의 기록을 토대로 했기 때문에 타당성이 충분하지만, 그 시기를 구체적으로 특정하지는 못했다고 하겠다.

한편, 안동준은 「숙향전」 등 적강형 애정소설이 17세기 말부터 형성되기 시작하여 18세기에 들어와서 서서히 정착되었다고 결론짓고, 그 근거로 17세기 말 이후 상업의 발달, 도불사상(道佛思想)을 선호하는 계층의 형성, 적강형 애정소설에서 찾아볼 수 있는 남녀상희(男女相戲) 적강화소와 내용이 같은 민화(民畵)의 출현을 들고 있다. 즉 17세기 이후부터 현세 기복(祈福)과 불로장생 등의 도교사상을 배경으로 한 신선도(神仙圖)와 민화가 부쩍 성행하였으며, 이러한 사회적 배경 하에서 적강형 애정소설이 형성되기 시작했다는 것이다. 나아가 그는 명화적(明火賊)의 출현, 기아(棄兒)의 발생 등 17세기 말의 사회 상황이 「숙향전」의 내용과 상통한다는 점도 근거로 제시하였다. 안동준의 견해는

---

6) 이위응은 심씨본이 미완본인 데다가 마지막 문장마저도 완결되지 않은 점을 들어 '임란 때 포로로 강제 납거될 때, 급거 재촉당하여 경겁한 심정으로 필사하던 붓을 던진 채 납거된 때문이 아닐까?(앞 논문, 21쪽)라고 추정하였으나, 이것은 본인의 말대로 '개인적인 추리'(앞 논문, 23쪽)에 불과하다. 뒤에 자세하게 논하겠지만, 현존 심씨본의 모본은 동래 왜관에 근무하던 임란유민의 후손인 일본 관리에 의해 18세기 초에 일본으로 유출된 것으로 판단된다.

7) 조희웅, 앞 논문.

적강형 애정소설을 오로지 도불사상과 연계시켜 이해하고, 또 적강형 애정소설의 수용층을 중인계층과 상인으로 전제한 것에 대해서는 논란의 여지가 없지 않다. 그러나 17세기 말의 사회적 상황과 작품의 내용을 연계시켜 「숙향전」 등 적강형 애정소설의 형성 시기를 추정했다는 점에서 주목할 만하다.

이상에서 엿볼 수 있듯이, 지금까지 「숙향전」의 창작 및 형성 시기를 추정할 수 있는 객관적인 근거로는 『추재집』, 『상서기문』, 『만화본 춘향가』가 전부이다. 이 가운데 가장 앞선 기록은 1754년에 창작된 『만화본 춘향가』이다. 그러나 이와 유사하거나 앞선 것으로 추정되는 기록이 또 있다. 바로 김수장(金壽長, 1690~?)이 편찬한 『해동가요(海東歌謠)』이다.

> 李仙이 집을 판ᄒᆞ여 노ᄉᆡ목에 金돈을 걸고/ 天台上 層岩絶壁을 넘어 방울ᄉᆡ 찻기치고 鸞鳳孔雀이 넘ᄂᆞᆫ 곳ᄃᆡ 초夫를 맛나 痲姑할미집이 어듸ᄆᆡ오/ 저 건너 彩雲어린 곳ᄃᆡ 數間茅屋대사립밧긔 靑ᄉᆞᆸᄉᆞ리를 ᄎᆞ즈소셔.(#S 2349)[8]

『해동가요』에 수록된 이 사설시조는 「숙향전」 중에서 '이선이 요지연 꿈에서 숙향을 본 이후 마고할미가 경영하는 술집 이화정으로 찾아가는 대목'을 노래한 것이다. 이 시조는 『병와가곡집(甁窩歌曲集)』에는 이정보(李鼎輔, 1693~1766)가 지은 것으로 되어 있으며, 『해동가요(주씨본)』에는 김수장이 지은 것으로 되어 있다.[9] 그러나 이 사설시조를

8) /병가1033(이정보) /해주550(김수장) /청육784 /홍비143 /원국590 /원규589 /원하581 /원육530 /원불532 /해악575 /원가273 /원일559 /협률570 /화악586 /남태194=1 /시여99=1.

누가 지었는가 하는 것은 그리 중요한 문제가 아니다. 중요한 것은 이 작품이 『해동가요』에 수록되어 있다는 사실이다. 『해동가요』는 1755년(영조 31)에 처음 편찬된 이후 1763년(영조 39)에 또 편찬되었다. 1차 편찬 시기인 1755년은 유진한이 「만화본 춘향가」를 지었던 시기인 1754년보다 1년 늦다.[10] 따라서 이 기록만으로는 「숙향전」이 실재했던 시기를 소급하기 어렵다. 그러나 『해동가요』의 편찬 과정을 고려하면 「숙향전」의 창작 시기를 조금은 더 소급할 수 있다.

> 이러한 事實들을 通하여 우리는 늦어도 英祖二十二年인 丙寅年 무렵에는 金壽長이 海東歌謠의 編纂事業을 어느 程度로 進展시키고 있음을 알 수 있었고, 그 後 十年이 지난 英祖三十一年에는 제법 앞뒤의 體制가 갖추어져 張福紹의 跋文까지 붙이게 되리 만큼 第一次 編纂事業은 그 完成段階에 이르렀음을 알 수 있을 것으로 믿는다.[11]

정병욱에 의하면, 『해동가요』의 편찬은 1746년(영조 20)에 어느 정도 진전되어 있었다고 한다. 엄밀하게 따진다면, 『해동가요』의 편찬이 어느 정도 진전된 상태인 1746년에 위에 인용한 사설시조가 이미 지어진 것인지 아닌지는 확인하기 어렵다. 그러나 위의 사설시조가 『해동가요』에 수록되어 있다는 사실과 더불어 김수장이 활발하게 활동했던 시기를 고려해 볼 때,[12] 「숙향전」이 1740년대에 실재했을 가능성을 어

---

9) 이 사설시조가 누구의 작품인지에 대해 확실하게 밝힌 연구는 아직 없었던 것으로 알고 있다. 다만 필자는 김수장이 『삼국지연의』 등 소설 내용을 읊은 사설시조가 몇 편 있는 점을 고려해 볼 때, 김수장의 지은 것으로 생각한다.

10) 조동일은 『해동가요』의 편찬 시기를 영조 30년(1754) 또는 그 이듬해(『한국문학통사』 3, 293쪽)였다고 기술하고 있다.

11) 정병욱, 「해동가요의 편찬과정 소고」, 『일석이희승선생송수기념논총』, 일조각, 1957, 639~640쪽.

렵지 않게 짐작할 수 있다. 더구나 위의 사설시조는, 「만화본 춘향가」의 '二仙瑤池淑香是'라는 짧은 구절과는 달리, 「숙향전」의 주요 내용을 구체적으로 담고 있어 당시에 「숙향전」이 널리 읽혔다는 것을 더욱 분명하게 시사하고 있다.

그런데 위의 사설시조보다 더 앞선 시대에 「숙향전」이 확실하게 존재했다는 것을 알려주는 자료가 있다. 그것은 앞서 인용한 바 있는 옥소(玉所) 권섭(權燮)의 『남행일록(南行日錄)』이다.

> 問卜代官送一倭 恩要入其室 室中淨潔 架上有古文眞寶諺書淑香傳
> 余問淑香傳何用 曰欲習知本國方言而置之矣.[13]

권섭은 현종 12년(1671)에 태어나 영조 35년(1759)까지 살았던 문인인데,[14] 1731년 3월 4일부터 같은 해 4월 10일까지 남도지방을 유람하면서 당시의 일정과 견문한 것을 『남행일록』에 상세하게 기록하였다.[15] 위의 인용문은 당시 권섭이 동래 왜관에서 보았던 것을 기록한 것이다. 권섭은 어떤 일본 관리[代官]의 방에 들어갔다가 선반 위에 있는 『고문진보』와 「언서숙향전(諺書淑香傳)」을 보고, 그 관리에게 '「숙향전」은 무엇에 쓰려고 하느냐?' 묻는다. 이에 그 관리는 '본국(조선)의

12) 정병욱은 '김수장이 김천택과 교분이 두터웠다'고 논술하고 있는데(앞 논문, 638쪽), 김천택이 『청구영언(靑丘永言)』을 편찬한 시기는 1728년이다.

13) 이 글은 앞서 이미 인용한 것이지만 내용의 중요성을 고려하여 다시 제시한 것이다.

14) 권성민, 「옥소 권섭의 국문시가 연구」, 서울대 석사학위논문, 1991, 7쪽.

15) "辛亥三月初四日 早發歷辭書院祠堂影堂於黃江 歷登玉所山 少憩藏遺菴中火丈湖酒幕(四十里) 宿丹陽(二十里)蘇進士后由家 行六十里"로 시작되는 『남행일록』은 일종의 여행일기로 자신이 출발한 날짜를 비롯하여 지나온 장소와 거리를 일일이 밝히고 있다.

방언을 익히기 위해 간직하고 있다'고 대답한다. 이러한 권섭의 기록은 한글로 된 「숙향전」이 1731년에 확실하게 존재했다는 것을 분명하게 보여준다.[16] 또한 이 기록은 「언서숙향전」이 조선어를 배우려는 임란유민이나 일본인들의 교재로 사용되었다는 것도 알려주고 있다.

이제 남은 문제는 「숙향전」의 창작 시기를 어디까지 소급할 수 있느냐 하는 것이다. 앞서 지적했듯이, 이위응은 「숙향전」이 임란 전인 16세기 말에 지어졌을 것이라고 추정하였다. 그러나 이것은 심씨본이 임란유민의 후손인 심씨가에서 발견되었다는 사실에 집착한 나머지 그 시기를 지나치게 소급한 문제가 있다. 필자는 1964년 이위응이 심씨가에서 발견한 심씨본의 모본은 권섭이 동래 왜관에서 보았던 「언서숙향전」일 가능성이 크다고 생각한다. 그 근거는 다음과 같은 권섭의 기록이다.

> 一少倭佩雙劒者導行云 是代官之子 前行而語 曰恨不踰此城 而爲朝鮮人 余曰何羡我若此 曰我祖是密陽李文章 壬辰亂入倭國 余問李文章是何人 曰文才絶等故稱李文章 於我爲三代母族 亦多在本國 余問姓名云何 준坐於地拔佩刀書于地 曰*平治本是李姓 而冒本姓有禁

---

16) 본문에서 인용한 것 외에도 「숙향전」과 관련하여 필자가 새롭게 찾은 기록 가운데 주목할 만한 것으로는 육당본 『청구영언』(낙양동촌 이화정에 마고선녀집의 술 닉단말 반겨 듯고 청려에 안장지어 금돈 싯고 드러가 가서 아해야 숙랑자계신야 문밧긔 이랑 왓다 살와라), 고대본 『악부』(솔아릭 구분 길노 靑노싀 타고 가는 아희야 말무러 보자/ 瑤池宴說宴時 淑娘子를 틱우라 가는야/ 그 아희 天台山梨花亭 바라보고 듯고 잠잠), 이옥의 『이언』(爲郎縫衲衣 花氣惱농倦 回針揷襟前 坐讀淑香傳), 홍희복의 『제일기언서(第一奇諺序)』(심지어 슉향전 풍운전의 뉴 가항의 천흔 말과 하류의 누즌 글시로 판본에 기각흐야 시상에 미미흐니 이로 긔록지 못흐거니와), 고대본 「춘향전」(이미하신 슉낭즈도 남양옥의 갓쳐드가 청됴싀게 편지흐야 그 낭군 이션 만나 쥭을 목슴 사라신이 청됴싀는 읍시나마 홍안 흔쌍 빌여씨면 안둑의 글을 다려 임 계신듸 전하고즈. 이고이고 슬운지고) 등이 있다.

令 故李下着田 *卽李字也 余曰頗思本國否 曰時時思之痛心矣.[17]

위의 인용문은 앞서 인용한 대목 바로 앞에 나오는 내용이다. 권섭은 동래 왜관에서 어린 일본인의 안내를 받는다. 이 일본인은 자기가 '대관(代官)의 아들이고, 조상인 밀양(密陽) 이문장(李文章)이 임진왜란 때 일본에 입국했으며, 자신은 왜성(倭城)을 탈출해 조선인이 되지 못하는 것이 한스럽다'고 말한다. 「언서숙향전」을 소장하고 있었던 이 일본 관리는 바로 왜성을 탈출하여 조선인이 되기를 간절하게 소망하는 임란 유민의 후손이었던 것이다.[18] 이들은 끝내 왜성을 탈출하지 못했을 것으로 추정되는데, 그 근거는 '恨不踰此城 而爲朝鮮人'라는 대관 아들의 말이다. 만약 이들이 왜성을 탈출하는 것이 어렵지 않았다면 '왜성을 탈출해 조선인이 되지 못한 것을 탄식'할 필요가 없었을 것이기 때문이다. 요컨대, 필자는 대관과 그 아들은 끝내 왜성을 탈출하지 못한 채 「언서숙향전」을 가지고 일본으로 돌아갔을 것이며, 이것이 현존 심씨본의 모본이 되었다고 생각한다.

물론 현존 심씨본은 국한문 혼용으로 되어 있기 때문에 권섭이 보았던 「언서숙향전」과는 다르다고 할 수도 있다. 그러나 이것은 전혀 문제가 되지 않는다. 앞서 이본고에서 살펴보았듯이, 심씨본은 한자어나 한자 표기가 가능한 것을 한자로 표기한 것 외에는 순 국문본인 이대본과 거의 차이가 없다. 이는 '生覺, 百番, 至今'[19] 등과 같은 심씨본의 한자

---

17) 권섭, 『남행일록』, 「유행록3(遊行錄三)」, 33~34쪽.

18) 「언서숙향전」을 소장하고 있던 대관(代官)이 직접 왜성을 탈출하여 조선인이 되겠다고 언급한 내용은 없다. 그러나 권섭을 안내했던 그의 아들의 말에서 이 대관 역시 모국(조선)을 간절하게 그리워하는 인물이었다는 것은 대략 짐작할 수 있다. 이는 대관이 조선말을 배우기 위해 「언서숙향전」을 소장하고 있었다는 것에서도 엿볼 수 있다.

표기에서도 드러난다. 심씨본에 표기된 한자는 정통적인 한자어로 보기 어려운 것이 많은 것이다. 따라서 심씨본의 국한문 혼용 표기는 국문본을 전사하는 과정에서 한자를 삽입한 것이 분명하다고 하겠다. 실제로 일본어는 한자를 많이 사용하고 있기 때문에 일본어만 알고 있는 임란유민의 후손들에게 우리 말과 글을 가르치기 위해서는 가능한 한 한자를 많이 써야만 했을 것이다. 요컨대, 심씨본의 모본은 1731년에 권섭이 동래 왜관에서 보았던 「언서숙향전」이며, 현존 심씨본은 이 모본을 전사하는 과정에서 임란유민의 후손들에게 우리 말과 글을 수월하게 가르치기 위해 국한문을 혼용했다는 것이 필자의 판단이다.

그러면 「숙향전」의 창작 시기는 언제까지 소급될 수 있는가. 필자 역시 이 문제를 구체적으로 입증할 자료나 근거는 없다. 다만 「숙향전」의 창작 시기가 숙종 재위 기간(1674~1720) 이전까지 소급하기는 어렵다고 생각하는데, 그 이유는 다음과 같다.

첫째, 「숙향전」의 핵심적인 갈등은 술집에 기거하는 비천한 존재인 숙향과 양반사대부가의 귀공자인 이선과의 대등한 결연에서 비롯되는데, 이들의 대등한 결연과 이로 인한 갈등에는 봉건적 신분관계의 동요라는 역사적 단계의 사회현상이 비교적 사실적으로 반영되어 있다는 점이다.[20] 현재 역사학계에서는 대체로 봉건적 신분관계가 동요를 일으키던 시기를 17세기 후반 이후로 보고 있다.[21] 따라서 봉건적 신분관

19) 심씨본, 20~21쪽.

20) 이에 대한 자세한 내용은 이 책 III장 2절을 참조하기 바람.

21) 金仁杰은, 17세기 후반 이래의 농업생산력의 발전에 의해 농민층 분화가 급속히 진전되고, 그에 기초해 기존의 봉건적 사회구성이 크게 동요되는 가운데 계급구조는 질적으로 달라지고 있었다. (조선후기 신분사 연구현황, 한국중세사회 해체기의 제문제(하), 한울, 1987, 363쪽.)고 논술하고 있다.

계의 동요 현상이 반영되어 있는 「숙향전」의 창작 시기를 17세기 후반 이전으로 소급하기는 어렵다고 보아야 할 것이다.

둘째, 남주인공 이선의 고모로 등장하는 여부인의 존재다. 「숙향전」에 등장하고 있는 여부인은 「창선감의록」의 성부인이나 「사씨남정기」의 두부인과 인물형상은 물론 그 역할이 매우 흡사하다. 이들은 모두 남주인공의 고모로서 작품 내에서 작가의 입장을 대변하는 인물들이다. 그런데 고소설에서 위와 같은 인물형상은 「숙향전」과 더불어 17세기 말에 창작된 것이 분명한 「창선감의록」과 「사씨남정기」에만 나타난다. 이러한 사실은 「숙향전」이 「창선감의록」이나 「사씨남정기」와 유사한 시기에 창작되었다는 방증은 될 수 있을 것이다.

셋째, 다음과 같은 「숙향전」의 내용이다.

> 부인 왈 부뷔난 천정이라. ᄋᆡ즁ᄒᆞ미 귀쳔니 업시ᄆᆡ 우리 황제도 션후를 폐ᄒᆞ고 후궁으로 원비를 ᄉᆞᆷ아거든 ᄒᆞ물며 ᄂᆡ 쥬중ᄒᆞ여거날 무죄ᄒᆞᆫ ᄉᆞ람을 쥭이미 올치 안일가 ᄒᆞ노라.[22]

위의 대목은 여부인이 숙향을 죽이려고 한 이상서를 질책하면서 한 말이다. 여기에서 우리가 주목할 부분은 '우리 황제도 션후를 폐ᄒᆞ고 후궁으로 원비를 ᄉᆞᆷ아거든'이라는 내용이다. 이것은 선후(先后)인 인현왕후를 폐하고 후궁인 장희빈을 왕비로 맞이했던 숙종 때의 사건을 반영한 것일 가능성이 없지 않다. 만약 숙종 때의 기사환국(1689년)을 반영한 것이라면, 「숙향전」은 기사환국 이후에 창작된 것이 분명하다고 하겠다.[23]

---

22) 이대본, 121쪽. 이러한 내용은 한중연A본(51쪽)에도 나온다.

비록 정황적인 증거에 불과하지만, 이상의 몇 가지 사실로 보아 「숙향전」의 창작 시기를 숙종이 재위하던 시기 이전까지 소급하기는 어렵다. 그러나 이것은 어디까지나 정황적인 증거에 따른 추정에 불과하다. 다만, 「숙향전」의 창작 시기를 분명하게 확정할 수 있는 결정적인 증거가 없는 사정을 고려한다면, 이러한 추정 역시 나름대로 의의가 있으리라 생각한다.

2) 작품의 유형

「숙향전」은 여주인공 숙향의 일대기를 서술하는 가운데 남녀 주인공인 숙향과 이선의 결연을 주요 화제로 다룬 작품이다. 이로 인해 「숙향전」은 연구자에 따라 애정소설이나 영웅소설로 분류된다. 남녀 주인공의 만남과 결연에 주목한 연구자들은 애정소설로, 여주인공 숙향의 고난과 일대기적 측면에 주목한 연구자들은 영웅소설로 분류했던 것이다.

---

23) 만약 위의 구절이 숙종 때의 기사환국을 반영한 것이 사실이라면, 위의 구절을 통해 더욱 구체적으로 「숙향전」의 창작 시기를 추정할 수 있다. 여부인은 '우리 황제'라고 언급하고 있는데, 이 말은 작자가 생존했던 당시 재위하고 있던 임금, 곧 숙종을 지칭했을 가능성이 없지 않다. 그렇다면 「숙향전」은 일단 숙종의 재위 기간(1674~1720년) 중 기사환국 이후인 1689년에서 1720년 사이에 창작되었다고 추정할 수 있다. 또한 '황제도 선후를 폐하고 후궁을 원비로 삼았다'는 것을 여부인이 긍정적인 입장에서 언술하고 있다는 점까지 고려한다면, 「숙향전」의 창작 시기는 장희빈이 왕비로 책봉되었던 기간인 1689년에서 1701년 사이로 압축될 수도 있다. 당파간의 심각한 파벌싸움이 진행되던 상황에서 장희빈이 숙종에 의해 사사(賜死)된 이후에 숙종이 인현왕후를 출척하고 장희빈을 왕비로 책봉한 사건을 긍정적으로 서술하기는 어려웠을 것이기 때문이다. 요컨대, 위의 내용은 권섭이 「언서숙향전」을 보았던 1731년보다 3, 40년 정도 앞선 시기인 1689년에서 1701년 사이에 「숙향전」이 창작되었다는 근거가 될 수도 있다고 하겠다.

사실 이러한 혼선은 처음으로 고소설사를 썼던 김태준에 의해서 비롯되었다고 해도 과언이 아니다. 그는 '「춘향전」 이후의 염정소설로 「숙향전」, 「숙영낭자전」, 「백학선전」, 「양산백전」 등이 있을 뿐'[24]이라 언급한 뒤, 「숙향전」에 대해 '작품 속에는 염정적 색채는 아주 적으며, 작자는 숙향이라는 여성의 고행을 그리려고 무척 애썼다'[25]라고 평가했던 것이다. 즉 김태준은 「숙향전」을 염정소설로 분류하긴 했으나, 주요 내용을 숙향과 이선의 결연보다는 숙향의 고행으로 이해했던 것이다.[26]

김태준의 평가 이후 대부분의 연구자는 구체적인 논의 없이 「숙향전」을 염정소설이나 애정소설로 부류해 왔다. 그런데 이상택은 「숙향전」의 유형에 대해 새로운 견해를 제기하였다. 그는 「숙향전」을 '영웅담적 원형성을 충실히 지키고 있는 신성소설(神聖小說)의 모델 케이스'[27]로 이해했던 것이다. 이상택의 견해는 「숙향전」의 주요 내용을 숙향의 고행으로 이해했던 김태준의 시각과 맥이 닿아 있는 것으로, 이후 「숙향전」의 유형을 영웅소설로 분류하게 된 계기가 되었다.

이상택에 이어 「숙향전」을 영웅소설로 이해한 대표적인 연구자는 조동일이다. 그는 우선 영웅소설의 개념을 광의(廣意)와 협의(狹義) 구분한 뒤, 협의에 해당하는 작품으로 「숙향전」, 「소대성전」, 「구운몽」, 「유충렬전」, 「조웅전」, 「장풍운전」 등을 들었다.[28] 나아가 조동일은

24) 김태준, 앞의 책, 214쪽.

25) 김태준, 앞의 책, 216쪽.

26) 이러한 김태준의 시각은 김기동으로 이어진다. 김기동은 「숙향전」에 대해, '이 작품은 상계에서 적강한 남녀 주인공이 온갖 고난 끝에 지상에서 가연을 맺게 되는 과정을 표현한 애정소설의 주제성을 띠고 있으나, 남녀 주인공의 애정담보다도 여주인공 숙향의 고행담을 더 많이 표현해 놓았다'(『한국고전소설연구』, 196쪽)고 기술했던 것이다.

27) 이상택, 앞 논문, 307~308쪽.

영웅소설의 흐름 속에서 「숙향전」이 차지하는 위상을 분석적으로 검증하는 연구도 진행하였다.[29]

이후 서대석과 임갑랑은 조동일의 견해에 대해 반론을 제기하였다. 서대석은 조동일이 설정한 영웅소설의 범주에 대해 이의를 제기하면서 '배우자를 만나려는 노력만이 숙향 자신의 의지적 행위이고 숙향의 활동의 중심이며, 한 여인이 한 남자를 사랑하고 결혼하는 행위는 개인적인 차원의 문제이지 국가나 사회 등 집단의 문제가 아니기 때문에 숙향은 영웅이라고 할 수 없으며, 「숙향전」 역시 영웅소설로 보기 곤란하다'는 의견을 제시하였다.[30] 서대석에 이어 임갑랑은 더욱 적극적으로 「숙향전」이 영웅소설이 아니라 애정소설이라고 주장하였다. 그는 기존연구에서 「숙향전」을 영웅소설로 본 것은 숙향의 성장기 시련에만 주목한 결과였다고 전제하고, '「숙향전」 내용의 중심이 되는 것은 천상에서부터 연분이 정해진 숙향과 이선의 결연과정'이라고 주장했던 것이다.[31]

이렇듯 「숙향전」의 작품 유형에 대해서 애정소설론과 영웅소설론의 두 가지 견해가 제기되어 있다. 사실 「숙향전」의 경우 영웅소설적 요소와 애정소설적 요소를 아우르고 있기 때문에 어느 견해가 옳고 그르다고 단정하기 어려운 측면이 있다. 「숙향전」은 여주인공 숙향의 일대기를 서사하는 가운데 숙향과 이선의 결연을 중심 내용으로 삼은 작품이다. 때문에 여주인공의 일대기적 측면에 주목하느냐 아니면 남녀 주인

---

28) 조동일, 『한국소설의 이론』, 지식산업사, 1977, 272쪽.
29) 이에 대해서는 『한국소설의 이론』 중 「영웅소설 작품구조의 시대적 성격」을 참조하기 바람.
30) 서대석, 『군담소설의 구조와 배경』, 이화여자대학교 출판부, 1985, 13쪽.
31) 임갑낭, 앞 논문, 12쪽.

공의 만남과 결연에 주목하느냐에 따라 견해를 달리할 수 있다. 그렇다고 해서 두 견해가 모두 옳다고 할 수는 없다. 작품의 유형을 설정하는 것은 해당 작품의 주제 파악 및 소설사적 자리매김과 긴밀하게 관련되어 있다. 따라서 작품의 유형을 규정할 때는 해당 작품의 의미나 주제가 온전하게 파악되고, 또 그 소설사적 의의와 위치가 엄정하게 평가될 것인가를 고려해야 한다. 그런데 「숙향전」의 유형에 대한 지금까지의 주장은 이런 점을 간과한 측면이 있다. 다시 말해, 아직 작품의 구조 및 주제 의식과 관련해서 「숙향전」의 유형적 특성을 구체적으로 고찰한 연구는 없다는 것이다. 이에 필자는 작품의 구조를 중심으로 「숙향전」의 유형적 특성을 밝히고자 한다.

「숙향전」은 거북의 보은담을 비롯하여 여주인공 숙향의 고난과 초월적 존재들의 구원담, 남녀 주인공의 결연에 따른 갈등, 남주인공 이선의 봉래산 구약여행과 입공담, 숙향의 보은여행과 부모 상봉담 등 다양한 화소와 사건이 얽혀 있는 작품이다. 특히 「숙향전」은 이들 화소와 사건이 도선적 요소와 긴밀하게 결부되어 환상적으로 형상화되어 있기 때문에 작품의 성격이나 유형을 단정하기 어려운 측면이 있다. 그러나 또 다양한 화소와 사건들이 병렬적이거나 무질서하게 나열되어 있는 것도 아니다. 「숙향전」은 위에서 제시한 여러 화소와 사건들이 개별적인 의미를 지니면서도 여주인공 숙향의 일대기라는 틀 속에 체계적으로 잘 짜여 있다. 이를 드러내기 위해 「숙향전」의 줄거리를 몇 개의 항목으로 나누어 순차적으로 제시하면 다음과 같다.

ㄱ. 숙향의 탄생

– 남양 명사 김전이 어부들에게 잡힌 거북(용녀)을 구해주는데, 이

듬해 그 거북이 물에 빠진 김전을 구하고 구슬 2개를 준다. 김전은 이것을 납폐로 영천 장회의 딸과 혼인한다.

– 늦도록 자식을 보지 못하던 김전 부부는 명산대천에 기도한 후 숙향을 낳는다. 숙향이 태어날 때 기이한 향기가 집안에 가득하고 선녀 두 명이 하강하여 출산을 돕는다.

ㄴ. 숙향의 고난과 초월적 존재들의 구원

– 전란으로 부모와 헤어진 숙향은 유리걸식하다가 명사계 후토부인의 도움으로 남군 장승상의 수양딸이 된다.

– 시비 사향의 모함으로 장승상댁에서 쫓겨난 숙향은 포진강에 투신하는데, 이때 용녀와 선녀가 나타나 숙향을 구한 다음 낙양 이상서의 아들 이선이 숙향의 천정배필이라고 알려준다.

– 다시 유리걸식하며 방황하던 숙향은 갈대밭에서 자다가 화재를 만나 불에 타 죽을 위기에 처한다. 그러나 화덕진군의 구원으로 살아난 뒤 이화정이라는 술집에서 술집 노파(마고할미)와 함께 생활하게 된다.

ㄷ. 이선의 탄생

– 늦도록 자식이 없던 이상서 부부는 대성사 부처에게 기도한 후 이선을 낳는다.

– 이선이 태어날 때 선녀 두 명이 하강하여 출산을 돕고, 이선의 배필은 한날한시에 태어난 남양 김전의 딸 숙향이라고 알려 준다.

ㄹ. 숙향과 이선의 결연

– 숙향과 이선은 각각 요지연에서 만나는 꿈을 꾸고, 숙향이 꿈에 본

요지경을 수놓아 판 것이 계기가 되어 이화정에서 서로 만난다.
— 숙향이 정식혼례를 요구하자, 이선은 부모에게 알리지 못하고 고모인 여부인에 간청하여 숙향과 정식으로 혼례를 치른다.

ㅁ. 이상서의 살해 기도와 숙향 · 이선의 해후
— 이선이 여부인의 주선 아래 자기 몰래 숙향과 정혼한 사실을 알게 된 이상서는 낙양영(김전)을 시켜 숙향을 죽이라고 하고, 이선은 경성으로 데려가 태학에 입학시킨다. 이로 인해 숙향과 이선은 헤어지게 된다.
— 여부인의 도움으로 낙양옥에서 풀려난 숙향은 이화정 할미가 죽자 청삽살이와 외롭게 살아가는데, 청삽살이가 경성과 낙양을 왕래하면서 숙향과 이선의 편지를 전한다.
— 숙향이 도둑을 피해 이상서댁 서쪽 동산에 있는 마고할미의 무덤에 가서 통곡하고, 이 소리를 들은 이상서 부부는 숙향을 불러오게 한다. 숙향이 선녀가 알려준 이선의 천정배필임을 알고 일단 거두어 둔다.
— 과거에 급제한 이선은 숙향의 소식을 모른 채 귀향하는데, 본가에 머물고 있던 숙향과 해후한다.

ㅂ. 양왕의 혼인 요구와 이선의 거부
— 양왕과 이상서는 예전에 딸과 아들의 혼약을 맺었는데, 이선이 숙향과 결혼한 사실을 알고 양왕이 이상서에게 혼인할 것을 요구한다.
— 이선은 양왕의 요구를 거부하고, 양왕의 딸 설중매는 이선이 아니면 시집을 가지 않겠다고 고집한다.

- 양왕이 이 사실을 황제에게 하소연한다. 이선은 숙향과 혼인하게 된 연유를 황제에게 상소를 올리며, 황제는 숙향을 정렬부인에 봉한다.

ㅅ. 이선의 형주자사 부임과 숙향의 부모 재회
- 형주에 흉년이 들어 도적들이 많이 일어나자, 이선은 형주자사를 자임하여 선정을 베푼다.
- 이선을 뒤따라 형주로 가던 숙향은 화덕진군과 포진강에 제사를 지내고, 남군 장승상댁에도 들려 은혜에 보답한다.
- 계양으로 좌천되었던 김전은 이선에 의해 양양태수로 승직하고, 숙향은 양양으로 가 부모와 극적으로 재회한다.
- 병부상서 겸 초공에 봉해진 이선은 낙봉연을 배설하고, 위왕이 된 부친과 우승상이 된 장승상, 예부상서가 된 김전 등 네 집 부모를 모두 모시고 행복한 생활을 영위한다.

ㅇ. 이선의 봉래산 구약(求藥) 여행 및 설중매와의 혼인
- 양왕이 황제를 통해 이선과 설중매의 혼인을 강요하자, 이선은 설중매가 왕족의 위세를 믿고 숙향을 핍박할까 염려하여 황제의 부름에 칭병하고 나가지 않는다.
- 황태후가 죽을병에 걸리자, 이선에게 불만을 품은 양왕은 황제에게 봉래산 선약(仙藥)을 구할 인물로 이선을 추천한다.
- 이선은 어쩔 수 없이 선약을 구하기 위해 봉래산으로 출발한다. 도중에 남해 용궁을 비롯하여 회회국, 유리국, 합리국, 교위국 등 선계의 여러 나라를 지나면서 숱한 고난을 겪은 후 봉래산에 이르

러 선약을 구한다. 마침내 중국으로 돌아온 이선은 이미 죽은 황태후를 살린 공으로 초왕에 봉해진다. 또한 봉래산 신선에게 전생에 설중매가 부인이었다는 말을 듣고 설중매를 둘째 부인으로 맞이한다.

– 이선과 숙향, 그리고 설중매는 여러 자녀를 낳고 부귀영화를 누리다가 천상으로 복귀한다.

이상의 줄거리에서 볼 수 있듯이, 「숙향전」은 다양한 화소와 사건들이 숙향의 인생역정을 중심축으로 삼아 체계적으로 구성되어 있다. 다만 '이선의 봉래산 구약 여행'의 경우, 이선의 고난과 극복을 통한 입공담(立功譚)의 성격이 강하기 때문에 숙향의 인생역정과는 다소 거리가 있는 것처럼 생각할 수도 있다. 그러나 이것 역시 서사 전체의 맥락을 고려할 때, 숙향의 인생역정과 일정하게 연계되어 있다. 이선이 선약을 구하러 가는 고난을 겪게 된 것은 양왕의 늑혼을 극복하고 숙향과의 결연을 공고히 하려는 목적을 내포하고 있기 때문이다. 결국 이선은 이 시련을 극복하고 선약을 구해 황태후를 되살린 공으로 첫째 부인으로서의 숙향의 위치를 확고하게 다졌던 것이다.

이렇듯 「숙향전」은 여러 화소와 사건이 숙향의 인생역정과 긴밀하게 관련을 맺으면서 전개되고 있는바, 「숙향전」은 여주인공 숙향의 일대기라고 규정할 수도 있다. 다시 말해, 「숙향전」은 여주인공 숙향이 어려서 전란으로 인해 부모와 헤어져 여러 가지 고행을 겪다가 귀공자인 이선과 결혼하여 정렬부인이 되고, 이를 계기로 부모와 재회하여 행복한 삶을 영위한다는 이야기라고 규정할 수 있다는 것이다. 또한 이러한 점에 주목한다면, 「숙향전」을 영웅소설의 범주에 포함하는 것이 타당하다고 하겠다. 그러나 한 인물의 일대기라는 형식을 취하고 있는 작품을 모두 영웅소설이라고 할 수는 없다. 만약 일대기라는 형식을 취한 모든 작품을 영웅소설이라고 일컫는다면 우리 고소설 가운데 영웅소설이 아닌 것이 거의 없다고 해도 과언이 아닐 것이다. 또한 이렇게 되면 고소설에서 영웅소설이라는 유형을 설정하는 것 자체가 무의미할 수도 있다.

「숙향전」은 비록 주인공의 일대기라는 형식을 취하고 있지만 서사의 핵심적인 요소는 남녀 주인공의 만남과 애정의 성취이다. 따라서 「숙향전」은 영웅소설보다는 애정소설로 분류해야 한다. 이는 「숙향전」의 구성을 다른 애정소설과 비교해 보면 곧 알 수 있다. 「숙향전」이 일대기적 성격을 띠게 된 것은 위의 줄거리 항목에서 '숙향의 탄생'과 '숙향의 고난과 초월전 존재들의 구원' 항목이 삽입되어 있기 때문이다. 이 두 항목은 '숙향이 태어난 이후 전란으로 부모를 잃고 유리걸식하다가 술집에 기거하는 비천한 존재로 전락하는 과정'을 서사한 것인데, 두 항목을 빼고 보면 「숙향전」은 우리나라 대표적인 애정소설인 「춘향전」과 구성상 차이가 없다. 「숙향전」 다른 애정소설과 비교해 볼 때 여주인공이 술집에 기거하게 된 과정이 더 첨가되어 있을 뿐이다. 역으로 생각할 경우, 일반적인 '기녀신분갈등형 애정소설'은 여주인공이 기녀로 전락하는 과정이 생략된 형태로 볼 수도 있다. 이와 관련하여 숙향이 이화정에 기거하게 되면서 이화정 할미에게 했던 말을 「청년회심곡」에서 월랑이 김진성에게 했던 말과 비교해 볼 필요가 있다.

> 쇼져 한슘지어 왈 할미 날을 친ᄌᆞ식갓치 어엿비 넉이시니 ᄂᆡ 엇지 할미를 쇼겨 긔일 말이 잇시리요. 과연 나도 양반의 쟈식으로 난

즁의 부모를 일코 의탁ᄒᆞᆯ ᄃᆡ 업기로 노즁의 바쟝이더니 ᄒᆞᆫ 샤슴니 업어다가 쟝승샹ᄃᆡᆨ 동샨의 두고 가오니 그 집니 십년를 잇ᄯᅡ가 샤향니 모함ᄒᆞ거ᄂᆞᆯ 포진믈의 와 ᄉᆡᆫ지오니 마ᄎᆞᆷ ᄎᆡ련ᄒᆞᆫ은 아희덜니 구ᄒᆞ옵거ᄂᆞᆯ 샤라 나오니 동다히로 가라 ᄒᆞ옵기로 오다가 노젼이란 고ᄃᆡ 와 화ᄌᆡ를 만나 거의 쥭게 되여실 졔 화덕진군이란 노인이 구ᄒᆞ심를 힘입어 샬아나셔 ᄯᅩ ᄌᆞ식갓치 ᄒᆞ오니 나도 친부모갓치 잇ᄉᆞ올 거시니 원컨ᄃᆡ 니 몸를 어엿비 너겨 그릇지시 말으시고 셔로 쇄기지 말으셔이다. 힝여 호탕ᄒᆞᆫ 나뷔와 미친 벌리 희롱ᄒᆞᆯ가 ᄒᆞ너이다.32)

월낭이 츄연 탄왈 쳡의 셩은 윤씨이니 본대 량가녀자로 일즉이 부모를 여희압고 표박종적이 청루에 의탁하엿사오나 구구 소회는 한번 지긔를 맛나 형산박옥의 픔은 갑을 의론하고 영문백설의 놉흔 소래를 화답하야 평생 숙원을 일울가 하엿삽더니 우연히 상공을 뵈압고 로류장화의 본색을 도망치 못하와 추솔한 시구와 황잡한 음률로 쳡의 심사를 말삼하엿삽더니 이제 상공이 쳡을 더럽다 아니시고 정중한 말삼이 쳡을 거두고저 하시니 쳡이 맛당히 고심을 변역지 아니 하와 일신을 의탁하압고 천한 일홈을 신셜코저 하나이다.33)

숙향과 월랑은 각각 자신들이 이화정과 청루에 의탁하게 된 과정을 언급하고 있다. 그런데 「숙향전」에는 숙향이 태어나서 이화정에 의탁하기까지의 과정이 구체적인 사건들로 형상화되어 있음에 반해, 「청년회심곡」에는 월랑이 기녀로 전락하는 과정이 형상화되어 있지 않다. 「청년회심곡」은 기녀인 월랑이 남주인공을 만나는 데서부터 이야기가

32) 한중연A본, 26쪽.

33) 「청년회심곡」, 13쪽. 자료는 『구활자본고소설전집』 10권(아세아문화사, 1976)에 영인된 것을 활용한다.

시작되고 있는 것이다. 이 점은 「춘향전」 역시 마찬가지다. 「춘향전」도 춘향이 이도령을 만나는 장면에서부터 시작되고 있는 것이다. 「숙향전」 또한 숙향이 이선을 만난 것은 이화정에 의탁한 이후이다. 따라서 숙향이 이화정에 의탁하기까지의 내용을 빼고 보면 「숙향전」은 다른 애정소설과 조금도 차이가 없다고 하겠다.

그러나 「숙향전」이 구성상 다른 애정소설과 유사하다는 것만으로 애정소설이라고 규정하는 것 역시 곤란하다. 이것은 「숙향전」이 일대기라는 형식을 취하고 있기 때문에 영웅소설이라고 하는 것과 다르지 않을 것이다. 따라서 「숙향전」의 유형을 설정하는 문제는 작품구조와의 관련 속에서 해결할 필요가 있다. 이점과 관련하여 먼저 고려해야 할 것은 「숙향전」에서 숙향과 이선의 애정이 차지하고 있는 위상이다. 대부분의 영웅소설에서 남녀 주인공의 결합과 애정은 부귀공명이라는 주인공의 최종 지향가치에 종속되거나, 소설의 진행과정으로서 주인공의 시련과정에서 주인공과 여인의 결합이라는 요소가 개입하고 있는 정도에 불과하다.[34] 그런데 「숙향전」의 경우 최종 지향가치는 남녀 주인공의 애정 실현이며, 남주인공의 입공(立功)은 두 사람의 애정을 실현하기 위한 수단으로서의 성격이 강하다. 남주인공 이선이 형주자사를 자임(自任)하는 대목은 이를 잘 보여준다.

> 쟈ᄉᆡ 슈명샤은ᄒᆞ고 집니 도라와 그 샤년를 부모게 엿쟈온ᄃᆡ 샹셰 왈 ᄃᆡ장뷔 되여 부모 셤길 날은 젹고 임군 셤길 날은 만타 ᄒᆞ니네 공명으로 가는 길히나 한치 안이 ᄒᆞ너니 다만 쳘리 외예 가니 ᄂᆡ

34) 박일용, 「영웅소설의 유형변이와 그 소설사적 의의」, 서울대 석사학위논문, 1983, 58쪽.

마음니 결년ᄒᆞᆯ 섄 안니라 그 싸헤 도젹니 만히 일어낫싸 ᄒᆞ니 념녀 무궁ᄒᆞ다. 쟈ᄉᆡ 엿쟈오되 니변 길흔(우로ᄂᆞᆫ) 나라ᄒᆞᆯ 위ᄒᆞ야 ᄇᆡᆨ셩를 안보ᄒᆞ고 아ᄅᆡ로 양왕의 혼샤를 거졀코져 ᄒᆞ오니 근심말으쇼셔.35)

황제가 형주에 흉년이 들어 도적들이 들끓고 민심이 흉융한 것을 근심하자, 이선은 형주자사가 되겠다고 자청한다. 위 인용문은 이선이 부친에게 형주자사를 자임한 까닭을 설명하는 장면이다. 이선은 그 까닭을 '위로는 나라를 위하여 백성을 안보하고 아래로는 양왕의 혼사를 거절하기 위한 것'이라고 말한다. 일견 이 말은 이선이 '위국안민(爲國安民)'을 우선한 것처럼 보인다. 그러나 조선시대 위국안민은 사대부들이 지켜야 할 기본 도리이며 사명이었다. 때문에 사대부들은 어떤 일을 하더라도 먼저 위국안민을 내세웠다. 따라서 이선이 '위국안민' 운운한 것은 명분적 성격이 강하며, 실질적인 목적은 '양왕의 혼사 요구를 거절하기 위한 것'이라고 보아야 한다. 즉 이선이 형주자사를 자임한 것은 입공이나 입공을 통한 부귀공명의 실현이 아니라, 입공을 바탕으로 양왕의 늑혼을 물리침으로써 숙향과의 결연을 온전히 실현하는 데 목적이 있었던 것이다.36)

---

35) 한중연A본, 68쪽. 이 대목의 경우 경판본은 'ᄌᆞ식 왈 소직 ᄯᅩᄒᆞᆫ 슬하를 ᄯᅥ날 ᄯᅳᆺ이 업ᄉᆞ오나 국ᄉᆞ를 피치 못ᄒᆞ오ᄆᆡ 부득이 ᄒᆞ여 가오니 라려치 말으소셔'(경판본, 479~480쪽)로 축약되어 있으며, 한문본의 경우에는 이와 관련한 내용이 아예 나타나지 않는다. 그러나 이대본은 한중연A본과 거의 동일한 내용으로 이루어져 있다. 참고로 그 내용을 제시하면 다음과 같다. '좌ᄉᆞ ᄉᆞ은ᄒᆞ고 집의 도라오니 ᄉᆞᆼ셔 왈 옛글의 ᄒᆞ여시되 님군 셤길 날은 만코 부모 셤길 날은 젹다ᄒᆞ니 네 공명으로 가난 질이니 ᄒᆞᆫ치 못ᄒᆞ나 다맛 쳘니 밧게 가니 부모 ᄆᆞ음이 셜어 할분 아니라 그 ᄯᆞ의 도젹이 만니 아러난다 ᄒᆞ니 글노 염여ᄒᆞ노라. 좌ᄉᆞ 고왈 이번 가옵난 길의 우흐로 나라를 위ᄒᆞ여 ᄇᆡᆨ셩을 진무ᄒᆞ고 아ᄅᆡ로 양왕의 구혼을 거졀코져 호미니 부모임은 염여마르소셔'(이대본, 150~151쪽)

36) 뒤에 상론하겠지만, 부친 이상서가 이선과 숙향의 결연을 문제 삼았던 것은, 이선

이는 이선의 두번째 입공담이라고 할 수 있는 '봉래산선약 구득여행' 역시 마찬가지다. 이선이 양왕의 청혼을 거절하자, 양왕은 황제에게 이선과 설중매와의 혼사를 부탁한다. 이에 황제는 이선과 설중매의 혼사를 주선하기 위해 이선에게 입궁을 명하는데, 이선은 다음과 같은 이유로 칭병(稱病)하고 입궁하지 않는다.

> 부인니 정ᄉᆡᆨ 왈 샹셰 국명를 슈홰라도 샤양치 못ᄒᆞ려든 부인를 두려 ᄒᆞ고 어명으로 부르시는ᄃᆡ 거즛 칭병ᄒᆞ고 안니 가시니 이는 신쟈의 도리예 맛ᄯᅡᆼ치 안니 ᄒᆞ여이다. 샹셰 왈 올치 안인 쥴은 아오되 어젼의셔 혼인를 정ᄒᆞ시면 마지 못ᄒᆞ여 두 부인를 둘 거시니 그ᄃᆡ 일정 슬허ᄒᆞ실 거시ᄆᆡ 그ᄃᆡ를 위ᄒᆞ야 부인를 쇼ᄒᆞ면 져는 양왕의 ᄯᆞᆯ니오 황졔 정ᄒᆞ신 빈필이온이 일정 셰력으로 가ᄂᆡ 불평ᄒᆞᆯ듯 ᄒᆞ오니 쳐음의 거절ᄒᆞᆷ만 갓지 못ᄒᆞ외다.[37]

숙향이 칭병하고 어명을 따르지 않는 것은 신하의 도리라며 입궁한 것을 권유한다. 그러자 이선은 어전에서 혼인을 정하면 거절하기가 어려워 부득이 두 부인을 둘 수밖에 없는데, 그렇게 되면 숙향에게는 물론 집안에도 바람직하지 못할 것이라고 말한다. 즉 이선은 숙향과의 결연을 온전히 지키기 위해 어명을 거역하면서까지 양왕의 청혼을 거절

이 자기 몰래 정혼한 것도 있지만, 근본적으로는 숙향이 술집에 기거하는 비천한 존재였기 때문이다. 이로 인해 이상서는 숙향을 며느리로 인정하면서도, '남모로는 취쳐를 ᄒᆞ여시니 일정 샤람의 시비 잇실듯 ᄒᆞ고 ᄯᅩ 양왕니 구혼ᄒᆞ는 거슬 ᄂᆡ 허락ᄒᆞ여써니 네 급졔ᄒᆞ여시니 일정 혼인를 ᄌᆡ쵹ᄒᆞᆯ 거시니 엇지ᄒᆞ리오'(한중연A본, 65~66쪽)라고 근심했던 것이며, 이선 역시 자신과 숙향의 결연이 내포하고 있는 문제성을 해결하기 위해 황제에게 상소하여 숙향을 정렬부인에 봉하도록 조처하기도 한다. 그러나 이것으로도 부족하여 도적들이 들끓는 형주자사를 자임한 것이다.

37) 한중연A본, 84쪽.

했던 것이다. 이에 화가 난 양왕은 황태후의 병환을 계기로 봉래산 선약을 구하는 일을 이선이 맡게 조처한다. 봉래산 선약을 구하러 간다는 것은 저승에 간다는 것처럼 죽음을 각오해야 한다. 그러나 이선은 온갖 시련을 겪은 후 봉래산의 선약을 구하여 황태후를 살리고, 그 공으로 초왕에 봉해진다. 요컨대, 이선의 두 번째 입공담이라고 할 수 있는 '봉래산선약 구득여행' 역시 이선이 숙향과의 애정을 온전하게 실현하고자 했던 것이 계기가 되었다고 하겠다.

이렇듯 「숙향전」에서는 입공담이 그 자체나 부귀영화에 목적이 있는 것이 아니라, 남녀 주인공의 애정을 실현하거나 그 애정을 온전히 지키기 위한 수단으로 형상화되어 있다. 따라서 숙향과 이선의 애정과 이로 인한 갈등이 「숙향전」 서사의 핵심 사안이라고 하겠는데, 이는 숙향의 운명에 대한 왕균의 예언에서도 확인할 수 있다.

> 왕균 왈 이 아기는 인간 사람 안니라. 월궁항아의 정긔를 가져시니 반드시 귀히 되련이와 다만 ᄒᆞ늘게 득죄ᄒᆞ야 인간의 귀향왓시니 젼ᄉᆡᆼ 죄를 이ᄉᆡᆼ의 와 다 갑흔 후에야 죠흔 시졀를 볼 거시니 션분은 지극히 험ᄒᆞ고 후분은 가쟝 길ᄒᆞ다 ᄒᆞ거늘…….[38]

관상쟁이인 왕균은 숙향이 천상에서 죄를 짓고 적강한 존재이기 때문에 천상에서 범한 잘못의 대가를 인간세계에서 치른 이후에야 비로소 좋은 시절을 볼 것이라고 말한다. 이러한 왕균의 예언을 단순히 숙향의 운명을 예견한 것만으로 이해해서는 안 된다. 이것은 숙향의 운명이기에 앞서 서사의 기본 구조라는 성격을 갖기 때문이다. 실제로 「숙

---

38) 정문연A본, 4면.

향전」은 왕균의 예언에 따라 서사가 전개된다. 숙향은 천상에서 범한 잘못의 대가로 인간세계에서 다섯 번의 죽을 액을 겪은 이후에야 비로소 이선을 만나 행복한 삶을 영위하게 되었던 것이다.

그러나 더욱 중요한 것은 '숙향이 천상에서 무슨 죄를 저질렀기에 인간세계에서 다섯 번이나 죽을 액을 겪어야만 했는가'라는 문제이다. 다시 말해서 '숙향이 인간세계에 적강하게 된 이유가 무엇이었느냐'가 중요하다는 것이다. 그 이유가 「숙향전」의 유형을 설정하는 중요한 근거가 될 수 있기 때문이다. 「숙향전」에는 그 이유가 다음과 같이 제시되어 있다.

> 션네 쇼왈 부인니 인간의 날려와 더러온 ᄂᆡ와 더러온 믈를 쟈시니 우리를 몰나 보시는ᄯᅩ다 ᄒᆞ고 이슬갓튼 ᄎᆞ를 드리니 그졔야 월궁선네로 샹졔 압헤셔 ᄐᆡ을션군과 글지어 화답ᄒᆞ고 월연단 도적ᄒᆞ여 쥬고 인간의 귀향온 일를 역역히 알며 그 아희들은 월궁의 잇실졔 쟈갸 부리던 시네쥴 알고 붓ᄯᅳᆯ고 통곡ᄒᆞ며 반가온 마음를 측양치 못ᄒᆞ야 …… 숙향 왈 한가지로 득죄ᄒᆞ야 인간의 귀향왓싸ᄒᆞ되 션군은 호환으로 지ᄂᆡ게 ᄒᆞ고 나는 엇지 고힝으로 지ᄂᆡ게 ᄒᆞ엿는고. 옥네 ᄃᆡ왈 처음의 천샹의셔 득죄ᄒᆞᆯ세 부인니 먼져 희롱ᄒᆞ온 죄로 즁ᄒᆞ고 ᄯᅩᄒᆞᆫ 션군은 샹졔 압헤셔 일ᄀᆞᆨ도 ᄯᅥ나지 안이 ᄒᆞ는지라. 샹졔 가장 샤랑ᄒᆞ시되 월궁항애 정죄ᄒᆞ시ᄆᆡ 마지 못ᄒᆞ여 인간의 구향보ᄂᆡ시나 지금이라도 샤랑ᄒᆞ시는 ᄯᅳ지 즁ᄒᆞ시기로 귀히 되게 ᄒᆞ엿너이다.[39]

숙향이 천상에서 범한 죄는 '상제 앞에서 태을선군과 서로 글을 주고받고, 월연단을 훔쳐 태을선군에 준 것'이다. 숙향의 전신(前身)은 월궁

---

39) 한중연A본, 18~20쪽.

소아이고, 태을선군은 이선의 전신이다. 즉 숙향과 이선은 전생에 상제 앞에서 애정행각을 벌인 죄로 인간세계에 적강하게 되었던 것이다. 그런데 인간세계에서 숙향만이 다섯 번 죽을 액을 겪도록 조처한 것은 '월궁소아가 먼저 태을선군을 유혹했기 때문'이라고 한다. 그러나 숙향에게 내린 상제의 징계는 숙향의 전생 죄를 처벌하는 것이 근본 목적은 아니었다. 왕균이 예언했던 것처럼 숙향은 인간세계에서 다섯 번의 죽을 액을 겪은 후 천정배필인 이선을 만나 애정을 실현하고 행복하게 살다가 다시 천상으로 복귀하게 되어 있다. 즉 인간세계에서 숙향의 고난은 이선을 만나기 위한 시련이요, 또 이선과의 애정을 실현하기 위한 시련이었던 것이다.[40]

이러한 「숙향전」의 전생담은 전형적인 영웅소설로 평가되고 있는 「유충렬전」의 그것과는 아주 다르다. 「유충렬전」에서 유충렬의 전신은 자미원 장성이고, 정한담은 익성이다. 이들은 천상에서 백옥루 잔치 때 크게 싸운 죄로 지상에 적강하여 다시 인간세계에서 승패를 겨루도록 예정되어 있다. 숙향과 이선이 애정 문제로 인간세계에 적강한 존재라면, 유충렬과 정한담은 권력투쟁과 힘겨루기 때문에 인간세계에 적강한 존재인 것이다. 요컨대, 「숙향전」 서사의 핵심이 숙향과 이선의 애정라면,[41] 「유충렬전」 서사의 핵심은 영웅적 존재인 유충렬과 정한

40) 이런 점에서 「숙향전」은, 성진이 팔선녀에게 연정을 품었다는 이유로 함께 적강하여 인간세계에서 서로 결연을 맺도록 구성된 「구운몽」과 유사한 점이 있다. 그러나 「구운몽」에서 양소유와 팔선녀의 결연이 깨달음을 위한 수단에 불과한 것이었다면, 「숙향전」에서 숙향과 이선의 결연은 그 자체, 곧 애정의 실현이 목적이었다고 하겠다.

41) 「숙향전」을 영웅소설로 분류했던 조동일 역시 다음과 같이 논술하고 있어 주목된다. '이(「금방울전」)에 비해서 「숙향전」은 여성의 일생을 잘 다루고 있다. 숙향은 부모를 잃고 죽음의 위기를 겪으면서 살아갔는데, 이 기간 동안 숙향의 삶은 의미

담의 승패라고 하겠다. 이런 점을 고려할 때, 「숙향전」은 비록 일대기 형식을 취하고 있지만 영웅소설이 아니라 애정소설로 보는 것이 마땅할 것이다. 「숙향전」 한문본이 대부분 제목을 '이화정기우기(梨花亭奇遇記)', '이화정기적(梨花亭奇跡)', '이화정기(梨花亭記)', '재세기우기(再世奇遇記)' 등이라 하여 '이화정에서의 숙향과 이선의 기이한 만남'에 초점을 맞춘 것도 「숙향전」의 핵심적인 서사를 '숙향과 이선의 애정'으로 이해했기 때문이리라.

2. 작품의 현실적 성격과 애정 갈등

1) 사건의 전개 양상과 그 현실성

(1) 서술방식과 주인공의 능력

우리나라 고소설을 크게 신성소설(神聖小說)과 세속소설(世俗小說)로 구분했을 때, 신성소설의 범주에 속하는 고소설의 대부분은 천상계와 지상계라는 이원적 세계를 설정하고 있다. 또 이들 작품은 주인공이 천상에서 범한 잘못의 대가로 지상에 적강하여 온갖 고난을 겪은 후 부귀영화를 누리다가 다시 천상으로 복귀하는 것으로 구성되어 있다. 신

를 찾을 수 없으면서도, 고통스럽기만 한 것이었다. 그러다가 이선과 만나게 되자, 숙향은 비로소 삶의 의미를 발견하고 고통을 가져오는 세계의 악을 확인했다. 이선의 아버지가 숙향을 옥에 가두고 이선과의 애정을 유린하려 들자, 그전까지는 계속 피동적인 자세에서 고난을 감수하기만 하던 숙향이 이선의 아버지와 강렬하게 대결하여 삶의 유일한 의미인 애정을 수호했다. 「숙향전」은 여성의 입장에서 애정을 절대적인 것으로 삶은 작품이다(『한국소설의 이론』, 352쪽). 이러한 지적은 조동일이 일대기적 측면을 고려하여 「숙향전」을 영웅소설로 분류하긴 했으나, 숙향과 이선의 애정을 「숙향전」 서사의 핵심적인 사안으로 이해했다는 것은 보여준다.

성소설의 전형적인 형태로 거론되기도 했던 「숙향전」 역시 주인공 숙향이 천상에서 적강하여 온갖 고난을 겪다가 다시 천상으로 귀환한다는 내용으로 이루어져 있다. 그러나 「숙향전」은 구체적인 서술방식에서 매우 다른 점을 보여주고 있다. 대부분의 고소설의 경우 천상계와 지상계가 분리되어 있음에 반해, 「숙향전」에는 천상계와 지상계가 연결되어 있거나 천상 신령들이 직접 지상계에 나타나 숙향을 구원하는 것으로 서술되어 있는 것이다.

> (슉향이) 갈 듸 업셔 안즈 우노라 ᄒᆞ니 청죠 쏫봉오리를 물고 손등에 안거날 슉향이 ᄇᆡ곱푸물 견듸지 못ᄒᆞ여 그 쏫봉오리를 먹으니 눈니 말고 ᄇᆡ불너 정신니 식식ᄒᆞ며 몸의 향ᄂᆡ 진동ᄒᆞ더라. 이러나 그 ᄉᆡ 가난 듸로 ᄯᆞ라 두어 고ᄀᆡ를 넘어가니 산곡의 ᄒᆞᆫ 궁궐이 잇난듸 그 ᄉᆡ 큰문으로 드러가거날 슉향이 ᄯᆞ라 드러가니 …… 부인 왈 이 ᄯᆞ은 명ᄉᆞ계요 나는 후토부인니니다.[42]

이 대목은 숙향이 전란으로 인해 부모를 생이별하고 정처없이 떠돌다가 후토부인이 보낸 청조의 도움으로 굶주림을 면한 뒤, 청조의 안내로 명사계에 이르러 후토부인을 만나는 장면이다. 여기서 숙향이 부모를 잃고 정처없이 떠돌아다니는 것은 경험적인 영역인 지상계에 속하며, 청조가 준 꽃송이를 먹고 굶주림을 면했다거나 청조의 안내로 명사계에 가서 후토부인을 만났다는 것은 초경험적 영역에 속한다. 그런데 「숙향전」에서는 명사계라는 초월계가 지상계와 동일한 선상에 있거

---

42) 이대본, 15~17쪽. 작품 분석의 주 자료로는 한중연A본과 이대본을 사용하며, 기타 이본은 필요에 따라 참고하기로 한다. 이본 연구에서 살펴보았듯이, 「숙향전」의 경우 예외적인 이본 계열이라고 할 수 있는 박순호A본 계열과 나손B본 계열을 제외하고는 이본 간의 차이가 거의 없다.

나, 청조라는 초월적 존재가 직접 지상계에 나타나 숙향을 구원하는 것으로 서술되어 있다. 「숙향전」에는 이와 같은 장면이 상당한 비중을 차지하고 있다. 포진강에 빠진 숙향을 용녀와 선녀가 구한다거나 갈대밭 화재로 인해 죽을 위기에 처한 숙향을 천상 신령인 화덕진군이 구원하는 장면 등은 모두 이러한 속성을 가지고 있다. 이러한 「숙향전」의 특징에 대해 조동일은 다음과 같이 지적하였다.

> (「숙향전」은) 영웅으로서의 능력은 제거되고, 영웅의 일생이라는 유형 구조만 갖추고 있다는 점에 영웅소설이라고 할 수 있을 따름이다. 경험적인 영역에서의 일상적인 삶이 초경험적인 영역과 바로 연결되어 있는데 그런 줄 모른다는 것으로 긴장을 만들고 풀어나가는 수법을 삼아서, 남성 주인공의 영웅소설에서 볼 수 있는 바와는 다른 구조를 이루었다.[43]

조동일의 지적대로 「숙향전」은 경험적인 영역에서의 일상적인 삶이 초경험적인 영역과 바로 연결되어 있는데, 숙향은 그런 줄 모른다는 것을 긴장을 조성하고 있다. 그러나 여기서 고찰하고자 하는 것은 「숙향전」의 서술방식 자체가 아니라, 서술방식과 숙향의 성격과의 관계 양상이다. 조동일은 경험적인 영역과 초경험적 영역이 바로 연결되어 있는 「숙향전」의 서술방식을 소설적 수법으로 이해하고 있을 뿐, 영웅적 능력의 부재[44]라는 숙향의 성격과 서술방식 사이의 관계 양상은 고려

---

43) 조동일, 『한국문학통사』 3, 지식산업사, 1984, 483쪽.

44) 조동일은 숙향이 영웅적 능력이 '제거'된 인물이라고 표현했으나, '제거'라는 용어는 숙향의 성격이 다른 영웅소설의 주인공과는 달리 현실적인 인물을 사실적으로 반영하는 결과로 이해되기 때문에 적절치 않다고 생각한다. 이에 필자는 '제거'라는 용어 대신 '부재'라는 용어를 사용한다.

하지 않았다.

조동일의 지적대로 「숙향전」은 영웅의 일생이라는 유형 구조를 갖추고 있으면서도 주인공에게 영웅적 능력이 부여되지 않았다는 점에서 다른 영웅소설과 구별된다. 숙향은 천상에서 적강한 인물임에도 처음부터 끝까지 철저하게 평범한 존재로 형상화되어 있는 것이다. 숙향의 남다른 자질이라면 그것은 탁월한 미모와 수놓는 재주뿐이다. 그러나 이러한 숙향의 자질은 영웅적 능력과는 전혀 별개의 것이며, 현실적인 고난이나 위기를 극복할 수 있는 힘이 되지 못한다. 즉 숙향은 나약한 전쟁고아로서 현실세계에 놓여 있으며, 자신의 힘으로는 현실적 고난이나 위기를 극복하지 못하는 존재인 것이다. 이로 인해 숙향이 위기에 처할 때마다 후토부인이나 천상선녀, 화덕진군, 마고할미 등 초월적 존재들이 경험적인 영역인 지상계에 직접 출현하여 숙향을 구원하게 된 것이다. 「숙향전」에서 천상계와 지상계가 분리되지 않거나 겹친 것처럼 보이는 것은 바로 초월적인 존재가 직접 지상계에 출현하여 숙향을 구원함으로써 이루어진 외적 드러남이라고 하겠다. 다시 말해서, 숙향이 천상에서 적강한 인물이면서도 영웅적 능력을 소유하지 못했기 때문에 서사의 지속을 위해서는 필연적으로 초월계의 직접적인 개입할 수밖에 없었으며, 그 결과 천상계와 지상계의 미분리라는 「숙향전」의 독특한 서술방식이 생겨났다는 것이다. 요컨대, 경험적인 영역에서의 일상적인 삶이 초경험적인 영역과 바로 연결되어 있는 「숙향전」의 서술방식은 '영웅적 능력'의 부재 라는 숙향의 성격에서 비롯되었다고 하겠다.

영웅적 능력의 부재라는 숙향의 성격이 「숙향전」의 독특한 서술방식을 낳은 근본 원인이 된다는 것은 「숙향전」의 작품적 성격과 관련해 중요한 의미를 지닌다. 지금까지 「숙향전」은 몽환적·비현실적 부분을 제외하면 아무것도 남는 것이 없다거나, 「숙향전」처럼 도선적 플롯이 일관된 고소설은 없다[45]는 등 주로 비현실적이며 환상적인 작품으로 이해되어 왔다. 「숙향전」에 대한 이러한 이해는 바로 경험적인 영역과 초경험적인 영역의 미분리라는 서술방식에 주목한 결과라고 할 수 있다. 그러나 '영웅적 능력의 부재'라는 숙향의 성격이 「숙향전」의 독특한 서술방식을 낳은 근원이라고 할 때, 관심의 초점이 달라져야 한다. 다시 말해서 「숙향전」의 성격을 이해할 때 경험적 세계와 초경험적 세계의 미분리라는 서술방식보다는 영웅적 능력의 부재라는 숙향의 성격과 고난에 주목해야 한다는 것이다.

숙향은 천상에서 하강한 인물임에도 불구하고 영웅적 능력이 없다. 이는 숙향이 그만큼 일상적인 존재로서 현실적 성격이 강하다는 것을 의미한다. 실제로 숙향은 작품 전반에 걸쳐 일상적인 존재로서 사고하고 행동한다. 숙향의 고난도 일상적인 존재가 현실세계에서 경험할 수 있는 것들이다. 특히 숙향이 겪는 고난이 숙향의 현실적 처지와 밀접한 관련 속에서 일관되게 서사되어 있다는 사실은 주목할 필요가 있다.

(2) 숙향의 고난과 그 현실성

「숙향전」은 여주인공 숙향의 고행담을 중심으로 엮어진 소설이라고 할 수 있을 만큼 숙향의 고난이 큰 비중을 차지하고 있다. 특히 전반부는 숙향의 '고난의 여정'이라고 할 수 있다. 숙향은 작품 전반에 걸쳐 다섯 번의 죽을 위기를 겪는데, 이를 소설의 전개 순서에 따라 나열하면

45) 김기동, 『한국고전소설연구』, 196쪽.

다음과 같다.

(1) 전란 중 도적에게 죽을 위기
(2) 전쟁고아로서 굶어 죽을 위기
(3) 사향의 모함과 강물에 빠져 죽을 위기
(4) 갈대밭 화재로 불타 죽을 위기
(5) 이상서의 살해 기도와 낙양옥에서 죽을 위기

숙향이 겪게 될 다섯 번의 위기는 천상에서 범한 잘못의 대가로 설정되어 있다. 숙향이 전생에서 이선의 전신인 태을선군과 애정행각을 벌인 대가로 인간세상에서 다섯 번의 죽을 시련을 겪어야 한다는 것이다. 그런데 숙향이 죽을 위기에 처할 때마다 후토부인, 선녀와 용녀, 화덕진군, 마고할미 등 초월적 존재들이 직접 현신하여 숙향을 구한다. 이로 인해 숙향이 겪는 고난은 물론 「숙향전」 전체가 환상적이고 비현실적인 느낌을 자아낸다. 그러나 숙향이 지상에서 겪는 고난 자체만을 두고 볼 때, 고난의 성격이 매우 현실적일 뿐만 아니라 조선 후기의 역사적 현실과 인정세태를 사실적으로 반영하고 있다.[46] 특히 다섯 번의 위기가 숙향의 현실적 처지와 밀접하게 관련되어 있다는 점을 주목할 필요가 있다.

숙향의 고난은 전란에서 비롯된다. 숙향이 다섯 살 때 적병이 형초를 침범하자 숙향의 부모인 김전과 장씨는 강능으로 피난하는데, 피난 도중 적병을 만나 부득이 숙향을 반야산 바위틈에 숨기고 달아난다. 그러

46) 연변학자인 허문섭은 '「숙향전」을 봉건 말기 사회 각 계층의 인정세태를 반영한 소설로 평가(『조선고전문학선집(15)』, 민족출판사, 1985, 2쪽)하였다.

나 숙향은 뒤따라온 도적들에게 발견되어 죽을 위기에 처한다. 다행히 한 늙은 도적이 숙향을 불쌍하게 여겨 인근 마을에 두고 가지만, 숙향은 부모와 생이별한 전쟁고아가 되고 만다.

전란으로 인해 고아가 된 어린 숙향은 부모를 찾아 유리걸식하면서 여러 마을을 떠돈다. 그러나 마을 사람들은 부모를 잃고 헤매는 어린 숙향을 불쌍하게 여기면서도 자신들 역시 피난민 처지라 데려가지 못한다.

> (슉향이) 여러 모흘 넘어 큰 마을이 잇거날 마을 가온ᄃᆡ 드러가며 실피 부모를 부라니 보난 ᄉᆞ람이 불ᄉᆞᆼ이 네겨 왈 일정 란즁의 부모를 일은 아ᄒᆡ로다. 음식을 쥬어 먹이며 그 비ᄉᆞᆼ한 얼골을 보고 지루고져 ᄒᆞ나 져의도 피란ᄒᆞ여 동셔분쥬ᄒᆞᄆᆡ 다려가지 못ᄒᆞ더라.[47]

숙향의 고난은 천상에서 범한 잘못의 대가로 이미 예정된 것처럼 서술되어 있다. 이로 인해 자칫 전쟁고아로서 숙향이 겪는 고난 그 자체마저 비현실적인 것으로 이해되기 쉽다. 특히 부모가 어린 자식을 버린다거나 마을 사람들이 부모를 잃고 울부짖는 어린아이를 보고도 방치한다는 것이 현실적으로 있을 수 없는 일처럼 생각될 수도 있다. 더 나아가 전쟁고아로서 숙향의 존재 역시 순전히 허구적 인물에 불과한 것으로 인식되기도 한다.

그러나 전쟁고아로서 숙향의 존재는 현실성을 강하게 내포하고 있으며, 위의 표현 역시 매우 사실적인 것으로 보아야 한다. 임·병양란이라는 참혹한 전쟁을 경험했던 조선 후기 사람들에게 자신이 살기 위해

---

47) 이대본, 13~14쪽.

자식을 버리거나 전쟁고아를 구제하지 못하는 피난민들의 행위가 경험하기 어려운 것이라고는 할 수 없다. 또한 조선 후기에는 숙향과 같이 부모에게 버려진 고아가 많았다. 이는 숙종 때 유기아수양법(遺棄兒收養法)을 정하여 전국에 반포하지 않을 수 없을 정도로 기아(棄兒)가 많았다[48]는 사실에서도 확인된다. 조선 후기 영웅소설에 많이 나타나는 '기아모티브' 역시 이러한 역사적 현실과 무관하다고 할 수 없다. 특히 「숙향전」은 17세기 말에 창작된 작품이 분명한바, 숙향의 존재는 숙종 때의 사회적 현실과 관련이 있는 것으로 생각된다.[49]

숙향이라는 존재의 현실성은 세 번째 죽을 액인 '사향의 모함' 과정에서 역력히 드러난다. 사향의 모함은 그 동기의 사실성을 비롯하여 구체적이고 생생한 묘사 등 사실적 성격이 강하게 표출되어 있는데, 이를 논의하기에 앞서 숙향이 장승상댁에 정착하게 된 경위를 살펴볼 필요가 있다.

전란으로 인해 고아가 되어 유리걸식하던 숙향은 일차 남군땅 장승상댁에 정착하게 된다. 부모를 잃은 이후 갈 곳이 없어 추위와 굶주림에 시달리던 숙향은 초월적 존재인 후토부인에 의해 구제되며[50], 숙향

48) 정석종, 「숙종년 승려세력의 거사계획과 장길산」, 『조선후기사회변동연구』, 일조각, 1983, 134쪽.

49) 「숙향전」이 숙종 때의 사회적 현실을 반영하고 있다는 것은 "황제도 정궁을 폐ᄒᆞ시고 후궁을 마ᄌᆞ스니"(이대본, 119쪽)나 "황졔도 졍궁를 폐ᄒᆞ고 후궁를 춍신ᄒᆞ야"(한중연A본, 51쪽)라는 구절을 통해서도 어느 정도 확인할 수 있다. 즉 이 구절은 정궁인 인현왕후를 폐하고 장희빈을 정궁으로 맞이했던 숙종의 일을 두고 말한 것으로 추정된다는 것이다.

50) 숙향의 두 번째 죽을 액은 명사계에 들어가 후토부인을 만나는 것인데, 이것은 숙향의 굶어 죽을 위기를 도선적 요소와 결부시켜 환상적으로 처리한 것이라고 할 수 있다. 이는 "노션이 ᄯᅩ 갈오ᄃᆡ 도젹니 ᄯᅩ 달려다가 유곡역마을의 두고 가니 봉황금쵸가 아도ᄒᆞ여 명샤계예 후토부인 궁즁의 갓시니 게가 ᄎᆞ쟈 볼숀야. 김전 왈 그리면 죽엇샵는잇가."(한중연A본, 76쪽)라는 용왕과 김전의 대화에서 확인된다. 즉 숙

이 장승상댁에 이르게 된 것도 후토부인이 보낸 사슴의 안내에 의한 것으로 서술되는 등 도선적 요소와 결부되어 환상적으로 처리되어 있다. 그러나 숙향이 장승상댁에 정착할 수 있었던 현실적 근거가 작품에 뚜렷하게 드러나 있다. 늦도록 자식이 없었던 장승상 부부는 숙향을 얻어 수양딸처럼 양육한 것으로 서술되어 있는데, 실제 장승상댁에서의 숙향의 처지는 하인과 크게 다를 바 없었다. 숙향이 10세가 되자 장승상은 집안의 대소사를 모두 숙향에게 맡기는데, 이는 시비 사향이 맡아서 했던 일이다. 또 실제로 숙향은 사향의 모함으로 장승상댁에서 쫓겨난 이후 장승상댁에서 자신의 신세가 '고공살이'였다고 분명하게 언급하고 있다.

> 슉향 왈 나난 팔ᄌᆞ 긔구ᄒᆞ여 부모를 여히고 미쳔ᄒᆞᆫ 거어지 되여 의탁할 곳지업셔 남의 고공ᄉᆞ리ᄒᆞ다가 ᄋᆡᄆᆡᄒᆞᆫ ᄋᆡᆨ명을 싯지 못ᄒᆞ고 셰ᄉᆞᆼ의 잇지 못ᄒᆞ여 물의 ᄲᆡ져 죽으려 ᄒᆞ거날…….[51]

숙향이 사향 대신 집안의 대소사를 맡을 수 있었던 것으로 보아 숙향은 장승상 부부의 신임을 받았다고 할 수는 있다. 그러나 장승상댁에서의 숙향의 처지가 '고공(雇工)'의 신세였으며[52], 시비 사향과 비슷한 처

향이 명사계에 들어갔다는 것은 굶어 죽었다는 것을 의미하는바, 이는 전쟁고아로서 숙향의 삶이 그만큼 처절한 것이었음을 드러낸 것이라고 하겠다.

51) 이대본, 40쪽. 심씨본에는 이 대목이 "淑香曰 나ᄂᆞᆫ 八字 崎薄ᄒᆞ여 父母를 여희고 人間 微賤ᄒᆞᆫ 거워지라 依託ᄒᆞᆯ 곳이 업서 ᄂᆞᆷ의 집 雇工사리ᄒᆞ다가 愛昧ᄒᆞᆫ 惡名을 싯고 ᄎᆞᆷ아 世上의 잇지 못ᄒᆞ여 믈의 ᄲᆡ져 죽으려 ᄒᆞᄋᆞᆸᄂᆞᆫᄃᆡ……"(162쪽)라고 서술되어 있다.

52) 정석종에 의하면, 유기아수양법과 관련된 '구휼아위논법(救恤兒爲奴法)'이 있었는데, 이 법은 '흉년 때의 임시적인 구휼을 그 목적으로 하고 있는 듯이 보이나 실제로는 도망한 노비의 계속적인 증가로 인한 당시 양반사회의 기반이 흔들리는 데 대

지였다는 것은 분명하다.[53] 또 사향이 숙향은 모함했던 것은 바로 자신이 맡아 하던 일이 숙향에게 넘어갔기 때문이다.

> 그즁 ᄉᆞ향이란 종년니 극히 간악ᄒᆞᆫ지라. 승상ᄃᆡᆨ 범ᄉᆞ를 제 맛타실 ᄯᆡ는 제집이 요부ᄒᆞ더니 슉향이 맛튼 후로난 ᄉᆞ향이 손털고 물너나 ᄆᆡ일노 원망ᄒᆞ여 ᄆᆡ양 슉향을 모ᄒᆡ코져 ᄒᆞ더라.[54]

숙향에 대한 사향의 모함은 지극히 현실적인 이해관계에서 비롯된다. 사향은 장승상댁 시비로서 집안의 대소사를 도맡아 하면서 자신의 치부를 도모했던 인물이다.[55] 그런데 숙향이 들어와 대소사를 도맡게 되면서 사향은 치부할 기회를 상실하게 된 것이다. 따라서 사향이 숙향의 존재를 용인한다는 것은 현실적으로 어려웠다고 할 수 있다. 요컨대 사향이 숙향을 모함한 것은 조선 후기 부귀가의 살림살이와 관련해 시비들 사이에 벌어질 수 있는 알력 다툼을 사실적으로 반영하고 있는바, 이는 장승상댁에서의 숙향의 처지가 시비와 다름이 없는 존재였다는 것을 분명하게 보여 준다고 하겠다.

한 배려도 포함된 조처'(앞 책, 134쪽)였다고 한다. 이 법에 따르면 숙향은 법적으로 장승상의 노비가 되는 셈이다. 따라서 '장승상댁에서 자신의 신세가 고공'이었다는 숙향의 진술은 매우 사실적인 것으로 보아야 한다.

53) 이는 사향이 숙향을 부를 때마다 'ᄌᆞᄂᆡ'(이대본, 35쪽과 36쪽)라는 일컫는 데서도 알 수 있다.

54) 이대본, 25쪽.

55) 사향은 사실적 성격이 강한 인물이다. 대부분의 고소설에서 악인형의 인물이 선인형보다 현실적 성격이 강하며, 행동 역시 현실적 원리에 따르고 있는 것은 사실이다. 「사씨남정기」의 교씨를 비롯하여 「장화홍련전」의 허씨 등은 사향과 마찬가지로 철저하게 현실적인 이해관계에 따라 행동하는 인물들이다. 그러나 사향의 형상에는 조선 후기의 세태가 더욱 핍진하게 반영되어 있다. 부귀한 집안의 시비로서 집안의 대소사를 도맡아 하면서 자신의 치부를 도모한다는 것이 매우 그럴싸하다.

숙향은 초월적 존재인 후토부인의 인도로 장승상댁에 정착한 것으로 서사되어 있다. 그럼에도 장승상댁에서의 숙향의 처지가 시비였다는 사실은 숙향의 존재는 물론 숙향의 고난이 매우 현실적이라는 것을 입증하는데 부족함이 없다. 즉 전란으로 부모를 잃고 의지할 곳 없이 유리걸식하면서 떠돌던 숙향은 다소 부귀한 집에 시비로 들어갔던 것이다.

숙향에 대한 사향의 모함 대목은 모함의 동기가 매우 사실적이라는 점도 간과할 수 없지만, 숙향의 현실적 처지가 사실적으로 서술되어 있어 주목된다. 남달리 숙향을 신임하던 장승상 부부는 사향이 숙향을 모함하자 숙향이 상인(常人)의 자식이 아닌가 의심하기에 이른다.

> 우리난 숙향을 양반의 ᄌᆞ식이라 ᄒᆞ여 친ᄌᆞ식갓치 네겨더니 ᄉᆞᆼ인의 ᄌᆞ식이라 힝실이 무ᄉᆞᆼᄒᆞ여 우리를 속여 승ᄉᆞᆼ의 ᄌᆞᆼ도와 나의 봉치를 제 방의 감초와 두고…….[56]

전쟁고아인 숙향을 양반 출신으로 알았던 승상 부부는 사향의 모함에 상인의 자식으로 단정해 버린다. 사향도 숙향을 모함하면서 "숙향을 양반의 ᄌᆞ식인가 네겨솝더니 진즛 ᄉᆞᆼ인의 ᄌᆞ식이 분명ᄒᆞ더이다."[57]라며 숙향의 출신 성분을 문제 삼고 있다. 여기서 논하고자 하는 것이 숙향의 실제 출신 성분이 무엇이냐 하는 것은 아니다. 중요한 것은 장승상댁에서의 숙향의 처지가 매우 사실적으로 서술되고 있다는 것이다. 숙향의 출신 성분이 문제가 된 것은 어떤 사람도 숙향의 출신을 알

---

56) 이대본, 28쪽.
57) 이대본, 46쪽.

수 없다는 사실에서 비롯된다. 숙향이 어려서(5세 때) 부모와 헤어진 탓에 본인은 물론 주변 인물들 역시 숙향의 신분을 알 길이 없다. 승상 부부나 사향이 숙향의 신분을 문제 삼았다는 것은 바로 이러한 숙향의 현실적 처지가 사실적으로 반영된 것이라고 하겠다.

사향은 숙향을 쫓아내기 위해 중상모략을 계속하면서 출신 성분을 알 수 없는 채 유리걸식했던 숙향의 현실적 처지를 철저하게 악용하기도 한다.

> ᄉᆞ향이 부인 보난ᄃᆡ는 급히 가난 체 ᄒᆞ고 밧게 나와 마을 집의 잇다가 이윽ᄒᆞ여 드러오되 헐헐ᄒᆞ며 숢ᄎᆞᄒᆞ난 체 ᄒᆞ고 엿ᄌᆞ오되 발셔 멀니 가ᄉᆞᆸ거날 급히 가 ᄌᆞᆸ고 부인 말ᄉᆞᆷ을 이르온 직 슉향이 닙을 세쥭세쥭ᄒᆞ며 왈 ᄂᆡ 얼골과 ᄌᆡ죠를 가지고 어ᄃᆡ가 그만ᄒᆞᆫ 옷밥을 못어드리요 온갓 비양진 말을 무슈이 ᄒᆞ고 ᄒᆞᆫ가지 가난 ᄒᆡᆼ인과 온갓 히롱을 ᄎᆞᆷ혹히 ᄒᆞ노니 소비등도 ᄒᆡᆼ실이 그리 칙칙ᄒᆞ고 더러오물 ᄎᆞᆷ아 입의 젹셔 아뢰지 못할쇼이다.[58]

이 대목은 장승상 부부가 사향의 모함으로 숙향을 의심하게 되자 사향이 간계로 숙향을 쫓아내고, 뒤늦게 숙향이 나간 것을 안 승상 부인이 사향을 시켜 다시 불러오게 하자 거짓으로 숙향을 모함하는 장면이다. 사향이 부인을 속이기 위해 취한 행동이 매우 사실적이고 생생하게 표현되어 있다. 또 이 대목은 당대의 세태를 사실적으로 반영하고 있어 주목된다. 숙향이 함께 가는 행인과 온갖 희롱을 하면서 갔다는 사향의 모함은 당대의 부랑아나 유랑인들의 행각을 사실적으로 반영한 것으로 보인다. 사향은 앞에서도 "엇던 남ᄌᆞ와 두리 가며 셔로 손목잡고 히

58) 이대본, 47쪽.

롱ᄒᆞ며 가더이다"[59]라며 숙향을 모함할 뿐만 아니라, 숙향은 "본ᄃᆡ 비러먹난 거어지"[60]였다고 말한다. 이러한 사향의 모함은 숙향이 장승상댁에 오기 전에 전쟁고아로서 유리걸식한 사실을 당대 유랑인들의 세태와 관련지어서 철저하게 악용한 것인바, 숙향에 대한 사향의 모함은 숙향의 현실적 처지를 당시 유랑인들의 현실과 관련지어 매우 사실적으로 서사했다고 할 수 있다.

사실 「숙향전」에서 숙향이 유리걸식하는 장면은 부모를 이별한 직후를 제외하고는 특별히 나타나지 않는다. 그러나 숙향은 기회 있을 때마다 자신이 '다섯 살에 부모를 여의고 동서분주하며 정처 없이 다니면서 굶어 지냈던 때가 한두 때가 아니었다'[61]고 술회한다. 걸인 행각에 대한 숙향의 반복적 술회는 과거의 시련과 고통을 강조하는 의미가 있다. 그러나 그 시련과 고통은 전쟁고아인 숙향이 현실에서 겪을 수밖에 없었던 것들이다. 조선 후기 전쟁고아들은 대부분 숙향처럼 유리걸식할 수밖에 없었을 것이다. 따라서 숙향이 유리걸식했던 일을 반복적으로 술회한 것은 전쟁고아로서의 숙향의 현실적 처지를 사실적으로 형상화한 것이라고 하겠다.

유랑하는 걸인이었다는 숙향의 형상은 장승상댁에서 쫓겨난 직후 숙향이 취한 행위에서도 엿볼 수 있다.

> 문득 ᄉᆡᆼ각ᄒᆞ니 졀문 계집아ᄒᆡ ᄉᆡ옷설 입고 질의 단니다가 더러온 욕을 볼가 두려 촌가의 드러가 헌옷설 밧고와 입고 낫ᄐᆡ 거문 칠ᄒᆞ고 ᄒᆞᆫ 눈 멀고 ᄒᆞᆫ팔과 ᄒᆞᆫ 다리 져난 병신니 되여 막ᄃᆡ를 집고 질

59) 이대본, 46쪽.
60) 이대본, 48쪽.
61) 심씨본, 159쪽.

노 바ᄌᆞᆼ이니 보난 ᄉᆞ람이 불ᄉᆞᆼ타 이르더라.[62]

장승상댁에서 쫓겨난 숙향은 젊은 여자가 색동옷을 입고 길에 다니다가 더러운 욕을 당할까 두려워 촌가에 들어가 헌 옷으로 바꿔 입을 뿐만 아니라, 낯에 검은 칠을 하고 한 눈 멀고 한 팔과 한 다리를 저는 병신 행세를 한다. 숙향은 부모와 헤어진 이후 유리걸식하면서 굶주림과 추위를 수없이 경험했으며, 굶주림과 추위 때문에 저승의 문턱인 명사계까지 갔던 인물이다. 그런 숙향이 단순히 더러운 욕을 당할까 두려워 일부러 병든 거지 행색으로 꾸몄다고 보기는 어렵다. 헌 옷을 입고 더러운 얼굴을 한 채 막대를 집고 절룩거리며 길거리를 배회하는 숙향의 모습은 전형적인 유랑걸인의 형상이다. 비록 옷을 바꿔 입은 숙향의 행위를 사실적인 것으로 간주하더라도, 이는 순결을 지키기보다는 구걸을 위한 처신으로 보아야 한다. 요컨대, 위의 서술은 유랑걸인이라는 숙향의 본래 형상을 젊은 여자가 혼자 다니기 어려운 세태와 관련지어 숙향의 처신을 미화한 것이라고 하겠다.[63]

이렇게 유리걸식하며 방황하던 숙향은 네 번째 죽을 액인 갈대밭 화재를 만난다.

62) 이대본, 45쪽.

63) 「숙향전」은 전반적으로 현실적 성격이 매우 강한 일련의 사건들을 도선적 요소와 결부시켜 환상적으로 서사하는 가운데 숙향의 현실적 처지와 신분을 미화하거나 정절을 강조한다. 숙향이 이화정이라는 술집에 기거할 때 술집 할미가 자신을 기생으로 삼을까 염려하여 거짓으로 병신 행세를 하기도 한다. 이렇듯 환상적 서사를 통해 숙향의 현실적 처지와 신분 미화하고 정절을 강조한 것은 궁극적으로 현격한 신분 차이를 내포하고 있는 숙향과 이선의 결연을 합리화하기 위한 것이라고 할 수 있다.

> 이적의 슉향이 혼ᄌᆞ 울며 동ᄃᆡ희로 가더니 ᄒᆞᆫ 곳ᄃᆡ 다다르니 너른 들의 갈숩피 ᄒᆞ날의 다인듯 ᄒᆞᄆᆡ 갈길을 찻지 못ᄒᆞ여 갈속으로 제우 질을 ᄎᆞᄌᆞ오더니 셔산의 날이 ᄯᅥ러지ᄆᆡ 갈슈풀을 의지ᄒᆞ여 ᄌᆞ더니 밤즁은 ᄒᆞ여 찬바람이 급히 이러나며 ᄉᆞ면의 불이 ᄌᆞ옥ᄒᆞ여 오거날…….[64]

갈대밭 화재 역시 예정된 것이며, 초월적 존재인 화덕진군이 불타 죽을 위기에 처한 숙향을 구원하는 것으로 서사되어 있다. 이로 인해 갈대밭 화재 역시 순전히 비현실적인 사건으로 이해하기 쉽다. 그러나 이 사건 또한 현실적 개연성이 충분하다. 정처 없이 떠돌아 다니는 유랑걸인들이 겪는 고난의 경험은 일상인의 경험보다 훨씬 다양하다. 주거가 일정한 사람이 갈대밭에서 자다가 화재를 만났다면 그것은 특이한 경험이라고 할 수 있다. 그러나 잠잘 곳이 없는 유랑걸인이 갈대밭에서 자다가 화재를 만나 죽을 뻔했다는 것은 현실적으로 충분히 있을 수 있는 일이다. 특히 야산의 갈대밭은 잘 곳이 없는 유랑걸인들이 잠시나마 휴식을 취하거나 잠을 잘 수 있는 좋은 공간이다. 또 날씨가 건조한 계절에 갈대숲의 화재는 인위적이건 자연 발생적이건 흔히 경험할 수 있는 일이다. 따라서 숙향의 고난의 하나로 설정된 갈대밭 화재 역시 현실적 개연성이 농후한 사건이며, 이는 유랑걸인으로서 숙향이 겪었던 고난 가운데 하나를 서사한 것이라고 할 수 있다.

갈대밭 화재가 유랑걸인으로서 숙향이 겪었던 고난 가운데 하나였을 가능성은 화덕진군의 불완전한 구원을 통해서도 추정할 수 있다.

---

64) 이대본, 53~54쪽.

> 불 형세 급ᄒᆞ니 너 가진 것과 옷설 버셔 너 셧던 곳의 놋코 네 몸만 ᄂᆡ 등의 업피라 ᄒᆞ거날 슉향이 옷설 버셔 노흐니 불이 발셔 옷ᄉᆡ 다엿더라. 노인이 ᄉᆞᄆᆡ로셔 불끈 부치를 ᄂᆡ여 붓치니 그 불이 노인 잇난 ᄃᆡ난 오지 아니 ᄒᆞ더라.[65]

숙향이 불에 타 죽을 순간에 갑자기 나타난 화덕진군은 숙향에게 옷을 다 벗고 자기 등에 오르라고 한 다음, 불 끄는 신비한 부채로 불의 접근을 막는다. 초월적 존재인 화덕진군이 숙향을 화재에서 구하기 위해 '옷을 다 벗으라고 한 것'이 심상치 않다. 굳이 숙향이 옷을 벗지 않더라도 화덕진군은 불을 다스리는 신령이기 때문에 숙향을 쉽게 구할 수 있을 듯하다. 그런데 화덕진군은 굳이 숙향에게 옷을 다 벗고 자기 등에 오르라고 한 이후 불길을 막는다. 즉 숙향은 초월적인 존재의 구원에도 불구하고 벌거벗는 신세를 면하지 못한 것이다.

이렇게 서사한 까닭이 무엇인지 분명하게 알 수는 없다. 그 이유로 숙향의 고난 강조, 소설적 흥미 유발, 작가의 미숙 등을 생각해 볼 수 있을 터이다. 그러나 필자는 이런 이유보다는 헐벗은 유랑걸인이라는 숙향의 현실적 이미지와 관련되어 있다고 생각한다. 이는 대부분의 이본에 숙향이 벌거벗긴 채 구원을 받은 것으로 서사되어 있다는 점과 숙향이 화재 사건 이후 마고할미를 만날 때까지 여전히 벌거벗은 상태였다는 점에서도 알 수 있다. 즉 헐벗은 유랑걸인이라는 숙향의 강한 이미지는 초월적인 존재의 구원 설정에도 불구하고 어찌할 수 없었다고 하겠다. 또한 갈대밭 화재 위기가 현실적 개연성이 충분한 사건인 만큼 유랑걸인인 숙향의 현실적 처지와 벌거벗은 숙향의 이미지는 일맥상

---

65) 이대본, 55쪽.

통하는 점이 있다. 요컨대, 갈대밭 화재 사건은 유리걸식하며 정처 없이 떠돌던 숙향이 겪었던 현실적 고난 가운데 하나를 화덕진군과 연계지어 환상적으로 서사한 것이라고 하겠다.

갈대밭 화재 위기에서 벗어난 숙향은 헐벗은 채 길거리를 방황하다가 '이화정'이라는 술집을 경영하는 노파를 만나 부모와 헤어진 이후 두 번째로 정착한다. 숙향이 이화정에 정착하게 된 것 역시 술집 주모가 마고할미라는 신령으로 설정되어 있어 순전히 비현실적인 것으로 간주되기 쉽다. 그러나 의지할 데 없이 유리걸식하던 숙향이 술집에 정착하게 되었다는 것은 현실적 개연성이 매우 높다.

> 숙향이 울며 동ᄃᆡ흘 향ᄒᆞ여 가더니 날이 ᄉᆡᄆᆡ 벌거벗고 가기도 어렵고 ᄯᅩᄒᆞᆫ ᄇᆡ곱파 움지기지 못ᄒᆞ고 질ᄉᆡᆨ 슈풀을 의지ᄒᆞ여 안잣노라 ᄒᆞ니 문득 엇던 할미 광져리를 엽페 씌고 가다가 슉향의 겻ᄐᆡ 안지며 왈 네 엇더ᄒᆞᆫ 아ᄒᆡ완ᄃᆡ 졈잔은 것시 옷설 벗기고 왓난야. … … 슉향 왈 갈 곳지 업셔 예 안잣나니다. 할미 왈 나난 무ᄌᆞ식ᄒᆞᆫ ᄉᆞ람이어니와 네 ᄉᆡᆼ을 보니 진즛 병인의 츄ᄒᆞ미 가이업다 질가의 안ᄌᆞ 우지 말고 ᄂᆡ집이나 직키고 나와 ᄒᆞᆫ가지 가미 어더ᄒᆞᆫ요. 슉향 왈 할미 나를 다려다가 바리지 아니 ᄒᆞ시면 ᄯᆞ라가오련니.[66]

갈대밭 위기에서 벗어난 숙향은 벌거벗고 다니기도 어렵고 배도 고파 길가 수풀에 기대어 앉아 있는데, 갑자기 어떤 할미가 나타나 '자기는 자식 없이 혼자 사는 사람'이라며 숙향에게 함께 살자고 제안한다. 이에 숙향은 '나를 버리지 않는다면 따라가겠다'며 기꺼이 그 제안을 받아들인다. 유리걸식하는 숙향에게 길가에서 우연히 만난 할미의 제

---

66) 이대본, 57쪽.

안은 반갑기 그지 없었으리라. 더구나 장승상댁에서 시비로나마 안정적인 정착 생활을 맛보았던 터라, 숙향은 유리걸식하는 삶에서 벗어나기를 간절하게 희구했을 것이다. 그래서 할미가 어떤 사람인지도 모르면서 할미의 제안을 기꺼이 수용했다고 할 수 있다.[67]

반면에 이화정 할미는 자식 없이 홀로 술집을 경영하는 처지다. 술집에 젊은 여자가 필요한 것은 예나 지금이나 크게 다르지 않았으리라 생각한다. 즉 홀로 술집을 운영하는 노파에게 숙향과 같은 젊은 여자는 매우 필요한 존재였다는 것이다. 더구나 숙향은 유랑걸인이기 때문에 정착해서 헐벗음과 굶주림만 면할 수 있다면 그곳이 비록 술집이라고 할지라도 전혀 마다하지 않을 존재이다. 따라서 숙향과 이화정 노파의 만남은 서로에게 절실했으며, 또 그런 만큼 이들의 만남은 필연적이었다고 할 수 있다.

다섯 살 때부터 전쟁고아로 유리걸식하던 숙향은 남의 집 고공으로 일차 정착을 했다가 쫓겨난 인물이다. 숙향이 장승상댁에서 쫓겨난 결정적 계기는 사향의 모함 때문이라고 할 수 있다. 그러나 그 근본 원인은 숙향 자신에게 있다고 보아야 한다. 숙향은 장승상댁에 정착하기 이전에 전쟁고아로 유리걸식하던 존재였다. 이러한 숙향의 전력(前歷)이 사향에게 모함의 빌미를 주었으며, 장승상 부부로 하여금 사향의 모함을 믿게 했던 것이다. 따라서 숙향이 장승상댁에서 쫓겨난 것은 근본적으로 자신의 현실적 처지에서 비롯된 것인 만큼, 다시 남의 집 하녀로 들어간다는 것은 쉬운 일[68]이 아니다. 결국 숙향은 자신의 현실적 처지

67) 경판본에는 "한미 날을 ᄇᆞ리지 아니 홀진ᄃᆡ 엇지 ᄉᆞ양ᄒᆞ리오"(467쪽)라며, 숙향의 현실적 요구가 더욱 절실하게 표현되어 있다.

68) 숙향이 장승상댁에서 쫓겨난 것은 전쟁고아로서 유리걸식했던 존재가 남의 집 하녀로 일차 정착을 시도했다가 실패한 것으로 볼 수 있다.

의 한계로 인해 길거리에서 만난 노파가 술집 주모라는 것을 확인하고서도 부득이 이화정에 정착하게 된 것이라고 하겠다.

숙향의 마지막 죽을 액이라고 할 수 있는 '이상서의 살해기도'는 바로 숙향이 술집 이화정에 기거하는 여자라는 사실에서 비롯된다. 이화정에 정착한 숙향은 '천정연분'으로 설정되어 있는 이선을 만나게 되고, 이화정 할미와 이선의 고모인 여부인의 주선으로 친부모인 이상서와 왕부인 몰래 혼례를 올린다. 이 사실을 뒤늦게 알게 된 이상서가 숙향을 죽이려고 했던 것이다.

> 관원이 좌우의 불을 발히고 좌긔ᄒᆞ며 무르되 너난 엇더ᄒᆞᆫ ᄉᆞ람의 ᄌᆞ식으로 ᄉᆞᆼ셔ᄃᆡᆨ 귀공ᄌᆞ를 달ᄂᆡ여 침혹ᄒᆞ여 병드러 죽깃다 ᄒᆞ고 ᄉᆞᆼ셔 ᄂᆡ게 긔별ᄒᆞ여 쥭여업시ᄒᆞ라 ᄒᆞ여시니 만일 그러ᄒᆞᆯ진ᄃᆡ 너 빈쳔ᄒᆞᆫ 몸이 쥭어 앗갑지 아니ᄒᆞ니 쥭어도 ᄒᆞᆫ치 말나.[69]

숙향이 낙양옥중에서 죽을 액은 천상에서 범한 잘못의 대가로 숙향에게 주어진 마지막 시련으로 설정되어 있다. 그러나 이상서가 숙향을 죽이려 했던 것은 지극히 현실적인 이유에서 비롯된 것이며, 숙향의 현실적 처지와 밀접한 관련을 맺고 있다. 이상서가 숙향을 죽이려고 했던 것은 자식인 이선이 불고이취(不告而娶)했기 때문인바, 이상서는 이선을 징계해야 한다. 더구나 이상서는 친누이인 여부인이 숙향과 이선의 결혼을 주선했다는 사실을 알고 있었다. 그런데도 그는 이선이나 여부인을 탓하기보다는 숙향을 죽이는 방법으로 문제를 해결하려고 하는

---

69) 이대본, 108쪽. 경판본 경우 이 대목은 "태수 문왈 네 엇던 창녀완ᄃᆡ 위공ᄃᆡᆨ 공자를 고혹ᄒᆞ게 ᄒᆞᆫ다 ᄒᆞ여 쳐쥭이라 긔별이 왓시니 날을 원치 말라"(474쪽)라고 하여, 숙향이 주변 인물들에게 '창녀'로 인식되었음을 분명하게 보여준다.

데, 이는 숙향이 '술집에 기거하는 미천한 계집'이었기 때문이다. 즉 이상서는 '창녀'로 알려진 숙향을 죽일지라도 법적으로나 사회적으로 별 문제가 없으리라는 판단에 따라 숙향을 죽이려 했던 것이다.

물론 숙향은 이화정에서 술을 파는 기생으로서가 아니라 자수를 놓아 생활을 영위한 것으로 서술되어 있다. 그러나 숙향이 기생 노릇을 했는가 안 했는가는 문제가 되지 않는다. 외부인은 이와 상관없이 숙향을 술집에 기거하는 비천한 여자로 인식할 것이기 때문이다. 게다가 숙향은 어렸을 때 전쟁고아가 되었기 때문에 본인은 물론 주변 사람들 역시 그 출신성분을 알 수 없다. 숙향은 단지 유리걸식하며 정처 없이 떠돌다가 이화정으로 흘러들게 된 존재일 뿐이다. 이로 인해 주변 사람들에게 숙향은 '기생'이나 '창녀'로 인식되었던 것이다.[70] 중세적 신분제도의 질곡을 고려하지 않더라도 고관대작인 이상서가 이런 숙향을 며느리로 받아들인다는 것은 거의 불가능한 일이다. 그래서 이상서는 숙향을 죽이려 했던 것이다. 요컨대, 숙향의 마지막 고난이라고 할 수 있는 낙양옥중에서 죽을 액 역시 이미 예정된 고난으로 설정되어 있음에도 불구하고 지극히 현실적 상황과 조건에서 비롯되고, 또 숙향의 현실적 처지와 밀접하게 관련되어 있다고 하겠다.

숙향이 지상에서 겪은 고난은 천상에서 지은 죄의 대가로 설정되어 있을 뿐만 아니라, 숙향이 위기에 처할 때마다 천상 신령들이 나타나 구원한다. 이로 인해 숙향의 고난 자체가 비현실적인 것처럼 여겨진다. 그러나 숙향이 겪었던 고난은 모두 숙향의 현실적 처지와 긴밀하게 관

70) 대부분의 이본에서 이화정에 기거하는 숙향을 '빈천한 몸'(이대본)이나 '창녀'(경판본)라고 일컫고 는 것은 이러한 숙향의 현실적 처지가 사실적으로 반영된 결과라고 할 수 있다.

련되어 있다. 다섯 살 때 전란으로 인해 죽을 뻔하다가 한 도적의 도움으로 살아나고, 전쟁고아로 유리걸식하다가 굶어 죽을 위기에 처하며, 양반가의 시비로 정착했다가 기존 시비의 모함으로 쫓겨나고, 유리걸식하던 중 갈대밭에서 자다가 불에 타 죽을 위기에 처하며, 술집에 기거하던 중 양반가 도령과 불고이취한 탓에 낙양옥중에서 죽을 뻔했던 것이다. 이러한 숙향의 인생역정은 숙향이 '전쟁고아'에서 '양반가 시비'로, '양반가 시비'에서 다시 '술집 기녀'로 전락하는 과정을 여실하게 보여주고 있다. 또 이 과정에서 벌어지는 사건 하나하나는 전반적인 도선적 결구에도 불구하고 현실적 개연성이 농후하며, 조선 후기 세태의 사실적 반영과 구체적 묘사 등 현실적 성격이 매우 강하게 드러나 있다. 따라서 '「숙향전」은 몽환적 · 비현실적 부분을 제외하면 아무것도 남는 것이 없다'는 기존의 견해는 매우 잘못된 것이라고 하겠다.

2) 애정 갈등의 양상과 사회적 의미

(1) 애정갈등의 양상과 그 본질

「숙향전」은 숙향과 이선의 만남과 결연, 그리고 이들의 결연으로 야기된 갈등과 그 해결 과정을 다룬 애정소설이라고 할 수 있다. 「숙향전」의 핵심적인 갈등도 이와 관련되어 있다. 숙향과 이선의 결연으로 야기된 결연 당사자와 이상서의 갈등이 바로 그것이다.

그런데 「숙향전」의 대부분의 사건이 그렇듯이, 숙향과 이선의 결연 과정도 도선적 요소와 결부되어 환상적으로 서사되어 있다. 숙향과 이선의 결연이 천정(天定)으로 설정되어 있으며, 두 사람은 그 천정을 요지연 꿈을 통해 인지하고, 마고할미 등 천상 신령이 두 사람의 만남과 결연에 직접 관여한다. 숙향은 전란으로 부모와 헤어진 이후 유리걸식하다가 화덕진군과 마고할미 등 초월적 존재들의 구원과 인도로 이화정에 정착하며, 이선은 요지연 꿈을 통해 숙향이 천정배필임을 알고 숙향을 찾아 이화정에 이르고, 마침내 숙향과 이선은 마고할미와 이선의 고모인 여부인의 주선으로 결연을 맺은 것이다.

이 과정에서 숙향과 이선은 서로 다른 태도와 반응을 보인다. 숙향은 피동적인 자세로 운명적인 만남에 순응할 뿐인데, 이선은 천정연분인 숙향을 찾기 위해 지극정성을 다한다. 그러나 두 사람의 행동과 선택을 좌우하는 것은 오로지 '천정연분'이다. 숙향과 이선은 둘 다 상대가 천정연분이 확실하다면 그 신분과 현재의 처지 및 외모 등은 전혀 고려하지 않겠다고 선언하며, 서로 천정연분이라는 것이 확인된 이후 결연을 맺은 것이다. 요컨대, 숙향과 이선의 결연은 천정의 구현으로 귀결된다고 하겠다.

이러한 양상은 숙향과 이선의 결연으로 야기된, 결연 당사자와 이상서의 갈등이 해결되는 과정에서도 동일하게 나타난다. 이선의 부친인 이상서는 숙향과 이선의 결연을 문제 삼아 숙향을 죽이려 하는데, 이선이 태어날 때 '이 아이의 배필은 숙향'이라는 선녀의 말을 뒤늦게 상기하고, 마침내 숙향을 며느리고 인정한다. 즉 숙향 · 이선과 이상서의 갈등 역시 숙향과 이선의 결연이 천정에 따른 것임을 확인하는 순간 자연스럽게 해소되고 있는 것이다. 이로 인해 「숙향전」은 결과적인 애정은 있었지만 주인공의 자발적인 갈등은 찾아 볼 수 없는 작품, 또는 모든 것이 미리 설정되고 주어져 있어서 주인공은 상황 속을 통과만 하면 되는 신성소설(神聖小說)의 전형적인 작품[71]으로 거론되기도 하였다.

---

71) 이상택, 앞의 논문, 308쪽.

그러나 앞서 살펴보았듯이, 숙향의 고난은 도선적 결구에도 불구하고 개별적인 사건 하나하나가 현실적 개연성이 농후할 뿐만 아니라, 그 사건들이 '숙향의 현실적 처지'와 밀접하게 관련되어 있다. 그럼에도 불구하고 우리가 비현실적인 계기에만 주목한다면 「숙향전」에 대한 우리의 이해는 초월적 세계의 실재와 그에 대한 믿음을 형상화한 작품이라는 정도에서 벗어나기 어려울 것이다. 따라서 우리는 비현실적 계기를 연결고리로 삼고 있는 「숙향전」의 구성보다는 그 이면에 작용하고 있는 현실적 계기들을 주목할 필요가 있다. 그래야만 비로소 「숙향전」의 주제와 작가 의식 및 소설사적 의의 등을 온당하게 파악할 수 있을 것이다. 또한 이를 위해서는 「숙향전」의 핵심적 갈등인 숙향·이선과 이상서의 대립의 본질이 무엇인가를 올바르게 이해하는 것이 매우 중요하다.

숙향과 이선의 결연으로 야기된 결연 당사자와 이상서의 대립은, 숙향과 이선이 몰래 결혼한 사실을 뒤늦게 알게 된 이상서가 숙향을 죽이려고 한 데서 표면화된다.

> 모부인 소견의 션의 ᄒᆞ난 일이 젼과 갓지 아니 ᄒᆞ고 자로 나가물 죠아ᄒᆞᄆᆡ 슈ᄉᆞᆼ이 네겨 종들으게 무르신ᄃᆡ 노복이 감히 긔이지 못ᄒᆞ여 바로 아뢰니 부인니 크게 놀나 직시 황셩 ᄉᆞᆼ셔으게 긔별ᄒᆞ니 ᄉᆞᆼ셔 듯고 크게 놀나 헤오되 ᄆᆡ시 쥬혼ᄒᆞ여 게시다 ᄒᆞ고 션니 ᄯᅩᄒᆞᆫ 그 게집을 죠와ᄒᆞᆫ다 ᄒᆞ니 달리난 말니지 못할지라. 낙양영으게 은밀이 긔별ᄒᆞ여 그 게집을 쥭여 업시ᄒᆞ리라 ᄒᆞ더라.[72]

위의 인용문은 이선이 숙향과 결혼한 사실을 뒤늦게 알게 된 이상서

---

72) 이대본, 107~108쪽.

가 낙양령을 시켜 숙향을 죽이려고 한 대목이다. 여기서 주목해야 할 것은 이상서가 굳이 숙향을 죽이는 방식으로 문제를 해결하고자 한다는 것이다. 그 이유를 단순히 자식인 이선이 불고이취(不告而取)했기 때문인 것으로 이해할 수도 있다.[73] 조선 후기 사대부 가문의 혼례는 순전히 부모의 뜻에 따라 이루어졌으며, 반드시 육례(六禮)라는 절차를 거쳐야만 했다. 때문에 결연 당사자가 부모 모르게 혼례를 치른다는 것은 예법을 어긴 것일 뿐만 아니라 중차대한 불효로 간주될 술밖에 없었다. 이선의 고모인 여부인이 숙향과 이선의 결연을 주관하면서 '네 부친이 예법을 숭상하여 자전하는 바 없으니, 너의 불고이취를 알면 반드시 죄책이 무거울 것'[74]이라고 말한 것은 이러한 현실을 잘 보여준다. 이런 점을 고려할 때, 이상서가 숙향과 이선의 결연을 인정할 수 없었던 것은 자연스럽고도 당연한 것이라고 할 수 있다.

그러나 숙향 · 이선과 이상서가 갈등하게 된 원인을 단순히 불고이취 때문이라고 한다면, 우선 이선이 불고이취했던 까닭이 무엇인지 파악해야 할 것이다. 정종대는 이에 대해 '자유분방한 남녀애정은 용납될 수 없는 반사회적 · 반윤리적 행위로 규탄되었기 때문'이라는 견해를 제시하였다. 이 견해에 따른다면, 이선은 숙향과의 결연이 반사회적 ·

73) 정종대는 '이선의 부모가 이선과 숙향의 결합에 반대한 것은 유교윤리에 어긋남에 대한 분노도 있었겠지만 근본을 알 수 없는 하층민의 천녀를 받아들일 수 없다는 신분상의 갈등도 심하게 반영된 것이다.'(「숙향전고」, 437쪽)라고 하여 처음으로 숙향과 이선의 결연을 신분 문제와 관련지어 이해하였다. 그러나 그는 '자식이 부모 몰래 불고이취하였기 때문에 이상서는 이 점을 들어 이들의 결합을 강력히 반대하고 숙향을 잡아들여서 죽이라고 한 것'이며, '현실세계의 유교윤리 속에서는 이러한 자유분방한 남녀애정은 용납될 수 없는 반사회 · 반윤리적 행위로 규탄되었던 것'(앞 논문, 433쪽)이라 하여, 이상서가 숙향을 죽이려 했던 이유를 '불고이취'로, 이들의 대립을 '남녀애정과 기존윤리의 갈등'으로 결론지었다.

74) 경판본, 474쪽.

반윤리적 행위로 규탄될까 두려워 불고이취했다고 할 수 있겠는데, 그런대로 일리가 있다고 생각한다. 그러나 이것이 다가 아니며 결정적인 이유라고 할 수도 없다. 이선이 불고이취할 수밖에 없었던 결정적인 이유는 '숙향이 술집에 기거하는 미천한 존재'라는 사실이었기 때문이다. 이는 "네 부친 셩품니 남과 다르니 남의 말을 고지 듯고 의지 업시 미쳔ᄒᆞᆫ 샤람을 며늘리 샴을 셰 업스니 엇지려 ᄒᆞ는다."[75]라는 여부인의 말에서도 확인할 수 있다. 이선 역시 부친인 이상서가 숙향을 며느리로 인정할 가능성이 전혀 없다는 것을 너무도 잘 알고 있었다고 보아야 한다. 그래서 이선은 숙향과 결연을 맺기 위해서는 불고이취할 수밖에 없었던 것이다. 요컨대, 이선이 불고이취한 결정적인 이유는 숙향이 술집에 기거하는 미천한 존재였기 때문이라고 하겠다.

사실 숙향 · 이선과 이상서의 갈등을 불고이취 때문이라고 한다면, 이상서가 굳이 숙향을 죽이려고 했던 까닭을 이해할 수가 없다. 이상서에게 불고이취한 당사자는 숙향이 아니라 이선이기 때문에 이상서가 문책해야 할 대상은 분명 이선이다. 게다가 이상서는 숙향과 이선의 결연을 누이인 여부인이 주선했다는 것도 알고 있었다. 그런데도 이상서는 굳이 숙향을 죽이는 방법을 통해 문제를 해결하려고 한다. 이러한 이상서의 행위를 독선적이고 이기적이며 일방적인 횡포를 보여주기 위한 것[76]으로 이해되기도 하였다. 숙향에게 죄가 있다면 그것은 '상서

75) 한중연A본, 45쪽. 이 대목의 경우 이대본도 "네 부친은 셩품이 남다르니 필련코 근본업난 아희를 메나리 숨을 쥴 모르니 엇지ᄒᆞ리요."(105쪽)라 하여, 한중연A본과 유사하게 표현되어 있다. 한문본 중 가장 선본계열에 속하는 정사본에는 "汝之父母氣度嚴截 不可以言語動之"(19쪽)라고 되어 있다.

76) 김일렬은 이상서가 숙향을 죽이려 한 것에 대해 "이상서는 적극적으로 구애를 했던 아들이나 혼례를 주선해 준 동생(이선의 고모)의 죄는 문제 삼지 않고 숙향에게만 죄를 씌워 생명까지 빼앗으려 했다는 점에서 독선적이고 이기적이고 횡포한 모

댁 이공자가 구혼하시매 상인의 집이라 공자의 말씀을 거스르지 못한 것'[77]밖에 없다. 이런 숙향을 굳이 죽이려 한 이상서의 행위는 분명 독선적이며 이기적인 횡포라고 할 수 있다.

그러나 이것으로 숙향을 죽이려 한 이상서의 행위를 다 설명할 수는 없다. 이것은 문제의 소지를 이상서 개인의 성격적 결함에서 찾은 것밖에 안 된다. 더구나 이상서는 주인공인 숙향을 죽이려 했음에도 불구하고 '상서는 본래 충효의 사람'[78]이라는 등 긍정적인 인물로 형상화되고 있다. 따라서 숙향을 죽이려고 했던 이상서의 행위를 일방적으로 매도할 것이 아니라 객관적으로 이해할 필요가 있다. 또한 이를 위해서는 우선 숙향과 이선의 결연이 내포하고 있는 사회적 성격을 파악할 필요가 있다.

숙향과 이선의 결연은 현격한 신분 차이를 내포하고 있다. 숙향은 전쟁고아로 유리걸식하다가 술집 이화정에 정착하게 된 인물이며, 이선은 현직 고관인 이상서의 아들이다. 그런데도 숙향은 이선에게 정식으로 혼례를 올릴 것을 요구한다.

> 할미 왈 그 아ᄒᆡ 날다려 이르되 ᄂᆡ 비록 부모 업고 의지 업시 단니며 비러 먹난 병인이라도 혼인 일홈을 정ᄒᆞᆯ진ᄃᆡ 레로서 아니 ᄒᆞ오면 죽을지언정 가부야 이 몸을 허치 아니려 ᄒᆞ더이다. 니션 왈 ᄇᆡ필을 정ᄒᆞ면 엇지 무례이 ᄒᆞ리요. 할미 왈 낭군게서 부ᄃᆡ ᄇᆡ필을 정ᄒᆞ려 ᄒᆞ시면 부모게 고ᄒᆞ고 ᄒᆞ려 ᄒᆞ신난잇가. 니션 왈 나는 학업ᄒᆞ나니 감히 부모게 엿ᄌᆞᆸ지 못ᄒᆞ려니와 동셩 슉모게시니 슉모게 고ᄒᆞ

습을 보여 준다."(『조선조소설의 구조와 의미』, 형설출판사, 1984, 229쪽)는 견해를 제시하였다.

77) 한중연A본, 47쪽.

78) 한중연A본, 51쪽.

고 례를 갓초와 힝할 거시니 염여말나.[79]

위의 인용문은 이화정 할미와 이선이 서로 혼담을 주고받는 장면이다. 이선이 숙향에게 구혼을 하자, 숙향은 비록 자신이 의지할 곳 없이 비러먹는 처지이지만 '례'를 갖추지 않으면 혼인할 수 없다며 강경한 자세를 취한다. 이에 이선 역시 부모와 다름 없는 숙모에게 고하여 혼인의 예를 갖추겠다고 말한다. 숙향이 이선에게 '례'를 요구한 것은 첩이 아니라 정부인으로 맞이하라는 것이다. 이는 「춘향전」에서 춘향이 별실(別室)이 될 수 없다고 하자, 이도령이 "뉵네ᄂᆞᆫ 비록 갓쵸지 못ᄒᆞᄂᆞ 혼인은 착실헌 혼인이 될 거시니 잡말 말고 허락ᄒᆞ여라"[80]고 말한 데서도 알 수 있다. 이도령은 첩이 될 수 없다는 춘향의 강경한 자세에도 불구하고 중세적 신분관계의 질곡을 의식하여 '혼인'은 하되 '육례'는 갖출 수 없다고 말한 것이다. 그런데 이선은 기꺼이 '육례'를 갖춰 숙향을 정부인으로 맞이하겠다고 말한다.[81]

이렇듯 숙향과 이선은 현격한 신분 차이와 이에 따른 부모의 반대를 인식하고 있음에도 불구하고 서로 대등한 관계 속에서 결연을 맺는다. 따라서 숙향과 이선의 결연은 본인들이 의도와 관계없이 중세적 신분

---

79) 이대본, 103쪽. 이 대목의 경우 한중연A본에는 "(할미 왈) 그 아희 ᄯᅩ ᄒᆞ기를 례ᄃᆡ로 안니 갓쵸면 듯지 안니 ᄒᆞ려 ᄒᆞ더니다. ᄂᆡᄉᆡᆼ이 ᄯᅩ 갈오되 ᄇᆡᆨ필를 샴으면 엇지 무례히 ᄒᆞ리요. 할미 왈 그리면 공ᄌᆞ 부모게 알외려 ᄒᆞ실이잇가. 부뫼 ᄒᆞ 극념ᄒᆞ시니 알외지 못ᄒᆞ오나 고뫼 계시니 게가 네ᄃᆡ로 ᄒᆞ리이다."(44~45쪽)라고 되어 있다.

80) 경판본 「춘향전」, 구자균 교주, 『춘향전』, 교문사, 1984, 230쪽.

81) 결연에서 '육례'가 지니는 의미는 「숙영낭자전」에서 숙영이 시부모인 백공의 핍박에 대해, "아모리 륙례ᄇᆡᆨ량으로 맛지 못ᄒᆞᆫ 며ᄂᆞ리라 ᄒᆞᄉᆞ 이런 말숨을 ᄒᆞ시ᄂᆞ잇가."(「숙영낭자전」, 『구활자본 고소설전집』 5, 인천대학 민족문화연구소, 265쪽)라며 항변하는 데서도 엿볼 수 있다.

관계를 부정하는 결과를 초래한다. 이선이 고모인 여부인의 주선 아래 결연을 맺었다고 하지만, 끝내 친부모인 이상서에게 말하지 못했던 것도 바로 여기에 원인이 있다. 요컨대, 이선은 부친이 술집에 기거하는 숙향을 정식 며느리로 인정하지 않으리라는 것을 알고 있었기 때문에 부득이 불고이취했던 것이다. 이상서가 굳이 숙향을 죽이려 했던 것도 같은 맥락에서 이해할 수 있다. 이상서는 "달니는 금ᄒᆞᆯ 슈 업스니 그 녀직 의지 업싸ᄒᆞ믈 듯고"[82] 숙향을 죽이기로 결정한다. 현직 고관인 이상서 입장에서 숙향을 정식 며느리로 인정한다는 것은 현실적으로 불가능한 일이다. 게다가 이상서는 이선이 불고이취한 터라 둘 사이를 갈라 놓는 것도 어렵다는 것을 인지하고 있다. 이상서가 '달리 금할 수 없다'고 한 것이 그 근거이다. 그런데 마침 숙향이 '의지할 데', 곧 죽여도 특별히 뒷탈이 없는 존재인 것을 알고 숙향을 죽이기로 작정한 것이다. 요컨대, 이상서는 술집에 기거하는 숙향을 도저히 정식 며느리로 용인할 수 없었기 때문에 부득이 숙향을 죽임으로써 문제를 해결하려고 했던 것이다.

그러나 이상서는 여부인의 저항에 부딪혀 숙향을 죽이지 못한다.

> 샹서는 본ᄃᆡ 츙효의 샤람니라 안마음의 크게 미안ᄒᆞ나 맛동ᄉᆡᆼ의 말리ᄆᆡ 감히 거스지 못ᄒᆞ여 그리 ᄒᆞ오리다 ᄒᆞ고 ᄉᆡ로 보ᄂᆡ려 ᄒᆞ든 낙양영를 보와 왈 그 녀ᄌᆞ를 부ᄃᆡ 쥭이려 ᄒᆞ여써니 우리 져져 하 먈리시니 쥭이지 말고 노흐되 그 근쳐의 잇게 말나 ᄒᆞ니라.[83]

> 이젹의 샹셰 궐하의 나아가 하직ᄒᆞ고 집니 도라와 녀부인 말샴으

82) 한중연A본, 46쪽.
83) 한중연A본, 51쪽.

로 슉향을 쥭니지 못ᄒᆞ믈 한탄ᄒᆞ더라.[84]

이상서는 여부인의 질책을 듣고도 숙향을 며느리로 인정하기는커녕 여부인 때문에 숙향을 죽이지 못한 것을 한탄한다. 그리고 낙양령에게 숙향을 낙양에서 추방하라고 명령한다. 그것도 본래 낙양령이었던 김전이 숙향에게 죄가 없다고 말하자, 이상서는 낙양령을 교체하면서까지 숙향을 추방한다. 또한 이선을 태학에 입학시켜 숙향과 만나지 못하도록 조처한다. 이상서는 비록 숙향을 죽이지는 못했지만, 숙향과 이선이 만날 수 없도록 다양한 방법을 구사한 것이다. 이상서가 이렇게까지 했던 것은 술집에 기거하는 미천한 존재인 숙향을 도저히 정식 며느리로 용납할 수 없었기 때문이다.

그런데 근래 임갑랑은 이선과 이상서 사이에서 야기된 친자갈등(親子葛藤)은 자유의지에 의해 연인과의 애정혼을 이루려는 아들과 부모의 의혼권을 내세워 자식의 의사와는 상관없이 문벌혼을 이루려는 부친 사이에서 유발된 것[85]이라는 견해를 제시하였다. 무고한 숙향을 죽이려는 이상서의 행위를 문벌혼과 관련지은 것은 17세기 이후 급격히 확산된 사대부들의 가문의식 확대라는 사회적 현상을 고려한 것으로, 어느 정도 타당하다고 생각한다. 실제로 이상서는 숙향을 죽이려 했던 이유로 황제의 아우인 양왕의 구혼을 거론하기도 한다.

부인 왈 션니 비록 샹셔의 아들이나 어려셔부터 ᄂᆡ 슈양으로 길너시니 ᄂᆡ ᄌᆞ식니나 다르지 안닌지라. ……. ᄂᆡ 혜오되 션니 급제

84) 한중연A본, 52쪽.
85) 임갑낭, 앞의 논문, 27쪽.

ᄒᆞ여 벼슬ᄒᆞ면 두 부인를 둘 거시니 이는 하늘리 졍ᄒᆞ신 ᄇᆡ필이ᄆᆡ 제 소원니 그러ᄒᆞ기로 쥬혼은 ᄂᆡ가 ᄒᆞᆫ 거시요 샹셔 쥬혼ᄒᆞ나 달음니 업는거슬 그다지 통분ᄒᆞ야 긔여히 낭ᄌᆞ를 쥭이려 ᄒᆞ니 그 무슴 도리며 ᄂᆡ 비록 잘못ᄒᆞ여셔도 날다려 일르고 죵요로니 쳐치ᄒᆞᆯ 거시어늘 날를 쇼겨 가마니 낙양영의게 긔별ᄒᆞ여 무죄ᄒᆞᆫ 샤람를 임의로 쥭이려 ᄒᆞ니 되는 일인가. ……. 샹셰 아모 말도 못ᄒᆞ고 이윽키 ᄉᆡᆼ각다가 엿ᄌᆞ오되 져져 쥬혼ᄒᆞ신 쥴은 아지 못ᄒᆞ고 져즘긔 양왕니 구혼커늘 ᄂᆡ 허락ᄒᆞ여삽떠니 요사이 드르니 션니 미천ᄒᆞᆫ 샤람를 부뫼 모로게 어덧싸 ᄒᆞ여 죠정의 시비 붕등ᄒᆞ오ᄆᆡ 낙양영의게 긔별ᄒᆞ엿삽써니이다.[86]

위의 인용문은 숙향을 죽이려 했던 이상서의 행위와 관련하여 여부인과 이상서가 주고받은 대화이다. 여부인은 이선을 어렸을 때부터 수양아들로 길렀기 때문에 자기가 주혼한 것이 상서가 주혼한 것과 다름이 없다고 말하면서 이상서를 질책한다. 이에 이상서는 숙향을 죽이려 했던 이유로 다음 세 가지를 거론한다.

첫째, 여부인이 주혼한 줄 몰랐다는 것이다. 그러나 이것은 순전히 거짓말이다. 이상서는 여부인이 주혼했다는 것을 알면서도 숙향을 죽이려 했다.

둘째, 얼마 전에 양왕이 구혼하기에 허락했다는 것이다. 이것은 사실이다. 이상서가 숙향을 며느리로 인정한 후에 양왕과 이상서 사이에 갈등이 발생하기 때문이다. 그러나 양왕과의 혼사는 이상서가 적극적으로 추진한 것이 아니다. 이상서는 단지 양왕의 구혼을 받고 허락했을 뿐이다. 더구나 이상서는 숙향을 며느리로 인정한 후에는 "양왕니 구혼

86) 한중연A본, 50~51쪽.

ᄒᆞ는 거슬 ᄂᆡ 허락ᄒᆞ여써니 일정 혼인를 ᄌᆡ촉ᄒᆞᆯ 거시니 엇지ᄒᆞ리오?"[87]라며, 이선에게 대처할 방법을 묻기까지 한다. 이러한 점을 고려할 때, 이선과 이상서의 대립이 전적으로 애정혼을 이루려는 아들과 문벌혼을 이루려는 부친 사이에서 유발된 것으로 보기 어렵다.

셋째, 이선이 미천한 사람을 부모 모르게 얻은 것 때문에 조정에서 시비가 크게 일어났다는 것이다. 이 말은 숙향과 이선의 결혼이 내포하고 있는 사회적 성격을 시사하고 있다는 점에서 주목할 필요가 있다. 숙향과 이선의 결혼은 개인사이다. 때문에 오늘날 같으면 가십거리는 될지라도 국정을 논하는 자리에서 시비가 일어날 만큼 중대한 사건은 아니다. 그런데 조선 후기에는 숙향과 이선의 결혼이 국가적인 차원에서 거론될 만큼 중대한 사건이었다고 할 수 있다. 신분 차이가 현격한 두 사람의 대등한 결혼은 중세적 신분관계를 부정하는 결과를 초래했기 때문이다. 이상서는 개인적으로도 미천한 숙향을 며느리로 받아들이기 어려웠겠지만, 숙향과 이선의 결혼으로 야기된 조정의 시비도 감당하기 어려웠을 것이다. 그래서 굳이 숙향을 죽임으로써 개인적인 불만도 해소하고 조정의 시비도 잠재우려 했다고 하겠다.

조선 후기 지배계층은 중세적 신분질서를 바탕으로 자신들의 독점적 지배를 관철시켜 왔다. 또한 그들은 자신의 독점적 지배를 지속시키기 위해 성리학적 윤리질서를 사회 전반에 확산시켜 중세적 신분관계를 공고히 하는 한편, 타 계급과의 통혼을 제지·억제함으로써 독점적 권력과 부의 분산을 막기도 했다.[88] 이러한 지배층에게 술집에 기거하

---

87) 한중연A본, 65~66쪽.

88) 조선시대 지배층은 자신들의 향락생활을 보장하면서도 권력과 부의 분산을 막기 위해 종천법(從賤法), 종모법(從母法), 서얼차별법(庶孼差別法) 등을 제정하여 시행하기도 하였다.

는 비천한 존재인 숙향과 사대부가의 귀공자인 이선의 결합은 용납되기 어려웠을 것인바, 숙향과 이선의 결연 문제로 조정에 시비가 낭자했다는 것은 숙향과 이선의 결혼에 대한 조선 후기 지배층의 의식이 사실적으로 반영된 것이라고 하겠다. 조선 후기 지배층의 입장에서 볼 때, 중세적 신분질서를 부정하는 숙향의 행위는 도저히 용납할 수 없는 것이었으며, 애매한 숙향을 굳이 죽이려고 했던 이상서의 횡포의 배경에는 중세적 신분질서를 보수(保守)하려는 봉건 지배층의 완고한 신분의식이 가로놓여 있었던 것이다. 요컨대, 숙향·이선과 이상서의 대립은 중세적 신분관계를 무시하고 애정을 실현하려는 청춘남녀와 중세적 신분질서를 통해 독점적 지위를 고수하려는 기득권세력과의 갈등을 그 본질로 하고 있다는 것이 필자의 생각이다.

(2) 갈등의 사회적 배경과 그 의미

전환기로서의 조선 후기는 중세적 이념과 사회체제가 서서히 해체되어 가는 시기였으며, 이 시기에 나타난 중요한 사회적 현상 가운데 하나가 바로 중세적 신분관계의 동요이다. 당시 지배층은 다양한 정책과 이념 교육을 통해 중세적 신분질서를 고수하려고 했지만, 피지배층의 저항 또한 만만치 않았다. 특히 17세기 후반부터는 상품화폐경제의 발달과 농업생산력의 발전으로 인해 중세적 신분질서가 크게 동요하였다. 한편에서는 권력을 독점적으로 장악한 당파 이외의 대다수 양반층이 몰락의 길을 걷게 되었으며, 다른 한편에서는 농민층이 급격히 분화되어 중세적 신분제도의 기틀이 서서히 무너지기 시작했던 것이다.[89] 숙향과 이선의 대등한 결연과 숙향을 죽이려 했던 이상서의 횡포에는 이러한 사회적 현실이 비교적 사실적으로 반영되어 있다.

숙향은 본래 몰락한 양반인 김전의 딸로 설정되어 있다. 그러나 이선을 만났을 때 숙향은 기녀와 다름없는 미천한 존재였다. 더구나 그는 다섯 살 때 전란으로 인해 부모와 헤어진 터라 본래 신분이 무엇이었는지 전혀 모른 상태였다. 이로 인해 숙향은 주변 인물들에게 기녀나 창녀로 인식되었다. 반면에 이선은 이상서라는 현직 고관의 자제이다. 그런데 이선이 구혼하자, 숙향은 정식으로 예를 갖춰 혼례를 올릴 것을 요구한다. 이것은 서로 대등한 관계 속에서 결연을 맺자는, 곧 첩이 아니라 정부인으로 맞이하라는 요구이다. 이선이 숙향의 요구에 부응하기 위해서는 부친인 이상서의 허락을 받아야 한다. 그러나 이선은 부친이 허락할 가능성이 없다는 것을 너무나 잘 알고 있는 터라, 부득이 고모인 여부인에게 주혼을 부탁하여 혼례를 치른다. 즉 숙향과 이선은 두 사람의 대등한 결연이 개인적으로는 물론 사회적으로도 문제가 되리라는 것을 인지하고 있음에도 불구하고 대등한 결연을 추진한 것이다. 이들의 결연이 내포하고 있는 문제성은 당사자뿐만 아니라 주혼했던 이화정 할미와 여부인도 인지하고 있었다.

> 할미 왈 낭군은 샹셔ᄃᆡᆨ 귀공ᄌᆡ라. 가문과 부귀 쳔하에 웃뜸인니 부매 안니 되시면 일정 공후의 알옴다온 샤회되실 거시니 엇지 쇼애 갓튼 거슬 ᄇᆡ필샴으시리잇가. 니ᄉᆡᆼ 왈 쇼애 무슨 허믈이 잇샵는잇가. 할미 쇼왈 쇼애 쳔생의셔 득죄ᄒᆞ야 인간의 날여와 샹인의 쟈식니 되여써니 다슷 쌀의 부모를 난즁의 일코 비러먹어 졍쳐업시 단니다가.[90]

89) 한국역사연구회 편, 『한국사강의』, 한울아카데미, 1989, 193~195쪽. 본문의 내용은 위의 책에서 필자가 발췌 인용한 것이다.

90) 한중연A본, 36쪽.

위 인용문은 숙향을 배필로 맞이하겠다며 이화정으로 찾아온 이선에게 이화정 할미가 숙향에 대해 말하는 대목이다. 할미는 이선이 상서댁 귀공자로 부마나 공후의 사위가 될 사람인데, 어찌 상인(常人)의 자식인 숙향을 배필로 맞으려 하느냐고 묻는다. 이러한 할미의 질문에는 숙향과 결연을 맺겠다는 이선의 의지가 얼마나 확고하며, 또 그 정성이 어느 정도인지를 파악하려는 의도가 담겨 있다. 따라서 숙향과 이선의 결연에 대한 할미의 부정적 태도를 문면 그대로 이해해서는 안 된다. 그러나 할미가 숙향과 이선의 결연이 내포하고 있는 현실적 문제를 인지하고 있다는 것은 분명하다고 하겠다.91)

> 부인니 탄왈 네 부친 셩품니 남과 다르니 남의 말을 고지 듯고 의지업시 미쳔ᄒᆞᆫ 샤람을 며늘리 샴을 셰 업스니 엇지려 ᄒᆞ는다. ᄉᆡᆼ니 샬오되 쥭기는 쉬워도 슉향를 ᄇᆞ리고는 다른 ᄃᆡ는 아니 취ᄒᆞ려 ᄒᆞ는이다. 부인 왈 네 급제ᄒᆞ여 벼슬리 놉흐면 두 부인를 엇고 날거시니 이제 샹셔는 경셩의 가시고 업스니 이번 혼인은 ᄂᆡ 쥬혼ᄒᆞ고 둘ᄌᆡ 혼인은 네 부친니 쥬혼ᄒᆞ다야 관계ᄒᆞ랴.92)

위 인용문은 이선과 여부인이 혼사 문제를 두고 주고받은 대화이다. 주혼을 부탁한 이선에게 여부인은 '이상서가 미천한 사람을 며느리 삼을 리 없다'며 문제를 제기한다. 이선이 죽을지언정 숙향이 아니면 결혼을 하지 않겠다고 말하자, 여부인은 부득이 주혼을 허락한다. 여부인

91) 임갑랑은 위와 같은 이화정 할미의 말이 '애정혼을 이루려는 아들과 문벌혼을 이루려는 부친의 갈등 을 예견한 것이었다.'(앞 논문, 27쪽)고 진술하였다. 그러나 이것은 애정혼과 문벌혼 사이의 갈등을 암시하기보다는, 신분 차이로 인한 결연의 어려움과 이 어려움을 어떻게 극복할 것이냐에 초점이 맞춰져 있다.

92) 한중연A본, 45쪽.

도 신분 차이 때문에 숙향과 이선의 결혼이 현실적으로 어렵다는 것을 인지하고 있었던 것이다.

이런 문제점은 결연 당사자인 이선이나 숙향도 인지하고 있었다. 이선은 숙향과의 결연을 숙향의 미천한 처지를 의식해 친부모에게 알리지 못하고 고모인 여부인에게 주혼을 부탁했으며, 숙향 역시 '상서댁 이공자가 구혼하심에 상인의 집이라 공자의 말씀을 거스르지 못하여 이생의 배필이 되었다'고 진술하고 있는 것이다. 그럼에도 숙향이 정식 혼례를 요구했던 것은 대등한 관계 속에서 결연을 맺으려는 의지를 표명한 것이라고 하겠다. 숙향은 이화정에 정착하면서 할미에게, '만일 내 몸을 그릇 지조하여 호탕한 남자가 노류장화처럼 여기게 한다면 세상을 버리겠다'[93]고 말한다. 의지할 데가 없어 술집에 기거하게 된 순간에도 숙향은 결코 유희의 대상은 되지 않겠다고 단호하게 말했던 여성이었던 것이다. 따라서 숙향이 이선에게 정식혼례를 요구한 것은 첩이 아니라 정부인으로 맞이하라는 것이며, 이선은 부모 대신 고모에게 주혼을 맡기는 방법으로 숙향의 요구를 해결하였다.

이렇듯 결혼 당사자인 숙향과 이선은 물론 주혼했던 이화정 할미와 여부인도 숙향과 이선의 대등한 결연이 개인적으로는 물론 사회적으로도 문제가 되리라는 것을 잘 알고 있다. 그럼에도 불구하고 이들이 대등한 결연을 추진한 것은 중세적 신분질서를 순순히 받아들이지는 않겠다는 의지가 내포되어 있다. 그러나 숙향과 이선이 중세적 신분제도의 모순과 질곡을 깊이 자각하고, 이를 타파하기 위해 대등한 결연을 추구했다고 보기는 어렵다. 숙향과 이선은 이상서의 반대와 횡포에 대해 적극적으로 저항하지 못하고 있기 때문이다. 숙향은 이상서의 횡포

---

93) 이대본, 60쪽.

에 대해 억울함을 하소연하는 정도에 머물고 있으며, 이선은 아무런 저항도 하지 못한 채 이상서의 명령에 따라 상경하여 태학에 입학하고 말았던 것이다.[94] 따라서 숙향과 이선이 대등한 결연을 추진한 것은 중세적 신분질서에 대한 저항보다는 사랑의 힘에서 비롯되었다고 할 수 있다. 청춘남녀의 열렬한 사랑이 중세의 장벽을 뛰어넘은 것이다.

그러나 숙향과 이선이 대등한 결연을 추구한 것은 순전히 사랑의 힘으로만 볼 수 없다. 이들의 결연은 중세적 신분관계의 질곡에 대한 일정한 자각에 기반하고 있기 때문이다. 비록 숙향과 이선은 이상서로 대변되는 중세적 가부장제와 신분제도의 질곡에 대해 적극적으로 저항하지는 못했지만, 소극적인 저항을 통해 중세적 횡포에 대한 비판적 인식을 표출하고 있다.

> 부인 왈 부뷔난 천정ᄒᆞᆫ 일이니 ᄋᆡ정은 천쳡이 업난지라. 황제도 정궁을 폐ᄒᆞ시고 후궁을 마ᄌᆞ스니 션니 비록 부모 모로게 취쳐ᄒᆞ여시나 엇진 연고로 조정의 시비 잇시리오 ᄒᆞ더라.[95]

여부인이 무죄한 숙향을 죽이려 한 이상서를 질책하자, 이상서는 숙향과 이선의 결연 이야기가 조정에까지 비화되어 시비가 크게 일어났기 때문이라고 대답한다. 위 인용문은 이상서의 대답을 듣고 여부인이

94) 한중연A본, 51쪽. 샹셔 혜오되 션니 그곳의 잇시면 낭ᄌᆞ를 다려올ᄶᅡ 념여ᄒᆞ여 샤람를 부려 경셩으로 다려가니 니션니 낭ᄌᆞ를 다시 못보고 가게 되ᄆᆡ 슬푼 마음을 정치 못ᄒᆞ야 ᄃᆡ부인게 하직ᄒᆞ며 눈믈을 흘니거ᄂᆞᆯ 부인왈 네 마음으로 부모 모로게 미쳔ᄒᆞᆫ 샤람를 어더 두고 부친니 부르시는ᄃᆡ 가지 안이 ᄒᆞ는다. ᄉᆡᆼ니 그져야 숙향 어든 샤년를 다 알외여 왈 김낭ᄌᆡ 비록 죽기를 면ᄒᆞ여시나 쇼ᄌᆞ 곳 업ᄉᆞ오면 의탁ᄒᆞᆯ 고지 업ᄉᆞ올 거시오니 모친은 쟈식의 정를 ᄉᆡᆼ각ᄒᆞ옵셔 어엿비 너기쇼셔.
95) 이대본, 119쪽.

보인 반응이다. 여부인은 남녀의 애정에는 천첩(賤妾)이 없다고 말하면서 그 근거로 황제가 정궁을 폐하고 후궁을 정궁으로 맞이한 예로 들고 있다. 여부인의 이 말은 이선이 미천한 숙향을 아내로 맞은 것은 황제가 후궁을 정궁으로 맞은 것과 같은 성질의 것이며, 따라서 조정에서 숙향과 이선의 결연을 문제 삼을 수 없다는 뜻이다. 즉 여부인은 황제의 행위를 근거로 중세적 신분질서에 입각한 횡포를 논박하고 있는 것이다.

> 원니 문왈 네 엇썬 샤람이완ᄃᆡ 샹셔ᄃᆡᆨ 귀공ᄌᆞ를 혹ᄒᆞ는다 ᄂᆡ게 ᄀᆡ별ᄒᆞ야 쥭이라 ᄒᆞ여시니 날을난 죠곰도 원치 말나 ᄒᆞ고 결박ᄒᆞ야 치라 ᄒᆞ니 슉향니 통곡 왈 어려셔 부모를 난즁의 일코 졍쳐업시 단니다가 마츰 니화졍 ᄒᆞᆯ미를 의탁ᄒᆞ여습써니 샹셔ᄃᆡᆨ 니공ᄌᆡ 구혼ᄒᆞ오시ᄆᆡ 샹인의 집니라 공ᄌᆞ의 말ᄉᆞᆷ를 거스지 못ᄒᆞ와 니ᄉᆡᆼ의 ᄇᆡ필이 되오니 쳡의 죄는 안니로쇼이다.[96]

위 인용문은 낙양령이 숙향을 문초하는 장면이다. 숙향은 '상서댁 이공자가 구혼하심에 상인의 집이라 공자의 말씀을 거스르지 못하여 이생의 배필이 되었으니, 첩의 죄는 아니다'라고 항변한다. 숙향의 이 말은 어감 자체가 매우 미묘하다. 숙향은 이선이 구혼하자 정식으로 혼례를 올리라고 요구했었다. 그런데 낙양령이 문초할 때는 '상인의 집이라 공자의 말씀을 거스를 수가 없었다'고 대답한다. 이상서가 숙향을 죽이려 했던 것은 숙향과 이선의 대등한 결연이 중세적 신분질서를 부정했기 때문이다. 그런데 숙향은 도리어 중세적 신분질서의 실천담론인 상명하복(上命下服)을 거스를 수 없어 이선의 배필이 될 수밖에 없었다고 항변한 것이다.

---

96) 한중연A본, 47쪽.

이러한 숙향의 항변은 「춘향전」에서 춘향이 신관사또의 수청을 거부했던 논리와 유사하다는 점에서 주목할 필요가 있다.

> ᄉᆞ도 츈향을 ᄭᅮ짓지되 너넌 어이ᄒᆞᆫ 연이관ᄃᆡ 관장이 부루넌ᄃᆡ 이탈져탈 ᄎᆞ탈피탈 그ᄃᆡ지 요망ᄒᆞᆫᄃᆞ. 또ᄒᆞᆫ ᄂᆡ 드른 즉 구관ᄌᆞ졔 도련임과 언약잇셔 슈절한ᄃᆞ 하되 ᄂᆡ가 셔울셔 드른 즉 네가 명기라 ᄒᆞ기로 ᄒᆞᆫ변 보기 원일넌이 오날부터 슈쳥들나. 츈향 ᄃᆞ시 ᄭᅮᆯ려 안져 옥셩으로 엿ᄌᆞ오되 비난이ᄃᆞ. 비난이ᄃᆞ. ᄉᆞ도젼의 비난이ᄃᆞ. 쇼여 비록 쳔기오나 평ᄉᆡᆼ의 먹은 마음 열여불경이부힝만 본밧고ᄌᆞ 뜻질넌이 구관ᄌᆞ졔 도련임과 ᄇᆡᆨ연기약 ᄆᆡ져ᄊᆞ온이 ᄃᆞ른 분부 마ᄋᆞᆸ쇼셔.[97]

신관사또는 중세적 신분질서에 근거하여 기생인 춘향에게 수청을 들라고 강요한다. 이에 대해 춘향은 바로 중세적 신분질서의 이념적 토대의 하나인 '열(烈)'을 근거로 수청을 거부한다. 즉 춘향은 중세적 신분질서에 기반한 요구를 중세적 이념으로 거부했던 것이다. 물론 춘향이 표방하고 있는 '열'은 '맹목적이고 무조건적이며 여성에게만 일방적으로 강요되는 중세적 당위로서의 열'이 아니라, '합목적적이고 쌍방의 사랑 · 약속 · 신뢰 위에서 자발적으로 성립되는 새로운 이념'[98]이라고 할 수 있다. 그러나 춘향이 새로운 이념으로서의 '열'을 근거로 중세적 횡포에 항거했던 것은 아니다. 춘향은 자신의 새로운 이념을 중세적 이념에 가탁(假託)하거나 외피를 입혀 중세적 횡포에 항거했던바, 이것은 '오랑캐로서 오랑캐를 다스리고 부린다'는 이이제이(以夷制夷)적 전략

---

97) 고대본 「춘향전」, 앞 책, 380쪽.

98) 박희병, 「춘향전의 역사적 성격 분석」, 『전환기의 동아시아문학』, 창작과 비평사, 1985, 107쪽.

이라고 할 수 있다. 숙향의 전략도 이와 유사하다. 이선과의 결연은 중세적 신분질서를 부정한 것이 아니라 도리어 그 질서에 순응한 결과라는 것이다. 요컨대, 숙향도 춘향처럼 이이제이적 전략을 구사함으로써 중세적 신분질서에 기반한 이상서의 횡포에 대해 항변했다고 하겠다.

그러나 숙향과 춘향의 태도에는 약간 다른 점이 있다. 춘향은 이도령과의 만남과 사랑이 정당하다는 것을 당당하게 주장하고 있는데, 숙향은 이선과의 결연이 정당하다고 주장하지 못한다. '이선의 말을 거스를 수가 없어 그의 배필이 되었으니, 첩의 죄는 아니다'라는 말은 '자신과 이선의 결연이 문제가 된다면 그 책임은 이선에게 있다'는 뜻으로 보아야 한다. 앞서 이 말의 어감이 미묘하다고 했던 것도 바로 여기에 있다.[99] 숙향은 이상서의 횡포가 부당하다고 말하면서도 자신과 이선의 대등한 결연이 문제가 된다는 것을 시인했다고 할 수 있다. 그러나 숙향이 춘향처럼 자신과 이선의 결연을 당당하게 주장하지 못했을지라도 이상서의 중세적 횡포를 부정한 것만은 분명하다고 하겠다.

이렇듯 여부인과 숙향은 이상서의 중세적 횡포에 대해 일정하게 비판적 인식을 표출하고 있다. 숙향과 이선, 그리고 이들의 주혼을 맡았던 여부인 등이 중세적 신분질서에 따른 질곡을 예상하면서도 결연을

99) 이 구절의 경우 이대본이나 경판본, 그리고 정사본계 한문본은 약간의 표현상의 차이는 있으나 내용은 한중연A본과 동일하다. 일례로 경판본에도 "니랑이 빙녜로 구혼ᄒᆞ오믹 샹하톄면의 거스지 못ᄒᆞ여 셩혼ᄒᆞ엿ᄉᆞ오니 쳡의 죄는 아니로소이다."(474쪽)라고 서술되어 있다. 그런데 나손B본에는 "仰視知縣曰 妾非邀李郎於桑中 郎有雀穿於我屋 旣非鶯鶯之待月 又異卓氏之桃瑟. 猶蜂之逐花 若蝶之探芳 實非賤妾之罪 而獨施刑律於妾 揆諸理而不合 考之法而相違. 借使賤妾 縱有自媒之行 罪豈必至於死 無告窮人 不以爲怜 而何欲殺之. 且殺之 何快於心."(30쪽)이라 하여, 숙향이 '자신의 죄가 없음은 물론, 이선과의 결연은 '벌이 꽃을 쫓는 것과 같이 자연스러운 것'이라고 항변하는 등 숙향이 이상서의 횡포에 대해 보다 적극적으로 저항하는 것으로 형상화되어 있다.

추진했던 것은 중세적 신분질서의 질곡에 대한 인식에 기반하고 있었던 것이다. 그럼에도 이들이 이상서의 횡포에 대해 현실적인 논리를 제시하거나 적극적으로 저항하지 못했던 것은, 중세적 신분질서와 이념이 여전히 강력한 힘을 발휘했기 때문이었다고 할 수 있다.

중세적 신분질서가 동요되는 역사적 단계에서는 신분에 따른 사회·경제적 지위가 점차 줄어들고, 토대와의 모순으로 인해 느슨해진 제도의 틈서리를 이용해 계층간 또는 계급간의 이동이 부분적으로 이루진다. 생산력이 발전하는 과정에서 상업적 농업 등으로 돈을 벌어 새로운 계급적 입장에서 사족을 타도할 수 있는 잠재력을 가진 층[서민지주, 부상]이 중세적 신분제도의 타파를 꾀하기보다는 돈이나 곡식으로 양반신분을 사들임으로써 사족에 동화되어 갔던 것이다.[100] 그러나 아직 중세체제의 여러 모순이 아직 심화되지 않았기 때문에, 중세적 신분제도의 틀과 그것의 이념적 바탕은 여전히 강력한 힘과 유효성을 가지고 발휘되며, 그것의 모순에 대한 민중의 자각 역시 일반화되기 어렵다.[101] 즉 17세기 말과 18세 초에는 중세적 이념과 질서에 대한 민중적 저항이 아직 뚜렷한 의지와 지향을 갖고 조직을 이루어 활동하는 단계에 이르지 못하였으며, 다만 그러한 단계로 성장하기 위한 첫째 조건인

---

100) 『한국사강의』, 178쪽.

101) 「숙향전」이 중세적 제도와 이념이 여전히 강력한 힘과 유효성을 가지고 발휘되며, 그것의 모순에 대한 민중적 자각이 일반화되지 않은 역사적 단계의 소산이라는 근거는 「숙향전」에 두루 나타난다. 일례로 '사향이 숙향을 모함하는 대목'을 들 수 있다. 숙향이 장승상 부부의 장도와 봉차를 훔쳤다는 사향의 모함에 대해, 장승상 부부는 모함의 사실성 여부보다는 숙향이 '양반이냐, 상인이냐'라는 것으로 판단한다. 신분적 처지가 숙향과 비슷한 사향마저도 '상인의 자식이 분명하다'며 숙향을 모함한다. 장승상 부부가 당시 지배층의 의식을 반영하고 있다면, 사향은 배계층의 이념에 교화된 민중의 일반적인 인식상태를 반영한 것이라고 하겠다.

체제의 긴박으로부터 벗어나기 시작하는 정도였다[102]고 하겠다.

숙향과 이선의 결연은 바로 이러한 역사적 단계에서 이루어진 것으로 이해된다. 즉 이들의 결연은 17세기 후반 이후 일기 시작한 중세적 신분관계의 동요라는 사회적 현상을 일정하게 반영하고 있는 것이다. 이들이 중세적 신분관계의 모순과 질곡에 대한 인식을 기반으로 서로 대등한 관계 속에서 자신들의 애정을 추구했던 것은 이러한 사회적 현상과 무관하다고 볼 수 없다. 또 이들이 이상서의 횡포로 대변되는 중세적 가부장제 및 중세적 신분관계의 모순과 질곡에 대해 적극적으로 저항하지 못했던 것은, 비록 중세적 신분관계가 동요를 일으키고 있다고는 하나 이 단계는 여전히 중세적 신분제도의 틀과 그것의 이념적 바탕이 강력한 힘과 유효성을 가지고 발휘되며, 그것의 모순에 대한 민중의 자각 역시 일반화되기 어려운 역사발전의 단계였기 때문인 것으로 판단된다.

숙향에 대한 이상서의 횡포 역시 17세기 후반 이후의 역사적 조건과 긴밀하게 관련되어 있다. 이상서는 숙향과 이선의 결연 이야기가 조정에까지 비화하여 시비가 크게 일어났기 때문에 숙향을 죽이려 했다고 말하는데, 이는 당시 지배층의 의식을 사실적으로 반영한 것이라고 할 수 있다. 당시 조정은 중세적 지배층의 이익을 대변하고 관철하는 핵심기구이다. 이러한 조정에서 숙향과 이선의 결연을 문제 삼았다는 것은 그것이 국가적인 차원에서 문제가 될 만한 사건이었다는 것을 뜻한다.

그런데 이러한 사실은 당시 숙향과 이선처럼 신분이 다른 계층이 서로 대등한 관계 속에서 결연하는 것이 특수하거나 예외적인 사례가 아

102) 홍순민, 「17세기 말 18세기 초 농민저항의 양상」, 『1894년 농민전쟁연구』 2, 역사비평사, 1992, 60쪽.

니었다는 것을 역설적으로 보여준다. 그런 일이 특수하거나 예외적인 것에 불과했다면 당시 지배층이 심각한 문제로 생각하지 않았을 것이기 때문이다. 이는 중세적 윤리를 문제 삼은 훼절담이 안정된 중세사회의 기반 위에서는 소화(笑話)로 채택되었다는 점에서도 알 수 있다. 특권적 사대부들은 안정된 체제 속에서는 훼절담을 소화거리로 받아들이면서 자신들의 윤리를 강조하는데, 그러한 안정이 해이되는 단계에 이르러서는 훼절담을 소화거리로 받아들이지 못하고 중세적 윤리를 고수하기 위한 교훈적 사례로 채택했던 것이다.103)

이런 점을 고려할 때, 이상서를 비롯한 지배층이 숙향과 이선의 결합을 심각한 사회문제로 인식했다는 것은 이들의 결합이 지배층의 입장에서 문제적 상황을 반영하거나 함축하고 있기 때문이라고 보아야 한다. 다시 말해, 숙향과 이선의 결연이 조정에까지 비화되었다는 것은 당시 지배층이 이들의 결연을 심각한 사회문제로 인식했으며, 여기에는 지배층의 위기의식이 반영되어 있다는 것이다. 이상서가 굳이 숙향을 죽이는 방식으로 문제를 해결하고자 했던 것도 당시 지배층의 위기의식과 무관하다고 할 수 없다. 17세기 후반 이후 중세적 신분질서의 동요로 위기의식을 느낀 지배층은 한편으로는 서원(書院)에 결집하거나 문중(門中) 조직을 강화하여 피지배계급의 저항에 맞서려고 하였으며, 다른 한편으로는 피지배계급을 '쌍놈'으로 규정하고 자신들의 정체성을 강조함으로써 양반 지위를 유지하려 했던 것이다.104)

---

103) 박일용, 「조선후기 훼절소설의 변이양상과 그 사회적 의미(上)」, 『한국학보』 51, 일지사, 1988(여름), 88쪽.
104) 『한국사강의』, 194쪽.

3. 낭만적 구성의 의의와 한계

1) 도선적 결구의 작품 내적 기능

지금까지 「숙향전」은 고소설 가운데 도선적 요소가 가장 농후한 작품으로 평가받아 왔다. 이것은 부정할 수 없는 사실이다. 우리 고소설 가운데 「숙향전」만큼 도선적 요소가 다대한 작품은 없기 때문이다. 그러나 「숙향전」의 현실적 성격 또한 간과할 수 없다. 여주인공 숙향의 고난을 중심으로 이루어진 사건이 숙향의 현실적 처지와 밀접한 관련 속에서 일관되게 전개되고 있으며, 사건 하나하나가 매우 현실적이다. 즉 「숙향전」은 도선적 요소가 농후하면서도 현실적 성격이 강한 작품이라고 할 수 있다.

일견 이러한 주장은 모순된 것처럼 이해될 수도 있다. 그러나 농후한 도선적 요소와 강한 현실적 성격이 꼭 서로 양립할 수 없는 모순관계인 것만은 아니다. 작품이 다루고 있는 제재나 주제가 현실의 민감한 문제와 관련되어 있고, 그것이 강한 현실적 성격과 의미를 지닐 때 작품 외적 요인에 의해서 비현실적 요소가 강화될 수도 있기 때문이다. 또 중세적 이념과 체제에 불만을 품고 있으면서도 미래에 대한 전망이 불투명했던 봉건 해체기는 현실주의는 낭만적 성격을 구유하고 낭만주의는 현실주의의 토대가 될 개연성이 높다.[105] 「숙향전」은 바로 이러한 경우에 해당하는 작품이라고 할 수 있다.[106] 따라서 「숙향전」의 경우

105) 윤재민, 「조선후기 중인층 한문학의 연구」, 고려대 박사학위논문, 1990, 41쪽.

106) 정출헌은 "환상적 수법에 의한 작품이 항상 디테일의 진실성이라는 현실주의 창작방법의 본질적 내용에 모순되는 것만도 아니다"라고 전제하고, 고전소설에서 현실주의의 발생 · 발전 과정을 명확하게 파악하기 위해서는 "우리 고전소설 대부분에서 볼 수 있는 현실주의적 성격과 낭만주의적 성격이 결합되어 있는 독특한 특성,

도선적 요소 자체에 주목하기보다는 먼저 도선적 결구가 작품 내에서 어떤 기능을 하고 있는가를 살펴볼 필요가 있다.

「숙향전」에서 도선적 결구는 일차적으로 숙향과 이선의 대등한 결연을 합리화하기 위한 일종의 장치라고 할 수 있다. 주변 인물들에게 '창녀'로 인식되었던 숙향과 사대부가의 귀공자인 이선의 대등한 결연은 중세적 신분제도의 질곡이 엄연히 존재했던 조선 후기의 역사적 상황에서는 개인적으로나 국가적으로 용납되기 어려웠다. 또 그런 만큼 이들의 결연은 사회적 문제로 비화하거나 호사가들의 화젯거리가 될 소지를 다분히 내포하고 있다.[107] 숙향과 이선의 결연이 조정에까지 비화되었다는 것은 이러한 현실을 사실적으로 반영한 결과라고 할 수 있다. 비록 허구적인 소설이라고 할지라도 중세적 신분질서라는 현실적 제약을 극복하기 위해서는 숙향과 이선의 대등한 결연을 도선적 요소와 결부시켜 '천정연분'으로 서사할 필요가 있다. 이를 위해 설정된 대표적인 사건이 숙향과 이선의 '전생담'과 '요지연 꿈'이다. 작가는 두 사건을 통해 숙향과 이선의 결연이 천정연분에 의한 것임을 구체적으로 드러내고자 했던 것이다.

그러나 '천정연분'이라는 명분만으로 중세적 신분질서를 부정하는 숙향과 이선의 결연을 온전하게 합리화할 수는 없다. 특히 주변 인물들에게 창녀로 인식되었던 숙향의 현실적 처지가 심각한 문제로 제기될

이것의 구체적 양상을 작품에 따라, 시기에 따라 변별적으로 따져가며 논의를 심화시켜야 할 것"(「고전소설에서의 현실주의 논의 검토」, 『민족문학사연구』 2, 민족문학사연구소, 1992, 121쪽)이라는 견해를 제시한 바 있다.

107) 이는 이선의 부친인 이상서가 "션이 제 ᄆᆞ음ᄃᆡ로 부모를 속여 빈쳔ᄒᆞᆫ 게집으게 ᄌᆞᆼ가드러 친혹ᄒᆞ여 병드러 죽긔 되엿단 말솜이 죠정의 낭ᄌᆞᄒᆞ여 시비 크게 이러나ᄆᆡ 분ᄒᆞ믈 익이지 못ᄒᆞ여"(이대본, 119면.)라고 언급했던 것에서 단적으로 엿볼 수 있다.

수밖에 없다. 이로 인해 숙향과 이선의 결연을 합리화하기 위해서는 천정연분과 아울러 숙향의 본래 신분과 현실적 처지를 미화할 필요가 있었던 것으로 보인다. 「숙향전」의 도선적 결구가 주로 숙향의 현실적 처지를 미화하는 데 활용되고 있다는 것은 이화정에 정착한 직후 숙향의 행동을 서술한 대목을 통해서도 알 수 있다.

> 슉향니 그 집니 온 지 반월이 되야도 그져 병인인 쳬 ᄒᆞ고 잇써니 ᄒᆞᄅᆞᄂᆞᆫ ᄒᆞᆯ미 일르되 그ᄃᆡ 얼골를 보니 가을달리 거문 구름의 싸힌 듯 ᄒᆞ고 병체를 보니 실병니 안인가 시부니 날을난 그이지 말게 ᄒᆞ라. 슉향니 웃고 답지 안니 ᄒᆞᆫᄃᆡ ᄂᆡ 집니 슐집니라 마을 샬암니 ᄌᆞ로 단인니 보면 더러이 역일 거시니 셰슈나 ᄒᆞ고 잇거라 ᄒᆞ며 나가거ᄂᆞᆯ 슉향니 여러 날 살피되 다른 남ᄌᆡ 업고 비록 마을 샤람이 츌입ᄒᆞ나 낭ᄌᆞ 잇는 ᄃᆡ는 간ᄃᆡ로 드러오지 안니커ᄂᆞᆯ 그졔야 아미를 다슬이고 옷가라 입고 챵를 의지ᄒᆞ야 슈질ᄒᆞ더니.[108]

숙향은 길가에서 우연히 만난 할미의 제안에 따라 기꺼이 이화정으로 향한다. 그러나 막상 할미의 거처인 이화정에 이르러서는 보름이 지나도록 계속 병인 행세를 한다. 이를 보다 못한 이화정 할미가 '거짓 병인 행세로 자기를 속이지 말고 이화정에는 많은 사람이 출입하는 술집이니 세수나 하고 있으라'고 말하지만, 숙향은 계속 병인 행세를 하면서 이화정 주변의 상황을 살핀다. 그러다가 이화정에 특별히 출입하는 남자가 없다는 것을 확인한 이후에야 비로소 병인 행세를 그만두고 자신의 본모습을 드러낸다. 숙향은 이화정 할미가 자기를 술집 기생으로 삼을까 염려하여 병인인 것처럼 행동했던 것이다. 이런 숙향의 행위는

---

108) 한중연A본, 26쪽.

다음 두 가지 점에서 주목을 요한다.

첫째, 숙향의 행위가 매우 사실적이며, 설정된 상황과 잘 어우러져 있다는 점이다. 대부분의 고소설에서 악인은 현실적인 이해관계에 따라 행동하는 반면에, 주인공을 비롯한 선인형의 인물은 기존의 이념이나 관념에 따라 행동한다.109) 이로 인해 주인공의 행위는 물론 설정된 상황마저 현실적 개연성이 떨어지는 경향이 있다. 숙향 역시 '정절'이라는 관념을 고수하기 위해 병신 행세를 했다는 점에서 관념에 따라 행동하는 인물이라고 할 수 있다. 그런데 병신 행세를 하는 숙향의 언행이 설정된 상황과 그럴듯하게 어우러져 있어 생동감을 불러일으킨다. 숙향이 이화정 할미를 만나기 전에는 장승상댁에서 10년 동안 거주하다가 사향의 모함으로 쫓겨난 뒤 정처 없이 떠돌던 때이다. 때문에 함께 살자는 할미의 제안을 기꺼이 받아들였던 것인데, 막상 할미의 거처인 이화정이 술집이고 할미가 주모라는 사실을 알고는 내적 갈등을 일으킬 수밖에 없었으리라 생각한다. 비록 장승상댁에서 숙향의 처지가 시비와 다름없었다고 할지라도 술집 기녀로 정착한다는 것은 쉬운 일이 아니었다고 할 수 있다. 요컨대 숙향의 병신 행세는 이화정에 정착하는 과정에서 일어난 숙향의 내적 갈등을 정절의식과 관련지어 생생하게 형상화한 것이라고 하겠다.

둘째, 숙향은 초월적 존재인 할미를 오로지 현실적 존재인 주모로 인식하고 행동한다는 점이다. 숙향이 할미를 단지 현실적 존재로만 인식했다면, 이는 긴장을 유발하기 위한 소설적 수법110)으로 이해될 수도 있다. 그런데 숙향은 할미가 기녀로 삼을까 두려워 의심하며, 병신 행

109) 김일렬, 「고대소설의 이원론적 세계관과 유교」, 『어문론총』 8, 경북대, 1973, 80쪽.
110) 조동일, 『한국문학통사』 3, 483쪽.

세까지 하면서 할미를 속이려 한다. 이러한 숙향의 행위를 순전히 긴장감을 조성하기 위한 소설적 수법으로만 볼 수 없다. 더구나 소설에서 긴장감 조성이란 주인공이 아니라 독자를 대상으로 하는 것이 일반적이다. 독자들이 이미 이화정 할미가 초월적인 존재라는 정보를 알고 있는 터에 작중인물인 숙향만이 그러한 사실을 모른다고 해서 긴장감이 조성되는 것은 아니다. 따라서 숙향이 이화정 할미를 순전히 현실적 존재인 주모로만 인식하고 있다는 것은 이화정 할미 자체의 현실적 성격과 관련되어 있다고 생각한다. 할미가 숙향에게 '이화정은 많은 사람이 왕래하는 술집이니 세수라도 하고 있으라'고 말한 것은 이화정에서 숙향의 역할을 은근하게 추동한 것[111]으로 볼 수 있다. 혼자 술집을 운영했던 할미에게는 숙향처럼 도와줄 젊은 여자가 절실하게 요구되었으며, 정처 없이 떠돌던 숙향에게는 정착할 곳이 절실하게 필요했다. 이렇듯 두 사람의 만남은 현실적 필연성을 강하게 내포하고 있다. 그 결과 이화정 할미는 마고선녀로 설정되어 있음에도 불구하고 술집 주모의 면모를 전형적으로 드러낼 수밖에 없었다고 하겠다. 요컨대, 이화정 할미는 실질적으로는 술집 주모인데 작가가 숙향의 현실적 처지를 미화하기 위해 초월적 존재인 마고선녀로 설정했다는 것이 필자의 생각이다.[112]

숙향은 전란으로 인해 부모와 헤어져 유리걸식하다가 장승상댁에

---

111) 경판본에는 이 대목을 "죵시 병신인 쳬ᄒᆞ니 ᄂᆡ 운이 병드지 아니ᄒᆞ엿고 ᄯᅩ ᄂᆡ집 쥬가라 여러 사ᄅᆞᆷ이 왕ᄂᆡᄒᆞ거늘 져러틋 더러이 ᄒᆞ고 잇스면 보ᄂᆞᆫ 사ᄅᆞᆷ이 다 츄히 넉이ᄂᆞ니라"(467쪽)라고 하여, 이화정 할미가 숙향의 존재를 술집을 경영하는 자신의 운세 및 술집에 왕래하는 손님들과 관련하여 생각하고 있다는 것을 더욱 분명하게 표출하고 있다.

112) 정종대 역시 이점을 인정하여 "현실적으로는 마고 할미도 한갓 주모에 불과했다"(「「숙향전」고」, 434쪽)고 지적하였다.

하녀로 정착했으며, 사향의 모함으로 장승상댁에서 쫓겨나 다시 유리걸식하다가 이화정이라는 술집에 정착하게 된 존재이다. 그런데 이화정 할미가 숙향을 보호하기 위해 천상에서 파견된 마고선녀라고 한다면 숙향은 신령이 보호하는 고귀한 존재로 전환되는 효과를 얻을 수 있다. 화덕진군이나 후토부인의 구원 역시 전쟁고아라는 숙향의 현실적 처지를 미화하는 역할을 담당하고 있다는 것은 분명하다.

지금까지 「숙향전」에서 초월적 세계는 주로 인간 본성의 정당한 발로인 남녀의 애정을 옹호하기 위한 것으로 이해되었는데,[113] 이는 부정할 수 없는 사실이다. 그러나 남녀의 애정 옹호만으로 「숙향전」의 도선적 결구와 비현실적 요소의 기능을 다 설명할 수는 없다. 「숙향전」은 고소설 가운데 도선적 · 비현실적 요소가 가장 농후한 작품이다. 초월적 세계의 역할이 단순히 남녀의 애정을 옹호하기 위한 것이었다면, 「숙향전」에서 도선적 요소가 유달리 강화된 까닭을 설명할 수가 없다. 숙향과 이선의 결연은 남녀의 애정과 무관한 것은 아니지만, 숙향과 이선의 신분 차이가 더욱 중요한 문제였다고 할 수 있다. 이는 숙향을 죽이려고 했던 이상서가 "션니 ᄯᅩᄒᆞᆫ 그 게집을 죠와ᄒᆞᆫ다 ᄒᆞ니 달리난 말니지 못할지라"던가, "져러ᄒᆞ거든 션니 안이 혹ᄒᆞ야시랴"[114]라고 언급한 데서도 알 수 있다. 이상서는 이선이 숙향에게 애정을 품게 된 것을 당연하게 여기고 있는 것이다. 따라서 이상서가 숙향을 죽이려고 했던 것은 남녀의 애정 때문이 아니라 숙향이 술집에 기거하는 비천한 존재였기 때문으로 보아야 한다. 바로 이런 이유로 「숙향전」의 작가는 숙향과 이선의 대등한 결연을 천정연분으로 설정하고, 천상 신령의 직접적

113) 김명순, 「애정소설에 관한 연구」, 『경남대논문집』 8, 1981; 정종대, 앞 논문.
114) 한중연A본, 60쪽.

인 구원 등 도선적 결구를 통해 숙향의 신분과 현실적 처지를 미화했다고 하겠다. 이런 점에서 「숙향전」의 도선적 결구는 중세적 신분관계의 질곡을 극복할 수 있는 현실적 전망이 부재한 역사적 단계에서, 그 질곡을 운명론적 사유로 극복하고자 했던 민중적 기제이면서 표현기법으로 이해되어야 할 것이다.

2) 숙향의 신분과 일대기적 구성

숙향과 이선의 결연으로 야기된 결연 당사자와 이상서의 대립은 술집에 기거하는 숙향의 현실적인 처지를 문제 삼아 심각하게 전개되며, 이 과정에는 중세적 신분질서의 모순과 질곡 등 조선 후기의 역사적 현실이 매우 사실적이면서도 구체적으로 반영되어 있다. 이에 필자는 이들의 대립을 중세적 신분질서를 무시하고 애정을 성취하려는 청춘남녀와 중세적 신분질서를 고수하려는 기득권 세력과의 갈등에서 빚어진 것으로 이해하고, 이를 당시 사회적 조건과 관련지어 그 의미를 해명하였다.

그런데 논의과정에서 필자가 고려하지 않은 문제가 하나 있다. 그것은 바로 숙향이 남양 명사(名士)인 김전의 딸로 설정되어 있다는 점이다. 여주인공 숙향의 일대기적 형식으로 구성된 「숙향전」에는 작품의 서두에 숙향이 김전의 딸로 태어나는 장면이 구체적으로 서사되어 있다. 또한 김전은 후에 낙양수령 등 고위 관료가 되기도 한다. 이로 인해 숙향과 이선의 신분은 별 차이가 없으며, 결국 두 사람의 결연은 같은 계층끼리 맺어진 것이라고 할 수 있다. 따라서 김전의 딸로 설정되어 있는 숙향의 신분 문제를 작품구조 속에서 명확하게 해명할 필요가 있다. 다시 말해서, 작품의 전체 구조 속에서 숙향과 이선의 결연이 현격한 신분의 차이가 개재되어 있는가 아닌가에 대한 문제를 분명하게 규명할 필요가 있다는 것이다. 이 문제는 실로 「숙향전」의 작품적 성격과 낭만적 구성의 특징을 총체적으로 이해하기 위한 핵심적 과제이다. 이에 여기에서는 숙향의 신분 문제와 관련하여 숙향과 이선의 결연의 성격을 다시 조망하고, 이를 토대로 「숙향전」의 일대기적 구성의 의의와 한계를 고찰하고자 한다.

숙향은 분명 신분상 양반의 자손으로 설정되어 있으며, 이러한 숙향의 신분이 사건의 전개에 일정하게 영향을 미치고 있다는 것은 부정할 수 없다. 술집에 기거하는 숙향의 현실적 처지를 문제 삼아 전개된 결연 당사자와 이상서의 갈등이, 이상서 부부가 이선이 태어날 때 이 아이의 배필은 남양 김상서의 딸 숙향이라고 했던 선녀의 말을 상기해냄으로써 해소되고 있기 때문이다.

그러나 작품 전체의 구조를 고려할 때 숙향의 본질적인 속성은 전쟁고아이다. 숙향은 비록 김전의 딸로 태어났다고는 하나 전란으로 인해 어려서 부모와 헤어졌기 때문에 본인은 물론 주변 인물들 역시 숙향의 본래 신분이 무엇인지 알 수가 없다. 이러한 숙향의 처지는 전란으로 부모와 헤어져 유리걸식하다가 처음 정착하게 된 장승상댁에서 극명하게 드러난다. 사향은 숙향이 장승상 부부의 장도와 봉차를 훔쳤다고 모함하는데, 장승상 부부는 숙향을 상인(常人)의 자식이라고 치부하고 내쫓는다. 사향도 숙향을 내쫓기 위해 '숙향은 상인의 자식'[115]라는 것을 거듭 강조한다. 이렇듯 장승상 부부와 사향이 숙향의 신분을 문제 삼았던 것은 숙향이 전쟁고아로 장승상댁에 흘러 들어와 정착한 존재로, 자

115) 한중연A본, 21쪽.

신은 물론 어떤 사람도 숙향의 본래의 신분을 알 수 없었기 때문이다.

숙향의 본질이 전쟁고아라는 것은 다음과 같은 숙향의 진술을 통해서도 알 수 있다.

> 슉향 왈 나난 팔ᄌᆞ 긔구ᄒᆞ여 부모를 여히고 미쳔ᄒᆞᆫ 거어지 되여 의탁할 곳지 업셔 남의 고공ᄉᆞ리ᄒᆞ다가 ᄋᆡ모ᄒᆞᆫ ᄋᆡᆨ명을 싯지 못ᄒᆞ고 세ᄉᆞᆼ의 잇지 못ᄒᆞ여 물의 ᄲᆡ져 쥭으려 ᄒᆞ거날[116]

> 슉향 왈 나는 본ᄃᆡ 부모업슨 거어지니 ᄂᆡ친 ᄇᆡ도 안이오 남의 것도 도적ᄒᆞᆫ ᄇᆡ도 안니오 이웃집니 가셔 잔 일도 업고 불한당 마즌 ᄇᆡ도 안이로되 쟈년 곤ᄒᆞ여 안져너니다.[117]

윗 대목은 포진강에 투신했다가 용녀의 구원으로 살아난 숙향이 자신의 전력(前歷)을 술회한 것이며, 아랫 대목은 "엇ᄶᅥᄒᆞᆫ 아희완ᄃᆡ 크다ᄒᆞᆫ 거시 벌거벗고 길가의 안ᄌᆞ 우는다"[118]라는 이화정 할미의 물음에 대한 숙향의 답변이다. 숙향은 자신을 '부모를 잃은 미천한 거지'나 '부모가 없는 거지'라고 말한다. 이 외에도 숙향은 기회가 있을 때마다 자신이 전란으로 부모를 잃고 유리걸식했던 전력을 언급한다. 걸인행각에 대한 숙향의 반복적 진술은 자신의 고난을 강조하는 의미가 없지 않다. 그러나 이는 무엇보다 전쟁고아로서 숙향의 본질적인 속성, 곧 '전란으로 부모를 잃고 유리걸식하는 거지'였던 자신의 전력을 사실적으로 술회한 것으로 보아야 한다.

장승상댁에서 쫓겨난 숙향은 우연히 길거리에서 만난 이화정 할미

116) 이대본, 40쪽.
117) 한중연A본, 49쪽.
118) 한중연A본, 49쪽.

의 제안에 따라 술집 이화정에 정착하는데, 이것은 숙향이 유리걸식하는 거지에서 술집 기녀와 같은 존재로 전환되었다는 것을 의미한다. 그러나 이화정에 정착했다고 해서 전쟁고아라는 숙향의 본질적인 속성이 달라지는 것은 아니다. 숙향은 여전히 전쟁으로 부모를 잃고 유리걸식하다가 술집에 기거하게 된 비천한 존재일 따름이다. 따라서 숙향과 이선의 결연을 주선했던 여부인이 숙향을 '근본 없는 아이'[119]라고 일컷거나 낙양령이 "네 엇던 창녀완ᄃᆡ 위공ᄃᆡᆨ 공자를 고혹ᄒᆞ게 ᄒᆞᆫ다"[120]라며 숙향을 '창녀'로 지칭했던 것은 숙향의 본질적인 속성에 따른 지극히 자연스러운 표현이라고 할 수 있다.

이화정에 정착한 숙향은 양반댁 귀공자인 이선을 만나 서로 대등한 결연을 맺는다. 따라서 숙향과 이선의 결연은 술집에 기거하는 비천한 존재와 양반댁 귀공자와의 대등한 결합으로 규정할 수밖에 없다. 이는 이선과 결연한 이후에도 전쟁고아라는 숙향의 본질적인 속성이 지속되고 있다는 사실에서도 확인된다.

> 슬푸다. 슉향아. 심ᄒᆞᆯ샤 팔ᄌᆡ야. 다셧 ᄊᆞᆯ의 부모를 여희고 십년니 지ᄂᆡ도록 동셔를 모로고 ᄀᆡ걸ᄒᆞ야 단기니 남이 쳔히 넉니는쏘다. 십년를 남의 집니 잇시니 챰쇼는 무샴일고. 악명를 싯고 그다지도 고힝을 ᄒᆞ여썬가. 월하의 년분으로 니랑을 만나 ᄇᆡᆨ년를 의탁고져 ᄒᆞ엿써니 원앙금침니 덥지 못ᄒᆞ야셔 니별은 무샴일고. 오쟉은 끈쳐지고 볼 길히 아득ᄒᆞ니 쇠식죠ᄎᆞ 뉘 젼ᄒᆞᆯ고. 혈혈ᄒᆞᆫ 니 ᄂᆡ 몸이 할미를 의지ᄒᆞ야 죠셕를 일우더니 할미죠ᄎᆞ 쥭어시니 눌을 의탁ᄒᆞᆯ고. 슉향아. 심ᄒᆞᆯ샤 팔ᄌᆡ야. 쳔ᄒᆡ 비록 크다 ᄒᆞ건만은 죠고만 일신

---

119) 이대본, 105쪽.
120) 경판본, 474쪽.

이 의탁홀 고지 업도다. 샹아 싱젼의 니랑를 기다릴 길 업스니 지하 에 가도 눈를 감지 못ᄒᆞ리로다.[121]

(부인니) 문왈 너의 집은 어듸며 부모는 뉘라 ᄒᆞ며 나흔 몃치나 ᄒᆞ뇨. 낭ᄌᆡ 졀ᄒᆞ고 고쳐 안ᄌᆞ 엿ᄌᆞ오되 오세예 부모를 난즁의 일습고 노즁의 왕닉ᄒᆞ옵ᄱᅡ가 ᄒᆞᆫ 즘싱니 어버다가 남군ᄯᅡ 쟝승샹듸의 두오니 그 집니 무ᄌᆞ식ᄒᆞ여 십년를 기르시니 지명도 아지 못ᄒᆞ옵고 부모의 셩명도 모로너이다[122]

위는 이상서의 횡포로 이선과 헤어지게 된 숙향이 홀로 자신의 기박한 운명을 탄식하는 대목이며, 아래는 숙향과 이선의 모친이 처음 만나 나눈 대화이다. 숙향은 이선과 결연한 후에도 여전히 '다섯 살에 부모를 여의고 십 년이 넘도록 동서를 모르고 개걸하여 다니니 남이 천하게 여긴다'며 자신의 신세를 한탄하며, 이선 모친의 물음에도 '다섯 살 때 부모를 난중에 잃어 태어난 곳과 부모의 성명을 모른다'고 대답한다. 이렇듯 숙향은 이선과 결연한 후에도 자신을 '전쟁고아'라고 말하고 있는바, 숙향의 본질적 속성은 전쟁고아라고 해야 할 것이다.

이러한 숙향의 본질적 속성에는 숙향의 본래 신분이 개입할 여지가 없을 뿐만 아니라, 숙향이 양반의 딸로 태어났다는 사실이 이미 문제가 될 수 없다. 어떠한 사회체제에서도 신분이란 고정불변의 것일 수는 없다. 개인적 · 사회적 상황에 따라 양반이 천민이 될 수도 있으며, 천민이 양반이 될 수도 있는 것이 신분이다. 「주생전」의 배도는 자신의 조상은 본래 호족(豪族)이었다고 말하며,[123] 「구운몽」의 계섬월은 자신의 부

---

121) 한중연A본, 55쪽.

122) 한중연A본, 60쪽.

123) 「주생전」, 임명덕 편, 『한국한문소설전집』 7, 353쪽. 妾先世乃豪族也. 祖某提擧泉

친이 역승(驛丞)이었다고 말한다.[124] 특히 「옥루몽」의 강남홍은 숙향과 마찬가지로 자신이 전란으로 부모를 잃고 유리표박하다가 청류(靑樓)에 흘러들게 되었다고 말한다.[125] 그러나 이들이 본래 양반이나 아전의 딸이었다고 해서 기녀라는 현재의 신분이나 그 위상이 달라지는 것은 아니다. 배도와 계섬월과 강남홍은 모두 자타가 공인하는 기녀일 뿐인 것이다.

이는 숙향의 경우에도 다르지 않다. 숙향이 본래는 남양 명사인 김전의 딸이었다는 것이 술집에 기거하는 비천한 존재라는 숙향의 현실적 처지와 위상을 변화시킬 수는 없는 것이다. 더구나 배도와 계섬월 등은 부모의 신분을 알고 있었는데, 숙향은 이선과 결연한 이후에도 부모가 누구인지 전혀 모르는 상태였다. 따라서 숙향의 현재적 신분과 처지는 술집에 기거하는 비천한 존재일 뿐이며, 숙향과 이선의 대등한 결연은 숙향의 본래 신분과 무관하게 중세적 신분질서를 부정하는 의미를 함축할 수밖에 없다.

그런데 문제는 숙향과 이선의 결연으로 야기된 결연 당사자와 이상서의 갈등이 숙향의 본래 신분이 밝혀짐으로써 어느 정도 해소된다는 점이다.

州市舶司, 因有罪廢爲庶人, 自此貧困, 不能振起. 妾早失父母, 見養于人以至于今, 雖欲守淨自潔, 名已載於妓籍, 不得已而强與人宴樂.

124) 「구운몽」, 정규복, 『구운몽원전의 연구』, 일지사, 1977, 184쪽. 妾本韶州人也 父曾爲此州驛丞矣 不幸病死於他鄕 家事零替 故山夳遞 力單勢孼 無路返葬 繼母賣妾於娼家 受百金而去 妾忍辱含痛 屈身事人 只祈天或垂怜.

125) 「옥루몽」, 동국대학교한국학연구소 편, 『활자본 고소설전집』 6, 1976, 46쪽. 妾本江南人이오 姓은 謝氏라. 妾이 生재三歲에 山東에 盜起ᄒᆞ야 失父母於亂中ᄒᆞ고 轉轉漂泊ᄒᆞ야 爲靑樓所賣ᄒᆞ니 此亦命途畸薄이라.

부인니 ᄃᆡ경 왈 어와 이졋쏘다 ᄒᆞ시고 샹셔게 고왈 션을 나흘 젹의 션녀의 말을 긔록ᄒᆞ여써니 보쇼셔 ᄒᆞ고 ᄂᆡ여 드리니 샹셔 퍼봉시ᄆᆡ 그 글의 ᄒᆞ여시되 니 아기 ᄇᆡ필은 남양싸 김젼의 쌀 슉향이라 ᄒᆞ여써라. 샹셔 왈 어인 말샴인니잇고. 부인 왈 니 녀ᄌᆞ의 일홈니 슉향이라 ᄒᆞ오니 이는 천졍이온지라. 아모려나 다려다가 졔 근본를 ᄌᆞ셔히 드른 후의 션니 도라와 쳐치ᄒᆞ게 ᄒᆞ쇼셔. ……. 낭ᄌᆞ 왈 쟈란 후의 젼ᄎᆞ로 듯ᄌᆞ오니 져즘게 낙양영왓쓴 김젼니 ᄂᆡ 부모라 ᄒᆞ던이다 만은 엇지 쟈셔히 알이닛가. 샹셔 왈 만일 그러ᄒᆞ면 쟉ᄒᆞ랴. 부인 왈 그 샤람은 엇써ᄒᆞ이닛가. 샹세 왈 김젼은 니부샹셔 운슈션ᄉᆡᆼ의 쟈졔라. 가문니 쟉히 거록ᄒᆞ리오. 부인 왈 올ᄅᆡ면 쟈년 알이니다 ᄒᆞ고 션이 도라오기를 기다리며 션니 잇쓴 부용졍의 가 잇시라 ᄒᆞ거ᄂᆞᆯ 낭ᄌᆞ 부용당의 날려가니 ᄉᆡᆼ니 부리든 시네 십여인니 와 낭ᄌᆞ를 보고 가쟝 공경ᄒᆞ며 극진니 뫼시더라.[126]

숙향과 이선의 결연으로 야기된 결연 당사자와 이상서의 갈등은 이선의 모친이 이상서에게 '이 아이의 배필은 남양 김전의 딸 숙향이라'는 선녀의 말을 전함으로써 일단 해소 국면에 이른다. 부인 왕씨의 말을 들은 이상서는 숙향의 전력을 물어 숙향이 김전의 딸일 가능성이 있다고 생각한다. 그리고 숙향을 이선이 거처하던 부용정에 머물게 함으로써 사실상 며느리로 인정한다.

그런데 이상서는 누이인 여부인이 숙향과 이선의 결연을 주선한 사실을 알고 있었으면서도 굳이 숙향을 죽이려 했을 뿐만 아니라, 무고한 사람을 죽이려 한다는 여부인의 질책을 받고도 숙향을 죽이지 못한 것을 한탄했던 인물이다. 그런 이상서가 숙향이 이선의 천정배필이며 김전의 딸일 가능성만으로 숙향을 며느리로 인정한 것이다. 이러한 이상

126) 한중연A본, 59~61쪽.

서의 행위는 굳이 숙향을 죽임으로써 문제를 해결하고자 했던 본래의 태도와는 사뭇 다르다. 더구나 숙향과 이선의 대등한 결연은 조정에서 시빗거리가 될 정도로 사회적으로 심각한 문제를 내포한 결합이었다. 즉 숙향과 이선의 결연이 담지하고 있었던 문제의 심각성과 이에 따른 갈등의 심각한 전개에 비해 갈등의 해소는 의외로 쉽게 이루어지고 있는 것이다.

이러한 갈등의 해결방식은 일단 '천정연분'이라는 비현실적 계기에 의존하고 있다는 점에서 환상적 · 낭만적이라고 할 수 있다. 그러나 또 다른 갈등 해소의 근거인 숙향의 본래 신분 역시 현실적인 것으로 보기는 어렵다. 숙향의 본질적 속성은 전쟁고아다. 숙향은 갈등이 해소되는 국면에 이르러서도 '다섯 살 때 부모를 난중에 잃어 부모의 성명도 모르는 상태'였다. 이러한 숙향에게 그 출신성분은 개입할 여지가 없다. 설사 양반의 자손이었다는 것이 밝혀졌다고 하더라도 술집 기녀라는 현재적 처지와 위상이 달라지는 것은 아니다. 따라서 이상서는 '숙향이 현재는 기녀이지만 본래는 양반집 자손이었기 때문에 기녀라는 현재의 처지는 문제가 될 수 없다'는 식의 논리에 따라 숙향을 며느리로 인정한 셈이 된다. 중세적 신분질서의 질곡이 엄연히 존재했던 조선 후기에 이러한 논리로 기녀와 양반댁 귀공자의 대등한 결연을 합리화할 수는 없다.[127] 다시 말해서, 이상서가 숙향의 본래 신분을 근거로 숙향을 정식 며느리로 인정한 것은 현실성이 떨어지기 때문에 숙향 · 이선과 이상서의 갈등을 해결하는 방식은 현실적이라기보다는 낭만적 성격이

127) 이는 「춘향전」을 비롯한 기녀 신분갈등형 애정소설의 경우를 보면 쉽게 드러난다. 이들 소설에서는 대체로 여주인공의 본래 신분이 무엇인가와 무관하게, 그가 현재 기녀라는 사실로 인해 남주인공과의 결합에서 부실이나 첩의 위치를 벗어나지 못한다.

강하다는 것이다.[128]

그런데 「숙향전」의 경우 이러한 해결방식이 독자에게는 현실적인 것처럼 인식될 수 있다. 「숙향전」은, 「춘향전」 등 다른 기녀형 애정소설과는 달리, 숙향의 일대기로 구성되어 있다. 숙향이 김전의 딸로 태어나는 장면에서부터 이화정에 정착하기까지의 과정이 구체적으로 서사되어 있는 것이다. 이로 인해 독자들은 숙향이 기녀와 다름없는 존재로 전락했음에도 불구하고 '숙향은 본래 양반인 김전의 딸'로 인식하게 된다. 또한 숙향의 변모 과정을 '실질적인 전락'보다는 '고난의 과정'으로 이해하게 된다.[129] 그 결과 숙향의 신분이 본래는 양반이었다는 것이 숙향 · 이선과 이상서의 갈등을 해소하는 근거로 삼아도 무리가 없는 것처럼 보인다. 요컨대, 숙향 · 이선과 이상서의 갈등을 해결하는 방식은 본래 낭만적이지만 일대기적 구성으로 인해 현실적인 설득력을 확보했다고 하겠다.

사실 「숙향전」의 일대기적 구성은 다소 특이한 점이 있다. 대부분의 적강형 애정소설에는 서두에 남녀 주인공의 탄생 장면과 이들의 천정연분이 거의 동시적으로 서사되어 있다. 그런데 「숙향전」의 경우는 숙

---

128) 「숙향전」은 중세적 신분질서의 질곡을 문제 삼았으면서도 그 문제를 현실적으로 치열하게 밀고 나가지 못하고 환상적 · 낭만적으로 해결하고 있다. 우리 고소설의 특질 가운데 하나는 '사건의 현실적 발생과 비현실적 해결방식'(김일렬, 「고대소설의 이원론적 세계관과 유교」, 77쪽)이다. 그러나 이러한 특질은 근대 서구의 소설에서도 찾아볼 수 있다. 루카치는 '문제의 해결과 문제의 올바른 제기는 서로 상이한 과제이며, 예술가에게 절대적으로 필요한 것은 문제의 올바른 제기이다'(조정환 역, 『변혁기 러시아의 리얼리즘문학』, 동녘, 1986, 169쪽)라고 주장하였는데, 우리 고소설의 경우에도 해결 방식보다는 문제의 제기에 주목할 필요가 있다.

129) 「숙향전」이 숙향과 이선의 대등한 결연과 이로 인한 갈등의 전개 과정을 통해 중세적 신분질서의 모순과 질곡을 매우 사실적이면서 구체적으로 형상화하고 있음에도 불구하고 지금까지 연구자들의 주목을 받지 못했던 것은 「숙향전」의 일대기적 구성과 관련되어 있다고 생각한다.

향의 탄생 장면에 이어 곧바로 숙향의 고난 과정이 장황하게 서사된 이후에, 이선의 탄생 장면과 남녀 주인공의 만남 및 결연 과정이 서사되어 있다. 「숙향전」은, 다른 적강형 애정소설과는 달리, 여주인공 숙향의 고난 과정이 매우 비중 있게 다루어지고 있는 것이다. 김태준이 「숙향전」에 대해 '작자는 숙향이라는 여성의 난업고행(難業苦行)을 그리려고 퍽 애쓴 것 같다'라고 평했던 것도 바로 이러한 「숙향전」의 구성적 특징에 주목한 결과라고 하겠다.

그런데 숙향은 기회가 있을 때마다 자신의 전력을 종합적으로 진술한다. 그 내용은 한결같이 '다섯 살 때 전란으로 부모를 잃고 유리걸식하는 등 고난을 겪었다'는 것이다. 숙향의 고난 대목은 바로 이러한 숙향의 반복적인 진술에다가 도선적 요소를 결구하여 구체적으로 형상화한 것이라고 할 수 있다. 실제로 숙향의 고난 대목은 도선적인 결구에도 불구하고 현실적 개연성이 농후한 사건의 연속으로 구성되어 있으며, 각 사건은 숙향의 현실적 처지와 밀접한 관련 속에서 일관되게 서사되어 있다. 다시 말해서 숙향의 고난 대목은 '전쟁고아인 숙향이 유리걸식하다가 남의 집 시비로, 남의 집 시비에서 다시 술집기녀로 전락하는 과정'을 여실히 보여주고 있는 것이다. 이러한 숙향의 고난담은 어려서 전쟁으로 부모를 잃었던 전쟁고아의 사실적인 회고담이라고 해도 과언이 아닐 정도이다. 이와 관련하여 다음 대목은 주목을 요한다.

> 그 할미 쇼왈 네 본ᄃᆡ 부뫼 업스면 어듸셔 낫는다. 하늘노셔 써러지며 싸호로셔 쇼사는다. 부뫼 바리고 가니 ᄂᆡ치나 다르며 쟝승샹 집니셔 봉ᄎᆞ와 쟝도 ᄯᆡ문의 나옷시니 도젹 득명ᄒᆞ고 쫏치여 오나 다르며 노젼의셔 화ᄌᆡ 만나 오슬 다 ᄐᆡ여시니 불한당 마즌 쟉시나 달을숀야. 숙향니 ᄃᆡ경 왈 할미는 엇지 그다지 쟈셔히 아는뇨. 그 할

미 쇼왈 남이 일르기로 쟈셔히 알앗노라.[130)]

이 대목은 숙향이 우연히 길거리에서 이화정 할미를 만나 나눈 대화 중의 일부분이다. 이화정 할미가 처음 만난 숙향의 전력을 상세하게 말하자, 숙향은 놀라면서 '어찌 그토록 자세히 아느냐?'라고 묻는다. 이에 할미는 '다른 사람이 말하기에 자세히 알았노라'고 대답한다. 이 구절의 경우 이대본에는 "남이 이르믹 들엇노라"[131)]로, 경판본에는 "ᄌᆞ연이 알거니와"[132)]로, 한문본인 정사본에는 "因人而聞之矣"[133)]로 서술되어 있다. 이화정 할미는 숙향을 보호하기 위해 천상에서 내려온 마고선녀이다. 따라서 위와 같은 할미의 대답은 자신의 본래 신분을 숨기기 위한 변명이라고 할 수 있는바, 이 경우 할미는 '다 아는 길이 있다던가', '자연히 알았노라'고 대답하는 것이 자연스러울 듯하다. 그런데 국문 필사본을 축약하면서 윤색한 경판본만이 그렇게 되어 있고, 원본적 요소를 온전하게 간직하고 있는 이본들에는 오히려 '남에게 들어서 알았노라'로 문맥이 다소 어색하게 되어 있다.

이러한 현상이 왜 발생했는가? 추측컨대, 이것은 「숙향전」이 지어질 당시 숙향과 관련한 이야기가 널리 알려져 있었고, 그러한 상황이 자연스럽게 소설 속에 반영된 것이 아닌가 한다. 고난에 대한 숙향의 반복적인 술회도 이러한 사실과 무관하지 않을 것으로 생각된다. 실제로 '술집에 기거하는 비천한 여성과 양반댁 귀공자의 대등한 결연'은 호사가들의 화젯거리가 되기에 부족함이 없다. 이렇게 보았을 때, 「숙향전」

130) 한중연A본, 25쪽.
131) 이대본, 57쪽.
132) 경판본, 467쪽.
133) 정사본, 10쪽.

은 술집에 기거하는 여성과 귀공자의 만남 및 결연이라는 실제 사건을 토대로 소설화되었을 가능성이 없지 않다. 이는 「숙향전」과 유사한 시기에 지어진 것으로 알려진 「주생전」, 「최척전」, 「장화홍련전」 등이 주인공의 회고적 진술이나 실화를 토대로 소설화한 작품이라는 사실에서도 어느 정도 그 가능성을 엿볼 수 있지 않을까 한다.134)

그러나 중요한 것은 「숙향전」이 실화를 토대로 했느냐 안 했느냐의 문제는 아니다. 문제는 숙향의 고난 대목이 전쟁고아가 겪었던 체험을 회고적으로 진술한 것이라면, 숙향이 김전의 딸로 설정된 것은 회고적 진술과는 무관하다는 것이다. 전쟁고아로서 숙향이 겪었던 특수한 체험은 숙향 자신만이 알 수 있으며, 그 체험에 대한 구체적인 형상화는 필연적으로 자기 진술적일 수밖에 없다. 숙향이 자신의 전력을 수차에 걸쳐 반복적으로 진술했던 것도 바로 이러한 사정에서 연유된 것이다. 「숙향전」의 독특한 구성도 이러한 사정과 무관하다고 할 수 없다. 즉 「숙향전」이 숙향의 고난의 과정을 장황하게 서사한 이후 이선의 탄생 및 숙향·이선의 만남과 결연 과정을 서사한 것은 숙향의 특수한 체험을 순차적으로 서사한 결과로 이해된다는 것이다.

반면에 숙향이 김전의 딸로 설정된 것은 개인의 체험과는 전혀 관계가 없다. 숙향은 어려서 전란으로 부모와 헤어졌기 때문에 자신이 어디에서 누구의 자식으로 태어났는지를 전혀 몰랐던 인물이다. 따라서 「숙향전」의 서두에 설정된 숙향의 신분은 주인공의 자기 체험적 진술과는 일정하게 거리가 있다고 보아야 한다. 요컨대, 숙향의 고난 과정이 특

---

134) 「주생전」에 대해서는 박일용의 「주생전」(『한국고전소설작품론』, 집문당, 1990)을, 「최척전」에 대해서는 박희병의 「최척전」(『한국고전소설작품론』)을, 그리고 「장화홍련전」에 대해서는 김태준의 『조선소설사, 184~185쪽)을 참조하기 바람.

수한 개인의 체험이나 체험에 대한 진술을 바탕으로 서사된 것이라면, 숙향이 김전의 딸로 설정된 것은 체험담을 일대기로 구성하기 위한 허구적 설정에 불과하다는 것이다.

이럴 가능성은 「숙향전」과 유사한 애정소설인 「양산백전(梁山伯傳)」을 통해 확인할 수 있다. 「양산백전」은 중국의 「양축설화(梁祝說話)」를 소설화한 작품으로,[135] 소설화 과정에서 일대기적 구성이 어떤 방식으로 이루어졌는가를 추정할 수 있다.

「양산백전」의 근간이 된 양축설화 의 내용은 다음과 같다. 내용이 많지 않기 때문에 『고금정사(古今情史)』에 수록된 내용 전부를 제시한다.

> 「양축설화」
>
> 양산백(梁山伯)과 축영대(祝英臺)는 모두 동진인(東晋人)인데, 양가(梁家)는 회계(會稽)요 축가(祝家)는 상우(上虞)이다. 양산백과 축영대는 일찍이 함께 공부하다가 축영대가 먼저 고향으로 돌아갔다. 양산백은 후에 상우를 지나다가 축영대를 찾아 비로소 여자인줄 알게 되고, 돌아가 부모에게 고하여 장가들고자 하였으나, 축영대는 이미 마씨의 아들에게 정혼하였다. 양산백은 창연하여 어찌할 바를 모르다가 삼 년 후에 양산백은 은고을의 수령이 되었으나, 그만 상사병으로 죽는다. 거기서 그의 유언대로 청도산하(青道山下)에 묻었는데 이듬해에 축영대는 마씨에게 시집을 가다가 청도산하를 지날 때, 바람과 파도가 크게 일어 배가 더 나아가지 못하였다. 축영대는 양산백의 무덤에 이르러 실성애통하다가 무덤이 홀연히 갈라지는 가운데 축영대는 뛰어들어 죽는다.[136]

---

135) 정규복은 「양축설화」의 전파과정을 소개하고, 이를 토대로 「양산백전」의 한국적 변모 과정을 상세하게 고찰하였는바(「양산백전고」, 『중국연구』 4, 한국외국어대학 중국문제연구소, 1979), 상세한 내용은 위의 논문을 참조하기 바람.

136) 『고금정사(古今情史)』, 정규복의 「양산백전고」에서 재인용.

「양산백전」

대명 성화(成化) 연간(年間)에 남양의 명환(名宦)인 양현은 늦도록 자식을 두지 못하다가 기이한 꿈을 꾸고 산백을 낳는다. 양산백이 10세가 되매 기골이 준수하고 총명이 특이하여 양현은 산백을 운향사로 공부하러 보낸다. 평강의 명환인 추이도 늦도록 자식을 두지 못하다가 기이한 꿈을 꾸고 양대를 낳는다. 추양대는 여자인데도 입신양명을 위해 남복을 하고 운향사로 공부하러 간다. 운향사에 만난 양산백과 추양대는 서로 결의형제를 맺는데, 뒤에 추양대가 여자라는 것을 알게 된 양산백은 추양대를 사모하게 된다. 추양대가 평강으로 돌아간 후 양산백도 추양대를 찾아 평강으로 가지만, 추양대는 이미 심상서의 아들과 정혼한 상태였다. 양산백은 홀로 고향에 돌아와 상사병으로 죽고, 추양대는 심상서의 아들과 혼인하여 시집으로 가던 도중에 양산백의 무덤에서 제문을 읽는다. 그런데 갑자기 무덤이 갈라지고, 추영대는 무덤 속으로 뛰어들어 죽는다. 이후 양산백과 추양대는 옥황상제의 은총으로 재생하여 서로 부부가 되고, 양산백이 혁혁한 전공을 세워 부귀공명을 누리다가 선녀의 안내를 받아 둘 다 승천한다.[137]

「양축설화」는 『고금정사(古今情史)』에 수록된 내용을 전재(全載)한 것이다. 설화에는 양산백과 축영대가 동진인이며, 고향이 각각 회계와 상우라는 것만 명기되어 있다. 이러한 양상은 『선실지(宣室志)』와 『고금소설(古今小說)』에 수록된 「양축설화」의 경우도 마찬가지이다.[138] 설화에는 두 남녀 주인공의 출신이 양반인지 아닌지, 또 그들의 부친이 어떠한 사람인지가 전혀 나타나 있지 않다.

137) 「양산백전」의 내용은 세창서관본(『활자본 고소설전집』 26, 인천대학 민족문화연구소 편)을 텍스트로 삼아 요약하였다.

138) 『선실지』와 『고금소설』에 수록된 「양축설화」 역시 정규복의 「양산백전고」에 전재되어 있다.

그런데 이 설화를 바탕으로 소설화한 「양산백전」에는 양산백과 축영대의 부친이 모두 이름난 벼슬아치라고 서술되어 있다. 또한 남녀 주인공이 기이한 꿈을 꾸고 태어나는 과정이 상세하게 형상화되어 있다. 「양산백전」은 「양축설화」를 소설화하는 과정에서 일대기적 구성에 맞추기 위해 남녀 주인공의 탄생 장면을 구체적으로 서사하고, 그들의 신분도 양반으로 설정했던 것이다. 요컨대, 양산백과 추영대가 명나라 때 명환이었던 양현과 추이의 자녀로 태어났다는 것은 「양축설화」의 본래 내용과는 관계없이 소설화 과정에서 새롭게 첨가된 것이라고 하겠다.

이러한 사실은 「숙향전」의 일대기적 구성이 어떤 과정을 통해 형성되었는가를 시사한다. 「숙향전」의 서사적 골격은 '숙향이 전란으로 부모를 잃고 유리걸식하다가 술집에 기거할 때 귀공자인 이선을 만나 결연했다'는 것이다. 여기에서 문제가 되는 것은 신분과 현실적 처지가 다른 두 사람이 대등하게 결연했다는 것일 터이다. 특히 숙향은 주변 사람들에게 '창녀'로 인식되었던 상황에서 이선과 결연을 맺었기 때문에 이 문제는 사회적으로 심각한 문제를 야기할 수 있다. 이 문제를 해결하기 위해서는 일단 숙향의 본래 신분을 양반으로 설정할 필요가 있다.[139] 그러나 숙향이 본래 양반의 딸이었다는 설정만으로는 숙향과 이선의 대등한 결연을 정당화할 수 없다. 이것은 근거 없는 주장과 다를 바 없기 때문이다. 숙향이 본래 양반의 딸이라는 것을 입증하기 위해서는 숙향이 양반인 김전의 딸로 태어나는 장면에서부터 이선을 만

---

139) 임치균은 '영웅소설에서 주인공의 탄생처로 설정되어 있는 명문거족은 단순히 주인공의 고난을 극대화하기 위한 문학적 장치에 불과하다'(「영웅소설 주인공의 탄생과정 고－고귀한 혈통에 대한 재고 －」, 『홍익어문』 6집 홍익어문연구회, 1987, 129쪽)고 주장하였는데, 필자 역시 같은 생각이다.

나기까지의 과정을 구체적으로 서사해야 하는데, 이때 필요한 것이 바로 일대기적 구성이다. 요컨대, 「숙향전」의 일대기적 구성은 숙향의 본래 신분이 양반이라는 것을 생생하게 입증함으로써 숙향과 이선의 대등한 결연을 정당화 · 합리화하기 위한 서사적 장치라고 하겠다. 이런 사정을 고려할 때, 「숙향전」의 근간은 '전쟁고아로 유리걸식하다가 술집에 기거하게 된 숙향과 귀공자인 이선의 대등한 결연, 그리고 이들의 결연으로 야기된 갈등이라고 해야 할 것이다.

그러나 또 「숙향전」에서 일대기적 구성의 역할과 의의를 간과해서는 안 된다. 「숙향전」은 중세적 신분질서의 모순과 질곡을 매우 구체적이면서도 생생하게 형상화하고 있는데, 이것이 가능했던 것은 일대기적 구성 때문이다. 일대기적 구성과 환상적 · 낭만적 요소를 배제하고 본다면, 「숙향전」은 고소설 가운데 가장 문제적인 작품으로 평가할 만하다. 「숙향전」만큼 남녀 주인공의 신분 문제에 초점을 맞춰 중세적 신분질서의 모순과 질곡을 생생하게 형상화한 작품이 없기 때문이다.

현재 중세적 신분질서의 모순과 질곡을 가장 잘 형상화한 것으로 평가되고 있는 작품은 「춘향전」이다. 그러나 「춘향전」은 이 문제를 보편적인 문제보다는 특수한 경우로 한정하고 있다. 「춘향전」에서 춘향을 억압하고 있는 인물은 변학도라는 탐관오리로 설정되어 있다. 그런데 「숙향전」에서 숙향을 탄압하는 인물은 이선의 부친인 이상서이며, 이상서는 부정적이기보다는 긍정적인 인물로 형상화되어 있다. 이로 인해 「숙향전」은 「춘향전」보다 중세적 신분질서의 질곡을 일상적인 차원에서 다뤘다고 할 수 있다. 또한 춘향은 목숨을 건 투쟁에도 불구하고 이도령의 부실(副室)이 되는 것을 면하지 못한다. 이는 조선 후기의 역사적 조건에서는 신분 차이에 따른 남녀의 대등한 결연을 서사하는 것이 그만큼 어려웠다는 보여준다. 그런데 「숙향전」은 일대기적 구성을 통해 숙향과 이선의 대등한 결연을 서사하고 있는 것이다. 물론 「숙향전」의 일대기적 구성은 숙향과 이선의 대등한 결연이 함축하고 있는 중세적 신분질서의 부정이라는 의미를 희석한 측면이 없지 않다. 그러나 이는 18세기 초를 전후로 한 조선 후기의 역사적 조건에서는 불가피했을 것으로 판단된다. 따라서 「숙향전」의 일대기적 구성은 역사적 한계에 따른 낭만적 해결방식의 하나였다고 할 수 있다.

이런 점에서 「숙향전」의 일대기적 구성은 '꿈속의 세계'라는 가상의 공간을 설정하고 있는 몽유록의 구성과 유사한 성격과 의의를 지닌다고 하겠다. 몽유록은 모순된 현실에 처하여 자신의 이념적 가치를 굳게 지키고자 하면서도 그것을 실현할 만한 현실적 방도를 찾지 못했던 사대부 문인들이 몽유 세계라는 가상적 공간을 통해 역사상의 인물들과 만나 현실에의 울분을 토로하고 소망스런운 질서를 구성해 보는 특이한 환상의 양식이다.[140] 사실을 사실대로 기술하려는 데 있어서 여러 가지 한계를 극복하기 위해 몽유록이라는 허구적 형식이 요청되었듯이,[141] 「숙향전」의 일대기적 구성 역시 중세적 신분질서가 강력한 힘을 발휘하던 역사적 단계에서 신분이 다른 청춘남녀의 대등한 결연을 서사하기 위해 요청되었던 서사적 형식이었다고 하겠다.

---

140) 김홍규, 『한국문학의 이해』, 민음사, 1986, 129쪽.

141) 서대석, 「몽유록의 장르적 성격과 문학사적 의의」, 『한국학논집』 3, 계명대 한국학연구소, 157쪽.

4. 작가의 세계관과 그 지향

1) 숙명론적 세계관과 반봉건적 지향

「숙향전」은 개별적인 사건의 전개에서부터 작품 전반의 구성에 이르기까지 철저하게 숙명론적 세계관을 그 기저로 삼고 있다. 이러한 「숙향전」의 특징은 다음과 같은 왕균의 예언에서 단적으로 표출된다.

> 왕균이 이르되 이 ᄋᆞ기난 인간ᄉᆞ람 아니라 월궁항아의 졍긔를 타낫ᄉᆞ오니 젼ᄉᆡᆼ의 죄를 이ᄉᆡᆼ의 와 다 갑푼 후의 반다시 죠흔 시절을 볼거시니 션분은 극히 험ᄒᆞ나 후분은 죠흐리라. 김젼 왈 후분션악은 아지 못ᄒᆞ나 션분은 우리 아직 의식을 그리지 아니 ᄒᆞ니 엇지 고ᄉᆡᆼ할 일리 잇스리요. 왕균이 크게 웃고 왈 ᄉᆞ람의 팔ᄌᆞ난 아지 못ᄒᆞ나니 ᄂᆡ 비록 ᄌᆡ죠업ᄉᆞ오나 ᄋᆞ기의 ᄉᆞ쥬와 ᄉᆡᆼ을 보오니 오세예 부모를 이별ᄒᆞ고 졍쳐업시 단니다가 십오세 당ᄒᆞ여 다셧 번 쥭을 익을 지ᄂᆡ고 십칠세의 부인을 봉ᄒᆞ고 니십의 부모를 만나 ᄐᆡ평영화로 지ᄂᆡ다가 칠십이 되오면 도로 쳔ᄉᆡᆼ으로 올나 갈 팔ᄌᆞ니다.[142]

상자(相者)인 왕균은 숙향의 사주와 관상을 보고 '숙향은 월궁항아의 정기를 타고난 인물로 전생의 죄를 이승에서 다 갚은 후에야 좋은 시절을 볼 것'이라고 말한다. 이러한 왕균의 예언에는 숙명론적 세계관을 표방하고 있는 다양한 종교적 관념이 혼합되어 있다. 숙향이 월궁항아의 정기를 타고났다는 것은 도교적인 발상이요, 전생에서 지은 죄를 이승에서 갚아야 한다는 것은 불교적 인과론에 따른 것이며, 사주와 관상은 민간신앙에 기초한 것이라고 할 수 있다.

---

142) 이대본, 9쪽.

그러나 「숙향전」을 포함하여 초경험적인 영역인 천상계를 설정하고 있는 대부분의 고소설에서 이들은 각각 그것대로의 독자성을 가지지 않고 작품 구조에 용해되어 일정한 역할을 하기 때문에, 동원된 소재가 어떠한 종교적 사상에 원천을 두고 있는가 하는 것은 중요한 문제가 아니다.143) 다만 필자가 여기서 문제 삼고자 하는 것은, 「숙향전」은 왕균의 예언대로 숙향이 '5세에 부모를 이별하고 정처 없이 다니다가 15세에 이르기까지 다섯 번 죽을 액을 겪고, 17세에 정렬부인이 되며, 20세에 부모를 만나 태평영화로 지내다가 70이 되어 도로 천상으로 올라가는 것'으로 구성되어 있다는 점이다. 여주인공 숙향의 일대기라고 할 수 있는 「숙향전」은 이러한 왕균의 예언을 구체적인 사건으로 형상화한 것에 다름 아니다.

이런 점에서 '「숙향전」은 현실적인 박진감을 거의 무시한 채 운명예정론의 궤도를 따라 철저히 합목적적인 사건 전개를 해 나가고 있다'144)라는 김일렬의 견해는 지극히 온당하다고 할 수 있다. 숙향은 예정된 고난을 피동적으로 감수하기만 할 뿐이며, 죽을 위기에 처할 때마다 후토부인과 화덕진군 등 초월적 존재들이 직접 지상계에 나타나 구원한다. 이로 인해 숙향의 고난이 담지하고 있는 강한 현실성145)에도 불구하고 「숙향전」의 사건은 전반적으로 현실적 박진감을 상실한 채 환상적이며 신비주의적인 색채를 띠게 된다. 「숙향전」에서의 초월계는 바로 운명예정론의 궤도에 따라 철저히 합목적적인 사건을 전개해

143) 조동일, 『한국소설의 이론』, 지식산업사, 1977, 396쪽.

144) 김일렬, 「고대소설의 이원론적 세계관과 유교」, 『어문론총』 8, 경북대 국어국문학과, 1973, 75쪽.

145) 이와 관련해서는 필자의 「숙향전의 현실적 성격」(『고전문학연구』 6, 한국고전문학연구회, 1991)을 참조하기 바람.

나가기 위해 설정된 환상적이며 가상적인 세계인 셈이다.

이렇듯 「숙향전」은 철저하게 숙명론적 세계관을 작품의 기저로 삼고 있는데, 이것이 '부녀나 서민들의 인간적 굴욕, 사회적 속박, 노동의 괴로움 등 온갖 생활적 고통에 대한 인종의 미덕을 기르는 데, 그리고 양반 자신들의 지위를 견고히 해주는 이데올로기를 수호하는 데 필요한 하나의 방편'[146]으로 이해되기도 했다. 「숙향전」에서 숙향이 현실세계에서 겪는 온갖 고난은 천상에서 범한 잘못의 대가로 설정되어 있는바, 이러한 숙명론은 '현실적인 생의 고통은 기실 자기 존재의 본향이었던 천상계에서의 인(因)에서 유래되는 과(果)일 따름이며 동시에 그것은 자기 본향인 천상계로의 귀환을 위한 하나의 시련이요 준비에 불과하다'[147]는 체념적인 현실인식과 무관할 수 없다. 그리고 이러한 체념적 현실인식은 봉건지배세력에 대한 민중적 저항을 무마하기 위해 봉건지배세력이 일부러 조장하기도 하였다. 실제로 조선 후기의 지배계급은 '모든 것은 하늘의 의지에 따라 발생하고 소멸되며, 사람의 생사운명도 그것에 의하여 지배된다'는 숙명론적이며 신비주의적인 천명사상(天命思想)을 적극 표방함으로써, 붕괴되어 가는 봉건통치를 구원해 보려고 시도하기도 했던 것이다.[148] 따라서 「숙향전」의 기저를 이루고 있는 숙명론적 세계관은 양반들이 봉건적 모순으로 야기된 민중들의 현실적 고통을 왜곡시키기 위한 하나의 수단으로 이해될 수도 있다.

그러나 우리는 「숙향전」의 기저를 이루고 있는 숙명론적 세계관(또

---

146) 김일렬, 앞 논문, 72쪽.
147) 위의 논문, 같은 쪽.
148) 정성철, 『조선철학사II』, 이성과 현실, 1988, 164쪽.

는 이원론적 세계관)의 핵심적인 내용이 애정을 바탕으로 한 남녀 주인공의 결연을 옹호하는 명분으로 작용하고 있는 '천정연분'임을 간과해서는 안 된다. 즉 숙향의 전신(前身)인 월궁항아가 천상계에서 범한 잘못은 이선의 전신인 태을선군과 '창화투도(唱和偸桃)'한 것이며, 이러한 잘못의 대가로 설정되어 있는 지상계에서의 숙향의 고난은 이선을 만나기 위한 시련이요, 나아가 이선과 결연을 맺기 위한 시련으로 형상화되어 있는 것이다. 요컨대 '천상계에서의 인(因)에 의한 과(果)'로 설정되어 있는 숙향의 고난마저도 '천정연분'에 귀속되어 있다고 하겠다. 따라서 「숙향전」의 기저를 이루고 있는 숙명론적 세계관에 대한 논의는 천정연분의 작품내적 역할 및 그것의 내포적 의미와 무관하게 이루어져서는 안 된다.

천정연분이란 남녀의 만남과 결연이 태어날 때부터 이미 하늘에서 정해졌다는 것으로, 운명론적이며 신비주의적인 관념의 하나이다. 「숙향전」 등 적강형 애정소설을 포함하여 이원론적 구조로 이루어진 고소설의 대부분은 남녀 주인공의 만남과 애정의 성취를 다루고 있으며, 또 이를 천정연분으로 설정하고 있다. 그러나 고소설에 설정되어 있는 모든 천정연분이 동일한 성격과 의미를 갖고 있는 것은 아니다. 작품의 유형이나 성격에 따라 각기 그것의 역할과 내포적 의미가 다르다. 특히 천정연분이란 남녀의 만남 및 결연 문제와 관련된 것이기 때문에 만남의 형태와 결연방식에 따라 그것의 성격과 의미가 달라질 수밖에 없다. 이런 점에서 천정연분의 작품내적 성격과 의미를 온당하게 구명하기 위해서는 먼저 작품에 나타난 남녀의 만남과 결연의 방식을 살펴볼 필요가 있다. 이를 위해서는 「숙향전」과 같은 유형에 해당하는 적강형 애정소설인 「숙영낭자전」, 「백학선전」, 「양산백전」 등도 함께 고찰하기로 한다.

「숙향전」 등 적강형 애정소설에서 남녀 주인공의 만남은 한결같이 부모와 중매자의 개입 없이 당사자들의 직접 대면을 통해 이루어진다. 남녀 주인공의 만남이 비교적 경험적인 차원에서 구체적으로 형상화되어 있는 「백학선전」을 먼저 살펴보자.

> 광음이 여류ᄒᆞ야 은하에 나히 십세 되ᄆᆡ 일일은 유모 소져를 다리고 외가에 갓다가 오ᄂᆞᆫ 길에 유자를 싸 가지고 오다가 길가에셔 쉬더니 ᄎᆞ시 류ᄇᆡᆨ로 ᄒᆡᆼ리를 차려 셩남으로 ᄒᆡᆼᄒᆞᆯᄉᆡ ᄒᆞᆫ 곳에 니르ᄆᆡ ᄒᆡᆼ인은 업고 ᄒᆞᆫ 로랑이와 소져를 다리고 안잣거늘 눈을 잠간 드러 본즉 나히 비록 어리ᄂᆞ 화용월태ᄂᆞᆫ 고금에 뎨일이라. ᄒᆞᆫ번 보ᄆᆡ 마암이 황홀ᄒᆞ야 여취여광ᄒᆞᄂᆞᆫ지라. 심중에 흠모ᄒᆞ야 그 ᄯᅳᆺ을 시험코ᄌᆞ ᄒᆞ야 이에 나아가 유자를 구ᄒᆞ니 소졔 흔연이 유랑으로 ᄒᆞ야곰 두어 ᄀᆡ 유자를 보ᄂᆡ거늘 ᄇᆡᆨ로 ᄃᆡ희ᄒᆞ야 ᄉᆞ례ᄒᆞ고 바다 먹은 후에 ᄉᆡᆼ각ᄒᆞ되 ᄂᆡ 텬하를 다 도라 슉녀를 구ᄒᆞ되 져런 졀ᄃᆡ가인은 업스리라. ᄇᆡᆨ년긔약을 언약ᄒᆞ야 보리라 ᄒᆞ고 이에 ᄇᆡᆨ학션을 ᄂᆡ여 정표ᄒᆞ난 글 두어 귀를 써셔 유모를 쥬며 소저게 드리라 ᄒᆞ니 유모 밧아 소졔를 쥬니 쇼저 ᄇᆡᆨ학션을 밧아 보ᄆᆡ 가장 조흔 붓치라 ᄃᆡ희ᄒᆞ야 ᄉᆞ례ᄒᆞ고 깁히 간슈ᄒᆞ니 이ᄂᆞᆫ 텬정ᄇᆡ필이라.[149]

위에서 볼 수 있듯이 「백학선전」의 남녀 주인공인 유백로와 조은하의 만남은 당사자들의 직접 대면으로 이루어지고 있다. 즉 공부하기 위해 남정윤을 찾아 성남으로 가던 유백로는 유모와 함께 외가에 갔다 돌아오는 도중 길가에서 쉬고 있는 조은하를 만나게 되며, 조은하를 본 유백로가 "ᄒᆞᆫ번 보ᄆᆡ 마암이 황홀ᄒᆞ야 여취여광ᄒᆞᄂᆞᆫ지라 심즁에 흠

149) 「백학선전」, 인천대 민족문화연구소, 『구활자본고소설전집』 20, 1983, 517~518쪽.

모ᄒᆞ야" 집안 대대로 전해 오던 백학선을 조은하에게 줌으로써 이들은 서로 인연을 맺고 있는 것이다. 그리고 이러한 유백로와 조은하의 만남을 '텬정빅필'이라고 서술하고 있다.

「양산백전」에서 양산백과 추영대의 만남 역시 두 사람의 직접 대면으로 이루어진다. 양산백과 추영대가 만난 것은 운향사라는 절이다. 양산백은 부모의 명령에 따라, 추영대는 '평생 남아로 행세하여 입신양명'하기 위해 남장을 하고 각각 운향사로 공부하러 간다. 운향사에서 만난 이들은 서로 결의형제를 맺는데, 뒤에 추영대가 여자임을 알게 된 양산백은 자신의 연정을 추영대에게 호소하고, 추영대 역시 이를 받아들여 서로 인연을 맺게 되었던 것이다.

「숙향전」과 「숙영낭자전」의 경우에는 남녀 주인공의 만남이 도선적 요소와 결부되어 환상적으로 처리되어 있다. 「숙향전」에서 숙향과 이선은 각각 요지연 잔치에 참예하는 꿈을 꾼다. 꿈속에서 숙향을 만난 이후로 이선은 부귀공명에 뜻이 없이 숙향만을 생각하는데, 숙향이 꿈에서 본 요지연 광경을 수놓아 판 것이 계기가 되어 이화정으로 숙향을 찾아가고, 우여곡절을 겪은 후에 부모 모르게 숙향과 부부의 인연을 맺는다. 「숙영낭자전」의 경우, 어느 날 선군의 꿈에 천상선녀인 숙영이 나타나 자신과 선군이 천생연분이라고 말한다. 꿈에서 깨어난 선군은 숙영에 대한 상사로 병이 깊이 들고 눈물로 세월을 보내는데, 이를 안 숙영이 다시 선군의 꿈에 나타나 옥연동으로 자신을 찾으러 오라고 계시하며, 선군은 부모에게 수삼일 명산대천을 유람하고자 한다며 거짓말을 하고 옥연동으로 숙영을 찾아가 부부의 인연을 맺는다. 이후 숙영을 데리고 집으로 돌아온 선군은 부모에게 그간의 사연을 말하고 육례도 치르지 않은 채 자녀를 낳고 살았던 것이다.

이렇듯 「숙향전」과 「숙영낭자전」의 경우에는, 「백학선전」이나 「양산백전」과는 달리, 남녀 주인공의 만남 자체가 비현실적 계기인 꿈으로 설정되어 있다.[150] 이로 인해 이선과 숙향, 선군과 숙영의 만남은 전반적으로 환상적이며 신비주의적인 색채를 띠게 된다. 그러나 이러한 환상적 색채는 이들의 인연이 천정에 의한 것임을 구체화한 것에 불과하며, 실제 이들의 인연은 당사자들의 직접 대면과 이 대면으로 형성된 애정에 기반한 것이라고 하겠다. 이와 관련하여 한문본인 김동욱 소장본의 다음 대목은 주목되는 바가 있다.

> (이선이) 또 물었다. "방금 방안으로 들어간 곱고 아름다운 분은 누구입니까? 언뜻 보건데 인간 세상에 있는 사람이 아닌 듯합니다." 할미가 속일 수 없다는 것을 알고 겸손하게 말했다. "그 아이는 내 조카입니다. 아직 나이가 어린데 어찌 아름다움이 있겠습니까? 낭군께서 잘못 보신 것입니다." 이선이 말했다. "대장부의 마음은 본래 허랑하여 한 번 절대가인을 보면 종신토록 잊지 못합니다. 그 여인을 본 순간 이미 마음에 병이 든 듯하니, 할미께서는 경중지영(鏡中之影)을 아끼지 마시고 제 가슴속에 맺힌 원한을 위로해주소서."[151]

---

150) 「숙향전」이나 「숙영낭자전」이 「백학선전」이나 「양산백전」과는 달리 남녀 주인공의 만남 자체를 비현실적 계기인 '꿈'의 계시로 설정한 것은 남녀 주인공의 신분계급이 달랐기 때문이라고 할 수 있다. 즉 「백학선전」과 「양산백전」의 여주인공인 조은하와 추영대는 모두 양반사대부가의 자제로 남주인공의 신분과 전혀 차이가 없다. 그런데 「숙향전」의 여주인공인 숙향은 현실적으로 자신의 출신계급을 알 수 없는 전쟁고아이며, 「숙영낭자전」의 여주인공인 숙영은 출신을 알 수 없는 존재다. 따라서 이들과 양반사대부가의 자제인 남주인공과의 대등한 결연이 사회적으로 문제가 될 소지를 다분히 내포하고 있으며, 이러한 문제성을 일정하게 완화시키기 위해 이들의 만남 자체를 보다 비현실적인 계기에 따른 것으로 처리했다는 것이 필자의 판단이다.

151) 나손B본, 22쪽. 又問曰 且今入房嬋姸者誰 而瞥眼所見 似非人間所有. 老嫗知不可欺權辭對曰 是乃兄兒而年尙幼少 何美之有 尊郎見之過矣. 仙曰 大丈夫之心 本來虛浪

위 대목은 숙향과 이선이 이화정에서 처음 만나는 장면이다. 이화정에서 숙향을 얼핏 본 이선은 '대장부 마음은 본래 허랑하여 미인을 한 번 보면 평생 잊지 못한다'며 이화정 할미에게 숙향과 인연을 맺게 해 달라고 조른다. 즉 혈기왕성한 사대부가의 젊은 도령인 이선이 술집에 기거하는 비천한 존재인 숙향의 미모에 반하여 인연을 맺으려 하고 있는 것이다. 이선의 젊은 혈기는 "션이 혹이흔다 ᄒᆞ니 달리 금치 못ᄒᆞ리라"[152]는 부친 이상서의 말에서도 확인되며, 당사자인 숙향 역시 '이선이 구혼함에 상하체면에 거스를 수 없어 성혼케 된 것'이라고 말하고 있다. 여기에서 우리는, 환상적이며 신비주의적인 색채에도 불구하고, 이선과 숙향의 만남이 기본적으로 혈기 미정한 양반가의 도령이 술집에 기거하는 미모의 젊은 여자를 흠모하여 인연을 맺게 된 것임을 알 수 있다.

이러한 사정은 「숙영낭자전」의 경우에도 마찬가지다. 선군과 숙영의 만남이 꿈이라는 비현실적인 계기에 의해 이루어진 것으로 형상화되어 있지만, 객관적인 입장에서 보면 명산대천을 유람한다고 나갔던 선군이 며칠 뒤에 신분을 알 수 없는 외지(外地)의 여자를 데리고 온 것에 불과하다. 요컨대 이선과 숙향의 만남은 기본적으로 혈기 미정한 부귀가의 젊은 도령이 술집에 기거하는 미모의 젊은 여자를 흠모하여 인연을 맺은 것이며, 선군과 숙영의 만남은 양반의 자제인 선군이 출신을 알 수 없는 외지의 여자를 데리고 와 혼례도 치르지 않은 채 함께 산 것에 불과하다고 하겠다.

이상에서 대략 살펴보았듯이, 「숙향전」을 비롯한 적강형 애정소설

一見絶艶 終身不忘. 今在入眼 心旣如疾 願嫗毋吝鏡中之影 慰胸中之怨.

152) 경판본, 474쪽.

에서 남녀 주인공의 만남은, 각 작품에 따라 만남의 성격과 형상이 서로 다름에도 불구하고 한결같이 부모나 중매자가 배재된 채 당사자들의 직접 대면으로 이루어진다. 그리고 이들은 부모의 의사와는 무관하게 오로지 자신들의 순수한 의지와 애정에 따라 서로 결연을 추구하고 있다. 이러한 만남과 결연의 방식은 「유충렬전」 등 영웅소설에 나타나는 그것과 사뭇 다르다.

> 승상이 아달은 업고 다만 일녀를 두엇스되 그 부인 쇼씨 녀ᄋᆞ를 탄ᄉᆡᆼᄒᆞᆯ 제 일위 션녀 오운을 타고 ᄂᆡ려와 부인 겻헤 안지며 왈 쇼녀는 옥황의 시녀옵더니 ᄌᆞ미원 대쟝셩과 연분이 잇ᄉᆞ와 한가지 잇스라 ᄒᆞ고 쇼녀를 강문에 보ᄂᆡᄆᆡ 왓ᄉᆞ오니 어엿비 녀기소셔 ᄒᆞ거늘 부인이 혼미즁에 녀ᄋᆞ를 탄ᄉᆡᆼᄒᆞ니 용모가 비범ᄒᆞ야 화용월ᄐᆡᄂᆞᆫ 경국지ᄉᆡᆨ이요 ᄐᆡ도ᄂᆞᆫ 요됴슉녀 ᄒᆞ강ᄒᆞᆫ듯 ᄒᆞ니 거동이 유여ᄒᆞ야 시셔를 능통ᄒᆞ고 겸ᄒᆞ야 지략이 과인ᄒᆞᄆᆡ 부모가 ᄉᆞ랑ᄒᆞ샤 ᄐᆡᆨ셔ᄒᆞ기를 널니 ᄒᆞ더니 쳔ᄒᆡᆼ으로 영릉에 갓다가 명나슈에서 츙렬을 ᄃᆞ려다가 외당에 강쳐ᄒᆞ고 츙렬의 상을 보니 부귀작록이 무쌍ᄒᆞ고 영웅호걸은 만고에 읏듬이라. 승상이 대희ᄒᆞ야 ᄂᆡ당에 드러가 부인다려 혼ᄉᆞ말을 ᄒᆞ니 부인이 대희ᄒᆞ야 내 마음도 츙렬을 ᄉᆞ랑ᄒᆞ엿더니 승상의 ᄆᆞ음이 ᄯᅩ한 그러ᄒᆞ실진ᄃᆡ 텬샹연분이오니 급히 ᄐᆡᆨ일ᄒᆞ야 혼ᄉᆞ를 지ᄂᆡ옵쇼셔.[153]

「유충렬전」에서 유충렬과 강소저의 만남 역시 적강형 애정소설과 마찬가지로 천정연분으로 설정되어 있다. 즉 강승상의 부인 소씨의 태몽에 나타난 강소저는 "소녀는 옥황의 시녀옵더니 ᄌᆞ미원대쟝과 연분이 잇ᄉᆞ와 한가지 잇스라 ᄒᆞ고 소녀를 강문에 보ᄂᆡᄆᆡ 왓ᄉᆞ오니"라며,

153) 「유충렬전」, 인천대 민족문화연구소 편, 『구활자본 고소설전집』 11권, 307~308쪽.

자신과 유충렬이 '천정연분'임을 분명하게 말하고 있는 것이다. 꿈이나 태몽 등을 통해 남녀 주인공이 본래는 천상적 존재이며, 이들의 만남과 결연이 천정연분에 의한 것임을 표출하고 있는 것은 적강형 애정소설의 경우와 하등의 차이가 없다.

그러나 지상계에서의 이들의 만남은 적강형 애정소설에 나타난 것과는 판이하게 다르다. 유충렬이 강소저를 만나 인연을 맺은 것은 강소저의 부친인 강승상댁이다. 유충렬은 정한담에게 쫓겨 달아나다가 강승상에 의해 구원되는데, 강승상은 유충렬이 정한담의 모함으로 유배된 주부 유심의 아들임을 알고 유충렬을 자기 집에 데리고 와 "외당에 강쳐ᄒᆞ고", 자기 딸 강소저와 결연을 맺도록 권유했던 것이다. 이처럼 「유충렬전」에서는 남녀 주인공의 만남이 부모인 강승상의 적극적인 개입과 매개로 이루어지고 있으며, 이들의 결연도 당사자들의 순수한 의지와 애정에 따라 이루어지기보다는 거의 전적으로 강승상 부부의 의사에 따르고 있다. 유충렬은 강승상의 혼사 권유에 대해 "쇼ᄌᆞᆨ 박복ᄒᆞ와 양친을 동셔에 리별ᄒᆞ옵고 취쳐ᄒᆞ오면 만고의 죄인이라 엇지 취쳐ᄒᆞ오릿가"[154]라며 아직 혼인할 생각이 없음을 밝히고 있는 것이다. 요컨대 「유충렬전」 역시 적강형 애정소설과 마찬가지로 남녀 주인공의 만남을 천정연분으로 설정하고 있으나, 만남의 형태와 인연을 맺는 방식은 적강형 애정소설의 그것과 대조적이라고 할 수 있을 만큼 현격한 차이를 보이고 있는 것이다.

적강형 애정소설과 영웅소설에 나타난 이러한 차이는 천정연분과 관련하여 매우 중요한 의미를 함축하고 있다. 앞에서도 언급했듯이 고소설에 설정되어 있는 천정연분은 근본적으로 남녀 주인공의 만남 및

154) 「유충렬전」, 308쪽.

결연 문제와 관련된 것이며, 남녀의 만남과 결연의 방식에 따라 그 내포적 의미가 달라질 수밖에 없기 때문이다. 특히 이들 작품들은 모두 지배계급의 성리학적 가치규범에 따라 남녀의 자유스런 만남이 근원적으로 차단되었던 조선 후기를 역사적 배경으로 하고 있다는 점에서 더욱 그렇다.

주지하듯이 성리학을 지배이념으로 채택한 조선조의 지배계급인 사족(士族)들은 유교적 예법에 따라 풍속을 교화한다는 명분으로 남녀의 자유스런 만남을 통제하는 여러 가지 법들을 시행하였다. 부녀의 상사(上寺)나 음사금지(淫祀禁止), 그리고 내외법(內外法) 등이 바로 그것이다. 이 가운데 특히 내외법은 남녀 간의 자유스런 만남을 금지하는 행동규제법으로, 여자는 임의로 문밖을 출입할 수 없을 뿐만 아니라 가까운 친척 이외의 사람과 접촉해서는 안 된다는 것을 그 내용으로 하고 있다.[155] 이외에도 사족들은 『주자가례』에 따라 '먼저 중매인을 시켜 양쪽 집을 왕래하며 말을 통하게 하여 여가(女家)의 허락을 얻은 연후에 납채(納采)한다'[156]는 의혼(議婚)의 절차를 두어 결연 당사자의 직접 대면이나 애정에 따른 결연을 근원적으로 차단하였다. 즉 의혼은 중매쟁이로 하여금 양가를 내왕하면서 혼인을 의논하며 간선(揀選)하여 양가로 하여금 혼인할 뜻을 합치시키는 절차로,[157] 이 과정에서 결연 당사자의 애정이나 의사는 철저하게 배제되었던 것이다.

물론 이러한 내용을 담고 있는 성리학적 윤리규범이나 유교적 예제가 조선조의 전 기간에 걸쳐 확고하게 관철되었던 것은 아니다. 건국

155) 이순구, 「조선초기 주자학의 보급과 여성의 사회적 지위」, 『청계사학』 3, 1986, 90쪽.
156) 이능화, 『조선여속고』, 동문선, 1990, 125쪽.
157) 박병호, 『한국의 전통사회와 법』, 서울대학교 출판부, 1985, 147쪽.

초부터 왕조정부와 지배층인 사족들은 성리학적 사회윤리의 실천적 규범서라고 할 수 있는 『주자가례』와 『소학』 등을 대량으로 간행 · 반포하여 성리학적 윤리규범과 유교적 예제를 구축하려고 하였다. 그러나 15세기까지는 여전히 남귀여가(男歸女家)의 혼사관행 등 수백 년의 사회적 관행과 불교문화의 영향 아래 굳어져 온 전통적인 사회적 의례가 지속되었다. 그러다가 16세기를 지나면서 사림파 정권이 지속되고 향촌질서가 사족 위주로 편제되어 가는 속에서 성리학적 사회윤리는 사회 전반에 확산되어 갔으며, 성리학적 사회윤리에 위배되는 행위는 반사회적 · 반인륜적 것으로 지탄되었을 뿐만 아니라 처벌되기까지 했던 것이다.

「유충렬전」의 경우에는 남녀 주인공의 만남과 결연 방식이 이러한 성리학적 윤리규범이나 유교적 예제에 전혀 위배되지 않는다. 따라서 이들의 만남과 결연을 천정연분으로 설정한 것 자체가 특별한 의미를 갖지 못한다. 다시 말해서 「유충렬전」에서의 '천정연분'은 지상계의 경험적인 사고방식에서 보면 우연인 것이 천상계의 원리상 필연이라고 하는, 관념적이며 신비주의적인 논리 이상의 의미를 발견하기 어렵다는 것이다. 다만 작품 전반에 걸쳐 「유충렬전」과 같은 영웅소설에도 성리학적 이념에 의해 천시되었던 청춘남녀의 애정이 긍정적으로 형상화되어 있으며,[158] 이러한 긍정적인 애정형상에 천정연분이 일정하게 명분으로 작용하고 있는 측면이 없지 않다.

그러나 이것은 분명 적강형 애정소설에 설정되어 있는 천정연분과

---

158) 조동일은 '영웅소설이 애정을 긍정적으로 그린 것은 유교적 도덕률의 구속에서 벗어나 인간성을 발견하자는 움직임을 보여주는 것'(『한국소설의 이론』, 400쪽)이라고 지적한 바 있다.

는 질적으로 다른 것이라고 하겠다.[159] 앞서 살펴보았듯이 적강형 애정소설에서 남녀 주인공들은 부모나 중매인의 개입 없이 당사자들끼리 직접 만나 인연을 맺으며, 또 직접 대면으로 형성된 애정을 바탕으로 결연을 추구하고 있다. 그리고 이러한 만남과 결연의 방식은 성리학적 윤리규범이나 유교적 예제에 정면으로 배치되는 것이라고 할 수 있다.[160] 그런데 적강형 애정소설은 바로 이러한 남녀 주인공의 만남과 결연을 천정연분으로 설정하고 있는 것이다. 「숙향전」과 「숙영낭자전」은 아예 도교와 불교적인 요소를 끌어들여 남녀 주인공의 만남 자체를 신비화시킴으로써, 「양산백전」은 상사병으로 죽은 양산백의 무덤이 갈라져 추소저가 함께 묻히는 기적과 재생 과정을 통해 각각 남녀 주인공의 만남이 천정에 의한 것임을 구체화시키고 있다. 다만 「백학선전」의 경우 위의 작품들과는 달리 초경험적인 현상을 개입시키지 않은 채 곧바로 남녀 주인공의 만남을 천정연분으로 이끌어 가고 있다. 이로 인해 우리는 도리어 「백학선전」을 통해서 적강형 애정소설에 설정되어 있는 천정연분의 성격과 그 의미를 보다 구체적으로 살펴볼 수가 있다.

10세 때 유백로를 만나 백학선을 받았던 조은하는 15세가 되어 백학선에 '요조숙녀 군자호구'라는 글귀와 더불어 사주가 기록되어 있는 것

---

159) 다만 영웅소설 중에서도 「조웅전」은 예외적인 작품이라고 할 수 있다. 「조웅전」은 여타의 영웅소설들과는 달리 남녀 주인공인 조웅과 장소저의 만남이 직접 대면으로 이루어지고 있으며, 이들의 결연은 '주인공 스스로의 의지에 의한 적극적인 결연으로서의 의미'(박일용, 「조웅전의 구성 및 문체적 특징과 소설사적 위상」, 『다곡이수봉박사정년기념논총』, 1994, 391쪽)를 지니고 있는 것이다.

160) 당시 사대부들이 적강형 애정소설에 형상화된 남녀의 만남을 어떻게 인식했는가에 대해서는, 홍희복(洪羲福)이 「숙향전」과 관련하여 "지어부부혼인에 다ᄃᆞ라는 규방에 은밀ᄒᆞᆫ 슈작과 남녀의 셜만ᄒᆞᆫ 뜻을 셰셰히 문답ᄒᆞ고 낫낫치 칭도ᄒᆞ야 쳔연이 샹ᄃᆡᄒᆞᆫ 듯 졍녕이 듯고 본듯 ᄒᆞ게 ᄒᆞ니 이 엇지 부녀의 닉이 볼빈리요"(『제일기언』 서)라고 언급한 데서도 짐작할 수 있다.

을 보고 "심즁에 놀ᄂᆞ오ᄂᆞ ᄎᆞ역 텬졍연분이라"며 "마암에 긔록ᄒᆞ고 말을 ᄂᆡ지 아니" 한다. 그런데 이부상서 최국양이 구혼하고 부친 조성노가 이를 허락하자, 조은하는 식음을 전폐하고 자리에 눕는다. 조공과 부인이 놀라 그 연고를 물으니, 조은하는 유백로를 만나 백학선을 받은 일을 실토하면서 다음과 같이 대답한다.

> 그ᄯᆡ 무심이 밧음으로 뉘웃치나 이역 텬졍연분이 분명ᄒᆞ옵고 소녀의 팔ᄌᆞ 무상ᄒᆞ옵기로 다른 뜻을 두지 아니 ᄒᆞ옵ᄂᆞ니 부친은 다른 ᄃᆡ 구혼치 마르쇼셔. 공이 청파에 ᄃᆡ경 왈 네 말을 드르니 ᄎᆞ역 텬슈라. ᄒᆞᆯ 릴업거니와 그 션ᄇᆡ를 어ᄃᆡ 가 차지리오. 가쟝 란쳐ᄒᆞ도다. 쇼졔 ᄃᆡ왈 츙신은 불ᄉᆞ이군이오 렬녀난 불경이부라 ᄒᆞ오니 쇼녀난 결단코 타문을 셤기지 아니 ᄒᆞᆯ 것시오.[161]

조은하는 일단 자신이 무심코 유백로에게 백학선을 받은 것을 뉘우친다고 말한다. 성리학적 윤리규범에 따라 외간 남자와의 접촉을 반사회적이며 반인륜적 행위로 간주했던 상황에서 청춘남녀가 직접 대면하여 사사로이 물건을 주고받은 것은 분명 잘못이며, 조은하는 그러한 잘못을 시인한 셈이다. 그러나 조은하는 이를 '천정연분'에 의한 불가피한 것이었다며 다른 가문으로는 절대 시집갈 수 없다고 말한다. 유백로와 조은하의 만남은 우연히 길가에서 마주친 것에 불과하며, 유백로가 조은하에게 백학선을 준 것은 조은하의 용모에 반하여 의도적으로 인연을 맺기 위한 것이었다. 그런데 조은하는 이를 천정연분이라고 언급하고 있다. 조은하가 자신과 유백로의 만남을 천정연분이라고 했던 것은 성리학적 윤리규범에 위배되는 자신의 행위를 '천정연분'이라는

---

161) 「백학선전」, 520~521쪽.

관념적이며 신비주의적인 논리로 합리화하고, 나아가 이를 근거로 애정에 따른 결연을 추구하기 위한 것임이 분명하다. 즉 조은하는 자신의 애정에 따른 결연을 추구하기 위해 '의도적으로' 관념적이며 신비주의적인 논리인 '천정연분'이라는 명분을 끌어들이고 있는 것이다.[162]

그러나 보다 주목되는 것은 부친 조성노의 반응이다. 조성노는 이미 이부상서 최국양의 구혼을 받고 이를 허락했던 인물이다. 이런 점에서 조성노는 애정에 따른 결연을 성취하려는 조은하와는 대립적인 위치에 자리하고 있는 인물이라고 할 수 있다. 그런데 이러한 조성노마저 조은하의 말을 듣고 마침내 "ᄎᆞ역 텬슈"라며, 우연히 길가에서 마주친 두 청춘남녀가 서로 연정을 품고 사사로이 수작한 행위를 천정연분으로 인정한다. 「숙영낭자전」에서도 선군이 자신과 숙영의 만남이 천정에 의한 것이라고 말하자, 부친 백공은 "긔이ᄒᆞᆫ 일을 당ᄒᆞ야 낭ᄌᆞ를 슬

162) 물론 조은하는 자신이 다른 가문에 시집갈 수 없는 이유로 "렬녀난 불경이부"라 하여 봉건적 윤리 관념인 정절을 내세우기도 한다. 그러나 이것은 「춘향전」에서 춘향이 '열'을 명분으로 내세워 신관사또의 수청을 거부했던 것과 마찬가지로, 유백로와의 직접 대면으로 형성된 애정에 따른 결연을 추구하기 위한 명분에 지나지 않는다. 조선시대 부녀자들에게 강요되었던 정절은, 시집가기 전에는 아버지에게 복종하고 시집가면 남편에게 복종하며 남편이 죽으면 아들에게 복종하여야 하는 삼종지도(三從之道)를 그 핵심으로 삼고 있다. 그런데 조은하는 부모 몰래 이루어진 유백로와의 인연을 고수하기 위해 정절을 표방하고 있는 것이다. 「양산백전」에서도 추소저는 아버지의 명령을 거역하지 못해 심생과 혼례를 치른 자신을 '실절한 더러운 계집'이라고 하고 있으며, 「숙향전」에서도 "ᄂᆡ 비필되 리는 요지에셔 옥지환의 진쥬 가진 샤람인니 그 진쥬를 보고야 ᄂᆡ 몸를 허ᄒᆞ리라"는 숙향의 언행이 정절로 표명되어 마침내 정렬부인에 봉해진다. 요컨대 적강형 애정소설에서 여주인공들이 표방하고 있는 정절은, 삼종지도를 핵심 내용으로 하고 있는 봉건적 이념으로서의 정절과는 본질적으로 성격을 달리하는 것이며, 천정연분과 마찬가지로 애정에 따른 결연을 추구하기 위한 방편에 불과한 것이라고 하겠다. 김일렬도 이러한 점에 주목하여 "여주인공들에게는 정절마저 자기 행위를 합리화하는 명분으로 곧잘 이용된다."(『조선조소설의 구조와 의미』, 형설출판사, 1984, 283쪽)고 지적한 바 있다.

펴보니 화려흔 쳬모와 아리싸온 화용이 다시 인간에는 업는지라"[163]며 숙영을 동별당에 거쳐케 한다.

「숙향전」이나 「양산백전」의 경우에는 다소 그 양상이 다르게 전개된다. 「숙향전」에서 이선의 부친인 이상서와 「양산백전」에서 추소저의 부친인 추공은 처음에는 남녀 주인공의 만남 및 결연이 천정연분임을 알지 못하고 남녀 주인공의 결연을 방해한다. 이상서는 술집에 기거하는 미천한 존재라 하여 숙향을 죽이려 하며, 추공은 추소저의 하소연에도 불구하고 강제로 추소저로 하여금 심생과 행례(行禮)토록 한다. 그러나 이들 역시 마침내는 남녀 주인공의 만남과 결연이 천정에 의한 것임을 알고 자신들의 행위를 후회한다.

이렇듯 적강형 애정소설에서는 주인공과 대립적인 위치에 있는 인물들마저도 마침내는 남녀 주인공의 만남 및 결연이 천정에 의한 것임을 인정하고 있다. 즉 적강형 애정소설은 사건의 전개양상과 그 형상의 차이가 없는 것은 아니나, 한결같이 성리학적 사회윤리에 따라 철저하게 규제되고 반인륜적인 것으로 매도되었던 청춘남녀의 자유스런 만남과 애정에 기반한 결연을 천정연분으로 이끌어 가고 있는 것이다. 여기에서 우리는 적강형 애정소설에서의 천정연분이 기본적으로 성리학적 윤리규범과 유교적 예제에 정면으로 배치되는 청춘남녀의 애정행각을 긍정하거나 옹호하기 위한 절대적 명분으로 작용하고 있으며, 또 이를 위해 의도적으로 끌어들인 하나의 방편이었음을 분명하게 알 수 있다.

한편, 「숙향전」에서의 천정연분은 여타 적강형 애정소설에서의 그것과는 또 다른 측면이 있다. 「숙영낭자전」과 「백학선전」, 그리고 「양산백전」에서 남녀 주인공의 애정과 관련된 갈등은 남녀 주인공이 부모

---

163) 「숙영낭자전」, 인천대 민족문화연구소 편, 『구활자본 고소설전집』 5권, 255쪽.

몰래 자의적으로 인연을 맺은 데서 비롯되며, 남녀 주인공의 신분계급은 전혀 문젯거리가 되지 않는다. 그런데 「숙향전」에서는 남녀 주인공 사이에 현격한 신분 차이가 내재되어 있으며, 이것이 갈등의 핵심으로 부각되어 있다. 이로 인해 「숙향전」에서의 천정연분은 봉건적 신분관계를 극복하거나 부정하기기 위한 명분이라는 성격을 아울러 지니게 된다.

> 할미 이윽고 미우를 씽긔고 왈 쇼애 잇는 곳은 알건이와 다만 낭군니 쇼애를 ᄎᆞ자 무엇 ᄒᆞ시려 ᄒᆞ는이잇가. 니ᄉᆡᆼ 왈 쇼애는 하늘리 정ᄒᆞ신 ᄇᆡᆨ필이온지라 부ᄃᆡ ᄎᆞ즈려 ᄒᆞ노라. ……. 할미 쇼왈 쇼애 천샹의셔 득죄ᄒᆞ야 인간의 날여와 샹인의 쟈식니 되여써니 다ᄉᆞᆺ쌸의 부모를 난즁의 일코 비러먹어 정쳐업시 단니다가 …… 두 귀가 마ᄌᆞ 먹어시니 구ᄐᆡ여 그런 병인를 만나 ᄇᆡᆨ필를 샴으려 ᄒᆞ시니 진실노 헛ᄯᅩ여 들니너이다. ……. ᄉᆡᆼ니 길리 탄식 왈 인년니 즁ᄒᆞ면 엇지 빈부를 갈희며 셜ᄉᆞ 병인인들 엇지 ᄒᆞ리잇가. 낭군은 비록 지셩으로 ᄎᆞ즈셔도 그런 병인를 샹셔 반드시 며늘리 샴지 안니실 거시니 슈고로이 찻지 마르쇼셔. 니ᄉᆡᆼ니 하눌을 가르쳐 ᄆᆡᆼ세 왈 부뫼 허치 아니시고 비록 공후 부마를 샴으셔도 나는 결단코 셰샹의 잇지 안니ᄒᆞ올 거시오니 할미는 하히갓ᄌᆞ온 은ᄐᆡᆨ를 날리오ᄉᆞ 쇼아 잇는 곳만 덕분의 갈으쳐 쥬시오면 ᄉᆡᆼ젼샤후의 은혜를 갑ᄉᆞ오리이다.164)

이 대목은 이선이 이화정 할미에게 숙향을 찾아달라고 부탁하는 장면의 일부분이다. 이선은 숙향을 왜 찾느냐는 할미의 물음에 대해 "하늘리 정ᄒᆞ신 ᄇᆡᆨ필"이기 때문이라고 대답한다. 또 이화정 할미가 숙향은 상인(常人)의 자식으로 태어나 부모를 잃고 빌어먹다가 병신이 되었

---

164) 한중연A본 「숙향전」, 한국중앙연구원 소장, 36쪽.

다고 하자, 이선은 "인년니 즁ᄒᆞ면 엇지 빈부를 갈희며 셜ᄉᆞ 병인인들 엇지 ᄒᆞ리잇가"라고 말한다. 여기서 이선이 '빈부를 가리지 않겠다'는 것은 숙향이 '상인의 자식'이라는 이화정 할미의 답변에 해당하는 바, 신분의 고하를 문제 삼지 않겠다는 것이다. 이는 "부뫼 허치 아니시고 비록 공후 부마를 삼으셔도 나는 결단코 세상의 잇지 안니 ᄒᆞ올 거시오니"라는 이선의 언급에서도 확인된다. 즉 이선은 자신과 숙향의 인연이 천정에 의한 것이기 때문에 신분의 고하는 문제가 될 수 없다고 말하고 있는 것이다. 또 숙향과 이선의 결연을 주선했던 여부인은 "부뷔난 천정이라 애즁ᄒᆞ미 귀천니 업시ᄆᆡ"[165]라고 말하기도 한다. 우리는 이러한 이선과 여부인의 말을 통해 「숙향전」에서의 천정연분이 현격한 신분계급의 차이가 개재되어 있는 청춘남녀의 애정에 따른 결연을 합리화하기 위한 절대적 명분으로 작용하고 있음을 알 수 있다.

이러한 사정은 다음 대목에서 더욱 분명하게 확인된다.

> 할미 왈 슉향이란 일홈 가진니 셰히 잇시니 공ᄌᆞ는 마음ᄃᆡ로 ᄐᆡᆨᄒᆞ쇼셔. ᄉᆡᆼ니 반겨 문왈 어듸어듸 잇ᄉᆞ오며 나흔 멧식니나 되야썬잇고. 할미 왈 ᄒᆞ나흔 간의ᄐᆡ우 진담의 ᄯᆞᆯ인니 나흔 십팔세요, ᄒᆞ나흔 병부샹셔 왕건의 ᄯᆞᆯ인니 나흔 십샤세요, ᄒᆞ나흔 비러먹는 아희라. 나흔 십뉵세라 ᄒᆞ고 그 어버니 근본를 ᄌᆞ셔히 모로더이다. 그러컨니와 공ᄌᆞ를 위ᄒᆞ야 셰 곳의 ᄀᆡ별ᄒᆞᆫ 즉 다 응답ᄒᆞ되 다만 비러먹는 아희는 응답지 안니코 일오되 ᄂᆡ ᄇᆡᆨ필되리는 요지예셔 옥지환의 진쥬 가진 샤람인니 그 진쥬를 보고야 ᄂᆡ 몸를 허ᄒᆞ리라 ᄒᆞ더이다. ᄉᆡᆼ니 듯고 ᄃᆡ희 왈 니야 진즛 월궁쇼애로쇼이다. 요지에 갓실졔 반도 쥬든 션녜 진쥬를 어더왓너이다 ᄒᆞ고 드러가더니 져비알만ᄒᆞᆫ 진

165) 이대본, 121쪽.

쥬를 양슈로 공슌히 드려 왈 노션은 날를 위ᄒᆞ여 니거슬 가져다가
쥬고 ᄐᆡᆨ일ᄒᆞ야 긔별ᄒᆞ면 혼ᄉᆞ의 쓸거슨 ᄂᆡ 다 슬리리이다.[166]

이 대목은 이화정 할미가 마지막으로 '숙향에 대한 이선의 정성'을 시험하는 장면이다. 이화정 할미는 이선에게 숙향이란 이름을 가진 사람이 '간의태부 진담의 딸'과 '병부상서 왕건의 딸', 그리고 '어버이 근본을 자세히 모르는 빌어먹는 아희'가 있으며, 이 가운데 이선과 천정연분인 사람은 '빌어먹는 아희'라고 말한다. 이 말을 들은 이선은 두 벌열가문(閥閱家門)의 딸을 거절하고 '어버이 근본을 자세히 모르는 빌어먹는 아희'를 기꺼이 자신의 배필로 선택한다. 이러한 이선의 선택에는 당시 민중들의 신분상승에 대한 낭만적 이상이 반영되어 있다.[167] 또한 우리는 여기에서 「숙향전」에 나타난 천정연분이 봉건적 신분관계를 극복하기 위한 절대적 명분으로 작용하고 있음을 분명하게 확인할 수 있다. 요컨대 「숙향전」은 술집에 기거하는 비천한 존재인 숙향과 사대부가의 귀공자인 이선의 사사로운 만남과 애정에 따른 결연을 합리화하기 위해 천정연분이라는 명분을 끌어들이고 있는 것이다.[168]

이상에서 살펴보았듯이 「숙향전」을 비롯한 적강형 애정소설에서 천정연분은 기본적으로 성리학적 윤리규범이나 유교적 예제에 정면으로

---

166) 한중연A본, 44쪽.

167) 「숙향전」은 유리걸식하던 전쟁고아인 숙향이 초월적 존재들의 도움으로 양반사대부가의 귀공자인 이선과 결연을 맺는다는 점에서 「콩쥐팥쥐」나 「신데렐라」 이야기와 상통하는 측면이 있다.

168) 김일렬 교수가 '「숙향전」은 현실적인 박진감을 거의 무시한 채 운명예정론의 궤도를 따라 철저히 합목적적인 사건 전개를 해 나가고 있다'(앞의 논문, 72쪽)고 했을 때, '합목적적인 사건 전개'는 바로 술집에 기거하는 숙향과 사대부가의 귀공자인 이선의 애정에 따른 결연을 합리화하는 과정이라고 할 수 있다.

배치되는, 청춘남녀의 자유스런 만남과 이러한 만남을 통해 형성된 애정을 실현하기 위한 명분으로, 또 애정에 따른 결연을 합리화하기 위한 방편으로서의 성격을 갖고 있다. 이러한 천정연분은 속성 자체가 숙명론적이며 신비주의적인 관념이라고 해서 조선 후기 봉건지배계급에 의해 주창되었던 천명사상과 동일시해서는 안 된다. 봉건지배계급이 내세운 천명사상은 지주전호제를 바탕으로 성립한 불평등한 봉건적 신분관계와 사회적 질서를 천명에 따른 당연한 질서로 인식시킴으로써 봉건체제를 지속시키기 위한 이데올로기의 하나였다. 그런데 적강형 애정소설에 설정되어 있는 천정연분은 도리어 성리학적 윤리규범이나 유교적 예제에 정면으로 배치되는 청춘남녀의 애정행각을 옹호하는 기제로 작용하고 있으며, 특히 「숙향전」의 경우 천정연분은 봉건적 신분관계마저 부정하는 의미를 함축하고 있다. 다시 말해서 적강형 애정소설에 설정되어 있는 천정연분은 바로 지배계급이 내세운 천명사상의 관념론적 · 숙명론적 속성을 역이용해서 남녀의 애정을 억압하는 봉건적 사회윤리와 신분관계를 부정하거나 지양하고 있는 것이다.

적강형 애정소설의 기저를 이루고 있는 숙명론적 세계관은 바로 이러한 천정연분을 핵심내용으로 하고 있다. 따라서 이를 '양반 자신들의 지위를 견고히 해주는 이데올로기를 수호하는 데 필요한 하나의 방편'이나, 또는 '현실적인 생활의 고통은 인(因)에서 유래되는 과(果)일 따름이라는 체념적 사유'와 관련지어 이해해서는 안 될 것이다.[169] 여기에

169) 김일렬 교수는 후에 "천정연분의 근거가 되는 이원론적 세계관은 유교와 별개의 것이 아니고 오히려 유교적 가치를 수호하는 구실을 하는 것이 조선조 소설에 나타나는 일반적인 현상이나 親 · 子間의 대립으로 이루어지는 작품구조 안에서 자식이 그 세계관을 자신에게만 유리하게 이용하려 하기 때문에 사정이 달라진 것이다."(『조선조소설의 구조와 의미』, 284쪽)라고 하여, 기존의 자신의 견해를 다소 수정하였다.

는 그와 반대로 성리학적 윤리규범과 유교적 예제, 그리고 봉건적 신분관계로 인해 억압되었던 남녀의 애정을 낭만적으로 극복해보려는 당대 민중들의 의지가 담겨 있는 것이다. 나아가 적강형 애정소설에서의 숙명론적 세계관이 봉건적 사회윤리에 정면으로 배치되는 남녀의 애정을 옹호하는 논리적 근거가 되고 있다는 점에서, 우리는 이를 보다 적극적으로 이해할 필요가 있다. 즉 숙명론적 세계관은 과학이 발달하지 않은 시대의 한계로, 당시 지배계급을 형성하고 있던 대다수의 식자층 역시 운명론적 사유에서 벗어나지 못하고 있었기 때문에, 적강형 애정소설에서의 숙명론적 세계관은 봉건적 사회윤리와 신분관계를 지양하거나 부정하는 현실적인 힘과 저항적 계기로 작용할 수 있었다는 것이다. 결론적으로 말해서 적강형 애정소설의 숙명론적 세계관은 봉건적 제질곡을 극복하기 위한 민중들의 낭만적 의지를 반영하고 있으며, 또 그것은 봉건적 제관계에 대한 저항적 계기로서의 현실적인 효력을 일정하게 지니고 있었다는 것이 필자의 생각이다.

2) 소박한 도덕주의와 수평적 인간관계의 지향

우리나라 고소설은 대부분 권선징악적 주제를 표명하고 있으며, 「숙향전」 역시 예외라고 할 수는 없다. 그러나 「숙향전」은 유사한 여타의 고소설과는 다른 점이 있다. 대부분의 고소설이 선악의 대결을 구성의 기본 틀로 삼으면서 선의 궁극적인 승리를 통해 권선징악적 주제를 표명하고 있다면, 「숙향전」은 선악의 대결보다는 '시은(施恩)에 대한 보은(報恩)의 구체적 형상'으로 도덕주의적 입장을 드러내고 있는 것이 그 특징이라 하겠다.[170] 즉 「숙향전」은 '시은에 대한 철저한 보은의 구현'을 통해 작가의 도덕주의적 지향을 표출한 작품이라고 할 수 있다.

이러한 「숙향전」의 특징은 서두 부분에서 단적으로 드러난다. 「숙향전」과 유사한 고소설의 대부분은 일반적으로 서두에 주인공의 탄생 장면이 서술되어 있다. 그런데 「숙향전」의 서두에는 주인공 숙향의 탄생장면이 아니라, 숙향의 부친인 김전이 거북(용녀)을 구하고 그 거북으로부터 보답을 받는 장면이 형상화되어 있다. 「숙향전」은 김전이 반하수에 놀러 갔다가 어부들에게 잡힌 거북을 구해주는데, 그 이듬해 이제는 반대로 물에 빠져 죽을 위기에 처한 김전을 거북이 구하고 또 구슬 2개를 주어 보은하는 사건으로 시작되고 있는 것이다. 이렇듯 「숙향전」이 유사한 여타의 고소설들과는 달리, 독특한 형태인 보은담으로 시작된 것은 '보은'으로 대변되는 작자의 도덕주의적 지향이 강력하게 반영된 결과로 이해된다.

물론, '거북의 보은담'이라고 할 수 있는 「숙향전」의 서두가 이후의 사건 전개와 무관하게 형상화되어 있는 것은 아니다. 「숙향전」의 서두에 형상화되어 있는 '보은담'의 핵심적인 내용은 김전이 거북에게 구슬을 얻었다는 것이며, 이 구슬은 일종의 신물(神物)로 이후의 사건 전개와 긴밀하게 연계되어 있다. 가난하여 장가를 가지 못하던 김전은 이 구슬을 폐물로 삼아 영천 장숭의 딸과 혼인하게 되며, 숙향은 김전과 장씨 사이에 태어났던 것이다. 또 이 구슬은 숙향과 이선의 인연을 맺게 하는 신표(信標)로, 전란으로 헤어진 숙향이 다시 부모와 만날 때 부

---

170) 「숙향전」에도 선악의 대결, 그리고 이 대결에서의 선의 궁극적인 승리와 악인에 대한 징치가 없는 것은 아니다. 그러나 악행에 대한 징치는 작품 전반에 걸쳐 단 한 번 나타난다. 남군 장승상댁에서 숙향을 모함했던 사향이 천벌을 받아 죽는 것이 그 전부이다. 반면에 은혜를 갚는다는 내용의 '보은담'은 「숙향전」의 주요 모티브의 하나라고 할 수 있을 만큼 빈번하게 나타난다.

녀간임을 확인해 주는 증거로, 나아가 병으로 눈이 멀게 된 황태후의 눈을 치료하는 개안주(開眼珠) 등으로 사건의 전개에 지속적으로 간여하고 있다.[171] 따라서 향후의 사건 전개와 긴밀하게 연계되어 있는 '구슬'을 획득하는 과정을 구체적으로 형상화한 「숙향전」의 서두는 소설 구성상 발단으로서의 역할을 충실하게 수행하고 있는 셈이다. 그러나 문제는, 많은 고소설에 「숙향전」의 구슬과 같은 기능을 담당하고 있는 신물이 나타남에도 불구하고 그것의 획득과정을 「숙향전」처럼 구체적으로 형상화한 작품은 찾아보기 어렵다는 점이다.[172] 다시 말해서 '보은담'의 형태로 이루어진 「숙향전」의 서두는 유사한 여타의 소설에서는 찾아보기 어려운 특이한 형태이며, 또 고소설 일반의 구성형태에 비추어 볼 때 필수적인 요소로 보기도 어렵다는 것이다.

「숙향전」의 서두에 형상화된 '거북의 보은담'이 소설 구성상 필수적인 요소로 보기 어렵다는 것은, 「숙향전」 이본의 한 계열을 이루고 있는 박순호 소장본[173]을 보아도 알 수 있다. 이 이본은 「숙향전」 이본들 중에는 매우 예외적인 이본인데, 여기에는 구슬의 획득과정을 형상화한 '거북의 보은담'이 없다. 김전 부부가 늦도록 자식이 없어서 근심하다가 주인공인 숙향을 낳게 되는 장면으로 시작되고 있는 것이다. 그런데도 서사의 전개에 전혀 무리가 없다. 이러한 사실만으로도 전형적인

171) 장승은 김전에게서 받은 구슬로 옥지환 2개를 만들어 딸에게 주며, 뒤에 숙향의 모친인 장씨는 전란으로 숙향과 헤어질 때 다시 옥지환 하나를 숙향에게 준다. 숙향은 부모와 헤어진 이후 요지연 꿈속에서 이 구슬을 떨어트리고 이를 이선이 줍는데, 후에 숙향은 '천정연분'의 징표로 이선에게 이 구슬을 요구한다. 나아가 이 구슬은 서해용궁의 보배인 개안주로 밝혀지고, 마침내 병으로 눈이 멀게 된 황태후의 눈을 뜨게 하는데 이용되기도 한다.

172) 예컨대, 「백학선전」에서 '백학선'은 「숙향전」에서 구슬과 유사한 역할을 수행하고 있지만, 그것의 획득과정이 「숙향전」처럼 구체적으로 형상화되어 있지 않다.

173) 박순호, 『한글필사본고소설자료총서』 71권, 오성사, 1986.

「숙향전」의 경우 작가가 '보은'에 대해 남다른 관심을 가지고 있다는 것을 알 수 있다. 요컨대, 「숙향전」의 작가가 작품의 서두에 보은담을 설정한 것은 그만큼 '보은'을 중시한 결과라고 하겠다.[174]

'보은'으로 대변되는 「숙향전」 작가의 도덕주의적 지향은 시은에 대한 보은이 철저하게 구현된다는 점에서 더욱 분명하게 확인된다. 김전의 구원으로 살아난 용녀는 물에 빠진 김전을 구해줄 뿐만 아니라, 김전의 딸인 숙향까지 구해줌으로써 김전의 은혜에 철저히 보답한다.[175] 이점은 숙향 역시 마찬가지다. 숙향은 전란으로 부모를 잃고 유리걸식하는 동안에 명사계의 후토부인 · 포진강 용녀 · 노전의 화덕진군 · 마고할미 등 초월적 존재들의 구원과, 한 늙은 도적 · 장승상 부부 등 현실적 존재들의 도움을 받는다. 이들의 구원과 도움으로 살아난 숙향은 이후 이선과 결연을 맺고 또 정렬부인에 봉해지는데, 숙향은 형주태수로 부임해 간 이선을 뒤쫓아 가면서 자신을 구원했던 존재들에게 일일이 은혜를 갚는다. 포진강과 노전에 이르러 각각 제물을 바치고, 남군

174) 신재홍은 「숙향전」의 이러한 측면을 중시하여, "인간은 서로 의지하여 가엾은 이웃을 도와주며 살아야 된다는 메시지가 이 작품 전반에 흐르고 있다. 이 점, 이 작품의 주제가 인간의 가장 기본적인 삶의 자세에 놓임을 드러내고 있다"(「숙향전의 미적 특질」, 『다곡이수봉박사정년기념논총』, 경인문화사, 1994, 538쪽)고 논술하고 있다. 이러한 신재홍의 견해는 일정하게 타당성을 지니고 있지만, 고소설 일반의 주제를 '권선징악'이나 '고진감래' 등으로 이해하는 것과 본질적으로 차이가 없다. 때문에 고소설 개개의 작품이 지니고 있는 변별적 자질을 사상시켜버릴 위험성을 내포하고 있다. 우리가 굳이 작품의 심층적인 갈등구조와의 관련 속에서 주제를 파악하고자 하는 것도 이러한 위험성을 배제하려는 노력과 무관하지 않을 것이다.

175) 숙향은 사향의 모함으로 장승상댁에서 쫓겨난 이후 자신에게 씌워진 오명을 비관하여 포진강에 투신하는데, 이때 처음 나타나 숙향을 구해준 것이 바로 김전이 구해준 용녀였다. 또 후에 숙향과 혼인한 이선은 거북(용녀)이 준 구슬로 황태후를 살리는 큰 공을 세우고 초왕에 봉해지는데, 이것 역시 김전의 시은에 대한 거북의 보은이 철저하게 관철된 것이라고 하겠다.

땅의 장승상 부부를 찾아가 10년 동안 보살펴 준 은혜에 보답하며, 장사땅에 이르러 백미 3백석으로 밥을 지어 잔나비 등 여러 짐승들에게 먹인다.[176] 이렇듯 「숙향전」에는 시은에 대한 보은이 철저하게 구현되어 있다.

「숙향전」의 작가가 얼마만큼 시은에 대한 보은을 철저하게 구현하고 있는가 하는 것은 결말부에서 극명하게 표출된다.

> 초왕이 일일은 ᄉᆞ람을 모와 ᄌᆞᆫᄎᆡ ᄉᆞᆺ틔 시럼을 붓치더니 그 즁의 ᄒᆞᆫ ᄉᆞ람이 늘그되 당할 ᄌᆡ 업거날 초왕이 층츤ᄒᆞ더니 잇ᄊᆡ 정열왕비 누의 올나 귀경ᄒᆞ다가 ᄌᆞ세 보니 반야ᄉᆞᆫ의셔 업어다가 쥬던 도적갓거늘 그 ᄉᆞ람을 불너 전후슈말을 무른ᄃᆡ 답왈 긋ᄊᆡ 란즁의 엇던 아희 부모를 일코 바회틈의 안ᄌᆞ 울거날 그 아희 긔ᄉᆞᆼ을 보니 중ᄂᆡ 귀히 될 터이오ᄆᆡ 업어다가 뉴곡역구의 뚜고 갓나이다. ……. 초왕이 그 ᄉᆞ연을 황제게 쥬달ᄒᆞ고 셔량ᄐᆡ슈를 ᄒᆞ이시다.[177]

이 대목은 숙향과 이선이 승천하기 직전의 장면이다. 숙향이 늙은 도적에게 구원을 받았던 것은 부모와 헤어진 직후다. 도적들이 뒤쫓아 오자 김전 부부는 부득이 숙향을 바위틈에 숨기고 달아나지만, 숙향은 도적들에게 발견되어 죽을 위기에 처한다. 그런데 도적들 중 한 늙은이가 숙향을 죽이려는 다른 도적들을 만류하고 숙향을 구해 마을 입구에 데려다 놓았던 것이다. 숙향이 형주자사로 부임한 이선을 뒤쫓아 가면서

176) 숙향은 유리걸식하던 중 추위와 굶주림으로 죽을 위기에 처하는데, 이때 명사계의 후토부인이 보낸 잔나비와 황새가 나타나 먹을 것을 주고 추위를 막아주어 살아난다. 따라서 숙향이 이들 짐승들에게 먹을 것을 준 것은 곧 후토부인에게 은혜를 갚은 것이 된다.

177) 이대본 「숙향전」, 225~226쪽.

자신을 구원했던 다른 모든 이들에게는 은혜를 갚았지만, 이 늙은 도적은 현실적으로 만나기 어려운 존재였기 때문에 보답을 할 수가 없었다. 그런데 「숙향전」의 작가는 마지막 대목에서 숙향이 늙은 도적을 찾아내어 보답하는 장면을 형상화하고 있는 것이다.

이렇듯 「숙향전」의 작자는 작품 전반에 걸쳐 시은에 대한 보은을 철저하게 구현해 놓고 있다. 여기에서 우리는 '보은'으로 대변되는 「숙향전」 작가의 도덕주의적 지향이나 세계관을 충분히 엿볼 수 있다. 또 시은에 대한 보은이 철저하게 구현된 만큼 작가의 도덕주의적 지향이 철저했던 것으로 이해된다. 요컨대, 「숙향전」의 작가는 일종의 철저한 도덕주의자라고 할 수 있다.

흔히 고소설 연구에 있어서 도덕적 · 윤리적 모토는 조선시대 지배계급의 이데올로기인 성리학적 사회윤리와 동일한 범주로 이해되곤 했다. 일례로 김일렬 교수는 「장화홍련전」, 「숙영낭자전」, 「숙향전」 등을 주 대상으로 삼은 논고에서, "작자층이 소설을 서민층에 대한 '준' 윤리교과서로 생각하였다면 독자층은 그것을 단순한 허구로서가 아니라 '준'역사 곧 사실의 기록으로 인식"[178]하였다고 언급하고 있는 것이다. 일부 고소설의 경우 그것이 표방하고 있는 도덕적 · 윤리적 모토가 양반들의 지배이념과 일정하게 연계되어 있다는 것을 부정할 수 없다. 그러나 고소설에 나타난 모든 윤리적 모토를 지배계급의 이념과 관련지어 이해하는 것은 곤란하다. 특히 서민지향성을 일정하게 내포하고 있는 대다수의 국문소설에 있어서 도덕적 · 윤리적 모토는 지배계급의 그것과는 일정하게 구분되어야 할 것이다. 이와 관련하여 우리는 마오둔(茅盾)의 다음과 같은 언급에 주목할 필요가 있다.

178) 김일렬, 「고대소설의 이원론적 세계관과 유교」, 3쪽.

중국의 현실주의 문학은 줄곧 「선은 선의 보답이 있고 악은 악의 응보가 있다」는 것을 강조하고, 또 혹은 진하고 강렬하게 혹은 비교적 암시적으로 생활의 변증 관계(이른바 「복은 화가 따르고 화에는 복이 따른다」는 관념)를 표현하였다. 이러한 응보와 화복이 순환하는 묘사는 비록 때로 미신과 정명론(定命論)의 색채를 띠고 있지만, 실제로는 인민들이 진리와 정의에 의해서 필연적으로 최후에 승리한다는 견고한 신념을 반영하고 있다. 미신과 정명론의 색채는 과학이 발달하지 않은 시대의 한계에 불과하였다.[179]

마오둔은 중국문학에 흔히 나타나는 권선징악이나 인과응보와 같은 도덕적 모토가 진리와 정의에 의해서 필연적으로 최후에 승리한다는 인민들의 견고한 신념을 반영하고 있다고 언급하고 있다. 즉 마오둔은 권선징악이나 인과응보와 같은 소박한 도덕적 관념이 지배계급이 아니라 바로 '인민들'의 의식의 소산이라고 주장하고 있는 것이다.[180] 분명 '선은 선의 보답이 있고 악은 악의 응보가 있다'와 같은 소박한 도덕적 관념은, 지주전호제를 바탕으로 성립한 불평등한 신분관계와 사회질서를 인성론과 명분론에 근거를 둔 인륜으로 짜 맞추어 당연한 질서로 긍정케 함으로써 생산대중인 전호농민의 자주성을 왜곡하고 저해한 지배층의 이데올로기인 성리학적 사회윤리나 도덕관념과는 다르다.

「숙향전」에 구현된 '시은에 대한 철저한 보은'은 두 가지 의미를 동시에 함축하고 있다. 하나는 '남을 도와주면 반드시 그에 대한 보답을 받는다'는 것이며, 다른 하나는 '은혜를 입으면 반드시 보답하라'는 것

---

179) 마오둔(茅盾), 박운석 역, 『중국문학의 현실주의와 반현실주의』, 영남대출판부, 1987, 56~57쪽.

180) 비록 마오둔(茅盾)은 중국문학을 전제로 위와 같은 언급을 했지만, 이는 우리 고소설의 경우에도 전혀 다를 것이 없다.

이다. 이러한 도덕적 모토는 권선징악이나 인과응보와 같은 도덕관념과 맥락을 같이 하고 있는 소박한 차원의 것으로, 지배계급의 그것과는 구분된다고 하겠다.181) 이렇듯 「숙향전」에 표방된 도덕적 지향이 가장의 절대적 권위와 남녀의 차별을 기본 내용으로 하고 있는 봉건가부장적 질서를 일정하게 지양하고 있다는 점에서 보다 분명하게 확인된다. 필자가 다소 장황하게 작자의 철저한 도덕주의적 세계관을 거론한 것도 바로 이점에 주목했기 때문이다. 요컨대, 「숙향전」에 철저하게 구현된 소박한 도덕주의는 봉건적 가부장제에 따른 수직적 인간관계를 지양하고 수평적 인간관계를 지향하는 측면이 있다는 것이다. 이와 관련하여 필자는 남주인공인 이선과 숙향의 부친인 김전의 수난을 살펴보고자 한다.

「숙향전」은 여주인공 숙향의 고난이 많은 비중을 차지하고 있으며, 이것은 전쟁고아로서의 숙향의 처절한 삶을 구체적으로 반영한 결과라고 할 수 있다. 그러나 「숙향전」에는 숙향의 고난만 있는 것은 아니다. 숙향과 천정연분의 관계로 설정되어 있는 이선은 숙향을 찾기 위해 고행을 겪으며, 김전은 잃어버린 딸을 찾기 위해 수난을 당한다. 그리고 이들의 고행과 수난은 숙향의 고난에 상응하는 측면이 있다. 다시

181) 권선징악이나 인과응보와 같은 도덕적 관념을 일컫는 적절한 용어가 없는바, 필자는 편의상 이것을 '소박한 도덕적 관념'이나 '소박한 도덕주의'로 지칭하고자 한다. 신재홍은 「숙향전」에 표방된 도덕적 지향을 "인간은 서로 의지하여 가엾은 이웃을 도와주며 살아야 된다는 메시지"로 이해하고, 이를 "인간의 가장 기본적인 삶의 자세"나 "원초적 윤리의식"(앞 논문, 538쪽)이라 지칭한 바 있다. 필자가 사용한 '소박한 도덕주의'라는 용어 역시 기본적으로는 이와 유사한 의미 맥락에서 이해해도 무방하리라 생각된다. 다만, 필자는 「숙향전」의 작가가 시은에 대한 보은을 '철저하게' 구현하고 있다는 점을 고려하여 '도덕주의'라 일컫고, 또 이것을 지배계급의 성리학적 사회윤리나 도덕적 이념과 일정하게 구분하기 위해 '소박한'이라는 수식어를 붙인 것이다.

말해서 이선의 고행이나 김전의 수난은 숙향의 고난에 대한 보상적 성격을 함축하고 있다는 것이다.

먼저 이선의 고행을 살펴보자. 이선은 '요지연 꿈'에서 숙향을 본 이후 부귀공명에 뜻이 없이 오로지 숙향만을 생각하다가, 숙향이 놓은 '요지연 수'를 계기로 숙향을 찾아 이화정에 이른다. 그런데 이화정 할미는 숙향이 없다고 거짓말을 하면서 이선에게 다음과 같이 말한다.

> 한미 왈 나도 쇼애 이별ᄒᆞᆫ 지 오ᄅᆡ오니 니졔 ᄌᆞ셔히 모로건니와 남양ᄯᅡ 김젼의 집니 가 본 연후의 그곳의 업거든 남군ᄯᅡ 쟝승샹ᄃᆡᆨ의 가 ᄎᆞᄌᆞ 보시되 니ᄉᆡᆼ 일홈은 슉향니오ᄆᆡ 아모커나 정셩를 드려 ᄎᆞᄌᆞ 보쇼셔.[182]

이화정 할미는 이선에게 숙향을 찾으려면 먼저 남양 김전의 집에 가 보고, 거기에 없으면 다시 남군 장승상댁에 가보라고 한다. 남양은 숙향이 태어난 곳이며, 남군은 숙향이 전쟁고아로 유리걸식하다가 일차 정착했던 곳이다. 이선이 처음 이화정에 찾아 갔을 때 숙향은 분명 이화정에서 수를 놓고 있었다. 그런데도 이화정 할미는 숙향이 없다고 거짓말을 하는데, 이것은 숙향에 대한 이선의 정성을 시험하기 위한 것이다. 결국 이선은 이화정 할미의 거짓말로 인해 숙향을 찾아 사방을 돌아다니는 고행을 겪게 된다.

숙향을 찾기 위한 이선의 고행은 남양에서부터 시작된다. 이선은 부친 이상서에게 "형쵸ᄯᅡ의 긔특ᄒᆞᆫ 문쟝니 낫ᄯᅡ ᄒᆞ고 천하 명ᄉᆡ 만히 가본다 ᄒᆞ오니 쇼ᄌᆞ도 가보고 오리이다"[183]며 거짓말을 하고, 숙향을 찾

182) 한중연A본, 37쪽.
183) 한중연A본, 37쪽.

아 남양 김전의 집으로 간다. 그러나 이화정에 있는 숙향이 남양에 있을 리 없다. 이선은 남양에서 '5세에 전란으로 숙향을 잃은 후 지금껏 그 종적을 알지 못하고 있다'는 말만 듣고 다시 남군 장승상댁으로 간다. 장승상댁에서도 숙향을 만나지 못한 이선은 '숙향이 사향의 모함으로 집을 나간 뒤 포진강에 빠져 죽었다'는 이야기를 듣고 포진강으로 가 제물을 갖추어 제사를 지낸다. 이때 청의동자가 나타나 이선을 숙향이 불타 죽을 뻔한 위기를 겪었던 노전으로 인도하며, 이선은 노전에서 화덕진군에게 숙향이 이화정에 있다는 사실을 알아내고 다시 낙양으로 되돌아온다.

이렇듯 이선은 마고할미의 말에 따라 숙향이 태어나서 이화정에 이르기까지 거쳐 왔던 '고난의 역정'을 일일이 되짚어 돌아다닌다. 이선이 이화정 할미의 말을 믿고 숙향을 찾기 위해 돌아다닌 길은 천리나 되는 먼 길이다. 즉 이선은 마고할미의 거짓말 한마디로 천리나 되는 먼 길을 공연히 왕래하는 고행을 겪은 것이다. 그러나 이선의 고행은 단순히 숙향의 고난의 역정을 두루 돌아다닌 것에 한정되지 않는다. 이선은 숙향이 있는 곳을 알아내기 위해 노전에서 화덕진군에게 심한 곤욕을 치른다.

ᄉᆡᆼ니 그 즁를 니별ᄒᆞ고 노ᄉᆡᆨ를 ᄌᆡᆨ촉ᄒᆞ여 가더니 큰 쇼나무 정ᄌᆞ의 너분 반석 우희 ᄒᆞᆫ 노옹니 노감토를 숙니 쓰고 안ᄌᆞ 죠올거ᄂᆞᆯ ᄉᆡᆼ니 나아가 ᄌᆡᄇᆡᄒᆞ되 본 쳬 아니커ᄂᆞᆯ 다시 ᄭᅮ러 고ᄒᆞ되 지나가는 ᄒᆡᆼᄀᆡᆨ니올너니 갈 길흘 뭇ᄌᆞᆸ너이다. 그 노옹니 그젹의야 잠간 눈을 ᄯᅥ 보고 왈 무샴 일노 곤니 쟈는 늘근 어룬를 ᄭᆡ와 무슨 잡말을 ᄒᆞ는다. 내 귀가 먹어시니 크게 일너라. 니랑이 다시 ᄭᅮ러 고왈 쇼ᄌᆞ는 낙양북촌 니위공의 아들 니션이옵ᄯᅥ니 남양ᄯᅡ 김젼의 ᄯᆞᆯ 숙향을

> 젼ᄉᆡᆼ년분이라 ᄒᆞ옵기로 불원쳔리ᄒᆞ고 ᄎᆞᄌᆞ오되 죵적를 모로더니 젼ᄎᆞ로 듯ᄌᆞ오니 노션ᄉᆡᆼ이 알르신다 ᄒᆞ옵기로 뭇ᄌᆞᆸ너니 어엿비 너기ᄉᆞ 갈으쳐 쥬시믈 발아너이다. 노인니 눈셥흘 찡그고 왈 ᄂᆡ 이곳의 이션지 슈쳔년니 넘어시되 너도 젼일 본 ᄇᆡ 업고 슉향니란 말도 듯지 못ᄒᆞ여거든 어듸셔 밋친 즁놈의 말을 듯고 이리 깁히 드러와 단잠을 ᄊᆡ와 괴로온 말을 뭇는뇨. ……. 그 노옹이 가장 오ᄅᆡ 죠올다가 왈 그ᄃᆡ ᄒᆞ 간권니 구니 ᄂᆡ 잠을 드러 쑴에 가 슉향니 잇는 ᄃᆡ를 알아 올거시니 그ᄃᆡ는 ᄂᆡ 발바당를 두 숀으로 부뷔라 ᄒᆞ고 바회예 눕거ᄂᆞᆯ ᄉᆡᆼ니 노인의 발를 부뷔더니.[184]

노전에서 화덕진군을 만난 이선은 자신이 '낙양 북촌 이위공의 아들'임을 밝힌 이후 숙향의 소재를 알려 달라고 부탁한다. 노전의 화덕진군은 화재로 불타 죽을 위기에 처한 숙향을 구했던 신령이다. 그런데 화덕진군은 숙향이란 이름을 들어보지도 못했다고 잡아뗀다. 이선이 무릎을 꿇고 간절하게 호소하자, 화덕진군은 그때서야 겨우 숙향이 있는 곳을 알려주겠다며 이선에게 자신의 발바닥을 비비라고 요구한다. 비록 작품 내에서 화덕진군은 천상신령으로 설정되어 있지만, 이선의 눈에 비친 화덕진군은 한갓 노감투를 눌러 쓴 노인에 불과하다.[185] 더구나 이선은 분명 화덕진군에게 자신이 "쳔하에 병권를 잡아시ᄆᆡ 위엄니 ᄉᆞ히에 진동ᄒᆞ고 금은보픽는 쳔ᄌᆞ나 다르미"[186] 없는 낙양북촌 이위공의 아들임을 분명하게 밝힌 터이다. 그런데 화덕진군은 바로 이러한 이선에게 자신의 발바닥을 비비라고 요구하고 있으며, 이선은 순순히

184) 한중연A본, 39~40쪽.

185) 「숙향전」의 경우, 작중 주인공은 일반적으로 자신을 구원하는 마고할미나 화덕진군이 초월적 존재인지를 모르는 것으로 서술되어 있다.

186) 한중연A본, 29쪽.

그 요구에 따르고 있는 것이다. 신분의 고하를 떠나서 남의 발바닥을 비빈다는 것 자체가 이미 하나의 큰 수모요 곤욕이라고 할 수 있는바, 고관대작의 귀공자인 이선에게 있어서 이러한 행위는 더할 나위 없이 큰 수모요 곤욕이었다고 하겠다.[187)]

이러한 화덕진군의 행위 역시 기본적으로는 마고할미의 거짓말과 마찬가지로 숙향에 대한 이선의 정성을 시험하기 위한 것이다. 그러나 마고할미나 화덕진군이 이선으로 하여금 공연히 천리 길을 오가게 하거나 심한 곤욕을 치르게 한 것은, 단순히 '숙향에 대한 이선의 정성 시험'이라는 의미만을 갖고 있는 것은 아니다. 숙향을 찾기 위한 이선의 고행과 수난은 숙향의 고난에 대한 보상적 성격을 강하게 담지하고 있기 때문이다. 이를 시사하는 것이 다음과 같은 숙향의 불만 토로다.

> 슉향니 애연 탄왈 그러ᄒᆞ면 션군니 인간왓싸 ᄒᆞ니 인간 셩명은 뉘라 ᄒᆞ는요. 옥네 ᄃᆡ왈 져젹의 항아의 말샴를 듯ᄌᆞ오니 부귀공명니 쳔하의 웃ᄯᅳᆷ니 되리라 ᄒᆞ시더이다. 슉향 왈 한가지로 득죄ᄒᆞ야 인간의 귀향왓싸 ᄒᆞ되 션군은 호환으로 지ᄂᆡ게 ᄒᆞ고 나는 엇지 고힝으로 지ᄂᆡ게 ᄒᆞ엿는고. 옥네 ᄃᆡ왈 쳐음의 쳔샹의셔 득죄ᄒᆞᆯ 졔 부인니 먼져 희롱ᄒᆞ온 죄로 즁ᄒᆞ고 ᄯᅩᄒᆞᆫ 션군은 샹졔 압헤셔 일ᄀᆡᆨ도 ᄯᅥ나지 안이 ᄒᆞ는지라. 샹졔 가쟝 샤랑ᄒᆞ시되 월궁항애 경죄ᄒᆞ시ᄆᆡ 마지 못ᄒᆞ여 인간의 구향 보ᄂᆡ시나 지금이라도 샤랑ᄒᆞ시는 ᄯᅳ지 즁ᄒᆞ시기로 귀히 되게 ᄒᆞ엿너이다. 슉향이 탄왈 날은 엇지 그다지 심니 ᄒᆞ실샤.[188)]

---

187) 화덕진군이 고관대작의 귀공자인 이선에게 발바닥을 비비라고 요구한 것은 당대 지배계급에 대한 민중들의 저항적 심리가 일정하게 반영된 것으로 이해된다.

188) 한중연A본, 19~20쪽.

위의 인용문은 포진강에 투신한 숙향이 용녀와 옥녀의 구원을 받은 뒤 선녀에게 이선과 자신에 대한 옥황상제의 불평등한 처벌 이야기를 듣고, 이에 대해 의문을 제기하는 대목이다. 즉 숙향은 옥녀에게 자신과 이선이 천상에서 같은 죄를 지었는데 왜 이선은 호화롭게 지내게 하고 자신은 고행을 겪게 했느냐고 묻고 있는 것이다. 이러한 숙향의 의문은 곧 봉건적 가부장제를 기반으로 한 남녀차별에 대한 불만을 토로한 것으로서, 남녀차별에 대한 당대 여성들의 불만이 반영된 결과라고 할 수 있다.[189] 「숙향전」이 창작되었던 17세기 말에서 18세기 초는 지주전호제를 바탕으로 한 봉건적 제 질서가 농업기술과 상업의 발달로 일정하게 그 모순을 노정하던 역사적 단계였다. 그러나 가부장의 절대적 권위와 남녀차별을 기본 내용으로 하고 있는 봉건적 가부장제는 이 시기에도 여전히 완고하게 유지되고 있었으며, 이러한 사회적 조건하에서 여성이 남녀차별에 대한 불만을 토로한다는 것은 쉬운 일이 아니었음에 틀림이 없다. 그런데 「숙향전」에는 봉건적 가부장제에 따른 남녀차별에 대한 불만이 분명하게 제기되어 있는 것이다. 여기에서 우리는 「숙향전」의 작가가 봉건적 가부장제를 바탕으로 한 남녀차별의 불합리함을 일정하게 인식하고, 또 그 불합리함을 지양하고자 했던 인물이었음을 알 수 있다.[190]

189) 이 대목은 내용의 심각성으로 인해 이미 다른 연구자에 의해서도 주목을 받은 바 있다. 김응환은 이 대목을 근거로 "작가는 여성을 천시하는 남존여비의 사회윤리관에 익숙한 것 같다."(앞의 논문, 23쪽)고 언급하였는데, 이는 위의 대목이 함축하고 있는 사회적 의미를 전혀 감지하지 못한 견해라고 할 수 있다. 반면에 나도창은 당대 여성들의 "남존여비에 대한 불만을 나타낸 것"(앞 논문, 75쪽)이라고 온당하게 이해하고 있다.

190) 「숙향전」의 작가가 봉건적 가부장제를 바탕으로 한 남녀차별에 대해 부정적인 시각을 갖고 있는 인물이라는 것은 '무자식으로 인한 이상서 부부의 갈등'에서도 분

그러나 필자가 위의 대목에 주목한 것은 단순히 「숙향전」의 작가가 봉건적 가부장제를 바탕으로 한 남녀차별을 지양하는 인물이었다는 것을 거론하기 위한 것만은 아니다. 보다 중요한 것은 마고할미와 화덕진군으로 인한 이선의 고행과 수난이 바로 "한가지로 득죄ᄒᆞ야 인간의 귀향왓ᄡᅡ ᄒᆞ되 션군은 호환으로 지ᄂᆡ게 ᄒᆞ고 나는 엇지 고힝으로 지ᄂᆡ게 ᄒᆞ엿는고"와 같은 도덕적 문제의식의 연장선 위에서 설정되고 형상화되었다는 점이다. 다시 말해서 이선의 고행과 수난은, 천상에서 똑같은 죄를 지었음에도 불구하고 처벌이 달랐던 것에 대한 불합리를 시정하는 차원에서, '숙향에 대한 이선의 정성 시험'이라는 명분하에 이루어지고 있다는 것이다. 이선의 고행이 숙향의 '고난의 역정'을 일일이 반추하는 형식으로 주어진 것도 이러한 작가의 도덕적 문제의식에서 비롯되었다고 할 수 있다.

나아가 숙향의 고난의 역정을 하나하나 반추하는 형식으로 주어진 이선의 고행은, 이선으로 하여금 숙향이 어떠한 고난을 겪었는지 구체적으로 알게 함으로써, 숙향에 대한 자신의 도의적 책임을 인식하게 하는 과정이기도 하다. 이선이 고행을 겪은 이후 숙향에 대한 자신의 도의적 책임을 누차 반복하여 진술한 것도 숙향의 고난의 역정을 반추했던 고행의 결과라고 할 수 있다.

> 할미 위로 왈 공ᄌᆞ는 샹셔ᄃᆡᆨ 귀공ᄌᆡ라. 아롬다온 ᄇᆡ필를 구ᄒᆞ야 향ᄂᆡ나는 방안헤 원앙금침의 츄월츈풍의 ᄒᆞᆫ가로니 지ᄂᆡ실 거시어

명하게 확인할 수 있다. 즉 무자식의 탓을 전적으로 부인 왕씨에게 돌리려는 이상서의 행위에 대해 부인 왕씨는 무자식의 원인이 자신에게만 있는 것은 아니라며 강력하게 반발하였던 것이다. 이런 점에서 「숙향전」의 작가는 여성이거나 아니면 여성의 입장을 잘 이해하고 옹호하는 인물이었던 것으로 생각된다.

ᄂᆞᆯ 무슨 일노 병든 슉향를 ᄎᆞ즈려 ᄒᆞ시는고. ᄂᆡ 몸 괴로온 쥴 ᄭᆡ닷지 못ᄒᆞ오니 도로혀 민망ᄒᆞ여이다. 니ᄉᆡᆼ 왈 ᄂᆡ 부귀를 낫바 ᄒᆞ오며 ᄇᆡ필을 못어더 ᄒᆞ미 안니오라 전ᄉᆡᆼ일를 모를 제는 무심ᄒᆞ더니 아온 후는 슉향을 위ᄒᆞ야 침식니 불안ᄒᆞ고 ᄯᅩ 날노 ᄒᆞ여곰 인간의 날려와 병인니 되여 고ᄒᆡᆼ를 지ᄂᆡᆫ다 ᄒᆞ오니 ᄂᆡ 간쟝니 비록 쳘셕인들 엇지 쟌잉치 안니 ᄒᆞ리요. 슉향를 못만나면 결단코 인간의셔 쟌명를 부지치 못ᄒᆞ리로쇼이다.[191]

이 대목은 이선이 숙향을 찾지 못한 채 이화정으로 돌아와 할미와 주고받은 대화의 일부분이다. 숙향을 배필로 삼는 것이 불가하다는 이화정 할미의 말에 대해, 이선은 "날노 ᄒᆞ여곰 인간의 날려와 병인니 되여 고ᄒᆡᆼ를 지ᄂᆡᆫ다 ᄒᆞ오니 ᄂᆡ 간쟝니 비록 쳘셕인들 엇지 쟌잉치 안니 ᄒᆞ리요"라며 자신의 도의적 책임을 거론하고 있다. 이선이 숙향의 고난에 대한 자신의 도의적 책임을 거론한 것은 '천정연분'과 마찬가지로 자신과 숙향의 결연을 이루기 위한 하나의 명분이라고 할 수 있다. 그러나 이러한 이선의 태도는 분명 고행을 겪기 이전과는 다르다. 이선이 숙향을 찾기 위해 처음 이화정에 들렀을 때는, "인년니 즁ᄒᆞ면 엇지 빈부를 갈희며 셜ᄉᆞ 병인인들 엇지 ᄒᆞ리잇가"[192]라며 '천정연분'만이 거론했었다. 그런데 숙향이 어떠한 고행을 겪었는가를 구체적으로 확인한 이후, 이선은 '숙향의 고난에 대한 자신의 도의적 책임'을 언급하고 있는 것이다.

여기에서 우리는 '숙향에 대한 이선의 정성 시험'이라는 명분하에 주어진 이선의 고행이 철저한 계획과 의도, 특히 작가의 도덕주의적 지향

191) 한중연A본, 43쪽.
192) 한중연A본, 36쪽.

에 따라 설정되고 형상화된 것임을 알 수 있다. 즉 '시은에 대한 철저한 보은'을 구현했던 작가의 소박한 도덕주의가 남녀의 차별과 이로 인한 불평등한 처벌을 용납하지 않았다고 하겠다. 다시 말해서 이선의 고행과 수난은, '숙향이 고난을 겪었던 만큼 이선 또한 그에 준하는 고행을 겪어야 한다'는 작가의 소박한 도덕주의를 반영하고 있다는 것이다. 앞서 필자가 이선의 고행과 수난이 숙향의 고난에 대한 보상적 성격을 강하게 담지하고 있다고 언급한 것도 바로 이러한 사실에 근거하고 있다. 그리고 이러한 소박한 도덕주의는 봉건적 가부장제를 바탕으로 한 남녀차별을 지양하는 작가의 현실인식과 무관하다고 할 수 없다. 요컨대, 작가의 소박한 도덕주의가 봉건적 가부장제에 기반을 둔 남녀차별의 불합리함을 인식하고 나아가 이를 지양하는 기제로서 역할하고 있다는 것이 필자의 판단이다.

다음은 김전의 수난을 보자.

> 그 노인니 ᄯᅩ 셩ᄂᆡ여 왈 하인니 가져온 음식를 먹으면 하인의 정셩인니 하인의 쌀 간 ᄃᆡ를 일으리라 ᄒᆞ거ᄂᆞᆯ 김전니 친히 졈의 가 타고 간 말를 쥬고 샾문 돗 ᄒᆞ나와 죠흔 슐 일ᄇᆡᆨ ᄃᆡ야를 가져다가 드리니 노인니 죠곰도 샤양치 안니 ᄒᆞ고 다 먹은 후의 왈 ᄂᆡ 슐리 취ᄒᆞ여 못 일르ᄀᆡ시니 예 잇거라 ᄒᆞ고 인ᄒᆞ야 눈를 감고 잠를 깁히 드러 코흘 울레갓치 고을거ᄂᆞᆯ 김젼니……. 혼쟈 팔쟝 숫고 공슌히 셧써니 문득 날리 어두오며 큰 쇼낙이 퍼붓드시 오더니 평지예 물리 엇게예 넘어가되 김젼니 죠곰도 움즈기지 안니 ᄒᆞ고 셧써니 이윽ᄒᆞ야 비는 그치고 챤바람니 다시 일어나며 급헌 눈니 담아붓드시 와셔 ᄯᅩ한 엇게를 넘어가되 죠곰도 움즈기지 안니코 셧시니 오시 다 얼고 몸니 치워 인샤를 챨리지 못ᄒᆞ거ᄂᆞᆯ 그졔야 노인니 ᄭᆡ여 일어 안즈며 쇼왈 ᄂᆡ 그ᄃᆡ ᄒᆞ는 거동를 보랴 ᄒᆞ고 그러틋 곤ᄒᆞ게 ᄒᆞ여시니

정셩이 과년 지극ᄯᅩ다 ᄒᆞ고 샤ᄆᆡ 안흐로셔 홍션를 두어번 부치니 그런 챵셜리 일긱의 다 업셔지고 도로혀 여름니 되엿써라.[193)]

위의 대목은 김전이 3천 병마를 거느리고 양양태수로 부임하는 도중 노인으로 변신한 용왕에게 수난을 당하는 장면의 일부분이다. 용왕은 숙향이 있는 곳을 알려 주겠다며 김전에게 직접 술과 음식을 마련해 오라고 요구하고, 또 큰 비와 눈을 오게 하여 김전으로 하여금 "오시 다 얼고 몸니 치워 인샤를 찰리지 못ᄒᆞ"게 한다. 이러한 김전의 수난은 "그ᄃᆡ ᄒᆞ는 거동를 보랴 ᄒᆞ고 그러틋 곤ᄒᆞ게 ᄒᆞ여시니 정셩이 과년 지극ᄯᅩ다"라는 용왕의 언급에서 알 수 있듯이, 기본적으로 '숙향에 대한 김전의 정성'이 어느 정도인가를 시험하는 차원에서 이루어진 것인바, 앞서 이선이 노전에서 화덕진군에게 당했던 것과 동일한 성격을 지니고 있다.[194)] 즉 이선이 '천정연분'인 숙향을 찾기 위해 화덕진군에게 곤욕을 당한 것이라면, 김전은 잃어버린 딸 숙향을 찾기 위해 용왕에게 수난을 당한 것이라고 할 수 있다.

그러나 이러한 김전의 수난 역시 이선의 곤욕과 마찬가지로 단순히 숙향에 대한 김전의 정성을 시험하기 위한 것만은 아니다. 여기에는 전란 때 자기만 살기 위해 자식인 숙향을 반야산 바위틈에 버리고 갔던 김전의 행위[195)]를 징치하는 의미가 함축되어 있다. 이는 뒤에 이어지

---

193) 한중연A본, 75~76쪽.

194) 김전의 수난 장면은 전반적으로 이선이 노전에서 화덕진군에게 치렀던 곤욕과 매우 흡사한 내용과 형태로 이루어져 있다.

195) 한중연A본의 경우 숙향이 부모와 이별하는 장면은 다른 이본에 비해 가족이 이산하게 된 절박한 상황과 이별의 참혹한 형상을 부각하는 차원에서 확대 · 부연되어 있다. 이러한 확대 · 부연은 숙향을 버리고 갔던 김전의 도덕적 책임을 완화시키는 의미가 있다. 즉 김전이 숙향을 바위틈에 두고 간 것은 '버린 것'이 아니라 절박한

는 다음과 같은 내용에서도 확인된다.

> 노인 왈 네 반야산 돌틈의 두고 가니 도젹니 달려가니라. 김젼 왈 그리 ᄒᆞ오면 도젹의 싸헤 샤랏넌니잇가. 노션이 ᄯᅩ 갈오되 도젹니 ᄯᅩ 달려다가 유곡역마을의 두고 가니 봉황금죠가 아도ᄒᆞ여 명샤계예 후토부인 궁즁의 갓시니 게가 ᄎᆞ쟈 볼숀야. 김젼 왈 그리면 쥭엇샵는잇가. ……. 노인 왈 옥하슈의 ᄎᆡ련ᄒᆞ는 아희덜리 연닙쥬를 ᄐᆡ와다가 육노즁의 노흐니 길흘 그릇 드러 노젼의 가셔 쟈다가 화ᄌᆡ를 만나 불의 타 쥭다 ᄒᆞ니 게는 육지ᄆᆡ 골탄ᄌᆡ나 잇실거시니 게가 ᄎᆞᄌᆞ 보아라. 김젼 왈 일졍 게가 쥭어시면 전들 엇지 어더 보올잇가. ……. 노인니 졍ᄉᆡᆨ 왈 네 슉향를 부ᄃᆡ 어더 보려 ᄒᆞ는 ᄯᅳᆺ은 무샴 일고. 김젼 왈 늣ᄀᆡ야 ᄒᆞᆫ ᄯᆞᆯ를 어덧샵써니 샤랑ᄒᆞ는 마음니 진치 못ᄒᆞ여셔 일허샤오니 ᄉᆡᆼ각ᄒᆞ오면 쳔지 망극ᄒᆞ와 죠셕의 눈물노 지ᄂᆡ옵써니 오늘날 하눌리 도의샤 셩인를 만나오니 쳔만번 빌건ᄃᆡ 슉향를 ᄎᆞᄌᆞ보게 ᄒᆞ옵쇼셔. 노인니 즁ᄂᆡ여 변ᄉᆡᆨᄒᆞ고 갈오되 네 슉향를 그다지 ᄎᆞ즈려 ᄒᆞ면 무샴 일노 반야샨의셔 발리고 가고.[196]

김전이 큰비가 와서 물이 어깨까지 차고 찬바람과 눈으로 인해 온 몸이 얼어붙어 정신을 차릴 수 없는 지경에 이르러도 꼼작하지 않고 그 고통을 감내하자, 용왕은 김전에게 그간 숙향이 어떠한 고난을 겪었는지를 문답형식으로 일일이 알려 준다. 이것은 김전에게 있어서 몸이 얼어붙는 것과는 성격이 다른 또 하나의 고통이라고 할 수 있다. 숙향이

상황에서 행해진 부득이한 선택이었다는 것이다. 그러나 김전 부부가 도적의 칼날을 피하기 위해 숙향을 반야산 바위틈에 두고 간 것은, 본질적으로 '부모가 자기들의 생명을 부지하기 위해 자식을 버린 행위'로 이해될 수밖에 없으며, 부모의 도의적 책임을 완화시키려는 한중연A본의 확대 · 부연은 이러한 본질을 역설적으로 반증하는 것이라고 하겠다.

196) 한중연A본, 76쪽.

전쟁고아로서 죽을 지경에 이른 숱한 고난은, 김전이 숙향을 반야산 바위틈에 버린 데서 비롯한 것이다. 이로 인해 숙향이 겪었던 고난에 대한 용왕의 상세한 이야기는 김전에게 정신적 고통과 죄책감을 한층 불러일으킬 수밖에 없다.

나아가 숙향의 고난에 대한 이야기가 김전에게 고통스러운 것인 만큼, 이것은 또한 김전의 잘못에 대한 질책의 의미도 담겨 있다. 용왕은 이미 숙향에 대한 김전의 정성을 확인한 터이다. 따라서 김전을 질책할 의사가 없었다면 김전에게 현재 숙향이 어디에서 무엇을 하고 있는가만 알려주면 그만이다. 그런데 용왕은 굳이 숙향이 겪었던 고난을 상세하게 거론하고 있으며, 그것도 "불의 타 쥭다 ᄒᆞ니 게는 육지믹 골탄지나 잇실거시니 게가 ᄎᆞᄌᆞ 보아라"며, 마치 숙향이 이미 죽은 것처럼 말함으로써 김전의 고통을 극대화시키고 있다.[197] 숙향의 고난에 대한 용왕의 상세한 언급이 함축하고 있는 질책적 의미는 "네 슉향를 그다지 ᄎᆞ즈려 ᄒᆞ면 무샴 일노 반야샨의셔 발리고" 갔느냐는 용왕의 언급에서 단적으로 표출되며, 김전이 "샤랑ᄒᆞ는 마음니 진치 못ᄒᆞ여셔 일허샤오니"라고 한 것은 결국 자신의 잘못을 시인한 것으로 이해해야 할 것이

197) 신재홍은 문답형식으로 이루어진 숙향의 고난에 대한 용왕과 김전의 진술에 주목하여, "숙향의 고난 과정의 고비고비마다 김전의 관심은 그녀가 살았는지 아니면 죽었는지에 모아지고 있다"고 전제한 이후, "이 작품의 주제가 삶과 죽음의 문제로 수렴될 수 있음을 암시받을 수 있다"(앞의 논문, 530쪽)고 진술하고 있다. 그러나 이 대목은 기본적으로는 용왕이 김전에게 숙향이 그간 어떠한 고난을 겪었는지 구체적으로 알려주기 위한 맥락에서 답변이 오간 것이며, 궁극적으로는 숙향을 버린 것에 대한 김전의 자책감과 고통을 극대화시킴으로써 자기만 살기 위해 딸을 버리고 달아났던 김전의 행위를 징치하는 의미를 함축하고 있다. 따라서 이 대목을 들어 「숙향전」의 주제를 "삶과 죽음의 문제로 수렴"한 신재홍의 견해는 사건의 전개과정과 서술내용의 의미맥락을 고려하지 않은 채 자의적으로 해석한 문제점이 있다고 하겠다.

다. 이렇듯 '숙향에 대한 김전의 정성'을 확인한다는 명목으로 설정된 김전의 수난에는 자기만 살기 위해 자식을 버린 부모의 잘못에 대한 징치의 의미가 함축되어 있다.[198] 그리고 이러한 김전의 수난은 이선의 고행이나 수난과 마찬가지로 철저하게 도덕주의를 추구하는 작가의식의 산물이라고 하겠다.

필자가 이러한 김전의 수난을 문제 삼은 것은 이것이 봉건적 가부장제의 수직적 질서를 일정하게 지양하고 있다는 판단에서다. 가부장의 절대적 권위를 기본 내용으로 하고 있는 봉건적 가부장제하에서 가부장의 허물이나 잘못을 거론한다는 것은 용이한 일이 아니다. 더구나 부모의 잘못에 대한 징치는 감히 생각하기도 어려운 일이었다. 우리나라의 고소설에서 부모의 잘못을 구체적으로 지적하거나 또 그 잘못에 대한 징치를 형상화한 작품을 찾아보기 어려운 것도 이러한 사회적 조건을 반영한 결과라고 할 수 있다. 일례로 「창선감의록」의 경우 가족 내에서 재상자(在上者)의 위치에 있는 화춘과 심부인은 많은 악행을 저지르지만 이들의 잘못은 그들의 본래 의도나 성품에서 나온 것이 아니라 악인들의 참언 때문에 저질러진 일시적 과오이므로 전혀 문제될 것이 없다는 식으로 서술되어 있으며,[199] 「숙영낭자전」에서 선군의 부친인 백공은 숙영을 자결케 하는 과오를 저지르지만 이에 대한 추궁이나 징치는 전혀 나타나지 않는다. 요컨대 주인공과 갈등적 위치에 있는 주인

---

198) 이는 숙향의 모친인 장씨의 경우 김전과는 달리 전혀 수난을 당하지 않는다는 사실에서도 확인된다. 즉 장씨는 김전과 더불어 숙향의 부모이지만, 숙향을 반야산 바위틈에 두고 달아나자는 김전의 제의에 대해 극력 반대했었기 때문에 숙향을 버린 것으로 인해 수난을 당할 이유가 없었던 것이다.

199) 진경환 교수는 이를 '가문의 내적 질서의 확립에 대한 열망'(「창선감의록의 작품구조와 소설사적 위상」, 121~128쪽)과 관련지어 이해한 바 있다.

공의 부모가 어떠한 잘못을 저지른다 하더라도 그에 대한 추궁이나 징치는 거의 찾아볼 수 없는 것이 우리나라 고소설 일반의 실정인 것이다. 그런데 「숙향전」에는 부모의 잘못에 대한 추궁이 형상화되고 또 함축적으로나마 그에 대한 징치가 표출되어 있다. 이런 점에서 부모의 잘못에 대한 징치라는 의미를 함축하고 있는 김전의 수난은 봉건적 가부장제를 바탕으로 한 수직적 인간관계를 지양하는 작가의식과 무관한 것일 수 없으며,[200] 이러한 의식의 기제가 되었던 것은 바로 소박한 차원에서 철저하게 추구했던 작가의 도덕주의적 지향이었다고 할 수 있다. 다시 말해서 김전의 수난은 '선은 선의 보답이 있고 악은 악의 응보가 있다'와 같은 소박한 차원에서의 도덕주의적 지향이 봉건적 가부장제를 바탕으로 한 수직적 인간관계에 우선하여 관철된 결과였다고 하겠다.

이상에서 살펴보았듯이 「숙향전」은 소박한 차원에서의 도덕주의를 철저하게 지향하고 있는 작품이다. 그리고 이러한 도덕주의는 궁극적으로 가장의 절대적 권위와 남녀차별을 기본 내용으로 삼고 있는 봉건적 가부장제를 지양하는 기제로서 작용하고 있다. 이런 점에 「숙향전」에 표방된 도덕주의는 지배계급의 성리학적 도덕관념과는 분명하게 다른, 진리와 정의에 의해서 최후에는 '선'이 승리한다는 민중 지향적 의식의 하나라고 하겠다.

200) 김일렬 교수는 「숙영낭자전」 등에 나타나는 효와 애정의 대립을 전통적인 질서인 수직적 질서를 옹호하려는 의지와 새로운 질서인 수평적인 질서를 지향하는 의지의 대립(『조선조소설의 구조와 의미』, 263~270쪽)으로 이해하고 있어 주목된다.

Ⅳ. 소설사적 위상

우리 고소설 가운데는 성리학적 이념과 사회윤리에 정면으로 배치되는 청춘남녀의 자유로운 만남과 애정에 따른 결연을 천정연분으로 설정한 작품들이 더러 있다. 「숙향전」, 「숙영낭자전」, 「양산백전」, 「백학선전」 등이 여기에 해당한다. 이들 작품은 남녀 주인공이 천상에서 죄를 짓고 인간세계에 적강하여 천정연분을 이루고 행복하게 살다가 다시 천상으로 복귀한다는 내용으로 구성되어 있다. 때문에 이들 작품을 흔히 적강형 애정소설이라고 한다.

그런데 「숙향전」은 여타의 적강형 애정소설과는 약간 다른 점이 있다. 다른 작품의 경우 남녀 주인공이 결연하는 과정에서 두 사람의 신분이 같거나 문제가 되지 않는데, 「숙향전」에는 남녀 주인공의 신분 차이가 애정을 실현하는 과정에서 결정적인 장애 요인이 된다. 즉 「숙향전」에는 남녀 주인공인 이선과 숙향 사이에는 현격한 신분 차이가 개재되어 있으며, 이로 인한 대립이 「숙향전」의 핵심적 갈등이다. 또한 그 갈등은 중세적 신분질서를 무시하고 애정을 실현하려는 청춘남녀와 중세적 신분질서를 통해 독점적 지위를 누려왔던 중세 지배세력과의 대립을 본질로 하고 있다. 따라서 「숙향전」에서 남녀의 결연은 성리학적 사회윤리뿐만 아니라 중세적 신분질서마저 부정하는 의미를 내포하게 된다.

「숙향전」에서 숙향과 이선은 두 사람의 신분 차이를 분명하게 인식하고 있으면서도 서로 대등한 결연을 추구하며, 이상서는 숙향을 죽여서라도 이들의 결연을 막으려고 한다. 숙향과 이선은 이상서의 횡포에 적극적으로 저항하지는 못하지만 중세적 신분질서의 모순과 질곡을 거론하며, 이들의 결연을 주선했던 여부인 역시 '애정에는 천첩이 없다'며 숙향을 죽이려 하는 이상서를 질책한다. 나아가 '이상서는 본래 충효의 사람'이라고 서술하는 등 숙향을 죽이려 한 이상서의 행위가 개인의 성격적 결함보다는 중세적 신분질서에 기인한 것임을 생생하게 보여준다.

이렇듯 「숙향전」은 신분 차이가 현격한 남녀 주인공의 결연과 이로 인해 야기된 갈등 자체에 서술의 초점을 맞춰 중세적 신분질서의 질곡을 매우 사실적이면서도 구체적으로 반영 · 형상화하고 있다. 물론 「숙향전」이 중세적 신분질서의 질곡을 구체적으로 반영 · 형상화할 수 있었던 것은 이들의 결연을 천정연분으로 설정하고, 또 숙향이 본래는 양반의 자손이었다는 일대기적 구성에 힘입은 결과라고 할 수 있다. 그러나 이러한 한계를 인정할지라도, 고소설 가운데 「숙향전」처럼 남녀의 애정과 중세적 신분질서의 갈등을 직접적이면서도 구체적으로 형상화한 작품은 찾아보기 어렵다. 이는 「숙향전」을 「운영전」이나 「춘향전」과 비교 · 고찰할 경우 더욱 확연하게 드러난다.[1]

---

1) 두 작품 외에도 중세적 신분질서에 따른 애정갈등을 문제 삼고 있는 작품으로는 「동선기」, 「영영전」, 「월하선전」, 「청년회심곡」, 「부용의 상사곡」 등을 들 수 있다. 「

「운영전」은 궁녀인 운영과 소년 유생인 김진사의 애정을 다룬 작품으로, 이들의 애정 실현에 장애가 되는 것은 궁녀라는 운영의 신분이다. 13세에 부모를 이별하고 안평대군의 부름을 받아 궁녀가 된 운영은 대군을 찾아 수성궁을 방문한 소년 유생인 김진사를 사모하며, 김진사 역시 운영에게 애정을 품게 된다. 그러나 운영이 '궁문(宮門) 밖에 나가거나 궁문 밖 사람이 그 이름을 알게 되더라도 죽을 수밖에 없는 궁녀'[2] 였기 때문에 두 사람의 사랑은 비극적으로 끝난다. 운영과 김진사의 밀애를 알게 된 안평대군이 궁녀들을 문초하자 운영은 자결하고, 김진사 역시 스스로 세상과 결별했던 것이다.

「운영전」은 중세적 이념과 사회윤리에 의해 비도덕적이거나 불순한 것으로 간주되었던 남녀의 애정을 긍정적으로 서사한 것만으로도 높게 평가할 만하다. 그런데 「운영전」은 운영을 비롯한 궁녀들과 김진사의 내적 갈등을 사실적인 필치와 기법으로 곡진하게 형상화하고, 또 비극적인 구성을 통해 남녀의 애정을 가로막는 중세적 권위와 성리학적 이데올로기의 질곡을 현실적인 맥락 속에서 구체화함으로써 소설적 긴장을 유지하고 있다. 이 뿐만이 아니다. 「운영전」은 비극적인 결말을 예상하면서도 애정을 추구하는 운영과 김진사, 그리고 이들과 운명을 같이 하기를 주저하지 않는 궁녀들의 형상을 통해 인간적인 삶이 무엇이며, 그 가치가 얼마나 소중한 것인가를 여실하게 보여주고 있다. 이런 점에서 「운영전」은 중세적 질곡에서 벗어나 인간성의 회복을 선언한 작품이라고 하기에 조금도 부족함이 없다.[3]

운영전」과 「춘향전」은 우리나라의 대표적인 애정소설이면서 「숙향전」 전후로 창작된 작품이다. 따라서 「숙향전」을 두 작품과 비교 · 고찰할 경우 애정소설 가운데서 「숙향전」의 위상을 잘 드러낼 수 있으리라 생각한다.

2) 「운영전」, 김동욱 교주, 『한국고전문학』 4, 보성문화사, 1978, 327쪽.

그러나 애정갈등의 양상이라는 측면에만 주목할 경우, 「운영전」에서 제기하고 있는 문제는 「숙향전」과는 약간 다르다. 「숙향전」은 신분이 현격하게 다른 남녀 주인공의 결연으로 야기된 갈등을 서술의 초점으로 삼아 중세적 신분관계의 질곡을 직접적으로 드러내고 있다. 그런데 「운영전」의 서술의 초점은 운영과 김진사의 신분 차이에 있는 것이 아니라, 인간다운 삶 및 인간의 성정을 억압하는 중세적 권위와 성리학적 이념에 놓여 있다. 이는 운영의 동료인 은섬의 초사(招辭)에서 분명하게 드러난다.

> 男女 情欲은 陰陽으로 稟受함이라 貴賤 없이 사람마다 있거늘, 한번 深宮을 닫으매 形容이 孤單하고 그림자가 외로와 꽃을 보면 눈물이 가리우고, 달을 對하면 魂을 사르는지라. 梅花 가지에 앉은 꾀꼬리는 혼자 날지 아니하고 珠簾 위에 깃들은 제비는 시러곰 雙지어 노래 부르는지라. 한번 宮墻을 넘은즉 可히 人間의 樂을 알 것이어늘, 차마 하지 못하는 바의 사람은 어찌 그 힘이 能치 못하며 마음이 不足할 바이리이꼬. 오직 主君의 恩愛를 차마 저버리지 못함이요, 또한 主君의 威嚴을 두려워함이라. 굳이 마음을 지키어 써 宮中에서 말라 죽을 計巧뿐이어늘 이제 犯한 바 罪 없이 죽을 땅에 두고자 하시니 妾等이 黃泉之下에 가나 能히 瞑目지 못하리로소이다.[4]

---

3) 박일용은, '운영과 김진사의 사랑이 문제적인 것은 죽음이나 사회에서의 추방이라는 극단적인 결과를 예상하면서도 자연스러운 정의 발현을 억압하는 당대적 질서 및 윤리의 부당성에 대한 자각과 그것에 입각한 진실한 애정이 갖는 인간선언적 의미에 대한 자각을 통해 내면의 갈등을 극복했다는 점에 있다'(「운영전과 상사동기의 비극적 성격과 그 사회적 의미」, 170쪽)고 하여, 운영과 김진사의 사랑 행위를 인간성 회복의 선언으로 이해하였다.

4) 「운영전」, 앞의 책, 423쪽.

은섬은 안평대군에게 '남녀의 정욕은 인간의 본성으로 모든 사람이 다 갖고 있는데 깊은 궁궐에 갇혀 있는 자신들에게는 허용되지 않는 현실과, 이를 자각하고 있음에도 주군의 은애와 위엄 때문에 차마 궁장(宮墻)을 넘지 못하는 처지'를 단호하게 말한다. 여기에서 '심궁'과 '주군의 은애와 위엄'은 중세의 절대적 권위와 성리학적 세계관을 상징한다.[5] 이는 안평대군이 '천하의 온갖 재주를 고요한 곳에서 공부해야 비로소 이루어진다. 성문 밖에 고요하고 마을이 드문 곳에서 공부를 오로지하리라'[6]라며, 궁녀들에게 『소학언해』·칠서(七書)·이백과 두보의 시 등을 가르쳤던 것에서도 드러난다. 즉 은섬은 '인간 욕구의 자유스러운 발동을 금압하여 순연한 성정의 도야를 강요하는 중세적 권위와 조선 중기의 성리학적 세계관의 모순과 질곡'을 문제 삼고 있는 것이다.

물론 「운영전」의 경우에도 운영과 김진사의 애정에 장애가 되고 있는 것은 궁녀라는 운영의 신분적 제약이다. 따라서 「운영전」 역시 나름대로 중세적 신분관계의 질곡을 문제 삼고 있다고 말할 수 있다. 그러나 이것은 어디까지나 중세적 통치체제의 특수한 형태인 궁녀 문제에 한정된 것이며, 중세적 신분질서가 내포하고 있는 보편적인 질곡을 다루었다고 할 수 없다. 이는 운영과 김진사의 신분 차이가 애정 파탄과 전혀 관계가 없는 것처럼 서사되었다는 점에서도 확인된다. 요컨대 「숙향전」은 남녀 주인공의 신분 차이 때문에 발생한 갈등을 구체적으로 서사함으로써 중세적 신분질서의 질곡을 문제 삼고 있는데 반해, 「운영전」은 중세의 특수한 신분인 궁녀에게 가해진 질곡을 문제 삼고 있다고 하겠다.

---

5) 박일용, 「운영전과 상사동기의 비극적 성격과 그 사회적 의미」, 165~171쪽.
6) 「운영전」, 앞의 책, 325쪽.

이 점은 신분갈등형 애정소설의 전형이라고 할 수 있는 「춘향전」 역시 크게 다르지 않다. 「춘향전」도 기본적으로는 「숙향전」과 마찬가지로 신분의 차이가 현격한 남녀 주인공의 애정을 다룬 작품임에는 틀림이 없다. 그러나 「춘향전」에서는 춘향과 이도령의 신분 차이가 갈등의 결정적인 요인이라고 할 수는 없다.[7] 물론 「춘향전」의 경우에도 춘향과 이도령의 만남은 문제가 되고 있다.

> 道令님이 千萬意外 이 分付를 들어놓으니 가슴이 깜짝 놀라 쥐덫이 내려진 듯, 두 눈이 캄캄하여 黑白 分別 할 수 없다. 事勢가 危急하니 되든지 못 되든지 事情이나 하여 볼까 잔기침 버썩 하며 어린 양 뽄 말을 내어, 小子가 캑, 南原 와서 캑, 春情을 캑, 못 이기여 캑. 이 말을 채 못하여 知子는 莫如父라 사또 벌써 아시고 말 못하게 號令한다. 官長질로 外邑 오면 子息을 버린단 말 이야기로 들었더니 너를 두고 한 말이라. 아비 고을 따라와서 글 工夫는 아니 하고 밤낮으로 몹쓸 장난, 이 所聞이 서울 가면 及第하기 姑捨하고 婚路부터 막힐 테니, 가라 하면 갈 것이지, 네 할 말이 웬 말인고. 예라, 이놈 보기 싫다.[8]

위 대목은 신재효본 「춘향가」에서 인용한 것인데, 춘향과 이도령의 만남이 내포하고 있는 사회적 성격을 가장 구체적으로 드러낸 부분이다.[9] 이도령은 상경하라는 부친의 명령을 받은 뒤에야 겨우 춘향에 대

---

7) 여기에서 말하는 것이 작품의 질적 우열이나 그것이 이룩한 성과를 두고 말하는 것은 아니다. 「춘향전」이 이룩한 작품의 성과는 고소설에서는 타의 추종을 불허한다고 해도 지나치지 않을 것이기 때문이다. 다만 여기에서 필자가 드러내고자 하는 것은 「춘향전」과의 차별성을 통해 「숙향전」이 이룩한 성과를 자리매김하자는 것이다.

8) 신재효본 「춘향가(남창)」, 강한영 교주, 『신재효 판소리 사설집』, 민중서관, 1971, 25~26쪽.

한 애정을 암시적으로 표출한다. 고대본 「춘향전」 역시 이도령이 "이 골에 春香이라 하는 妓生이 있사오되 얼굴은 絶色이요, 才質은 一等이오니 지체는 어떠하든지 장가는 들이지 말고 데려가면 좋을 듯하와이다"라며, "春香 데려가잔 말을 똑똑히는 못하고 웃음으로 半벌충"[10]하듯 말하나 부친이 알아듣지 못한 것으로 처리되어 있다.

이렇듯 이도령이 춘향과의 관계를 부친에게 당당하게 말하지 못한 것은 둘 사이에 개재한 신분 차이 때문인바, 여기에는 중세적 신분관계의 질곡이 일정하게 반영되어 있다고 보아야 한다. 이도령의 부친이 '이 소문이 서울까지 퍼지면 급제하기 고사하고 혼삿길부터 막힐 것'라고 언급하거나, 춘향이 "도련님은 貴公子요 小女는 賤人이라"[11]고 하여 이도령의 구애를 일차 거절한 것 등은 중세적 신분관계에 따른 질곡을 어느 정도 드러냈다고 할 수 있다.

그러나 「춘향전」에서 춘향과 이도령의 만남을 중세적 신분관계의 질곡과 관련지어 표출한 것은 이것이 전부라고 해도 과언이 아니다. 「춘향전」에서 춘향과 이도령의 만남 자체를 문제적인 것으로 형상화하지 않고 있다는 것은 변사또의 문초 대목과 결말 부분을 통해서도 알 수 있다.

① 사또 春香을 꾸짖되, 너는 어이한 년이관대 官長이 부르는데 이탈저탈 차탈피탈 그다지 妖妄한다. 또한 내 들은 즉 舊官子

9) 참고로 경판본 춘향전에서 위의 인용문에 해당하는 대목을 제시하면 다음과 같다. "府使 擇日 發行할새 령을 불러 이르되, 너는 內行을 모시고 먼저 올라가라 하니, 道令이 이 말을 들으매 落膽傷魂하여 목이 메어 겨우 對答하고 內衙에 들어가 治行諸具를 차리는 체하고, 바로 春香의 집으로 가니"(구자균 교주, 『춘향전』, 251쪽).

10) 고대본 「춘향전」, 구자균 교주, 『춘향전』, 349쪽.

11) 고대본 춘향전, 앞의 책, 313쪽.

弟 도련님과 言約 있어 守節한다 하되, 내가 서울서 들은즉 네 가 名妓라 하기로 한번 보기 願일러니, 오늘부터 守廳 들라.[12]

② 御사또가 父母님 前 春香 來歷 告하신 후 豪氣 있게 데려다가, 아들 낳고 딸을 낳고 五福 兼備 百年偕老 뉘 아니 부뤄하리.[13]

①은 기생점고에 참석하지 않은 춘향을 변사또가 강제로 끌고 와 문초하는 대목이다. 변사또가 문제 삼고 있는 것은 춘향과 이도령의 만남 자체가 아니라 춘향이 수청들기를 거부하는 행위다. 즉 변사또는 춘향과 이도령의 언약을 거론하고 있으면서도 이에 대해서는 전혀 문제 삼지 않은 것이다. 이러한 상황은 ②에서도 마찬가지다. 어사또가 된 이도령은 부모에게 춘향의 내력을 이야기하고 호기 있게 데려다 살지만 이도령의 부모는 이를 전혀 문제 삼지 않는다. 그런데 「숙향전」에서 이선의 부친인 이상서는 이선이 숙향과 자기 몰래 결연한 사실을 뒤늦게 알고는 숙향을 죽이려 한다. 이런 점에서 이도령의 부친은 이선의 부친과는 완전히 상반된 태도를 보였다고 할 수 있다.[14]

이렇듯 「춘향전」에는 춘향과 이도령의 신분 차이가 실질적인 질곡

---

12) 고대본 춘향전, 앞 책, 381쪽.

13) 신재효본 「춘향가(남창)」, 앞의 책, 99쪽.

14) 박일용은 "춘향과 이도령을 갈라놓은 직접적인 인물은 이도령의 부친이다. 그렇기 때문에 춘향이 이도령과의 결합을 현실적으로 바란다면 춘향의 탄압자는 「숙향전」의 경우처럼 이도령의 부친으로 나타나야 할 것이다."라고 하여 이선의 부친과 이도령의 부친의 차이점에 대해 주목한 바 있다. 즉 박일용은 이도령의 부친을 탄압자로 부각시키지 않은 것에 대해, "「춘향전」이 사실상 모순된 질서를 문제삼으면서도 그 질서 자체를 정면으로 문제삼지 못하는 단계이기 때문에, 전형적 악인형 인물인 신관사또로 대신하게 하여 그 모순을 객관화시킬 수박에 없었던 것"(「조선후기 애정소설의 서술시각과 서사세계」, 서울대 박사학위논문, 1989, 135~136쪽)이라고 주장하였다.

으로 작용하지 않는다. 나아가 춘향과 이도령은 결연 또한 어떠한 갈등도 야기하지 않는다. 이러한 사실은 「춘향전」이 신분 차이에 따른 애정 갈등을 서사한 작품이 아니라는 것을 보여준다. 그러면 「춘향전」이 근본적으로 문제 삼고자 했던 것은 무엇인가. 결론부터 말한다면 기생이면서도 기생이기를 거부하려는 춘향과 이러한 춘향의 의지를 꺾으려는 중세 지배층과의 대결이다. 춘향은 기생이면서도 기생이기를 거부하는 문제적 인물이다.

> 方子 하릴없이 卽告하되, 本邑 一等名妓 月梅 딸 春香이라 하는 妓生이온데, 제 어미가 退妓하옵고 春香은 本心이 道高하여 歌舞를 全廢하고 神仙 공부하느라고 落花春深에 글 題도 생각하고 白雲紅樹間에 추천도 戱弄하며 심심한 때에 좇아 하루 서너 번 가웃씩 저렇게 노나이다. 그러하면 春香 바삐 불러 오라. 方子 여짜오되, 春香은 妓生이라 하나 仁義禮智 三綱行實이 士夫人의 굳은 節槪 商山의 四皓 어허 萬古의 높은 節行 胸中에 품었으니 任意로 忽待 못하오리다. 도련님이 憤을 내어, 아무리 그렇기로 名色이 妓生 되어 官長 子弟 부르는데 분부 拒逆 어찌하리. 펄펄 가서 불러오라.15)

이도령이 그네 뛰는 춘향을 보고 방자에게 불러오라고 하자, 방자는 춘향이 비록 퇴기인 월매의 딸이며 기생이지만 '만고의 높은 절행 흉중에 품었기 때문에 임의로 홀대할 수 없다'고 대답한다. 방자는 춘향이가 기생인 것은 분명하지만 기생으로 대접해서는 안 된다고 말한 것이다. 이러한 방자의 말은 춘향이 평소에 기생 노릇이나 관장의 수청드는 것을 거부했다는 것을 보여준다. 다시 말해서 춘향이 기생이기를 거부

15) 고대본 「춘향전」, 앞의 책, 305쪽.

한 것은 잠재적인 의지의 형태로만 존재했던 것이 아니라 구체적인 행동을 통해 실천되었으며, 이러한 춘향의 의지와 실천적 행동이 방자를 비롯한 주변 인물들에게 이미 인식된 상태였다는 것이다. 방자가 '춘향을 기생이라고 해서 홀대해서는 안 된다'고 말했던 것은 이러한 인식의 결과이면서, 동시에 기생이기를 거부하는 춘향의 의지와 행동에 공감한 것으로 이해되기 때문이다. 아울러 지면에는 구체적으로 형상화되어 있지 않지만, 춘향이 주변 인물들에게 공감을 받을 수 있었던 것은 계급적 동질감 외에도 춘향의 간고한 노력과 실천의 결과로 이해된다.[16]

기생이기를 부정하는 춘향의 의지와 행동은 외지인인 이도령을 만나면서 구체적으로 표출된다. 이도령은 방자의 말을 듣고도 기어코 춘향을 불러오라고 재촉한다. 외지인인 이도령이 방자의 말만 듣고 기생이면서도 기생이기를 거부하는 춘향의 실체를 이해하기는 어려웠으리라. 이도령에게는 방자처럼 춘향의 행동에 대해 공감할 수 있는 기회가 아직 주어지지 않았던 것이다. 따라서 이도령이 춘향을 기어코 불러오게 했던 것은 이도령의 입장에서는 자연스러운 행동이라고 할 수 있다.

그러나 이러한 이도령의 행동은 춘향을 기생으로 취급한 것이며, 변사또가 춘향에게 수청을 강요했던 것과 마찬가지로 중세적 질서와 관념에 따른 행동이라고 할 수 있다. 이는 춘향을 홀대할 수 없다는 방자의 말에 대해, 이도령이 화를 내면서 "아무리 그렇기로 名色이 妓生 되어 官長 子弟 부르는데 분부 拒逆 어찌하리. 펄펄 가서 불러 오라"고 한

16) 춘향의 간고한 노력은, 군노 사령들이 변사또의 명령에 따라 춘향을 잡으러 가면서 "걸리었다. 걸리었다. 걸리다니 뉘가 걸려. 春香이가 걸렸단다. 제 어미 붙을 아이, 道高하기 짝 없더니 인제 한번 걸렸구나. 使令 事情 보는 놈 쇠砲手니"(고대본 「춘향전」, 앞의 책, 373~375쪽)라며 평소에 춘향을 벼르고 있었다는 데서도 엿볼 수 있다.

데서도 알 수 있다. 이때까지 이도령의 인식은 변사또와 크게 다르지 않았던 것이다. 평소 강한 의지와 실천을 통해 기생이기를 거부해왔던 춘향이 이런 이도령의 구애에 순순히 응할 리는 없었다. 춘향은 자신의 지향을 피력함으로써 이도령의 구애를 거절한다.

> 도련님 들읍소서. 이 몸이 ㅁㅁ하와 賤한 몸이 되었사오나 平生에 願하기를 烈女不更二夫之行만 본받고자 뜻일러니, 한번 因緣 맺은 후 夫唱婦隨順하고 女必從夫하여 有子有孫 뜻일러니 도련님은 貴公子요 小女는 賤人이라, 一時 豪宕 못이기어 한번 보고 버리시면 임자 없는 이내 몸이 春香 白髮 혼자 늙히 그 아니 寃痛하오. 그런 分付 마옵소서.[17]

춘향은 이도령의 구애를 '열녀불경이부'와 '유자유손' 등을 운운하면서 거절한다. 이것은 춘향이 변학도가 수청을 요구했을 때 했던 말과 다름이 없다. 춘향은 이도령과 변학도를 불문하고 자기를 기생 취급하는 사람에게는 절대 복종하지 않겠다는 의지를 피력한 것이다. 이러한 춘향의 지향은 기생이면서도 기생이기를 거부하는 것이며, 궁극적으로 자신을 기생으로 간주하는 중세적 신분질서를 부정하는 것이라고 할 수 있다.[18]

그러나 결국 춘향은 이도령의 구애를 받아들인다. 춘향이 이도령의 구애를 받아들인 것은 지인지감에 의한 것으로, 또는 순수한 사랑의 감정에 의한 것으로 이해될 수도 있다. 그러나 이를 단순히 지인지감이나

---

17) 고대본 「춘향전」, 앞 책, 313쪽.

18) 이에 대한 문제는 박희병(「춘향전의 역사적 성격 분석」)과 박일용(「조선후기 애정소설의 서술시각과 서사세계」)에 의해 이미 구체적으로 논의된 바 있으며, 필자는 이들의 주장에 동의하기 때문에 다시 구체적으로 거론하지는 않는다.

순수한 애정으로만 이해해서는 안 된다. 춘향의 궁극적 지향은 기생이기를 거부하고 일부종사하여 유자유손하는 것이다. 이러한 춘향이 지인지감이나 사랑의 감정만으로 이도령의 구애를 받아들였다고 보기 어렵다. 춘향이 이도령의 구애를 받아들인 데는 반드시 이도령의 인식이나 사고의 전환이 전제되었다고 보아야 한다.

물론 「춘향전」에는 이도령의 인식이나 사고가 전환하는 과정이 구체적으로 나타나지는 않는다. 그러나 이도령이 춘향을 만난 이후 의식이 변했다는 것은 어렵지 않게 유추할 수 있다. 이도령이 처음에 춘향을 기생 취급했던 것은 춘향이 어떤 인물인지 몰랐기 때문이다. 춘향이 기생이면서 기생이기를 거부했던 초기 단계에서는 방자와 같은 주변 인물들 역시 이도령과 다르지 않았다고 보아야 한다. 그런데 춘향의 굳은 의지와 실천을 가까이서 지켜보면서 점차 춘향의 뜻을 이해했다고 보아야 한다. 이도령 또한 춘향을 직접 대하고 또 춘향의 뜻을 이해하게 되면서 춘향에 대한 인식이 바뀌었다고 볼 수 있다.[19]

그러나 「춘향전」에서 가장 중요한 것은 춘향의 궁극적 지향이다. 춘향은 기생이면서도 기생이기를 거부한 까닭은 단순히 기생 신분에서 벗어나겠다는 것이 아니라, '여필종부하여 유자유손'하겠다는 것이다. 이를 위해서 춘향은 배우자를 선택해야 하는데, 그 대상이 바로 이도령이었다. 요컨대, 춘향이 이도령의 구애를 받아들인 것은 평소의 꿈을

19) 정출헌은 최근 "이도령은 춘향과의 만남을 계기로 처음의 蕩兒的 면모를 쇄신하고 점차 민중과 연대된 인물로 변화해갔다"고 전제하고, 그같은 변모의 추동력으로 "춘향을 만나면서 새롭게 눈뜬 순수한 애정, 이별시 자신의 사랑을 가로막던 당대적 신분질서에 대한 자각, 이와 맞서 싸우던 춘향의 놀라운 의지와 그것의 바탕이 된 진실한 사랑에 대한 확인, 그리고 당대 남원 농민이 겪던 현실의 目睹" (「「춘향전」의 인물형상과 작중역할의 현실주의적 성격」, 『판소리硏究』 4집, 판소리학회, 1993, 108쪽) 등을 제시하였다.

구체적으로 실천하기 위한 선택이었으며, 이런 선택을 통해 기생이면서도 기생이기를 거부했던 춘향의 실천적 행위는 비로소 사회적 행위로서의 의미를 지니게 되었다고 하겠다.

「춘향전」은 기본적으로 이러한 춘향의 의지와 실천적 행위에 초점을 맞추어 서사한 작품이다. 「춘향전」이 춘향과 이도령의 만남이나 애정보다는 기생이면서도 기생이기를 거부하는 춘향의 의지와 행동에 서사의 초점을 맞추고 있다는 것은 변사또의 문초에서 더욱 분명하게 드러난다.

> 너희 本是 娼家之小婦로 不遵官長之嚴令하고 거장도안지정하니 是爲村妓로 心付貞烈하니 意思何爲요, 忠不事二君하고 烈不更二夫는 貞婦之節이어니와 東家食 西家宿과 張郎婦 李哥妻는 娼家之風이니 汝何守之리오. 罪當萬死라. 以是撲殺하여 爲杖下之魂也하라.[20]

변사또는 열불경이부는 정부지절(貞婦之節)이고 동가식서가숙은 창가지풍(娼家之風)인데 창기인 춘향이 정렬(貞烈)을 내세워 관장의 명을 거역한 죄는 죽어 마땅하다고 말한다. 춘향이 이도령에 대한 정렬을 고수하겠다며 변학도의 수청을 거절한 것은 기생이면서도 기생이기를 거부한 것이다. 변학도가 문제 삼은 것도 바로 기생이면서 기생이기를 거부한 춘향의 행위이다. 요컨대, 「춘향전」에서 서사의 초점은 춘향과 이도령 사이에 개재되어 있는 신분 차이가 아니라, 기생이면서도 기생이기를 거부하는 춘향의 의지와 행위였다고 하겠다.

이상에서 「운영전」과 「춘향전」을 애정갈등의 양상과 관련된 서술

---

20) 고대본 「춘향전」, 앞 책, 385쪽.

의 초점을 중심으로 「숙향전」과 비교하는 입장에서 살펴보았다. 그 결과 「운영전」이나 「춘향전」은 모두 「숙향전」과 마찬가지로 신분이 다른 남녀 주인공의 만남과 애정을 기본적인 제재로 삼고 있으나, 애정갈등을 중심으로 한 서술의 초점은 다르다는 것을 확인할 수 있었다. 즉 「숙향전」은 신분이 다른 남녀 주인공의 만남과 결연 자체에 서술의 초점이 맞춰져 있으나, 「운영전」과 「춘향전」의 경우는 궁녀와 기녀에게 가해졌던 질곡을 극복하려는 여주인공의 지향과 행위에 맞춰져 있는 것이다. 이로 인해 「숙향전」은 「운영전」이나 「춘향전」과는 달리 봉건적 신분관계의 질곡을 직접적이면서도 구체적으로 반영·형상화하는 성과를 이루었다고 할 수 있다. 물론 이러한 성과를 작품 전반의 질적 수준과 곧바로 연결할 수는 없다. 그러나 적어도 중세적 신분관계의 질곡과 관련하여 「숙향전」이 제기하고 있는 문제는 고소설사에서 새롭게 조명되어야 할 것이다.[21]

기실 「숙향전」은 신분이 다른 남녀 주인공의 만남과 애정 문제를 기본적인 제재로 삼고 있다는 점에서 「운영전」이나 「춘향전」과 가장 친연성이 있는 작품이라고 할 수 있다. 특히 「춘향전」은 기본적인 제재의 동질성 외에도 부모의 강요에 따른 이별과 관원의 문초, 그리고 여주인공의 투옥 사건 등 여러 면에서 「숙향전」과 유사한 면모를 보이고 있어

21) 필자가 미처 자료를 구체적으로 검토하지 못한 관계로 여기에서는 거론하지 않았지만, 「숙향전」은 17세기에 창작된 「피생명몽록(皮生冥夢錄)」과도 밀접한 관계가 있을 것으로 판단된다. 예컨대, 「피생명몽록」의 "冥司以其無罪見殺, 俱爲受生於生, 而女爲權氏之女, 吾爲金哥之子, 實應前世之名字矣. 宿緣未盡, 好爲男女, 固當成夫婦, 而國俗有士族常庶之等分, 不得使之爲婚姻."(林明德 主編, 『韓國漢文小說全集』 3권, 129~130쪽)과 같은 대목은 「숙향전」처럼 중세적 신분관계의 질곡을 직접적으로 거론하고 있는 것이다. 「피생명몽록」에 대한 상세한 논의는 장효현의 「17세기 몽유록의 역사적 성격」(『논문집』 10, 호서대, 1991)를 참조하기 바람.

주목된다. 이러한 유사성은 조선 후기의 독자들 역시 인식하고 있었던 것으로 판단된다. 그 근거는 「춘향전」의 여러 이본에 「숙향전」과 관련한 표현들이 나온다는 점이다. 만화본 「춘향가」에는 광한루에서의 춘향과 이도령의 만남을 '二仙瑤池淑香是'라 하여 숙향과 이선의 만남에 비유하고 있으며, 고대본 「춘향전」에는 "曖昧하신 淑娘子도 남양獄에 갇혔다가 靑鳥使께 便紙하여 그 郎君 李仙 만나 죽을 목숨 살았으니"[22] 라며 옥에 갇힌 춘향이 자신의 처지를 낙양옥에 갇혔던 숙향과 비교하고 있다. 이러한 사실은 조선 후기 독자들이 「춘향전」이 「숙향전」과 유사한 성격을 지닌 작품으로 인식했다는 것을 보여준다.

그런데 오늘날 우리 연구자들은 두 작품의 유사성에 거의 주목하고 있지 않다. 이는 애정갈등과 관련한 서술의 초점이 달라 두 작품을 연계시키기 어려운 점도 있었겠지만,[23] 무엇보다 「숙향전」을 비현실적이며 환상적인 작품으로 치부한 나머지 「숙향전」이 심각하게 제기하고 있는 중세적 신분관계의 질곡에 대한 문제를 간과한 결과가 아닌가 생각된다. 「숙향전」은 「운영전」·「춘향전」과 더불어 중세적 신분관계의 질곡을 다룬 대표적인 고소설이다. 특히 「숙향전」은 신분 차이에 따른 애정갈등을 직접적이면서도 구체적으로 서사하고 있다는 점에서 남다른 의의를 지닌 작품이라고 하겠다. 이런 점을 고려하여 앞으로 「숙향전」의 소설사적 의의가 더욱 폭넓고 깊이 있게 논의되기를 기대한다.

---

22) 고대본 「춘향전」, 393쪽.

23) 필자가 고전문학연구회 월례발표회(1991. 10)에서 「「숙향전」의 현실적 성격」을 발표할 때, 박일용은 자신의 박사학위 논문인 「조선후기 애정소설의 서술시각과 서사세계」를 준비하면서 '기녀·신분갈등형 애정소설'과 관련지어 「숙향전」을 주목하기는 했으나 문제가 있어서 거론하지 않았다고 진술하였다.

V. 결론

근래 고소설사와 관련하여 17세기가 새롭게 주목을 받고 있다. 그러나 「숙향전」은 17세기 말경에 창작되었을 것으로 추정되고 있음에도 불구하고 지금까지 거의 주목을 받지 못했다.[1] 그런가 하면 몇 편 안 되는 연구마저 대체로 환상적이고 비현실적인 측면에만 주목함으로써 「숙향전」의 핵심적 요소라고 할 수 있는, 남녀의 애정과 중세적 신분관계의 질곡이라는 문제를 간과하였다. 본고는 이러한 실정을 고려하여 이본과 작품분석 등 「숙향전」 전반의 문제를 다루었다. 고찰한 결과를 요약 · 정리하는 가운데 미진했던 문제를 제기하는 것으로 결론을 대신한다.

II장 1절에서는 「숙향전」 국문본의 특징과 그 위상을 살펴보았다. 국문본의 경우 완결본이 드물고, 박순호A본계를 제외하고는 내용이 거의 대동소이하다. 이로 인해 계열을 세분하지 않을 경우 각 이본의 전

---

1) 물론 이렇게 된 사정은 「숙향전」의 창작 시기가 명확하게 밝혀지지 않은 까닭도 있다. 그간 「숙향전」의 창작 시기는 오직 1754년에 지어진 만화본 「춘향가」를 근거로 대략 17세기 말에서 18세기 초에 창작되었을 것이라고 추정된 정도였다. 때문에 「숙향전」을 17세기의 소설사에 포함하여 다루기 어려웠던 측면이 있었다.

파과정이나 흐름을 파악하기가 어렵다. 이에 일차적으로 선본(善本)이라고 할 수 있는 경판본과 이대본, 그리고 한중연A본을 선정하여 이들 이본의 개별적 특징을 고찰하고, 이를 토대로 상호 비교하는 작업을 통해 세 이본의 위상과 더불어 「숙향전」 국문본의 계통을 설정하였다.

경판본의 판각 시기는 1798년까지 소급될 수 있으며, 경판본은 음운 현상이나 어휘의 형태로 보아 현존하는 이본 가운데 심씨본과 함께 가장 선행하는 이본으로 추정된다. 그러나 다른 방각본 소설과 마찬가지로 「숙향전」 경판본 역시 축약본이다. 경판본에는 축약이나 생략으로 인한 오문이나 문맥상 의미가 통하지 않는 대목들이 비교적 많이 나타나 있기 때문이다. 경판본은 1) 구체적인 정황의 묘사나 서술 대신에 사건의 전개를 중심으로 개괄적인 정황을 서술하는 차원에서 일정하게 축약되어 있으며, 2) 이야기의 전개에 무리가 없는 정도에서 비현실적인 내용들이 축약되어 있고, 3) 지배계급에 대한 민중들의 비판적 시각이 반영된 내용들을 희석하는 방향에서 축약·윤색되어 있다. 이러한 사실은 경판본이 일정한 기준에 따라 비교적 체계적으로 축약된 이본임을 분명하게 보여준 것이라고 하겠다.

이대본은 음운이나 어휘의 표기 형태로 보아 경판본이나 심씨본보다 후대에 필사된 이본으로 추정된다. 그러나 이대본은 현존하는 이본 중 최고본으로 알려진 심씨본과 매우 혹사한 이본이다. 두 이본의 차이는 심씨본이 국한문혼용의 필사본이며 이대본이 순국문 필사본이라는 사실 외에 거의 없다. 한중연A본 역시 전반적으로 심씨본과 흡사한 내용으로 이루어져 있다. 그러나 이것은 심씨본과 이대본의 혹사함에 비할 수는 없다. 이러한 사실은 이대본이 단순히 심씨본과 같은 계열이라는 차원을 넘어 서로 밀접하게 연계되었을 가능성을 시사한다. 그런데 문제는 심씨본이 1964년 이위응에 의해 처음 우리나라에 소개된 이본이라는 사실이다. 즉 심씨본은 1731년 이후 일본으로 유출된 이본을 저본으로 삼아 필사한 이본일 가능성이 농후하기 때문에 이대본과 직접적인 연관을 맺었다고 보기 어렵다. 따라서 심씨본과 이대본은 각각 이들의 선본(先本)이 되었던 이본에서 파생되었으며, 두 이본의 혹사함은 이들 이본이 저본으로 삼은 선본을 거의 그대로 전사한 결과로 보아야 한다.

이대본은 전체적인 구성이나 서술된 내용에 있어서 한중연A본과 거의 차이가 없다. 다만 차이가 있다면 일부 대목의 경우 이대본의 서술 내용이 한중연A본에 비해 축약되어 있으며, 문장 또한 이대본이 한중연A본보다 매끄러운 편이라는 점이다. 그러나 이대본이 한중연A본보다 원본적 계열에 가깝다고 보기는 어렵다. 이대본의 경우 여섯 군데에서 문맥상 오류가 발견되는데, 이들 오류는 모두 축약에서 비롯되고 있기 때문이다. 따라서 이대본 역시 경판본과 마찬가지로 일정하게 축약된 이본으로 추정된다. 그러나 이대본의 축약은 경판본에 비하면 미미한 편이며, 부분적으로 문맥을 매끄럽게 하는 정도에 한정되어 있다.

한중연A본은 내용과 구성을 비롯하여 화소와 서술 방식 등 전반적으로 심씨본이나 이대본과 거의 차이가 없으며, 주요 이본 가운데서는 내용이 가장 풍부한 이본이다. 필자는 한중연A본이 현존하는 이본 중에서 원본적 요소를 가장 온전하게 간직하고 있는 이본이라고 생각하고 있다. 그 근거는 이대본에는 나타나지 않는 구절이나 대목이 한중연A본에는 나타나며, 이러한 구절이나 대목이 경판본이나 정사본계 한문본에도 한중연A본과 동일하거나 유사한 형태로 나타나 있다는 점이다. 그러나 한중연A본 역시 비교적 후대에 필사된 이본이다. 비록 경판본이나 이대본처럼 축약으로 인한 문맥상의 오류나 오문은 없을지라도, 한중연A본은 같은 어휘나 구절을 불필요하게 되풀이 필사한 경우와 오문, 또는 부연으로 인해 문맥이 어색하게 된 대목들이 있기 때문이다. 특히 숙향이 부모와 이별하는 장면의 경우, 한중연A본은 이대본에 비해 가족이 이산하게 된 절박한 상황과 이별의 참혹한 형상을 부각하는 차원에서 한결 확대·부연되어 있는데, 현존하는 이본 중에는 어느 것도 한중연A본과 같은 것이 없다. 따라서 한중연A본은 원본적 요소를 가장 온전하게 구비하고 있으나, 비교적 후대에 필사된 이본이라고 하겠다.

주요 국문본인 경판본, 이대본, 한중연A본을 상호 비교해보면, 이대본은 몇몇 지명이나 인명이 다른 것 외에 한중연A본은 대동소이한 내용으로 이루어져 있으며, 경판본과는 다소 차이를 보인다. 그렇다고 해서 또 경판본이 이대본이나 한중연A본과 확연하게 구분되는 것도 아니다. 「숙향전」 이본의 경우, 국문본인 박순호A본계와 한문본인 나손B본계를 제외하고는, 모든 이본이 거의 대동소이한 내용으로 이루어져 있기 때문이다. 다만, 경판본은 미세한 국면에서 이대본보다는 한중연A본과 일치하고 있는바, 한중연A본 계열의 필사본을 저본으로 삼아 판각하면서 축약과 윤색을 가한 이본으로 추정된다.

만송A본은 경판본을 저본으로 삼아 필사한 이본이다. 만송A본이 경판본 계열이라는 것은 몇몇 자구의 출입 외에는 두 이본이 거의 차이가 없다는 데서 확인된다. 특히 경판본에는 왕균의 점괘대목이 생략되어 있고 여주인공의 이름을 '숙향'이라고 짓게 된 연유가 매우 특이하게 서술되어 있는데, 만송A본은 이들 대목에서 경판본과 완전히 일치한다. 또한 경판본이 음운이나 어휘의 형태 등에서 만송A보다 앞서고 있다. 따라서 경판본의 판각 연기인 '무오년'이 1798년이나 1858년일 경우 만송본의 필사 연기인 '을사년'은 1845년이나 1905년이라고 하겠다.

구활자본은 전반적으로 이대본보다는 한중연A본과 흡사하다. 서두가 한중연A본처럼 부연되어 있으며, 양왕의 딸인 매향의 태몽 대목도 한중연A본처럼 양왕이 꾼 것으로 되어 있다. 그러나 숙향이 부모와 이별하는 대목은 한중연A본보다는 이대본에 가깝다. 따라서 구활자본은 한중연A본과 이대본의 영향을 동시에 받거나 아니면 한중연A본계의 선본(先本)에서 직접 파생된 것으로 추정된다. 이러한 양상은 완결본은 아니지만 국도본(기해; 1899)과 나손본(신해; 1911)의 경우에도 유사하게 나타난다.

박순호A본과 B본은 동일한 내용으로 이루어져 있으며, B본은 A본을 저본으로 삼아 그대로 전사한 이본으로 추정된다. 박순호A본은 서두의 경우 다른 이본과 확연하게 구분된다. 다른 이본은 모두 시대적 배경이 '송나라'로 되어 있는데, 박순호A본과 B본은 '명나라 가정 연간'으로 되어 있다. 또한 대부분의 이본은 서두가 김전의 성명과 인품, 탁월한 문장과 재주, 김전의 부친인 운수선생의 내력, 김전이 거북을 구하고 다시 그 거북에게 구원을 받는 대목, 김전이 장회의 딸과 결혼하는 대목 순으로 서술되어 있다. 그런데 박순호A본은 이들 대목이 전혀 나타나지 않은 채 곧바로 김전이 늦도록 자식이 없어 슬퍼하는 대목부터 시작된다. 그러나 박순호A본 역시 서두를 제외하고는 전반적으로 국문 필사본인 한중연A본이나 이대본과 동일한 삽화와 내용으로 구성되어 있다. 다만, 세부적인 내용에서 다른 이본들에 비해 상대적으로 차이를 보이고 있는데, 이는 필사자의 개작 의식이 강하게 작용한 결과로 이해된다. 따라서 박순호A본 역시 궁극적으로는 한중연A본계 선본에서 파생된 것으로 이해하는 것이 온당하다.

박순호D본과 E본은 모두 경판본에서 파생된 이본이다. 박순호D본은 상, 중, 하권으로 나뉘어 있는 경판본의 상권과 중권의 전반부에, E본은 중권 후반부와 하권에 해당하는 내용으로 이루어져 있다. 따라서 두 이본은 별종의 이본이 아니라 한 이본의 상권과 하권에 해당하는 것으로 추정된다. 다만 문제가 되는 것은 박순호D본과 E본 사이에 경판본 240자에 해당하는 대목이 누락된 것인데, 이는 박순호D본의 끝장이나 E본의 첫장이 훼손되어 없어진 결과가 아닌가 한다.

2절에서는 「숙향전」 한문본의 특징과 그 위상을 계열별로 나누어 살펴보았다. 「숙향전」 한문본은 총 12종이며, 이들은 각각 정사본계(6종), 나손A본계(2종), 나손B본계(3종), 국도A본계(1종)로 뚜렷하게 구분된다. 같은 계열에 속하는 이본 사이에는 몇몇 자구나 구절의 출입 외에 내용상 거의 차이가 없다.

정사본계에 속하는 한문본으로는 정사본, 임신본, 국도B본, 만송본, 고대본, 「이태을전」 등이 있는데, 현실적으로 이들의 선후관계를 파악하기는 어렵다. 예컨대 정사본에 누락된 구절이 국도B본에 있는가 하면, 또 국도B본에 누락된 구절이 정사본에 온전하게 삽입되어 있기 때문이다. 이러한 현상은 정사본계열에 속하는 6종의 이본을 각각 상호 비교했을 경우에도 유사하게 나타나는바, 이는 현존하는 6종 외에도 상당수의 정사본계 한문본이 존재했다는 것을 시사한다. 따라서 현존하는 6종만을 대상으로 이들의 선후관계를 논한다는 것은 현실적으로 어려울 뿐만 아니라 성과 역시 기대하기 어렵다고 하겠다.

정사본계 한문본은 현존하는 한문본 중에서 국문본과 가장 흡사한 면모를 지닌 계열로, 전체적인 구성은 물론 세부적인 내용도 국문본과 거의 일치하고 있다. 다만, 국문본이 부분적으로 한문본보다 풍부한 내용으로 이루어져 있으며, 간혹 한문본에는 없는 대목이 국문본에 나타난다는 정도만 다르다. 따라서 국문본과 정사본계 한문본의 관계는 국문본이 정사본계 한문본을 저본으로 삼아 확대·부연하든지, 아니면 정사본계 한문본이 국문본을 저본으로 삼아 이야기의 골격을 중심으로 축약하든지 둘 중의 하나이다. 그런데 정사본계 한문본은 전반적으로 번역투이며, 국문본에는 이상이 없는 구절이나 대목이 정사본계 한문본에는 축약으로 인해 오류나 문제가 발생하고 있는 경우가 간혹 있다. 이러한 점으로 미루어 보아 정사본계 한문본은 국문본을 저본으로 삼아 한역(漢譯)하면서 줄거리 중심으로 축약한 계열임이 분명하다고 하겠다.

나손A본계 한문본으로는 나손A본과 한중연본이 있는데, 이 중 선본(先本)은 나손A본이다. 이는 나손A본에는 문제가 없으나 한중연본에는 전사 과정에서 필사자의 실수로 인해 문맥이 통하지 않는 부분이 더러 있다는 사실을 통해 알 수 있다. 즉 나손A본과 비교해 볼 때 한중연본은 같은 구절을 거듭 필사하여 문제가 된 부분과 불필요한 글자를 삽입하거나 오자로 문맥이 통하지 않는 부분이 더러 있는 것이다.

나손A본계 한문본은 정사본계 한문본에 비해 내용이 비교적 많이 부연·확장되어 있다. 그러나 이야기의 골격에 해당하는 부분의 경우 두 이본은 전반적인 내용은 물론 구체적인 표현마저 일치한다. 따라서 나손A본계 한문본은 정사본계 한문본을 저본으로 삼아 부연·확장한 이본이라고 할 수 있다. 이러한 판단의 근거로는 다음 세 가지를 들 수 있다. 첫째, 국문본과 비교해 볼 때 정사본계에 오류가 있는 대목은 나손A본계에도 정사본계와 같은 오류가 타나나며, 둘째, 정사본계에는 전혀 문제가 없으나 나손A본계에는 잘못 처리된 대목이 더러 있고, 셋째, 일부 대목의 경우 나손A본에서 윤색을 가한 흔적이 뚜렷하게 나타난다는 것이다.

나손B본계에 속하는 이본으로는 나손B본과 구활자본인 한문현토본, 그리고 일역본이 있다. 이들의 선후관계는 분명하다. 한문현토본은 나손B본을 저본으로 삼아 1916년 회동서관에서 현토를 붙여 간행한 것이며, 일역본은 1923년 청수건길(淸水鍵吉)이 한문현토본을 저본으로 삼아 일역한 것이다. 일역본이 한문현토본을 저본으로 삼았다는 것은 나손B본의 경우 저자명이 없으나 한문현토본과 일역본에는 각각 1면에 '紹雲 著'와 '紹雲 李圭瑢 著, 淸水鍵吉 譯'이라는 기록이 있다는 데서 알 수 있다.

나손B본계는 매우 특이한 이본이다. 다른 이본이나 계열의 경우 개별적인 화소를 축약하거나 부연하는 등 구체적인 서술에 있어서 약간의 차이를 보이는 정도인데, 나손B본계는 비현실적인 내용과 삽화들이 아예 삭제되거나 현실적인 사건들로 개작되어 있다. 일례로 숙향이 낙양령에게 문초를 받는 대목을 들 수 있다. 대부분의 이본에는 초월적 존재인 마고할미가 신통력을 발휘하여 사령들이 곤장을 들지 못해 매를 치지 못하는 것으로 서술되어 있는데 나손B본계에는 숙향이 곤장을 맞아 죽을 지경에 이른 것으로 서술되어 있다.

그러나 나손B본은 서두를 비롯하여 '숙향이 부모와 이별하는 장면' 등 몇몇 대목에서 국문본과 흡사한 면모를 보인다. 특히 서두 부분의 경우 정사본계나 나손A본계 한문본에는 김전의 부친인 운수선생에 대한 이야기가 전혀 없다가 중간에 갑자기 '김전의 부친이 운수선생'이라는 이야기가 나와 무리가 발생하고 있는데, 나손B본계에는 국문본처럼 서두에 운수선생에 대한 이야기가 서술되어 있다. 따라서 나손B본은 국문본과 관계가 있다고 보아야 한다.

문제는 선후관계인데, 나손B본은 국문본을 토대로 하되 가능한 한 비현실적인 요소를 배제하는 차원에서 새롭게 개작한 이본이라는 것이 필자의 판단이다. 그 단적인 근거로 이화정 할미의 형상을 들 수 있다. 나손B본에서 이화정 할미는 죽기 전까지 철저하게 현실적인 존재로 형상화되어 있다. 이화정 할미는 숙향이 일부러 병신처럼 행동하는 것을 눈치채지도 못할 뿐만 아니라, 숙향을 만나게 해달라는 이선의 요구를 받고 거절하면 그의 분노를 사게 될까 두려움에 떨기도 한다. 그런데 막상 죽는 순간에는 자신이 숙향을 보호하기 위해 천상에서 내려온 마고할미라고 밝힌다. 그 결과 이화정 할미의 형상이 어그러지거나 모순된 양상을 보이는바, 이는 환상적 · 비현실적인 사건들을 현실적인 것으로 개작하는 과정에서 비롯된 오류라고 할 수 있다. 따라서 나손B본은 국문본을 토대로 새롭게 개작한 이본임이 분명하다고 하겠다.

국도A본은 한문본의 계통 설정과 관련하여 매우 중요한 이본이다. 전반적인 내용이나 사용된 자구 등은 정사본계 한문본과 거의 일치한다. 그런데 일부 대목이 정사본계에 비해 부연되어 있으며, 부연된 대목의 내용이 나손B본에 그대로 삽입되어 있다는 것이 국도A본의 특징이다. 따라서 국도A본은 정사본계 한문본을 저본으로 삼되 나손B본을 참고하여 일정하게 부연한 이본이라고 할 수 있다. 물론 국도A본에서 정사본계 한문본이나 나손B본이 파생되었다고 가정할 수도 있다. 이러한 가정이 성립하려면 정사본계 한문본과 나손B본 간에 같거나 유사한 대목이 빈번하게 나타나야 한다. 그런데 정사본계 한문본과 나손B본은 완전히 다른 계열로 서로 비슷한 구절마저도 찾아볼 수가 없다.

이러한 사실은 정사본계와 나손B본이 국도A본보다 선본이라는 것을 확실하게 보여준다.

3절에서는 이본의 계열별 특징을 중심으로 「숙향전」 이본 전체의 계보를 작성하고, 나아가 「숙향전」 원작과 원작의 표기문자를 추정하였다. 한문본 중 가장 선본(先本)에 해당하는 정사본계 한문본과 나손B본이 모두 국문필사본을 저본으로 삼거나 토대로 하고 있으며, 그 내용은 이대본계열보다는 한중연A본계열에 가깝다. 따라서 「숙향전」의 원작은 국문으로 된 한중연A본계의 선본(先本; 추정본)이라는 것이 필자의 판단이다. 「숙향전」 원작의 표기문자가 국문이었다는 것은 권섭의 『유행록 삼』(1731년)에 '諺書淑香傳'으로 기록되어 있다는 데서도 어느 정도 확인할 수 있었다.

III장 1절에서는 「숙향전」의 창작 시기와 작품 유형을 논의하였다. 지금까지 「숙향전」의 창작 시기는 대략 17세기 말에서 18세기 초로 추정되었으며, 그 근거는 유진한이 1754년에 지은 「만화본 춘향가」이다. 그런데 이보다 앞선 기록으로 김수장의 『해동가요』에 실려 있는 사설시조와 권섭의 『유행록 삼』이 있다. 정병욱에 의하면 『해동가요』가 완성된 것은 1755년이지만, 『해동가요』에 수록된 자료의 수집은 1746년경에 상당히 진전된 상태였다고 한다. 그런데 『해동가요』에 「숙향전」의 내용을 제재로 삼은 사설시조가 한 수 실려 있다. 또한 권섭의 『유행록』에는 1731년에 동래 왜관에서 본인이 직접 '諺書淑香傳'을 보았다는 기록이 있다. 따라서 「숙향전」은 적어도 1731년 이전에 이미 존재했다는 것을 분명하게 알 수 있다.

그러면 「숙향전」의 창작 시기는 언제까지 소급될 수 있는가. 현재 이와 관련된 구체적인 근거를 제시하기는 어렵다. 그러나 다음과 같은 정황을 고려할 때 「숙향전」의 창작 시기는 17세기 말경으로 보는 것이 적절할 듯하다. 첫째, 「숙향전」이 중세적 신분질서의 동요 등 17세기 후반 이후의 사회적 현상을 비교적 사실적으로 반영하고 있다는 점, 둘째, 여부인의 형상이 「창선감의록」의 성부인이나 「사씨남정기」의 두 부인과 유사하다는 점, 셋째, "우리 황제도 션후를 폐ᄒᆞ고 후궁으로 원비를 솜아거든"이라는 구절이 기사환국(1689년)을 반영했을 가능성이 있다는 점 등이다. 17세기 말은 17세기 전반까지 활발하게 창작되었던 전기소설(傳奇小說)이 소명을 다하고, 국문 장편소설이 본격적으로 대두한 시기이다. 「구운몽」, 「사씨남정기」, 「창선감의록」, 「소현성록」 등이 그것이다. 「숙향전」도 바로 이 시기에 산출되었다는 것이 필자의 판단이다.

「숙향전」의 작품 유형에 대해서 애정소설과 영웅소설이라는 두 가지 견해가 있다. 「숙향전」은 매 사건이 여주인공 숙향의 인생역정과 연관되어 있다. 이런 점에서 「숙향전」은 숙향의 일대기라고 규정할 수 있는데, 여기에 주목한 연구자는 「숙향전」을 영웅소설로 간주한다. 그러나 일대기라는 형식을 취하고 있는 모든 작품을 영웅소설이라고 일컫는다면 영웅소설의 개념이 모호할 수밖에 없다. 「숙향전」은 비록 일대기라는 형식을 취하고 있지만 영웅소설보다는 애정소설에 가깝다고 할 수 있다. 대부분의 영웅소설은 남녀 주인공의 결합과 애정이 부귀공명이라는 주인공의 최종 지향가치에 종속된다. 그런데 「숙향전」의 경우는 남녀 주인공의 만남과 결합, 그리고 이들의 결합으로 야기된 갈등과 그 해결 과정이 핵심적인 사건으로 설정되어 있다. 다시 말해서 「숙향전」에서는 입공담이 그 자체나 또는 부귀영화에 목적이 있는 것이 아니라 남녀 주인공의 애정을 실현하거나 그 애정을 온전히 지키기 위한 수단으로 작용한다는 것이다. 따라서 「숙향전」은 영웅소설보다는 애정소설로 이해하는 것이 온당하다고 하겠다.

2절에서는 먼저 여주인공 숙향의 인생역정이라고 할 수 있는 사건의 전개 양상을 구체적으로 분석함으로써 「숙향전」의 현실적 성격을 밝히고, 이를 기반으로 애정갈등의 양상과 사회적 의미를 고찰하였다. 이원론적 세계관에 기반하고 있는 고소설은 대부분 천상계와 지상계가 엄격히 분리되어 있다. 그런데 「숙향전」에는 천상계와 지상계가 동일한 선상에서 서술되거나 겹쳐 나타난다. 이로 인해 「숙향전」은 '몽환적 비현실적 부분을 제외한다면 나머지가 없을 것'이라는 등 비현실적인 작품으로 이해되어왔다. 그러나 경험적인 영역에서의 일상적인 삶이 초경험적인 영역과 바로 연결되어 있는 「숙향전」의 서술방식은 주인공 숙향의 현실적 성격과 밀접하게 관련되어 있다. 숙향은 천상에서 적강한 인물이면서도 영웅적 능력이 부재하기 때문에 위기를 스스로 극복할 수 없다. 이로 인해 숙향이 위기에 처할 때마다 신령들이 직접 지상계에 나타나 숙향을 구하게 되고, 그 결과 「숙향전」은 '천상계와 지상계의 미분리'라는 독특한 상황이 연출되었다고 할 수 있다. 요컨대, 영웅적 능력의 부재라는 숙향의 현실적 성격이 환상성과 비현실성을 초래한 본질적 요인이라고 하겠다. 따라서 「숙향전」에 대한 연구는 서술방식 자체보다는 주인공 숙향의 현실적 성격과 고난에 초점을 맞출 필요가 있다.

「숙향전」의 현실적 성격은 사건의 전개 과정에서 극명하게 드러난다. 여주인공 숙향의 '고난의 여정'이라고 할 수 있는 사건 전개는 숙향이 '전쟁고아'에서 '남의 집 시녀'로, '남의 집 시녀'에서 다시 '술집 기녀'로 전락하는 과정을 여실히 보여주고 있다. 또 이 과정에서 벌어지는 사건 하나하나는 현실적 개연성이 농후하며, 조선 후기의 세태를 매우 사실적으로 반영하고 있기도 하다. 특히 이들 사건이 모두 숙향의 현실적 처지와 밀접한 관련 속에서 일관되게 전개되고 있다는 사실은 「숙향전」의 현실적 성격을 입증하는데 부족함이 다고 생각한다.

「숙향전」의 핵심적인 내용은 숙향과 이선의 만남 및 결연이며, 이들의 결연으로 야기되는 숙향 · 이선과 이상서의 대립이 「숙향전」의 가장 핵심적인 갈등으로 설정되어 있다. 술집에 기거하는 비천한 존재인 숙향과 양반사대부가의 귀공자인 이선의 대등한 결합은 본인들이 의도했건 의도하지 않았건 필연적으로 중세적 신분질서를 부정하는 결과를 초래하게 된다. 이상서가 굳이 숙향을 죽임으로써 문제를 해결하고자 했던 까닭도 바로 여기에 있다.

한편, 숙향과 이선의 결연과 이상서의 횡포의 배경에는 17세기 후반 이후에 대두한 중세적 신분관계의 동요라는 사회적 현상이 가로놓여 있다. 숙향과 이선은 현격한 신분 차이와 이로 인한 부모의 반발을 예상하면서도 서로 대등한 결합을 추구한다. 그러면서도 숙향과 이선은 이상서의 반대와 횡포에 대해 적극적으로 저항하지 못한다. 즉 중세적 가부장제와 신분관계의 질곡에 적극적으로 저항하지 못하면서도, 한편으로는 대등한 관계 속에서 자신들의 애정을 실현코자 했던 숙향과 이선의 행위는 중세적 신분관계의 동요라는 사회적 현상에 일정 정도 힘입은 결과라고 할 수 있다. 숙향과 이선의 결연에 대한 책임이 숙향보다는 이선에게, 나아가 이들의 결연을 주선한 누이 여부인에게 있음에도 불구하고 이상서가 굳이 숙향을 죽이려고 했던 것 역시 17세기 후반 이후 중세적 신분관계의 동요에 따른 지배층의 위기의식에서 비롯된 것으로 보인다. 이는 숙향과 이선의 결연 이야기가 조정에까지 비화되었다는 이상서의 언급에서도 확인된다.

3절에서는 도선적 결구의 작품내적 기능과 함께 낭만적 구성의 의의와 한계를 살펴보았다. 「숙향전」에서 도선적 결구는 기본적으로 숙향의 현실적 처지와 신분을 미화하고, 나아가 숙향과 이선의 만남을 '천정연분'으로 이끌어감으로써 신분이 다른 두 사람의 대등한 결연을 합리화하기 위한 것이라고 할 수 있다. 중세적 신분관계의 질곡이 엄연히 존재했던 조선 후기에 술집에 기거하는 숙향과 양반사대부가의 귀공자인 이선의 결연은 개인적으로나 사회적으로 용납되기 어려웠다. 이로 인해 숙향과 이선의 대등한 결연을 합리화하기 위해서는 부득이 도선적 요소와 결부시킬 수밖에 없다. 특히 이들의 결연은 당시 지배층이 민감하게 반응할 수밖에 없는 중세적 신분관계의 동요라는 사회적 현상을 반영하고 있으며, 또 그 양상의 하나로 인식될 수밖에 없었기 때문에 도선적 결구를 통한 합리화가 더욱 절실했던 것으로 이해된다. 「숙향전」이 유달리 도선적 요소가 농후하게 된 것도 이러한 현실과 관련되어 있다. 신분이 다른 숙향과 이선의 대등한 결연은 중세적 신분관계의 부정이라는 의미를 함축하고 있으며, 당시 지배층의 이해와 첨예하게 대립할 수밖에 없는 사건이다. 요컨대, 「숙향전」은 그 제재와 주제가 현실의 민감한 문제와 관련되어 있고, 그것이 강한 현실적 성격과 의미를 내포하게 됨으로써 더욱더 도선적 요소가 강화된 작품이라고 하겠다. 이런 점에서 「숙향전」의 도선적 결구는 중세적 신분관계의 질곡을 초월적인 힘에 의지해 극복해보려는 민중적 낙관주의의 한 표현방식이라고 할 수 있다.

「숙향전」은 신분이 다른 남녀 주인공의 대등한 결연, 그리고 이들의 결연으로 야기된 갈등을 통해 중세적 신분관계의 모순과 질곡을 매우 구체적으로 형상화하고 있다. 이러한 형상화가 가능했던 것은 여주인공 숙향을 양반인 김전의 딸로 설정한 일대기적 구성과 긴밀하게 관련되어 있다. 「숙향전」은 숙향이 '양반의 딸로 태어남 → 전란으로 부모를 잃고 유리걸식하다가 장승상댁에 정착 → 사향의 모함으로 장승상댁에서 쫓겨난 후 다시 술집 이화정에 정착 → 이화정에서 이선을 만나 결연'하는 과정을 일대기적인 구성에 따라 순차적으로 서사하고 있다. 그 결과 한편으로는 숙향과 이선의 대등한 결연이 함축하고 있는 문제의 심각성을 일정하게 희석하고, 다른 한편으로는 이들의 신분 차이를 서술의 초점으로 삼아 중세적 신분관계의 모순과 질곡을 구체적으로 형상화할 수 있었다. 따라서 「숙향전」의 일대기적 구성은 다른 계급과의 통혼을 금지했던 역사적 단계에서 현격한 신분 차이를 극복하고 대등한 결연을 실현하기 위한 낭만적 해결방식의 하나였다고 하겠다.

4절에서는 「숙향전」의 사상적 기반인 숙명론적 세계관과 도덕주의를 중심으로 논의를 전개하였다. 「숙향전」은 철저하게 숙명론적 세계관을 작품의 사상적 기반으로 삼고 있는데, 이는 종종 중세적 제 모순으로 야기된 민중들의 현실적 고통을 왜곡시키기 위한 지배계급의 유교적 천명사상과 같은 맥락에서 이해되곤 했다. 그러나 「숙향전」에서 숙명론 세계관의 핵심 사항은 천정연분이며, 이 천정연분은 당시 지배층의 성리학적 이념과 제도에 위배되는 청춘남녀의 자유스러운 만남과 애정을 실현하기 위한 명분으로 작용하고 있다. 따라서 「숙향전」의 숙명론적 세계관은 중세적 지배체제의 이념적 기반이었던 성리학적 천명사상과는 분명 다르며, 도리어 그것을 부정하기 위한 관념으로 이해해야 한다. 또한 이러한 숙명론은 당시 지배계급을 형성하고 있었던 대다수의 식자층 역시 운명론적 사유에서 벗어나지 못하고 있었기 때문에 중세적 이념과 제도를 지양하거나 부정하는 실질적인 힘과 저항적 기제가 될 수 있었다고 보아야 한다.

「숙향전」은 전반적으로 '施恩에 대한 報恩'으로 대변되는 도덕적 지향을 철저하게 구현하고 있다. 흔히 고소설에서 도덕적 모토는 성리학적 도덕 이념과 같은 범주로 이해되었다. 그러나 모든 도덕적 지향이 지배층의 이념과 이해관계를 대변하는 것은 아니다. 「숙향전」에서 '시은에 대한 보은'은 '남을 도와주면 반드시 보답을 받는다'는 것과 '은혜를 입으면 반드시 보답하라'는 두 측면을 동시에 함유하고 있다. 이러한 도덕적 모토는 권선징악이나 인과응보처럼 소박한 차원의 것으로, 중세적 이념과 체제를 유지하기 위한 지배층의 관념과는 다르다. 특히 「숙향전」의 도덕주의적 지향은 남녀차별과 가장의 절대적 권위보다 우선한다는 점에서 더욱 그렇다. 「숙향전」에서는 작가의 철저한 도덕주의가 남녀차별과 가부장적 권위를 부정하는 역할을 수행하고 있는 것이다. 이런 점에서 「숙향전」에 표방된 소박한 도덕주의는 지배층의 성리학적 도덕관념과는 분명하게 다른, 진리와 정의에 의해서 최후에는 '善'이 승리한다는 민중지향적 의식의 한 반영태로 이해되어야 할 것이다.

IV장에서는 II장과 III장에서 논의된 결과를 토대로 「운영전」·「춘향전」과 비교하는 측면에서 신분갈등형 애정소설로서의 「숙향전」』의 소설사적 위상을 검토하였다. 「운영전」과 「춘향전」은 「숙향전」과 마찬가지로 신분이 다른 두 남녀 주인공의 만남과 애정을 기본적인 제재로 삼고 있다. 그러나 애정갈등을 중심으로 한 서술의 초점은 다소 양상을 달리한다. 「숙향전」은 신분이 다른 남녀 주인공의 만남과 결연 자체에 서술의 초점이 맞추어져 있다. 그런데 「운영전」은 남녀 주인공의 신분 차이에 따른 갈등보다는 인간다운 삶 및 인간의 성정을 억압하는 중세적 권위와 성리학적 이념에, 「춘향전」은 기생이면서도 기생이기를 거부하는 여주인공의 의지와 행동에 서술의 초점이 맞추어져 있다. 이러한 차이로 인해 「숙향전」은 「운영전」과 「춘향전」보다 중세적 신분관계의 질곡을 더욱 직접적이면서도 구체적으로 반영 · 형상화하는 성과를 거두었다고 할 수 있다. 물론 이러한 성과를 작품의 질적 수준과 곧바로 연결할 수는 없다. 그러나 중세적 신분관계의 질곡과 관련하여 「숙향전」이 제기하고 있는 문제는 고소설사에서 새롭게 조명되어야 할 것이다.

이상의 논의는 「숙향전」을 비현실적인 작품으로만 치부했던 기존의 이해를 불식하면서 「숙향전」의 현실적 성격과 의미를 새롭게 드러내려는 목적에 따라 이루어졌다. 이로 인해 「숙향전」의 환상성과 낭만성에 대한 논의가 다소 단선적으로 이루어진 감이 없지 않다. 또한 고소설사에서 「숙향전」의 의의를 종합적으로 고찰하지 못한 측면도 없지 않다. 그러나 「숙향전」에 대한 연구가 전반적으로 미흡한 단계에서 이 연구를 통해 이본의 전파과정이나 창작 시기 등 지금까지 막연하게 거론되었던 몇 가지 문제가 더욱 분명하게 밝혀졌으며, 「숙향전」의 문제적 성격과 의의도 일정하게 드러났다고 생각한다. 이 연구를 계기로 「숙향전」에 대한 연구가 더욱 활발하게 개진되기를 기대한다.

부록

Ⅰ. 「숙향전」의 연구 현황과 과제

1. 머리말

「숙향전」은 고소설 가운데 가장 널리 애독되었던 작품 가운데 하나이다. 이는 현존하는 많은 이본들을 통해서도 알 수 있지만[1], 다른 문헌의 기록을 통해서도 어느 정도 짐작할 수 있다. 조수삼은 당대 전기수가 낭독했던 작품들 가운데 「숙향전」을 가장 먼저 언급하고 있으며, 「배비장전」에는 배비장이 「삼국지」 「수호지」 「구운몽」 「서유기」를 제치고 「숙향전」만을 골라 읽는 대목이 나온다. 또 판소리계 소설인 「춘향전」 「심청전」 「흥부전」은 물론 가면극인 「봉산탈춤」에도 「숙향전」과 관련한 내용이 삽입되어 있다. 이러한 사실은 「숙향전」이 조선 후기에 상당히 널리 읽혔음을 방증하기에 부족함이 없다.

그러나 오늘날 「숙향전」에 대한 연구자들의 관심은 이 작품이 조선

---

1) 현재까지 알려진 「숙향전」의 이본은 총 56종이다. 이들 이본에 대해서는 필자의 「숙향전의 문헌적 계보와 현실적 성격」(고려대 박사논문, 1994)와 차충환의 『숙향전 연구』(월인, 1999)를 참조하기 바람.

후기에 애독되었던 것에 비해 상대적으로 매우 낮은 편이다. 필자가 조사한 바에 의하면, 현재까지 「숙향전」만을 대상으로 삼아 연구한 논저는 박사학위논문 2편과 저서 1권을 포함하여 총 26편에 불과하기 때문이다. 물론 이 가운데는 「숙향전」의 작품성과 특징 등을 심도 있게 고찰한 성과들이 적지 않기 때문에 연구 논저의 편수만으로 연구성과를 재단할 일은 아니다. 그러나 연구 논저가 적다는 것은 그간 「숙향전」이 연구자들에게 특별히 주목받지 못했다는 것을 단적으로 보여준 것이라고 하겠다. 이러한 사정이 「숙향전」의 소설적 성취도가 낮은 데서 비롯된 결과라면 애초부터 거론할 필요도 없을 것이다. 그러나 「숙향전」은 조선 후기에 널리 애독되었을 뿐만 아니라 고소설의 백미라고 평가받고 있는 「춘향전」과도 밀접하게 관련을 맺고 있는 작품이다. 따라서 소설사적인 측면만 고려하더라도 「숙향전」은 간과되어서는 안 될 작품이다.

그럼에도 불구하고 그간 「숙향전」에 대한 연구자들의 관심이 소홀했던 것은 다음과 같은 2가지 요인이 크게 작용했기 때문이라고 생각한다. 첫째, 고소설 연구의 토대를 마련했던 김태준의 잘못된 편견이다. 김태준은 『조선소설사』에서 "대저 淑香傳에서 이와 같은 夢幻的 非現實的 部分을 除外한다면 아무것도 나머지가 없을 것"[2]이라는 견해를 피력했는데, 이러한 시각이 후대의 연구자들에게 암암리에 영향을 미쳤다. 둘째, 「숙향전」의 창작연대가 막연했다는 점이다. 「숙향전」의 창작 시기에 대한 논의는 임진왜란 직전인 16세기에서부터 영·정조대인 18세기에 이르기까지 폭넓게 거론되어 왔다. 이로 인해 많은 연구자들이 「숙향전」을 어느 시기에서 다뤄야 할지 몰라 아예 이 작품 자체

2) 김태준, 『조선소설사』, 학예사, 217~218쪽.

를 거론하는 것마저 기피하는 경향이 있었다. 게다가 「숙향전」은 독특한 성격으로 인해 유형 설정마저 쉽지 않은 난점까지 내포하고 있었다.

그러나 근래 「숙향전」의 창작 시기가 비교적 구체적으로 확인되면서 부쩍 연구자들의 관심이 확산되고 있는데, 이는 매우 바람직한 일이다. 여기에서는 그간의 연구성과를 창작 시기와 이본 연구, 그리고 작품론으로 범주화하여 검토하고, 아울러 앞으로의 전망과 과제를 개략적으로 제시하고자 한다.

2. 창작 시기

「숙향전」의 창작 시기를 처음 거론한 연구자는 김태준이다. 그는 『상서기문(象胥記聞)』의 기록을 토대로 「숙향전」의 창작 시기를 영정시대(英正時代)까지 소급할 수 있을 것이라고 추정하였다.[3] 이러한 추정은 만화본(晩華本) 「춘향가」의 창작 시기가 영조 30년(1754)로 밝혀지면서 어느 정도 타당성이 인정되었다.[4] 즉 만화본 「춘향가」에는 '二仙瑤池淑香是'라는 구절이 삽입되어 있는데, 이로 인해 「숙향전」은 적어도 18세기 중엽 이전에 존재했다는 사실이 확인된 것이다.

김태준에 이어 「숙향전」의 창작 시기에 대해 심혈을 기울인 연구자는 이위응이다. 그는 임란유민(壬亂遺民)의 후손인 심씨가(沈氏家)에서 「숙향전」의 한 이본(沈氏本)을 발견하고, 심씨본과 17세기 일반문헌에 나타난 음운현상을 일일이 비교하여 심씨본의 필사연대를 17세기로 추정하였다. 나아가 그는 심씨의 조상이 임란유민이라는 점에 착안하

3) 김태준, 앞의 책, 216쪽.
4) 김동욱, 『증보 춘향전연구』, 연세대학교출판부, 1975, 165쪽.

여 「숙향전」의 실제 창작연대는 임란 이전인 16세기까지 소급할 수 있다는 견해를 제시하였다. 심씨본 「숙향전」은 심씨의 조상이 임란 때 피납 당시 소지하고 갔을 가능성이 크다는 것이다.[5)]

이러한 이위응의 견해는 조희웅과 필자에 의해 부정되었다. 조희웅은 이위응의 주장에 대해 구전의 신빙성 여부, 어휘의 고태(古態)로 작품의 연대를 추정하는 것의 위험성, 이용한 자료의 제한성, 통계 처리의 오용 및 남용이라는 방법적 오류 등의 문제점을 지적한 후, 『추재집』·『상서기문』·만화본 「춘향가」의 기록을 근거로 「숙향전」의 형성연대를 17세기 말이나 18세기 초일 것이라고 추정하였다.[6)]

필자는 권섭(權燮, 1671~1759)의 『남행일록(南行一錄)』을 통해 국문으로 된 「숙향전」이 1731년에 분명하게 존재했음을 확인하는 한편, 심씨본의 모본(母本)은 권섭이 보았던 「숙향전」일 가능성을 제시하였다. 권섭이 당시 동래 왜관에서 만난 「숙향전」의 소유자는 임란 유민의 후손으로 조선말을 배우기 위해 「숙향전」을 보관하고 있었으며, 권섭에게 '이 성을 탈출하여 조선인이 되지 못한 것이 한스럽다(恨不踰此城而爲朝鮮人)'라고 말한 점을 근거로 들었다. 나아가 필자는 「숙향전」에 반영된 봉건적 신분관계의 동요, 여부인의 성격이 「창선감의록」의 성부인이나 「사씨남정기」의 두부인과 유사하다는 점, 그리고 "우리 황제도 션후를 폐ᄒᆞ고 후궁으로 원비를 솜아건든"이라는 이대본 「숙향전」의 구절을 들어 「숙향전」의 창작 시기를 17세기 말 이전까지 소급하기 어렵다는 견해를 제시하였다.[7)] 이들 가운데 이대본의 구절을 근거로

5) 이위응, 「숙향전 연구 — 그 필사 및 창작연대 추정을 위한 음운학적 분석을 주로 —」, 『부산대개교20주년기념논문집』, 1960.

6) 조희웅, 「국문본 고전소설 형성연대 고구」, 『국민대논문집』, 1978.

7) 이상구, 앞 논문.

제시한 것은, 조선의 숙종뿐만 아니라 중국의 황제들 가운데도 후궁을 원비로 삼은 사례가 더러 있다는 점에서, 다소 문제가 될 수 있다. 그러나 나머지 두 근거는 여전히 유효하며, 안동준 역시 필자에 앞서 17세기 말의 사회 상황과 「숙향전」의 내용이 상통한 점을 지적한 바 있다.[8)]

한편, 조희웅은 최근 일본 자료를 통해 「숙향전」이 1703년에 존재했다는 사실을 밝혔다. 그는 일본 유학자인 우삼방주(雨森芳洲)가 36세 때 조선에서 「숙향전」으로 조선어를 공부했다는 기록을 발견했는데, 이때가 1703년이었던 것이다.[9)] 이로써 「숙향전」은 적어도 18세기 초인 1703년 이전에 존재했었다는 사실이 분명하게 드러났다.

그러나 여전히 「숙향전」의 창작 시기를 언제까지 소급할 수 있는가의 문제는 과제로 남아있는데, 이 문제는 「숙향전」의 작자가 밝혀지지 않는 한 사실상 해결이 불가능하다. 따라서 현시점에서는 안동준이나 필자가 제시한 주변적 정황에 근거하여 「숙향전」이 「창선감의록」이나 「사씨남정기」와 유사한 시기에 창작되었다고 보는 것이 옳을 듯하다.

3. 이본 연구

「숙향전」의 이본 연구는 김응환에 의해 시작되었다. 그는 「숙향전」의 이본을 크게 한문판본, 한문필사본, 국문본의 세 계열로 나누고, 도

---

8) 안동준, 「적강형 애정소설의 형성과 변모」, 정신문화연구원 부속대학원 석사논문, 1987.

9) 조희웅 · 松原孝俊, 「숙향전 형성연대 재고－일본측 자료를 중심으로」, 『고전문학연구』 12, 한국고전문학회, 1997. 조희웅은 雨森芳洲가 「숙향전」으로 조선어를 공부한 것이 35세 때인 1702년으로 보았다. 그러나 차충환이 『숙향전 연구』(월인, 1999)에서 지적했듯이, 이는 36세 때인 1703년이다.

교적인 요소의 많고 적음을 기준으로 '한문판본 → 한문필사본 → 국문본'으로 발전했다고 주장하였다.[10] 그러나 후대로 올수록 도교적인 요소가 강화되었다는 것은 아무런 근거가 없다. 실제로 그가 가장 선본(先本)이라고 주장한 한문판본은 국문본을 토대로 하되 비현실적인 요소를 상당히 제거하여 새롭게 개작한 후대본이기 때문이다.

김응환에 이어 구충회는 13종의 이본을 대상으로 각 이본의 내용과 음운의 변모 양상을 비교하여 만송본(晩松本)은 경판본(京板本) 계열이며, 이대본(梨大本)은 심씨본(沈氏本) 계열임을 밝혔다.[11] 그의 연구는 이본의 수가 한정되고 또 한문본과 국문본의 관계에 대해 전혀 거론하지 않았다는 문제점이 있다. 그러나 이 연구는 처음 시도된 본격적인 이본고였다는 점, 한정된 이본 내에서나마 그들의 관계를 정확하게 제시했다는 점에서 평가받을 만하다.

나도창은 경판본, 만송본, 심씨본, 이대본, 한중연A본(韓中硏A本)을 대상으로 각 이본의 음운현상을 비교하였다. 그 결과 한중연A본이 경판본이나 심씨본보다는 후대본이나 만송본과 이대본보다 선본(先本)이며, 이대본과 함께 심씨본 계열이라고 추정하였다.[12] 이 연구는 「숙향전」의 선본(善本) 가운데 하나인 한중연A본을 발굴한 성과는 인정할 만하다. 그러나 본격적인 이본고라고 보기 어렵고, 또 이본의 선후관계를 추정할 때 오로지 음운의 차이만을 고려했다는 문제점이 있다. 필사연기가 분명치 않은 이본의 선후관계를 따질 때 음운현상에 주목하는 것은 부득이하다. 그러나 시기적으로 현격한 차이가 나지 않는 한 음운

---

10) 김응환, 「숙향전의 도교사상적 고찰」, 한양대 석사논문, 1983.
11) 구충회, 「숙향전 이본고」, 고려대 교육대학원 석사논문, 1983.
12) 나도창, 「숙향전 연구」, 숭전대 석사논문, 1984.

현상이나 표기법만으로 선후관계를 판정한다는 것은 거의 불가능한 일이다.

필자는 국문본 22종, 한문본 10종, 한문현토본 1종, 일역본 1종 등 총 34종의 이본을 수집하여 각각의 서지적 사항을 검토한 후, 주요 이본을 대상으로 각 이본의 특징과 위상, 전파과정과 계통을 상세하게 고찰하였다. 그 결과 현전하는 「숙향전」 이본 가운데 원본적 요소를 가장 온전하게 갖춘 이본은 한중연A본이며, 한중연A본계의 선본(先本; 추정본)에서 여러 이본들이 파생되어 나왔다는 견해를 제시하였다. 나아가 필자는 국문본과 한문본을 면밀하게 대비하여 현존하는 한문본은 모두 국문본에서 파생된 것임을 분명하게 밝혔다.

필자의 연구 이후로 일본 등 해외에 소장되어 있는 「숙향전」 이본들이 새롭게 발굴되었으며, 이에 대한 고찰은 이종길, 조희웅에 의해 이루어졌다. 이종길은 이상택이 하버드대 연경도서관(燕京圖書館)에서 수집한 이본(연경본)을 이대본과 비교한 후, 연경본이 가장 선본(善本)이라는 견해를 제시하였다.[13] 그러나 연경본은 후대에 추가로 서술된 내용이 많은 뿐만 아니라 「숙향전」의 일반적 내용과도 다소 거리가 있다는 점에서 이종길의 견해는 수용하기 어렵다. 조희웅은 일본에 새로운 이본 5종(京都大本, 阿川文庫本, 小倉文庫本, 東洋文庫本, 沈氏B本)이 있다는 사실을 밝히고, 이 가운데 경도대본과 심씨B본과의 관련성, 심씨B본과 심씨A본 및 이대본과의 관계 등을 비교 · 검토하였다. 그 결과 심씨B본과 경도대본이 동계인 이대본보다 선본(先本)이라고 추정하였다.[14]

---

13) 이종길, 「숙향전 연구」, 부산외국어대 석사논문, 1995.
14) 조희웅 외, 앞 논문.

차충환은 필자의 연구에 이어 이본고를 치밀하게 개진하였다. 그는 필자의 연구 이후에 새롭게 발굴된 이본 등 총 56종의 「숙향전」 이본 가운데 41종을 검토하여 주요 이본 5종(심씨B본, 이대본, 정문연A본, 김광순B본, 경판본)을 선정하고, 각 이본의 공통단락을 순차적으로 나열하면서 상호 대비를 통해 주요 이본의 특징, 이본 간의 친연성과 선본(善本) 여부 등을 검토하였다. 나아가 그는 주요 이본의 검토 결과를 준거로 나머지 주요 이본 10종의 특징을 고찰하여 각 이본의 계열을 설정하고, 이를 바탕으로 「숙향전」 국문본의 전체 계열과 계통을 체계화하였다.[15] 이러한 차충환의 연구는 국문본만을 대상으로 삼은 한계를 내포하고 있다. 그러나 필자가 미처 검토하지 못한 이본들을 두루 수집하여 면밀하게 비교 · 분석하였을 뿐만 아니라, 그가 설정한 국문본의 계열과 계통은 상당히 정치한 것으로 판단된다. 다만, 심씨B본이나 이대본이 한중연A본보다 원본 형태에 가깝다는 것과 주요 이본의 상호 관계의 문제에 있어서 필자와 미세한 견해 차이를 보이고 있는데, 이에 대해서는 좀 더 신중한 검토가 필요할 듯하다.

이상에서 개괄적으로 살펴보았듯이, 현존하는 「숙향전」 이본들의 각 계열과 그 계통, 그리고 선본(善本)에 해당하는 이본들은 필자와 차충환의 종합적인 검토를 통해 어느 정도 드러났다고 할 수 있다. 그러나 현존하는 이본은 조선 후기에 실제로 유포되었던 이본의 극히 일부분에 불과하다. 이는 가상적인 선본(先本)을 전제하지 않고는 각 이본의 계열과 계통을 설정하는 것 자체가 쉽지 않다는 점, 같은 계열 내에서도 중간단계의 가상 이본을 전제하지 않고서는 그 변화과정을 추적하기 어렵다는 점 등을 통해서도 알 수 있다. 따라서 새로운 이본이 발

15) 차충환, 앞의 책.

견되어야만 더욱 정치한 계열과 계통 설정이 가능하리라 생각한다.

4. 작품론

「숙향전」의 작품론은 김태준이 '조선사람의 도불혼용한 정신생활을 거의 전부 들어내고 있는'[16] 작품으로 규정한 이래, 이상택, 조동일, 성현경에 의해서 대체적인 연구 방향이 설정되었다. 이상택은 「숙향전」의 비현실적인 측면에 주목하여 '신성소설의 대표이자 천명의 엄숙성을 소설적으로 시현해 보여주는 작품'[17]으로, 조동일은 현실적인 측면인 숙향과 이상서의 대결에 주목하여 '여성의 입장에서 애정을 절대적인 것으로 삼은 작품'[18]으로, 성현경은 '적강소설의 원형으로서 현실주의적 요소와 이상주의적 요소를 함께 아우르고 있는 작품'[19]으로 이해하였는데, 이들의 시각은 상호 길항관계를 형성하면서 이후의 연구자들에 지속적인 영향을 미쳤다.

그러나 이들의 논의는 고소설사 전반을 거론하는 가운데 이루어진 것이며, 「숙향전」만을 대상으로 처음 연구를 진행한 사람은 장홍재이다. 그는 「숙향전」에 나타난 거북의 보은설화를 중심으로 「숙향전」의 형성과정을 고찰하였다.[20] 이 연구는 처음으로 「숙향전」의 근원설화

16) 김태준, 앞의 책, 217쪽.

17) 이상택, 「고대소설의 세속화과정 시론」, 『고전문학연구』 1, 한국고전문학연구회, 1971.

18) 조동일, 『한국소설의 이론』, 지식산업사, 1977, 352쪽.

19) 성현경, 「적강소설연구」, 『한국소설의 구조와 실상』, 영남대출판부, 1981, 99쪽.

20) 장홍재, 「숙향전에 나타난 거북(=龍)의 보은사상」, 『국어국문학』 55~57합집, 1972.

를 고찰한 의의가 인정된다. 그러나 보은설화는 「숙향전」의 여러 화소 가운데 하나이기 때문에 이것만으로 「숙향전」의 형성과정을 설명한다는 것은 근본적으로 한계를 지닐 수밖에 없다.

장홍재의 연구에 이어 1980년대 초반에 2편의 석사논문이 제출되었다. 김응환은 「숙향전」에 나타난 도교사상을 중심으로 작품을 분석하였으며,[21] 나도창은 염정소설로서의 「숙향전」의 위치와 문학성을 고찰하였다.[22] 그러나 이들의 논의는 '숙향전은 도교적 우주관을 중심으로 신선사상, 은일사상, 취락사상 등이 주류를 이룬다'거나 '도선사상이 플롯전개에 따른 사건 전체의 배경을 이루고 있다'는 등 「숙향전」의 외형적 특징을 단순하게 지적하는데 머무르고 말았다.

이런 점에서 「숙향전」에 대한 본격적인 연구는 1980년대 중반 서연희와 정종대에 의해 시작되었다고 할 수 있다. 서연희는 「숙향전」을 여성영웅의 일생형이 남녀이합형으로 변모되는 과도기적 작품이라고 전제하고, 「숙향전」의 구조적 특징과 주제의식을 다각도로 분석하였다.[23] 서연희의 전제는 「숙향전」이 국문소설 가운데는 매우 이른 시기인 17세기 말에 나온 것이기 때문에 분명히 문제가 있다. 그러나 이 연구는 「숙향전」의 세계관이나 주제의식과 관련하여 몇 가지 중요한 사항들을 날카롭게 제시하였다. 특히 '신성소설에서의 이원론은 민중 독자에게 하나의 방편으로서만 전달된 것이 아니고 의식 내부에 형성되어 가는 자아수호의 의지를 우회적으로 드러내는 방도로서도 기능했다'는 결론적인 지적은 「숙향전」은 물론 우리나라 고소설을 이해하는

21) 김응환, 「숙향전의 도교사상적 고찰」, 한양대 석사논문, 1983.
22) 나도창, 「숙향전 연구」, 숭전대 석사논문, 1984.
23) 서연희, 「숙향전의 서사구조와 의미」, 『서강어문』 5, 서강어문학회, 1986.

데 중요한 단서를 제공하였다. 정종대는 「숙향전」을 도선사상과 관련지어 이해하려는 기존연구의 한계를 지적하고, 「숙향전」의 갈등구조를 중심으로 논의를 전개하였다. 즉 그는 「숙향전」의 기본 골격을 남녀간의 애정과 유교적 윤리의 갈등, 하층민과 상층민의 결합에서 생기는 신분적 갈등, 초현실적 세계의 질서와 현실적 논리의 갈등으로 파악하고, 「숙향전」은 이러한 갈등구조를 통하여 유교적 윤리와 신분적 제약 등 남녀의 자유로운 애정을 억압하는 현실적 논리를 초현실적 논리를 내세워 부정한 작품이라고 결론지었다.[24] 이러한 두 사람의 연구는 「숙향전」에 나타난 초현실계의 성격이나 의미를 이해하는데 중요한 단서를 제공하고 있음에도 불구하고 이후의 연구자들에게 별로 주목을 받지 못했다.

1990년대에 이르러 「숙향전」에 대한 연구는 아연 활기를 띠기 시작하였다. 양혜란은 「숙향전」에 나타난 시간의 문제를 검토하였으며,[25] 황패강은 동양적 예정론을 구조화한 전형적인 작품으로 「숙향전」을 거론하였다.[26] 그러나 양혜란은 서사기법으로서의 시간의 문제라는 새로운 방법으로 작품을 분석하였으나 이를 주제론적으로 접근하지 못하였으며, 황패강은 「숙향전」이 단순히 동양적 예정론을 구조화한 작품이라고 지적하는데 그치고 말았다.

필자는 여주인공 숙향의 고난을 중심으로 「숙향전」의 현실적 성격을 고찰하고, 나아가 「숙향전」의 핵심적 갈등과 그 사회적 의미, 그리

---

24) 정종대, 「숙향전고」, 「국어교육』 59~60합병호, 한국국어교육연구회, 1987.
25) 양혜란, 「숙향전에 나타난 서사기법으로서의 시간의 문제」, 『우리어문연구』 3, 외국어대, 1991.
26) 황패강, 「숙향전의 구조와 동양적 예정론」, 『고전소설의 이해』, 문학과비평사, 1991.

고 도선적 결구의 기능과 성격을 고구하였다. 논의된 결과를 개략적으로 제시하면 다음과 같다. 첫째, 「숙향전」의 사건전개는 도선적 결구에도 불구하고 숙향이 '전쟁고아'에서 '남의 집 시비'로, '남의 집 시비'에서 다시 '술집 기녀'로 전락하는 과정을 여실하게 보여주고 있다. 둘째, 「숙향전」의 핵심적인 갈등은 숙향과 이선의 결연으로 야기된 결연 당사자와 이상서와의 갈등이며, 이 갈등은 중세적 신분관계를 무시하고 애정을 실현하려는 청춘남녀와 중세적 신분관계를 통해 독점적 지위를 누려왔던 기득권 세력과의 대결을 그 본질로 하고 있다. 셋째, 「숙향전」의 도선적 결구는 숙향의 현실적 처지와 신분을 미화하고, 나아가 숙향과 이선의 만남을 천정연분으로 이끌어감으로써 신분이 다른 두 사람의 대등한 결합을 합리화하기 위한 것이다.[27] 이러한 필자의 연구는 「숙향전」을 비현실적인 작품으로만 치부하려는 시각에 대한 반론으로 제기된 것이었으나, 이후의 연구자들에 의해 부분적인 측면을 지나치게 강조하거나 확대해석했다는 지적[28]을 받았다. 이들의 지적은, 필자가 반영론적 문학관을 토대로 「숙향전」에 투영된 현실적 측면을 적극적으로 해석한 것이기 때문에, 기본적으로 타당하다. 그러나 필자의 연구는 「숙향전」의 갈등구조와 환상성에 내포된 본질적인 측면을 드러내는데 일정하게 기여했다고 생각한다.

조용호는 「숙향전」의 서사구조를 일종의 탐색담으로 전제하고, 탐색영웅으로서의 남녀 주인공의 여정과 그 의미를 추출하였으며, 나아가 무가 「바리데기」와 「숙향전」의 구조적 동이성을 비교 · 분석하였

27) 이상구, 「숙향전의 현실적 성격」, 『고전문학연구』 6, 한국고전문학연구회, 1991.
28) 신재홍, 「숙향전의 미적 특질」, 『다곡이수봉박사정년기념 고소설연구논총』, 경인문화사, 1994, 513쪽. 차충환, 『숙향전 연구』, 월인, 27쪽.

다. 그는 치밀하면서도 체계적인 분석을 통해 「숙향전」의 두 주인공이 모두 물리적 또는 심리적인 탐색대상을 찾아 여행을 하고 있으며, 두 사람이 행하는 궁극적인 탐색의 대상은 천상에서 그들이 가졌던 신성자아의식과 무의식세계임을 논증하였다. 그러나 이 연구는, 본인이 지적한 대로, 적강모티프를 수용하고 있는 대부분의 고소설에서 동일하게 추출할 수 있기 때문에 「숙향전」만의 독특한 자질을 구명한 것으로 보기 어렵다는 문제점을 안고 있다. 다른 한 가지는 「숙향전」이 궁극적으로 추구하고 있는 신성자아의식이 작가나 당대 향유층의 세계인식 및 실존적 삶과 어떤 관계를 맺고 있는가에 대한 논의가 보류되어 있다는 점을 들 수 있다. 「바리데기」와의 비교연구는 이 논문에서 처음 본격적으로 이루어졌으며, 「숙향전」의 구조적 특징을 이해하는데 많은 기여를 하였다.

필자와 조용호의 발표를 계기로 「숙향전」에 대한 연구자들의 관심이 부쩍 늘었다. 그 결과 1994년과 1995년에 많은 연구성과들이 산출되었는데, 그 선두 주자는 신재홍이다. 신재홍은 「숙향전」에 수용된 소재와 인물형상을 통해 「숙향전」의 독특한 미적 자질을 추출하고, 이를 우리 고유의 무속적 사유방식과 관련지어 해석하였다. 즉 그는 「숙향전」의 주제는 '인간이 어떻게 태어나서 어떻게 살다가 어떻게 죽게 되는가의 문제'로 수렴되며, 「숙향전」에 담긴 의미란 '인간의 일생은 주어진 운명의 실현 과정으로서 그 운명이 아무리 열악하고 힘든 것일지라도 그것을 좇아가면서 죽음과 삶의 고비들을 넘기다 보면 선한 신들에 의해 구원받을 수 있다는 것'이라고 규정지었다. 이러한 신재홍의 논의는 「숙향전」의 미적 특질과 주제를 총체적으로 해명하려는 시도로서 매우 의의 있는 작업이었다고 할 수 있다. 특히 「숙향전」의 주제를 인간의 삶과 죽음의 문제로 수렴할 수 있다는 지적은 매우 참신하면서도 설득력이 있다. 그러나 '「숙향전」은 인간사에 대해 단순하고 소박한 관점에 입각해 있다'거나 '도저한 운명론과 낙천주의, 그리고 원초적 윤리의식이 「숙향전」에서 인간과 인간사를 바라보는 기본 시각'이라는 지적은 다소 문제가 있다. 물론 위와 같은 지적은 「숙향전」이 기본적으로 통속소설에 해당하기 때문에 너무나 당연한 지적임엔 틀림이 없다. 그러나 이것이 바로 '너무나 당연한 지적'이라는 점에서 문제가 있다. 그의 논리에 따른다면, 우리나라 고소설 가운데 『금오신화』와 「홍길동전」 그리고 연암소설 등 몇몇 작품을 제외하고는 대부분의 작품이 '인간사에 대해 단순하고 소박한 관점에 입각'해 있기 때문이다. 따라서 우리가 「숙향전」에서 천착해야 할 것은 「숙향전」에 나타난 운명론이나 원초적 윤리의식이 전체 구조 속에서 어떤 의미를 지니는가 하는 문제일 것이다.

이와 관련하여 필자와 성현경은 비슷한 시기에 유사한 견해를 제시한 바 있다. 필자는 '「숙향전」에 나타난 숙명론적 세계관은 성리학적 윤리규범과 유교적 예제 그리고 봉건적 신분관계로 인해 억압되었던 남녀의 애정을 낭만적으로 극복해보려는 당대 민중들의 의지가 담겨있으며',[29] '소박한 차원의 도덕주의는 궁극적으로 가장의 절대적 권위와 남녀차별을 기본내용으로 삼고 있는 봉건적 가부장제를 지양하는 기제로 작용하고 있다.'[30]는 견해를, 성현경은 '「숙향전」은 오히려 반유가적 사상을 더 많이 담고 있다. 뼈대있는 양반집 자녀가 부모에게 알리지도 않은 채 임의로 혼인하는 일, 유부남에게 사랑을 고백하고 결

29) 이상구, 「숙향전의 문헌적 계보와 현실적 성격」, 고려대 박사논문, 250쪽.
30) 이상구, 위의 논문, 266쪽.

연하는 일 등은 도저히 용납될 수 없는 행위들이다. 「숙향전」은 천정론을 펴면서 이를 토대로 하여 이 반역인들의 제행위를 합리화하고 있다.'[31]는 견해를 제시했던 것이다.

윤경희는 위에서 제시한 성현경의 견해를 수용하되, 이를 좀 더 분석적이고 체계적으로 논증하고자 하였다. 그리하여 그는 '「숙향전」은 정욕에 의한 삶의 원리를 천정의 원리로 인식하고 이를 실현하는 구조를 지니며, 이는 「숙향전」이 인간 중심의 천정관을 지닌 작품이라는 것을 보여준다.'[32]고 결론지었다. 이러한 윤경희의 논의는 '천정의 원리가 인간의 정욕을 옹호하고 있다'고 한 점에서 기본적으로 필자나 성현경의 견해와 같다고 할 수 있다. 그러나 '「숙향전」이 인간 중심의 천정관을 지닌 작품'이라는 언급은 현상과 본질이 전도된 측면이 있다. 「숙향전」은 당대 사회가 금기시했던 인간의 정욕을 옹호하기 위해 천정론을 끌어들인 것이지, 천정관 자체가 본래 인간 중심적인 것이었다고 할 수 없기 때문이다.

한편, 위에서 거론한 성과 외에 이 기간 동안 박태근, 임성래, 박병완 등에 의해 「숙향전」과 관련한 논의가 다양한 차원에서 이루어졌다. 박태근은 바흐찐의 대화이론을 적용하여 「숙향전」의 문체적 특징을 고찰하였으며,[33] 임성래는 「숙향전」이 상업적으로 성공할 수 있었던 요인을 작품론적 차원에서 논의하였다.[34] 박병완은 「숙향전」의 구조를 혼사장애 시련을 극복하고 천정혼을 완성하는 자아실현의 순환구조로

---

31) 성현경, 「숙향전론」, 『한국옛소설론』, 새문사, 1995, 176쪽.
32) 윤경희, 「이대본 숙향전에 나타난 조명론적 세계관－천상계 존재의 기능과 그 의미를 중심으로－」, 『한국고전연구』 창간호, 한국고전연구회, 1995.
33) 박태근, 「숙향전의 문체론적 연구」, 단국대 석사논문, 1994.
34) 임성래, 「숙향전」, 『조선후기의 대중소설』, 태학사, 1995.

이루어져 있으며, 작가의 세계관은 초월주의라고 주장하였다.[35] 그러나 이러한 주장이 설득력을 갖기 위해서는 '자아실현의 순환구조'와 '초월주의적 세계관'이 어떻게 맞물려 있으며, 또 초월주의적 세계관이 기존에 거론되어 왔던 도선적 세계관이나 무속적 세계관과 어떤 차이가 있는지에 대한 천착이 있어야 할 것이다.

가장 근래에 이루어진 작품론의 성과로는 심치열, 차충환, 최기숙의 연구를 들 수 있다. 심치열은 「숙향전」의 서사적 특성으로서의 상호 왕래성에 주목하여 「숙향전」은 공간적으로는 경계를 해체하고, 시간적으로는 전세와 현세의 벽을 해체하고 있다는 점을 면밀하게 분석하였다.[36] 이는 신재홍이 무속적 세계관으로 이해했던 특징을 새로운 각도에 조명한 것으로 신선한 감각이 느껴진다. 그러나 이러한 특성을 근거로 '「숙향전」은 고정관념에 박힌 의식의 대전환을 소설적 양식에 의해 체계적이면서 흥미있게 전개한 작품'이라고 결론지은 것은 다소 섣부른 판단이었다고 생각한다. 이성과 합리적 사고체계에 매몰되어 있는 오늘날 우리들에게 「숙향전」에 나타난 경계 허물기는 분명 참신하면서도 흥미로운 것임에 틀림없다. 그러나 여러 연구자들이 지적했듯이, 당대인들에게 이는 보편적 사유방식에 가깝다고 보는 것이 옳다. 따라서 '고정관념에 박힌 의식의 대전환'은 연구자의 시각을 당대인의 시각과 등치시킨 혐의가 짙다고 하겠다.

차충환은 이본연구, 작품론, 소설사적 의의에 이르기까지 심혈을 기울여 「숙향전」을 종합적으로 연구하였으며, 그 결과를 한 권의 책으로 출판하는 성과를 이루었다.[37] 따라서 여기에서 그의 연구성과를 세부

---

35) 박병완, 「숙향전의 구조와 작가의식」, 『국어국문학』 115, 국어국문학회, 1995.
36) 심치열, 「숙향전 연구」, 『한국언어문학』 38, 한국언어문학회, 1997.

적으로 거론하기는 어려운바, 필자와 견해를 달리하는 부분을 중심으로 그 성과와 아울러 문제점을 제기하고자 한다.

먼저, 「숙향전」의 숙명론을 당대 삶의 원리를 절대적이고 신성적인, 그리고 근원적인 존재자를 통해 전언함으로써 그 권능성을 대중들에게 효과적으로 내면화시켜 바람직한 삶의 이치를 추구해 나갈 수 있게 하는 세계관으로 이해한 점이다. 이러한 차충환의 주장은 '신성소설의 대표이자 천명의 엄숙성을 소설적으로 시현해 보여주는 작품'이라는 이상택의 견해를 수용하여 좀 더 체계화시킨 것이라고 할 수 있는데, 이와 관련하여 다음과 같은 최기숙의 견해는 주목할 만하다.

> 소설은 상상적 공간을 통해 생에 대한 해석을 추구할 것을 허용한다. 작중에서 인물이 겪는 고난의 원인을 천상계에서 찾았다는 것은 궁극적으로 그들이 현실계의 운영 원리를 미지수로 남겨놓았음을 의미한다. 천상계란 곧 현실계를 사는 일상인이 접근할 수 없는 미지의 세계이다. 말하자면 현실계와는 시 · 공간적 차원을 달리하는 이질적 세계가 그들의 운명을 지배한다고 함으로써, 궁극적으로는 인물들에게 주어진 현실적 고난에 대한 직접적인 원인을 미지수로 남겨둔 것이다.[38]

최기숙의 지적대로, 소설은 상상적 공간을 통해 생에 대한 해석을 추구할 것을 허용하며, 작중에서 인물이 겪는 고난의 원인을 천상계에서 찾았다는 것은 궁극적으로 그들이 현실계의 운영 원리를 미지수로 남겨놓았다는 것을 의미한다. 다시 말해, 「숙향전」에 설정된 천상계는 그

37) 차충환, 『숙향전 연구』, 월인, 1999.
38) 최기숙, 『17세기 장편소설 연구』, 월인, 1999, 79쪽.

원인을 알 수 없는, 고통스러운 현실적 삶을 체계적으로 이해하기 위한 상상적 공간이면서 동시에 당대인들의 간절한 여망이 담겨 있는 세계 질서의 모형인 것이다. 따라서 우리가 「숙향전」에 나타난 숙명론이나 천상계와 관련해서 주목해야 할 것은 고통스러운 삶을 어떻게든 견뎌 내고자 했던 당대인들의 눈물겨운 노력과 그들의 소망일 것이다. 그런데 차충환은 이 점을 간과한 채 「숙향전」에 나타난 천상계의 현상적 권능성만을 문제 삼고 있는 것이다.

다음은, 「숙향전」에 나타난 유기체적 초월주의 세계관과 관련된 문제이다. 이에 대해 그는 다음과 같이 언급하고 있다.

> 「숙향전」의 유기체적 초월주의 세계관 속에는 현대적 의미도 자못 심중하게 내포되어 있다. 유기체적 초월주의 세계관은 기본적으로 이분법적 사고를 뛰어넘어 모든 우주 생명은 궁극적으로 전일적이라는 세계관을 바탕으로 한 것인데, 이러한 세계관에서는 이미 천상과 지상, 신과 인간, 동물과 인간, 자연과 인간 등이 더 이상 둘이 아니라 하나의 시공에서 근원동일성을 이루게 된다. 따라서 우리는 이러한 세계관을 단순히 중세적 관념주의나 비과학적 사고의 산물로만 치부하고 말 것이 아니라, 근대적 · 과학적 세계관의 협소성을 비판적으로 극복할 수 있는 대안으로서의 세계관이 될 수 있음을 인식할 필요가 있다. 그것은 「숙향전」에 반영된 바 세계관이 근대적 세계관의 특징인 표면적 · 현상적 · 이원론적 · 분석적 사고틀에 비해 보다 심층적이고 종합적이며 전일체적인 세계관이라고 할 수 있기 때문이다.[39]

필자도 기본적으로 「숙향전」의 유기체적 초월주의 세계관이 근대적

---

39) 차충환, 앞의 책, 274쪽.

과학적 세계관의 협소성을 비판적으로 극복할 수 있는 대안이 될 수 있다는 점은 인정한다. 그러나 「숙향전」에 나타난 초월주의는 도가적 초월주의와 성격이 다르다는 것을 간과해서는 안 된다. 예컨대, 장자는 이성적이고 합리적인 사유에 기반한 인간의 독선과 편견의 문제점을 분명하게 인식한 다음에 인간과 자연, 현실과 꿈, 이성과 광기 등 모든 이분법적 사고를 초극하고자 하였다. 그런데 신재홍이 '애니미즘적 사유방식'이라고 지적했듯이, 「숙향전」의 초월주의는 원시적 또는 유아기적 사유에 가까울지언정 장자처럼 반성적 사유에 기반한 것은 아니다. 따라서 「숙향전」에 반영된 세계관이 근대적 세계관보다 심층적이고 종합적이라는 언급은 잘못되었다고 할 수 있다. 종합이란 기본적으로 분리 또는 분석을 전제하고 있는데, 「숙향전」에 반영된 세계관은 분화 이전의, 미분화된 의식에 가깝기 때문이다. 더구나 근대적인 사유체계가 문제가 있다고 해서 전근대적 사유체계가 무조건 정당화되는 것은 아니다. 근대적 세계관 속에는 인간이 오랜 기간 동안 실천적인 삶을 통해 이룩한 정당한 인식들이 함축되어 있으며, 전근대적 세계관 속에도 인간을 구속하거나 억압했던 기제가 수없이 널려 있기 때문이다. 이러한 점들을 고려하지 않고, 「숙향전」에 나타난 유기체적 초월주의를 근대적 지양의 대안으로 거론해서는 안 될 것이다.

그러나 위와 같은 그의 논의는 앞으로 고소설 연구의 나아갈 방향을 일정하게 시사하고 있다는 점에서 적지 않은 의의가 있다. 이 외에도 차충환은 「숙향전」의 구술적 성격과 소설사적 의의 등을 성실하게 논의하였는데, 여기에서 논의된 성과는 「숙향전」을 이해하는데 큰 도움이 될 것으로 판단된다.

가장 최근에 이루어진 최기숙의 연구는 「숙향전」은 물론 이원론적 세계관에 기반하고 있는 우리나라 고소설을 연구하는데 크게 기여할 것으로 생각한다.[40] 앞서 인용한 바 있듯이, 이 연구의 강점은 일단 고소설에 설정되어 있는 천상계의 성격이나 그 본질을 정확하게 파악하고 있다는 점이다. 이 외에도 '「숙향전」에서 아버지의 박해에 따른 쫓김과 고난의 서사는 곧 제도적 억압에 의한 박해를 의미하며, 작품에서는 이에 대한 직설적 항변을 피하고 박해받는 고난상을 제시함으로써, 독자들의 비판적 성찰을 요구하는 역설적 방법을 택한다.'[41]고 지적한 것은 탁견이라고 할 수 있다.

그러나 그의 논의에도 다소의 문제점을 내포하고 있다. '「숙향전」은 인물들에게 체제 순응적인 사고를 유도한다는 점에서 당대 사회의 보수성향을 반영한다.'거나 '「숙향전」이 지닌 윤리성의 추구는 당대 소설이 유교의 이념적 기반 위에 성립되고 있음을 보여주는 것'[42]이라는 견해 등이 그렇다. 이러한 지적이 단순히 「숙향전」이 창작되었던 시대적 배경에 대한 것이라면 문제 삼을 것이 없다. 「숙향전」은 유교적 세계관이 보편적인 이념으로 수용되었던 17세기에 창작된 것이기 때문에 유교의 이념적 기반 위에서 성립되었다는 말은 너무나 당연하기 때문이다. 문제는 이렇듯 명백한 사실을 굳이 힘주어 논증하고자 했던 데 있다. 그의 논리대로 따른다면, 「숙향전」뿐만 아니라 조선시대에 창작된 거의 모든 고소설은 '보수성향을 반영하거나 유교의 이념적 기반 위에서 성립되었다'고 말할 수 있다. 「춘향전」과 같은 작품도 '열'이라는 유교적 이념을 표방하고 있으며, 변학도에 대한 징치나 풍자도 신분제 사

---

40) 최기숙, 앞의 책.
41) 최기숙, 앞의 책, 76쪽.
42) 최기숙, 앞의 책, 81~82쪽.

회의 모순이나 중세적 이념보다는 탐관오리 개인을 문제 삼고 있기 때문이다. 따라서 위와 같은 지적은 '우리나라 고소설은 1920년대 카프파의 소설처럼 특별한 목적의식을 갖고 쓰인 소설이 아니다.'라는 말과 다름없다. 어찌 「숙향전」과 같은 대중소설 또는 통속소설에서 혁명적 의식을 기대할 수 있겠는가!

우리가 「숙향전」이나 「춘향전」에 찾고자 하는 것은 이들 작품이 유교의 이념적 기반 위에 산출되었다는 당연한 사실이 아니라, 그 틈새를 비집고 인간의 진정한 가치와 삶을 추구하려는 가련한 몸부림들이다. 그가 '「숙향전」은 숙향의 박해받는 고난상을 제시함으로써 제도적 억압에 대한 독자들의 비판적 성찰을 요구하는 역설적인 방법을 택하고 있다'고 지적한 것은 바로 이러한 점에 주목한 것이 아니겠는가!

이상에서 개략적으로 살펴보았듯이, 「숙향전」에 대한 작품론은 비록 많은 연구자들에 의해 논의된 것은 아니지만 다양한 측면에서 깊이 있는 연구가 진행되었다. 그러나 여전히 「숙향전」을 바라보는 연구자들의 시각은 첨예하게 대립되어 있다. 이 사실은 반드시 부정적인 것만은 아니다. 대립은 연구에 심화를 기하는 계기가 될 뿐만 아니라, 필연적으로 통합적 시각을 요청하기 때문이다.

5. 과제와 전망

이상에서 「숙향전」의 연구성과를 창작 시기, 이본 연구, 작품론으로 나누어 개괄하였다. 창작 시기의 경우, 아직 정확하게 드러난 것은 아니지만, 적어도 1703년 이전에 존재했다는 사실은 분명하게 밝혀졌다. 문제는 상한선인데, 이는 「숙향전」의 작자와 그의 생존연대가 명확하게 밝혀지지 않는 한 사실상 해결될 수 없다. 따라서 현재의 상황에서는 「숙향전」이 「구운몽」 「사씨남정기」 「창선감의록」 등과 함께 17세기 말에 창작되었다고 보아도 무리가 없을 것이다. 이 점은 고소설의 전반적인 흐름과 관련지어 볼 때도 충분히 개연성이 있다. 17세기 초에는 「주생전」 「운영전」 「최척전」 등 한문으로 된 전기소설(傳奇小說)이 주류를 이루었으며, '영웅의 일대기'를 기본구조로 삼고 있는 「홍길동전」이 나왔다. 그런데 「구운몽」이나 「숙향전」은 바로 전기소설적 요소와 「홍길동전」에서 보인 일대기적 구조를 아우르고 있는 것이다.

「숙향전」 이본 연구 역시 상당한 진척을 이루었다. 국문본은 필자와 차충환에 의해, 한문본은 필자에 의해 계보와 계통이 어느 정도 드러났다. 그러나 「숙향전」의 경우 앞으로 새로운 이본이 발굴될 가능성이 많은 만큼 계속 주시할 필요가 있다. 또 전반적으로 이본 사이의 편차가 적다고는 하나, 일부 이본의 경우 많은 변이를 보이고 있기도 하다. 따라서 앞으로는 개별 이본에 대한 작품론적 차원의 연구와 더불어 변이 양상과 그 의미를 면밀하게 검토할 필요가 있을 것이다.

작품론은 적지 않은 성과에도 불구하고 여전히 연구할 영역이 많이 남아 있다. 일단 기존 연구에서 대립적으로 드러난 시각을 변증법적으로 또는 총체적으로 통합할 수 있는 대안이 마련될 필요가 있다. 이 문제는 「숙향전」뿐만 아니라 우리나라 고소설의 의의와 위상을 어떻게 설정한 것인가라는 문제와도 밀접하게 관련되어 있다. 가장 최근에 이루어진 최기숙의 연구는 그 가능성을 일정하게 보여주고 있다. 다만, 도덕적 사유를 무조건 유교적 또는 지배계층의 이념과 결부시키려는 시각은 경계할 필요가 있다. 예컨대 「심청전」과 「바리공주」는 기본적으로 '효'를 표방하고 있지만, 각각의 '효'가 내포하고 있는 의미는 상당히 다르다. 심청의 효가 '죽을 고생을 하며 자신을 키워낸 눈먼 아비에 대한 인간적 정리'[43]라고 한다면, 바리데기의 효는 자신을 버린 부모를 위해 죽음을 무릅쓴다는 점에서 '유교적인 또는 관념화된 이념'이라고 할 수 있다. 물론 바리데기의 '효'마저도 여성을 억압하는 사회 속에서 여성의 가치를 내세우기 위한 명분이라는 점도 간과해서는 안 될 것이다. 즉 바리데기는 여성은 쓸모 없다는 가부장적 질서에 저항하기 위해 남성도 실천하기 어려운 효를 실천함으로써 여성의 존재가치를 드러내고자 했던 것이다. 이것은 흔히 적대세력보다 힘이 약할 때 바로 적의 논리로 적을 공격하는 일종의 이이제이적인 전략인 셈인데, 「춘향전」의 '열'도 같은 맥락에서 이해할 수 있다. 다시 한번 강조하지만, 우리는 「숙향전」이나 「춘향전」 등 고소설을 통해 당대의 인민들이 제도적 · 이념적 굴레 속에서도 그 틈새를 비집고 인간의 진정한 가치와 삶을 추구하려는, 가련한 몸부림마저도 세심하게 읽어내야 할 것이다.

다음은, 소설사적 의의와 관련한 문제이다. 「숙향전」은 신성소설이나 적강소설의 전형 또는 원형으로 거론되고 있듯이 고소설사에서는 매우 중요한 작품이다. 그런데 아직 이와 관련한 연구가 제대로 이루어지지 않았다. 필자와 차충환에 의해 거론되기는 했지만, 이것은 부분적인 성과에 불과하다. 따라서 고소설의 전체적인 흐름 속에서 「숙향전」의 위상과 의의를 체계적으로 검토하는 작업이 절실하게 요망된다.

이제 「숙향전」의 창작 시기가 상당히 구체적으로 밝혀지고 또 이본 연구도 어느 정도 진척된 만큼 연구의 심화를 꾀할 수 있는 토대는 마련된 셈이다. 더구나 「숙향전」은 우리나라 고소설의 흐름은 물론 고소

---

43) 정출헌, 「심청전의 민중정서와 그 형상화 방식」, 『민족문학사연구』 9, 민족문학연구소, 162쪽.

설에 흔히 나타난 이원론적 세계관이나 환상성의 비밀을 캘 수 있는 단서를 간직하고 있는 작품이기도 하다. 많은 연구자들의 참여와 관심을 기대한다.

II. 「숙향전」에 나타난 선계(仙界)의 형상과 작가의식

1. 머리말

「숙향전」은 「구운몽」, 「사씨남정기」, 「창선감의록」 등과 함께 17세기 말에 창작되었으며, 고소설 가운데 가장 널리 애독되었던 작품 가운데 하나이다. 이는 현존하는 많은 이본[1]을 통해서도 알 수 있지만, 「숙향전」과 관련된 기록이 곳곳에 나타난다는 점에서도 확인할 수 있다. 「숙향전」과 관련한 내용은 권섭(權燮)의 『남행일록(南行日錄)』, 유진한(柳振漢)의 「만화본춘향가(晩華本春香歌)」, 김수장(金壽長)의 『해동가요(海東歌謠)』, 이옥(李鈺)의 『이언(俚諺)』, 조수삼(趙秀三)의 『추재집(秋齋集)』, 고소설인 「춘향전」, 「박씨전」, 「심청전」, 「배비장전」 등 여러 문헌에 나타난다. 위의 기록들은 조선 후기 평민층은 물론 양반사대부와 부녀자들도 「숙향전」을 두루 애독했다는 것을 보여주고 있는데,

---

1) 현재까지 알려진 「숙향전」 이본은 총 56종(차충환, 『숙향전 연구』, 월인, 1999, 33쪽)이다.

이 가운데 『추재집』과 「배비장전」의 기록을 제시하면 다음과 같다.

> 전기수는 동문밖에 살면서 언과패설을 구송하곤 했는데, 대개 숙향전, 소대성전, 심청전, 설인귀전 등과 같은 전기였다.[2)]

> ᄇᆡ비쟝 한권씩 쌥아 들고 옛날 츈향의 랑군 리도령이 츈향 ᄉᆡᆼ각ᄒᆞ며 글읽듯 ᄒᆞ 것다. 삼국지 수호지 구운몽 셔유긔 ᄎᆡᆨ 제목만 잠간식 보고, 슉향젼 반즁 둥싹 져치고, '슉향아, 불상ᄒᆞ다.' 그 모친이 리별ᄒᆞᆯ ᄯᆡ, '아가, 아가. 잘잇거라. ᄇᆡ곱흔ᄃᆡ 이 밥 먹고 목마른ᄃᆡ 이 물 먹고.' 슈포동 록림간에 목욕ᄒᆞ든 그 녀ᄌᆞ 가는 허리 얼셔 안고 마음ᄃᆡ로 노라볼가.[3)]

조수삼은 당시 전기수가 구송했던 작품 가운데 「숙향전」을 가장 먼저 언급하고 있으며, 「배비장전」에서 배비장은 「삼국지」, 「수호지」, 「구운몽」, 「서유기」는 책 제목만 잠깐 보고 「숙향전」을 골라 읽는다. 이러한 기록은 조선 후기에 「숙향전」이 가장 인기 있었던 작품 가운데 하나였다는 것을 입증하기에 부족함이 없다.

그러나 오늘날 「숙향전」에 대한 연구자들의 관심은 이 작품이 조선 후기에 애독되었던 것에 비해 상대적으로 매우 낮은 편이다. 필자가 조사한 바에 의하면, 현재까지 「숙향전」만을 대상으로 삼아 연구한 논저는 박사학위논문 2편과 저서 1권을 포함하여 총 26편에 불과하기 때문이다. 물론 이 가운데는 「숙향전」의 작품성과 특징 등을 심도 있게 고찰한 성과들이 적지 않기 때문에 연구 논저의 편수만으로 연구 성과를

---

2) 趙秀三, 『秋齋集』 卷7, 「傳奇搜」. 傳奇搜 搜居東門外 口誦諺課稗說 如淑香蘇大成沈清薛仁貴等 傳奇也.

3) 「배비장전」, 세창서관, 37~38쪽.

재단할 일은 아니다. 그러나 연구 논저가 적다는 것은 「숙향전」에 대한 연구자들의 관심이 그만큼 적었다는 것을 단적으로 보여준 것이라고 하겠다.[4)]

이렇듯 「숙향전」이 연구자들의 관심을 끌지 못했던 것은 근대에 이르러 처음으로 「숙향전」을 거론한 김태준의 논의와 무관하지 않다. 그는 '「숙향전」은 조선 사람의 도불혼용(道佛混用)한 정신생활을 거의 전부 드러내고 있는 작품으로 몽환적 · 비현실적 부분을 제외한다면 아무것도 나머지가 없을 것'이라고 언급했는데, 이런 지적이 후대의 연구자들에게 영향을 미쳤던 것이다. 특히 고전소설에 대한 연구가 본격적으로 이루어진 1970년대 이후부터 최근에 이르기까지 리얼리즘 또는 현실주의적 시각에서 소설을 조명하려는 경향이 주를 이루었던 만큼 환상성이 강한 「숙향전」은 연구자들의 관심에서 멀어질 수밖에 없었다.

김태준의 지적대로 「숙향전」은 고소설 가운데서 환상적 또는 비현실적 성격이 가장 강한 작품이라고 할 수 있다. 이로 인해 「숙향전」은 우리나라의 대표적인 신성소설(神聖小說)로 거론되기도 했다.[5)] 그렇다고 해서 김태준의 지적처럼 「숙향전」은 '몽환적 비현실적 부분을 제외한다면 아무것도 나머지가 없는' 작품은 절대 아니다. 환상적인 측면 못지않게 전쟁고아의 고달픈 삶과 신분의 차이에 따른 애정 갈등 등 조선 후기의 사회적 질곡이 비교적 사실적으로 반영 · 형상화되어 있기 때문이다.[6)] 그러나 우리 고소설 가운데 「숙향전」만큼 환상적 성격이

---

4) 지금까지 이루어진 「숙향전」의 연구 성과에 대해서는 필자의 「숙향전」(일위 우쾌제박사 화갑기념논문집 간행위원회, 『고소설연구사』, 2002, 427~449쪽)을 참조하기 바람.

5) 이상택, 「고전소설의 사회와 인간」, 『한국고전소설 연구논문선(1)』, 계명대출판부, 1974, 308쪽.

강한 작품은 없는바, 우리는 이 점을 중심으로 「숙향전」을 새롭게 조명할 필요가 있다.

「숙향전」에는 옥황상제, 월궁항아, 후토부인, 화덕진군, 마고할미와 같은 신화적 존재는 물론 이적선, 두목지, 왕자균, 여동빈 등 본래는 인간이었는데 신선이 되었다는 전설적인 인물들이 대거 등장한다. 또한 봉래산과 천태산 같은 선계를 비롯하여 회회국, 유리국, 교의국과 같은 가상의 나라들이 나타나기도 한다. 이런 점에서 「숙향전」은 고소설 가운데서 조선 후기 사람들이 상상했던 선계와 신선들에 대한 이야기가 가장 풍부하면서도 구체적으로 형상화되어 있는 작품이라고 할 수 있다. 따라서 이 연구는 「숙향전」에 나타난 선계와 신선들의 형상과 그 특징을 고찰하고, 이를 바탕으로 선계에 대한 작가의 인식과 지향 등을 분석하고자 한다.

2. 선계의 형상과 그 특징

1) 선계의 구성과 공간적 특성

「숙향전」에 나타나는 선계는 옥황상제가 다스리는 옥경, 후토부인이 다스리는 명사계, 서왕모가 거주하는 요지, 용왕이 다스리는 용궁, 마고할미가 거주하는 천태산, 월궁항아가 다스리는 월궁, 삼신산의 하나로 거론되고 있는 봉래산 등이다. 이 가운데서 가장 먼저 나타나는 곳이 후토부인이 다스리는 명사계이다.

---

6) 이와 관련해서는 필자의 「숙향전의 문헌적 계보와 현실적 성격」(고려대학교 박사학위논문, 1994. 175~212쪽)을 참조하기 바람.

이적의 슉향니 마을 샤람과 ᄉᆡ를 다 일코 혼쟈 울며 단이다가 멀리 바라보니, 샨 우희 샤람니 왕ᄂᆡᄒᆞ거늘 샨를 ᄇᆞ라고 가더니, 샨은 쳡쳡ᄒᆞ고 길흔 험ᄒᆞᆫᄃᆡ 날은 져물고 ᄇᆡ는 곱푸믈 견디지 못ᄒᆞ야 남글 의지ᄒᆞ고 너머졋ᄯᅥ니, 문득 청죄 날아와 ᄭᅩᆺ츨 믈고 숀등의 안ᄶᅥ늘, 슉향니 그 ᄭᅩᆺ츨 먹으니 눈니 열이고 정신니 씩씩ᄒᆞ더라. 그 ᄉᆡ를 ᄯᅡ라 두어 곳들 너머 가니, ᄒᆞᆫ 녀인니 나와 안하 드려다가 큰 젼후의 노흐니, 일위 부인니 머리의 화관을 쓰고 칠보 단쟝를 ᄒᆞ고, 황금 교위에 안ᄌᆞᄯᅡ가 날려와 슉향를 마ᄌᆞ 팔를 드러 읍ᄒᆞ여 왈, …….[7]

숙향은 전란으로 인해 부모와 생이별한 이후 유리걸식하면서 사방을 떠돌다가 황천사계에 이른다. 황천사계는 명사계라고도 하는데, 바로 사람이 죽어서 가는 저승이다. 불교에서 저승은 이승과 수평적인 공간과 수직적인 공간에 위치한다는 두 가지 관념이 공존하고 있으며, 설화에서는 대체로 저승이 이승과 수평적인 공간에 위치하고 있는 것으로 나타난다.[8] 그러나 「숙향전」의 경우에는 저승이 지하에 있는 것으로 설정되어 있다. 숙향이 저승에 오가는 과정을 보면 저승은 얼핏 이승과 수평적인 공간에 위치한 것으로 보인다. 숙향은 산이 첩첩하고 길이 험한 곳에서 청조를 따라 두어 고개를 넘어가 저승에 이르고, 이승으로 돌아올 때는 구름을 헤치고 나는 듯이 달리는 사슴을 타고 오는 것으로 서술되어 있기 때문이다. 그런데 저승을 다스리는 후토부인이 '자신은 지하의 조고만 신령'이라고 말하는바, 「숙향전」은 저승을 지상세계인 이승과 대비되는 지하세계로 설정하고 있다고 보아야 할 것이

7) 이상구 주석, 『원본 숙향전 · 숙영낭자전』, 문학동네, 2010, 28쪽. 앞으로 「숙향전」 원문은 이 책을 인용하되, 인용문 끝에 쪽수만 명기한다.
8) 신동흔, 『살아있는 우리신화』, 한겨레신문사, 2004, 308쪽.

다. 또한 저승에서 이승인 남군까지의 거리는 이천삼백 리라고 하는데, 이는 남군 장승상 댁에서 이선이 사는 낙양까지의 거리인 삼천삼백 육십오 리보다 가깝다. 「바리공주」에는 이승에서 저승까지의 거리가 육천 리(육로 삼천 리와 해로 삼천 리)라고 되어 있는 점을 고려할 때, 「숙향전」에는 저승이 이승과 그다지 멀지 않은 지하에 위치한 것으로 설정되어 있다고 하겠다.

저승에는 후토부인이 거처하는 큰 궁전이 있고, 그곳에서 멀지 않은 곳에 시왕전도 있다고 한다. 시왕은 명계에서 죽은 자에 대한 죄의 경중을 다루는 10명의 왕을, 시왕전은 이들이 거처하는 궁전을 일컫는다. 「숙향전」에는 이런 시왕전이 후토부인의 궁전과 가까운 곳에 있다고 하는바, 명사계에는 후토부인이 다스리는 세계와 시왕이 다스리는 세계가 공존하는 공간이라고 할 수 있다.

그런데 문제는 그 세계가 어떻게 구분되는가 하는 것이다. 흔히 저승에는 극락과 지옥이 있으며, 착한 사람은 죽어서 극락으로 가고 악한 사람은 죽어서 지옥으로 간다고 한다. 이런 관념에 따라 일단 후토부인이 관장하는 세계는 극락이고, 시왕이 관장하는 세계는 지옥인 것으로 추정해볼 수 있다. 그러나 후토부인이 다스리는 세계가 극락이라는 단서는 전혀 나타나지 않는다. 숙향은 천상에서 지은 죄의 대가로 지상에서 '후토부인에게 가 죽을 뻔'한 고난을 겪는 것으로 설정되어 있으며, 실제로 굶어 죽기 직전에 후토부인이 보낸 청조의 안내로 명사계에 이른다. 즉 숙향이 명사계의 후토부인을 만난 것은 '죽을 액'이라는 고난과 관련된 것이기 때문에 그녀가 다스리는 세계를 극락으로 볼 수는 없다. 따라서 후토부인이 다스리는 세계는 그 성격이 모호한 '막연한 저승'이라고 할 수밖에 없다.

다음은 서왕모가 다스린다는 곤륜산의 요지(瑤池)이다. 「숙향전」에는 옥황상제가 거처하는 옥경이 언급되기는 하지만, 이와 관련된 형상은 전혀 나타나지 않는다. 대신 서왕모의 거처인 요지가 비교적 상세하게 그려져 있으며, 상제가 이곳에서 정사를 다스리는 것으로 서사되어 있다.

> 낭ᄌᆡ 그 ᄉᆡ를 ᄯᅡ라 ᄒᆞᆫ 곳의 다다르니, ᄇᆡᆨ옥 갓튼 연못 가온ᄃᆡ 구슬ᄃᆡ를 뭇고 그 우희 누각를 지어시되, 만호지츄의 호박 기동을 셰우고 유리로 이워시니, 광ᄎᆡ 찰난ᄒᆞ야 바로 보지 못ᄒᆞᆯ네라. 샨호현판의 금쟈로 쎳시되, 뇨지라 ᄒᆞ엿시니, 셔왕모의 집일너라. ……, 문득 셔다히로셔 오ᄉᆡᆨ구름니 일어나고 그이ᄒᆞᆫ 향ᄂᆡ 진동ᄒᆞ더니, 무슈ᄒᆞᆫ 션관 션네 용도 타시며 봉황도 타며 쌍쌍니 드러가고, 청운니 어린 곳의 육용이 옥년를 뫼와 황금 슈ᄅᆡ를 ᄐᆡ왓시니, 이는 옥황샹졔 타신 용니요, 그 뒤예, '셔천 셔ᄀᆡ여ᄅᆡ 오신다' ᄒᆞ고, 졔천졔불과 삼ᄐᆡ칠셩과 관음나한과 보살이 시위ᄒᆞ야 오되, 각ᄉᆡᆨ 풍뉴 구름의 어ᄅᆡ엿고, 위의거동니 쳔지간의 진동ᄒᆞ더라. 여러 힝ᄎᆞ 차례로 드르시되 오직 낭ᄌᆡ 알니 업써니, 이윽ᄒᆞ야 구름니 크게 일어나며 그 쇽의 ᄇᆡᆨ옥교ᄌᆞ 탄 션네 벽년화한 가지를 썻거 쥐고 단졍니 안ᄌᆞ는ᄃᆡ, 좌우의 무슈ᄒᆞᆫ 션네 시위ᄒᆞ야 오더니, 이는 월궁항아의 힝ᄎᆞ러라.(67~68쪽)

설화에 의하면 서왕모의 궁전은 곤륜산 꼭대기에 있으며, 궁전 왼쪽으로는 요지라는 아름다운 연못이 있고, 오른쪽에는 취수(翠水)가 흐르며, 산 밑에는 약수(弱水)라는 강이 있다고 한다. 또한 서왕모가 사는 궁전은 대단히 넓고 크며, 황금과 대리석으로 만들어서 눈부시게 아름답다고 한다. 그런데 「숙향전」에는 요지 가운데 구술로 대를 쌓고 그 위에 누각을 지었으며, 만호 주춧돌 위에 호박 기둥을 세우고 유리로 지붕을 이은 집이 바로 서왕모의 궁전이라고 한다. 또한 설화에서는 서왕모의 궁전을 황금과 대리석으로 만들어서 눈부시게 아름답다고 하는데, 「숙향전」에는 구슬, 만호, 호박, 유리 등으로 만들어서 광채가 찬란하다고 묘사되어 있다. 궁전을 지은 재료는 다르지만 눈이 부실 정도로 찬란하다는 것은 같다고 하겠다.

서왕모의 동산에는 3천 년 만에 한 번 열린다는 반도 과수원이 있으며, 반도가 익을 때면 요지에서 잔치를 베풀어 옥황상제에게 반도를 진상한다고 한다. 이 잔치를 요지연(瑤池宴)이라고 하는데, 「숙향전」에는 요지연 때 옥황상제를 비롯하여 여러 신선이 모이는 광경과 그들의 자리 배치가 묘사되어 있다.[9] 위에 인용한 대목은 숙향이 꿈에서 본 요지연의 광경인데 여러 선관과 선녀들이 용과 봉황을 타고 쌍쌍이 들어오고, 옥황상제는 여섯 마리 용이 끄는 황금수레를 타고 오며, 석가여래는 제천제불 · 삼태칠성 · 관음나한 · 보살 등의 시위를 받으며 오고, 월궁항아는 백옥 교자를 타고 무수한 선녀들의 시위를 받으며 들어온다. 「숙향전」은 요지연에 참석한 주빈으로 옥황상제, 석가여래, 월궁항아 등을 거론하고 있는 것이다.

다음 대목은 대성사 부처가 이선에 들려준 신령들의 방위와 앉은자리이다.

> 북역 옥륜ᄃᆡ 우희 놉히 안즌 이는 옥황샹졔시고, 그 뒤혜는 샴틱 칠셩니 모든 별을 거늘엿고, 동편 ᄇᆡᆨ옥교위예는 셔가여ᄅᆡ 모든 부

9) 조선 후기에는 서왕모가 요지에서 잔치를 베푸는 광경을 그린 「요지연도」가 많은데, 이들 그림은 대체로 서왕모가 주나라 목왕(穆王)을 초정하여 잔치를 베푼 광경을 담고 있다.

쳐를 거늘이시고 챠례로 안즈시니…….(80~81쪽)

옥황상제는 삼태칠성과 모든 별을 뒤에 거느리고 북쪽 옥륜대 위에 높이 앉아 있으며, 석가여래는 모든 부처를 거느리고 동쪽 백옥교 위에 앉아 있다. 위의 대목에는 나타나 있지 않지만 월궁항아는 여러 선녀를 거느리고 서쪽 백옥 교자에 앉아 있고, 최고의 여신인 서왕모는 옥황상제의 옆에 자리했을 것으로 추정된다.[10] 「숙향전」은 불교와 도교에서 섬기는 모든 신령이 요지연에 참석했으며, 옥황상제가 북쪽에 자리한 것은 인간세계에서 임금처럼 신의 세계에서는 최고의 통치자라는 인식을 반영한 것이라고 하겠다.

그런데 「숙향전」에서 특이한 것은 막상 요지의 주인이면서 요지연을 주최한 서왕모는 전혀 나타나지 않는다는 점이다. 요지연의 진행 과정이나 행사 내용도 '각색 풍류가 진동한다'는 것이 전부이다. 대신 이곳에서 옥황상제가 월궁항아의 요청을 받아들여 숙향의 복록을 정해주고,[11] 이어서 숙향으로 하여금 이선에게 반도를 진상하라고 명령하는 등 정사를 행한다. 본래 옥황상제가 거처하면서 정사를 행하는 곳은 옥경 또는 천궁이라고 하는데, 「숙향전」에도 이러한 상상적 인식이 엿보인다. 용왕이 옥경에 올라가 조회를 했다거나, 숙향의 전신인 월궁소

---

10) 경기도 박물관에 소장되어 있는 「요지연도」(8폭 병풍)는 서왕모와 주나라 목왕이 궁녀와 시종을 거느리고 성장을 한 채 각각 주연상 앞에 앉아 선녀 · 선동들의 주악과 가무장면을 보고 있는 장면에 초점이 맞추어져 있으며, 중앙에는 서왕모가 앉아 있고 그 좌측에 주목왕이 앉아 있다. http://musenet.ggcf.kr/archives/artwork/요지연도?term=4. 참조.

11) 옥황상제는 여래에게 명하여 숙향의 수명을 70으로 정하고, 북두칠성에게 명하여 아들 형제와 딸 하나를 두게 하며, 남두칠성에게 명하여 두 아들과 딸의 복록을 정해준다.

아와 이선의 전신인 태을선군이 상제 앞에서 글을 화답하는 등 서로 희롱한 죄로 인간세계에 적강하게 되었다는 언술 등이 나타나 있는 것이다. 그러나 「숙향전」에는 옥경에 대한 형상은 물론 상제가 옥경에서 정사를 행하는 장면은 전혀 나타나지 않는다.

이렇듯 옥황상제가 옥경이 아니라 요지연에서 정사를 행한 것으로 형상화된 것은 「숙향전」의 내용과 관련되어 있다. 꿈에서 깨어난 숙향은 꿈에 본 요지연의 광경을 수놓아 족자를 만들어 팔았는데, 이선이 우연히 그 족자를 구입해서 보고 비로소 숙향이 자신과 천정연분이라는 것을 알게 된다. 즉 숙향이 수놓은 요지연도가 두 사람을 매개하는 역할을 하고 있는 것이다. 또한 여기에는 선계와 관련하여 옥경보다는 요지연에 더 관심이 많았던 조선 후기 사람들의 관심과 지향이 반영되어 있다고 하겠다.[12)]

「숙향전」에서 가장 많이 나타나는 선계 중의 하나가 용궁이다. 용은 비를 내리고, 물을 공급하며, 홍수를 일으키는 등 물과 관련된 모든 것을 주재하는 신령이다. 따라서 용은 바다와 호수, 하천, 연못, 우물을 비롯하여 물이 있는 곳이면 어디서든 살고 있는 것으로 생각되었다. 그런데 「숙향전」에는 '옛날 사해용왕이 수정궁에 모여 잔치를 벌였다'고 하여 네 명의 용왕이 거론되고 있으며, 작품에 등장하는 용왕은 동해용왕, 남해용왕, 서해용왕이다. 『서유기』에도 동해용왕 오광(敖廣), 남해용왕 오흠(敖欽), 북해용왕 오순(敖順), 서해용왕 오윤(敖閏)이 등장한다. 이들 네 명은 모두 형제로 설정되어 있는데, 「숙향전」에 등장하는

12) 국가와 민중이 생명을 위협받는 위기에 처했을 때 그 생명력을 지속하는 대안으로 「神仙圖」가 유행하였으며 그 중심에 「遙池宴圖」가 자리하고 있었다(김정은, 「조선 후기 「神仙圖」에 내재된 生命觀 – 「遙池宴圖」를 중심으로 –」, 『동양예술』 32, 한국동양예술학회, 2016, 75쪽)고 한다.

세 명의 용왕도 서로 친인척 관계를 맺고 있는 것으로 설정되어 있다. 동해용왕은 남해용왕의 아버지이며 서해용왕의 장인으로 설정되어 있는 것이다. 「숙향전」에서 사해용왕이 있다고 하면서도 북해용왕이 전혀 등장하지 않은 것은 북해가 없는 한반도의 지리적 환경과 관련된 것으로 이해된다.

용궁과 관련된 내용이 비교적 자세하게 나타난 것은 남해용궁이다. 병부상서가 된 이선이 죽을병에 든 황태후를 살리기 위해 선약을 구하러 가는데 처음 도착한 곳이 바로 남해용궁이다. 남해용궁은 중국 지경에서 남쪽으로 삼천삼백 리에 있고, 또 다른 선경인 봉래산은 남해용궁에서 동남쪽으로 삼천삼백 리에 있다고 한다. 남군에서 낙양까지의 거리가 삼천삼백육십오 리라고 하니, 중국 남쪽 국경에서 남해용궁까지의 거리도 이와 비슷한 셈이다.

용궁도 일종의 왕궁인 만큼 인간세계의 왕궁과 비슷한 벼슬과 조직을 갖추고 있는 것으로 그려지고 있다. 용왕은 지상의 임금처럼 '곤룡포를 입고 머리에 통천관을 쓰고 백옥홀을 잡고' 정사를 행하며, 용왕을 보좌하는 관리와 수졸 등이 존재한다. 이 가운데 비교적 상세하게 묘사되어 있는 인물이 수졸이다.

> 믄득 슈즁으로셔 큰 즘ᄉᆡᆼ니 머리는 셔너 셤드리 뒤웅박 갓고, 눈니 너히뇨 몸니 화광 갓고, 크기 각지동만 ᄒᆞ며, 길히 ᄇᆡᆨ쳑니나 ᄒᆞᆫ 거시 쇼ᄅᆡ 벽녁 갓써라. 그거시 쇼ᄅᆡ 질너 왈, "너히 엇썬 거시완ᄃᆡ, 지셰도 안니 물고 남의 싸의 당도리 지나가려 ᄒᆞ는다? 너희 가져가는 보ᄇᆡ를 다 ᄂᆡ여라. 그러치 안인즉 션즁 샤람를 다 잡아먹으리라." ᄒᆞ는 쇼ᄅᆡ 쳔지 뒤눕거늘, ……. 그거시 왈, "네 나라 병부샹셔를 귀히 넉인들, 니 바다 귀신죠ᄎᆞ 귀히 넉이랴? 잡말 말고 슈히 닐

아." ᄒᆞ고, ᄇᆡ를 업치락 뒤치락 ᄒᆞ거ᄂᆞᆯ, …….(195쪽)

용궁의 수졸은 큰 짐승이라고 표현되어 있으며, 자칭 바다귀신이라고 한다. 머리는 뒤웅박처럼 생겼는데 쌀가마 서너 섬이 들어갈 정도로 크며, 눈이 넷이고, 각진 기둥처럼 생긴 몸에서는 화광이 빛나며, 신장은 백 척이나 된다고 한다. 또한 수많은 사람이 탄 배를 끌고 갈 정도로 힘이 셀뿐만 아니라 사람도 잡아먹는다고 하니, 말 그대로 괴물인 셈이다. 당시 사람들은 이런 괴물이 드넓은 바다와 수중에 있는 용궁을 지키고 있다고 상상했던 것이다.

남해용궁에 소속된 인물 중 가장 많이 등장하는 인물은 용왕의 셋째 아들이다. 이 용자(龍子)는 일광노라는 신선의 제자로 신선 공부를 하던 중 스승의 명에 따라 이선을 봉래산과 천태산 등 선계로 안내하여 이선이 선약을 구하는데 결정적인 역할을 한다. 봉래산과 천태산을 가기 위해서는 열두 나라를 지나야 하는데, 속세의 인물인 이선이 이들 나라를 통과하기 위해서는 용왕의 공문과 용자의 안내가 절대적으로 필요했던 것이다.

남해용궁에서 천태산과 봉래산으로 가기 위해서는 열두 나라를 통과해야 하는데, 이들 나라는 선계로 가기 위한 관문이면서 동시에 선계의 한 영역으로 설정되어 있다.

용ᄌᆡ 샹셔다려 왈, "ᄂᆡ 혼쟈 가는 길 갓ᄉᆞ오면 아모ᄃᆡ도 걸일 ᄃᆡ 업시 슌으로 가오련만은, 샹공게셔 인간의 날려와 진ᄀᆡ니 되엿시니, 인간 샤람니 간ᄃᆡ로 션간의 드러 가지 못ᄒᆞ게 ᄒᆞ야 지나가는 곳의 여러 실령니 직히여시니, 게 가셔 부왕의 쥬신 공문를 들여 셩졉ᄒᆞ며 갈 거시니, 아모ᄃᆡ 가셔도 다 ᄂᆡ ᄒᆞ는ᄃᆡ로 ᄒᆞ쇼셔." 샹셰 왈,

"슈궁의는 용왕니 웃뜸인니, 발로 슈로로 가면 쉬오려든, 엇지 눅노로 가 폐로이 ᄒᆞ여 공문를 셩졉ᄒᆞ며 머믈이오?" 용지 왈, "슈로로 가면 가마니 가련니와, 하늘리 알르시면 용궁의 큰 변니 나고 지경 마튼 신령이 다 죠치 못ᄒᆞᆯ 거시니, 공문를 셩졉ᄒᆞ야 후환를 업시 ᄒᆞ리라."(201쪽)

봉래산과 천태산 등 선계는 속세의 인간이 마음대로 들어가서는 안 되는 곳이다. 때문에 인간이 들어가지 못하도록 열두 나라의 신령들이 지키고 있다고 한다. 또한 용왕의 표주(瓢舟)를 타고 수로로 가면 순식간에 갈 수 있지만, 옥황상제가 그 사실을 알면 용궁에 큰 재변이 나고 지경을 맡은 신령들도 문책을 당한다고 한다. 그래서 속세의 인간은 반드시 육로로 가야 하며, 또 그 중간 지역에서 위치한 열두 나라 성황들의 허락을 받아야 한다는 것이다.

이들 열두 나라 가운데 작품에 서술된 나라는 회회국(回回國), 함밀국(含蜜國), 유리국(琉璃國), 교의국(交義國), 우오국의 다섯 나라이다. 이들 나라를 지키는 왕을 성황(城隍)이라고 하는데, 이는 그 나라의 토지와 마을을 지켜주는 신령이라는 뜻을 지닌다. 각 나라의 성황은 경성(經星), 필성(畢星), 기성(箕星), 규성(奎星) 등 모두 이십팔수(二十八宿)에 속하는 별들의 이름이다.

이선과 용자가 처음 이른 나라는 경성이라는 성황이 지키는 회회국이다. 회회국은 중국 당나라 때 중세 이슬람 국가인 사라센제국을 지칭하지만, 여기에서는 순전히 가상의 나라이다. 이 나라 사람들은 똑바로 걷지 못하고 빙빙 돌면서 다닌다고 하는데, 나라 이름을 회회국이라고 한 것도 여기에서 비롯된 것이다.[13] 이곳에서는 성황이 이선을 각별히 공경하면서 곧바로 통과시킨다.

두 번째 나라는 필성이라는 성황이 지키는 함밀국이다. 이 나라 사람들은 화식(火食)은 하지 않고 꿀만 먹고 산다고 하는데, 함밀국이라는 나라 이름도 여기에서 비롯된 것이다. 이곳의 성황도 앞으로 험한 곳이 많으니 조심하라는 당부와 함께 곧바로 이선을 통과시킨다.

세 번째 나라는 기성이라는 성황이 지키는 유리국(琉璃國)으로, 이 나라 사람들은 중국 사람들처럼 누리고 비린 것은 먹지 않는다고만 서술되어 있다. 이곳의 성황은 속인이 무단히 선계에 들어온 것을 꾸짖다가 용왕의 공문을 본 후에 마지못해 이선을 통과시킨다. 일본 오키나와에 있었던 '유구국(流球國)'을 유리국이라고도 했으며, 이 나라는 조선 후기 사람들에게도 비교적 잘 알려진 나라이다. 『산해경(山海經)』「해외북경(海外北經)」편에도 한자 표기는 다르지만 '유리국(柔利國)'이라는 나라가 나오는데, 이 나라 사람들은 손과 발이 각각 하나씩이며 무릎이 반대쪽으로 굽어 있고 굽은 발로 땅 위에서 산다고 한다.[14] 따라서 「숙향전」에 나온 유리국은 『산해경』의 유리국과는 다르다고 하겠다.

네 번째 나라는 규성이라는 성황이 지키는 교의국으로, 이 나라 사람들은 곡식은 먹지 않고 차만 먹어서 몸이 새처럼 가볍다고 한다. 이곳의 성황인 규성은 상제의 명령 없이 속인이 들어왔다며 용자와 이선을 구리성에 가두어버린다. 이에 용자가 한 줄기 바람으로 변해 구리성을 탈출하여 스승인 일광노에게 구원을 요청하며, 구름을 타고 온 일광노의 권유에 따라 규성이 이선을 풀어준다.

다섯 번째 나라는 우오국이다.[15] 성황의 이름은 명기되지 않은 채 어

---

13) 『산해경』에도 대인국(大人國), 소인국(小人國), 여자국(女子國), 일목국(一目國) 등 그 나라 사람들의 특징을 기준으로 나라 이름을 붙였다.

14) 이중재 역, 『山海經』 上, 622쪽. 柔利國在一目東, 爲人一手一足, 反극 曲足居上. 一云留利之國, 人足半折.

질다고만 서술되어 있으며, 용자가 공문을 접수하러 갔을 때 '이 땅 사람들이 본래 강악하니 조심하라'고 당부하기도 한다. 이 나라 사람들은 키가 십 척이나 되며 밥은 먹지 않고 짐승이나 사람을 잡아먹는다고 하는바, 일종의 거인 식인종이라고 하겠다. 실제로 우오국 사람들이 이선을 잡아먹으려 달려드는 순간 이선은 용자가 준 부적을 던져 위기를 모면한다.

이처럼 「숙향전」에는 봉래산 등 선계에 들어가기 전에 열두 나라를 거쳐야 한다고 설정되어 있는데, 우리나라에서는 「숙향전」 외에는 이들 가상의 나라와 관련된 문헌이나 기록을 찾아보기가 어렵다. 중국의 설화집이라고 할 수 있는 『산해경』과 『태평광기(太平廣記)』에는 기이하게 생긴 사람이나 생명체가 산다는 나라들에게 대한 기록이 서술되어 있다. 머리 하나에 몸이 셋인 삼신국(三身國), 팔과 눈과 콧구멍이 각각 하나인 일비국(一臂國), 팔 하나에 눈이 세 개인 삼목국(三目國) 등등. 물론 이들 문헌에는 기이한 나라만 서술되어 있는 것은 아니다. 예컨대, 우리나라에 해당하는 것으로 볼 수 있는 조선(朝鮮) 사람들은 물가에 살면서 사람들이 서로 매우 사랑한다[16]고 서술되어 있는 것 등을 들 수 있다.

이런 점을 고려한다면, 「숙향전」에 나오는 열두 나라는 『산해경』이나 『태평광기』의 영향 아래 놓여 있다고 할 수 있다. 그러나 『산해경』과 『태평광기』에 소개되어 있는 수많은 나라들 가운데 「숙향전」에 나오는 나라와 같거나 유사한 나라는 없는바, 「숙향전」에 나타난 다섯 나라는 구전과정에서 변이된 것으로 보인다.

---

15) 우오국에 대한 이야기는 본고에서 주 텍스트로 삼고 있는 중앙연구원본에만 나온다.
16) 이중재 역, 앞의 책, 555쪽. 東海之內 北海之隅 有國名曰朝鮮天毒 其人水居 偎人愛之.

또한 「숙향전」에 설정되어 있는 열두 나라는 봉래산과 같은 선계로 가기 위해 반드시 거쳐야 하는 관문이면서 동시에 선계로 설정되어 있다는 점에서 『산해경』의 그것과 구별된다. 『산해경』에 나오는 기이한 형태의 사람과 짐승들이 사는 세계는 신화적 상상에 기반하고 있을지라도 어디까지나 실재하는 세계라는 인식에 따라 서술되어 있다. 그런데 「숙향전」에는 이들 나라가 인간세계와 다른 선계로 설정되어 있다. 유리국의 성황인 기성은 이선에게 '선간의 길이 다르거든 범인이 임의로 들어왔는가?'라고 꾸짖으며, 교의국의 성황인 규성은 '인간 사람이 당돌하게 선경을 더럽혔다'며 이선을 구리성에 가둬버린다. 또한 규성은 구리성에 갇힌 이선을 풀어준 후 일광노와 함께 물 가운데 오색구름으로 누대를 쌓고 구름 위에서 풍류를 즐기기도 했던바, 열두 나라는 선관들이 공중에서 풍류를 즐기는 공간이기도 했던 것이다.

열두 나라를 통과한 이선과 용자는 봉래산에 가기 전에 여러 신선들을 만난다. 술에 취한 채 고래를 타고 물을 평지처럼 다니는 이적선(李謫仙)과 파초 잎을 타고 청강검을 둘러맨 여동빈(呂洞賓)에게 붙들려 곤욕을 치르며, 거문고를 물 위에 띄우고 그 위에 앉아서 피리를 부는 왕자균(王子均)을 만나고, 마침내 사자를 타고 온 두목지(杜牧之)의 안내로 봉래산에 이른다. 열두 나라와 봉래산 사이에는 여러 신선들이 자유롭게 노닐면서 풍류를 즐기는 공간이 또 존재하고 있는 것이다.

그런데 이곳은 뭍이라기보다는 물 또는 물가로 형상화되어 있다. 신선들이 고래와 파초 잎 등을 타고 다니기도 하고, 물 위에 앉아서 피리를 분다고 되어 있기 때문이다. 하늘 또는 선계에 존재하는 물이라면 '은하수'를 상정할 수 있을 터인데, 다음과 같은 구절들은 이곳이 은하수와 관련되어 있음을 보여준다.

믄득 션녜 년녑쥬의 츌쥬를 싯고 가거늘, 동빈니 문왈, "그딕 어딕로 가는다?" "두목지 션싱니 옛 벗 보랴 ᄒᆞ시고 옥하슈로 마쵸아 시니, 그리 가너이다."(211~212쪽)

한 청의동직 학를 타고 와 샬오되, "안긔싱계옵셔 오늘 션싱를 다 청ᄒᆞ여 직녀궁으로 보쟈 ᄒᆞ더이다."(214쪽)

위의 인용문은 한 선녀가 연엽주에 신선들이 마시는 출주라는 술을 싣고 옥하수로 간다는 것과 안기생이라는 신선이 여러 신선들을 직녀궁으로 초대하였다는 내용이다. 옥하수는 은하수를 달리 이르는 말이며, 견우성과 직녀성은 은하를 사이에 두고 동서로 자리 잡고 있는 별들이다. 곧 열두 나라와 봉래산 사이에 있는 선계는 은하수와 그 인근의 공간을 상정하여 형상화한 것이라고 하겠다.

다음 선계는 삼신산 중의 하나인 봉래산이다. 이선은 두목지를 따라 은하수에서 동남쪽으로 향해 가다가 봉래산에 이르는데, 그곳은 온갖 꽃과 새들이 있는 별천지였다고 한다.

노옹 왈, "져 침향나무 밋틱 드러가면 놉흔 바회 우희셔 바독 두는 션관 이시니, 게 가 무러보아라." ᄒᆞ거늘, 샹셰 그리로 향ᄒᆞ야 가니, 가는 길히 다 옥바회요, 오식구름이 얼릐엿고, 온갖 쏫치 만발ᄒᆞ고, 난봉 공쟉니며 청학 빅학니 쌍쌍이 우지즈며, 이야 진짓 별유천지별건곤니 여긔러라. 샹셰 칭찬 왈, "인간의셔 샴신샨니 잇싼 말리 허언이라 ᄒᆞ여써니, 이야 진짓 샴신샨이로다."(217쪽)

션관 왈, "쇠용의 너흔 믈은 황혼쉬오, 져 풀은 긔연쵸오, 니 환약은 화단니라. 이졔 도라가면 틱후 쥭어실 거시니, 그딕 가젓는 옥지환를 쥭엄 우희 언져두면 써근 샬리 닉샬고, 져 물를 입의 들리오면 혼빅

니 도로 샤아날 거시니, ᄀᆡ연쵸를 먹니면 말삼를 ᄒᆞ리라."(221쪽)

『사기(史記)』의 「봉선서(封禪書)」에는 봉래산을 비롯한 삼신산에 대해 다음과 같이 서술되어 있다.

> 전설에 의하면, 삼신산(三神山)은 발해(渤海) 중에 있어 그 길이 멀지 않았으나, 선인(仙人)들은 배가 도착하는 것을 걱정하여 곧 바람을 일으켜 배를 멀리 보냈다고 전해진다. 이미 그곳에 가본 적이 있는 사람들은 선인들과 장생불사의 약이 모두 거기에 있으며, 산 위의 물체, 새, 짐승 등의 색깔은 모두 흰색이며, 궁전은 모두 황금과 백은(白銀)으로 건축하였다고 전한다. 아직 거기에 도달하지 않았을 때 멀리서 바다다보면, 삼신산은 천상의 백운과 같으며, 거기에 도달하여 보면 삼심산은 오히려 수면 아래에 처해 있는 듯하다. 배가 막 다다르려고 하면 바람이 배를 밀쳐내어 시종 거기에 도달할 수 없었다.[17]

「숙향전」에서 형상화된 봉래산도 『사기』의 기록과 대동소이하다. 바둑을 두는 선관이 있고, 온갖 꽃이 만발해 있으며, 난봉 · 공작 · 청학 · 백학과 같은 상서로운 새들이 있고, 환혼수(還魂水)와 개언초(開言草) 같은 선약이 있다고 한다. 다른 점이 있다면, 『사기』에는 그곳의 물체, 새, 짐승 등의 색깔이 모두 흰색이며 황금과 백은으로 지은 궁전이 있다고 하는데, 「숙향전」에는 흰색이나 궁전과 관련된 내용은 없다. 대신 길이 옥바위로 되어 있고, 얼음장처럼 가파르고 높은 상봉이 있으며, 평소 그곳에 거처하는 구루선이라는 신선이 선약을 관장하는 것으

---

17) 사마천 지음, 정범진 외 옮김, 『사마천 사기2: 表序 · 書』, 까치, 1996, 192쪽.

로 형상화되어 있다. 봉래산 등 삼신산과 관련된 설화는 매우 다양하다. 그러나 신선들이 살고 선약이 있는 별천지라는 것은 이 설화의 핵심적 요소인데, 『사기』나 「숙향전」의 경우에도 이런 핵심적인 요소를 갖추고 있다.

「숙향전」에서 마지막으로 나타난 선계는 마고선녀가 관장하는 천태산이다. 천태산은 중국 절강성(浙江省) 천태현(天台縣) 북방에 있는 불교의 영산이다. 그런데 「숙향전」에는 불교보다는 도교에서 여신으로 섬기고 있는 마고선녀가 선약을 관리하는 선계로 설정되어 있다. 또한 천태산은 인간세상에서 멀지 않기 때문에 가기도 쉽다고 한다. 그래서 이선은 용자의 안내를 받아 어렵지 않게 천태산에 이르는데, 천태산에 대한 형상은 봉래산의 그것과 대동소이하다.

> 샹셔 그 즁를 향ᄒᆞ야 무슈히 샤례ᄒᆞ고 동다히를 향ᄒᆞ여 가더니, 츄슈와 계슈며 그니ᄒᆞᆫ ᄭᅩᆺ치며 고이ᄒᆞᆫ 즘ᄉᆡᆼ니 믈리지 단니며 우지즈니 슬푸미 그지업고, 오ᄉᆡᆨ구름니 쟈옥ᄒᆞ엿시니, 길흘 분별치 못ᄒᆞᆯ네라. 샨은 갈쇼록 쳡쳡ᄒᆞ고 인젹니 업셔 민망ᄒᆞ더니, ᄒᆞᆫ 바회우희 노옹니 걸어 안ᄌᆞ거ᄂᆞᆯ,(226쪽).

첩첩한 산중에 맑은 물이 흐르고 기이한 꽃들이 활짝 피어 있으며, 기이한 짐승들이 무리지어 다니고 오색구름이 자욱하게 서려 있어 길을 찾기가 어려울 정도라고 한다. 이선은 이곳에서 사슴을 타고 다니는 아이, 오만팔천 년을 이곳에서 살았다는 거렁뱅이 같은 노인, 사해팔방을 순식간에 오간다는 노인, 대성사의 부처 등을 만난다. 「숙향전」은 천태산에도 봉래산처럼 여러 신선들이 살고 있다고 생각했던 것이다.

이선은 대성사 부처의 지시에 따라 동쪽으로 가다가 흰 사슴이 끄는 옥수레를 타고 가는 여자를 만나는데, 그 여자를 따라 간 곳은 다음과 같이 묘사되어 있다.

> 샹셔를 달리고 한 골노 드러가니, 그 골리 셔긔 어릐엿고 오식 바회와 쳔만 가지 쏫치 골골이 쟈옥킈 불거 잇고, 오식 돌노 슈을 노하 박셕를 짤아시니, 발부치기 엄엄ᄒᆞ더라. 멀리 발아보니, 긔니ᄒᆞᆫ 향닉 코흘 거슬리는ᄃᆡ ᄒᆞᆫ 집니 은은이 뵈거늘, 다다르니 황졔 계신 궁궐 갓써라. 문챵호 달리 긔니ᄒᆞ고, 셔긔 두우러 쎄쳐써라.(227~228쪽)

여자를 따라 들어간 골짜기에는 서기가 서려 있고, 골짜기마다 오색 바위와 천만 가지 꽃들이 있으며, 길에는 오색 돌로 수를 놓은 반석이 깔려 있고, 기이한 향내가 가득한 곳에 황제가 사는 궁궐처럼 생긴 집이 있었다고 한다. 「숙향전」은 천태산에도 마고선녀가 거주하는 화려한 궁전이 있었던 것으로 생각했던 듯하다.

이상에서 살펴보았듯이, 「숙향전」에는 후토부인의 명사계, 서왕모의 요지연, 용왕의 남해용궁, 성황들이 지키는 열두 나라, 은하수, 봉래산, 천태산 등 여러 선계가 비교적 구체적으로 형상화되어 있다. 이들 선계 하나하나는 오랫동안 전승되어온 설화를 바탕으로 형상되었을 터이지만, 선계의 전체적인 면모가 「숙향전」처럼 구체적으로 형상화된 문헌은 찾아볼 수가 없다. 특히 봉래산 등 선계에 가기 위해서 성황들이 지키는 열두 나라를 통과해야 한다는 이야기는 어떤 설화에서도 볼 수 없는 내용이다. 따라서 「숙향전」은 조선 후기 사람들이 선계를 어떻게 상상하고 인식했는가를 파악할 수 있는 매우 소중한 자료라고 하겠다.

2) 신령들의 권능과 위상

「숙향전」에 등장하는 신령은 옥황상제를 비롯하여 후토부인, 화덕진군, 마고할미, 태을선군, 월궁항아, 월궁소아, 용왕, 이적선과 두목지 등 여러 신선, 성황 등등이다. 옥황상제는 천상계와 지상계 전체를 관장하는 최고의 신령인데, 그는 다음과 같은 일들을 행한 것으로 나타난다.

첫째, 천상에서 잘못을 저지른 선관이나 선녀들을 징계하여 그들을 인간세상으로 귀양 보내고, 그들의 운명도 결정한다. 예컨대, 천상에서 월궁선녀와 태을선군이 서로 희롱한 죄를 저지르자, 상제는 이들을 인간세계로 귀양 보내어 각각 김전의 딸 숙향과 이상서의 아들 이선으로 태어나게 한다. 또한 상제는 여래, 북두칠성, 남두칠성에게 명하여 숙향의 복녹, 수명, 자손을 결정하기도 한다.

둘째, 해산 가음하는 선녀를 인간세계에 보낸다. 민간신앙에서는 흔히 삼신할머니가 옥황상제의 명을 받아 아이의 출산과 수명과 질병 등을 관장하는 것으로 되어 있다. 그런데 「숙향전」에는 해산 가음하는 선녀가 상제의 명을 받고 천상에서 내려와 숙향과 이선의 출산을 돕는다.

셋째, 신령들의 보고를 받거나 천의를 어긴 신령 및 악인을 처벌한다. 남해용왕은 상제에게 보고한 이후에 김전에게 숙향의 소재를 알려주며, 용왕이나 성황 등이 자기 마음대로 속인을 선계에 들였을 때는 상제에게 처벌을 받는다고 한다. 또한 신승을 인간세계에 내려 보내 숙향을 모함한 사향에게 천벌을 내리기도 한다. 즉 「숙향전」에서 옥황상제는 천상은 물론 지상세계의 모든 일을 관장하는 절대적 존재로 설정되어 있는 것이다.

그런데 흥미로운 것은 상제도 인간적인 면모를 보인다는 점이다.

숙향 왈, "한가지로 득죄ᄒᆞ야 인간의 귀향 왓ᄯᅡ ᄒᆞ되, 션군은 호환으로 지ᄂᆡ게 ᄒᆞ고, 나는 엇지 고힝으로 지ᄂᆡ게 ᄒᆞ엿는고?" 옥녜 ᄃᆡ왈, "쳐음의 쳔샹의셔 득죄ᄒᆞᆯ 제 부인니 먼져 희롱ᄒᆞ온 죄로 즁ᄒᆞ고, ᄯᅩᄒᆞᆫ 션군은 샹제 압헤셔 일ᄀᆞᆨ도 ᄯᅥ나지 안이ᄒᆞ는지라. 상졔 가쟝 ᄉᆞ랑ᄒᆞ시되, 월궁항애 정좨ᄒᆞ시ᄆᆡ 마지 못ᄒᆞ여 인간의 구향 보ᄂᆡ시나, 지금이라도 ᄉᆞ랑ᄒᆞ시는 ᄯᅳ지 즁ᄒᆞ시기로 귀히 되게 ᄒᆞ엿너이다."(51~52쪽)

숙향과 이선은 천상에서 서로 희롱한 죄를 지어 인간세계로 적강되지만, 상제는 숙향은 고행을 겪게 하고 이선은 편히 호사스런 생활을 누리게 한다. 숙향이 그 까닭을 묻자, 옥녀는 그 이유로 두 가지를 든다. 하나는 월궁소아가 먼저 희롱해서 그 죄가 더 무거웠다는 것이며, 다른 하나는 상제가 태을선군을 매우 사랑했기 때문이라고 한다. 애초 상제는 월궁소아만 적강시키고 자기가 사랑하는 신하인 태을선군은 처벌하지 않으려고 한다. 이에 항아가 그 부당함을 소청하자, 상제는 부득이 태을선군도 적강시키되 이상서의 아들로 태어나 호화로운 생활을 누리게 한다. 이러한 상제의 모습은 지극히 인간적 것이라고 하겠다. 또한 항아의 소청을 거부하지 못하는 등 상제도 원칙과 합리에 입각한 신령들의 의견을 무시할 수는 없는 존재로 그려지고 있기도 하다.

「숙향전」에서 맨 처음 등장하는 신령은 후토부인이다. 민간신앙에서 섬기는 신령들이 대체로 그렇듯이 후토부인의 신성(神性)도 다양하다. 중국에서는 성곽 안에 있는 도시의 수호신을 성황신(城隍神), 성 바깥쪽인 촌락이나 교외를 관할하는 신을 토지야(土地爺), 묘지의 신을 후토신(后土神)이라고 했다[18]고 한다. 그런가하면 후토신은 향촌 주민

---

18) 마노 타카야 지음 · 이만옥 옮김, 『도교의 신들』, 들녘, 2001, 293쪽.

들을 천재나 전란으로부터 보호하고 또 그들의 사후세계를 지배하는 향촌의 수호신[19]으로 생각하는 경우도 있다. 또한 '황천후토(皇天后土)'라고 했듯이 황천은 하늘을 관장하는 남신, 후토는 땅을 관장하는 여신으로 섬겨지기도 했다.

우리나라는 삼국시대 초기부터 사직단(社稷壇)을 세웠다는 기록이 있다. 백제는 온조왕(溫祚王) 2년에 단을 베풀고 천지에 제사를 드렸으며,[20] 고구려는 고국양왕(故國壤王) 9년에 국사(國社)를 세웠고,[21] 신라는 제37대 선덕왕(宣德王) 때 사직단을 세웠다[22]고 한다. 사직단이란 토지의 신인 사(社)와 곡식의 신인 직(稷)에게 제사를 올리기 위해 세운 사당인데, 대사(大社)의 제사에는 후토씨(后土氏)를 배위(配位)로 모셨으며, 대직(大稷)의 제사에는 후직씨(后稷氏)를 배위로 모셨다[23]고 한다. 이런 기록들은 우리나라에서도 고대국가가 성립된 초기부터 국가적인 차원에서 후토를 국토의 수호신으로 섬겼다는 것을 보여준다.

「숙향전」에서 후토부인은 명사계, 곧 저승을 관장하는 신령으로 되어 있다. 숙향은 다섯 살 때 전란 때문에 부모와 헤어진 후 홀로 이곳저곳을 헤매다가 추위와 굶주림으로 인해 죽을 위기에 처한다. 이때 후토부인이 잔나비와 청학 등을 보내어 숙향을 구원하고, 또 청조를 보내어 명사계로 인도한다. 이런 점으로 보아 「숙향전」에 나타난 후토부인은 '천재나 전란으로부터 향촌 주민을 보호하고 그들의 사후세계를 지배하는 신격'에 해당한다고 할 수 있다.[24]

---

19) 한국사전연구사, 『종교학대사전』, 1998.
20) 김부식, 이병헌 역주, 『삼국사기(하)』 권32 「잡지 제1」, 을유문화사, 1994, 153쪽.
21) 김부식, 위의 책, 153쪽.
22) 김부식, 위의 책, 151쪽.
23) 『고려사』 권제59, 28장 앞쪽, 지 13 예1 길례대사 사직.

다음은 화덕진군이다. 포진강에 투신했다가 용녀와 월궁선녀들의 구원으로 살아난 숙향은 홀로 가다가 갈대밭에서 잠을 자는데, 한밤중에 사방에서 불길이 치솟아 올라 불타 죽을 위기에 처한다. 이때 한 노인이 나타나 숙향을 등에 업은 후 붉은 부채로 불의 접근을 막는다. 이 노인이 바로 불을 다스리는 신령인 화덕진군이다. 그는 불의 신령답게 수천 리나 떨어진 곳에 불꽃을 날리어 자신의 흔적을 남기기도 하고, 불을 때지 않고도 밥을 지을 수 있다는 화주(火珠)로 숙향을 도와주기도 한다.

화덕진군은 제주도에서 전승되고 있는 신화인 「천지왕본풀이」에도 등장한다. 그런데 그 내용은 매우 소략하다. 천지왕이 백성들을 착취하는 수명장자와 그 딸들을 징계하기 위해 벼락장군, 우레장군, 화덕진군을 지상에 내려 보내 수명장자의 집을 불태운다는 것[25]이 전부이다. 이에 비하면 「숙향전」에는 불을 다스리는 화덕진군의 권능과 그 권능을 행사하는 도구 등이 비교적 자세하게 나타나 있다. 또한 "닉 집은 천샹 남천문 밧 둘직 집"(28쪽)이라는 둥 그의 거처도 서술되어 있다. 남천문은 옥황상제가 거처하는 옥경의 주요 출입구인바, 화덕진군은 옥황상제를 가장 가까이에서 모시는 중요한 신령 가운데 하나로 인식되었던 듯하다.

「숙향전」에서 가장 많이 등장하는 신령은 마고할미이다. 마고할미

---

24) 김소행의 「삼한습유」에도 후토부인이 등장하는데, 옥황상제는 토지신에게 명하여 물에 빠져 죽은 향랑으로 하여금 후토부인의 시중을 들게 한다.

25) 현용준 · 현승환 역주, 『제주도 무가』, 고려대학교 민족문화연구소, 1996, 17쪽. 옥황상제 천지왕이, "벼락장군 내보내라. 벼락사자 내보내라. 우레장군 내보내라. 우레사자 내보내라. 화던진군 화덕장군 내보내라." 수명장자 집에 정낭을 닫아 놓고 불을 질러간다.

는 본래 천태산에서 약초를 관리하는 신령인데, 월궁항아의 명령을 받고 인간세계에 내려와 이화정이라는 술집 주모로 행세하면서 숙향을 도와준다.

> 한미 왈, "나는 과년 쳔ᄐᆡ샨 마구션네로 월궁항아의 명를 바다 낭ᄌᆞ를 구ᄒᆞ려 인간의 나려왓삽쎠니, 져젹의 낭ᄌᆡ 요지연의 갓실 졔도 ᄂᆡ 쳥죄 되여 인도ᄒᆞ야 다려가고, 낭군 오실 졔도 ᄂᆡ 샴신샨 션관를 모도 쳥ᄒᆞ야 위유ᄒᆞ고, 낙양 옥즁의 갓쳐 잇실 졔도 ᄂᆡ 쳥죄 되여 낭ᄌᆞ의 셔찰를 니랑게 젼ᄒᆞ고, 낭ᄌᆞ의 온갖 일을 돌보더니, 이제는 낭ᄌᆞ의 고ᄋᆡᆨ니 다 진ᄒᆞ고, 낭ᄌᆞ와 동쥬ᄒᆞᆯ 인년니 다 진ᄒᆞ여시니 슬허ᄒᆞ너니ᄃᆞ."(123쪽)

화덕진군의 구원으로 갈대밭 화재에서 벗어난 이후 숙향은 오갈 데가 없어 길거리에 주저앉아 있는데, 술집 주모로 변신한 마고할미가 나타나 숙향을 이화정이라는 술집으로 데려가 함께 산다. 그러면서 숙향과 이선의 결혼을 주선하고 낙양령이 숙향을 죽이려할 때 신통력을 발휘하여 구원하는 등 숙향의 온갖 일을 돌본다. 숙향의 고난이 끝날 즈음에 이르러서는 마침내 자기의 본래 신분을 밝히고 천태산으로 돌아간다. 이후에도 마고할미는 자기가 부리던 삽살개를 남겨두어 숙향을 돌보게 하고, 숙향이 전란 때 헤어진 부모와 만날 수 있도록 안내하며, 천태산으로 자신을 찾아온 이선에게 선약을 캐어주는 등의 일을 수행한다. 다섯 살 때 부모를 잃고 전쟁고아로 떠돌던 숙향을 부모 이상으로 돌본 것이 바로 마고할미였던 것이다.

마고선녀 또는 마고할미에 대한 설화는 중국은 물론 우리나라에도 많이 존재한다. 중국에서 가장 오래된 기록은 조비(曹丕)가 지은 『열이전(列異傳)』인데, 여기에는 마고의 나이가 18~19세 정도 되었으며 앞머리에 쪽을 짓고 나머지 머리는 허리까지 드리운 화려하고 아름다운 여성의 모습으로 형상화되어 있다. 또한 그녀는 서왕모의 반도연에 초대되어 영지로 빚은 술을 서왕모에게 바치고 수연을 기념하는 춤을 추었으며, 수명과 장수의 신으로 숭배되었다고 한다.[26)]

조선시대 유학자들의 시문 등에는 마고가 대체로 낭랑 18세의 선녀로 그려지고 있다.[27)] 그런데 우리나라 설화에는 '마고선녀'가 아니라 '마고할미'라는 명칭을 사용하고 있고, 마고할미는 한반도 고유의 여신으로서 여산신 내지 창조여신의 고유한 형상을 간직하고 있다.[28)] 또한 마고할미는 거인의 신체를 지녀 많이 먹고 많이 싸는 특징을 지녔으며, 산천의 지형을 만들고 큰 바위를 옮기고 농사에 관여하기도 하는 형상을 보여준다.[29)]

「숙향전」에 나타나는 '마고'도 전체적으로 '노파'의 형상을 하고 있기 때문에 중국의 그것과는 구별된다. 그런데 「숙향전」에는 '마고선녀'와 '마고할미'라는 명칭을 번갈아 사용하고 있으며, 거구의 이미지는 전혀 나타나지 않는다. 이선이 천태산에 갔을 때 마고는 각각 다른 형상을 하고 나타난다. 처음에 만난 마고는 "샨즁으로셔 ᄒᆞᆫ 녀직 옥 슈릐를 흰 샤슴의 메예 타고 ᄒᆞᆫ 숀의 쳔도를 쥐고 나오니, 멀리털은 눈갓고 얼골은 도화 갓써라."라고 되어 있으며, 두 번째는 "골 어귀에 헐버슨 할미 청샵샬기를 달리고 나믈를 ᄏᆡ거늘,"이라고 서술되어 있다.

중국에서 마고는 서민들에게 각별하게 사랑받는 신선이었으며, 특

26) 송화섭, 「한국의 마고할미 고찰」, 『역사민속학』 27, 한국역사민속학회, 2008, 133쪽.
27) 이에 대해서는 송화섭의 위의 논문을 참조하기 바람.
28) 조현설, 『마고할미 신화연구』, 민속원, 2013, 21쪽.
29) 조현설, 위의 책, 136쪽.

히 부인의 생일에는 그녀의 그림을 장식하는 관습이 있었는데 그림의 대부분은 마고가 반도를 가지고 수사슴과 함께 있는 모습이라고 한다.[30] 이선이 천태산에서 처음에 본 바로 그 형상이다. 그런데 두 번째는 '청삽살개와 함께 헐벗은 노파'의 모습으로 나타난다. 삽살개는 우리나라 4대 토종개 중 하나이며, 예전부터 귀신 쫓는 개로 알려져 왔다. 마고할미는 인간세계에서 숙향을 돌볼 때도 위와 같은 모습을 하고 청삽살개를 데리고 다녔었다. 확인하기는 어렵지만, 중국에서는 청삽살개를 데리고 다니는 노파인 마고의 형상은 찾아보기 어려울 것으로 생각된다. 이런 점을 고려할 때, 「숙향전」에 나타난 마고할미는 중국의 신화에 나타난 마고선녀의 형상과 우리나라 고유의 마고할미 형상을 아울러 지닌 신격이라고 하겠다.

「숙향전」에서 마고할미는 월궁항아의 명령으로 숙향을 돌보기 위해 지상세계에 내려왔다고 하는바, 월궁항아보다는 위계가 낮다고 할 수 있다. 그러나 그녀의 권능은 대단한 것으로 그려지고 있다. 낙양에서 오만팔천 리나 떨어진 천태산을 순식간에 오갈 수가 있으며, 동해용궁, 영주산, 곤륜산 등을 자유자재로 드나들고, 숙향의 혼령을 모친의 꿈에 인도하기도 하며, 사령들이 숙향에게 곤장을 가하지 못하도록 신통력을 발휘하기도 한다. 또한 청삽살개와 청조 등을 통해 숙향의 어려움을 해결해주기도 한다. 이런 점에서 「숙향전」에 나타난 마고할미는 수명과 장수의 신으로 숭배되고 있는 중국의 마고선녀는 물론 거구의 몸으로 산천의 지형 등을 만드는 산신이나 창조신과도 다른 신성을 가진 존재라고 할 수 있다. 우리나라에서는 18세기 경 서민문화가 홍성하면서 마고선녀가 마고할미로 전환되고 마고할미설화가 전국적으로 확산되

30) 마노 다카야 지음 · 이만옥 옮김, 앞의 책, 387쪽.

어 갔다고 하는데,[31]「숙향전」에 나타난 마고할미는 마고에 대한 이미지가 전환되는 과정을 보여주고 있다고 하겠다.[32]

다음은 용왕이다. 용은 비를 내리고, 물을 공급하며, 홍수를 일으키는 등 물과 관련된 모든 것을 주재하는 신령으로 섬겨져왔다. 또한 사해에는 각 바다를 관장하는 용왕과 용왕이 거처하는 용궁이 있는 것으로 생각했다.「숙향전」에 나타난 용도 이러한 용의 신성에 대한 생각들이 그대로 반영되어 있다.

> 김젼니 모든 쇼솔를 다 보ᄂᆡ여 졈의 가 등ᄃᆡᄒᆞ라 ᄒᆞ고, 혼쟈 팔쟝 솟고 공슌히 셔써니, 문득 날리 어두오며 큰 쇼낙이 퍼붓드시 오더니 평지예 믈리 엇게예 넘어가되, 김젼니 죠곰도 움즈기지 안니ᄒᆞ고 셧써니, 이윽ᄒᆞ야 비는 그치고 챤바람니 다시 일어나며 급헌 눈니 담아 붓드시 와셔 ᄯᅩ한 엇게를 넘어가되, 죠곰도 움즈기지 안니코 셧시니, 오시 다 얼고 몸니 치워 인샤을 챨리지 못ᄒᆞ거늘, 그졔야 노인니 ᄭᆡ여 일어 안즈며 쇼왈,(173~174쪽)

숙향의 부친인 김전은 어부에게 잡힌 거북을 구해준 일이 있는데, 그 거북은 동해용왕의 딸이었다. 위의 대목은 동해용왕이 그 은혜를 갚기 위해 김전에게 숙향의 거처를 알려주기 직전의 대목이다. 노인으로 변신한 용왕은 숙향에 대한 김전의 정성을 시험하기 위해 김전에게 소낙비, 찬바람, 눈보라 등을 퍼붓는데, 여기에는 용이 물을 관장하는 신령이라는 인식이 반영되어 있는 것이다.

---

31) 송화섭, 앞의 논문, 166쪽.

32)「숙향전」은 17세기 말에 창작된 것으로 추정되고 있는데, 이에 대해서는 이상구의「숙향전의 문헌적 계보와 현실적 성격」(고려대학교 박사학위논문, 1994)을 참조하기 바람.

그러나 남해용왕의 아들과 관련된 이야기는 다른 문헌에서는 찾아보기 어려운 요소를 지니고 있다. 특히 용자가 이선을 안내하게 된 계기와 관련된 내용은 용자와 신선과의 위상을 시사하고 있다는 점에서 주목된다. 용자는 신선 공부를 하기 위해 일광노의 제자가 되어 공업을 다 이룬 상태였다. 그러나 성신과 선관을 관장하는 태을선이 천상으로 돌아와야 선관안(仙官案)에 이름을 올릴 수 있으며, 전신이 태을선인 이선을 도와 선약을 얻어 오면 쉽게 선관이 될 수 있다고 한다. 이러한 일광노의 말에 따라 용자는 선관이 되기 위해 이선을 돕는다. 또한 이선이 규성과 일광노가 구름 위에서 풍류를 즐기는 광경을 보고 부러워하자, 용자는 '우리도 오래지 않아 저리 되리라'며 이선을 위로한다. 이는 용자가 선관보다 위계나 위상이 낮으며, 선관이 되기 위해서는 신선 공부를 해야만 하는 존재로 생각되었다는 것을 보여준다. 용의 세계에서는 특권층에 해당하는 용왕의 아들마저도 그러하니, 나머지 숱한 용들의 위상은 이보다 못한 것으로 생각했을 터이다.

그러나 용왕의 위상은 좀 다르다. 「숙향전」에서 용왕은 상제에게 조회를 하고 또 상제에게 보고한 이후 숙향을 돕는 것으로 되어 있다. 상제에게 조회할 수 있는 대상은 선관과 선녀일 것이기 때문에 용왕은 이미 선관의 지위나 자격을 갖춘 것으로 볼 수 있다. 민간에서는 사해용왕 외에도 크고 작은 물이 있는 곳에는 모두 그 물을 관장하는 용이 있다고 믿었다. 그러기에 용은 수없이 많이 존재하며 그 많은 용들이 모두 선관과 같은 위상을 지닌 신격이라고 생각하지는 않았을 터인데, 「숙향전」에도 용에 대한 이러한 민간적 사고가 반영된 것으로 보인다.

「숙향전」에 등장하는 신령 가운데 주목할 만한 신령이 월궁항아와 태을선군이다. 월궁항아는 중국은 물론 우리나라의 소설이나 문헌 등에 많이 나타나며, 그녀의 출신에 대한 설도 다양하다. 그러나 가장 일반적인 것은 예(羿)와 관련된 이야기이다. 활의 명수인 예는 하늘에 떠 있는 열 개의 태양 가운데 아홉 개를 맞춰 떨어뜨린 공으로 서왕모에게 불사약을 얻었는데, 예의 아내인 항아가 그 불사약을 훔쳐 먹고 신선이 되어 달나라로 달아났다는 것이다.

「숙향전」에는 이와 관련된 이야기는 나타나지 않지만, 항아가 달나라로 달아난 이후의 위상에 대해서는 비교적 자세하게 형상화되어 있다. 월궁에는 으뜸 선녀인 소아를 비롯하여 수많은 선녀들이 존재하며, 항아는 이들 선녀를 비롯하여 월궁의 모든 것을 관장하는 최고의 신령이라는 것이다. 또한 항아는 숙향이 포진강에 투신했을 때 월궁의 선녀들을 보내어 구하게 하고, 마고할미에게 숙향을 돌보라고 명령을 내리기도 하며, 상제에게 건의하여 태을선군을 인간세계로 귀양 보내기도 한다. 요지연에서 숙향의 복록을 정해달라고 상제에게 요청한 것도 항아이다.

중국과 우리나라에서 최고의 여신으로 섬겨지는 신령은 서왕모이다. 서왕모는 신선들의 우두머리 역할을 맡고 있기 때문에 신선이 되려는 사람들에게는 누구보다도 신성한 존재로 숭배되었던 것이다.[33] 그런데 「숙향전」에서는 월궁항아가 서왕모 못지않은 신격으로 형상화되어 있다. 요지연에서 상제가 이선에게 "틱을아, 인간 ᄌᆞ미 엇써ᄒᆞ며, 쇼아를 만나본다?"(32쪽)라고 묻는데, 항아는 숙향에게 "반갑다, 쇼아야! 인간 고힝를 얼마나 격거는다?"(32쪽)고 묻기까지 한다. 물론 이것은 태을선군이 옥경에서 상제가 가장 총애하는 최고의 선관이며, 월궁 소아는 월궁에서 항아가 가장 사랑하는 으뜸 선녀라는 점과도 관계가

---

33) 마노 다카야 지음 · 이만욱 옮김, 앞의 책, 앞의 책, 42쪽.

있다. 그러나 태을선군과 월궁소아가 서로 하나의 짝을 이루듯이, 옥황상제와 월궁항아도 하나 짝을 이루고 있는 것으로 설정되어 있는 것은 분명하다. 요지연에서 잔치를 주최한 서왕모는 전혀 등장하지 않는 데 반해 항아가 주도적으로 상제와 대화를 나눈 것으로 형상화된 것도 같은 맥락에서 이해된다. 요컨대, 「숙향전」에는 상제가 선관을 관장하는 최고의 신령이라면 항아는 선녀를 관장하는 최고의 신령이라는 생각이 반영되어 있다고 하겠는데, 이러한 항아의 형상은 다른 문헌에서 찾아보기 어려운 특이한 사례라는 점에서 주목을 요한다.

「숙향전」에 나타난 태을선군의 권능과 위상은 도교의 그것과 매우 유사하다. 도교에서 태을성은 최고신인 옥황대제의 명령을 받아서 별이나 자연계를 지배하는 신으로 숭배되었으며, 천계 · 인계 · 명계의 3계를 총재하는 신격[34]이라고 한다. 「숙향전」에도 태을선군은 "샹졔 압헤셔 셩신 가음아는"(48)이라는 수식어가 붙거나 "천샹 틱을셩이 모든 셩신과 션관를 가음"(104)한다고 서술되어 있다. 일광노는 용자에게 '신선이 되기 위해서는 태을성이 네 이름을 선관안에 올려야 한다'고 말하며, 두목지도 '태을이 천상에 있을 때 우리를 무시했다'며 은근히 이선을 희롱하고, 전생을 기억하게 된 이선도 '좌우에 앉아 있는 선관들이 모두 손아래 벗'인 것을 알았다고 한다.

이처럼 태을선군이 상제 다음으로 위상이 높은 신령으로 설정되어 있는 것은 도교에서 숭배하는 태을성을 거의 그대로 수용한 것이라고 하겠다.[35] 그러나 「숙향전」처럼 태을선군의 역할이나 위상이 구체적

---

34) 한국사전연구사, 『종교학대사전』, 1998.

35) 판소리계 소설인 「장끼전」에도 "북방(北方)의 태을성(太乙星)은 별중의 웃듬이라."(유영대 · 신해진 선주, 『조선후기 우화소설선』, 태학사, 1998, 122쪽)으뜸일세."라는 구절이 있다.

으로 형상화된 문헌은 찾아보기 어렵다. 「숙향전」은 도교에서 숭배하는 태을성의 신성을 수용하면서 소설이라는 장르를 활용하여 그의 역할과 위상을 구체화했던 것이다.

「숙향전」에는 이적선, 두목지, 여동빈 등 본래는 인간이었으나 득도하여 선계에서 노니는 신선들도 많이 등장한다. 이적선은 성당(盛唐) 때의 대표적인 시인인 이백(李白, 701~762)을 두고 말하는데, 그는 자유분방한 기질과 정치적 불운으로 인해 경세제민의 유교적 이상을 실현하지 못한 채 술과 방랑을 일삼았으며, 45세 때는 엄격한 의식을 거쳐 도록(道籙)을 받았을 정도로 도교에 심취했던 인물이다. 이러한 이백의 기질과 삶의 방식 등으로 인해 그는 당대에 이미 '적선', '주선'의 지위를 부여 받았으며, 물에 비친 달을 잡으려다가 빠져 죽은 뒤 고래를 타고 승천했다는 전설이 전해지고 있다.[36] 「숙향전」에 나타난 이적선의 형상도 위의 내용과 대동소이하다. 그는 술에 취한 채 고래를 타고 물 위를 자유롭게 다니기도 하고 이선에게 술을 사라며 희롱하기도 하는데, 이는 바로 고래를 타고 승천했다는 이백의 설화를 활용한 것이라고 하겠다.

두목지는 만당(晩唐) 때의 대표적인 시인인 두목(杜牧, 803~852)의 자이다. 명문가 출신인 그는 음주가무를 즐기며 연인과 아름다운 사랑을 나누는 등 전형적인 풍류재자적인 기질을 지니고 있었다.[37] 또한 그의 시는 우주의 영원함과 인간의 왜소함을 암시적으로 드러내어 인생의 무상감과 비애감을 느끼게 한다는 평가[38]를 받고 있다. 두목지가 어

---

36) 유순영, 「李白의 이미지 유형과 이백 문학의 회화」, 『미술사학연구』 274, 한국미술사학회, 2012, 116쪽.

37) 이은정, 「杜牧 七言絶句 硏究」, 『중국어문학지』 18, 2005, 35쪽.

38) 노재준, 「杜牧 詠史詩 초탐」, 『중국어문학논집』 7, 『중국어문학연구회』, 1995,

떻게 신선이 되었는가에 대한 이야기는 알려진 것이 없으나, 얼굴이 잘 생긴 풍류재자이며 인생무상을 노래한 시를 많이 지었다는 점 때문인지 우리 문학작품에는 빈번하게 등장한다. 「숙향전」에서 두목지는 평소 사자를 타고 다니며, 이선에게 가장 우호적인 신선으로 그려지고 있다. 그는 이선을 희롱하는 이적선, 여동빈, 왕자균에게 '그대들은 무슨 곤욕을 그토록 심하게 하느냐'고 꾸짖을 뿐만 아니라, 이선을 봉래산 아래에까지 안내했던 것이다.

여동빈은 당나라 말기의 문인인데 수차례 과거에 낙방한 이후 종리권(鍾離權)을 만나 도를 깨닫고 신선이 되었다고 한다. 또한 그는 문인과 저자거리의 걸인, 신선이지만 술을 즐기며 상업을 하며 유랑을 즐기는 양가적 특성으로 인해 북송 이후 중국의 문인과 민중들 모두에게 대단한 사랑을 받았다고 한다.[39] 「숙향전」에서 여동빈은 청강검을 둘러메고 파초 잎을 타고 다니며, 이적선과 함께 술이나 먹고 놀자며 이선을 희롱하는 신선으로 그려져 있다.

왕자교는 유향(劉向)의 『열선전(列仙傳)』에도 수록되어 있는 신선이다. 『열선전』에는 그가 주나라 영왕의 태자 진인데 생황을 잘 불어 봉황의 울음소리를 내었으며, 학을 타고 다녔다고 기록되어 있다.[40] 「숙향전」에서 왕자교는 거문고를 물 위에 띄우고 그 위에 앉아 피리를 불며, '이선에게 출주를 먹여 배가 터지면 말총으로 꿰매면 될 테니 시험해보자'며 이적선 · 여동빈과 함께 이선을 희롱하는 데에 적극 참여한다. 즉 「숙향전」은 생황을 잘 불었다는 점에 주목하여 왕자교를 음악을

103쪽./ 85－104

39) 장현주, 「송대 여동빈 신앙의 유행－문학과 도상을 중심으로－」, 『도교문화연구』 38, 한국도교문화학회, 2013, 240쪽./239－260

40) 劉向 著, 張金嶺 注譯, 『新譯 列仙傳』, 三民書局印行, 中華民國 83년, 91쪽.

즐기는 신선으로 형상한 것이라고 하겠다.

이외에도 「숙향전」에는 일광로, 구루선, 안기생과 같은 신선이 등장한다. 일광노는 제자인 용자에게 이선이 선약을 구할 수 있도록 도와주라고 지시하는가 하면, 구리성에 갇힌 이선을 구해주기도 한다. 구루선은 봉래산에서 선약을 관장하는 신선으로 나타나는데, 이선에게 설중매와의 인연을 알려준 후에 환혼수와 개언초 등 선약을 준다. 안기생은 실제로 등장하지는 않고 여러 신선들을 직녀궁으로 초대했다는 내용만 서술되어 있는데, 이에 대해 여동빈은 '어른 벗이 부르니 가지 않을 수 없으리라'며 직녀궁으로 간다.[41]

이상에서 살펴본 것처럼 「숙향전」에는 옥황상제를 비롯하여 후토부인, 화덕진군, 마고할미, 용왕 등 여러 신령들의 역할과 신능이 나타나 있을 뿐만 아니라, 인간이었다가 신선이 된 많은 선관들의 특징이나 행동방식 등이 서술되어 있다. 이런 점에서 「숙향전」은 신적 존재들에 대한 조선 후기인들의 관념과 인식을 살펴볼 수 있는 좋은 자료라고 하겠다.

3. 선계에 대한 인식과 작가의식

1) 인간의 운명을 결정하는 본원적 세계

「숙향전」에 등장하는 주요 인물들은 대부분 천상 또는 선계에서 죄를 짓고 인간세계로 귀양 온 존재들이다. 대표적인 인물이 남녀주인공

41) 『열선전』에는 안기생이 천세 노인이라 불렸으며, 진시황에게 봉래산으로 찾아오라는 편지를 남겼다(유향 저, 위의 책, 97쪽)는 등의 이야기가 수록되어 있다.

인 숙향과 이선이다. 숙향은 본래 월궁의 선녀이고 이선은 옥황상제를 보좌하는 태을선군이었는데, 이들은 상제 앞에서 서로 희롱한 죄로 인간세계에 적강하게 되었던 것이다. 숙향의 부모인 김전과 장부인, 숙향을 수양딸로 삼아 10년 동안 함께 살았던 장승상의 부인, 양왕의 딸인 설중매 등도 본래는 선계의 선관 · 선녀였다가 인간세계로 적강한 존재들이다. 이들은 인간세계에 적강한 이후 선계에서 지은 죄의 대가를 치르고 일정한 기간이 지나면 다시 선계로 복귀한다. 이런 점에서 천상 또는 선계는 탄생의 근원이면서 다시 돌아가게 되는 본원적 세계라고 할 수 있다.

또한 「숙향전」에는 주요 등장인물들의 삶과 운명이 선계에서 범한 죄와 매우 밀접하게 관련되어 있는 것으로 형상화되어 있다. 월궁소아와 태을선군은 상제 앞에서 서로 희롱하는 죄를 지었지만, 소아의 죄가 더 컸기 때문에 숙향은 이선보다 훨씬 많은 시련을 겪게 된다. 즉 숙향은 가난한 선비인 김전의 딸로 태어나 다섯 번을 죽을 액을 겪어야 했던 반면, 이선은 고관대작인 이상서의 아들로 태어나 편안한 삶을 영위했던 것이다. 「숙향전」은 인간세계에서의 삶과 운명이 선계의 업보와 긴밀하게 관련되어 있다는 것을 노골적으로 언술하기도 하는데, 다음 대목은 그러한 사례 가운데 하나이다.

> 능허 선ᄉᆡᆼ 부체 완경ᄒᆞ라 방쟝산의 갓ᄯᅡ가, ᄒᆞᆫ ᄯᆡᆨ 귤 진샹를 잘못 ᄒᆞᆫ 죄로 인간의 귀향갈세, 능허 선ᄉᆡᆼ은 남양 ᄯᅡ 우슈 선ᄉᆡᆼ의 아들니 되어 나고, 기쳐는 영천 ᄯᅡ 쟝호의 ᄯᆞᆯ리 되어 나셔 ᄯᅩ 만나 부뷔 되어시나, ᄐᆡ을니 쇼아를 위ᄒᆞ야 셜즁ᄆᆡ를 즁히 아니 너기는 쥴 알고, 능허 선ᄉᆡᆼ니 ᄆᆡ일 쇼아를 원망ᄒᆞ는 타스로 니ᄉᆡᆼ의 나와 그 ᄯᆞᆯ니 되어 나셔, 오세에 일코 십오년 간쟝를 ᄡᅥᆨ이게 ᄒᆞ엿고, 셜즁ᄆᆡ는 그ᄃᆡ

인간의 날려ᄀᆞ믹 보려ᄒᆞ고 쟈슈ᄒᆞ야 약슈의 ᄲᅡ져 죽으니, 후싱의 귀히 되게 ᄒᆞ야 양왕의 ᄯᆞᆯ리 되엿는니라.(220쪽)

위의 인용문은 구루선이 이선에게 전생과 후생에서 있었던 일에 대해서 말한 대목 중 일부분이다. 선계에서 능허 선생 부부의 딸이요 선군의 부인이었던 설중매는 선군이 소아와 함께 인간세계로 귀양 가게 된 것을 알고 선군을 보기 위해 약수에 투신자살했는데, 후생에 귀하게 되어 양왕의 딸이 되었다고 한다. 또한 능허 선생 부부는 선군이 소아 때문에 설중매를 소홀하게 여긴다고 생각해서 소아를 원망하던 중 귤진상을 잘못한 죄로 적강하게 되었는데, 인간세계에서도 역시 부부가 되어 소아의 후신인 숙향을 낳아 십오 년 동안 생이별하는 고통을 겪게 되었다고 한다. 위 인용문에는 나타나 있지 않지만, 선계에서 소아를 구원하려다가 인간세계로 적강한 장승상 부인도 숙향을 수양딸로 얻게 되는 등의 보상을 받는다. 요컨대, 「숙향전」에서 선계는 인간의 삶과 운명을 좌우하는 본원적 세계로 설정되어 있다고 하겠다.

이렇듯 주요 인물들이 선계에서 행한 업보 때문에 인간세계에서 시련을 겪거나 보상을 받는다는 구도 속에는 인간의 운명은 태어날 때부터 이미 정해져 있다는 운명론적 사고가 깃들어 있다. 그러나 이를 근거로 「숙향전」의 작자를 운명론자로 단정해서는 안 된다. 소설은 상상적 공간을 통해 생에 대한 해석을 추구할 것을 허용하며, 작중에서 인물이 겪는 고난의 원인을 천상계에서 찾았다는 것은 궁극적으로 그들이 현실계의 운영 원리를 미지수로 남겨놓았음을 의미하기 때문이다.[42] 다시 말해, 「숙향전」에 설정된 천상계는 그 원인을 알 수 없는,

42) 최기숙, 『17세기 장편소설 연구』, 월인, 1999, 79쪽.

고통스러운 삶을 체계적으로 이해하기 위한 상상적 공간이면서 동시에 당대인들의 간절한 여망이 담겨 있는 세계 질서의 모형이라고 할 수 있다. 이런 점을 인정한다면, 선계를 인간의 삶과 운명을 좌우하는 본원적 세계로 설정한 「숙향전」의 구도 속에는 예측 불가능한 인간의 삶과 운명을 체계적 또는 필연적으로 이해하려는 작가의 탐구정신이 깃들어 있다고 해야 할 것이다.

그런가 하면 「숙향전」에 나타난 운명론적 세계관은 봉건적 신분질서나 예교를 부정하는 기제가 되기도 한다. 그 단적인 사례가 숙향과 이선의 만남과 결혼이다. 숙향은 한미한 양반의 딸로 태어났다고 하나 귀공자인 이선을 만났을 당시에는 자기의 출신성분도 모른 채 술집에 기거하는 미천한 존재였다. 때문에 낙양수령인 김전은 숙향을 '창녀'로 지칭하기까지 한다. 그런데도 숙향과 이선은 부모 몰래 결혼을 하는데, 이것은 봉건적 신분질서와 예교를 어긴 사건에 해당한다. 이선의 아버지인 이상서가 숙향을 죽이려고 했던 것도 이 때문이다. 그런데 「숙향전」은 월궁소아와 태을선군이 상제 앞에서 서로 희롱한 죄로 적강된 사건 등을 구체적으로 형상화함으로써 숙향과 이선의 결혼은 합리화 또는 정당화시킨다.[43] 즉 「숙향전」은 천정인연이라는 운명론적 세계관을 활용하여 신분의 차이가 현격한 청춘남녀의 결혼을 합리화했다는 점에서 봉건적 신분질서를 부정하고 남녀의 사랑과 불고이취를 옹호한 효과를 창출했다고 하겠다.

---

43) 이에 대해서는 이상구의 「숙향전의 문헌적 계보와 현실적 성격」(고려대학교 박사학위논문, 1994)를 참조하기 바람.

2) 장생불사와 환상적 풍류가 존재하는 이상세계

앞서 살펴보았듯이, 「숙향전」에 나타나는 선계는 서왕모가 거처하는 곤륜산, 삼신산의 하나인 봉래산, 마고선녀가 거처하는 천태산 등이다. 곤륜산에는 온갖 구슬로 지은 궁전이 있고, 봉래산에는 난봉·공작·청학·백학 등이 쌍쌍이 어울려 노닐고 있으며, 천태산에는 기이한 꽃과 괴이한 짐승들이 존재한다고 서술되어 있다. 또한 이들 선계에는 야광초(夜光草)·금광초(金光草)·신광초(神光草)·반도(蟠桃) 등과 같은 신이한 먹거리와 개언초(開言草)·벽이용(闢耳茸)·계안주(啓眼珠) 등과 같은 선약(仙藥)이 존재한다고 한다. 곧 선계는 인간세계에서는 볼 수 없는 환상적인 풍광과 기이한 것들이 존재하는 이상세계로 설정되어 있는바, 여기에는 선경에서 살고 싶다는 작가의 욕망이 투영되어 있다.

또한 이곳에서 노니는 신선들은 장생불사할 뿐만 아니라 시공을 자유자재로 넘나드는 것으로 형상화되어 있다. 이선이 천태산에 만난 신선들은 '내가 이 산중에서 산 지 오만팔천 년'이 지났다거나, '천년을 한 각으로 삼고 만년을 한 날로 삼아 사해팔방을 순식간에 다닐 수 있다.'고 말한다. 이적선도 고래를 타고 구만칠천 리를 순식간에 오갈 수 있으며, 왕자균은 거문고를 물 위에 띄워놓고 그 위에 앉아 피리를 불고, 두목지는 사자나 학을 타고 봉래산 등을 수시로 왕래한다. 즉 신선은 장생불사하면서 사해팔방을 순식간에 오갈 수 있고, 환상적인 공간에서 자유롭게 풍류를 즐길 수 있는 능력을 지닌 존재로 그려지고 있는데, 이러한 형상 속에는 신선처럼 장생불사하면서 선경과 같은 공간에서 자유롭게 풍류를 즐기고자 하는 작자의 욕망이 반영되어 있다. 이는 다음과 같은 대목에서도 확인된다.

용ᄌᆞ 샹셔를 달리고 믈가의 나오니, 물 가온ᄃᆡ 오ᄉᆡᆨ 구름으로 ᄃᆡ를 뭇고 구(름) 우희 두 션관이 풍뉴ᄒᆞ거늘, 샹셔 용ᄌᆞ달려 왈, "져 샬암은 엇써ᄒᆞᆫ 이완ᄃᆡ, 엇지 공즁의셔 노는뇨?" 용ᄌᆞ 답왈, "동편의 안즌 이는 일광뇌오, 셔편의 안즈니는 규셩이로쇼이다." 샹셰 가쟝 부뤄ᄒᆞ며 일광노를 향ᄒᆞ여 무슈히 샤례ᄒᆞ더라. 용ᄌᆞ 왈, "하 불워 말으쇼셔. 울리도 올ᄅᆡ지 안여셔 져리 되리이다."(206쪽)

용자와 이선이 구리성에 갇혔다가 일광노의 도움으로 풀려난 뒤에 일광노와 규성이 물 가운데 오색구름으로 누대를 쌓고 구름 위에서 풍류를 즐기는 광경을 목격한다. 이를 본 이선이 부러워하자, 용자는 '우리도 조만간 저렇게 될 수 있다'고 말한다. 여기에서 이선이 선망한 것은 작가의 선망을 대변한 것이라고 할 수 있는바, 작가는 범인들이 도저히 할 수 없는 신선들의 특별한 능력과 풍류를 욕망했다고 할 수 있다.

그러나 문제는 위와 같은 특별한 능력이나 풍류가 현실적으로 불가능한 일이며, 작가 또한 그러한 사실을 잘 알고 있다는 점이다. 설사 오늘날 우리처럼 확신은 하지 않았을지라도 천상이나 선계가 실재하지 않는다는 것을 충분히 의식하고 있었던 것만은 분명하다.

그 션관니 쇼왈, "그ᄃᆡ 비록 병부샹셔를 ᄒᆞ여시나, 옛글를 보지 못ᄒᆞ엿또다. 샴신샨 십쥐란 말리 허무ᄒᆞᆫ지라. 옛날 진시황 · 한무졔의 위엄으로도 엇지 못ᄒᆞ엿싼 말를 듯지 못ᄒᆞ엿는다? 허랑ᄒᆞᆫ 말 말고 날리나 죠ᄎᆞ 단니며 풍경이나 귀경ᄒᆞ고 슐집니ᄂᆞ 챳ᄌᆞ." ᄒᆞ거늘, 샹셰 답왈, "션관의 말샴니 다 올샤오나, 남의 신해 되어 황명를 밧ᄌᆞ와 즁노의셔 머무지 못ᄒᆞᆯ 거시니, 목숨니 맛도록 단니다가 엇지 못ᄒᆞ면 혈마 엇지 ᄒᆞ리잇가? 길히나 갈으치쇼셔."(209쪽)

위의 대목은 선계에서 이선과 이적선이 주고받은 대화이다. 신선인 이적선은 '삼신산 십주란 말이 허무하다'고 말하는데, 이는 선계에서 노니는 신선이 자신의 존재 자체를 부정하는 자기모순에 해당한다. 물론 이 대목은 이적선이 이선을 희롱하기 위해 한 말이기 때문에 소설 내에서는 신선이나 선계의 존재가 부정된 것이라고 볼 수는 없다. 그러나 여기에는 선계나 신선이란 실제로는 존재하지 않는다는 작가의 현실인식이 투영되어 있다. 「숙향전」의 작가는 진시황과 한무제처럼 무소불위의 권력을 행사했던 황제들도 불노장생할 수 있는 신선이 되기 위해 온갖 노력을 기울였으나 결국 실패하고 말았다는 역사적 사실을 알고 있었던 것이다. 그럼에도 위와 같이 선계를 비롯하여 신선들의 불노장생과 특별한 능력을 형상화한 것은 현실적 갈등이나 명리에 대한 집착에서 벗어나고 싶은 욕망이 그만큼 강했기 때문이라고 할 수 있다.

이선은 현실세계에서는 병부상서라는 높은 벼슬을 하고 있으며, 황제에 버금갈 정도로 부귀영화를 누리는 존재이다. 그러나 그는 양왕의 늑혼을 거절했던 탓에 선약을 구하기 위해 선계를 찾아가야만 했는데, 이것은 바리공주가 죽을병에 든 아버지를 살리기 위해 저승에 간 것과 똑같이 목숨을 바친다는 의미를 지닌다. 차이가 있다면, 바리공주는 스스로 선택한 것임에 반해 이선은 타인의 강요에 의해 어쩔 수 없이 가게 되었다는 점이다. 이선이 '남의 신하이기 때문에 죽을 때까지 황명을 수행할 수밖에 없는 처지'라고 토로한 것도 결코 이와 무관하지 않다. 이선처럼 황제에 버금갈 정도로 부귀영화를 누리는 벼슬아치도 이럴 정도이니, 그보다 못한 사람들은 어떠했겠는가.

고대로부터 한국인의 의식구조 내면에는 신선사상이 침전되어 면면히 흘러왔다. 개인적으로는 심신이 아우러진 전인적 성취를 달성하고 자유와 초월의 세계에 유유자적한다는 이상적 삶의 모델을, 사회적으로는 만인이 평등하고 자유로우며 자연과 하나가 된 이상사회의 이미지를 형성해왔다.[44] 위에서 인용한 이적선과 이선의 대화에는 바로 이러한 신선사상이 짙게 배어 있다. '선관의 말씀이 모두 옳지만 남의 신하이기 때문에 죽을 때까지 황명을 수행할 수밖에 없는 처지라서 그럴 수 없다'는 이선의 토로는 일상적인 삶에서 벗어나고 싶어도 벗어나지 못하고 있는 많은 사람들의 마음을 대변하고 있다고 해도 과언이 아니다. 이런 점에서 「숙향전」의 작가는 선계와 신선들의 자유로운 풍류를 상상적으로 형상화함으로써 본인뿐만 아니라 우리 민족 내면에 면면히 흘러왔던 이상적인 삶의 모델을 구체적으로 제시하고, 명리에 대한 집착에서 벗어나 해방감과 자유로움을 찾고자 했던 욕망을 생생하게 표출했다고 하겠다.

4. 맺음말

「숙향전」은 「구운몽」, 「사씨남정기」, 「창선감의록」 등과 함께 17세기 말에 창작되었으며, 고소설 가운데 가장 널리 애독되었던 작품 가운데 하나이다. 조수삼은 당시 전기수가 구송했던 작품 가운데 「숙향전」을 가장 먼저 언급하고 「배비장전」에서 배비장은 「삼국지」, 「수호지」, 「구운몽」, 「서유기」는 책 제목만 잠깐 보고 「숙향전」을 골라 읽는다는 대목이 나오는데, 이러한 사실은 조선후기에 「숙향전」이 가장 인기 있었던 작품 가운데 하나였다는 것을 입증하기에 부족함이 없다.

---

44) 김낙필 · 박영호 · 양은용 · 이진수, 「한국 신선사상의 전개」, 『도교문화연구』 15, 한국도교문화학회, 2001, 179쪽.

그러나 오늘날 「숙향전」에 대한 연구자들의 관심은 이 작품의 인기도에 비해 상대적으로 매우 낮은 편인데, 이는 김태준이 『조선소설사』에서 '「숙향전」은 몽환적 · 비현실적 부분을 제외한다면 남은 것이 없다'고 지적한 것과 관련이 있다. 고소설에 대한 연구가 본격적으로 이루어진 1970년대 이후부터 최근에 이르기까지 현실주의적 시각에서 고소설을 조명하려는 경향이 주를 이루었던 만큼 환상성이 강한 「숙향전」은 연구자들의 관심에서 멀어질 수밖에 없었던 것이다.

김태준의 지적대로 「숙향전」에는 옥황상제, 월궁항아, 후토부인, 화덕진군, 마고할미와 같은 신화적 존재는 물론 이적선, 두목지, 왕자균, 여동빈 등 본래는 인간이었는데 신선이 되었다는 전설적인 인물들이 대거 등장한다. 또한 봉래산과 천태산 같은 선계를 비롯하여 회회국, 유리국, 교의국과 같은 가상의 나라들이 나타나기도 한다. 이런 점에서 「숙향전」은 고소설 가운데서 조선후기 사람들이 상상했던 선계와 신선들에 대한 이야기가 가장 풍부하면서도 구체적으로 형상화되어 있는 작품이라고 할 수 있다. 본고는 이 점에서 주목하여 「숙향전」에 나타난 선계 및 신선들의 형상과 그 특징을 고찰하고, 이를 바탕으로 선계에 대한 작가의 인식과 지향 등을 고찰하였는데, 그 결과를 간략하게 제시하면 다음과 같다.

「숙향전」에는 후토부인의 명사계, 서왕모의 요지연, 용왕의 남해용궁, 성황들이 지키는 열두 나라, 은하수, 봉래산, 천태산 등 여러 선계가 비교적 구체적으로 형상화되어 있다. 이들 선계 하나하나는 오랫동안 전승되어온 설화를 바탕으로 형상되었을 터이지만, 선계의 전체적인 면모가 「숙향전」처럼 구체적으로 형상화된 문헌은 찾아볼 수가 없다. 특히 봉래산 등 선계에 가기 위해서 성황들이 지키는 열두 나라를 통과

해야 한다는 이야기는 어떤 설화에서도 볼 수 없는 내용이다. 또한 「숙향전」에는 옥황상제를 비롯하여 후토부인, 화덕진군, 마고할미, 용왕 등 여러 신령들의 역할과 신력(神力)이 나타나 있을 뿐만 아니라, 인간이었다가 신선이 된 많은 선관들의 특징이나 행동방식 등이 서술되어 있다. 이런 점에서 「숙향전」은 조선 후기 사람들이 선계를 어떻게 상상하고 인식했는가를 파악하고, 나아가 신적 존재들에 대한 조선 후기인들의 관념과 인식을 살펴볼 수 있는 좋은 자료라고 하겠다.

「숙향전」에 등장하는 주요 인물들은 대부분 천상 또는 선계에서 죄를 짓고 인간세계로 귀양 온 존재들이다. 대표적인 인물이 남녀주인공인 숙향과 이선이다. 숙향은 본래 월궁의 선녀이고 이선은 옥황상제를 보좌하는 태을선군이었는데, 이들은 상제 앞에서 서로 희롱한 죄로 인간세계에 적강하게 되었던 것이다. 이들은 인간세계에 적강한 이후 선계에서 지은 죄의 대가를 치르고 일정한 기간이 지나면 다시 선계로 복귀한다는 점에서 천상 또는 선계는 탄생의 근원이면서 다시 돌아가게 되는 본원적 세계라고 할 수 있다. 또한 「숙향전」에는 선계가 인간의 삶과 운명을 좌우하는 본원적 세계로 설정되어 있는데, 여기에는 인간의 운명은 태어날 때부터 이미 정해져 있다는 운명론적 사고가 깃들어 있다.

그러나 이를 근거로 「숙향전」의 작자를 운명론자로 단정해서는 안 된다. 「숙향전」에 설정된 천상계는 그 원인을 알 수 없는, 고통스러운 삶을 체계적으로 이해하기 위한 상상적 공간이면서 동시에 당대인들의 간절한 여망이 담겨 있는 세계 질서의 모형이라고 할 수 있기 때문이다. 즉 선계를 인간의 삶과 운명을 좌우하는 본원적 세계로 설정한 「숙향전」의 구도 속에는 예측 불가능한 인간의 삶과 운명을 체계적 또는 필연적으로 이해하려는 작가의 탐구정신이 깃들어 있다고 해야 할 것이다. 또한 「숙향전」은 천정연분이라는 운명론적 세계관을 활용하여 신분의 차이가 현격한 청춘남녀의 결혼을 합리화했다는 점에서 봉건적 신분질서를 부정하고 남녀의 사랑을 옹호한 효과를 창출하기도 한다.

「숙향전」에 나타난 선계는 인간세계에서는 볼 수 없는 환상적인 풍광과 기이한 것들이 존재하는 이상세계로 설정되어 있으며, 이곳에서 노니는 신선들은 장생불사할 뿐만 아니라 시공을 자유자재로 넘나드는 것으로 형상화되어 있다. 이러한 형상 속에는 신선처럼 장생불사하면서 선경과 같은 공간에서 자유롭게 풍류를 즐기고자 하는 작자의 욕망이 반영되어 있다. 그런데 작가는 선계가 존재하지 않을 뿐만 아니라 신선들의 특별한 능력이나 환상적 풍류가 현실적으로 불가능하다는 사실을 잘 알고 있다. 따라서 「숙향전」의 작자는 선계와 신선들의 자유로운 풍류를 상상적으로 형상화함으로써 현세에서의 갈등과 고통에서 벗어나고자 하는 서글픈 욕망을 표출한 것으로 이해된다.

실로 「숙향전」은 고소설은 물론 우리 고문헌에서도 찾아보기 어려울 정도로 선계와 신적 존재들에 대한 이야기가 풍부하면서도 구체적으로 형상화되어 있는 작품이다. 이러한 사실만으로도 「숙향전」은 매우 소중한 문학 · 역사적 자료라고 할 수 있는바, 이 논문을 계기로 「숙향전」의 가치와 의의가 새롭게 조명되기를 기대한다.

Ⅲ. 후대소설에 미친 「숙향전」의 영향과 소설사적 의의

1. 머리말

「숙향전」은 「구운몽」, 「사씨남정기」, 「창선감의록」, 「소현성록」 등과 함께 국문소설의 발흥기인 17세기 말에 창작되었으며, 조선 후기에 가장 애독되었던 작품 가운데 하나이다. 이는 현재까지 확인된 「숙향전」의 이본이 137종[1]이나 될 뿐만 아니라 여러 문헌과 고전문학 작품 속에 「숙향전」과 관련된 내용이 두루 삽입되어 있다는 데서도 알 수 있다. 權燮의 『南行日錄』, 李鈺의 『俚諺』, 趙秀三의 『秋齋集』, 洪羲福의 「졔일긔언서문」, 小田幾五郎의 『象胥紀聞』 등에는 '숙향전'이라는 작품명이 언급되어 있으며, 柳振漢의 「晩華本春香歌」, 金壽長의 『海東歌謠』, 「박씨전」, 「춘향전」, 「심청전」, 「흥부전」, 「배비장전」, 「두껍전」, 「옥소전」, 「담낭전」, 「봉산탈춤」, 민요 「성주풀이」, 가사 「화전가」 등에는 '숙향'이라는 이름이나 「숙향전」과 관련된 대목이 구체적으로 서

1) 조희웅, 『한국 고전소설사 큰 사전』 28, 지식을 만드는 지식, 2017, 76~100쪽.

술되어 있다.[2] 이들 자료 가운데 특히 주목되는 것이 『추재집』과 「배비장전」이다.

『추재집』: 전기수는 동문밖에 살면서 언과패설을 구송하곤 했는데, 대개 「숙향전」, 「소대성전」, 「심청전」, 「설인귀전」 등과 같은 전기였다.[3]

「배비장전」: 빅비쟝 한권씩 쎕아 들고 옛날 츈향의 랑군 리도령이 츈향 싱각ᄒᆞ며 글 읽듯 ᄒᆞ것다. 「삼국지」, 「수호지」, 「구운몽」, 「셔유긔」 칙 제목만 잠간식 보고, 「슉향젼」 반즁 둥싹 져치고, '슉향아, 불상ᄒᆞ다.' 그 모친이 리별ᄒᆞᆯ 씩, '아가, 아가. 잘잇거라. 빅곱흔듸 이 밥 먹고 목마른듸 이 물 먹고.' 슈포동 록림간에 목욕ᄒᆞ든 그 녀ᄌᆞ 가는 허리 얼셔 안고 마음듸로 노라볼가.[4]

조수삼은 조선 후기 傳奇叟가 구송했던 작품들을 열거하고 있는데, 제일 먼저 「숙향전」을 제시하고 있다. 일반적으로 작품이나 사물을 열거할 때 중요하거나 인기가 있는 것을 먼저 언급한다는 점을 고려할 때, 조수삼이 「숙향전」을 가장 먼저 제시한 것은 그만큼 「숙향전」이 널리 향유되었기 때문이라고 할 수 있다.

「배비장전」의 기록은 조선 후기에 「숙향전」이 얼마나 널리 애독되었는가를 더욱 분명하게 보여준다. 위 인용문은 제주 기생 애랑을 연모하게 된 배비장이 잠을 이루지 못하고 방자에게 고담을 빌려오게 하여

---

2) 여기에 제시된 문헌과 작품은 필자가 현재까지 확인한 것들이며, 이들 외에도 관련 자료가 더욱 많이 있을 것으로 추정된다.

3) 조수삼, 『秋齋集』 卷7, 「傳奇搜」. 傳奇搜, 搜居東門外, 口誦諺課稗說, 如淑香蘇大成沈淸薛仁貴等, 傳奇也.

4) 「배비장전」, 세창서관, 37~38쪽.

읽는 대목인데, 배비장은 「삼국지」, 「수호지」, 「구운몽」, 「서유기」는 책 제목만 보고 「숙향전」을 골라서 읽는다. '이도령이 춘향 생각하며 글 읽듯' 했다고 하니, 배비장의 눈에 작품의 내용이 들어올 리 만무하다. 또 작품에는 방자가 위와 같은 소설책을 빌려왔다고 서술되어 있지만, 실제로는 「배비장전」의 작자가 당시 널리 읽혔던 작품들을 거의 무의식적으로 나열한 것으로 보아야 한다. 따라서 배비장이 「삼국지」, 「수호지」, 「구운몽」, 「서유기」을 제쳐놓고 「숙향전」을 골라 읽었다는 것은 그만큼 「숙향전」이 조선 후기에 널리 알려지거나 읽혔다는 것을 방증한 것이라고 하겠다.

이렇듯 조선 후기에 널리 애독되고 또 여러 고전 작품에 「숙향전」과 관련한 내용이 삽입되어 있음에도 불구하고 「숙향전」이 후대 소설에 미친 영향에 대한 연구는 매우 미흡한 편이다. 일찍이 필자가 만화본 「춘향가」와 고대본 「춘향전」에 서술되어 있는 「숙향전」 관련 대목을 언급하면서 신분갈등형 애정소설로서의 「숙향전」의 위상[5]에 대해 간략하게 논의한바 있으며, 차충환은 「숙향전」의 소설사적 의의를 논의하면서 「숙향전」이 「장경전」, 「김진옥전」, 「소대성전」, 「양주봉전」, 「장풍운전」, 「홍계월전」에 미친 영향을 상호 유사한 화소를 중심으로 간략하게 제시하였다.[6] 이 가운데 차충환의 연구는 「숙향전」이 후대 소설에 미친 영향력의 일단을 시사했다는 점에서 의의가 적지 않다. 그러나 상호 관련 양상을 구체적으로 논증하기보다는 유사한 대목이나 화소를 제시하는 선에서 그치고 만 것은 다소 아쉬운 점이라고 하겠다.

---

5) 이상구, 「숙향전의 문헌적 계보와 현실적 성격」, 고려대학교 박사학위논문, 1994, 279면.
6) 차충환, 『숙향전 연구』, 월인, 1999, 257~263쪽.

그런데 근래 경일남이 후대 소설에 나타난 「숙향전」 관련 대목을 중심으로 「숙향전」의 수용양상을 심도 있게 논의하여 주목된다. 그는 먼저 '숙향'이란 이름이 구체적으로 서술된 작품인 「두껍전」, 「홍부전」, 「담낭전」, 「춘향전」, 「배비장전」, 「심청전」, 「옥소전」을 대상으로 숙향이 어떤 형상으로 수용되었는가를 논의한 성과[7]를 발표한 후, 「춘향전」의 여러 이본에 수용된 「숙향전」의 양상을 두루 수집 · 고찰함으로써 「숙향전」의 내용이 「춘향전」의 서사구조 전반에 걸쳐 광범위하게 개입하고 있다는 사실을 구체적으로 입증하였다.[8] 또한 「심청전」에 수용된 「숙향전」의 내용을 중심으로 「심청전」의 향유층이 심청을 숙향의 후신으로 인식했다는 점도 설득력 있게 제시하였다.[9] 이러한 경일남의 연구는 「숙향전」이 후대의 소설에 수용된 양상을 실증적으로 고찰하는 가운데 그 의미를 깊이 있게 논의한 의의를 지니고 있다. 그러나 「숙향전」 관련 대목이나 등장인물이 구체적으로 나타난 작품만을 대상으로 삼은 결과, 「숙향전」이 후대 소설에 미친 영향을 폭넓게 고찰하는 데까지는 나아가지 못했다고 하겠다.

이에 본고는 그간 「숙향전」과 관련하여 거론되지 않았던 작품이나 거론되었다 할지라도 관련성만 간략하게 제시한 작품을 대상으로 후대 소설에 미친 「숙향전」의 영향을 고찰하고자 한다. 해당 작품으로는 「박씨전」, 「금방울전」, 「남윤전」, 「소대성전」, 「적성의전」, 「육미당기」, 「쌍주기연」, 「김진옥전」, 「장경전」, 「김원전」 등이다. 먼저 「숙

7) 경일남, 「고전소설에 수용된 숙향의 형상과 문학적 의미」, 『어문연구』 82, 어문연구회, 2014.

8) 경일남, 「「춘향전」의 이본에 수용된 「숙향전」의 양상과 그 의미」, 『인문학연구』 104, 2016.

9) 경일남, 「「심청전」의 고전소설 수용양상과 그 의미」, 『어문연구』 93, 2017.

향전」과 이들 작품에 나타난 유사한 화소나 대목을 비교하는 가운데 이들 작품이 「숙향전」의 영향을 받았다는 사실을 구체적으로 논증하고, 이를 바탕으로 「숙향전」의 소설사적 의의를 논의할 계획이다.

2. 주요 대상 작품

1) 「박씨전」

「박씨전」의 출현 시기에 대해서는 임병양란 직후부터 19세기까지 다양한 의견이 제시되어 있다.[10] 때문에 「숙향전」과 「박씨전」의 선후 관계에 대해서는 확정하기가 쉽지 않다. 그런데 「숙향전」과 「박씨전」에는 공히 '시아버지 조복 짓기' 대목이 삽입되어 있어 주목된다. 먼저 「숙향전」에 나타난 대목부터 살펴보자.

> 샹셰 황셩의 드러가 황샹게 뵈온니, 샹이 인견ᄒᆞ시고 ᄌᆡ샴 반기신 후, 샹셔의 관ᄃᆡ와 흉ᄇᆡ를 보시고 왈, "경니 관ᄃᆡ와 흉ᄇᆡ를 어ᄃᆡ가 어더온다?" 샹셰 쥬왈, "신의 며눌이 솜씨로쇼이다." 샹니 갈오샤되, "그리ᄒᆞ면 경의 아들이 쥭어는야?" 샹셔 답쥬 왈, "샤라너이다." 샹니 가로샤되, "짐니 경의 관ᄃᆡ를 보니, 비단은 은하슈 믈결을 향ᄒᆞ야 슈를 노핫고, 흉ᄇᆡ는 쨕 일흔 학의 형샹을 향ᄒᆞ야 슈를 노하시니, 큰 바다 가온ᄃᆡ 외로온 학니 고단ᄒᆞᆫ 형샹니라. 경니 아들이 샤라시면 엇지 그 녀ᄌᆡ 실졀ᄒᆞᆫ 형용를 남니 아라보게 ᄒᆞ엿는뇨?" 샹셰 ᄃᆡ경ᄒᆞ야 계하에 날려 복지 쥬왈, "셩샹은 진실로 일월의 졍긔를 가져 계시도쇼이다. 쇼신은 눈이 잇사와도 신의 며눌리 쳔신인 쥴 아지 못ᄒᆞ왓너이다." ᄒᆞ고, 션니 낭ᄌᆞ 어든 ᄉᆞ년를 ᄌᆞ시 쥬달ᄒᆞ니, 샹

10) 곽정식, 「「박씨전」 연구의 현황과 과제」, 『문화전통논집』 8, 2000, 86~88쪽.

이 갈오샤되, “ᄂᆡ 샤람은 결힝니 고금의 업스니, 이는 위공의 츙효 지극ᄒᆞ기로 ᄒᆞ날이 어진 샤람를 쥬시도다.” ᄒᆞ시고, 샹ᄉᆞ를 만히 ᄒᆞ시니, 샹셰 하직ᄒᆞ고 집니 도라와 황졔 일으시던 말샴를 다 일으고, 샹ᄉᆞ ᄒᆞ신 보ᄇᆡ을 다 낭ᄌᆞ를 쥬고, 이후로는 더옥 샤랑ᄒᆞ시미 지즁ᄒᆞ시니, 일가 샹하노쇼 업시 칭챤 경복ᄒᆞ믈 비헐 ᄃᆡ 업써라.[11]

술집 이화정에 기거하던 숙향은 이선을 만나 마고할미와 이선의 고모인 여부인의 주선으로 결혼하지만, 이선의 부친 이상서는 숙향을 며느리로 인정하기는커녕 도리어 죽이려 한다. 그러던 중 숙향은 마고할미와 청삽살이의 도움으로 이상서댁 동산에 이르게 되고, 숙향과 이선이 천정연분이라는 사실을 인지한 이선의 부모는 마침내 숙향을 며느리로 인정하여 집에 머무르게 한다. 이때 이상서는 임금의 명령에 따라 조만간 입궐해야 하는데, 시어머니가 조복의 관대와 흉배가 낡아 걱정하다가 시험 삼아 숙향에게 지어보라고 한다. 이에 숙향은 자신이 짠 비단으로 관대와 흉배를 이틀 만에 지어 바치는 능력을 발휘하여 시어머니 등을 놀라게 하고, 이상서에게 仙人이라는 칭찬까지 받는다.

위에서 인용한 대목은 이상서가 그 조복을 입고 입궐했을 때 황제와 주고받은 대화이다. 상서의 관대와 흉배를 본 황제가 ‘조복을 누가 지었느냐’고 묻자, 이상서는 ‘며느리가 지었다’고 대답한다. 황제가 ‘그러면 경의 아들이 죽었느냐’고 묻자, 이상서는 ‘살아있다’고 대답한다. 이에 황제가 ‘관대와 흉배에 놓인 수가 큰 바다 가운데 짝을 잃고 외로워하는 학의 형상을 하고 있는 것은 무슨 까닭이냐’고 묻자, 이상서는 크게 놀라며 ‘성상은 일월의 정기를 지니셨다’고 칭송한 후 그간의 사정

11) 「숙향전」, 이상구 주석, 『원본 숙향전 · 숙영낭자전』, 문학동네, 2010, 145~146쪽. 이후 「숙향전」 원문은 이 책을 인용하는바, 작품명과 면수만 표기함.

을 자세하게 아뢴다.

위와 같은 이상서와 황제의 대화는 기본적으로 황제의 총명함을 부각시키기 위해 설정된 것이다. 엄밀하게 따졌을 경우, 당시 이선이 죽은 상태가 아니었기 때문에 황제가 '경의 아들이 죽었느냐'고 물은 것은 잘못이라고 말할 수도 있다. 그러나 조복에 놓인 수를 통해 숙향의 현실적 처지와 심경을 정확하게 간파한 것은 틀림없다. 숙향은 이선의 부모에게 며느리로 인정받아 이상서댁에 머물고 있었지만, 당시 이선은 집에 없었을 뿐만 아니라 숙향의 생사여부도 모른 상태였다. 이상서가 숙향을 며느리로 받아들이기 전에 이미 숙향과 이선을 떼어놓기 위해 이선을 서울 태학으로 보내버렸기 때문이다. 즉 당시 이상서댁에 있는 숙향의 처지는 '큰 바다 가운데서 짝을 그리워하며 외롭게 서 있는 학'과 조금도 다름이 없는 처지였던 것이다. 따라서 이 대목은 일단 황제의 총명함을 부각시키기 위해 설정된 것이라고 하겠다. 이는 황제의 말을 들은 이상서가 '성상은 일월의 정기를 지니셨다'고 칭송했던 것에서도 알 수 있다.

또한 위와 같은 '시아버지 조복 짓기' 대목은 숙향의 탁월한 女工才質을 드러내면서 이상서댁에서 며느리로서의 숙향의 입지를 강화하는 기능도 한다. 이상서가 숙향을 며느리로 인정한 것은 부인 왕씨가 이선을 낳을 때 해산을 도우러 왔던 선녀의 말에 따른 것이다. 그러나 이상서는 이것만으로 숙향을 며느리로 인정하는 것이 석연치 않았던 탓인지 숙향의 출신 성분을 따져 묻는다. 숙향이 '부모가 누구인지 모르지만 이전에 낙양수령을 지냈던 김전이 자기 부친이라는 말을 들었다'고 하자, 이상서 부부는 '시간이 지나면 자연 알게 되리라'며 이선이 돌아오길 기다린다. 즉 숙향이 이상서의 조복을 짓기 전까지만 해도 숙향은 이상서 부부에게 확실한 며느리로 인정받지 못한 상태였던 것이다. 그런데 이상서의 조복을 본 황제가 '숙향은 고금에도 없는 절행을 지녔다'며 많은 상을 하사한 이후, 숙향은 이상서 부부에게 지극한 사랑을 받을 뿐만 아니라 집안사람들이 모두 경복하는 대상이 된다. 따라서 「숙향전」에서 '시아버지 조복 짓기'는 숙향의 탁월한 능력과 황제의 총명함을 부각시키면서 이상서댁 며느리로서의 숙향의 위상을 확실하게 구축하는 기능을 수행하고 있다고 하겠다.[12]

다음은 「박씨전」에 나타난 '시아버지 조복 짓기' 대목을 보자.

> 일일은 공니 됴복을 닙고 궐ᄂᆡ의 드러가 슉ᄇᆡᄒᆞ온ᄃᆡ, ᄉᆞᆼ니 공의 됴복을 보시고 각가니 오라 ᄒᆞ여 문왈, "공의 됴복을 뉘가 지엿난요?" 공니 쥬왈, "신의 ᄌᆞ부가 지엿난니다." ᄒᆞᆫᄃᆡ, ᄉᆞᆼ니 또 가로ᄉᆞᄃᆡ, "그러ᄒᆞ면 져러ᄒᆞᆫ 며나리을 두고 긔한의 골몰ᄒᆞ여 독슉공방ᄒᆞ게 ᄒᆞᆷ은 무삼 일닌뇨?" 공니 ᄃᆡ경ᄒᆞ여 복지 쥬왈, "황공ᄒᆞ오나 젼ᄒᆞ게옵셔 니ᄃᆡ지 명촉ᄒᆞ시니 황공ᄒᆞ와이다." ᄉᆞᆼ니 왈, "경의 됴복을 본니 뒤의 부친 청학은 션경을 써나 ᄎᆞᆼ오산 즁으로 왕ᄂᆡᄒᆞ며 쥬리난 모양니요, 압희 봉황은 짝을 일코 우지지난 형ᄉᆞᆼ니 분명ᄒᆞ니, 글노 보고 짐작ᄒᆞ노라." ᄒᆞ시ᄃᆡ, 공니 ᄉᆞᄇᆡ 왈, "신의 불민ᄒᆞᆫ 탓시로소니다." ᄉᆞᆼ니 그 실상을 ᄌᆞ셔니 무르신니, 공니 엿ᄌᆞ오ᄃᆡ, "신의 며나리 얼골니 취비ᄒᆞᆫ 고로 ᄌᆞ식니 불쵸ᄒᆞ와 아비 교훈을 듯지 아니ᄒᆞ옵고, 부부간 화락지 못ᄒᆞ와 공방의 홀노 닛삽난니다." ᄉᆞᆼ니 우문 왈, "부부간 화락지 못ᄒᆞ여 공방독슉은 그러ᄒᆞ건니와, 긔ᄒᆞᆫ을 견ᄃᆡ지 못ᄒᆞ여 항상 눈물노 세월을 보ᄂᆡ기난 무삼 일인요?" 공니 불승황공ᄒᆞ여 한츌쳠ᄇᆡᄒᆞ난지라, 쥬져ᄒᆞ다가 다시 쥬왈, "신니 외당

---

12) 이승은 "(숙향에 대한) 임금의 인정은 이 상서가 속해 있는 장과 장내 집단의 추인이라는 점에서 보다 큰 의미를 지닌다."(「「숙향전」; 경계 허물기와 동일시의 서사」, 『고소설연구』 44, 한국고소설학회, 2017, 107쪽)고 지적하였다.

의 거쳐ᄒᆞ와 ᄂᆡ당 일은 아지 못ᄒᆞ옵난니다." ᄒᆞ며 황공무지 쥬왈, "이난 다 신의 불민ᄒᆞ온 탓시로소니다."[13]

이시백과 결혼한 박씨는 추한 외모 때문에 남편과 시어머니는 등 시집식구들에게 박대를 받는다. 특히 시어머니는 '여공재질도 없는 것이 포식만 한다며 밥도 적게 먹이라'고 구박한다. 이때 임금이 시아버지 이득춘을 일품으로 승직시키고 다음날 입궐하라는 명령을 내리는데, 기존의 조복은 낡아 입기가 어렵고 하루 만에 조복을 새로 짓기도 어려워 집안사람들이 모두 크게 근심한다. 이 소식을 들은 박씨는 하룻밤 사이에 조복을 새로 지어 바쳐 시어머니 등을 놀라게 하고, 상공은 선인의 솜씨라며 칭찬을 아끼지 않는다.

위 대목은 상공이 박씨가 지은 조복을 입고 입궐했을 때 상공과 임금이 주고받은 대화이다. 임금이 '상공의 조복을 누가 지었느냐'고 묻자, 상공은 '며느리가 지었다'고 대답한다. 임금이 '이렇듯 조복을 잘 짓는 며느리가 기한에 시달리고 독수공방하는 까닭이 무엇이냐'고 묻자, 상공은 임금의 명촉함을 칭송하면서 '어떻게 그것을 아셨느냐'고 되묻는다. 임금이 '조복 뒤에 수놓은 청학은 굶주린 모양이며, 뒤에 수놓인 봉황은 짝을 잃고 우는 형상'이기에 알았다고 대답하자, 상공은 며느리 박씨가 처한 상황 등을 자세히 아뢴다. 이에 임금은 백미를 하사하면서 '집안사람들이 박씨를 박대하지 못하도록 각별히 단속하라'는 명을 내린다.

이처럼 「박씨전」에 삽입된 '시아버지 조복 짓기' 대목은 「숙향전」의 그것과 매우 닮아 있다. 여주인공이 시아버지 조복을 짓게 된 상황, 여

---

13) 박순오본 「박씨전」, 『한글필사본고소설자료총서』 62, 오성사, 179~180쪽.

주인공의 탁월한 솜씨, 가족들의 탄복과 '선인'이라는 시아버지의 칭찬, 임금이 그 조복을 보고 여주인공의 처지를 정확하게 간파하고 많은 상을 하사한다는 점 등이 완전히 일치하고 있는 것이다. 조복을 지을 당시 여주인공이 독수공방하는 처지였다는 점, 이후 시집에서 여주인공의 입지가 강화된다는 점도 같다. 차이가 있다면, 그것은 여주인공이 짓고 수놓은 것이 '조복의 관대와 흉배/ 조복의 앞과 뒤', '은하수와 학/ 청학과 봉학' 등 세부적인 용어에 불과할 뿐이다.

'시아버지 조복 짓기' 화소는 설화나 다른 소설에도 있을 수 있다. 그러나 '임금이 신하의 조복을 보고 그 조복을 지은 사람의 현실적 처지와 심경을 정확하게 간파한다'는 이야기는 「숙향전」과 「박씨전」 외에는 찾기가 어렵다.[14] 따라서 이 대목은 「숙향전」과 「박씨전」 중 어느 한 작품에서 다른 작품으로 전파되거나 영향을 미친 것으로 보아야 한다. 문제는 영향을 미친 작품이 어떤 작품이냐 하는 것인데, 이와 관련하여 주목할 부분이 박순호본 「박씨전」이다.

> 시빅이 듯고 더옥 의심ᄒᆞ여 드러가던니 방문을 열고 본니 예 업던 요됴슉여 화월 갓튼 얼골을 슈기고 안져신니 아리싸온 ᄐᆡ도난 슉향 ᄃᆡ월 갓고 엄슉ᄒᆞᆫ 위염은 남산 ᄆᆡᆼ호 안진 듯ᄒᆞᆫ지라.[15]

위 대목은 박씨가 환골탈태한 직후 이시백이 처음 그 모습을 보고 들었던 생각을 서술한 부분인데, 박씨의 아리따운 태도를 '달을 바라보고 있는 숙향'에 비유하고 있다. 따라서 박순호본 「박씨전」은 「숙향전」 보

---

14) 이는 필자가 과문한 탓도 없지 않겠지만, 화소 자체가 현실적 개연성이 약하기 때문에 다른 작품에서는 찾아보기 어려울 것이라 생각한다.

15) 박순오본 「박씨전」, 199~200쪽.

다 후대에 필사된 것이 분명한바, 「박씨전」에 삽입되어 있는 '시아버지 조복 짓기' 대목은 「숙향전」에서 영향을 받은 것이라고 하겠다.

그러나 박순호본 「박씨전」이 「숙향전」보다 후대에 필사되었다고 해서 「박씨전」 자체가 「숙향전」보다 후대에 형성되었다고 단정할 수는 없다.[16] 현재 대부분의 「박씨전」 이본에는 '시아버지 조복 짓기' 대목이 삽입되어 있으며, '숙향'과 관련된 언급은 박순호본에만 나타난다. 때문에 「숙향전」과 「박씨전」의 선후관계를 엄밀하게 따지는 것은 실로 난감한 문제라고 하겠다. 다만, 「숙향전」의 창작시기는 17세기 후반이 분명하기 때문에 「숙향전」이 「박씨전」보다 먼저 창작되었을 가능성이 많은바, '시아버지 조복 짓기' 대목 역시 「숙향전」에서 「박씨전」으로 전파되었을 개연성이 높다고 말할 수 있을 뿐이다. 이와 관련하여 한 가지 더 생각해볼 문제는 '시아버지 조복 짓기' 대목이 각 작품에서 인물의 성격이나 작품 전체 구성과 얼마만큼 유기적인 관계를 맺고 있느냐는 것이다.

「숙향전」에서 숙향은 천상에서 적강한 인물임에도 불구하고 영웅적인 능력을 전혀 갖고 있지 않다. 이로 인해 위기에 처할 때마다 후토부인, 화덕진군, 마고할미 등 천상적 존재들이 지상계에 직접 나타나 숙향을 구해준다. 그런데 이런 숙향에게도 남다른 재주가 하나 있는데, 그것은 바로 수놓기이다. 숙향은 이화정에 기거할 때 자신이 놓은 수를 팔아서 이화정을 부유하게 하며, 꿈에 본 요지연 광경을 수놓아 판 것이 이선의 손에 들어가 마침내 이선과 인연을 맺게 된다. 숙향의 수놓

16) 예컨대, 이는 경판본 「홍길동전」에 '장길산'이 등장한다고 해서 '「홍길동전」은 장길산이 활발하게 활동했던 숙종 이후에 나온 것이기 때문에 허균이 창작한 것이 아니다'라고 단정적으로 말할 수 없는 것과 같다.

는 솜씨가 얼마나 탁월했는가 하는 것은 다음 대목을 통해서도 알 수 있다.

낭ᄌᆡ 가쟝 올히 넉여 그 경를 슈노ᄒᆞ니, 할미 보고 ᄃᆡ경 왈, "낭ᄌᆞ는 진실노 고금의 업는 ᄉᆞ람이로다. 아모커나 셰샹의 니 그림 아라보리 잇실가 파라보셔이다." ᄒᆞᆫᄃᆡ, 낭ᄌᆡ 왈, "니 경ᄀᆡ는 만금니 ᄊᆞ고 공녁은 쳔금니 ᄊᆞ건이와, 인간 샤람니 뉘 알아보리오? 오십 금니나 쥬거든 파라오쇼셔."[17]

죠쟉 왈, "니 경은 비록 만금니 쌰나 공역은 쳔금니 ᄊᆞ니, 공역 갑슬 쥬노라." ᄒᆞ고, 쳔금를 쥬며 왈, "니 그림 쓰즐 인간 샤람니 뉘 알아보리오? 쳔샹 요지연의셔 셔왕뫼 반도 진샹ᄒᆞ는 경인니, 엇지 할미 쌀의 솜씨리요?" ᄒᆞ고, "일졍 ᄀᆡ특ᄒᆞᆫ 샤람도 셰샹의 낫쏘다." ᄒᆞ며, 가지고 가더라.[18]

이화정 할미는 숙향의 요지연 수를 보고 '낭자는 진실로 고금에 없는 사람'이라며 크게 놀라며, 숙향 자신 역시 '경개는 만금이 싸고 공력은 천금이 싸다'며 대단한 자부심을 보인다. 물색을 안다는 장사꾼인 조작도 요지연 수를 천금을 주고 사면서 '일정 기특한 사람이 세상에 태어났다'고 탄복한다. 이로 보아 숙향의 장기가 수놓기였다는 것은 분명하다. 또한 「숙향전」의 중심 서사가 '숙향과 이선의 만남'인데, 숙향이 놓은 요지연 수가 만남의 계기로 작용하고 있다는 점에서 '숙향의 탁월한 수놓기'는 구성상 필수적인 요소라고 할 수 있다.

「박씨전」에서 박씨는 신적인 능력을 가진 존재이다. 그녀는 미래를

17) 「숙향전」, 70~71쪽.
18) 「숙향전」, 71~72쪽.

예언하는 능력을 가지고 있을 뿐만 아니라 여러 가지 도술을 부려 대군을 거느린 용울대와 용골대 등을 물리친다. 이런 박씨가 환골탈태하기 전에 보인 능력은 시아버지 조복 짓는 것, 병든 망아지를 사서 백배의 이익을 남기고 판 것, 꿈에 본 연적을 구해 이시백이 장원급제토록 한 것 세 가지이다. 이 가운데 그나마 현실적인 것이 시아버지 조복 짓는 것이며, 나머지 두 가지는 현실적인 것으로 보기 어렵다. 환골탈태한 이후에 박씨가 보여준 능력들도 모두 신적 존재나 가능한 것이며 사람은 할 수 없는 것들이다. 이런 점에서 박씨가 시아버지의 조복을 하룻밤 사이에 지었다는 것은 다소 예외적이며, 신적 능력을 소유한 박씨의 고유한 자질로 보기도 어렵다. 또한 작품 구성상 '시아버지 조복 짓기'는 환골탈태 이전에 박씨가 보여준 탁월한 능력 가운데 하나일 뿐 필수적인 것은 아니다. 이는 위에서 제시한 세 가지 사건이 병렬적으로 나열되어 있다는 점에서도 알 수 있다. 이러한 사실을 고려할 때, '시아버지 조복 짓기' 대목은 「숙향전」이 널리 유포되고 회자되는 가운데 「박씨전」에 수용된 것으로 보는 것이 타당할 것이다.

2) 「금방울전」

「금방울전」의 작자는 미상이며, 창작시기 역시 조선 후기로 추정하고 있을 뿐이다. 따라서 「숙향전」과 「금방울전」의 선후관계는 확정하기 어렵다. 그러나 「숙향전」은 국문소설이 비로소 발흥하는 단계인 17세기 후반에 창작되었다는 점을 고려한다면, 「금방울전」은 「숙향전」 이후에 출현했다고 보아야 할 것이다.

「금방울전」은 일종의 여성영웅소설이라고 할 수 있는데, 여성적 주

인공인 금방울과 숙향을 특별히 관련지어 생각할 여지는 없다. 그러나 「금방울전」의 남자주인공인 장해룡의 일생은 숙향의 일생과 매우 흡사한바, 「금방울전」의 형성과정에 「숙향전」이 적지 않게 영향을 미친 것으로 생각된다.

숙향은 다섯 살 때 전란으로 부모와 이별하고 도적들에게 죽을 위기를 맞지만 한 도적의 도움으로 살아난다. 이후 전쟁고아가 되어 유리걸식하다가 명사계에 이르며, 후토부인의 도움으로 장승상댁 수양딸이 되어 10년 동안 거주하다가 시비 사향의 모함으로 장승상댁에서 쫓겨나 포진강에 투신한다. 용녀와 선녀들의 구원으로 살아난 숙향은 갈대밭에서 자다가 화재를 만나 죽을 위기에 처하지만 화덕진군의 구원으로 살아나고, 마침내 이화정이라는 술집 할미(마고할미)를 만나 이화정에서 함께 산다. 그러던 중 귀공자 이선을 만나 이선의 부모 몰래 결혼하는데, 이선의 부친 이상서가 낙양수령 김전에게 숙향을 죽이라고 한다. 김전은 숙향이 자기 딸인 줄도 모르고 문초하는데, 부인(숙향의 모친)의 만류로 일단 낙양옥에 가둔다. 이후 숙향은 마고할미 등의 도움으로 이선의 부모에게 며느리로 인정받으며, 마침내 정렬부인이 되어 장승상 부부와 재회하고 부모와도 해후하여 부귀영화를 누린다.

장해룡도 숙향과 유사한 인생역정을 겪는다. 어렸을 때 전란으로 부모와 이별하고 도적들에게 죽을 위기에 처하는데, 도적의 일원인 장삼이 해룡을 구하고 또 자기 수양아들로 삼아 기른다. 장삼의 집에서 10여 년을 기거하는 동안 장삼의 부인 변씨와 친아들 소룡이 끊임없이 해룡에게 박해를 가하지만 해룡이 위기에 처할 때마다 금령이 나타나 구해준다. 장삼이 죽은 뒤 변씨의 모함으로 살인을 저지른 소룡 대신 해룡이 잡혀가 고을 수령 장원에게 문초를 받는다. 장원은 해룡이 자기

예언하는 능력을 가지고 있을 뿐만 아니라 여러 가지 도술을 부려 대군을 거느린 용울대와 용골대 등을 물리친다. 이런 박씨가 환골탈태하기 전에 보인 능력은 시아버지 조복 짓는 것, 병든 망아지를 사서 백배의 이익을 남기고 판 것, 꿈에 본 연적을 구해 이시백이 장원급제토록 한 것 세 가지이다. 이 가운데 그나마 현실적인 것이 시아버지 조복 짓는 것이며, 나머지 두 가지는 현실적인 것으로 보기 어렵다. 환골탈태한 이후에 박씨가 보여준 능력들도 모두 신적 존재나 가능한 것이며 사람은 할 수 없는 것들이다. 이런 점에서 박씨가 시아버지의 조복을 하룻밤 사이에 지었다는 것은 다소 예외적이며, 신적 능력을 소유한 박씨의 고유한 자질로 보기도 어렵다. 또한 작품 구성상 '시아버지 조복 짓기'는 환골탈태 이전에 박씨가 보여준 탁월한 능력 가운데 하나일 뿐 필수적인 것은 아니다. 이는 위에서 제시한 세 가지 사건이 병렬적으로 나열되어 있다는 점에서도 알 수 있다. 이러한 사실을 고려할 때, '시아버지 조복 짓기' 대목은 「숙향전」이 널리 유포되고 회자되는 가운데 「박씨전」에 수용된 것으로 보는 것이 타당할 것이다.

2) 「금방울전」

「금방울전」의 작자는 미상이며, 창작시기 역시 조선 후기로 추정하고 있을 뿐이다. 따라서 「숙향전」과 「금방울전」의 선후관계는 확정하기 어렵다. 그러나 「숙향전」은 국문소설이 비로소 발흥하는 단계인 17세기 후반에 창작되었다는 점을 고려한다면, 「금방울전」은 「숙향전」 이후에 출현했다고 보아야 할 것이다.

「금방울전」은 일종의 여성영웅소설이라고 할 수 있는데, 여성적 주

인공인 금방울과 숙향을 특별히 관련지어 생각할 여지는 없다. 그러나 「금방울전」의 남자주인공인 장해룡의 일생은 숙향의 일생과 매우 흡사한바, 「금방울전」의 형성과정에 「숙향전」이 적지 않게 영향을 미친 것으로 생각된다.

숙향은 다섯 살 때 전란으로 부모와 이별하고 도적들에게 죽을 위기를 맞지만 한 도적의 도움으로 살아난다. 이후 전쟁고아가 되어 유리걸식하다가 명사계에 이르며, 후토부인의 도움으로 장승상댁 수양딸이 되어 10년 동안 거주하다가 시비 사향의 모함으로 장승상댁에서 쫓겨나 포진강에 투신한다. 용녀와 선녀들의 구원으로 살아난 숙향은 갈대밭에서 자다가 화재를 만나 죽을 위기에 처하지만 화덕진군의 구원으로 살아나고, 마침내 이화정이라는 술집 할미(마고할미)를 만나 이화정에서 함께 산다. 그러던 중 귀공자 이선을 만나 이선의 부모 몰래 결혼하는데, 이선의 부친 이상서가 낙양수령 김전에게 숙향을 죽이라고 한다. 김전은 숙향이 자기 딸인 줄도 모르고 문초하는데, 부인(숙향의 모친)의 만류로 일단 낙양옥에 가둔다. 이후 숙향은 마고할미 등의 도움으로 이선의 부모에게 며느리로 인정받으며, 마침내 정렬부인이 되어 장승상 부부와 재회하고 부모와도 해후하여 부귀영화를 누린다.

장해룡도 숙향과 유사한 인생역정을 겪는다. 어렸을 때 전란으로 부모와 이별하고 도적들에게 죽을 위기에 처하는데, 도적의 일원인 장삼이 해룡을 구하고 또 자기 수양아들로 삼아 기른다. 장삼의 집에서 10여 년을 기거하는 동안 장삼의 부인 변씨와 친아들 소룡이 끊임없이 해룡에게 박해를 가하지만 해룡이 위기에 처할 때마다 금령이 나타나 구해준다. 장삼이 죽은 뒤 변씨의 모함으로 살인을 저지른 소룡 대신 해룡이 잡혀가 고을 수령 장원에게 문초를 받는다. 장원은 해룡이 자기

예언하는 능력을 가지고 있을 뿐만 아니라 여러 가지 도술을 부려 대군을 거느린 용울대와 용골대 등을 물리친다. 이런 박씨가 환골탈태하기 전에 보인 능력은 시아버지 조복 짓는 것, 병든 망아지를 사서 백배의 이익을 남기고 판 것, 꿈에 본 연적을 구해 이시백이 장원급제토록 한 것 세 가지이다. 이 가운데 그나마 현실적인 것이 시아버지 조복 짓는 것이며, 나머지 두 가지는 현실적인 것으로 보기 어렵다. 환골탈태한 이후에 박씨가 보여준 능력들도 모두 신적 존재나 가능한 것이며 사람은 할 수 없는 것들이다. 이런 점에서 박씨가 시아버지의 조복을 하룻밤 사이에 지었다는 것은 다소 예외적이며, 신적 능력을 소유한 박씨의 고유한 자질로 보기도 어렵다. 또한 작품 구성상 '시아버지 조복 짓기'는 환골탈태 이전에 박씨가 보여준 탁월한 능력 가운데 하나일 뿐 필수적인 것은 아니다. 이는 위에서 제시한 세 가지 사건이 병렬적으로 나열되어 있다는 점에서도 알 수 있다. 이러한 사실을 고려할 때, '시아버지 조복 짓기' 대목은 「숙향전」이 널리 유포되고 회자되는 가운데 「박씨전」에 수용된 것으로 보는 것이 타당할 것이다.

2) 「금방울전」

「금방울전」의 작자는 미상이며, 창작시기 역시 조선 후기로 추정하고 있을 뿐이다. 따라서 「숙향전」과 「금방울전」의 선후관계는 확정하기 어렵다. 그러나 「숙향전」은 국문소설이 비로소 발흥하는 단계인 17세기 후반에 창작되었다는 점을 고려한다면, 「금방울전」은 「숙향전」 이후에 출현했다고 보아야 할 것이다.

「금방울전」은 일종의 여성영웅소설이라고 할 수 있는데, 여성적 주

인공인 금방울과 숙향을 특별히 관련지어 생각할 여지는 없다. 그러나 「금방울전」의 남자주인공인 장해룡의 일생은 숙향의 일생과 매우 흡사한바, 「금방울전」의 형성과정에 「숙향전」이 적지 않게 영향을 미친 것으로 생각된다.

숙향은 다섯 살 때 전란으로 부모와 이별하고 도적들에게 죽을 위기를 맞지만 한 도적의 도움으로 살아난다. 이후 전쟁고아가 되어 유리걸식하다가 명사계에 이르며, 후토부인의 도움으로 장승상댁 수양딸이 되어 10년 동안 거주하다가 시비 사향의 모함으로 장승상댁에서 쫓겨나 포진강에 투신한다. 용녀와 선녀들의 구원으로 살아난 숙향은 갈대밭에서 자다가 화재를 만나 죽을 위기에 처하지만 화덕진군의 구원으로 살아나고, 마침내 이화정이라는 술집 할미(마고할미)를 만나 이화정에서 함께 산다. 그러던 중 귀공자 이선을 만나 이선의 부모 몰래 결혼하는데, 이선의 부친 이상서가 낙양수령 김전에게 숙향을 죽이라고 한다. 김전은 숙향이 자기 딸인 줄도 모르고 문초하는데, 부인(숙향의 모친)의 만류로 일단 낙양옥에 가둔다. 이후 숙향은 마고할미 등의 도움으로 이선의 부모에게 며느리로 인정받으며, 마침내 정렬부인이 되어 장승상 부부와 재회하고 부모와도 해후하여 부귀영화를 누린다.

장해룡도 숙향과 유사한 인생역정을 겪는다. 어렸을 때 전란으로 부모와 이별하고 도적들에게 죽을 위기에 처하는데, 도적의 일원인 장삼이 해룡을 구하고 또 자기 수양아들로 삼아 기른다. 장삼의 집에서 10여 년을 기거하는 동안 장삼의 부인 변씨와 친아들 소룡이 끊임없이 해룡에게 박해를 가하지만 해룡이 위기에 처할 때마다 금령이 나타나 구해준다. 장삼이 죽은 뒤 변씨의 모함으로 살인을 저지른 소룡 대신 해룡이 잡혀가 고을 수령 장원에게 문초를 받는다. 장원은 해룡이 자기

아들인 줄도 모르고 형벌을 가하던 중 부인(해룡의 모친)의 만류로 해룡을 일단 옥에 가둔다. 이후 해룡은 금령의 도움으로 공주를 구하여 부마가 되고, 또 부모와도 해후하여 부귀영화를 누린다.

위에 서술한 것은 「숙향전」과 「금방울전」을 각각 숙향과 해룡에 초점을 맞춰 간략하게 정리한 것인데, 숙향과 해룡의 일생이 매우 닮아 있다. 어렸을 때 전란으로 부모와 이별한 점, 한 도적의 도움으로 살아난 점, 남의 집에서 10여 년 동안 수양으로 생활하다가 집안사람의 박해와 모함으로 쫓겨난 점, 부친의 고문을 받던 중 모친의 만류로 살아나 옥에 갇힌 점, 위기에 처할 때마다 신령한 존재의 구원으로 살아나고 또 부모와도 해후한다는 점 등등. 특히 이 가운데 전란으로 인해 부모와 이별하는 대목과 부친이 어렸을 때 헤어졌기 때문에 자기 자식인지도 모르고 죄 없는 자식을 죽이려 했던 대목은 구체적인 서술과 묘사마저도 흡사하다. 논의의 번거로움을 피하기 위해 '부모와 이별하는 대목'만 제시하면 다음과 같다.

> 김젼도 가쇽를 다리고 강능으로 향ᄒᆞ여 가더니, ~~, 도젹니 급히 싸로거늘 김젼 부쳐 심니 진ᄒᆞ야 가지 못ᄒᆞ니 엇지ᄒᆞ리요. 인ᄒᆞ야 ᄃᆡ셩통곡ᄒᆞ며, "슉향아, ᄂᆡ 목를 꽉 안아라." ᄒᆞ고, 등에 언져 업고 닷써니, 심이 진ᄒᆞ고 긔운를 거두지 못ᄒᆞ야 ~~ 슉향를 안고 가며 일오되, "도젹니 급ᄒᆞ오니 울리 다 쥭을지라. 너는 져 바회 밋틔 잇거라. ᄂᆡ일 와 다려가마." ᄒᆞ고, 쪽박의 밥를 담아 쥬며 김젼 부쳐 ᄃᆡ셩통곡 왈, "슉향아, ᄇᆡ곱흐거든 니 밥 먹고, 목마르거든 니 박으로 져 믈를 써 먹어라." ᄒᆞ고, ᄎᆞ마 바라고 가지 못ᄒᆞ나 도젹니 좃ᄎᆞ와 사람를 쎡은 풀 버히듯 ᄒᆞ거늘, 헐일업셔 슉향를 도젹 즁의 발리고 다라나려 ᄒᆞ니, 슉향니 져희 모친 치마를 붓잡고 통곡 왈, "어마야, 나도 함긔 가옵사이다. 아바야, 나도 한ᄃᆡ 가셔이다." ᄒᆞ고, 한

숀을오는 어뮈 쵸마를 붓잡고 한 숀으로는 아뷔 헐이ᄯᅴ를 더위잡고 ᄒᆡ음없시 울고 늣기며 함게만 가쟈고 ᄋᆡ걸ᄒᆞ며 보ᄎᆡ는 거슬 김젼 부쳐 참아 ᄯᅥ나지 못ᄒᆞᆯ 터니로되, 도적니 거의 당젼ᄒᆞᆫ지라 황겁ᄒᆞ야 억지로 슉향의 숀목를 버리집어 안아다가 바회 틈의 안치고, ~~ ᄀᆡ유ᄒᆞ야 달ᄂᆡ며 왈, “ᄂᆡ ᄯᅡᆯ 슉향아, 여긔셔 놀고 잇시면 져근드시 어뮈ᄒᆞ고 집니 가셔 과실 갓ᄯᅡ 쥬마.” ᄒᆞ고 일은 후는 돌쳐셔며 부인 쟝씨를 호통ᄒᆞ여 가기를 ᄌᆡ쵹ᄒᆞ니, ~~, 슉향니 바회 틈으로 얼골말 드러ᄂᆡ고 ᄒᆞᆫ 숀에는 어뮈 쥬든 밥 다문 박아지를 들고, 한 숀으로 눈믈를 씨스며 ᄃᆡ셩통곡ᄒᆞ야 우다가 나죵의는 어미만 부르며 목니 머혀 우는 쇼ᄅᆡ ᄎᆞᄎᆞ 머러져 가거늘, ~~, 김젼 부쳐 간장이 바아지고 일신니 녹늣 듯 ᄒᆞ여 우지도 못ᄒᆞᆯ네라. 이적의 도적니 죠ᄎᆞ와 슉향를 보고 문왈, “네 부뫼 어듸로 가던뇨? 바로 일으지 안니ᄒᆞ면 니 칼노 죽이리라.” 슉향니 놀나 더옥 울며 왈, “부뫼 날를 바리고 갈 제, ‘집니 가셔 과실 갓ᄯᅡ 쥬마.’ ᄒᆞ더니, 지금가지 안이 오오ᄆᆡ 어듸로 가온지 간고즐 엇지 알이오?” ᄒᆞᆫᄃᆡ, 그 도적니 죽이려 ᄒᆞ거늘, 기중의 한 도적니 급히 말려 왈, “제 부뫼 바리고 가ᄆᆡ 슬허 울거늘 무슨 죄로 죽이리요?” 그 아회 샹를 잠간 보니, ‘타일의 반드시 귀히 되리라. 니곳의 두면 반드시 즘ᄉᆡᆼ의게 죽으리라.’ ᄒᆞ고, 안아다가 유곡역 마을 압해 두고 왈, “어엿부고 쟌잉ᄒᆞᆯ샤. ᄂᆡ 쟈식도 너갓트니 잇ᄯᅥ니, 네 부뫼들 너를 바리고 가며 쟉히 슬허ᄒᆞ여시랴.” ᄒᆞ고, 등를 두드리며, “잘 잇스라. 이곳의 잇시면 네 부뫼 챠ᄌᆞ오리라.” ᄒᆞ고 가며, ᄯᅩ한 무슈히 도라보더라.[19]

부뷔 셔로 ᄒᆡ룡을 돌여 업고 다라나더니 기운이 진ᄒᆞᄆᆡ 부인이 울며 왈, “이 아ᄒᆡᄅᆞᆯ 보젼코져 혈진ᄃᆡ 우리 다 죽을 거시니, 상공은 우리 모ᄌᆞᄅᆞᆯ 잠간 바리시고 피란ᄒᆞ엿다가 모ᄌᆞ의 ᄒᆡ골이나 거두어 쥬쇼셔.” ᄒᆞ거늘, 쳐ᄉᆡᆨ ᄎᆞ언을 듯고 ᄎᆞᆷ아 ᄯᅥ나지 못ᄒᆞ여 셔로 붓들

19) 「숙향전」, 22~25쪽.

고 힝ᄒᆞ더니, 도적이 점점 갓가이 ᄯᆞ라오ᄂᆞᆫ지라. 쳐ᄉᆡ 부뷔 울며 망지쇼조ᄒᆞ다가 희룡을 ᄇᆞ리고 가ᄌᆞ하거ᄂᆞᆯ, 부인이 헐일업셔 길가의 안치고 달ᄂᆡ여 갈오ᄃᆡ, "우리 잠간 다녀올 거시니 이 실과ᄅᆞᆯ 먹고 안져시라." ᄒᆞ니, 희룡이 울며 (왈), "ᄒᆞᆫ가지로 가ᄌᆞ." ᄒᆞ거ᄂᆞᆯ, 쳐ᄉᆡ 조흔 말노 달ᄂᆡ고 부인ᄅᆞᆯ ᄌᆡ촉ᄒᆞ여 다라날ᄉᆡ ᄒᆞᆫ 거름의 도라보고 두 거름의 도라보며 거름마다 도라보니, 희룡이 울며 부모ᄅᆞᆯ 불으며 우ᄂᆞᆫ 쇼ᄅᆡ ᄎᆞᆷ아 듯지 못헐너라. 이ᄯᆡ 도적이 오다가 희룡ᄅᆞᆯ 보고 죽이려 ᄒᆞ다가, 그 즁의 장ᄉᆞᆷ이란 도적이 말여 왈, "어린 아ᄒᆡ 부모ᄅᆞᆯ 일코 우ᄂᆞᆫ 거슬 무삼 죄로 죽이려 ᄒᆞ는뇨?" ᄒᆞ고 업고 가다가 ᄂᆡ심의 ᄉᆡᆼ각ᄒᆞ되, 'ᄂᆡ 일즉 위세의 핍박ᄒᆞ며 군오의 몰입ᄒᆞ미 엇지 본심이리오? ᄯᅩ 이 아ᄒᆡᄅᆞᆯ 보니 후일의 반다시 귀히 될 기상이라. 잇ᄯᆡᄅᆞᆯ 타 다라나리라.' ᄒᆞ고 완완이 힝ᄒᆞ다가 강남 고군으로 다라나더라.[20]

위의 두 대목은 분량 면에서는 다소 차이가 난다. 그러나 모두 ① 부모가 어린 자식과 함께 피난을 가던 중 도적의 추격을 받음, ② 부모가 자식을 업고 달아나다 지쳐 자식을 버리고 가려함, ③ 자식이 어미의 치마를 붙들고 함께 가자며 울부짖음, ④ 부모가 자식에게 먹을 것을 주고 곧 돌아오겠다며 자식을 달램, ⑤ 부모가 달아나면서 자식을 거듭 되돌아봄, ⑥ 도적이 뒤쫓아 와 그 자식을 죽이려함, ⑦ 도적 중 한 명이 그 자식을 불쌍하게 여겨 살려준다는 내용과 순서로 이루어져 있다. 또한 두 대목은 "졔 부뫼 바리고 가ᄆᆡ 슬허 울거늘 무슨 죄로 죽이리요?"(「숙향전」)와 "어린 아ᄒᆡ 부모ᄅᆞᆯ 일코 우ᄂᆞᆫ 거슬 무삼 죄로 죽이려 ᄒᆞ는뇨?"(「금방울전」)처럼 세부적인 표현마저도 유사하다. 굳이 차이점을 든다면 「숙향전」이 「금방울전」보다 이별의 참혹한 상황을 좀 더 구

20) 동양문고본 「금방울전」, 5~6쪽.

체적으로 형상화하고 있다는 점인데, 이 정도의 차이는 같은 작품의 이본 사이에서도 흔히 나타난다.

「숙향전」에서 위의 대목은 조선 후기에 널리 유포·회자되었던 것으로 보이는데, 이는 앞서 인용한 바 있는 「배비장전」의 내용을 통해서 알 수 있다. 배비장이 「숙향전」을 골라 반쯤 딱 펼쳐서 보니, "슉향아, 불샹ᄒᆞ다.' 그 모친이 리별ᄒᆞᆯ 쎽, '아가, 아가. 잘잇거라. ᄇᆡ곱흔ᄃᆡ 이 밥 먹고 목마른ᄃᆡ 이 물 먹고.'"라는 대목이 나왔다고 한다. 이러한 사실은 당시 「배비장전」 향유층이 「숙향전」하면 곧바로 이 대목을 연상했다는 것을 시사하는바, 「금방울전」의 작자 역시 사전에 「숙향전」의 내용을 꽤 상세하게 알고 있었다고 보아야 할 것이다.

이상에서 살펴보았듯이, 「금방울전」에서 남주인공인 해룡의 일생은 「숙향전」의 여주인공인 숙향의 일생과 혹사하며, 구체적인 서술과 묘사가 유사한 대목마저 나타난다. 위에서 거론한 것 외에도 해룡과 장원이 족자를 통해 부자간임을 확인한다는 화소는 정렬부인이 된 숙향이 장승상 부인에게 족자를 통해 자기가 10년 전에 쫓겨난 숙향이라는 것을 입증하는 화소와 닮아 있으며, 해룡이 장삼의 집에 나올 때 자신의 기구한 운명을 시로 써서 벽에 붙이는 대목은 숙향이 장승상댁에서 나올 때 그랬던 것을 연상케 한다. 또한 숙향과 해룡은 모두 적강한 존재로 탁월한 능력을 소유하고 있다고 서술되어 있지만 막상 위기에 처했을 때는 본인의 능력이 아니라 신적 존재의 도움으로 그 위기를 극복한다는 점도 같다. 이처럼 서로 닮아 있는 숙향과 해룡의 일생 및 성격은 우연의 일치로 보기 어려운바, 「금방울전」이 「숙향전」의 영향을 받은 것은 분명하다고 하겠다.

3) 「남윤전」

「남윤전」 역시 작자를 알 수 없는 작품인데, 창작시기는 대체로 18세기 말이나 19세기 초로 추정되고 있다.[21] 이 작품은 주인공 남윤이 임진왜란 때 포로로 잡혀갔다가 왜국 공주와 결혼한 뒤 탈출하여 중국, 만주를 거쳐 조선으로 귀환한다는 내용으로 이루어져 있는데, 남녀주인공의 만남과 결연을 도선적 운명론에 입각하여 서사하고 있다는 점과 꿈을 매개로 하고 있다는 점은 「숙향전」과 유사하다. 특히 남녀주인공이 瑤池宴 꿈을 통해 서로 인연을 맺는다거나 이승의 신분과 연분이 천상에서 벌어졌던 사건에서 기인한다는 서술은 「숙향전」을 연상케 한다. 먼저 요지연 꿈과 관련된 대목을 살펴보자.

> ① 낭직 그 식를 짜라 ᄒᆞᆫ 곳의 다다르니, 빅옥 갓튼 연못 가온딕 구슬딕를 뭇고 그 우회 누각를 지어시되, 만호지츄의 호박 기동을 셰우고 유리로 이워시니 광치 찰난ᄒᆞ야 바로 보지 못ᄒᆞᆯ네라. 산호현판의 금쟈로 셧시되, 뇨지라 ᄒᆞ엿시니, 셔왕모의 집일너라. 낭직 하 엄엄ᄒᆞ여 드러가지 못ᄒᆞ고 문 밧게셔 쥬져ᄒᆞ더니, 문득 셔다히로셔 오식 구름니 일어나고 그이ᄒᆞᆫ 향닉 진동ᄒᆞ더니, 무슈ᄒᆞᆫ 션관 션네 용도 타시며 봉황도 타며 썅썅니 드러가고, 청운니 어린 곳의 육용이 옥년를 뫼와 황금 슈릭를 틱왓시니, 이는 옥황샹제 타신 용니요, 그 뒤에 셔천 셔기 여릭 오신다 ᄒᆞ고 졔천졔불과 샴틱칠셩과 관음나한과 보샬이 시위ᄒᆞ야 오되, 각식 풍뉴 구름의 어릭엿고 위의거동니 천지간의 진동ᄒᆞ더라.[22]

---

21) 장경남, 「임진왜란 실기의 소설적 수용 양상 연구」, 『국어국문학』 131, 국어국문학회, 2002, 389쪽.

22) 「숙향전」, 67~68쪽.

② 션니 과거도 보라 가지 못ᄒᆞ고 심심ᄒᆞ야 근쳐의 죠흔 샨슈풍경를 일삼아 완경ᄒᆞ더니, 샴월 망일의 ᄃᆡ셩샤의 올나가니, 몸니 곤ᄒᆞ여 죠을니여 난간를 의지ᄒᆞ야 잠간 잠를 드러써니, 쑴에 부체 와 일오되, "오늘 셔왕뫼 요지예셔 잔ᄎᆡᄒᆞ니 그ᄃᆡ도 날을 죠ᄎᆞ 완경ᄒᆞ쟈." ᄒᆞ거ᄂᆞᆯ, 니션이 가쟝 깃니션이 가쟝 깃거 부쳐를 싸라 ᄒᆞᆫ 곳의 다다르니, 션네 무슈히 뫼야 분쥬ᄒᆞ며, 긔이ᄒᆞᆫ 화각과 빗난 구름과 아롬다온 향ᄂᆡ는 일오 다 충양치 못ᄒᆞᆯ네라. 부쳐 니션다려 갈으쳐 왈, "북역 옥륜ᄃᆡ 우희 놉히 안즌 이는 옥황샹제시고, 그 뒤헤는 샴ᄐᆡ칠셩니 모든 별을 거늘엿고, 동편 ᄇᆡᆨ옥교위예는 셔가여ᄅᆡ 모든 부쳐를 거늘이시고 챠례로 안ᄌᆞ시니, ᄂᆡ 몬져 드러가거든 그ᄃᆡ는 미죠ᄎᆞ 드러와 몬져 샹제게 뵈옵고, 좌우로 ᄎᆞ례로 뵈오라." 니션 왈, "하 엄엄ᄒᆞ오니 동셔를 분별치 못ᄒᆞᆯ가 ᄒᆞ너니다."[23)]

③ 강잉ᄒᆞ여 칠월편을 외오다가 인ᄒᆞ여 죠으더이, 문득 홍표 입은 ᄉᆞ람이 읍해 ᄂᆞ와 알외되, "요지의셔 그ᄃᆡ을 불너 계시이 급히 가ᄉᆞ이다." ᄌᆡ촉ᄒᆞ거ᄂᆞᆯ, 남눈이 갈와ᄃᆡ, "요지은 쳔상이오 인간의 쳔ᄒᆞᆫ 몸이 읏지 가리요?" 홍표션관 갈오ᄃᆡ, "근심치 말고 ᄂᆞ을 싸라오면 ᄌᆞ연 가리라." ᄒᆞ고 길을 인도ᄒᆞ거ᄂᆞᆯ, 【남눈이 그 ᄉᆞᄅᆞᆷ를 싸라 표연ᄒᆞᆫ 곳에 일으이, ᄎᆞᆫ 긔운이 ᄉᆞᄅᆞᆷ에게 쏘이고 말근 향긔 지동ᄒᆞ여 정신이 ᄉᆡᆨᄉᆡᆨᄒᆞᆫ지라. 긔화요쵸ᄂᆞᆫ 만발ᄒᆞ고 은ᄒᆞ슈은 양양ᄒᆞ여 난봉공ᄌᆞᆨ은 분분 왕ᄂᆡᄒᆞ거ᄂᆞᆯ, 남눈 살펴보이 쥬궁ᄑᆡ궐이 반공의 쇼ᄉᆞᆫᄂᆞᆫᄃᆡ ᄒᆞᆫ 쌍봉황이 ᄂᆞ와 길을 일도ᄒᆞ거ᄂᆞᆯ, 점점 드러가이 큰 집이 니스되 현판의 ᄉᆡ여시되 광ᄒᆞᆫ젼이라 ᄒᆞ고, 그 겻ᄐᆡ ᄒᆞᆫ 집이 니스되 영광젼이라 ᄒᆞ엿거ᄂᆞᆯ, 쟈셔이 보니 우무 병풍 두루고 산호고리의 슈정 쥬렴을 ᄯᅳ릇거ᄂᆞᆯ 황홀ᄒᆞᆫ 긔운니 원근의 쏘이더라.】

---

23) 「숙향전」, 80~81쪽.

> 젼상을 살펴보니 ᄃᆡ인이 황표을 입고 금관을 쓰고 ᄇᆡᆨ옥교 위의 안ᄌᆞ시니 위엄이 엄숙ᄒᆞ고 광ᄎᆡ 찰난ᄒᆞᆫ지라. 좌우을 살펴보니 무슈ᄒᆞᆫ 션관이 시위ᄒᆞᆫᄃᆡ 그 ᄋᆞᆸ희 녹의 홍상ᄒᆞᆫ 시녀 옹위ᄒᆞ여 풍악을 울푸이 짐짓 요지연일너라. 청의 ᄋᆞ황이 남눈더러 일너 왈, "져 홍표금관ᄒᆞ시ᄂᆞᆫ 이은 상제요, 좌우 시위ᄒᆞᄂᆞᆫ 이은 제불제천이요, 녹의홍상ᄒᆞᆫ 니ᄂᆞᆫ 모도 션녀이옵니다."24)

①은 숙향이 꿈에 청조를 따라, ②는 이선이 꿈에 대성사 부처를 따라, ③은 남윤이 꿈에 서화사 부처를 따라 요지연에 참여한 대목이다. 「숙향전」의 경우 숙향과 이선이 요지연에 참여하는 대목을 각각 나누어 서술했으며, 「남윤전」의 경우 남윤이 참여하는 대목만 서술하고 있다. 그런데 「남윤전」에서 '【 】'에 해당하는 부분은 숙향이 본 광경과 유사하고, 나머지는 이선이 참여했을 때의 장면과 유사하다. 즉 ①에는 요지의 풍광과 연회에 참석하기 위해 들어오는 신령들의 행차 장면이 서술되어 있다면, ②에는 신령들이 이미 좌정한 이후 장면과 각 신령의 자리 및 이름에 대한 설명이 서술되어 있고, ③에는 요지의 풍광과 신령들의 자리 및 이름에 대한 설명이 함께 서술되어 있는 것이다. 따라서 ③(「남윤전」)은 「숙향전」의 ①과 ②를 통합해서 서술한 형태라고 할 수 있다.

우리 고소설에는 요지연과 관련된 언급이 여러 작품에 나타지만, 대부분 '요지연은 서왕모가 옥황상제에게 반도를 바치는 행사'라는 설명 정도에 불과하다. 그런데 「숙향전」과 「남윤전」에는 요지의 풍광과 연회의 광경을 구체적으로 묘사하고 있다. 또한 이선과 남윤 모두 꿈에 부처를 따라 요지연에 참여하며 신적 존재에게 그곳에 참석한 신령들

24) 「남윤전」, 『한국고전문학전집』 16, 고려대학교 민족문화연구소, 1995, 226~228쪽.

의 이름과 자리에 대해 설명을 듣는 것으로 되어 있는데, 이러한 내용은 다른 작품에서는 찾아볼 수 없다. 따라서 「숙향전」과 「남윤전」은 어떤 방식으로든 서로 관련을 맺고 있다고 보아야 할 것이다.

그런데 이선이 선계에 갔을 때 자신과 양왕의 딸 설중매가 천정연분이라는 이야기를 듣는 대목과 남윤이 요지연 꿈에서 자신과 일본 공주와 천정연분이라는 이야기를 듣는 대목은 「남윤전」이 「숙향전」의 영향을 받았을 가능성을 더욱 엿보인다.

> 샹셰 문왈, "셜즁ᄆᆡ는 무슴 일노 인간의 날려가며, 쇼애는 어니 김젼의 ᄯᆞᆯ리 되고, 셜즁ᄆᆡ는 어니 양왕의 ᄯᆞᆯ리 되엿는고?" ~~. 능허션ᄉᆡᆼ은 남양 ᄯᅡ 우슈션ᄉᆡᆼ의 아들니 되어 나고, 기쳐는 영천 ᄯᅡ 쟝호의 ᄯᆞᆯ리 되어 나셔 ᄯᅩ 만나 부뷔 되어시나, ᄐᆡ을니 쇼아를 위ᄒᆞ야 셜즁ᄆᆡ를 즁히 아니 너기는 쥴 알고, 능허션ᄉᆡᆼ니 ᄆᆡ일 쇼아를 원망ᄒᆞ는 타스로 니ᄉᆡᆼ의 나와 그 ᄯᆞᆯ니 되어 나셔 오셰에 일코 십오년 간쟝를 �이게 ᄒᆞ엿고, 셜즁ᄆᆡ는 그ᄃᆡ 인간의 날려ᄀᆞᄆᆡ 보려ᄒᆞ고 쟈슈ᄒᆞ야 약슈의 ᄲᅡ져 쥭으니, 후ᄉᆡᆼ의 귀히 되게 ᄒᆞ야 양왕의 ᄯᆞᆯ리 되엿는니라." 샹셰 왈, "그리면 셜즁ᄆᆡ ᄂᆡ 부인니 먼져 될 거시어늘, 엇지 쇼애 먼져 되엿는고?" 션관 왈, "그ᄃᆡ 인간의 날려가문 쇼애를 위ᄒᆞ야 날려갓실 ᄲᅮᆫ 안니라, 쇼애는 월궁항아 아이라. 항애 비록 무이녁여 인간의 보ᄂᆡ여시ᄂᆞ 엇지 도라보지 안이리요? 쇼아는 쳣 부인니 되어ᄯᅡ가 나히 칠십니 ᄎᆞ면 그ᄃᆡ로 더부러 ᄒᆞᆫ가지로 도로 천샨의 올나올리라." 샹셔 왈, "ᄂᆡ 양왕의 혼ᄉᆞ를 거절ᄒᆞ다가 이런 거름를 ᄒᆞ니, 죵시 거절코져 ᄒᆞ여써니 천정니오ᄆᆡ 도망치 못ᄒᆞ리로다."[25)]
>
> 눈이 ᄎᆞᆼ황 즁의 노승다려 문왈, "ᄉᆞ인 즁의 긋ᄐᆡ여 월즁션은 무

25) 「숙향전」, 220~221쪽.

ᄉᆞᆷ 연고로 십 년만의 올ᄂᆞ오라 ᄒᆞ시잇가?” 노승 왈, “셕낭은 옥경과 일심이 되어 월즁션을 모히ᄒᆞᄂᆞᆫ 고로 삼인은 됴션으로 젹강ᄒᆞ여 고ᄉᆡᆼ으로 지ᄂᆡ게 ᄒᆞ고 월즁션은 그 즁의 죄가 젹은 고로 일본국 공쥬 되어 안낙ᄒᆞ게 ᄒᆞ미라. ᄉᆞ인 각각 젹강ᄒᆞᆯ ᄯᆡ의 월즁션은 일본으로 보ᄂᆡ고 ᄉᆞᆷ인은 됴션 안변 셔화ᄉᆞ로 부탁ᄒᆞ여 츄셩은 남두셩의 독ᄌᆞ 되고 셕냥은 니경희에 여식 되고 옥경션 그 즁의 죄가 더 즁ᄒᆞ여 함홍 ᄎᆞᆼ여 되어 고ᄉᆡᆼᄒᆞ게 ᄒᆞ엿ᄂᆞ이 ᄂᆞᄂᆞᆫ 안변 ᄯᅡ 셔화ᄉᆞ 부쳐라. 그ᄃᆡ등은 웃지 ᄂᆞ을 모르ᄂᆞ뇨?” ᄒᆞ고 인ᄒᆞ여 쇼ᄆᆡ로셔 푸른 구슬 네 ᄀᆡ을 ᄂᆡ여 각각 ᄒᆞᆫ낙식 주며 왈, “일노쎠 일후 표을 ᄉᆞᆷᄋᆞ 쳔상 ᄇᆡ필인 쥴 알고 인간의 ᄂᆞ려가 월즁선을 만ᄂᆞ 십년 동낙ᄒᆞ다가 먼져 올ᄂᆞ보ᄂᆡ고 본국에 도라가 셕낭과 옥경션을 ᄎᆞ자 동낙ᄒᆞ다가 칠십이 ᄎᆞ거든 올ᄂᆞ오라.”[26)]

「숙향전」에서 숙향과 결혼한 이선은 양왕의 청혼을 거절하며, 그것이 빌미가 되어 선계로 구약여행을 갔다가 한 선관에게 자기와 양왕의 딸 설중매가 천정연분이라는 이야기를 듣게 된다. 위에서 인용한 대목은 이와 관련하여 이선과 선관이 주고받은 대화 중 일부이다. 이선이 '소아와 설중매가 각각 김전의 딸과 양왕의 딸로 태어난 까닭'을 묻자, 선관은 '전생에서 능허선생(김전)이 소아(숙향)를 미워했기 때문에 이승에서는 숙향을 딸로 두어 15년 동안 간장을 썩게 했으며, 전생에서 태을(이선)과 부부였던 설중매는 태을이 적강한 뒤 태을을 만나기 위해 약수에 투신자살했기 때문에 양왕의 딸로 태어나게 했다'고 대답한다. 또 이선이 '소아가 첫째 부인이 된 까닭'을 묻자, 선관은 '태을이 소아를 위하여 인간 세상에 내려간 데다, 월궁항아가 소아를 사랑해 첫째 부인이 되고 또 70세가 되면 함께 천상으로 올리려 했다'고 대답한다. 이런

26) 「남윤전」, 앞의 책, 228~230쪽.

이야기를 들은 이선은 선계에서 돌아와 설중매와 결혼하며, 70세가 되었을 때 숙향과 함께 천상으로 복귀한다.

「남윤전」에서 남윤이 함흥 관노비인 옥경선과 언약을 맺고 단천부사 이경희의 딸 석랑과 결혼한 직후 임진왜란이 일어난다. 포로로 일본에 끌려간 남윤은 왜왕의 청혼을 강력하게 거절하던 중 요지연 꿈에서 일본 공주와 천정연분이라는 이야기를 듣게 되는데, 위 인용문은 이와 관련하여 남윤과 노승이 주고받은 대화 중 일부이다. 옥황상제가 추성(남윤), 월중선(일본 공주), 석랑, 옥경선을 불러놓고 '세 선녀가 투기하여 인간 세상에 적강시켰는데 월중선은 10년 후에 먼저 불러올려라'라고 명한 뒤, 남윤이 노승에게 '월중선은 무엇 때문에 10년 만에 천상으로 올라오라 하느냐?'고 묻는다. 이에 노승은 '전생에서 석랑과 옥경선이 월중선을 모해한 까닭에 남윤, 석랑, 옥경선은 조선으로 적강시켜 고생하게 하고, 월중선은 죄가 적어 일본 공주로 태어나게 했으며, 옥경선은 죄가 더욱 커서 창녀가 되게 하였다'고 대답한다. 꿈에서 깬 남윤은 일본 공주와 천정연분임을 깨닫고 결혼하지만 공주는 10년 만에 죽고, 우여곡절 끝에 조선으로 돌아온 뒤 석랑 · 옥경선과 재회하여 부귀영화를 누리다 70세 때 함께 천상으로 복귀한다.

위와 같이 「숙향전」과 「남윤전」은 남주인공이 왕의 청혼을 거절한 탓에 곤욕을 치른다는 점, 요지연 꿈을 통해 여주인공과 천정연분임을 알게 된 후 기꺼이 결혼한다는 점, 남녀주인공의 인연과 일생이 전생의 업보에 따른 것으로 설정한 점 등이 동일하다. 이 가운데 한두 가지 요소는 다른 작품에서도 찾아볼 수 있지만, 남녀주인공의 결연과 관련하여 세 요소가 동시에 나타난 작품은 「숙향전」과 「남윤전」 외에는 없다. 특히 두 작품은 전생에서 저지른 죄의 내용을 구체적으로 서술하면서 이승에서의 고난과 행복을 그 죄와 긴밀하게 관련지어 형상화하고 있는데, 이것 역시 다른 작품에서는 찾아볼 수 없는 매우 예외적인 것이라고 할 수 있다.

다음에는 석랑이 "웃지 마고선녀을 만ᄂᆞ리요?"[27]라고 탄식한 것을 들 수 있다. 석랑은 남윤이 일본으로 끌려가고 시부모마저 돌아가신 후 자신의 외로운 처지를 탄식하면서 '마고선녀를 만날 수 없다'고 슬퍼한다. 그런데 이 같은 석랑의 탄식은 사건의 전개과정과 무관하게 갑자기 튀어나온 것이기 때문에 「숙향전」의 내용을 모르면 그 맥락을 전혀 이해할 수가 없다. 중국에서 마고선녀는 장수를 상징하는 여신[28]이며, 우리나라에서는 창조여신의 이미지[29]를 갖고 있다. 그런데 「숙향전」에서는 월궁항아의 명으로 지상에 내려와 숙향을 보살피면서 숙향과 이선을 결연시키는 역할을 담당한다. 이러한 마고선녀의 이미지와 역할은 「숙향전」에만 나타난다. 특히 숙향이 낙양옥에 갇혔을 때 자신의 처지를 이선에게 알리지 못해 탄식하고 있는데, 청조로 변한 마고선녀가 날아와 숙향의 혈서를 이선에게 전해준다. 고대본 「춘향전」에도 춘향이 남원 옥에 갇혔을 때, "ᄋᆡ미하신 슉낭ᄌᆞ도 남양옥의 갓쳐ᄃᆞ가 청됴ᄉᆡ게 편지ᄒᆞ야 그 낭군 이션 만나 쥭을 목숨 사라신이 청됴ᄉᆡ는 읍시나마 홍안 ᄒᆞᆫ 쌍 빌여씨면 안독의 글을 다려 임 계신듸 전하고ᄌᆞ. ᄋᆡ고ᄋᆡ고 슬운지고."[30]라며 자신의 처지를 숙향과 대비하여 탄식하고 있다. 「남윤전」에서 석랑이 '마고선녀' 운운했던 것도 바로 「숙향전」에서 마고선녀가 했던 역할을 고려한 것임에 틀림없다. 즉 석랑은 어렵고

---

27) 「남윤전」, 위의 책, 192쪽.
28) 조현설, 『마고할미신화연구』, 민속원, 2013, 18쪽.
29) 조현설, 위의 책, 20쪽.
30) 구자균 교주, 『춘향전』, 교문사, 1984, 392쪽.

외로운 처지에 놓여 있는 자신의 처지를 남윤에게 알려주고 싶은데, 춘향처럼 마고선녀(청조)가 없어 그렇게 하지 못한다고 탄식했던 것이다.

「남윤전」은 임진왜란이라는 역사적 사건을 바탕으로 남녀주인공의 고난과 그 극복과정을 환상적으로 형상화한 작품이다. 때문에 작품의 구성과 사건의 전개과정 등 거시적인 측면에서는 「숙향전」과 관련지어 논의하기가 어렵다. 그러나 남녀주인공의 만남과 결연을 도선적 운명론에 입각해 형상화한 것은 「숙향전」의 영향을 받았다고 하겠다. 「남윤전」은 남윤이 일본 공주와 결혼한다는 특이한 내용을 담고 있는데, 이는 현실세계에서는 거의 불가능한 일인 만큼 허구적 소설에서도 구상하기가 쉽지 않다. 때문에 남윤과 일본 공주의 결연을 그럴 듯하게 서사하기 위해서는 도선적 운명론이 필연적으로 요청되었으며, 「남윤전」의 작자는 「숙향전」에서 그 모형을 찾아 활용한 것이라고 하겠다.

4) 「소대성전」

「소대성전」의 작자 역시 미상이며, 창작시기는 대략 18세기 말로 추정되고 있다. 이 작품은 영웅소설 중에서는 비교적 초기 작품에 해당하며, 1800년 이전에 이미 방각본이 존재했다는 것이 확인된 바 있다.[31] 그러나 17세기 말에 창작된 「숙향전」보다 앞서 나왔다고 보기 어려운데, 소대성이 이승상댁을 나올 때의 장면과 행위 등은 「숙향전」의 영향을 받은 것으로 보인다.

소대성은 열 살 때 양친을 여의고 유리걸식하다가 이승상을 만나 승

31) 김동욱, 「「소대성전」의 주인공 소대성의 인물형상 연구」, 『고전문학연구』 50, 한국고전문학회, 2016, 132쪽.

상댁에 기거하며, 승상의 둘째 딸 채봉과 정혼한다. 승상이 죽은 후 대성을 못마땅하게 여긴 부인 왕씨와 아들들이 자객을 시켜 죽이려하자, 대성은 자객을 죽인 후 글을 써 벽상에 붙이고 이승상댁을 떠나는데, 이 대목은 숙향이 장승상댁에서 사향의 모함으로 쫓겨날 때 했던 행위와 유사하다.

> ᄂᆡ당의 드러가 이ᄉᆡᆼ 등을 쥭이려 ᄒᆞ다가 ᄉᆡᆼ각ᄒᆞ되 군ᄌᆞ의 ᄎᆞ마 못ᄒᆞᆯ ᄇᆡ라 ᄒᆞ고 칼을 더지고 붓슬 쌔혀 글을 지어 벽상의 붓치니 왈 **“쥬인의 은혜 입으미여 ᄐᆡ산이 가ᄇᆡ엽도다. ᄀᆡᆨᄌᆞ의 졍이 깁흐미여 하히 엿도다. ᄉᆞᄅᆞᆷ이 지음을 일으미여 다시 만나기 어렵도다. ᄀᆡᆨ탁이 오ᄅᆡ지 못ᄒᆞ미여 ᄋᆡᆨ운이 미진토다. 후ᄉᆡᆼ의 불초ᄒᆞ미여 변ᄒᆞ여 원슈 되엿도다. 목숨을 도망ᄒᆞ미여 하ᄂᆞᆯ이 슬허ᄒᆞ는도다. 가인을 ᄉᆡᆼ각ᄒᆞ니 뜬구름 갓도다. 아지 못게라. ᄇᆞᆰ은 ᄒᆡ 돗게 되면 ᄃᆡ셩의 일홈을 알니로다. 다시 이집의 이르미여 부지하일ᄒᆞ시로다.”** 쓰기를 다ᄒᆞᄆᆡ 붓슬 더지고 이 밤의 몸을 쌔쳐 표연이 서천으로 향ᄒᆞ니라.[32)]

위 대목은 동거인이 주인공을 죽이기 위해 자객을 보낸다는 점과 그 주인공이 자객을 죽이고 집을 나온다는 점에서 「홍길동전」과도 유사한 측면이 있다. 그러나 이승상이 유리걸식하던 주인공을 데리고 와 동거하게 되었다는 점과 그 집을 나올 때 벽상에 글을 붙이고 나왔다는 점은 「숙향전」과 닮아 있다. 숙향과 대성이 쓴 글의 내용과 분위기도 유사하다.

---

32) 「소대성전」, 김동욱 편 『영인고소설판각본전집』 1, 인문과학연구소, 558쪽.

다ᄉᆞᆺ 샬의 부모를 일흐니, 하ᄂᆞᆯ게 득죄 즁ᄒᆞ도다. 십연를 승샹ᄃᆡᆨ의 의ᄐᆡᆨᄒᆞ니 부인 덕ᄐᆡᆨ니 깁고 깁도다. 일죠의 악명를 어드니 챠마 샤지 못ᄒᆞ리로다. 챵쳔니 무심치 안니시면 원를 씨스리로다.[33]

숙향과 대성이 쓴 글의 분량은 다소 차이가 난다. 그러나 글의 내용과 전개 방식은 거의 같다. 즉 숙향은 '① 하늘에 득죄하여 부모를 잃음, ② 승상댁의 깊은 은혜, ③ 악명을 얻은 것에 대한 탄식, ④ 하늘이 무심치 않아 원한을 씻게 될 것'이라 썼는데, 대성은 '① 주인의 깊은 은혜, ② 지음을 잃고 액운이 미쳐 도망가게 된 처지에 대한 탄식, ③ 부운 같은 가인과의 인연, ④ 밝은 해가 뜨면 대성의 이름을 알게 될 것'이라 쓰고 있는 것이다.

대성이 이승상댁을 나온 직후 일어난 사건도 숙향의 그것과 유사한 측면이 있다.

각셜 쇼ᄉᆡᆼ이 ᄌᆞᄀᆡᆨ을 버히고 죵일토록 가더니 문득 ᄃᆡ히를 당ᄒᆞᄆᆡ ᄉᆞᆲ피되 ᄇᆡ 업셔 건너기 망연ᄒᆞᆫ지라. ~~. ᄉᆡᆼ이 밧비 오르며 보니 쳥의동ᄌᆡ 머리의 벽녁화 ᄭᅩᆺ고 숀의 옥져를 쥐엇스ᄆᆡ 범인이 아닌 쥴 알고 ᄉᆞ례 왈, "인간 무지헌 눈이 션동을 모르고 ᄇᆡ를 쳥ᄒᆞ엿더니 죄를 용셔ᄒᆞ소셔." 동ᄌᆡ 왈, "약슈 ᄉᆞᆷ 천 리의 엇지 어션이 잇스리요?" ᄒᆞ고 ᄇᆡ를 져어 셔편 언덕의 다히며 나리믈 쳥ᄒᆞ거ᄂᆞᆯ ᄉᆡᆼ이 문왈, "약슈는 셔쳔 ᄃᆡ히라. 엇지 슌식간 건네리요? 션동이 쇽ᄀᆡᆨ을 희롱ᄒᆞ민가 ᄒᆞ노라." 동ᄌᆡ 쇼왈, "나는 동ᄒᆡ 용왕의 명을 바다 상공을 건네미니 이만 바다를 엇지 근심ᄒᆞ리요?" ᄒᆞ고 ᄉᆞᄆᆡ로셔 션과 한낫츨 ᄂᆡ여 쥬거ᄂᆞᆯ ᄉᆡᆼ이 바다 먹으니 정신이 샹활ᄒᆞᆫ지라.[34]

---

33) 「숙향전」, 58쪽.

34) 「소대성전」, 앞의 책, 558쪽.

숙향은 장승상댁에서 나온 후 곧바로 포진강에 이르러 투신하는데 용녀와 선녀들이 나타나 구해주고, 선녀들은 뱃노래를 부르며 화살처럼 빠른 연엽주를 띄워 순식간에 숙향을 강 건너편에 내려준다. 그리고 '동정귤 같은 것'을 주며 '배고프거든 드시라'고 말한 후 떠난다. 그런데 대성도 이승상댁을 나온 후 배가 없어 약수를 건너지 못하고 있는데 한 선동이 용왕의 표주를 타고 와 순식간에 약수를 건네 준다. 그리고 소매에서 仙果를 꺼내주며 먹으라고 한다. 여기에서 숙향은 죽기 위해 강물에 투신하는데 반해 대성은 그럴 생각이 전혀 없었기 때문에 두 대목은 상황 자체가 다르다고 할 수도 있다. 그러나 숙향과 대성 모두 한동안 살던 곳에서 쫓겨난 신세로 정처가 없이 가다가 큰물을 만났다는 점, 용녀와 선동 등 신적 존재가 나타나 순식간에 그 물을 건네 주었다는 점, 신적 존재가 선과를 주면서 먹으라고 했다는 점 등은 같다.

특히 이 가운데 선동이 대성에게 선과를 준다는 이야기에 주목할 필요가 있다. 투신한 숙향을 구한 선녀들은 숙향에게 '이슬 같은 차'를 주며 마시라고 하는데, 그것을 마신 순간 숙향은 인간 세상의 일은 모두 잊어버리고 천상에서 있었던 일만 기억한다. 때문에 숙향은 선녀들과 헤어질 때 다시 천상의 일을 잊고 지상적 존재로 의식이 전환되어야 한다. 선녀들이 헤어지면서 '동정귤 같은 것'을 준 것은 바로 이러한 의식의 전환을 위해 필수적으로 요청되었던 것이다. 실제로 선녀들과 헤어진 후 배가 고파 귤을 먹은 숙향은 '천상의 일은 아득하여 기억하지 못하고 인간 세상에 내려와 고행하던 일만 기억'하게 된다. 그런데 대성은 선동을 만났던 순간은 물론 그 이전과 이후에도 똑같이 지상적 존재로 사고하고 말한다. 이는 선동의 도움으로 약수를 건넌 직후 대성이 '약수는 서천 대해라. 어찌 순식간에 건너리오? 선동이 속객을 희롱함

인가 하노라.'고 말한 데서도 드러난다. 대성에게 선과는 단지 '정신을 상쾌하게 해주는 음식'일 뿐이었던 것이다. 따라서 위 대목에서 '선동이 대성에게 선과를 준다'는 화소는 이야기의 전개상 필수적 요소라기보다는 도리어 생뚱맞다고 할 정도이다. 이런 점을 고려할 때, 「소대성전」에 나타난 위의 대목 역시 「숙향전」의 영향을 받았다고 하겠다.

그런데 다음 대목은 「숙향전」과 「소대성전」의 관련성을 더욱 뚜렷하게 보여준다.

> **홀연 남다히로 ᄒᆞᆫ 노인니 막ᄃᆡ 집고 셔셔 일오되**, "네 엇쩐 아희건ᄃᆡ 이리 깁흔 밤의 이러ᄒᆞᆫ 고ᄃᆡ 와 화ᄌᆡ 만나는뇨?" 슉향니 축슈왈, "나는 부모 업슨 아희옵써니, 의탁ᄒᆞᆯ ᄃᆡ 업셔 동셔로 바쟝니옵써니, 길흘 그릇 드러 쥭게 되여샤오니 덕분의 구제ᄒᆞ와 쥬옵쇼셔." 그 노인 왈, "네 일홈은 일르지 안니ᄒᆞ여도 알거니와, 발셔 화셰 급ᄒᆞ니 네 오슬 버셔 셧쓴 ᄃᆡ 두고 몸만 ᄂᆡ 등의 올으라." ᄒᆞ거ᄂᆞᆯ, 슉향니 혈 일 업시 오슬 버셔 노코 노인의 등의 올르니, **불니 발셔 셧쓴 ᄃᆡ 다다라 오ᄉᆡᆨ 다핫써라. 그 노인니 샤ᄆᆡ로셔 홍션를 ᄂᆡ여 부치니, 그 노인 셧는 ᄃᆡ는 불이 갓가니 안니 오더라. ~~. 슉향니 샤례 왈, "노인 계신ᄃᆡ는 어ᄃᆡ며, 셩휘는 뉘시니잇고?" 노인 왈, "ᄂᆡ 집은 천샹 남천문 밧 둘ᄌᆡ 집니오, 나는 화덕진군일너니**, 나 곳 아이면 불은컨이와 노젼 샴ᄇᆡᆨ 니를 엇지 잘 지ᄂᆡᆯ넌다?" ᄒᆞ고, 문득 간 ᄃᆡ 업써라.[35]

> 호왕은 간ᄃᆡ 업고 젼후에 화렴이 츙텬ᄒᆞ야 ᄌᆞ운동이 녹는지라. ᄃᆡ셩이 탄왈 ᄂᆡ 도적을 경적ᄒᆞ다가 화를 맛나니 뉘를 한ᄒᆞ리오 ᄒᆞ고 칼을 드러 ᄌᆞ문코져 ᄒᆞ더니 **문득 남녁 언덕에셔 ᄒᆞᆫ 노인이 불너 왈** 장군을 칼을 멈츄시고 이리로 오라 ᄒᆞ거날 ᄉᆡᆼ이 언덕에 오르니

35) 「숙향전」, 61~62쪽.

셧던 곳에 불이 다앗스되 노인 셧는 곳에는 불이 업는지라. 디셩이 긔이히 녀겨 말게 나려 스례왈 션군은 엇지ᄒᆞ야 소싱을 구ᄒᆞ시나 잇고. 노인이 ᄉᆞ미로셔 홍션을 닉야 붓치니 불이 꺼지고 길이 나는 지라. 노인왈 나는 남천문 밧 화덕진군이라. 세존의 명을 밧아왓거니와 만일 더디던들 세존의 청을 시힝치 못ᄒᆞᆯ 번ᄒᆞ도다.[36]

선녀들의 구원으로 살아난 숙향은 갈대밭에 이르러 잠을 자다가 화재를 만나 불타 죽을 위기에 처하는데, 이때 화덕진군이 나타나 구해준다. 그런데 대성도 불타 죽을 위기에 처했을 때 화덕진군의 구원으로 살아난다. 화덕진군은 불을 다스리는 신령으로, 고소설에 종종 그 이름이 나타난다. 그러나 화덕진군이 직접 인간 세상에 내려와 불타 죽을 위기에 처한 주인공을 구해준다는 이야기는 「숙향전」과 「소대성전」 외에는 찾아볼 수가 없는바, 이러한 사실만으로도 「소대성전」이 「숙향전」과 관련되어 있다는 것을 알 수 있다. 게다가 위의 인용문에서 볼 수 있듯이 두 대목은 서술 양상마저 매우 유사하다. 특히 진하게 표시한 부분은 두 주인공의 이름만 같게 한다면 같은 작품의 이본이라고 해도 과언이 아닐 정도이다. 따라서 위와 같은 「소대성전」의 대목은 「숙향전」의 영향을 받은 것이 분명하다고 하겠다.

5) 「적성의전」

「적성의전」은 작자 미상이며, 창작시기는 대략 17 · 18세기로 추정되고 있다. 이 작품은 『月印釋譜』와 『釋迦如來十地修行記』의 「善友太子傳」 또는 『賢愚經』의 「善事太子入海品」을 소설화한 작품이다.[37] 그

36) 「소대성전」, 위의 책, 570쪽.

런데 적성의가 일영주를 구하는 과정에서 일어났던 사건이 「숙향전」에서 이선이 선약을 구하는 과정에서 일어났던 사건과 유사하여 주목된다.

「숙향전」에서 이선이 선계에 가기 위해 배를 띄운 지 보름 만에 광풍이 크게 일어나면서 무시무시한 짐승이 나타나 배를 남해 용궁으로 끌고 가는데, 「적성의전」에서도 적성의가 서천에 가기 위해 배를 띄운 지 7일 만에 이름 모를 짐승이 나타나 대풍을 일으킨다. 여기까지 「숙향전」과 「적성의전」은 주인공이 선약(일영주)을 구하기 위해 배를 타고 선계(서천)로 가다가 이름 모를 짐승을 만나 곤욕을 치른다는 점에서 유사한 면모를 보인다. 그러나 이후의 사건은 서로 다르게 전개된다. 「숙향전」에는 이선이 남해 용자의 도움으로 12국을 지나 약수에 이르는 과정이 장황하게 서사되어 있는데, 「적성의전」에는 곧바로 약수에 이르는 것으로 되어 있다.

그런데 이후 이선과 적성의가 선관들의 도움으로 약수를 건너 선계에 이르는 과정은 물론 서술 양상도 매우 유사하다. 예컨대, 다음과 같은 대목을 들 수 있다.

> ᄒᆞᆫ 신션니 고ᄅᆡ를 타고 슐를 취케 먹고 믈를 평지갓치 가다가, 샹셔를 보고 왈, "ᄂᆡ 너을 쟘간 보아ᄒᆞ니, 신션도 안이오, 쇽ᄀᆡᆨ도 안니오, 용왕도 안니로되, 어ᄃᆡ가 용왕의 표쥬를 어더 타고 어ᄃᆡ로 가는다?" 샹셰 ᄇᆡ례 왈, "나는 즁국 병부샹셔 니션이옵ᄯᅥ니, 황ᄐᆡ후 병

37) 근래 박성호(「「적성의전」에 나타난 청각적인 소재의 역할과 의미」, 『동방학』 23, 한서대 동양고전연구소, 2012)는 「선우태자전」을 「적성의전」의 근원설화로 논의한 연구들이 실제로는 「선사태자입해품」을 비교대상으로 삼았다고 지적하고, 「적성의전」의 근원설화는 「선사태자입해품」이라는 견해를 제기한바(위 논문 각주 26, 141쪽) 있다.

니 즁ᄒᆞ시ᄆᆡ 천ᄌᆞ의 명으로 봉ᄂᆡ샨 ᄀᆡ년쵸 어드러 가옵써니, ᄇᆞ라 건ᄃᆡ 길를 가르치쇼셔." 그 션관니 쇼왈, "그ᄃᆡ 비록 병부샹셔를 ᄒᆞ여시나 옛글를 보지 못ᄒᆞ엿ᄯᅩ다. 샴신샨 십쥬란 말리 허무ᄒᆞᆫ지라. 옛날 진시황 한무졔의 위엄으로도 엇지 못ᄒᆞ엿ᄯᅡᆫ 말를 듯지 못ᄒᆞ엿는다? 허랑ᄒᆞᆫ 말 말고 날리나 죠ᄎᆞ 단니며 풍경이나 귀경ᄒᆞ고 슐집니ᄂᆞ 찻ᄌᆞ." ~~. 그 션관 왈, "ᄂᆡ 니 고ᄅᆡ를 ᄐᆞ고 구만칠천리를 슌식의 가되, 아직 봉ᄂᆡ샨이란 말도 듯지 못ᄒᆞ고 보도 못ᄒᆞ여시니, 헷길 가지 말고 날를 ᄯᆞ라 다나이며 슐집니나 ᄇᆡ화라." ᄒᆞ고, ᄇᆡ를 잡아 ᄭᅳ을고 동다히로 가며 온갖 곤욕 말만 ᄒᆞ고 노치 안니ᄒᆞ거늘, 샹셰 졍히 민망니 넉이더니, ᄯᅩ 뒤헤셔 ᄒᆞᆫ 션관니 반쵸입 갓튼 거슬 타고 청강검를 둘너메고 표연니 오며 왈, "니젹션아, 어듸 갓썬다?" ~~. ᄒᆞᆫ 션관니 거문고를 믈 우희 씌우고 그 우희 안쟈 져를 빗기부다가, 샹셔를 보고 왈, "반갑다, ᄐᆡ을(太乙)아. 인간 쟈미 엇써ᄒᆞ더뇨?" ~~. 샹셰 두목지로 더부러 동남간으로 향ᄒᆞ여 가더니, ᄒᆞᆫ 샨니 ᄒᆞ늘의 다핫고 오ᄉᆡᆨ 구름니 얼의여는 ᄃᆡ를 ᄀᆞ르치며 왈, "져거시 봉ᄂᆡ샨니어이와, 져 샨를 어니 올나갈고?"[38]

문득 운무 중에서 기이한 향내 나며 탄금지성이 나거늘, 성의 눈을 들어보니, 청포 선관이 파초 잎을 타고 거문고를 희롱하며, 또 한 선관은 고래를 타고 흑건을 쓰고 풍월을 읊더니, 고래 탄 선관이 문왈, "네 어떤 속객이완대 인간 배를 타고 어디로 가난다?" 성의 대왈, "소자는 안평 왕자이옵더니 모병이 중하와 서천에 일령주를 구하러 가오니, 바라건대 길을 가르쳐 주옵소서." 하며 지성으로 애걸하니, 선관 왈, "나는 봉래 · 방장 · 영주를 다 구경하였으되, 서천은 못 보았거든, 너 같은 조그마한 속인이 약수를 어찌 건너리오. 바삐 돌아가 네 부모 얼굴이나 다시 봄이 옳을까 하노라." ~~. 성의가 즉시 주변에 배를 대고 사공을 천만당부하고 선관을 따라갈 새, 선관이

38) 「숙향전」, 208~214쪽.

부작을 주며, "이 부작을 몸에 지니면 해중 용신이라도 범치 못하나니라." 하고 거문고를 타고 표현히 가거늘, 성의 십분환희하여 가더니, 순식간에 한 가에 다다르니 이곳은 서역 한 가이라.[39]

이선은 우오국 사람들이 잡아먹으려 하자 용자가 준 부적을 던지는데, 그 순간 대풍이 크게 일어나면서 배가 어디론가 흘러간다. 도중에 한 신선이 고래를 타고 물속을 평지처럼 가다가 상서에게 '속객이 용왕의 표주를 얻어 타고 어디 가느냐'고 묻자, 이선은 '황명으로 봉래산의 개언초를 얻으러 간다'고 대답한다. 이에 선관은 '본래 삼신산 십주란 말은 허무맹랑하며, 내가 이 고래를 타고 구만칠천 리를 순식간에 갈 수 있지만 아직 봉래산이란 곳은 보지도 듣지도 못했다'고 한다. 적성의는 약수에 이르러 파초 잎을 타고 거문고를 희롱하는 선관과 고래를 타고 풍월을 읊는 선관을 만나는데, 고래를 탄 선관이 '속객이 인간 배를 타고 어디로 가느냐?'고 묻자, '서천의 일령주를 구하러 간다'고 대답한다. 이에 그 선관이 '나는 삼신산은 다 구경했어도 서천은 보지 못했다'고 한다.

여기에서 고래를 탄 선관은 공히 이적선인데, 그가 이선과 적성의에게 묻고 말하는 방식이나 태도가 유사하다. 서사세계 내에서 봉래산과 서천은 실재하는 세계이다. 그런데 이적선은 그런 곳은 존재하지 않는다며 두 사람을 놀린다. 즉 이선에게는 '이선의 목적지인 봉래산이 존재하지 않으니 풍경이나 구경하자'며 희롱하고, 적성의에게는 '적성의의 목적지인 서천이 존재하지 않으니 집으로 돌아가 부모 얼굴이나 보라'며 조롱하고 있는 것이다. 비록 이선과 적성의의 목적지와 구하는

39) 「적성의전」, 『연세국학총서』 34, 경인문화사, 2006, 144~145쪽.

것이 다르긴 하지만, 이처럼 두 사람 모두 이적선이라는 선관에게 놀림을 당한다는 설정은 우연의 일치로 보기 어렵다.

위의 두 대목을 비교해 볼 때, 이선에게는 고래를 탄 선관만 나타나는데, 적성의에게는 파초 잎을 탄 선관도 함께 나타나고 그 선관이 파초 잎에 태워 적성의를 서천까지 데려다 준다는 점은 다르다. 그러나 이것은 「적성의전」이 「숙향전」을 활용하면서 관련 내용을 압축한 결과로 생각된다. 「숙향전」에는 이선이 이적선에게 조롱당한 직후 파초 잎을 타고 온 여동빈과 거문고를 물 위에 띄워놓고 그 위에 앉아 피리를 부는 왕자균에게 조롱당하다가, 마침내 사자를 타고 온 두목지의 안내로 봉래산에 이른다. 또한 이들 선관들이 조롱하는 말과 상황 등을 구체적으로 서술함으로써 선관들의 세계를 다양하게 형상화하고 있다. 「숙향전」에는 이들 선관 외에도 일광노, 안기생, 구루선, 바둑을 두는 홍의선관과 청의선관 등이 등장하며, 이 가운데 일광노와 구루선은 이선이 선약을 구하는 과정에서 상당한 역할을 수행하기도 한다. 「적성의전」에도 여러 선관들의 이름이 거론되지만, 그들의 언행은 전혀 서술되어 있지 않다.

> 선관 왈, "그는 염려 말고, 정성으로 약을 구하라. 나는 봉래산 자각봉에 적송자, 왕자진, 엄군평, 두목지와 기약하였기로, 잠깐 다녀 일광로 선생을 뵈옵고 삼일이 못 되어 이곳에 와 기다릴 것이니, 의심 말라." 하고 거문고를 희롱하더니, 문득 운무가 사면에 일어나며 선관의 간 바를 알지 못할러라.[40]

---

40) 「적성의전」, 위의 책, 146쪽.

위에서 볼 수 있듯이, 「적성의전」에는 파초 잎을 탄 선관이 기약이 있다며 여러 선관들의 이름만 거론하고 사라진다. 그런데 이 대목도 다음과 같은 「숙향전」의 대목을 연상시킨다.

> 한 청의동ᄌᆡ 학를 타고 와 샬오되, "안긔ᄉᆡᆼ계옵셔 오늘 션ᄉᆡᆼ를 다 청ᄒᆞ여 직녀궁으로 보쟈 ᄒᆞ더이다." 동빈 왈, "얼운 버지 블으오니 안니 가든 못ᄒᆞ올 거시ᄆᆡ, ᄐᆡ을을 엇지 쳐치ᄒᆞ리요?" 두목지 왈, "ᄂᆡ 일니올 졔 쟝건니 봉ᄂᆡ샨으로 가거ᄂᆞᆯ, ᄂᆡ 학를 쥬고 져 ᄉᆞᄌᆡ를 밧고와써니, 예셔 봉ᄂᆡ샨니 머지 안니ᄒᆞᆫ니 ᄐᆡ을을 달려다가 봉ᄂᆡ샨의 두고, 쟝건를 보아 학를 밧고와 타고 미죠ᄎᆞ 갈 거시니, 그ᄃᆡ는 먼져 가라."[41]

「숙향전」에는 선관들이 이선과 이별하게 된 연유와 모임의 성격이 분명하게 제시되어 있다. 선관들 중에 어른인 안기생이 모든 선관들을 직녀궁으로 초대해서 가야만 한다는 것이다. 그런데 「적성의전」에는 적성의를 서천까지 데려다 준 선관이 단순히 '다른 선관들과의 기약' 때문이라고만 언급하고 있는바, 「적성의전」은 이를 압축적으로 서술한 것이라고 하겠다. 이는 '부적'과 관련된 이야기에서도 확인된다. 「숙향전」에서는 용자가 이선에게 '부적'을 주며, 이선은 우오국 사람들이 잡아먹으려는 순간 그 부적을 던져 위기에서 벗어난다. 그런데 「적성의전」에서는 선관이 적성의에게 '부적'을 주면서 '부적을 몸에 지니면 용신도 범하지 못 한다'고 말하지만, 더 이상 그 부적과 관련된 사건은 타나나지 않는다.

「숙향전」은 이선이 선약을 구하러 가는 과정을 구체적이면서도 흥

41) 「숙향전」, 214쪽.

미진진하게 서사하고 있는데, 여기에는 '현실에서 벗어나 선계에서 살고자 하는 작가의 낭만적 욕망'이 투영되어 있다.[42] 그러나 「적성의전」은 이러한 욕망보다는 적성의가 어머니를 살리기 위해 서천에 가서 일령주을 구하는 것 그 자체, 즉 적성의의 효성에 초점을 맞추고 있다. 때문에 선계와 선관들의 삶의 모습을 구체적으로 형상화할 필요가 없었던 것이다. 다만, 적성의가 서천으로 일령주를 구하려 가는 상황과 이선이 선계로 선약을 구하려 가는 상황이 유사하기에 「적성의전」의 작자는 「숙향전」에 대한 선지식이나 독서경험을 바탕으로 관련 내용을 형상화했다고 하겠다. 「적성의전」에서 적성의가 서천으로 일령주를 구하려 가는 대목이 「숙향전」의 영향을 받았다는 것은 「적성의전」의 근원설화로 거론되고 있는 「선우태자전」이나 「선사태자입해품」은 물론 「적성의전」의 영향을 크게 받은 「육미당기」에도 관련 내용이 나타나지 않는다는 사실에서도 알 수 있다.

3. 기타 작품

1) 「육미당기」

「육미당기」는 徐有英이 1863년에 창작한 한문 장편소설로, 「적성의전」과 구조가 거의 같다.[43] 이로 인해 「육미당기」는 「적성의전」을 바탕으로 새롭게 창작한 작품으로 평가되고 있는데, 주인공 소선이 거북을 구하고 또 그 거북에게 보답을 받는다는 화소는 「숙향전」의 영향을

42) 이에 대해서는 필자의 「「숙향전」에 나타난 선계(仙界)의 형상과 작가의식」(『남도문화연구』 31, 순천대학교 남도문화연구소, 2016)을 참조하기 바람.
43) 장효현 역주, 「육미당기」, 고려대학교 민족문화연구소, 1995, 해제(11~18쪽) 참조.

받은 것으로 판단된다.

일일은 김젼이 친ᄒᆞᆫ 버지 조흔 ᄐᆡ슈ᄒᆞ여 가는 길희 위로ᄒᆞ고쟈 ᄒᆞ야, 호쥬셩찬을 갓쵸와 나귀예 실니고 반하슈라 ᄒᆞ는 큰 믈을 건너 가더니, 믈가에 어부들이 큰 거복 한나흘 쟈바 구어 먹으려 ᄒᆞ거늘, 김젼이 ᄌᆞ셰이 보니 그 거복이 눈물을 흘리며 가쟝 슬허ᄒᆞ거늘, 더옥 고이히 녀겨 갓가이 ᄉᆞᆯ펴본즉, 니마 우희 하늘 쳔 ᄊᆡ 잇고, ᄇᆡ가온ᄃᆡ 목숨 슈 ᄊᆡ와 복 복 ᄊᆡ 완연ᄒᆞᆫ 듯 ᄒᆞ거늘, '일졍 비상ᄒᆞᆫ 즘ᄉᆡᆼ이로다.' ᄒᆞ고, 분부ᄒᆞ여, "쥭이지 말고 도로 물의 노흐라." ᄒᆞᆫᄃᆡ, 그 어부들이 답왈, "졔 비록 비샹ᄒᆞ오나 우리 등이 죵일토록 물샨영ᄒᆞ더가 다른 고기는 한나토 잡지 못ᄒᆞ고, 다만 이 거복 하나쑨이온지라. 구어셔 여러이 요긔코져 ᄒᆞ나이다." ᄒᆞᆫᄃᆡ, 김젼이 그 거복이 쥭게 되믈 가쟝 잔잉히 너겨, 즉시 포ᄃᆡ를 열고 반젼 열닷 양과 호쥬셩찬을 쥬고 밧고와 물의 노흐니, 그 거복이 김젼을 ᄌᆞ로 도라보며 가더라. 그 ᄒᆡ 지내고 명년의 벗을 ᄎᆞᄌᆞ 보고 오다가 ᄇᆡᆨ운교를 건너더니, 그 달이 반은 와셔 악쉬 챵일ᄒᆞ여 물결이 급ᄒᆞ며 그 달이 두머리 문허지니, 김젼이 망연ᄒᆞ여 아므리 ᄒᆞᆯ 쥴 모로고 다만 달이 기동만 잡고 셧더니, 이윽하야 거문 널판 갓튼 거시 압희 와 놀거늘, 김젼이 급한 즁 그거슬 보고 즉시 기동을 노코 그 우희 올나 안즈니, 그거시 ᄒᆞᆫ 번 움즉ᄒᆞ며 ᄉᆞ족을 허위치니 바르기 ᄉᆞᆯ 가듯 ᄒᆞ더라. 이윽고 그 물을 건너 져편 물가 반셕 우희 노코, 즉시 몸을 물속의 감초고 머리만 물 밧긔 ᄂᆡ미러거늘, 김젼니 쟈셔히 보니 이마의 하늘 텬직 완연ᄒᆞ거늘, ᄂᆡ심의 크게 놀나 ᄉᆡᆼ각ᄒᆞ되, '일졍 반하슈의셔 구ᄒᆞ든 거복니 은혜를 갑는쏘다.' ᄒᆞ고, 그 거복을 향ᄒᆞ여 무슈 샤례ᄒᆞ더니 ~~.[44]

하루는 소선이 여러 궁인과 더불어 동해 바닷가에 나아가 놀더니,

44) 「숙향전」, 14~16쪽.

어부 4, 5이이 모래 위에 모여 앉아 큰 거북 한 마리를 잡아놓고 방금 삶고자 하거늘, 소선이 나아가 본즉 거북의 길이가 두어 자요, 검은 껍질에 푸른 털을 지녔는데, 눈빛이 찬란하여 소선을 우러러보고 목숨을 구원하여 달라는 거동이 있더라. 소선이 탄식하며 궁인더러 가로되, "이것은 이른바 청강사자라. 강해에 거처하여 사람들과 서로 잊고 살다가, 다만 미끼를 탐하다가 우연히 임공의 낚시에 잡히고 갑자기 예저의 그물에 걸림이니, 어찌 가련하지 아니하리오?" 하고, 즉시 종자를 명하여 어부에게 값을 후히 주고 거북을 사서 푸른 물결 가운데 놓아 보내니, 그 거북이 물 위에 떠서 머리를 들고 이슥히 소선을 바라보며 오래 배회하다가, 꼬리를 흔들며 물결을 따라 유연히 가더라.[45]

앞서 소선이 세징의 바다에 던져짐을 당해 물결을 따라 오르내리며 살 방도가 없음을 생각하더니, 문득 어떤 신물이 잔등에 업고 행하는데 심히 빠른지라, 해중의 자죽도에 이르러 언덕 위에 놓고 가니, 이것은 곧 소선이 본국에 있을 때에 해변에 나가 놀다가 어부에게 사서 놓아 준 큰 거북이라.[46]

위의 대목을 비교해 보면, 구체적인 서술에서는 다소 차이가 난다. 「숙향전」에는 거북을 살려주는 문제로 김전과 어부들이 나누는 대화가 서술되어 있는데 반해, 「육미당기」에는 거북과 관련된 고사가 서술되어 있는 것이다.[47] 그러나 두 작품은 어부들이 거북을 삶아 먹으려 했다는 점, 거북의 비상한 모습을 서술한 점, 주인공이 어부들에게 돈

45) 장효현 역주, 앞의 책, 22쪽.

46) 장효현 역주, 위의 책, 37쪽.

47) 이러한 차이는 작가의 의식과 관련되어 있다. 즉 「숙향전」의 작자가 어부들의 고달픈 삶에 주목했다고 한다면, 서유영은 사대부문인답게 거북의 고사와 관련된 지식을 드러내면서 교화적 입장을 취한 것이라고 하겠다.

을 주고 거북을 사서 놓아준다는 점, 거북이 주인공에게 감사 뜻을 표하고 물속으로 사라졌다는 점 등에서 유사한 양상을 보인다. 이 가운데 주목할 것은 어부들이 거북을 잡아 삶아 먹으려 했다는 것과 주인공이 돈을 주고 그 거북을 사서 놓아주었다는 것이다. 우리 설화 중에는 거북의 보은과 관련된 이야기가 적지 않은데, 위의 두 가지를 갖춘 설화는 찾아볼 수 없기 때문이다.

거북이 은혜를 갚는 방법도 두 작품은 똑같다. 김전과 소선이 물에 빠지게 된 사연은 아주 다르다. 김전은 물을 건너다가 홍수 때문에 다리가 무너져 물에 빠지게 되며, 소선은 보타산에서 영순을 구해 고국으로 돌아오던 도중 이복형 세징이 나타나 소선의 눈을 멀게 한 후 바다 가운데 던져버린다. 이로 인해 김전과 소선은 물에 빠져 죽을 위기에 처하는데, 이때 예전에 자신들이 구해주었던 거북의 도움으로 살아난다. 설화에서 거북이 보은하는 방법은 대체로 두 가지이다. 하나는 구해준 사람이나 그 자손의 생명을 구해주는 것이며, 다른 하나는 구해준 사람의 자손을 영달 · 출세시키는 것이다.[48] 따라서 「숙향전」과 「육미당기」에 나타난 거북 보은담은 특수한 경우라고 할 수는 없다. 그러나 두 작품은 모두 '거북을 구한 당사자가 물에 빠져 죽을 위기에 처했을 때 그 거북이 나타나 당사자를 구한다'는 구조로 되어 있을 뿐만 아니라, '거북이 화살처럼 빠르게 물을 건너 인근 언덕에 내려주었다'는 등 구체적인 표현에서도 유사한 면모를 보인다.

위와 같은 점들을 고려할 때, 「육미당기」에 나타난 거북 보은담은 「숙향전」의 영향을 받았을 가능성이 매우 크다. 이는 「육미당기」의 토

48) 장홍재, 「숙향전에 나타난 거북(=龍)의 보은사상」, 『국어국문학』 55~57합집, 국어국문학회, 1972, 446쪽.

대가 된 작품인 「적성의전」에는 거북 보은담이 나타나지 않는다는 점에서도 엿볼 수 있다. 「적성의전」에는 항의가 성의의 눈을 찌르고 바다에 빠뜨리는데 성의는 다행히 널빤지 위에 떨어지며, 그 널빤지에 의지하여 3일 동안 무변대해를 표류하다가 우연히 해변 언덕에 이른 것으로 서술되어 있다. 그런데 「육미당기」에는 서두 부분에 소선이 거북을 구한 사건을 미리 설정한 후, 세징이 물에 빠뜨렸을 때 그 거북이 나타나 소선을 구하는 것으로 서사되어 있다. 그 결과 「육미당기」에는 이 대목이 「적성의전」의 그것보다 한결 그럴듯하게 형상화되어 있는바, 서유영은 이 대목의 서사적 개연성 또는 필연성을 부여하기 위해 「숙향전」에 나타난 거북 보은담을 활용했다는 것이 필자의 판단이다.

2) 「쌍주기연」

「쌍주기연」의 작자는 미상이며, 현존 이본 중 가장 앞선 것은 1850년에 판각된 경판 33장본이다.[49] 이 작품은 남녀의 결연을 중심으로 하면서 남주인공의 영웅성을 부각시킨 작품인데, 남녀주인공의 태몽 대목이 「숙향전」의 영향을 받은 것으로 보인다.

> 부인이 몸이 곤ᄒᆞ여 침셕의 의지ᄒᆞ엿더니, 홀연 일위 동ᄌᆡ 공즁으로 ᄂᆞ려와 절ᄒᆞ고 왈, "쇼ᄌᆞᄂᆞᆫ ᄐᆡ을셩이 옵더니 득죄ᄒᆞ여 인간의 젹강ᄒᆞᆯᄉᆡ 갈 바를 모로더니, 망월ᄉᆞ 부체 지시ᄒᆞ옵기로 왓ᄉᆞ오니 어엿비여기소셔. 이 구슬은 욱졔긔 잇ᄂᆞᆫ ᄌᆞ웅쥐니, 암자 ᄶᅳᆫ 쓴 구슬은 월궁션녀 가지고 다른 집으로 가고 슈웅 ᄶᅳᆫ 쓴 구슬은 이거시오

49) 서혜은, 「경판 「쌍주기연」의 대중화 양상과 그 소설사적 의미」, 『한국고전연구』 28, 한국고전연구학회, 2013, 406쪽.

니 심장ᄒᆞ엿다가 일후 가연을 일우소셔." ᄒᆞ고 변ᄒᆞ여 별이 되여 부인 품으로 들거ᄂᆞᆯ 부인이 놀ᄂᆞ ᄭᆡ니 남가일몽이라.[50]

ᄉᆡᆼ시의 공과 부인이 일몽을 어드니 ᄒᆞᆫ 선녀 공즁으로 나려와 ᄌᆡ비 왈, "소녀ᄂᆞᆫ ᄐᆡ을셩을 위ᄒᆞ여 옥졔 명으로 셰샹의 ᄂᆞ옵ᄂᆞ니, 이 구슬은 ᄌᆞ웅쥬니 슈융 ᄶᆞᆨ 구슬은 ᄐᆡ을셩이 가져스니, 샹졔 명ᄒᆞ신 ᄇᆡ오니 텬연을 일치 마르소셔" ᄒᆞ고 언필의 부인의 품의 드니~~.[51]

위에서 인용한 대목은 남녀주인공인 서천홍과 황혜란을 낳을 때 그들 부모가 꾼 태몽대목이다. 서천홍은 자기의 前身이 '태을성'이며 '월궁선아'와 가연을 맺도록 예정되어 있다고 한다. 황혜란 역시 '자신은 옥제의 명으로 태을성을 위해 인간 세상에 내려왔다'고 한다. 태을성과 월궁소아는 바로 「숙향전」의 남녀주인공인 이선과 숙향의 전신인데, 「숙향전」의 이본 가운데는 이들의 전신을 제목으로 삼은 「이태을전」과 「소아기(少娥記)」가 있기까지 하다. 대부분의 적강소설에서 남녀주인공의 전신이 '문창성'과 '선녀' 또는 '용녀'로 설정되어 있다는 점을 고려할 때, 「쌍주기연」에서 남녀주인공을 태을성과 월궁선녀로 설정한 것은 「숙향전」의 영향을 받은 것이라고 하겠다.

「쌍주기연」이 「숙향전」의 영향을 받았다는 것은 '구슬'이 남녀주인공의 천정연분임을 입증하는 매체로 설정되어 있다는 점에서도 확인된다. 「숙향전」에서 이선과 숙향이 '요지연 꿈'에서 만났을 때, 숙향이 옥지환의 구슬을 떨어뜨리는데 그 구슬을 이선이 줍는다. 꿈에서 깨어

50) 「쌍주기연」, 김동욱 편 『영인고소설판각본전집』 1, 인문과학연구소, 535쪽.
51) 「쌍주기연」, 위의 책, 537쪽.

난 이선은 손에 그 구슬이 쥐어져 있자 소중하게 보관한다. 후에 이선이 구혼했을 때 숙향은 '옥지환의 진주를 가진 이가 아니면 절대 결혼하지 않겠다'고 말하며, 그 진주를 확인한 뒤 이선과의 결혼을 허락한다. 그런데 「쌍주기연」은 남녀주인공이 태어날 때 옥제에게 받은 '雌' 자와 '雄' 자가 새겨진 구슬을 각각 받으며, 그 구슬을 가진 사람이 서로 천정연분이라고 말한다. '雙珠奇緣'이라는 작품 제목도 바로 여기에서 비롯된 것인바, 「쌍주기연」은 숙향과 이선이 진주로 천정연분임을 확인한다는 화소를 주요 모티프로 삼은 작품이라고 하겠다.

3) 「김진옥전」

「김진옥전」의 작자는 미상이며, 창작시기는 활자본 고소설이 나타난 시기[52] 또는 1910년대[53]로 추정되고 있다. 이 작품은 군담소설의 자기 정체성을 부정하거나 지양하는 소설사적 의미를 지닌 것[54]으로 평가되고 있는데, 몇 대목에서 「숙향전」의 영향이 엿보인다.[55] 먼저 남해 용왕이 등곡 용왕을 물리친 보답으로 김진옥에게 베푼 잔치와 관련된 대목을 들 수 있다.

---

52) 서대석, 『군담소설의 구조와 배경』, 이대출판부, 1985, 25쪽.

53) 김현양, 「1910년대 활자본 군담소설의 변모 양상」, 『연민학지』 4, 연민학회, 1996, 347쪽.

54) 김현양, 위 논문, 363쪽.

55) 차충환은 '영웅소설에서 주인공의 비범성에 대한 진술이 「숙향전」의 그것과 대동소이하다'를 견해를 제기하고, 그 근거로 「김진옥전」의 "점점 ᄌᆞ라미 긔상이 더옥 엄정 씩씩ᄒᆞ고 골격이 비범ᄒᆞ여 젹션의 풍치와 반악의 고으믈 가져스며 쵸왕의 장녁과 산음의 필법을 가졋ᄂᆞᆫ지라"는 대목을 제시한바(앞 책, 260쪽) 있다.

> 문무관원이 보ᄒᆞ되 "일광노 · 녀동빈 · 이ᄐᆡᄇᆡᆨ · 두목지 · 소동파 · 쟝건이 오시나이다." ᄒᆞ거ᄂᆞᆯ, 왕이 궁문 밧게 ᄂᆞ와 마ᄌᆞ 입실 좌정ᄒᆞᄆᆡ 제션이 원쉬의 손을 잡고 왈, "우리를 모로느냐?" 원쉬 ᄃᆡ왈, "자셰이 ᄋᆞ지 못ᄒᆞ나이다." 한 션관이 닐오ᄃᆡ, "나ᄂᆞᆫ 일광노오, 져는 녀동빈이오, 이는 두목지 · 소동파 · 리젹션이라. 젼일 삼신산 ᄇᆡᆨ운동에셔 바독 두던 친우들을 엇지 모로ᄂᆞ냐?" ᄒᆞ고 사ᄆᆡ 안으로셔 ᄃᆡ초 갓흔 실과를 ᄂᆡ여 주며 왈, "그ᄃᆡ 이졔 이거ᄉᆞᆯ 먹으면 젼ᄉᆡᆼ 일을 낫낫치 알니라." ᄒᆞ거ᄂᆞᆯ, 원쉬 바다 먹으니 과연 젼ᄉᆡᆼ 일이 안젼의 버렷는지라. 또 션녀를 마ᄌᆞ 드리니 그 즁 션녀 일인이 원쉬 젼일 다리고 노던 션녀라. 원슈를 보고 반겨ᄒᆞ거ᄂᆞᆯ, 원쉬 또ᄒᆞᆫ 반기물 닐너 피ᄎᆞ 젼일을 말ᄒᆞ여 회포를 펼ᄉᆡ 그 졍이 비ᄒᆞᆯ데 업더라.56)

남해 용왕은 잔치를 베풀 때 여러 선관을 초청하는데, 여기에 등장하는 선관들이 대부분 「숙향전」에 나타난 선관이다. 고소설에는 종종 이들 선관이 등장하기 때문에 이러한 사실만 가지고 「숙향전」의 영향을 거론할 수는 없다. 그런데 일광노가 잔치에 참석한 선관들을 소개하는 장면은 「숙향전」의 다음 대목과 매우 닮아 있다.

> 그 션관니 갈오되, "져는 왕ᄌᆞ균니오, 니는 녀동빈니오, 져는 니ᄐᆡᄇᆡᆨ이오, 나는 두목지러이, 그ᄃᆡ 울리와 지극킈 친ᄒᆞᆫ 샤히라. 이졔 그ᄃᆡ 비록 인간의 날려갓시나 친ᄒᆞᆫ 마음를 잇지 못ᄒᆞ야 ᄒᆞ더니, 일광노의 말를 듯고, '그ᄃᆡ 봉ᄂᆡ샨으로 가기에 십니 국 셩황의게 곤욕를 만히 보더라.' ᄒᆞ거늘, 그ᄃᆡ를 위ᄒᆞ야 샹졔게 말뮈 바다 왓써니, 니젹션이 그ᄃᆡ 거동 볼려ᄒᆞ고 부러 긔롱ᄒᆞ여시니 허물치 말나."57)

---

56) 「김진옥전」, 『활자본고소설전집』 2, 아세아문화사, 1976, 100쪽.
57) 「숙향전」, 213쪽.

> 문득 황학 탄 션관니 날려와 일오되, “그ᄃᆡ는 옛 버들 만나 반가온 회포란 아니ᄒᆞ고, 무슨 희롱를 그ᄃᆡ도록 ᄒᆞ는다?” ᄒᆞ니, 이는 규루션일너라. 샹셔의 숀를 잡고 왈, “반갑다, ᄐᆡ을아, 인간 쟈미 엇써터뇨? 셜즁ᄆᆡ 그ᄃᆡ를 위ᄒᆞ야 인간의 날려갓써니 어더 본다?” ~~. 그 션관이 쇼왈, “ᄐᆡ을이 발셔 션간 일를 이져ᄯᅩ다.” ᄒᆞ고, 동ᄌᆞ를 불너 ᄎᆞ를 드리라 ᄒᆞ니, 동ᄌᆡ 차를 드리거ᄂᆞᆯ 바다 마시니, 그졔야 쳔샹 ᄐᆡ을셩으로서 쟉죄ᄒᆞ고 인간의 귀향온 일과, 샹졔게 말뮈 바다 봉ᄂᆡ샨의 와 노다가 능허션의 ᄯᆞᆯ 셜즁ᄆᆡ로 더부러 부부 되엿쓴 일과, 좌우의 안져는 션관이 다 숀 알레 버진 쥴 알고, 눈믈 지여 왈, “나는 죄 즁ᄒᆞ야 인간의 날려가 고ᄒᆡᆼᄒᆞ노라.”[58]

「숙향전」에서 이선이 선약을 구하기 위해 선계에 갔을 때 이적선, 여동빈 등 여러 선관이 나타나 희롱하고, 그 후 두목지가 나타나 이선을 희롱한 선관들을 소개하면서 희롱했던 까닭도 말해준다. 때문에 두 작품은 선관이 등장한 상황이나 서사적 맥락은 많이 다르다. 그러나 등장한 여러 선관들 가운데 한 선관이 주인공에게 다른 선관들을 일일이 소개한다는 점, 선관이 준 음식을 먹고 전생의 일과 주변에 있던 선관들이 친구 사이였다는 것을 기억하게 되었다는 점 등은 조금도 다를 바가 없다. 이러한 두 가지 장면이 동시에 나타나는 작품은 「숙향전」과 「김진옥전」 외에는 찾아볼 수 없다는 점을 고려할 때, 「김진옥전」은 「숙향전」의 영향을 받은 것이 분명하다고 하겠다. 이는 바둑을 둔 선관과 관련된 언술에서도 엿볼 수 있다. 이선이 봉래산에 이르렀을 때 바둑을 두고 있는 두 선관을 만나며, 두 선관이 이선을 희롱하는 장면이 구체적으로 형상화되어 있다. 그런데 「김진옥전」에는 ‘삼신산 백운동에서

58) 「숙향전」, 219~220쪽.

바둑 두던 친우들'이란 언급만 삽입되어 있는바, 이는 위와 같은 「숙향전」의 장면을 개괄적으로 서술한 것이라고 하겠다.

4) 「장경전」

「장경전」의 작자는 알 수 없으며, 창작시기는 대략 조선 후기로만 거론되고 있다. 이 작품은 「장풍운전」의 구조를 수용하는 가운데 하층민의 삶의 질곡을 보다 사실적으로 반영하여 형성된 다소 후대의 영웅소설이다.[59] 이미 차충환이 지적했듯이, 「장경전」에서 주인공의 부모가 결혼하게 된 경위와 관련된 대목은 「숙향전」의 영향을 받았다고 할 수 있다.[60] 주인공의 부친이 될 남성이 나이가 많이 들었음에도 가난해 장가를 들지 못하고 있었다는 점, 장인 될 사람이 널리 사위를 구하던 중 해당 남성의 재능과 인품을 알아보고 구혼한다는 점, 해당 남성이 납채할 것이 없어 구슬(옥지환) 한 쌍을 예물로 보낸다는 점, 그 예물을 보고 장모 될 사람이 구혼 대상의 가난함을 들어 반대한다는 점, 그럼에도 장인 될 사람이 기어이 혼사를 치른다는 점 등이 거의 똑같기 때문이다.

여기에서 한 가지 더 주목할 것은 옥지환이다. 「숙향전」에서 옥지환은 남다른 성격과 기능을 갖고 있다. 김전은 어부들에게 붙잡혀 죽게 된 거북을 구해준 보답으로 구슬 한 쌍을 얻는데, 이 구슬(옥지환)[61]은 본래 서해 용궁의 보배인 계안주로 다양한 역할을 수행한다. 숙향이 부

---

59) 박일용, 「「장경전」 이본의 형상화 방식과 그 문학사적 의미」, 『영웅소설의 소설사적 변주』, 월인, 2003, 385쪽.

60) 차충환, 앞의 논문, 258~259쪽.

61) 장호는 김전에게 결혼 예물로 받은 이 구슬로 옥지환을 만들어 딸에게 주기 때문에 이 구슬과 옥지환은 같은 물건이라고 할 수 있다.

모와 헤어질 때 모친이 숙향의 옷고름에 옥지환을 채워주며, 후에 모친과 상봉할 때 옥지환은 두 사람이 모녀지간임을 입증하는 信物이 된다. 또한 이선이 선계에 갈 때 숙향이 자신의 신표로 옥지환을 주며, 이선은 옥지환 덕분에 남해 용왕과 용자의 도움을 받아 무사히 선계에 이르고, 마침내 선계에서 구해온 선약과 옥지환으로 죽은 황태후를 살려 초왕에 봉해진다. 사실 「숙향전」은 김전이 구슬(옥지환)을 얻는 것으로 시작해서 이선이 이 구술로 황태후를 살리는 것으로 끝난다고 해도 과언이 아니다. 게다가 이 옥지환은 「숙향전」의 주제 가운데 하나인 '은혜에 대한 보답'62)을 상징하는 물건이라는 성격도 지니고 있는바, 「숙향전」에서 옥지환은 없어서는 안 될 중요한 매체라고 할 수 있다.

그런데 「장경전」에서 옥지환은 결혼 예물과 모자지간임을 확인하는 증거물로만 기능할 뿐, 서사의 전개나 주제와 거의 관련이 없다. 이는 장취가 옥지환을 얻게 된 과정에서도 드러난다. 가난했던 장취는 납채할 것이 없자 집안을 뒤지다가 겨우 옥지환을 찾아내 그것을 예물로 보냈던 것이다. 이런 점을 고려할 때, 「장경전」은 부모가 결혼하는 상황과 장경이 전란으로 인해 부모와 헤어진다는 상황을 설정할 때 당시 널리 알려져 있던 「숙향전」의 모티프를 활용한 것으로 생각된다.

5) 「김원전」

「김원전」의 작자는 미상이며, 창작시기는 조선 후기로 추정되고 있다. 이 작품은 수박 모양으로 태어난 김원이 공주를 잡아간 괴물을 죽

62) 이에 대해서는 필자의 「숙향전의 문헌적 계보와 현실적 성격」과 신재홍의 「「숙향전」의 미적 특질」(『다곡이수봉박사정년기념 고소설연구논총』, 경인문화사, 1994)을 참조하기 바람.

이고 공주를 구해낸 이야기인데, 김원이 태어날 때와 회생하는 대목은 「숙향전」의 영향을 받은 것으로 보인다.

「숙향전」에서 숙향이 태어날 때 선녀 두 명이 내려와 김전에게 "니졔 월궁항애 오시니 그ᄃᆡ는 집안의 더러온 거슬 업시 ᄒᆞ라."[63]고 말하며, 관상쟁이 왕균은 "이 아기는 인간사람 안니라 월궁항아의 정긔"[64]를 갖고 태어났다고 한다. 이는 숙향의 전신이 월궁항아의 으뜸 선녀인 월궁소아라는 것을 뜻한다. 그런데 김원을 낳을 태몽에 선녀들이 한 옥동자를 데리고 내려와 "항아의 명을 밧자와 션동을 부인ᄭᅴ 의탁고져 ᄒᆞ여 왓ᄉᆞ오니 귀히 길너 후ᄉᆞᄅᆞᆯ 젼ᄒᆞ소셔."[65]라고 말한다. 김원의 전생은 '남두성'이기 때문에 여성 신선인 월궁항아와는 거의 관계가 없다. 즉 여기에서 '항아'를 운운한 것은 일단 어색하다고 할 수 있는바, 이는 「숙향전」의 영향일 가능성이 크다. 또한 김원이 태어날 때의 장면도 이선의 그것과 유사한 면모를 보인다.

> 홀연 오ᄉᆡᆨ ᄎᆡ운이 집안을 두르며 긔이한 향ᄂᆡ 진동ᄒᆞ더니, 문득 션녀 ᄒᆞᆫ 쌍이 공중으로셔 ᄂᆞ려와 부인 겻ᄒᆡ 안즈며 왈, "부인은 잠간 긔운을 진정ᄒᆞ소셔." ᄒᆞ고, "향탕을 ᄃᆡ령ᄒᆞ라." ᄒᆞ니, ᄌᆞ시ᄅᆞᆯ 당ᄒᆞ여 부인이 혼연ᄒᆞ며 ᄒᆡ복을 ᄒᆞᄂᆞᆫ지라. 션녀 냥인이 ᄀᆞ로ᄃᆡ, "이 아기 모양이 이러ᄒᆞ오나 하ᄂᆞᆯ이 정ᄒᆞ신 닐이니 조금도 ᄃᆞ른 념녀ᄂᆞᆫ 말으시고 귀히 길러 텬정을 어긔지 말으소셔. 시각이 느져가오니 정회ᄅᆞᆯ 다 못 펴고 가오니 ᄆᆞ음을 허소히 말으소셔."[66]

63) 「숙향전」, 19쪽.
64) 「숙향전」, 20쪽.
65) 「김원전」, 『한국고전문학전집』 16, 고려대학교 민족문화연구소, 1995, 92쪽.
66) 「김원전」, 위의 책, 94쪽.

그날부터 오ᄉᆡᆨ구름니 집안를 둘너ᄊᆞ고 긔이 향ᄂᆡ 진동ᄒᆞ거ᄂᆞᆯ, ~~, 챵 밧게 학의 쇼ᄅᆡ 나며 션네 둘이 드러와 일오되, "ᄊᆡ 느져 가오니, 부인은 쟘간 편히 누으쇼셔." ᄒᆞ고 오슬 벗기거ᄂᆞᆯ, 부인니 쟈리 우희 누으며 일ᄀᆡ 옥동을 탄ᄉᆡᆼᄒᆞ니, 두 션네 옥호의 향다를 싸라 아기를 씨겨 누이고 밧비 가려 ᄒᆞ거ᄂᆞᆯ, 부인니 문왈, ~~. 그 션네 답왈, "우리는 ᄒᆡ샨 가음아는 션례러니, 샹제게 명를 밧ᄌᆞ와 아기 낫는 양를 보라 왓ᄉᆞᆸ써니, 이 아기 부인은 남양 싸에셔 나시기로 밧비 가너이다."67)

위에서 볼 수 있듯이, 이선과 김원이 태어날 때 오색구름이 집안을 둘러싸고 향내가 진동했다는 점, 두 선녀가 내려와 출산을 돕고 향탕으로 아기를 씻겼다는 점, 두 선녀가 시각이 늦어다며 급히 가려했다는 점 등이 동일하다. 이 가운데 두 선녀가 급히 가려했다는 점의 경우, 「숙향전」에는 두 선녀가 숙향의 탄생을 돌보러 가야하기 때문이라며 그 까닭이 제시되어 있다. 그런데 「김원전」에는 아무런 이유도 제시되어 있지 않는바, 이는 「숙향전」 이래 주인공의 탄생 장면에 상투적으로 쓰였던 표현이라 생각된다. 따라서 위 대목만을 두고 「숙향전」과 「김원전」의 관계를 단정적으로 말하기를 곤란하다. 그러나 다음과 같은 대목은 「숙향전」의 영향을 받았다고 보아야 할 것이다.

선녀가 대답하기를, "첩은 동해 용왕의 딸이옵니다. 대명 도원수 김원이 아귀를 소멸하고 용자를 구제하여 돌아오니, ~~. 원수의 시체는 계양산에 묻혔사오나 수한이 멀었사옵니다. 시체를 찾으면 봉래산 구류선의 병에 든 물과 삼신산의 금강초가 있사오니, 그 점주 놈을 죄주고 시체를 찾아 이 약을 먹이시면 원수가 환생하기는 어렵

67) 「숙향전」, 76~77쪽.

지 아니하오니 그대로 바삐 시험하소서."[68]

김원은 아귀에게 용자를 구한 보답으로 용녀와 결혼하고 용왕에게 신비한 연적을 선물로 받는다. 김원이 용녀와 함께 중원으로 향하던 도중 연적을 탐낸 점주에게 살해되는데, 위의 인용문 용녀가 천자에게 그간의 사정과 김원의 환생에 대해 아뢰는 대목이다. 용녀는 '봉래산 구류선의 병에 든 물'과 '삼신산의 금강초'가 있기 때문에 김원을 환생시킬 수 있다고 말하는데, 「숙향전」에서 이선은 봉래산 구류선에게 '쇠그릇에 넣은 물인 황혼수' 등을 구해와 황태후를 살린다. 또한 이화정 할미는 이선에게 술을 대접하면서 '영주산 구류선에게 금강초를 얻어왔다'고 말하기도 한다. 이렇듯 '봉래산 구류선', '병에 든 물', '삼신산 금강초' 등 두 작품은 구체적인 용어도 다를 바가 없는바,[69] 「김원전」의 환생 모티프는 「숙향전」의 영향을 받은 것이 분명하다고 하겠다.

4. 소설사적 의의: 결론을 대신하여

「숙향전」은 「구운몽」, 「사씨남정기」, 「창선감의록」, 「소현성록」 등과 함께 17세기 말에 창작되었으나, 이들 작품들과는 달리 민중적 · 진보적 성향이 강한 작품이다. 「숙향전」은 신분의 차이에 따른 남녀의 애정 문제를 주요 갈등으로 설정한 가운데 남녀의 차별과 절대적 가부장권에 대해서도 이의를 제기하고 있기 때문이다. 또한 「숙향전」은 숙향

---

68) 「김원전」, 앞의 책, 153쪽.

69) 「김원전」에는 「숙향전」에 나타난 지명인 '반야', '계양', '형주' 등이 나타나기도 한다.

의 시련과 행복한 결말을 통해 당시 민중과 부녀자 등 소외된 계층의 고달픈 삶을 반영하면서 그들의 원망을 환상적 기법을 통해 은근하게 드러내고 있기도 하다. 「숙향전」이 상층보다는 하층 독자들에게 널리 향유되었던 것도 이와 무관하지 않을 것이다.[70)]

그런데 한동안 「숙향전」의 다대한 환상성이나 비현실적인 측면을 부정적으로 이해함으로써 그 가치와 소설사적 의의가 제대로 드러나지 않았다. 후대의 여러 문헌과 소설에 「숙향전」과 관련된 인물이나 사건 등이 나타난다는 사실은 그만큼 조선 후기에 「숙향전」이 널리 향유되었을 뿐만 아니라 후대의 소설에도 많은 영향을 미쳤을 가능성을 시사한다. 그럼에도 불구하고 이와 관련된 연구는 매우 미흡한 편이다. '숙향'이라는 이름이 구체적으로 나타난 작품을 대상으로 「숙향전」의 수용 양상을 고찰한 연구는 서너 편 있지만, 이것만으로는 「숙향전」의 영향력이나 소설사적 의의를 온전하게 드러냈다고 할 수 없다. 「숙향전」은 '숙향'의 이름이 직접 거론되지 않은 작품들에도 상당히 영향을 미쳤기 때문이다. 이에 본고는 「숙향전」보다 후대에 산출된 것으로 판단되는 작품들을 대상으로 삼아 「숙향전」이 이들 작품에 미친 영향을 논증하였는바, 그 결과를 간략하게 정리하면 다음과 같다.

「박씨전」에는 '시아버지 조복 짓기' 화소가 삽입되어 있는데, 조복을 짓게 된 상황과 임금이 그 조복을 보고 여주인공의 처지를 정확하게 간파한다는 내용 등이 「숙향전」의 그것과 완전히 일치하고 있다. 이 화소가 「숙향전」에서 유래했다는 근거로는 박순호본 「박씨전」에 환골탈

70) 이런 점에서 "사람과 동물, 인간계와 천상계, 양반과 상민의 이중적 정체성과 그로부터 비롯된 경계 허물기는 하층의 독자들에게 상상적 동일시의 쾌감을 선사한다."는 이승은의 주장(앞의 논문, 121쪽)은 일리가 있다고 하겠다.

태한 박씨의 모습을 숙향에 비유하는 대목이 있다는 점과, 「숙향전」에서 '숙향의 탁월한 수놓기'는 구성상 필수적인 요소인데 비해 「박씨전」에서는 그것이 박씨의 여러 가지 탁월한 능력 가운데 하나로 설정되어 있다는 점을 들 수 있다.

「금방울전」의 남주인공인 장해룡의 일생은 어렸을 때 전란으로 부모와 이별한 점, 한 도적의 도움으로 살아난 점, 남의 집에서 10여 년 동안 수양으로 생활하다가 집안사람의 박해와 모함으로 쫓겨난 점, 부친의 고문을 받던 중 모친의 만류로 살아나 옥에 갇힌 점, 위기에 처할 때마다 신령한 존재의 구원으로 살아나고 또 부모와도 해후한다는 점 등 숙향의 일생과 흡사하다. 특히 부모와 이별하는 대목과 부친이 자식을 죽이려 했던 대목은 구체적인 서술과 묘사마저 흡사하다. 이런 점을 고려할 때, 「금방울전」의 작자는 의식적이건 무의식적이건 해룡의 인생 역정을 숙향의 인생역정에 견주어 형상화했다고 보아야 할 것이다.

「남윤전」은 남녀주인공의 만남과 결연을 도선적 운명론에 입각하여 서사하고 있다는 점과 꿈을 매개로 하고 있다는 점이 「숙향전」과 같다. 또한 남녀주인공이 요지연 꿈을 통해 서로 인연을 맺는다거나 이승의 신분과 연분이 천상에서 벌어졌던 사건에서 기인한다는 설정도 「숙향전」과 일치한다. 특히 주인공이 꿈에 본 요지의 풍광과 연회의 광경에 대한 구체적인 묘사와 요지연에 참여한 신령들의 이름과 자리에 대해 설명을 듣는다는 서술은 「남윤전」이 「숙향전」의 영향을 받았다는 것을 분명하게 보여준다.

「소대성전」은 소대성과 이승상댁과의 인연 및 출가 과정이 숙향의 그것과 유사하다. 소대성이 이승상댁을 나온 직후 선동의 도움으로 약수를 건넌다는 내용도 숙향이 장승상댁에서 쫓겨난 직후 포진강에서 용녀의 구원으로 살아났다는 내용과 닮아 있다. 특히 소대성이 화덕진군에게 구원받는 대목은 숙향이 갈대밭 화재에서 화덕진군에게 구원받는 대목과 서술양상은 물론 구체적인 표현마저 유사한바, 「소대성전」 역시 「숙향전」의 영향을 받은 것이 분명하다고 하겠다.

「적성의전」에서 적성의가 선관들의 도움으로 약수를 건너 서천에 이르는 과정은 「숙향전」에서 이선이 선약을 구하기 위해 선계에 이르는 과정과 유사하다. 이 과정에서 등장하는 선관들도 거의 동일한데, 「적성의전」에는 선관들의 역할이 「숙향전」의 그것보다 축약되어 있다. 또한 「적성의전」에는 적성의가 선관에게 부적을 받지만 그것을 사용하는 상황이 설정되어 있지 않은바, 「적성의전」은 적성의가 서천에 이르는 과정을 서사할 때 이선이 선계에 이르는 과정을 압축해서 형상화했다고 하겠다.

「육미당기」에서 소선이 거북을 구하고 그 거북 때문에 살아난다는 사건은 「숙향전」에 나타난 거북 보은담의 영향을 받았으며, 「쌍주기연」에서 남녀주인공의 전신을 태을성과 월궁선아로 설정한 것도 「숙향전」의 영향을 받은 것이라고 하겠다. 「김진옥전」에 남해 용왕이 김진옥에게 베푼 잔치 장면과 「장경전」에서 장경의 부모가 결혼하는 과정 및 옥지환 관련 모티프는 「숙향전」의 영향을 받은 것으로 판단된다. 「김원전」에서 김원이 탄생하는 장면과 김원의 환생 모티프 역시 「숙향전」의 영향을 받은 것이 분명하다고 하겠다.

「숙향전」은 여주인공의 고난과 여러 신령들의 구원, 남녀주인공의 사랑과 시련, 선계의 모습에 대한 생생한 형상, 조선 후기 물정과 세태의 사실적 반영, 소외된 인물의 심리와 정서에 대한 곡진한 표출, 경계허물기와 동일시의 서사[71] 등 실로 다양하면서도 흥미진진한 요소가 매우 많다. 조선 후기에 「숙향전」이 가장 널리 애독되었던 것도 바로 이러한 요소들 때문인바, 이 요소들이 복합적으로든 개별적으로든 후대의 소설에 적지 않은 영향을 미쳤을 것으로 추정된다. 필자는 개인적인 역량의 한계로 인해 10여 편만을 대상으로 삼았지만, 여기에서 거론한 작품 외에도 많은 작품들이 직접적이든 간접적이든 「숙향전」의 영향을 받았을 것으로 생각된다.

「숙향전」은 「구운몽」, 「사씨남정기」, 「창선감의록」 등과 함께 국문소설 발흥기인 17세기 말에 창작되었으며, 이후 우리 고소설이 본격적으로 발전할 수 있는 근간이 된 작품이다. 그러나 「숙향전」은 이러한 의의를 부여받지 못하거나 「구운몽」과 「사씨남정기」보다 저평가되는 경향이 있다. 이렇게 된 가장 큰 이유는 「숙향전」이 후대 소설에 얼마나 영향을 미쳤는지에 대한 연구가 거의 이루어지지 않았기 때문이다. 따라서 이와 관련된 연구가 절실한데, 이는 다양한 유형의 소설들을 두루 섭렵해야만 가능한 작업이기에 한두 사람의 노력으로는 그 실상을 제대로 파악하기가 어렵다. 이 논문을 계기로 「숙향전」이 후대의 소설에 미친 영향이 더욱 폭넓고 깊이 있게 고구되어 「숙향전」의 소설사적 위상과 의의가 제대로 밝혀지길 기대한다.

---

71) '경계 허물기와 동일시의 서사'에 대해서는 이승은의 앞 논문을 참조하기 바람.

참고문헌

1. 자료

「淑香傳」, 국한문혼용본, 필사연대 미상, 한국어문학회 편, 『고전소설선 영인』, 형설출판사, 1972.

「淑香傳」, 국문 방각본, 戊午年, 파리동양어학교 소장(김동욱 편, 『영인 고소설판각본전집』 4권).

「淑香傳」, 국문 방각본, 戊午年, 김동욱 편, 『영인 고소설판각본전집』 2권.

「淑香傳」, 국문 방각본, 戊午年, 국립도서관 소장(김동욱 편, 『영인 고소설판각본전집』 2권).

「슉향전」, 국문본, 필사연대 미상, 이화여자대학 소장(이화여자대학교 한국문화연구원 편, 『한국고대소설총서』 1권 영인, 단기 4291).

「淑香傳」, 국문본, 필사연대 미상, 한국중앙연구원 소장.

「슉향전」, 국문본, 필사연대 미상, 한국중앙연구원 소장.

「슉향전」, 국문본, 필사연대 미상, 한국중앙연구원 소장.

「슉향전」, 국문본, 乙巳年 필사, 고려대 도서관 소장.

「슉향전」, 국문본, 필사연대 미상, 고려대 도서관 소장.

「슉향전」, 국문본, 己亥年 필사, 국립도서관 소장.

「슉향전」, 국문본, 辛亥年 필사, 김동욱 소장(『나손본필사본고소설자료총서』 27권 영인, 보경문화사, 1991).
「슉향젼」, 국문본, 필사연대 미상, 박순호 소장(『한글필사본고소설자료총서』 27권 영인, 오성사, 1986).
「슉향젼」, 국문본, 필사연대 미상, 박순호 소장(『한글필사본고소설자료총서』 70권 영인, 오성사, 1986).
「슉향전」, 국문본, 필사연대 미상, 박순호 소장(『한글필사본고소설자료총서』 70권 영인, 오성사, 1986).
「슉향젼」, 국문본, 필사연대 미상, 박순호 소장(『한글필사본고소설자료총서』 71권 영인, 오성사, 1986).
「슉향초젼」, 국문본, 戊午年 필사, 박순호 소장(『한글필사본고소설자료총서』 71권 영인, 오성사, 1986).
「淑香傳」, 국문본, 丙午年 필사. 2册. 성균관대학교 도서관 소장.
「淑香傳」, 국문본, 필사연대 미상, 성균관대학교 도서관 소장.
「슉향젼이라」, 국문본, 필사연대 미상, 연세대학교 도서관 소장.
「슉향젼이라」, 국문본, 필사연대 미상, 연세대학교 도서관 소장.
「슉향젼」, 구활자본, 세창서관, 1951.
「숙향전」, 국문 활자본, 허문섭 편, 『채봉감별곡 기타』, 민족출판사, 1985.
「梨花亭記」, 한문본, 丁巳年 필사, 국립도서관 소장.
「梨花亭記」, 한문본, 壬申年 필사, 국립도서관 소장.
「淑香傳」, 한문본, 필사연대 미상, 국립도서관 소장.
「淑香傳」, 한문본, 필사연대 미상, 국립도서관 소장.
「再世奇遇記」, 한문본, 필사연대 미상, 고려대 도서관 소장.
「李太乙傳」, 한문본, 필사연대 미상, 김동욱 소장.
「淑香傳」, 한문본, 필사연대 미상, 고려대 도서관 소장.
「淑香傳」, 한문본, 필사연대 미상, 김동욱 소장(『나손본필사본고소설자료총서』 27권 영인, 보경문화사, 1991).

「淑香傳」, 한문본, 필사연대 미상, 한국중앙연구원 소장.
「淑香傳」, 한문본, 필사연대 미상, 김동욱 소장.
「淑香傳」, 한문현토본, 회동서관, 1916(『활자본고소설전집』 4권 영인, 아세아문화사, 1976).
「淑香傳」, 일역본, 淸水鍵吉 抄譯, 1923.
『원본 숙향전 · 숙영낭자전』, 이상구 주석, 문학동네, 2010.
「금방울전」, 동양문고본.
「김원전」, 『한국고전문학전집』 16, 고려대학교 민족문화연구소, 1995.
「김진옥전」, 『활자본고소설전집』 2, 아세아문화사, 1976.
「남윤전」, 『한국고전문학접집』 16, 고려대학교 민족문화연구소, 1995.
「류충렬전」, 국문본, 德興書林, 1913(『구활자본고소설전집』 11권, 인천대 민족문화연구소 편, 1983).
「박씨전」, 『한글필사본고소설자료총서』 62, 오성사, 1986.
「배비장전」, 국문본, 世昌書館.
「배비장전」, 국문본, 新舊書林, 1916(『구활자본고소설전집』 3, 인천대민족문화연구소 편, 1983).
「백학선전」, 국문본, 世昌書館, 1952(『구활자본고소설전집』 20, 인천대민족문화연구소 편, 1983).
『山海經』 上, 이중재 역.
『삼국사기(하)』 권32 「잡지 제1」, 김부식 저, 이병헌 역주, 을유문화사, 1994.
「삼한습유」, 김소행 저 · 조혜란 역주, 고려대학교 민족문화연구원, 2005.
「소대성전」, 김동욱 편 『영인고소설판각본전집』 1, 인문과학연구소.
「숙영낭자전」, 국문본, 新舊書林, 1915(『구활자본고소설전집』 5, 인천대민족문화연구소 편, 1983).
「쌍주기연」, 김동욱 편, 『영인고소설판각본전집』 1, 인문과학연구소.
「양산백전」, 국문본, 世昌書館(『구활자본고소설전집』 26, 인천대민족문화연구소 편, 1983).
「운영전」, 국문본, 필사연대 미상(김동욱 교주, 『한국고전문학』 4, 보성문화사, 1978).
「운영전」, 국문본, 소재영 · 장홍재 교주, 『운영전』, 시인사, 1985.
「운영전」, 한문본, 필사연대 미상(김기동 편, 『필사본고전소설전집』 2, 아세아문화사, 1980).
「옥루몽」, 국문본, 積文書館, 1926(『활자본고전소설전집』 6, 아세아문화사, 1976).
「육미당기」, 『한국고전문학전집』 17, 고려대학교 민족문화연구소, 1995.
「장경전」, 김동욱 편, 『영인고소설판각본전집』 5, 인문과학연구소.
「적성의전」, 『연세국학총서』 34, 경인문화사, 2006.
『조선후기 우화소설선』, 유영대 · 신해진 선주, 태학사, 1998.
「창선감의록」, 국문본, 新舊書林, 1926(『활자본고전소설전집』 10권, 아세아문화사, 1976).
「청년회심곡」, 국문본, 新舊書林, 1914(『활자본고전소설전집』 10권, 아세아문화사, 1976).
「춘향전」, 국문본, 고려대 도서관 소장, 필사연대 미상(구자균 · 정규복 교주, 『춘향전』, 교문사, 1984).
「춘향가(남창)」, 신재효본(강한영 교주, 『申在孝 판소리 사설集』, 민중서관, 1971).
「만화본 춘향가」, 김석배 역주, 『판소리연구』 3, 판소리학회, 1992.
『춘향전사본선집』 I, 명지대 국어국문학과, 1977.
「피생명목록」, 한문본, 필사연대 미상(임명덕 편, 『한국한문소설전집』 3).
『唐代傳奇小說選』, 정범진 역, 범학도서, 1979.
「周生傳」, 권필, 한문본, 필사연대 미상(임명덕 편, 『한국한문소설전집』 7권).
「九雲夢」, 김만중, 한문본, 乙巳年 필사(정규복, 『구운몽원전의 연구』, 일지사, 1977).
「新飜九雲夢」, 김만중, 국문본, 同文書林, 1913(『구활자소설총서』 3, 민족문화사, 1983).
「사씨남정기」, 김만중(강한영 역주, 『사씨남정기』, 서문당, 1974).
「飜諺南征記」, 김만중, 한문본, 남기홍 소장(『김만중문학연구』 영인, 국학자료원, 1993).
『秋齋集』, 趙秀三, 『여항문학총서』 3(여강출판사, 1986).
『第一奇諺』, 洪羲福, 정규복 소장본.
『俚諺』, 李鈺, 미간행 프린트본.
『玉所集』, 權燮, 印刊本.
『海東歌謠』(주씨본).
『樂府』(고대본).

2. 저서

강만길, 『한국근대사』, 창작과비평사, 1984.
근대사연구회 편, 『한국중세사회 해체기의 제문제(상, 하)』, 한울, 1987.
김기동, 『한국고전소설연구』, 교학사, 1983.
김동욱, 『증보 춘향전연구』, 연세대 출판부, 1976.
김일렬, 『조선조소설의 구조와 의미』, 형설출판사, 1984.
김태준, 『조선소설사』, 학예사, 1939.
김 현, 『문학사회학』, 민음사, 1983.
김현룡, 『한중소설설화비교연구』, 일지사, 1976.
김흥규, 『한국문학의 이해』, 민음사, 1986.
박병호, 『한국의 전통사회와 법』, 서울대 출판부, 1985.
박용옥 외, 『한국여성연구－종교와 가부장제』 1, 청하, 1988.

북한사회과학원 문학연구실 편, 『우리나라 문학에서 사실주의의 발생, 발전 논쟁』, 사계절, 1989.
사마천 지음, 정범진 외 옮김, 『사마천 사기2: 表序 · 書』, 까치, 1996.
서대석, 『군담소설의 구조와 배경』, 이화여대 출판부, 1985.
서대석, 『한국무가의 연구』, 문학사상사, 1980.
설성경 · 박태상, 『고소설의 구조와 의미』, 새문사, 1986.
소재영, 『고소설통론』, 이우출판사, 1983.
신동흔, 『살아있는 우리신화』, 한겨레신문사, 2004.
유영대, 『심청전 연구』, 문학아카데미, 1989.
유탁일, 『한국문헌학연구』, 아세아문화사, 1989.
이능화, 『조선여속고』, 동문선, 1990.
이능화, 『조선해어화사』, 동문선, 1990.
임형택, 『한국문학사의 시각』, 창작과 비평사, 1984.
장덕순, 『한국설화문학연구』, 서울대 출판부, 1978.
장효현 역주, 「육미당기」 해제, 고려대학교 민족문화연구소, 1995.
정규복, 『구운몽연구』, 고려대 출판부, 1974.
정규복, 『구운몽원전의 연구』, 일지사, 1977.
정규복, 『한국 고전문학의 원전비평적 연구』, 고려대 민족문화연구소, 1992.
정규복, 『한국고소설사의 연구』, 한국연구원, 1992.
정석종, 『조선후기 사회변동 연구』, 일조각, 1983.
정성철, 『조선철학사 II』, 이성과 현실, 1988.
조동일, 『한국소설의 이론』, 지식산업사, 1977.
조동일, 『문학연구방법』, 지식산업사, 1980.
조동일, 『한국문학통사』 3, 지식산업사, 1984.
조현설, 『마고할미 신화연구』, 민속원, 2013.
조희웅, 『한국 고전소설사 큰 사전』 28, 지식을 만드는 지식, 2017.
진경환 · 우응순 외, 『고전문학 이야기주머니』, 녹두, 1994.

진덕규 외, 『19세기 한국 전통사회의 변모와 민중의식』, 고대민족문화연구소, 1982.
차충환, 『숙향전 연구』, 월인, 1999.
최삼룡, 『한국초기소설의 도선사상』, 형설출판사, 1982.
최기숙, 『17세기 장편소설 연구』, 월인, 1999.
한국사전연구사, 『종교학대사전』, 1998.
한국역사연구회 편, 『한국사강의』, 한울아카데미, 1989.
한국정신문화연구원 편, 『한국고소설목록』, 1983.
한영우, 『조선전기 사회사상연구』, 지식산업사, 1983.
허문섭, 『조선고전문학선집』 15, 민족출판사, 1985.
현상윤, 『조선유학사』, 민중서관, 1977.
황선명, 『조선종교사회사연구』, 일지사, 1985.
현용준 · 현승환 역주, 『제주도 무가』, 고려대학교 민족문화연구소, 1996.
마노 타카야 지음 · 이만옥 옮김, 『도교의 신들』, 들녘, 2001.
茅盾, 『중국문학의 현실주의와 반현실주의』(박운석 역, 영남대 출판부, 1987).
劉向 著, 張金嶺 注譯, 『新譯 列仙傳』, 三民書局印行, 中華民國 83년.
蔣孔陽, 『형상과 전형』(김일평 옮김, 사계절, 1987).
Arnold Hauser, 『문학과 예술의 사회사(근세편 상)』(백낙청 · 반성완 공역, 창작과비평사, 1980).
Arnold Hauser, *THE PHILOSOPHY OF ART HISTORY*, ALFRED A. KNOPF NEW YORK, 1959.
Georg Lukács, 『변혁기 러이사의 리얼리즘문학론』(조정환 옮김, 동녘, 1986).
Georg Lukács, 『역사소설론』(이영욱 옮김, 거름, 1987).
Georg Lukács, 『소설의 이론』(반성완 역, 심설당, 1985).
Lucien Goldmann, 『숨은 신』(송기형 · 정과리 옮김, 인동, 1980).
Mikhal Mikhailovich Bakhtin, 『장편소설과 민중언어』(전승희 외 옮김, 창작과비평사, 1988).

Moissej S. Kagan, 『미학강의 II』(진중권 옮김, 새길, 1991).

3. 논문

강상순, 「구운몽과 영웅소설의 소설사적 상관성」, 『김만중문학연구』, 국학자료원, 1993.
강진옥, 「최척전에 나타난 고난과 구원의 문제」, 『이화어문논집』 8, 1986.
고미숙, 「18, 9세기 시가사의 리얼리즘적 발전」, 『민족문학사연구』 3호, 민족문학사연구소, 1993.
고석규 · 한상권, 「18, 19세기 봉건모순의 심화와 민의 성장」, 『역사와 현실』 3호, 역사비평사, 1990.
경일남, 「고전소설에 수용된 숙향의 형상과 문학적 의미」, 『어문연구』 82, 어문연구회, 2014.
경일남, 「「춘향전」의 이본에 수용된 「숙향전」의 양상과 그 의미」, 『인문학연구』 104, 2016.
경일남, 「「심청전」의 고전소설 수용양상과 그 의미」, 『어문연구』 93, 2017, 43~66쪽.
곽정식, 「「박씨전」 연구의 현황과 과제」, 『문화전통논집』 8, 경성대학교 한국학연구소, 2000쪽.
구충회, 「「숙향전」 이본고, 고려대 교육대학원 석사학위논문, 1983.
김낙필 · 박영호 · 양은용 · 이진수, 「한국 신선사상의 전개」, 『도교문화연구』 15, 한국도교문화학회, 2001.
김동욱, 「판본고—한글소설 방각본의 성립에 대하여」, 『증보 춘향전연구』, 연세대출판부, 1976.
김동욱, 「「소대성전」의 주인공 소대성의 인물형상 연구」, 『고전문학연구』 50, 한국고전문학회, 2016.

김명순, 「애정소설에 관한 연구」, 『경남대 논문집』 8, 1981.
김연호, 「영웅소설의 유형과 변모에 관한 연구」, 고려대 박사학위논문, 1992.
김용숙, 「고소설에 나타난 애정관－그 꿈과 현실의 괴리 분석－」, 『아세아여성연구』 13, 숙명여대 아세아여성문제연구소, 1974.
김응환, 「「숙향전」의 도교사상적 고찰」, 한양대 석사학위논문, 1983.
김인걸, 「조선후기 신분사 연구현황」, 『한국중세사회 해체기의 제문제(하)』, 한울, 1987.
김일렬, 「고대소설의 이원론적 세계관과 유교」, 『어문론총』 8, 경북대, 1973.
김정은, 「조선후기 「神仙圖」에 내재된 生命觀－「遙池宴圖」를 중심으로－」, 『동양예술』 32, 한국동양예술학회, 2016.
김종철, 「서사문학사에서 본 소설의 성립문제」, 『고소설연구논총』, 다곡이수봉선생회갑기념논총, 1988.
김종철, 「옥루몽의 대중성과 진지성」, 『한국학보』 61, 1990(겨울).
김종철, 「옥단춘전」, 『고전소설작품론』, 집문당, 1990.
김충실, 「숙영낭자전에 나타난 시련에 대한 연구」, 『이화어문논집』 7, 이화여대 한국어문학연구소, 1984.
김현양, 「1910년대 활자본 군담소설의 변모 양상」, 『연민학지』 4, 연민학회, 1996, 345～363면.
나도창, 「「숙향전」 연구」, 숭전대 석사학위논문, 1984.
노재준, 「杜牧 詠史詩 초탐」, 『중국어문학논집』 7, 『중국어문학연구회』, 1995.
대곡삼번(大谷森繁), 「조선조의 소설독자 연구」, 고려대 박사학위논문, 1984.
민영대, 「최척전에 나타난 작자의 애정관」, 『국어국문학』 98, 국어국문학회, 1987.

박대복,「고대소설의 결연위기와 민간신앙적 모면」,『어문연구』 13－14 합집, 1986.
박병완,「숙향전의 구조와 작가의식」, 국어국문학 115, 국어국문학회, 1995.
박병호,「한국 가부장권법제의 사적 고찰」,『한국여성연구』 1, 청하, 1988.
박성호,「「적성의전」에 나타난 청각적인 소재의 역할과 의미」,『동방학』 23, 한서대 동양고전연구소, 2012.
박용식,「한국설화의 원시종교사상연구」, 고려대 박사학위논문, 1983.
박일용,「장르론적 관점에서 본 최척전의 특징과 소설사적 위상」,『고전문학연구』 5, 한국고전문학연구회, 1990.
박일용,「주생전」,『한국고전소설작품론』, 집문당, 1990.
박일용,「인물형상을 통해서 본 구운몽의 사회적 성격과 소설사적 위상」,『정신문화연구』 44호, 한국정신문화연구원, 1991.
박일용,「영웅소설의 유형변이와 그 소설사적 의의」, 서울대 석사학위논문, 1983.
박일용,「조선후기 훼절소설의 변이양상과 그 사회적 의미(상)」,『한국학보』 51, 일지사, 1988(여름).
박일용,「운영전과 상사동기의 비극적 성격과 그 사회적 의미」,『국어국문학』 98, 국어국문학회, 1983.
박일용,「조웅전의 구성 및 문체적 특징과 소설사적 위상」,『다곡이수 봉박사정년기념논총』, 1994.
박일용,「「장경전」 이본의 형상화 방식과 그 문학사적 의미」,『영웅소설의 소설사적 변주』, 월인, 2003.
박태근,「숙향전의 문체론적 연구」, 단국대 석사논문, 1994.
박태상,「애정소설의 등장배경과 그 확산양상 검토」,『고소설사의 제문제』, 집문당, 1993.

박희병, 「17세기 동아시아의 전란과 민중의 삶－김영철전 의 분석」, 『한국 근대문학사의 쟁점』, 창작과비평사, 1990.
박희병, 「최척전－16, 7세기 동아시아의 전란과 가족 이산」, 『한국고전소설작품론』, 집문당, 1990.
박희병, 「춘향전의 역사적 성격 분석」, 『전환기 동아시아문학』, 창작과비평사, 1985.
박희병, 「한국고전소설의 발생 및 발전단계를 둘러싼 몇몇 문제에 대하여」, 『관악어문연구』 17, 1992.
백낙청, 「리얼리즘에 관하여」, 『민족문학과 세계문학II』, 창작과비평사, 1985.
서대석, 「몽유록의 장르적 성격과 문학사적 의의」, 『한국학논집』 3, 계명대 한국학연구소, 1975.
서연희, 「숙향전의 서사구조와 의미」, 『서강어문』 5, 서강어문학회, 1986.
서혜은, 「경판 「쌍주기연」의 대중화 양상과 그 소설사적 의미」, 『한국고전연구』 28, 한국고전연구학회, 2013.
소재영, 「운영전의 비극성」, 『고소설통론』, 이우출판사, 1983.
송화섭, 「한국의 마고할미 고찰」, 『역사민속학』 27, 한국역사민속학회, 2008.
신경숙, 「운영전의 반성적 고찰」, 『한성어문학』 9, 1990.
신동흔, 「신분갈등 설화의 공간구성과 주제」, 『관악어문연구』 14, 1989.
신동흔, 「조선후기 애정소설 연구에 대하여」, 민족문학사연구소 발표요지(1993, 7, 16).
신선희, 「애정소설에 나타난 노구 의 역할」, 『고전문학연구』 7, 한국고전문학연구회, 1992.
신재홍, 「「숙향전」의 미적 특질」, 『다곡이수봉박사정년기념논총』, 경인문화사, 1994.
심치열, 「숙향전 연구」, 『한국언어문학』 38, 한국언어문학회, 1997.
양혜란, 「「숙향전」에 나타난 서사기법으로서의 시간문제」, 『우리어문연구』 3, 한국외국어대, 1991.
엄기주, 「유가의 소설적 대응양상에 관한 연구」, 성균관대 박사학위논문, 1992.
우쾌재, 「활자본 고소설의 출판 및 연구 현황 검토」, 『고전소설연구의 방향』, 새문사, 1985.
유순영, 「李白의 이미지 유형과 이백 문학의 회화」, 『미술사학연구』 274, 한국미술사학회, 2012.
윤경희, 「이대본 숙향전에 나타난 조명론적 세계관－천상계 존재의 기능과 그 의미를 중심으로－」, 『한국고전연구』 창간호, 한국고전연구회, 1995.
윤재민, 「조선후기 중인층 한문학의 연구」, 고려대 박사학위논문, 1990.
윤해옥, 「운영전의 구조적 고찰」, 『국어국문학』 84, 국어국문학회, 1980.
이상구, 「「숙향전」의 현실적 성격」, 『고전문학연구』 6, 한국고전문학연구회, 1991.
이상구, 「「숙향전」 국문본의 특성과 계통」, 『민족문화연구』 26, 고려대 민족문화연구소, 1993.
이상구, 「사씨남정기의 작품구조와 인물형상」, 『김만중문학연구』, 국학자료원, 1993.
이상구, 「숙향전의 문헌적 계보와 현실적 성격」, 고려대 박사논문, 1994.
이상택, 「고전소설의 사회와 인간」, 『한국고전소설 연구논문선(1)』, 계명대출판부, 1974.
이상택, 「한국도가문학의 현실인식 문제」, 『한국문화』 7, 1986.
이상택, 「조선초기문학의 세계관 및 존재론적 관심에 관한 일고찰」, 『동양학』 10, 단국대 동양학연구소, 1980.
이순구, 「조선초기 주자학의 보급과 여성의 사회적 지위」, 『청계사학』 3, 1986.
이승은, 「「숙향전」; 경계 허물기와 동일시의 서사」, 『고소설연구』 44, 한국고소설학회, 2017.
이신복, 「고대소설에 나타난 기녀상」, 『논문집』 13, 공주교대, 1976.
이원수, 「가정소설 작품세계의 시대적 변모」, 경북대 박사학위논문, 1991.
이은정, 「杜牧 七言絶句 硏究」, 『중국어문학지』 18, 2005.
이위응, 「「숙향전」 연구－그 필사 및 창작연대 추정을 위한 음운학적 분석을 주로」, 부산대 개교20주년 기념논문집, 1966.
이종길, 「숙향전 연구」, 부산외국어대 석사논문, 1995.
이창헌, 「혼사장애의 측면에서 본 고전소설의 도입부와 결말부－방각소설을 중심으로－」, 『관악어문연구』 14, 1989.
이혜순, 「고소설에 나타난 사랑의 형태」, 『전문학연구』 2, 한국고전문학연구회, 1974.
인권환, 「토끼전 이본고」, 『아세아연구』 29, 고려대 아세아문제연구소, 1968.
인권환, 「별주부전 한문본고」, 『한국 고소설의 재조명』, 아세아문화사, 1990.
임갑랑, 「조선후기 애정소설 연구」, 계명대 박사학위논문, 1992.
임성래, 「숙향전」, 『조선후기의 대중소설』, 태학사, 1995.
임치균, 「영웅소설 주인공의 탄생과정 고－고귀한 혈통에 대한 재고」, 『홍익어문』 6, 홍익어문연구회, 1987.
임형택, 「17세기 규방소설의 성립과 창선감의록」, 『동방학지』 57, 1988.
장경남, 「임진왜란 실기의 소설적 수용 양상 연구」, 『국어국문학』 131, 국어국문학회, 2002.
장현주, 「송대 여동빈 신앙의 유행－문학과 도상을 중심으로－」, 『도교문화연구』 38, 한국도교문화학회, 2013.
장효현, 「구운몽의 주제와 그 수용사에 관한 연구」, 『김만중문학연구』, 국학자료원, 1993.
장효현, 「17세기 몽유록의 역사적 성격」, 『호서대논문집』 10, 1991.
장홍재, 「「숙향전」에 나타난 거북의 보은사상」, 『국어국문학』 55－57합집, 국어국문학회, 1972.

장홍재, 「숙향전」, 『고전소설연구』, 일지사, 1993.
전경욱, 「춘향전 작품군 가요의 형성과 기능」, 고려대 박사학위논문, 1988.
정규복, 「제일기언에 대하여」, 『중국학논총』 1, 고려대 중국학연구회, 1984.
정규복, 「양산백전고」, 『중국연구』 4, 한국외대 중국문제연구소, 1979.
정규복, 「창선감의록의 유가사상과 소설사적 의미」, 『고소설연구논총』, 1988.
정규복, 「운영전의 제문제」, 『한국고소설사의 연구』, 한국연구원, 1992.
정범진, 「白行簡其人其小說－이와전에서 옥단춘전까지－」, 『논문집』 13, 성균관대, 1968.
정병욱, 「해동가요의 편찬과정 소고」, 『일석이희승선생송수기념논총』, 일조각, 1957.
정종대, 「「숙향전」고」, 『국어교육』 59－60합병호, 한국국어교육연구회, 1987.
정종대, 「염정소설 구조 연구」, 고려대 박사학위논문, 1989.
정진영, 「16, 17세기 재지사족의 향촌지배와 그 성격」, 『역사와 현실』 3, 역사비평사, 1990.
정출헌, 「구운몽의 작품세계와 그 이념적 기반」, 『김만중문학연구』, 국학자료원, 1993.
정출헌, 「고전소설에서의 현실주의 논의 검토」, 『족문학사연구』 2, 민족문학사연구소, 1992.
정출헌, 「춘향전의 인물형상과 작중역할의 현실주의적 성격」, 『판소리연구』 4, 판소리학회, 1993.
조용호, 「「숙향전」의 구조와 의미」, 『고전문학연구』 7, 한국고전문학연구회, 1992.
조희웅, 「국문본 고전소설 형성연대 고구」, 『국민대논문집』 12, 1978.
조희웅, 「조웅전」, 『고전소설연구』, 일지사, 1993.

조희웅 · 松原孝俊, 「숙향전 형성연대 재고 – 일본측 자료를 중심으로」, 『고전문학연구』 12, 한국고전문학회, 1997.
진경환, 「창선감의록의 작품구조와 소설사적 위상」, 고려대 박사학위논문, 1992.
진경환, 「영웅소설의 통속성 재론」, 『민족문학사연구』 3, 민족문학사연구소, 1993.
차용주, 「몽유록계 소설의 구조적 특질」, 『한국고소설연구』, 이우출판사, 1983.
최운식, 「고소설 이본의 연구」, 『한국 고소설의 재조명』, 아세아문화사, 1990.
허문섭, 「조선봉건말기의 무명씨 국문소설들에 대하여」, 『채봉감별곡 기타』, 민족출판사, 1985.
홍순민, 「17세기 말 18세기 초 농민저항의 양상」, 『1894년 농민전쟁연구』 2, 역사비평사, 1992.
황패강, 「숙향전의 구조와 동양적 예정론」, 『고전소설의 이해』, 문학과비평사, 1991.
http://musenet.ggcf.kr/archives/artwork/요지연도?term=4.

초출일람

「숙향전의 이본과 작품세계」: 「숙향전의 문헌적 계보와 현실적 성격」(고려대학교 박사학위논문, 1994)

「숙향전의 연구 현황과 과제」: 「숙향전」(『일위우쾌제화갑기념논문집』, 2002)

「숙향전에 나타난 선계의 형상과 작가의식」(『남도문화연구』 31, 순천대학교 남도문화연구소, 2016)

「후대소설에 미친 숙향전의 영향과 소설사적 의의」(『고전과 해석』 24, 고전문학한문학연구회, 2018)

「숙향전」의 이본과 작품세계

초판 1쇄 인쇄일 | 2022년 8월 15일
초판 1쇄 발행일 | 2022년 8월 22일

지은이 | 이상구
펴낸이 | 한선희
편집/디자인 | 우정민 김보선
마케팅 | 정찬용 정구형
영업관리 | 한선희 남지호
책임편집 | 김보선
인쇄처 | 으뜸사
펴낸곳 | 국학자료원 새미(주)
등록일 2005 03 15 제25100－2005－000008호
경기도 고양시 일산동구 중앙로 1261번길 79 하이베라스 405호
Tel 442－4623 Fax 6499－3082
www.kookhak.co.kr
kookhak2001@hanmail.net

ISBN | 979-11-6797-067-1 *93800
가격 | 35,000원